KB272394

사랑은 풍선처럼

사랑은 풍선처럼

사랑은 풍선처럼 하근찬 전집 19

초판 1쇄 발행 2026년 4월 18일

지은이 하근찬
펴낸이 강수걸
편집 오해은 강나래 이선화 이소영 박재화 이채연
디자인 권문경 조은비
펴낸곳 산지니
등록 2005년 2월 7일 제333-3370000251002005000001호
주소 부산시 해운대구 수영강변대로 140 BCC 626호
전화 051-504-7070 | 팩스 051-507-7543
홈페이지 www.sanzinibook.com
전자우편 sanzini@sanzinibook.com
블로그 http://sanzinibook.tistory.com

ISBN 979-11-6861-645-5 04810
ISBN 978-89-6545-749-7 (세트)

* 책값은 뒤표지에 있습니다.
* 잘못 만들어진 책은 구입처에서 교환해드립니다.
* 본 전집은 백신애기념사업회가 영천시의 지원을 받아 제작되었습니다.

하근찬 전집 19

사랑은 풍선처럼

산지니

밑바닥을 향한 진실한 시선

세상은 속도에 차이는 있겠지만 늘 변해왔다. 그 변화에 사람들은 순응하기도 하고 저항하기도 하면서 발걸음을 맞춰왔다. 좋은 작가에게 우리가 거는 기대가 있다면, '새로운 눈'으로 세상의 변화를 보여주는 것이다. 작가가 보여주는 세계는 새로운 세상의 창조와 같다. 작가가 개성적으로 바라보는 창조적 관점은 세계에 새로운 옷을 입히는 것과 같기 때문이다.

하근찬은 한국전쟁 이후의 상처를 민중의 관점에서 어루만지면서 '치유의 서사'를 펼쳐 보인 좋은 작가다. 그는 전쟁 이후의 혼란한 세계 속에서 '새로운 눈'으로 창조적 소설 작품을 써낸 존재다. 진실을 향한 집념을 가진 작가는 좋은 작품들을 남긴다. 하근찬은 '새로운 눈'과 '진실을 향한 집념'으로 사실의 기록자에 머물지 않고 진정한 창작자가 되었다.

작가는 맑고 정상적인 눈을 가져야 한다. 건강한 눈으로 항상 세상을 골고루 넓게, 그리고 똑바로 바라보아야 한다. 똑바로 바라본다는 것은 바꾸어 말하면 어떤 현상의 밑바닥에 흐르는 진실을 꿰뚫어 보아야 한다는 뜻이다.

세상을 골고루 넓게 바라보는 것도 중요하지만, 똑바로 바라보는, 즉 꿰뚫어 보는 안광이 작가에게는 더욱 중요하다. 그렇지 않고서는 세상이 빚어내는 갖가지 일들의 의미를 파악할 수가 없는 것이다.(하근찬, 「진실을 꿰뚫어야 하는 안광(眼光)」, 『내 안에 내가 있다』, 엔터, 1997, 274쪽.)

하근찬은 세상을 바라보는 '눈'에는 두 가지가 있다고 보았다. 하나는 '세상을 골고루 넓게' 바라보는 눈이고, 또 하나는 '세상을 똑바로' 바라보는 눈이다. 그렇다면 작가가 강조하는 '똑바로 바라보는 눈'이란 무엇일까? 그것은 나타나는 현상에만 머물지 않고, 그 현상의 밑바닥에 있는 원인을 꿰뚫는 혜안을 말한다. '사건이 있었네!'에서, '왜 이 사건이 일어났을까?'라고 질문하는 탐구정신이기도 하다. 하근찬은 '바로 본다는 것'은 보이는 것에만 시선을 두지 않고, "밑바닥에 흐르는 진실"을 밝히는 것이라고 했다. 진실을 위해서는 깊이, 그리고 많이 생각해야 하고, 현상 이면에 담긴 원리와 작용하는 힘을 밝혀내는 노력을 해야 한다.

하근찬은 밑바닥에 흐르는 진실을 탐구한 작가였다. 웅숭깊은 그의 이 시선과 거룩한 문학적 성취는 한국문단에서 보기 드문 문학적 자산이다. 그럼에도 그의 문학세계를 전체적으로 살필 수 있는 전집이 없었으며, 참고할 만한 좋은 선집도 간행되지 못했다는 것은 참으로 안타까운 일이었다.

하근찬 탄생 90주년을 맞아 구성된 '하근찬 문학전집' 간행위원회는 다음과 같은 목표를 설정하였다.

첫째, 하근찬 작품 세계 전체를 충실히 복원하고자 했다. 그간 하근찬의 소설세계는 단편적으로만 알려져 있었다. 하근찬의 등단작 「수난이대」는 일제강점기와 한국전쟁으로 이어져온 민중의 상처를 상징적으로 치유한 수작이다. 그러나 그의 문학세계는 「수난이대」로만 수렴되는 경향이 있었다. 하근찬은 「수난이대」 이후에도 2002년까지 집필 활동을 하면서, 단편집 6권과 장편소설 12편을 창작했고 미완의 장편소설 3편을 남겼다. 문업(文業)만으로도 45년을 이어온 큰 작가였다. '하근찬 문학전집' 간행위원회는 하근찬의 작품 세계를 '중단편 전집' 8권과 '장편 전집' 13권으로 나눠 총 21권을 간행함으로써, 초기의 하근찬 문학에 국한되지 않는 전체적 복원을 기획했다.

둘째, 하근찬 문학세계의 체계적 정리, 원본에 충실한 편집, 발굴 작품 수록을 통해 자료적 가치를 확보하려고 노력했다. 하근찬 문학전집은 '중단편 전집'과 '장편 전집'으로 구분하여 간행했다. 먼저 '중단편 전집'은 단행본 발표 순서인 『수난이대』, 『흰 종이수염』, 『일본도』, 『서울 개구리』, 『화가 남궁 씨의 수염』을 저본으로 삼았다. 이때 각 작품집에 중복 수록된 작품은 제외하여 편집하였다. 또한 단행본에 수록되지 않은 알려지지 않은 하근찬의 작품들도 발굴하여 별도로 엮어냈다. 이를 통해 전집의 자료적 가치를 높였다. 다음으로, 장편의 경우 하근찬 작가의 대표작인 『야호』, 『달섬 이야기』, 『월레소전』, 『산에 들에』뿐만 아니라, 미완으로 남아 있는 『직녀기』,

『산중 눈보라』, 『은장도 이야기』까지 간행하여 전체 문학세계를 조망할 수 있도록 했다.

셋째, 젊은 세대들의 감각과 해석을 반영하여 그의 문학에 새로운 생명력을 불어넣고자 했다. 하근찬의 작품세계가 펼쳐 보이고 있는 한국현대사의 진실한 풍경들도 젊은 세대들에 의해 읽히지 않으면 의미가 반감될 수밖에 없다. 하근찬 문학의 새로운 해석의 발판을 마련하기 위해, 젊은 연구자들의 충실하고 의미 있는 해설을 덧붙였다. 또한, 개작, 제목 바뀜, 재수록 등을 작품 연보에서 제시하여 실증적 가치를 높이기 위해서도 노력했다.

한 작가의 문학적 평가는 전집이 간행되었을 때 비로소 그 발판이 마련된다고 한다. 1957년에 등단, 집필기간만도 45년의 문업을 이루어온 장인적 작가에 대한 본격적 연구의 발판이 60여 년이 지난 이제야 비로소 마련되었다는 것은 안타까운 일이다. 하근찬의 문학세계에 대한 새로운 조명이 2021년 문학전집 간행과 함께 활기를 띨 수 있기를 기대한다.

2021.10.
『하근찬 문학전집』 간행위원회
송주현 · 오창은 · 이정숙 · 이중기 · 장수희

일러두기

1) 『하근찬 중단편전집』과 『하근찬 장편전집』은 하근찬의 소설세계를 일반 독자들에게
   널리 소개하고, 그 문학적 의미가 현대적으로 재해석되도록 하는 데 목적이 있다.

2) 이 책의 작품 수록 순서는 단행본으로 발표된 순서에 따랐으며, 출전을 작품의
   끝부분에 밝혀두었다.

3) 작가가 지문에서 사용한 방언과 비표준어는 작품을 훼손하지 않는 범위 내에서
   현대어로 바꾸었으며, 작가가 의도적으로 구분해서 사용한 '목덜미'와 '목줄기'는
   그대로 살렸다.
   예 : 밑둥(밑동), 끄나불(끄나풀), 성냥곽(성냥갑), 넓데데한(넙데데한),
       아리숭(아리송), 열적어(열없어), 나꿔채다(낚아채다), 후줄그레한(후줄근한),
       열어제끼다(열어젖히다) 등.

4) 작가 고유의 표현은 그대로 살렸다.
   예 : 오리막(오르막), 고깃전(어물전), 변솟간(변소), 동넷방(동네 방), 생각키는/
       생각히는(생각나는) 등.

5) 한 작품에서 같은 뜻의 단어를 표준어와 비표준어 또는 방언을 혼용해서 사용한 경우
   하나로 통일했다.
   예 : 뒤안/뒤란 → 뒤안, 복받치는/북받치는 → 복받치는, 무신/무슨 → 무슨,
       잘몬/잘못 → 잘못, 부스스/부스스 → 부스스, 돋우다/돋구다 → 돋우다 등.

6) 명백한 오류에 해당하는 표현과 문장은 바로잡았다.
   예 : 병신스럽게 → 병신같이, 고물스런 → 고물 같은, 못지않는 것 → 못지않은 것,
       엄청나는 → 엄청난, 마지못하는 듯 → 마지못한 듯, 대추만씩한 열매 → 대추만큼씩
       한 열매 등.

7) 영어 표현의 경우 현행 '외래어표기법'에 따르는 것을 원칙으로 했다.

차례

가을 모일(某日)

　아무 까닭도 없이 묘하게 마음이 설레는 그런 아침이 있는 법이다. 좋은 꿈을 꾼 것도 아니고, 그렇다고 일어나면서 아내의 웃는 얼굴을 대한 것도 아닌데…… 무슨 그럴 만한 일이 예정되어 있는 날도 아니고, 휴일도 아니고, 정말 아무 까닭도 없는데 말이다.

　노수인의 그날 아침이 꼭 그런 아침이었다. 아무 까닭도 없는데 묘하게 마음이 설레는 것이었다. 마치 어느 먼 데서 무슨 아리한 메아리 같은 것이라도 가슴에 와닿은 것처럼.

　그날 아침이라고 해서 여느 때와 다를 게 아무것도 없었다. 일곱 시 조금 지나 잠이 깨었고 부엌에서 달그락거리는 소리를 들으며 일어나 바지를 입고 바깥으로 나갔고, 조간신문을 들고 변소에 갔고, 양치질을 했고, 세수를 했고…… 그런데 왠지 여느 날 아침과는 달리 어쩐지 기분이 들뜨는 것 같고, 설레는 것 같고, 묘했다.

　노수인은 양치질을 하는데도 치약이 여느 때보다 월등히 상쾌한 맛을 입안에 확확 풍겨주는 듯했고, 세수를 하는데도 물이 한결 시원하게 이마를 적셔주는 듯해서 참 이상한 아침이라고 생각했다. 오늘 무슨 그럴 만한 일이 있으려나 싶기도 했다.

한 가지 여느 날 아침과 다른 것이 있다면 그것은 안개였다.

엷은 안개가 서리면 멀리 시야에 들어오는 풍경이 꼭 한 폭의 수묵화처럼 보인다.

북악을 중심으로 그 허리쯤에 자리 잡고 있는 자하문. 그리고 그 곁을 지나 시내로 넘어가는 속칭 세검정 고갯길. 여기저기 숲 사이에 보이는 지붕들…… 그런 것이 잘 어울려 꼭 한 폭의 그림 같다.

노수인은 세수를 마치고, 마당가에 서서 수건으로 얼굴을 닦으면서 나지막한 담 너머로 멀리 그림 같은 풍경을 바라보며,

"좋은데……."

하고 중얼거렸다.

언제 일어났는지 여섯 살짜리 승미가 곁으로 와서,

"아빠, 뭐야? 나 좀 보여줘."

한다.

국민학교 2학년인 승국이도 수돗가에서 세수를 마치고, 뭔가 싶은 듯 이쪽으로 쫓아온다.

버스가 한 대 엷은 안개 속으로 서서히 고갯길을 올라가고 있다. 택시도 한 대 뒤쫓아 가고 있는 것이 보인다.

아빠에게 안겨 그것을 본 승미는 좋아서 야단이다.

"야! 버스 봐라. 택시도 간다."

승국이는 그런 것 뭐 시시하다는 듯이 코를 한 번 실룩하고는 돌아서 방으로 들어가 학교 갈 준비를 한다.

“아빠, 버스가 이겨? 택시가 이겨?”

“글쎄…….”

“바보, 택시가 이기는 거야.”

“그래? 허허허…….”

그러고 있는데 이은숙이 부엌에서 나온다.

“어서 아침 드세요.”

“안개가 끼었군. 안개가 희미하게 끼니 아주 좋은데…….”

그러자, 은숙은 문득 어제 일이 생각나,

“참, 당신 안개 조심하라더군요.”

한다.

“뭐? 안개를 조심해? 그게 무슨 소리야.”

“어제 말이에요. 어떤 여승이 지나가다가…….”

“…….”

“자, 늦어요. 어서 들어가요. 아침 먹으면서 이야기할게요.”

안개를 조심하라! 노수인은 그것 참 묘한 말이라는 듯이 코로 흥 웃으며 방으로 들어간다.

출근 시간이 바쁜 노수인과 학교 오전반인 승국이가 마주 앉아 먼저 아침을 먹는 밥상머리에서 은숙은 다시 이야기를 꺼낸다.

“어제 해 질 무렵에 대문 밖에서 목탁 소리가 나지 않겠어요. 그래서 나가 봤더니, 글쎄 허리가 꼬부랑해진 늙은 여승이잖아요.”

“…….”

노수인은 듣는지 어떤지 그저 말없이 밥만 먹고 있다.

“시주를 했더니, 여승이 하는 말이 이 집에 안개가 끼기 시작하는구나, 이런다니까요.”

“뭐? 이 집에 안개가 껴?”

그제야 노수인은 숟가락을 멈춘다.

“예, 그리고 나를 빤히 바라보더니 몇 살이냐고 묻고, 당신 나이도 묻더니 하하— 바깥양반 안개를 조심해야겠는데……. 글쎄 이러잖아요.”

“흥!”

노수인은 가볍게 콧방귀를 뀐다.

그러나 승국이는 귀가 쫑긋해져 가지고 묻는다.

“엄마, 그게 뭐야? 귀신이야?”

“하하, 무슨 귀신은……. 그러면서 나중에 답답한 일이 생기거든 자길 찾아오라는 거예요. 북한산 어디 무슨 암……, 서행암(西行庵)이라던가 뭐라던가 하는 데 있다고요.”

“숭늉이나 가져와요.”

노수인은 퉁명스럽게 말했다. 아침부터 뭘 그렇게 시시한 소릴 자꾸 늘어놓느냐는 듯이.

“좌우간 이상하잖아요. 안갤 조심하라니 말이에요.”

은숙은 일어나 부엌으로 나간다.

안개를 조심하라! 아내의 말마따나 좌우간 이상하기는 했다. 안개를 조심하라니……. 교통사고가 날지 모른다는 말인가. 물을 조심하라, 불을 조심하라, 나무를 조심하라, 혹은 술을 조심하라, 말을 조심하라, 여자를 조심하라, 친구를 조심하라……. 이런 말들은 어릴 때부터 지금까지 살아오면서 수없이 들은 말이지만, 안개를 조심하라는 말은 생전 처음인 것이다.

숭늉을 마시고, 노수인은 벌떡 자리에서 일어났다.

노수인의 집은 좀 지대가 높은 곳에 있었다.

제법 비탈진 길을 한참 걸어 내려가야 버스길이 있다.

그렇다고 그 지대의 집들이 구질구질한 그런 집들인가 하면 그건 아니었다. 제법 아담한 집들이 산비탈 숲 사이에 자리 잡고 있었다.

"아빠, 안녕!"

승미의 귀여운 인사를 받으며 대문을 나선 노수인은 비탈길을 걸어 내려가며 멀리 자하문 쪽을 바라보았다. 아직도 안개는 서려 있었다.

아직 안개가 그대로 서려 있는 한 폭의 수묵화 같은 그 풍경을 바라보며 노수인은 고개를 약간 기울였다. 안개를 조심하라! 도대체 무슨 뜻인지 알 수가 없는 것이다. 그러면서도 어쩐지 그 말이 멋있게 여겨지는 것이다. 술을 조심하라, 여자를 조심하라…… 그런 말은 도무지 저항감만 느껴지는데, 안개를 조심하라— 멋있는 것이다.

아까 아내의 말을 들을 때와는 달리 그 말이 묘하게 기분 좋게 다가오기까지 한다. 어찌 된 영문인지 알 수가 없다. 좌우간 이상한 아침이다.

시발점이 아닌데도 노수인은 버스에 올라 자리를 잡을 수가 있었다. 희한한 일이었다.

버스에서 자리를 잡는 것이 뭐 희한한 일일까마는, 아침 출근 시간에 자리를 잡고 앉는다는 것은 마치 무슨 횡재라도 한 것처럼 생각되는 것이다.

자리를 잡고 앉은 노수인은 은단을 꺼내어 몇 알 입에 넣었다. 그리고 시선을 창밖으로 보냈다.

산허리를 감고 있는 엷은 안개 속으로 아침 햇살이 쫙— 퍼져 내리고 있다. 퍼져 내리는 햇살에 밀려 안개는 흐늘흐늘 더욱 엷게 흩어지고 있다.

"안개를 조심하라……."

노수인은 속으로 중얼거렸다. 무슨 제목 같다고 생각했다. 그런 제목으로 영화를 만들면 괜찮겠다고 생각했다. 그리고 히죽 웃었다.

광화문에서 버스를 내린 노수인은 지하도를 지나 무교동으로 해서 을지로 쪽으로 걸었다. 회사가 을지로 입구에 있는 것이다.

안개는 광화문에도, 무교동에도, 그리고 을지로 쪽에도 서려 있었다. 엷은 안개가 서린 시가지는 여느 때처럼 지저분하게 느껴지지가 않고, 어쩐지 좀 깨끗해 보이고, 아늑한 맛을 자아낸다. 구질구질한 도시의 세부를 안개가 적당히 미화하고 있기 때문이라고나 할까.

을지로 입구에 있는 회사 건물은 오층이었다. '한국교육개발공사'라는 회사였다. 그 회사에서 월간으로 발행하는 《교육개발》이라는 잡지 편집부에 노수인은 근무하고 있는 것이다.

사무실이 오층에 있었다.

일층에서 오층까지 계단이 몇 개라는 것을 노수인은 알고 있다. 여든여덟 개인 것이다. 한 층에 스물두 개씩 네 번을 오르면 오층인 것이다. 그러니까 말하자면 눈을 감고도 오를 수가 있다는 이야기다. 벌써 육 년째로 접어들었으니 그럴 만도 했다.

여든여덟 개의 계단— 그래서 노수인은 사무실을 '팔팔 고지'라고 부르기도 한다. 팔팔 고지를 오르내리는 것이 즉, 자기의 인생이라는 것이다.

"아— 팔팔 고지 따분하구나."

"아, 이놈의 팔팔 고지, 지겹기도 하구나."

계단을 오르면서 노수인은 속으로 이렇게 중얼거릴 때가 많다. 변화 없는 생활, 판에 박은 듯 되풀이되는 일과이니 따분하고 지겨운 것도 무리가 아니다.

요 근래에 와서 부쩍 더 그렇다. 한 직장에만 오 년 이상이나 있었으니, 다시 말하면 여든여덟 개의 계단을 오 년 이상이나 오르내렸으니 싫증이 날 만도 한 것이다. 무슨 변화가 좀 있었으면 싶은 것이다. 반드시 딴 직장이 아니라도 좋으니 좀 살맛이 나는 그런 일이 생겼으면 싶은 것이다.

그런데 오늘 아침은 그 여든여덟 개의 계단이 조금도 따분하거나 지겹게 느껴지지가 않는다. 오히려 한 계단 한 계단 딛고 올라가는 것이 즐겁기만 하다. 마치 팔팔 고지에 오늘은 무슨 예기치 않은 좋은 일이 기다리고 있기라도 하는 것처럼.

노수인의 자리는 바로 창변이었다. 앉아서 고개만 살짝 옆으로 돌리면 창밖을 바라볼 수가 있었다. 그래서 그는 일을 하다가 따분하거나 피로를 느끼면 곧잘 의자에 기대서 담배를 피워 물며 시선을 창밖으로 던진다.

창밖으로 빌딩이 수없이 많은 빠끔빠끔한 창들을 멀뚱히 바라보며 담배 연기를 내뿜고 있는데 미스 민이 한 무더기 우편물을 책상 위에 갖다 놓는다. 주로 투고물이다. 독자들로부터 투고되어 오는 원고는 전부 노수인의 책상 위에 갖다 놓이는 것이다. 노수인이 읽어보고 게재할 가치가 있다고 생각되는 것만 골라서 부장 책상으로 보내는 것이다. 말하자면 예선을 하는 셈이다.

오전 열한 시. 언제나 이맘때면 우편물이 온다. 그러니까 책상 위에 우편물이 갖다 놓여지면 아, 열한 시쯤 됐구나 생각하면 틀림없는 것이다.

오늘은 여느 날보다 훨씬 투고물이 많았다. 그리고 노수인 자기 앞으로 온 엽서가 한 장 있었다.

먼저 엽서부터 읽어 보았다. 재경(在京) 고등학교 동창회로부터 온 인쇄물이었다. 이번 국전에 동양화로 대통령상의 영광을 차지한 동창 홍사운의 수상을 축하하는 모임을 갖는다는 내용이었다. 일시는 마침 오늘 오후 여섯 시 반부터였고, 장소는 태화관, 회비는 오천 원이었다.

노수인은 곧장 고개를 끄덕거렸다. 홍사운은 바로 자기와 동기일 뿐 아니라 학생 시절부터 매우 가깝게 지내는 친구인 것이다. 학생 시절에는 함께 하숙을 하기도 했고, 방을 얻어 같이 자취를 한 일도 있는 그런 사이였다. 요즘은 서로 자기 일에 매여서 자주 만나지는 못하지만 그래도 일 년에 두세 번은 으레 만나 술로 옛정을 새롭게 하는 터이다.

이번 국전에서 대통령상을 수상한 것을 지상에서 보고 그의 화실로 축하의 전화를 걸었고 쉬 한 번 만나자는 이야기를 했었다. 그런데 오늘 뜻밖에 동창회로부터 이런 통지서가 날아온 것이다.

어쩐지 동창회에 무슨 선수를 빼앗긴 것 같아 좀 기분이 떨떠름하긴 했으나, 아무튼 잘 되었다고 생각하며, 이번에는 투고물을 하나하나 뜯어나갔다.

투고물을 대강대강 읽어 나가고 있는데, 미스 민이,

"노 차장님, 주간님이 오시래요."

한다.

무슨 일인가 하고 노수인은 자리에서 일어났다. 노수인은 편집차장이었다.

임 주간은 별명이 ‘문어대가리’였다. 머리가 문어 대가리처럼 민들민들*(‘미끈미끈’의 방언)하게 벗겨졌기 때문이었다. 그래서 ‘문어 주간’이라고 부르기도 했다. 그 별명과 마찬가지로 임 주간은 퍽 호인이었다. 언제나 싱글싱글 웃는 얼굴이었다. 눈앞에 항상 무슨 재미있는 일이 깔려 있기라도 한 것처럼. 노수인이 들어서자 역시 임 주간은 그런 웃는 얼굴로,

“노 차장, 좀 바람을 쐬고 싶지 않소?”

대뜸 이렇게 말했다.

노수인은 귀가 번쩍했다. 그게 무슨 뜻인지 얼른 알 수가 있는 것이다.

“쐬고 싶습니다.”

하고 웃으며 소파에 앉았다.

소파에는 편집부장 오현석도 앉아 있었다. 임 주간과 의논을 하고 있었던 모양이다. 탁자 위에는 프린트물이 여러 개 놓여 있었다.

오 부장은 임 주간과 대조적으로 매우 깐깐하게 생긴 사람이었다. 생김새도 그렇지만 성격도 마찬가지여서 매사에 빈틈이 없었다. 그래서 그의 별명은 ‘차돌 부장’으로 되어 있었다.

차돌 부장이 웬일로 얼굴에 약간 웃음을 띠면서 말했다.

“이번 연구대회에 노 차장이 좀 갔다 오시오.”

“예, 그러죠.”

“내일부터 삼 일간…….”

“예.”

노수인의 얼굴에 절로 벙글 웃음이 떠오른다.

내일모레 경주에서 대한교육연구회 주최로 전국 교육 연구발표 대회가 열린다는 것은 노수인도 이미 잘 알고 있는 터였다. 그러나, 그 연구대회의 취재 출장이 자기한테 떨어지리라고는 조금도 기대하지 않았던 것이다. 해마다 가을 이맘때면 연구대회가 개최되는데, 그 취재 출장은 으레 주간 아니면 부장 차지였던 것이다. 그런데 어찌 된 셈인지 이번에는 차장인 자기한테 그 출장이 돌아온 것이다. 웬 선심인지 모르지만 좌우간 뜻밖의 일이어서 노수인은 무척 기뻤다.

출장을 간다는 것은 즐거운 일이다. 휴일이나 휴가에 어디 관광을 떠나는 것과는 또 다른 묘한 즐거움이 있는 것이다. 말하자면 근무이면서도 일종의 여행인 셈이어서 그런 모양이다. 그리고 자기 돈 안 들이는 여행이기도 한 셈이니 말이다. 아무튼 서울을 벗어나 훨훨 시골 바람을 쐰다는 것은 좀 살맛이 나는 일인 것이다. 더구나 경주―, 옛 서라벌이 아닌가. 내일이 목요일, 내일부터 삼일간이면 토요일까지다. 다음날은 일요일, 그러니까 연 사일간의 여행을 즐길 수 있게 된 것이다.

"이거, 대회 관계 서류요."

노수인은 임 주간이 턱으로 가리키는 탁자 위의 프린트물을 간추려 가지고 자리에서 일어났다.

자리에 돌아온 노수인은 기분이 몹시 좋았다. 자꾸 가슴이 설레는 것 같기도 했다. 마치 소풍 전날 저녁의 국민학교 학생처럼.

노수인은 아침에 아무 까닭도 없이 기분이 설레는 듯하더니, 바로 이 예기치 않은 출장을 가게 되려고 그랬었구나 싶었다.

그러나 실은 그게 아니라, 더욱 뜻밖의 일이 기다리고 있었다. 더욱 뜻밖의 일은 바로 연구대회 관계 프린트물 속에 있었다.

전국 교육 연구 발표대회는 각 도에서 예선을 거친 발표자들이 각자 연구한 자료를 가지고 한자리에 모여 전국에서 참가한 회원들 앞에서 발표를 하는 것이다. 그래서 최우수 연구자, 우수 연구자들을 뽑아서 시상도 한다. 그러니까, 말하자면 결선인 셈이다.

그 발표자들의 연구 자료가 미리 프린트되어 있는 것이다. 발표자들의 약력과 그날의 일정, 그리고 심지어 경주 시내의 고적, 문화재, 여관 같은 것까지 친절하게 안내되어 있다.

의자에 비스듬히 기대어 담배를 피워 문 노수인은 먼저 그날의 일정을 훑어보았다. 그리고 발표자의 명단과 약력, 발표 제목 같은 것을 대강대강 훑어 나가다가,

"으?"

깜짝 시선을 멈추었다.

지월실이라는 이름 위에서였다. 노수인은 잠시 그 세 글자를 뚫어지게 바라보며 대구 두 눈을 껌벅거렸다.

지월실— 틀림없는 것이다. 얼른 약력을 보았다.

출신 학교를 확인한 노수인은 그만 얼굴에 혹 열이 오르는 듯했다. 가슴도 벌떡벌떡 뛰기 시작했다.

"하— 지월실이가……."

정말 뜻밖의 일이 아닐 수 없었다. 부산 제비국민학교에 근무하고 있는 것이었다. 발표 제목은 '저학년 합창 지도의 새로운 방법'이라는 것이었다. 음악 교과인 것이다.

지금도 음악에 특기가 있는 모양이다. 틀림없는 옛날의 그녀인 것이다.

"흠— 지월실이가……."

노수인은 담배를 크게 빨아 훅— 크게 내뿜었다. 그리고 재떨이에 썩썩 비벼 버렸다.

"차장님, 무슨 좋은 일이 있는 모양이죠?"

가까운 자리에 앉은 정기홍이 벙글 웃으며 말한다.

"좋은 일은 무슨……. 출장 가는 거지."

"출장 가시는 줄은 알겠습니다만, 그것 말고 무슨 좋은 일이 또 있는 게 아닙니까?"

조금 싱겁기도 하고 조금 짓궂기도 한 정기홍의 말에 노수인은,

"무슨 좋은 일……."

비식 웃고는 좀 멋쩍어진 듯 그만 자리에서 일어났다. 그리고 슬금슬금 사무실을 나가 화장실로 갔다. 별로 소변이 마려운 게 아니었다. 그러나 그는 변기 앞에 서서 바지 단추를 끌렀다.

화장실의 조그마한 창밖으로 빌딩 위의 하늘을 내다보며 노수인은 곧장,

"지월실이가, 지월실이가…….'

하고 중얼거렸다.

한참 후에야 오줌 줄기가 뻗었다. 묘하게 마음이 설레고 있었다.

'지월실'이라는 성명 석 자를 프린트물에서 본 뒤부터 노수인은 마치 가슴에 느닷없이 병병하게 바람이라도 든 사람처럼 도무지 마음의 안정을 기할 수가 없었다. 물론 일도 제대로 손에 잡히지가 않았다.

노수인은 자리에 앉아 독자들의 투고물을 읽어 나가고 있었으나, 어느 결에 눈만 글자 위를 미끄러지고 있을 뿐 생각은 엉뚱한 곳으

로 둥둥 떠가고 있었다. 이십 년이라는 세월을 둥둥 거슬러 올라가고 있는 것이었다.

이십 년 전. 자기가 다니던 고등학교의 교문이 머리에 떠오르고 있었다. 교문에서 쏟아져 나오는 남학생들, 그리고 곤색 세일러복을 입은 여학생들……. 그 무렵 그 중고등학교는 남녀 공학이었던 것이다. 여자중고등학교가 따로 설립되어 떨어져 나가기까지 몇 해 동안, 남녀 공학이었다. 이번에는 가지가지 꽃이 만발한 교재원이 떠오른다. 그 교재원의 청소를 하던 어느 봄날 오후의 일…… 그 일을 생각하면 지금도 절로 가슴이 두근거려진다.

넓은 강당도 떠오른다. 어느 날 강당을 빽빽이 메운 남녀 학생들, 넘쳐흐르는 노랫소리, 강당이 떠나갈 듯한 박수갈채, 그 개교기념일의 예술제를 지금도 잊을 수가 없다.

그리고 음악실도 떠오른다. 풍금이 여러 개 마련돼 있던 음악실, 그 음악실로 가는 긴 복도, 늘 음악실에서 살다시피 하던 젊고 허옇게 잘생긴 음악 선생…….

그리고, 학교 바로 옆에 있는 동산, 그 동산의 숲…….

그런 것들과 함께 아련히 머리에 떠오르는 것은 한 소녀의 얼굴이었다.

그것은 다름 아닌 곤색 세일러복을 입은 지월실이었다.

지월실이는 노수인보다 한 학년 밑이었다. 웃으면 곧잘 양쪽 볼에 보조개가 패고, 살짝 하얀 덧니 하나가 내다보이는 소녀였다. 노래를 썩 잘하는 소녀였다.

그 소녀를 향해 노수인은 최초의 두근거리는 가슴을 하소연했던 것이다. 말하자면 첫사랑이었다. 그러나 그 첫사랑은 봉오리가 맺히려다가 그만 덧없이 떨어지고 말았다.

이루지 못한 첫 설렘, 맺히려다가 말고 안타깝게 떨어져간 첫 뜨거움— 그것은 오래오래 가슴에 짜릿한 상처로 남는 법이다. 그러나 그 후 이십 년— 세월과 함께 그 상처는 가슴 밑바닥으로 깊숙이 묻혀버리고 말았던 것이다.

그런데 오늘 뜻밖에 그 깊숙이 묻힌 상처가 다시 고개를 쳐든 셈이다. 그러나 이제 이십 년 전 그 당시와 같은 그런 짜릿한 아픔이 있는 것은 아니니, 상처라기보다도 지난날의 분홍빛 추억이라고 하는 편이 옳을 것이다.

그녀가 국민학교 교사가 되어 있을 줄은 정말 몰랐던 것이다. 더구나 어느덧 삼십육칠 세가 되었을 터인데, 그 나이가 되도록 계속 교편을 잡아오고 있는 것인지, 무슨 다른 사연이 있는지 알 수가 없었다.

내일모레 만나 보면 알게 되겠지. 그리고 지금 만나면 서로 알아볼 수가 있을까? 이쪽은 미리 그녀라는 것을 알고 있으니까 알아볼 수 있겠지만, 저쪽에서 이쪽을 알아볼까? 이십 년이라는 세월이 흘렀는데…… 그리고 이십 년 전 그녀의 얼굴이 지금도 그대로 남아 있을까? 양쪽 볼의 보조개랑 덧니랑……. 이런 생각에 잠겨 있는데,

"노 차장님, 전화예요."

미스 민의 목소리가 날아온다.

"응? 뭐?"

노수인은 마치 꿈을 꾸다가 깨어나는 사람 같다.

"하하하, 전화란 말이에요."

"응."

노수인은 자리에서 일어나 전화 있는 곳으로 간다.

"예, 노수인입니다."

"야, 오래간만이다. 나 모르겠나? 형님이다, 형님, 부산 있는……."

"오, 동생이로구나. 웬일이야?"

"동생이라니, 형님을 보고. 허허허……."

"언제 올라왔니?"

"방금 도착하는 길이다. 도착하는 즉시 전화를 안 하나."

"암 그래야지. 동생이 형님한테 그래야 되고말고, 하하하……."

"에끼, 고얀 놈 같으니. 허허허……."

부산에서 큰 기성복 대리점을 경영하고 있는 중학교 동기생 최상태였다. 학생 시절부터 욕친구였다.

"이리 오너라. 점심이나 같이 하자."

"아니다. 그럴 끼 앙이라, 퇴근 후에 만나자. 난 급히 볼일이 있으니까. 몇 시 퇴근이지?"

"여섯 시. 그럼 이렇게 하자. 홍사운이 말이다, 이번에 국전에서 대통령상을 받았잖아."

"응, 나도 알고 있지, 신문을 보고……."

"그래서, 그 축하회를 동창회 주최로 오늘 저녁 여섯 시 반에 태화관에서 개최하는데, 거기서 만날까?"

"그러지, 그러지."

여섯 시가 되자, 노수인은 자리에서 일어났다. 출장 관계 프린트물이 든 서류 봉투를 들고서. 거리엔 어느덧 네온사인이 명멸하고 있었다. 노수인은 서류 봉투를 옆에 끼고 무슨 급한 볼일이라도 있는 사람처럼 똑바로 태화관을 향해 걸었다.

태화관의 넓은 연회실에는 일을 주선하는 동창회 간사가 입구에서 회비를 받고 있었고, 일찍 온 서너 사람의 회원과 오늘의 주인공인 홍사운 화백이 자리에 앉아 환담하고 있었다.

노수인이 들어서자 홍사운은 번쩍 한 손을 쳐들었다.

“일찍 오는군.”

“회사에서 바로 오는 길이야. 정말 축하한다.”

“축하는 요전에 했잖아.”

“그건 전화로 한 것이고…….”

노수인은 새삼스럽게 홍사운의 손을 잡고 흔들며 그 곁에 앉았다.

한 사람 두 사람 회원들이 모여들기 시작했다. 그런데 여자 회원 두 사람이 꽃다발을 들고 나타났다. 옛날엔 모교가 남녀 공학이었으니 여자 동창생이 참석한다고 해서 이상할 게 조금도 없었다. 그러나 모두 뜻밖의 일이라는 듯이 그 여자 동창생에게 시선을 집중했다.

한 여자는 한복 차림이었고, 한 여자는 투피스 차림이었다. 얼른 보아도 두 사람 다 가정주부라는 것을 알 수 있었다. 화장도 그렇고, 옷차림도 그렇고……. 그러나, 집안에서 알뜰히 살림을 하는 그런 주부라기보다는 바깥으로 나돌아 다니는 일이 많은, 다시 말하면 여유가 많은 주부인 듯했다. 유한마담족 말이다. 어쩐지 보기에 그렇게 느껴졌다. 혹 투피스 차림의 여자는 어디 좋은 직장에 나가고 있는 게 아닌가 싶기도 했지만. 두 사람 다 삼십오륙 세 되어 보였다.

그런데 아무리 동창생들의 모임이라고는 하지만 축하의 술을 마시는 자리에 가정주부가 나타나다니 좀 의외의 일이 아닐 수 없었다.

역시 본인들도 어색한 듯 입구에서 회비는 내고도 선뜻 실내로 들어오질 못하고 머뭇거리고 있었다.

"어서 들어가세요."

회비를 받고 있던 간사가 일어나 빙글빙글 웃으면서, 서 있는 두 여인을 모시다시피 자리로 안내했다.

한쪽 가에 자리를 잡고 앉은 두 여인은 잠시 멋쩍어서 굳어져만 있었다. 방 안 분위기 역시 잠시 좀 어색해지는 듯했다.

그러나 곧 웃음이 터졌다. 누군가가,

"야, 순자구나. 난 누구라고……."

커다란 소리로 입을 열었던 것이다.

그러자 한복을 입은 여인이 얼굴에 약간 홍조를 띠었다.

"나 모르겠어? 나 병훈이야, 병훈이."

마치 옛날 학생 시절로 되돌아간 듯한 말투다.

"아, 병훈이구나."

한복을 입은 여인도 서슴없이 이렇게 말을 받았다.

와— 방 안에 웃음이 넘친다.

동기생이었던 것이다. 스스럼이 없어진 순자라는 여인은 활짝 밝은 얼굴로 옆에 앉은 친구를 가리키며 말한다.

"애는 모르겠니?"

"그분은 잘 모르겠는데……."

"하하하, 애한테는 왜 그분이야."

"잘 모르겠으니까……."

"영애 아니야, 영애."

"영애?"

“왜 같은 미술부에 있었잖아.”

“그랬던가……. 아, 실례했어, 영애 씨.”

“씨는 또 무슨 씨야. 하하하…….”

순자라는 여인은 까르르 웃는다. 꽤나 활달한 성품인 것 같다. 학생 시절에는 틀림없이 말괄량이였을 것이다.

투피스를 입은 영애라는 여인은 쑥스러운 듯 곧장 손수건으로 입을 가린다.

순자는 이번에는 오늘의 주인공인 홍사운을 알아보고 인사를 던진다.

“홍 선생님, 축하합니다.”

“예, 감사합니다.”

홍사운은 점잖게 넘긴 올백 머리가 오늘따라 더 윤기가 흐른다.

“우리 모르겠어요?”

“글쎄요…….”

“우리 미술부에 있었잖아요. 홍 선배님은 미술부장이었고…….”

“아, 그랬던가요. 그럼 몇 횝니까?”

“22회예요.”

“그럼, 우리보다 한 학년 밑이었군요.”

“그랬을 거예요.”

“아, 반갑습니다.”

“그래서 이번에 신문을 보고 어찌나 좋아했는지, 오늘 일부러 이렇게 축할 드리러 왔어요.”

“정말 고맙습니다.”

그러자 이번에는 영애도 한마디 입을 열었다.

"옛날 모습이 그대로군요."

"그래요?"

"지나가다가도 알아보겠는데요."

"허허허……."

노수인은 그녀들이 자기들보다 한 학년 아래인 22회 졸업생이라고 하자 얼른 머리에 떠오르는 것은 지월실이었다. 한 학년 아래면 지월실이와 동기생인 것이다.

노수인은 자기도 모르게 고개를 끄덕거렸다. 얼굴이 둥글고 넓은 편인 순자라는 여인은 도무지 낯설기만 하지만, 갸름하고 콧대가 쪽 선 영애라는 여인은 그러고 보니 많이 낯이 익어 보이는 것이다.

잠시 후, 노수인은 속으로 아! 싶었다.

지월실이와 곧잘 어울려 다니던 여학생이었던 것이다. 틀림없었다. 노수인은 어쩐지 얼굴이 화끈해지는 느낌이었다.

노수인은 지월실이에게 러브레터를 전하려고 애를 먹던 일이 머리에 떠올랐다. 지월실이가 늘 저 영애라는 여학생과 함께 다니기 때문에 좀처럼 단둘이 부딪칠 기회를 잡지 못해 애를 먹지 않았던가.

그 무렵 저 콧대가 쪽 선 여학생을 노수인은 속으로 무척 원망했었다. 그녀가 마치 늘 지월실이를 보호하고 다니는 것 같았고, 자기의 애타는 심정을 가로막는 것만 같았던 것이다. 노수인은 히죽이 웃으면서 그녀를 힐긋힐긋 곧장 바라보았다. 이십 년이라는 세월이 흘러서 어느덧 중년부인이 되었지만, 콧대는 여전히 옛날과 다름없이 쪽 서 있는 것이 어쩐지 재미있기도 했다.

정각을 십오 분이나 지나서야 축하회는 시작되었다. 예정했던 대로 삼십 명 남짓한 회원이 참석했다. 그런데 어찌 된 셈인지 여기서 만나기로 한 상태가 나타나지 않아 노수인은 곧장 입구 쪽으로 시선을 보내곤 했다.

먼저 재경동창회 회장으로부터 축사가 있었다. 모 회사 사장인 머리가 반백이 된 뚱뚱한 회장은 축사의 끝머리에 가서 이렇게 말했다.

"……특히 에— 오늘 기쁜 마음을 금할 수 없는 것은 두 여회원이 참석했다는 사실입니다. 동창회 총회가 열려도 에— 좀처럼 나타나는 일이 없는 여자 동창생이 오늘 꽃다발을 들고 두 분이나 참석해 주셨다는 것은 홍사운 화백의 영광일 뿐 아니라, 우리 재경동창회의 경사이기도 한 것입니다. 오늘 이 경사를 계기로 앞으로는 우리 동창회의 모임에 여회원들도 다수 참석하게 되기를 에— 간절히 바랍니다. 그럼 오늘은 귀한 여자 동창생까지 참석하셨으니 아무쪼록 즐거운 축하회가 되기를 바랍니다. 감사합니다."

회장의 축사가 끝나자 박수 소리가 요란하게 일어났다. 남자 동창들만의 모임 때보다 월등히 활기가 넘치는 것이었다.

두어 사람의 축사가 더 있고 나서 이번에는 기념품과 꽃다발 증정이 있었다. 기념품은 동창회에서 마련한 것이었고, 꽃다발은 두 여회원이 가지고 온 것이었다.

꽃다발은 한복을 입은 순자가 두 사람 몫을 한꺼번에 갖다가 증정했다. 영애는 쑥스러운 듯 기어이 자리에서 일어나지 않고 순자에게 떠맡겼던 것이다.

꽃다발 두 개를 한꺼번에 홍 화백에게 증정하고 난 순자는 척 한 손을 내밀어 축하의 악수를 청한다. 홍 화백이 씩 웃으며 그 하얀 손을 잡는다.

카메라의 플래시가 번쩍이고, 요란한 박수 소리가 터진다.

"야— 순자 멋쟁인데……"

병훈이다. 코로 실룩이 웃고 있다.

이렇게 박수가 요란하게 터지고 있을 때 상태가 불그레한 얼굴로 나타났다. 벌써 어디서 한잔 한 모양이다.

늦게 참석을 한 상태는 입구 쪽 아무 데나 살짝 자리를 잡고 앉으며, 웬 부인이 꽃다발을 증정하고 척 악수까지 나누는가 싶은 듯 약간 불그레해진 시선으로 멀뚱히 바라본다.

꽃다발 증정이 끝나자, 이번에는 홍사운의 답사였다.

홍 화백의 답사는 회장이나 다른 사람의 축사에 비해 아주 간단했다. 말재주가 별로 없는 듯 좀 더듬거리면서, 이렇게 동창 여러분이 축하회를 베풀어준 데 대해 감사를 드린다는 말과 앞으로 보다 좋은 그림을 그리는 것으로 보답하겠다는 말을 했다. 그리고 끝으로,

"옛날 학교 때 같은 미술부였던 두 여동창께서 이렇게 참석해 주시고, 또 꽃다발까지 주신 데 대해서 진심으로 감사를 드립니다."

이렇게 말했다.

여동창 두 사람의 참석이 오늘 축하의 하이라이트인 셈이었다.

홍 화백의 답사가 끝나자 병훈이 말했다.

"두 여동창한테만 진심으로 감사를 드리고 우리 남동창한테는 가짜로 감사를 드리는 겁니까? 섭섭한데요."

모두 또 웃었다. 다음은 건배가 있었다. 그리고 주연이 시작되었다.

주연이 시작되자, 입구 쪽에 앉아 있던 상태는 일어나 노수인 쪽으로 자리를 옮겼다.

“야, 축하한다.”

상태는 먼저 홍사운에게 악수를 청한다.

“야, 이거 상태 아니야. 오래간만인데…….”

“보자…… 칠팔 년 된 것 같구나.”

“그래, 요즘도 부산?”

“응, 나야 뭐 부산 터줏대감 앙이가.”

두 사람의 대화에 노수인이 끼어든다.

“터줏대감이 아니라, 기성복 대감이래.”

“기성복?”

“응.”

그러자 상태는 좀 쑥스러우면서도 그 말이 매우 우스운 듯 껄껄 웃고 나서,

“자식, 너 언제 좀 사람 될래. 자, 어서 형님한테 술이나 따라라.” 하고 술잔을 든다.

“자, 동생, 부산서 서울까지 오느라고 수고가 많았으니 한잔해라.”

“두 손으로 따라야지. 어디 형님한테 그런 버릇이…….”

“부산에 혼자 내버려두었더니 이거 안 되겠는데…….”

“허허허…….”

“하하하…….”

동기생이란 이래서 좋은 것이다. 만나면 절로 농지거리가 나오고, 마치 옛날 학창 시절로 돌아간 듯한 기분이 되는 것이다.

주거니 받거니 술잔들이 오고 갔다. 술은 정종이었다.

주연이 흐늘흐늘 무르익어 가자, 병훈이 자리에서 벌떡 일어났다. 늦추었던 허리끈을 약간 죄면서.

“에— 그럼 지금부터 제가 사회를 맡겠습니다. 괜찮겠습니까?”

“좋소—”

모두 찬성이다. 두 여인은 과연 사내답고 재미있는 친구라는 듯이 발그스름해진 눈언저리에 살짝 웃음을 띠며 병훈을 쳐다본다.

“그럼 지금부터 백만 인의 무대가 아니라, 동창회의 무대를 시작하겠습니다. 맨 처음 나와 주실 가수는 에— 여러분이 다 잘 아시는 우리 동창생으로 에— 그 이름은 누군가 하면은…….”

빙 한 바퀴 좌석을 둘러본다.

병훈이 좌석을 빙 한 바퀴 둘러보자, 모두 혹시 자기가 지명되지 않을까 싶은 듯 약간 긴장들이 된다. 떠들썩하던 실내가 조용히 가라앉는다.

“에— 바로 장병훈 군이올시다. 장병훈 군이 첫 번째 가수로 등장합니다. 모두 박수로 환영해 주시기 바랍니다.”

박수와 함께 웃음이 터진다.

장병훈 군— 그것은 바로 자기 자신이 아닌가.

“부를 곡목은 에— 사랑해, 사랑해…….”

그리고 그는 약간 어조를 바꾸어,

“바로 제가 장병훈입니다.”

꾸벅 인사를 한다. 마치 사회자로부터 가수로 탈바꿈을 한 것처럼.

“사랑해 당신을— 정말로 사랑해— 당신이 내 곁을— 떠나간 뒤에—”

기타를 퉁기는 흉내까지 내가며 제법 괜찮게 한 곡조 뽑는다.

“……예, 예, 예, 예예예 예— 사랑해 당신을— 정말로 사랑해—”

노래가 끝나자 박수와 함께,

"재청이야!"

"앙코올!"

소리를 지르기도 한다.

"감사합니다. 감사합니다. 그러나, 앙코올은 없기로 하겠습니다. 다른 가수들이 줄줄이 기다리고 있으니까요. 그리고 노래를 부른 가수가 다음 가수를 지명해 나가도록 하겠습니다. 자, 그럼 다음 가수를 소개하겠습니다. 에— 다음 가수는, 다음 가수는……."

실내가 다시 조용해진다.

"조순자 양, 조순자 양. 에— 조순자 양으로 말할 것 같으면 일찍이 고등학교 시절 장병훈 가수와 동기생으로……."

"하하하……."

"허허허……."

웃음이 터진다.

"학교 시절에는 미술을 좋아했으나, 졸업한 뒤로 노래 공부를 열심히 해서 오늘 저녁에는 인기가수로 이 동창회의 무대에 서게 되었습니다. 박수로 환영해 주시기 바랍니다."

박수가 요란하다.

순자는 잠시 망설이다가 자리에서 일어난다.

"부르실 곡목은?"

"여고 시절."

"에— 부르실 곡목은 〈여고 시절〉입니다. 〈여고 시절〉……."

그러자 누군가가,

"여고 시절보다 남녀 공학 시절이 좋겠는데……."

하고 웃는다.

"어느 날 여고 시절— 우연히 만난 사람……."

꽤 부르고 그럴듯하게 흘러나온다.

직업적인 가수와는 비교가 안 되겠지만, 오늘 저녁 이 동창회의 무대 가수로는 충분하다.

"…… 아, 아아아 아— 아, 아아아아— 지나간 여고 시절……."

제법 모션까지 써댄다.

"조용히 생각하니— 그것이 나에게는— 첫사랑이었어요……."

노래가 끝나자 실내가 온통 떠나갈 듯하다.

"재청이야!"

"앙코올! 앙코올!"

"앙코올 있기로 하자!"

"그게 좋다!"

중론이 그렇다면 할 수 없는 일이다.

"에— 그럼 특별히 이번 한 번만 앙코올을 들어드리기로 하겠습니다. 자, 조순자 가수 일어서세요."

순자는 기쁜 듯 수줍은 듯 웃으며 일어선다.

방 안이 떠나갈 듯 박수갈채가 요란하다. 과연 오늘 저녁의 히로인인 셈이다.

재창을 하고 나서 순자는 오늘의 주인공인 홍사운을 지명했다.

홍 화백은 점잖게 넘긴 올백 머리의 뒤통수를 한 번 긁었다. 그리고 자리에서 일어났다.

"그림은 좀 그릴 줄 압니다만, 노래하고는 영 거리가 멉니다. 그쯤 아시고 들어주시기 바랍니다."

한마디 하고는 '나의 살던 고향은 꽃 피는 산골……'을 노래했다. 과연 거리가 먼 노래였다.

그러나 서투른 노래는 서투른 대로 또한 맛이 있었다.

홍 화백은 영애를 지명했다.

지명이 영애에게 떨어지자, 병훈은 다시 신이 나는 듯 떠들어 댄다.

"에― 다음 가수는 송영애 양, 송영애 양. 또 하나의 여가수가 등장합니다. 송영애 양 역시 여러분이 다 잘 아시다시피 우리 동창생이며, 나아가서는 조순자 가수, 그리고 이 장병훈 가수와 동기생이기도 한 것입니다. 부르실 곡목은?"

"매기의 추억."

"예― 좋습니다. 〈매기의 추억〉입니다. 〈매기의 추억〉…… 명곡이 나옵니다. 박수로 환영해 주시기 바랍니다."

얼굴이 갸름하고 콧대가 쪽 선 영애는 박수 소리가 가라앉자 사르르 두 눈을 감으며 노래를 뽑기 시작했다.

"옛날의 금잔디 동산에― 매기 같이 앉아서 놀던 곳―"

성량은 순자보다 못한 듯했으나, 어쩐지 성악 공부를 좀 한 사람처럼 노래가 정확하고 제법 음색도 고왔다. 눈에 띄게 모션을 쓰는 일도 없이 차분하게 불러나간다.

"물레방아 소리 들린다― 매기야 희미한 옛 생각―"

그 노래를 들으면서 노수인은 참 묘한 일이라는 생각을 했다. 이십 년 전 옛날, 지월실이와 늘 같이 다니던 그 여학생이 중년부인이 되어 오늘 이렇게 홀연히 눈앞에 나타난 것도 우연인데, 더구나 노래까지 공교롭게도 지월실이가 즐겨 부르던 그 노래가 아닌가. 우연치고도 참 희한한 우연이 아닐 수 없었다. 마치 지월실이의 추억을 불러일으켜 주려고 하는 것처럼. 매기의 추억이 아니라, 지월실이의 추억을…….

노수인은 잔을 들어 단숨에 꿀꺽 마셨다. 그리고 지그시 눈을 감았다.

"동산 수풀은 우거지고— 장미화는 피어 만발하였다—"

넓은 강당이다. 넓은 강당을 남녀 학생이 꽉 메우고 앉아 있다. 강당 안에 노랫소리가 넘쳐흐른다. 지월실이가 노래를 하고 있는 것이다. 곤색 세일러복을 입은 지월실이가 무대 위에 혼자 서서…….

"물레방아 소리 그쳤다— 매기 내 사랑하는 매기야—"

강당 안이 떠나갈 듯 박수가 일어난다. 정신없이 박수를 쳤다.

그러나 강당 안이 아니었다. 방 안이었다. 지월실이가 아니었다. 지월실이의 친구 송영애였다. 곤색 세일러복이 아니라 투피스였다.

"재청이야!"

"앙코올!"

"앙코올이다! 앙코올!"

방 안이 떠들썩했다.

노수인도 얼큰한 기분에 덩달아 소리를 질렀다.

"재청! 재청!"

그러나 영애는 재청이니 뭐니 그런 소리 자기는 모른다는 듯이,

"다음은 회장님께 부탁드립니다."

하고 얼른 지명을 해버린다.

그러자 회장은

"재청을 안 받고 나한테? 허허허…….'

웃으면서 부스스 자리에서 일어난다.

회장은 불그레 물든 토마토 같은 얼굴로 빙그레 웃으며,

"에― 무슨 노래를 할까. 음, 그렇지. 에― 오늘은 홍사운 씨의 축하회인 동시에 재경동창회의 파티이기도 한 셈이니, 옛날을 회상하는 의미에서 교가를 한 번 부르죠."

하고, 말했다.

"좋습니다. 우리 회장님인 노가수께서 교가를 한 곡조 꽝! 하시겠습니다. 자, 열렬히 박수로 환영해 주시기 바랍니다."

박수가 터진다.

행진곡조의 교가가 굵은 베이스로 흘러나온다.

"해 돋는 아침의 푸른 멧부리― 그 정기 이어받은 배움의 터전―"

회장의 노래에 맞추어 처음에는 모두 뚱땅뚱땅…… 쿵작쿵작…… 젓가락으로 그릇을 두들기기도 하고, 손으로 테이블을 치기도 하다가, 한 사람 두 사람 따라 부르기 시작하더니, 마침내 온통 합창이 되고 말았다.

"내일의 높은 꿈을 가슴에 안고― 우리는 슬기롭게 발맞춰 간다―"

방 안이 떠나갈 듯 요란하다.

"아! 자랑스런 우리 학원, 빛나는 학원― 샛별들의 요람 터 청파고등학교―"

교가의 합창은 일절로써 끝나는 법이 없다. 이절 삼절로 이어져 나간다.

축하연이 끝난 다음, 노수인은 홍사운과 상태와 함께 이차로 갔다. 노수인과 홍사운은 이차였으나, 상태는 축하회에 오기 전에 벌써 한잔 한 터라 삼차인 셈이었다.

비어홀로 갔다.

이차로 동기생만 셋이 한자리에 앉으니 오붓해서, 일차 때보다 한결 유쾌했다.

"야, 니 술 많이 늘었구나. 지법*('제법'의 방언)인데……."

상태가 말했다.

"지법이라니…… 말조심해. 형님한테. 내가 마시기로 들면 아마 너보다 더 많이 마실지도 몰라."

"그래? 정말이가?"

"정말이지."

노수인은 공연히 허세를 떨어댄다.

"야, 그것 듣던 중 반가운 소식인데…… 자, 그럼 한 잔 더……."

"좋아, 따러."

노수인은 좀 과하다 싶을 정도로 마신다.

상태는 말할 것도 없다. 맥주 같은 게 다 술이냐는 듯이 꿀꺽꿀꺽 고래처럼 기울여댄다. 그는 보통 술이 아닌 것이다. 홍사운만이 조금씩 맛을 음미해 가며 홀짝거린다.

스테이지에서는 황혼기로 들어선 여가수가 흘러간 노래를 구슬프게 뽑아내고 있다.

"니 요새 아우트웨이 좀 하나?"

상태가 약간 거슴츠레한 눈에 웃음을 담으며 노수인에게 묻는다.

"뭐? 아우트웨이? 아우트웨이가 뭐야?"

"아우트웨이도 모르나? 하이웨이가 고속도로니까, 아우트웨이는 뭐겠나?"

"아우트웨이라…… 바깥 도론가?"

"바깥 도로를 한자로 간단하게 생각해 보래."

"허허허……."

노수인은 그만 커다랗게 웃는다.

그러자 홍사운도,

"외도(外道)란 말이지."

하고 껄껄 웃는다. 참 시시껄렁하다는 듯이.

술자리란 결국 이렇게 시시껄렁한 데로 흘러가게 마련인 것이다. 외도를 '아우트웨이'라니 저속한 익살이지만, 그러나 이 정도는 약과인 것이다. 그야말로 낯이 화끈해질 정도로 질펀질펀한 데까지 화제는 내려가는 것이다. 그런 질펀질펀한 이야기를 나누며 좋아서 흐흐흐…… 히히히…… 웃어대는 것이 술자리에서의 남자라는 동물들이다.

"그래 너는 그 아우트웨이를 많이 달리니?"

"내사 순 그것으로 안 사나."

"아, 참 그렇겠군."

"……."

"재혼 안 하는 거야?"

"해야겠어. 마누라의 1주기가 얼마 안 남았으니, 1주기나 지나고 서……."

상태는 지난해 가을에 상처를 해서, 현재 홀아비가 되어 있는 것이다. 그런 형편을 노수인도 잘 알고 있다.

"참, 작년에 상처를 했다지?"

홍사운이 말한다. 홍사운도 얼핏 노수인한테 들어서 알고 있었던 것이다.

"응, 그렇게 됐어."

"어린애가 몇이야?"

"아들 하나, 딸 하나……."

"몇 살, 몇 살이야?"

"딸아*('계집아이'의 방언)는 아홉 살, 국민학교 2학년이고, 밑의 아들놈은 일곱 살이지."

"음—"

홍사운은 안됐다는 듯이 자꾸 고개를 끄덕거린다.

잠시 후, 홍사운은 소변이 마려워 자리에서 일어났다.

화장실에 간 홍사운이 한참 있어도 자리에 돌아오지 않자,

"이 친구 가버렸나?"

하면서 노수인은 홀 안을 둘러본다.

저쪽 테이블에 홍사운이 앉아 있다. 친구들을 만난 모양이다. 손짓으로 여기서 한잔하고 가겠다는 시늉을 한다.

둘이 마주 앉아 잠시 말이 없다가, 상태가 담배에 불을 붙이고 나서 불쑥 입을 연다.

"목표물이 하나 있기는 있는데……."

"목표물이라니?"

"마누랏감 말이다. 혹시 니도 알지 몰라."

"누군데?"

"우리보다 한 학년 밑이었지. 고등학교 때……."

"한 학년 밑? 누군가?"

"지월실이라고, 혹시 기억나나?"

"뭐?"

노수인은 순간 면상을 한 대 정면으로 얻어맞은 것 같은 느낌이다.

"허허허, 와 그렇게 놀래노. 기억이 나는 모양이지. 노래를 썩 잘하던 애 앙이가."

"……."

"그 애가 지금 부산서 국민학교 선생으로 안 있나. 마침 우리 딸아 담임이라서 알았지. 그런데 싱글이니까, 싱글. 싱글이 뭔지는 알지? 아웃웨이는 몰라도……."

노수인은 꿀꺽꿀꺽 맥주를 들이켰다. 상태의 입에서 지월실의 이름이 튀어나오다니, 너무나도 뜻밖의 일이었다. 세상에는 우연이라는 것이 있게 마련이지만, 그러나 이렇게 공교로울 수가 있는가. 그녀의 이름을 오늘 프린트물에서 발견한 것도 우연이고, 그녀의 단짝이었던 영애라는 여인을 축하회에서 만난 것도 우연인데, 이번에는 이렇게 상태의 입에서까지 그녀의 이름이 튀어나오다니…… 정말 우연 치고도 묘한 우연이 아닐 수 없다.

더구나 그녀가 싱글, 즉 홀몸이라니…… 그리고 홀몸인 그녀를 상태가 목표물로 생각하고 있다니…… 그녀가 옛날 자기의 첫사랑의 소녀였다는 사실을 모르고 자기한테 서슴없이 그런 말을 늘어놓는 것이 어쩐지 우습기도 하면서, 노수인은 이상하게 기분이 착잡했다.

남의 속도 모르고 상태는 곧장 신이 나는 듯 묻지도 않는 말을 지껄여댄다. 거슴츠레한 눈에 묘하게 기분 좋은 듯한 웃음을 번질거려가면서.

"벌써 십몇 년을 혼자 산다는 기라. 그러니까 스물두어 살 때 과부가 된 거지."

“…….”

“아들이 하나 있는데, 그 아들을 믿고 혼자 사는 모양이라. 얼굴 곱겠다, 나이 젊겠다, 침을 흘리는 사람이 많을 거 앙이가. 그런데, 도무지 재혼할 맘을 안 먹는다는 기라. 보통 여자가 아니지. 그런 점이 좋단 말이다. 요새 세상에 아들 하나 믿고 혼자 살다니…… 안 그러나?”

“응.”

노수인은 도무지 착잡하고 내키지 않았으나, 고개를 끄덕거리는 수밖에 없었다.

“그래서 내가 한 번 나서볼까 하는데…….”

“…….”

“아들 하나쯤 있는 거는 괜찮겠제? 어떠노?”

“…….”

“와 아무 말이 없노? 갑자기 벙어리가 됐나? 허허허.”

상태가 웃는 바람에 노수인도 히죽히죽 맥 빠진 사람처럼 웃었다.

“친구의 중대사에 그렇게 무관심할 수가 있나. 의견을 좀 말해 봐라.”

이렇게 나오는데 가만히 있을 수는 없었다. 솔직한 심정은 지월실이에게 손을 대지 마라, 그녀는 나의 첫사랑의 소녀였다, 이렇게 말해 주고 싶었다. 그러나 그것은 난센스인 것이다. 첫사랑의 소녀였기로서니 이십 년이 흐른 지금 손을 대지 말라고 할 하등의 무엇이 있는가 말이다. 아무런 권리도 아무런 관계도 없는 것이다.

그녀는 다만 그녀일 뿐이니 누구든지 그녀의 마음을 움직이게만 하면 그녀를 차지할 수가 있는 것이다.

그런데도 노수인은 어쩐지 그녀가 아직 자기와 아련하게나마 어떤 관계에 놓여 있는 것처럼 생각되었다. 자기의 분홍빛 추억 속에 지금도 수줍은 웃음을 띤 소녀로 살아 있기 때문에 그런 모양이었다. 아무쪼록 그녀에게 아무도 손을 대지 말아주었으면 싶은 것이었다. 그러나 노수인은 이렇게 말했다.

"글쎄…… 그런 일은 자기가 알아서 할 일이지, 남이 어떻게 이래라 저래라 할 수 있겠나."

"너 같으면 어떻게 하겠나 말이다."

"나 같으면…… 글쎄, 포기하겠어."

"우째서?"

"아들이 달렸으니…… 아무래도…….."

"상관없어. 아들 하나쯤은…… 어차피 재혼인데 뭐. 난 한 번 해볼 끼라. 기어이. 열 번 찍어서 안 넘어가는 나무가 있겠나."

노수인은 가벼운 현기증 같은 것을 느꼈다. 별안간 술기운이 좋지 않게 복받치는 듯 가슴도 이상스레 뛰었다.

그러나 상태는 그런 줄도 모르고 호기 있게 뇌까려댄다.

"벌써 두어 차례 안 만났나. 아직 그런 말은 꺼내지 않았지만. 딸아 담임이라서 만나기가 좋다니까. 허허허…….."

"……"

"기어이 내 것으로 만들고 말 테니 보라구. 결혼식 때 편지할 테니까 꼭 와야 된다. 안 오면 안 된다."

"……"

"형님 결혼식에 안 오다니, 와서 축할 해줘야지. 안 그래? 허허 허…….."

노수인도 그만,

"엇헛헛허……."

커다랗게 웃음이 터져 나왔다. 마치 약간 실성한 사람이 웃는 것 같은 그런 공허한 웃음이었다.

그리고 노수인은 벌떡 자리에서 일어났다.

"속이 안 좋군. 그만 마시고 가자구."

"그래? 난 기분이 점점 더 좋아지는 판인데……."

"내일 난 출장도 가야 되고……."

"그럼 할 수 없지."

상태도 부스스 자리에서 일어난다.

저쪽 테이블에 친구들과 어울려 앉아 있던 홍사운도 노수인과 상태가 일어나는 것을 보자 자기도 자리에서 일어난다.

셈은 기어이 상태가 치른다. 기성복 대감이니 그럴 만도 하다.

그들과 헤어진 노수인은 택시를 잡아탔다. 여느 때 같으면 술을 마셔도 택시를 타는 일 없이 버스로 귀가를 하는데 오늘 밤은 어쩐지 버스에 몸을 싣고 싶지가 않다. 택시로 달려야만 좀 후련할 것 같다.

공연히 기분이 뒤숭숭하고 이상한 것이다. 마지막 판에 상태의 입에서 그런 소리만 나오지 않았다면 오늘 하루가 묘하게 가슴 설레는, 기분 좋은 하루로 끝났을 터인데, 그 녀석의 입에서 그런 소리가 나왔으니 그 말을 듣고 기분 좋을 수가 있겠는가 말이다. 아무리 이십 년 전의 첫사랑의 소녀라고는 하지만, 하등의 권리도 하등의 관계도 없다고는 하지만, 그러나 그녀를 남도 아닌 바로 상태란 녀석이 자기 것으로 만들려 하다니, 솔직히 말해서 배가 아픈 것이다. 뺏기는 듯한 느낌인 것이다.

택시는 쾌속으로 달렸다. 달이 좋은 밤이었다. 시가지를 달릴 때는 달이 좋은지 어떤지 알 수가 없었는데, 고개를 치달아 자하문 곁을 지나자, 온통 검정 계곡에 달빛이 좍— 쏟아지고 있는 게 차창 밖으로 내다보였던 것이다. 속이 툭 트이는 듯 후련하고 시원했다.

택시는 달빛이 새하얗게 깔린 길을 기분 좋게 미끄러져 갔다.

택시를 내린 노수인은 가게에서 과자랑 사과 같은 것을 큰 봉투로 한 봉지 샀다. 퇴근 시의 선물로서 이렇게 한 봉지 듬뿍 사는 일은 좀처럼 드물다.

고개를 넘어오기 전까지의 뒤숭숭하고 이상하던 기분은 어디론지 사라지고, 어쩐지 재미있다는 생각이 자꾸 가슴에 부풀어 오르고 있는 것이다. 달빛 때문인지도 모른다. 달빛 속을 쾌속으로 달렸기 때문에 그런지 모른다.

아무튼 산다는 것은 재미있는 일이라는 생각이 자꾸 든다. 특히 오늘 같은 날은 말이다. 어쩌면 앞으로 더욱 재미있는 일이 닥쳐올 것 같기도 하다.

노수인은 서류 봉투와 선물 봉지를 들고 건들건들 비탈길을 오르면서,

"옛날의 금잔디 동산에……."

하고 노래를 흥얼거리기 시작한다.

묘하게 또 마음이 설레는 것이다.

옛날의 금잔디

노수인이 고등학교 2학년 때의 일이었다.

늦은 봄 어느 날 오후, 노수인은 교재원의 청소를 하고 있었다.

교재원에는 가지가지 꽃이 만발해 있었다. 어떤 것은 벌써 바람에 나부껴 팔랑팔랑 꽃잎이 지고 있었다. 사방은 온통 향긋한 꽃내음에 젖어 있었고, 나비들이 수없이 날고 있었다.

꽃 덤불 사이로 요리조리 뻗어 있는 오솔길을 노수인은 혼자 비를 들고 쓸어 나갔다. 오솔길에 떨어져 있는 것은 주로 꽃잎들이었다. 노란 꽃잎이 소복이 떨어져 있기도 했고, 분홍빛, 빨간빛의 꽃잎들이 흩어져 있기도 했다. 마치 땅에 가지가지 빛깔과 모양의 무늬를 수 놓은 듯 여간 곱지가 않았다. 빗자루로 쓸어버리기가 안타까울 지경이었다.

"참 고운 꽃길이구나."

중얼거리면서 꽃잎들을 쓸어 나가고 있던 노수인은

“아!”

깜짝 놀랐다.

하마터면 어떤 여학생과 보기 좋게 부딪칠 뻔했다. 여학생 하나가 급히 오솔길을 달려왔던 것이다. 마침 오솔길이 꺾어진 대목이었다.

“어머나!”

여학생은 호들갑스럽게 놀라며 우뚝 멈춰 섰다. 노수인도 비를 든 채 우뚝 섰다.

두 사람의 시선이 마주쳤다.

여학생은 놀란 데다가 부끄럽고 무안해서 어쩔 줄을 모르겠다는 듯 온통 발그레 얼굴을 물들였다. 그리고 방긋 웃었다. 방긋 웃는 그녀의 양쪽 볼에 보조개가 예쁘게 패고, 윗입술 한쪽 밑으로는 하얀 덧니 하나가 살짝 내다보였다. 그래서 그런지 앳되어 보이면서도 어여뻤다. 몹시 매력이 있는 얼굴이었다. 노수인도 절로 귀밑이 화끈 달아올랐다. 그리고 저도 모르게 벙글 웃음이 나왔다.

그러자 여학생은 얼른 차려 자세를 취하더니,

“아이, 미안합니다.”

머리를 납작 숙여 절을 했다.

그리고 후닥닥 노수인 곁을 지나 오솔길을 냅다 달려가는 것이었다.

노수인은 돌아서서 그녀의 뛰어가는 뒷모습을 멀뚱히 바라보았다. 까만 단발머리를 나풀거리며 꽃 덤불 사이를 달려가는 곤색 세일러의 여학생— 마치 한 마리의 사슴 같았다. 한 마리의 앳된 암사슴이 수사슴에 놀라 부끄럽게 뛰어 달아나는 것 같았다.

오솔길을 꺾어 돌아 꽃 덤불 속으로 여학생의 모습이 사라져 버리자, 노수인은 그제야 가슴이 걷잡을 수 없이 두근거리는 것을 느꼈다. 야릇한 기운이 온몸을 자르르 흐르는 듯도 했다.

노수인은 빗자루를 쥔 채 멀뚱히 서서 가볍게 몸을 한 번 떨었다. 참 묘한 기분이었다.

한 학년 밑의 여학생이었다. 그러나 이름이 무엇인지는 알 수 없었다.

그날 밤 노수인은 도무지 잠을 이룰 수가 없었다. 그 무렵 노수인은 홍사운과 함께 방을 얻어 자취를 하고 있었다. 자취방 구석에 누워 노수인은 밤이 이슥토록 잠을 이루지 못하고 멀뚱멀뚱 천장을 바라보며 낮의 그 일을 생각하고 있었다. 발그레 물든 얼굴로 방긋 웃었을 때 양쪽 볼에 예쁘게 패던 보조개, 그리고 살짝 내다보이던 하얀 덧니…… 공연히 그는 끙 앓는 소리를 하며 애꿎은 이불을 휘감아댔다. 열여덟에 처음으로 느껴보는 애타는 심사였다.

그 후로도 노수인은 몇 차례 그 여학생과 마주쳤다.

한번은 음악실로 가는 복도에서였다. 음악실은 교재원 한쪽 가에 아담하게 따로 세워져 있었는데, 긴 복도가 거기까지 연결되어 있었다. 음악 시간이 되어 그 긴 복도를 급우들과 함께 음악실 쪽으로 가고 있는데, 마침 수업을 마친 여학생들이 쏟아져 나왔다. 좁은 복도에서 여학생들과 스치게 되자 남학생들은 공연히 좋아서 싱글벙글 떠들어 댔다.

"호박이로구나. 호박."

"호박이라도 꼭 중국 호박같이 생겼구나."

"꼭 호떡같이 생긴 것도 있네."

"보리떡같이 생긴 것도 있구나."

그러자 가만히 지나치질 않고,

"너거는 꼭 모갯덩어리*(모과 덩어리) 같다! 모갯덩어리!"

하고 뇌까리는 용감한 여학생도 있었다.

그렇게 웃고 떠들어 대며 지나가다가 노수인은 줄줄이 스쳐가는 많은 여학생들의 얼굴 가운데서 그녀의 얼굴을 발견했다. 언뜻 눈에 들어온 얼굴이 바로 그녀였던 것이다. 그런데 묘한 것은 그가 그녀를 발견하자 동시에 그녀도 그를 힐끗 바라보는 것이 아닌가. 마치 무슨 야릇한 인력이라도 작용한 것처럼.

시선이 마주치자, 그녀는 얼굴을 발그레 물들이며 웃었다. 그리고 얼른 들고 있던 음악 교본으로 살짝 얼굴을 가리는 것이었다. 노수인 역시 얼굴이 화끈했다. 가슴이 두근거리면서 야릇한 것이 온몸에 자르르 퍼지는 듯했다.

음악실에 들어가 앉아 공부를 하면서도 노수인은 도무지 마음을 가라앉힐 수가 없었다. 그녀 역시 확실히 부끄러움을 간직하고 있다는 사실을 안 셈이니 그럴 수밖에 없었다. 곧장 가슴이 설레고 기분이 묘하게 좋았다.

한번은 거리에서 그녀와 마주쳤다. 일요일이었다. 부슬부슬 이슬비가 내리는 거리를 노수인이 우산도 없이 비에 젖으며 걸어가고 있는데, 맞은편에서 그녀가 우산 하나를 친구와 함께 받쳐 들고 걸어왔다. 친구는 콧대가 쪽 선 갸름한 얼굴이었다.

그런데 그 친구는 세일러복 차림인데, 그녀는 흰 저고리에 꽃자주색 치마를 입고 있는 것이 아닌가. 하얗고 긴 옷고름이 꽃자주색 치마 위에서 나풀거렸다.

그녀들은 노수인을 보자 까딱 고개를 숙여 인사를 했다. 상급생에 대한 인사인 것이었다.

남학생과 여학생 간에도 상급생 하급생의 구별이 엄격했고, 교외에서는 반드시 인사를 주고받도록 교칙이 그렇게 되어 있었다. 남녀공학일수록 교칙이 엄해야 되는 모양이었다.

그런데 그 세일러복을 입은 여학생의 인사는 단순한 상급생에 대한 인사인데, 그녀의 인사는 어쩐지 그렇지가 않았다. 상급생에 대한 인사인 동시에 야릇한 수줍음도 섞인 그런 인사였다. 단순한 상급생에 대한 인사 같으면 수줍게 웃을 필요가 없는 것이다. 비록 교복이 아니라 치마저고리를 입었다고는 하지만.

그리고 그녀는 수줍은 웃음과 함께 어쩐지 좀 보기가 안됐던 듯한 그런 표정도 지었다. 비가 부슬부슬 내리는데 우산도 없이 걸어가는 것이 말이다.

그녀의 그런 표정을 알아본 노수인은 조금 창피한 생각이 들기도 했지만, 좌우간 가슴에 훈훈한 것이 꽉 차오르며 걷잡을 수 없이 뛰었다.

그런 일이 있은 뒤론 노수인의 눈에 곧잘 그녀의 고운 꽃자주색 치마가 삼삼거렸다.

그녀의 이름이 지월실이라는 것을 안 것은 개교기념일의 예술제 때였다.

신록이 눈부신 어느 날, 강당에서 예술제가 개최되었다. 강당을 빽빽이 메운 남녀 학생들은 무대 위에서 벌어지는 가지가지 프로에 박수를 쳐대고 갈채를 보내고 웃음을 터뜨리기도 했다.

노수인도 물론 그 속에 묻혀 기분이 매우 들떠 있었다.

"에— 다음은, 다음은……."

마이크에서 다음 프로의 소개가 흘러나왔다.

"1학년 여학생을 대표해서 지월실 양의 독창이 있겠습니다. 지월실 양의 독창…… 부를 곡목은 〈매기의 추억〉, 〈매기의 추억〉…….."

이렇게 지월실의 이름이 두 번이나 소개되었으나, 노수인은 그게 누구인지 전혀 모르고, 그저 지월실이라는 1학년 여학생이 독창을 하는구나 싶었을 따름이었다.

그러나 곧 그는 깜짝 놀라고 말았다. 두 눈이 휘둥그레졌다. 무대 한복판으로 걸어 나오는 지월실이라는 여학생이 바로 다름 아닌 그녀가 아닌가. 정말 뜻밖의 일이었다.

노수인은 공연히 가슴이 두근두근 뛰었다.

"지월실, 지월실……."

속으로 그녀의 이름을 뇌어 보며 가만히 얼굴을 붉혔다.

그녀가 살짝 웃으며 절을 하고는 노래를 부르기 시작했다.

"옛날에 금잔디 동산에……."

그녀의 노랫소리는 어딘지 모르게 약간 비음이 섞여 있는 듯했다. 그래서 여느 학생들의 노래와는 달리 독특한 매력을 풍겼다.

부드럽고 싱싱하면서도 어딘지 모르게 비음이 느껴지는 듯한 그녀의 독특한 노랫소리가 울려 퍼지자 장내는 온통 물을 끼얹은 듯 조용했다. 노수인은 숨을 죽이고 그녀의 독특한 음성의 노래에 뭐라고 형언할 수 없는 상태로 도취되어 있었다.

노래는 이절까지 계속되었다.

"…… 옛날의 노래를 부르자― 매기 내 사랑하는 매기야―"

노래가 끝나자 장내는 박수로 떠나갈 듯했다.

"앙코올―"

"앙코올—"

여기저기서 소리를 질러대기도 했다.

"지월실이 최고다!"

이렇게 외쳐대는 녀석도 있었다.

노수인은 정신없이 박수를 쳐댔다. 그러나 그는 곧 얄궂은 심정으로 바뀌었다. 어쩐지 초조하고 불안했다. 그녀를 향해 그처럼 폭발하는 박수갈채가 달갑지 않은 것이었다. 여학생들이 그러는 것은 상관없지만, 남학생들이 그녀를 향해 열광이 되는 것은 웬일인지 몹시 못마땅했다. 자기만이 남몰래 간직하고 있던 소중한 것이 여러 사람 앞에 노출되어 버린 것 같은 그런 안타까움이었다.

예술제가 있은 뒤로 노수인은 마음을 걷잡을 수가 없었다. 여러 사람 앞에 노출되어 버린 지월실— 그녀를 어떻게든지 자기만이 간직해야 되겠는데, 어떻게 했으면 좋을지 몰랐다. 초조하고 불안한 하루하루가 지나갔다.

그런 어느 날 오후, 노수인은 역시 교재원의 오솔길을 쓸고 있었다. 한 손으로 비를 들고 그저 건성으로 슬슬 쓸어 나가고 있는데, 저쪽 큰길에서 여학생의 까르르 웃는 소리가 들렸다. 여학생의 웃음소리와 함께 남학생이 뭐라고 떠벌여대는 소리도 들려왔다.

무심히 그쪽으로 고개를 돌린 노수인은 그만 우뚝 멈추어 서고 말았다.

지월실이었다. 그녀가 그 얼굴이 갸름하고 콧대가 쪽 선 친구와 둘이 어떤 남학생의 뒤를 따르며 그렇게 호들갑스럽게 웃어대고 있었다.

남학생은 노수인보다 한 학년 위인, '야구빳다'라는 별명을 가진 3

학년생이었다. 야구 선수가 돼서 곧 야구배트를 들고 다니기 때문에 그런 별명이 붙기도 했겠지만, 그보다도 그 배트를 가지고 곧잘 하급생을 갈기기 때문에 붙은 별명이었다.

그 야구빳다가 뭐라고 떠벌여대는 소리를 듣고 좋아서 지월실이 그렇게 호들갑스럽게 웃어대는 것이 아닌가. 노수인은 얄궂게 가슴이 뛰면서 온몸의 피가 거꾸로 치솟는 듯했다. 확 붙어 오르는 질투의 불꽃인 셈이었다. 자기가 은밀히 눈여겨보며 손을 뻗치려고 가슴 설레고 있는 소중한 물건에 이미 남의 손이 먼저 닿은 듯한 느낌이었던 것이다.

그날 밤 마침내 노수인은 그녀에게 편지를 썼다.

이슥토록 잠을 이루지 못하고 이리 뒤척 저리 뒤척 이불을 휘감으며 신음 소리 비슷한 한숨을 토하자 옆에서 책을 읽고 있던 홍사운이,

"어디 아프니?"

걱정스레 물었다.

"아니."

"그럼 왜?"

"아무것도 아냐."

"핫하— 너 아마 가슴에 멍이 든 모양이로구나. 그렇지?"

"멍이 들긴……."

"알록달록한 멍이 든 거 아냐? 솔직히 말해 봐."

"아무것도 아니라니까."

"얼굴에 다 나타나 있는데 그래. 누구야? 상대가……."

노수인은 그저 씩 웃기만 했다.

“핫하. 좋은 일이지. 젊은 베르테르의 괴로움이라…… 좋은 일이야. 열심히 고민해 보라구. 이불을 더 사타구니로 꾹꾹 휘감으면서…… 히히히…….”

“짜식, 하하하…….”

“인생의 진리는 바로 사타구니 근처에 있는 거니까…… 헤헤헤…….”

곧장 빈정거리던 홍사운이 잠이 들자 노수인은 이불 속에 엎드려서 편지를 썼던 것이다. 난생처음으로 써 보는 러브레터였다. 그대를 내 목숨보다도 더 사랑하노라는 식의 편지를 찢고 또 찢으며 길게길게 썼다. 말하자면 최고로 정성을 들인 작문인 셈이었다.

러브레터를 가슴에 품고 노수인은 이튿날부터 지월실에게 그것을 건네줄 기회를 찾아 서성거렸다. 그러나 그런 좋은 찬스는 좀처럼 와 주질 않았다.

사흘째 되는 날 방과 후 드디어 그는 지월실의 뒤를 밟을 수가 있었다. 콧대가 쪽 선 그 여학생과 나란히 집으로 돌아가고 있는 지월실의 뒤를 그는 가슴 두근거리며 따랐다. 그녀의 집을 알기 위해서였다.

그녀의 집은 학교에서 꽤 먼 곳에 있었다. 커다란 간판이 붙은 잡화상이었다. 가게 옆에는 수양버들이 한 그루 서 있었다.

지월실이네 집이 잡화상을 하는 집이라는 것을 알았을 때, 노수인은 어쩐지 약간 실망이 되는 느낌이었다. 그처럼 노래를 잘하는 지월실이가, 웃으면 양쪽 볼에 보조개가 패고, 하얀 덧니가 살짝 내다뵈는 어여쁜 지월실이가 기껏 눈깔사탕 집 딸인가 싶었던 것이다.

그러나 이튿날 날이 새기가 바쁘게 노수인은 그 집 근처에 가서 서성거렸다.

식전에 혹시 지월실이가 무슨 심부름으로라도 집 밖으로 나타나지 않을까 하고, 노수인은 그녀의 집 대문이 있는 골목에서 서성거리며 초조히 기다렸으나 허사였다.

얼마나 기다렸을까. 해가 둥둥 떠올랐을 즈음 지월실이 친구인 그 콧대가 쪽 선 여학생이 골목으로 들어섰다. 기다리던 지월실이는 나타나지 않고, 엉뚱한 그녀의 친구가 마치 훼방이라도 놓으려는 듯이 골목길로 들어서더니, 그녀네 집 대문 안으로 쑥 들어가는 것이 아닌가.

잠시 후 지월실이는 그 친구와 함께 웃으며 나타났다. 같이 학교에 가려고 그 친구가 데리러 왔던 것이다. 집이 근처에 있는 모양이었다.

노수인은 화가 나서 견딜 수가 없었다. 그 여학생의 쪽 선 콧대를 한 대 갈겨 주었으면 싶었다.

그래서 결국 그날 아침은 허사로 돌아가고, 다시 이튿날 아침을 기하는 수밖에 없었다.

그러나 이튿날 아침도 마찬가지였다. 역시 어제처럼 그 여학생이 지월실이를 데리러 오는 것이었다.

그 이튿날 역시 마찬가지였다. 매일 아침 습관처럼 그렇게 되어 있는 모양이었다.

노수인은 슬그머니 지월실이가 원망스럽기도 했다. 자기가 좀 일찍 아침을 먹고 친구를 데리러 가면 안 되는가 말이다.

'계집애 되게 게으름뱅인 모양이지.'

공연히 그녀를 게으름뱅인 모양이라고 투덜거렸다.

실상은 게으름뱅이라서 그러는 것이 아니라, 친구 집에서 학교로 가는 길목에 자기 집이 있기 때문에 친구를 기다려서 같이 가는 것인데…….

사흘 아침이나 수포로 돌아가자 노수인은 작전을 바꾸는 도리밖에 없었다. 이번에는 좀 더 지구전으로 나가기로 마음먹었다. 일요일에 그녀의 집 근처에서 종일 서성거리기로 했다. 그러면 설마 어떤 기회가 있지 않겠는가 말이다. 하루 종일 집 안에 갇혀 있진 않을 터이니.

일요일. 아침을 일찍 먹고 집을 나서는 노수인을 보고 홍사운은 빙글빙글 웃으면서 말했다.

"오늘은 기어이 낚아라. 아직까지 그것도 하나 못 낚다니…… 형편없는 낚시꾼이로군. 흐흐흐……."

"하하하……."

노수인은 멋쩍은 듯 웃고 나서 커다랗게 심호흡을 한 번 했다. 그리고 마치 무슨 거창한 사업이라도 하러 가는 사람처럼 대문을 나섰다.

지구전을 각오한 바인데 오히려 허망할 정도로 기회는 일찍 왔다. 노수인이 그녀 집 가게 옆에 있는 수양버들 그늘에 서서 가게 안을 힐끗힐끗 바라보고 있는데, 가게를 보고 있는 그녀의 어머니인 듯한 부인이 안을 향해,

"얘, 월실아! 가게 좀 나와 봐라. 나 볼일 좀 보고 올 테니……."
하는 것이 아닌가?

그러자 잠시 후 흰 저고리에 꽃자주색 치마를 입은 그녀가 둥근 수틀을 들고 가게에 나타났다. 그녀가 나타나자, 부인은 가게를 나

와 어디론지 총총히 사라져 버렸다.

노수인은 걷잡을 수 없이 가슴이 뛰었다. 이렇게 수월하게 기회가 와주다니…… 그러나 막상 기회가 눈앞에 닥치자, 지랄같이 자꾸 가슴이 뛰어 행동이 망설여지는 것이 아닌가.

잠시 수양버들 그늘에 숨어서 가슴의 고동을 가라앉힌 다음, 노수인은 아랫배에 꾹 힘을 주며 가게로 다가갔다.

지월실이는 둥근 수틀을 들고 앉아 수를 놓고 있었다. 노수인이 가게로 다가갔으나, 그런 줄도 모르고 한 바늘 한 바늘 수에만 정신이 팔려 있었다.

노수인은 약간 가슴이 떨리기까지 했으나, 성큼 가게 안으로 들어섰다. 그저 손님이 물건을 사러 온 줄 알고 고개를 든 그녀는 그러나 뜻밖에도 그게 아니자, 호들갑스럽게 놀란다. 온 얼굴이 홍당무처럼 붉어진다. 너무나도 뜻밖의 일인 듯 몹시 부끄럽고 또 창피하기도 한 모양이다. 노수인은 씩 웃었다. 그 역시 몹시 쑥스러웠다.

"저……."

우물우물하면서 그는 얼른 품 안에서 편지를 꺼냈다. 그리고 그것을 그녀 앞으로 쑥 내밀며 말했다.

"이거 받아 주세요."

그녀는 그게 무언가 싶은 듯 약간 눈이 휘둥그레진다. 그러나 당황해서 그런지 그녀는 그게 무언지도 모르고 얼른 받는다. 그녀의 손에 편지를 쥐어주자, 노수인은 후닥닥 가게를 나왔다. 걷잡을 수 없이 가슴이 뛰고 얼굴이 화끈거렸다.

혹시 누가 보지 않았는가 싶어 노수인은 사방을 한 번 둘러보고는 냅다 잰걸음을 치기 시작했다. 걸음이 그렇게 가벼울 수가 없었다. 마치 무슨 거창한 일이라도 성취한 것처럼 온통 어깨가 홀가분하고, 둥둥 떠오를 듯한 기분이었다. 그래서 그는 한참 가다가 유쾌하게 휘파람을 불기 시작했다.

집에 돌아가자, 방에 번듯이 드러누워 있던 홍사운이 벌떡 일어나며 웃었다.

“벌써 낚았니? 빠른데…… 오늘은 솜씨가 좋았던 모양이지.”

“어떻게 될지 아직 몰라.”

“그래, 편지를 받던?”

“응.”

“그럼 됐지 뭐야. 야― 축하한다. 한 턱 내야 되겠는데…… 호떡집에 가자.”

“아직 어떻게 될지 모른다니까.”

“모르긴 뭘 몰라. 편질 받았으면 다 된 거지. 그래, 상대가 누구냐?”

그 말에는 그저 히들히들 웃기만 한다.

“짜식 비싸게 노네. 네 솜씨에 붕어를 낚았겠니, 잉어를 낚았겠니. 기껏해야 피라미 새끼겠지.”

“뭐야? 피라미 새끼? 나중에 보라구. 깜짝 놀라 뒤로 벌떡 넘어질 테니까. 하하하…….”

“벌떡 넘어져? 헤헤헤…… 넘어질 일도 되게 없던가 보다.”

그날 저녁, 노수인은 학교 옆에 있는 동산의 숲으로 갔다. 물론 지월실이와 만나기 위해서였다. 편지 끝에다가 ‘이 편지를 받은 그날 저녁을 먹고 학교 옆 동산의 숲으로 꼭 나와 주세요. 기다리겠습니다.’라고 적었던 것이다.

호젓한 동산의 숲 들머리에서 노수인은 나무에 기대서서 달을 쳐다보기도 하면서 지월실이가 나타나기를 기다렸다. 그러나 어찌 된 셈인지 그녀는 좀처럼 나타나질 않았다. 이제나 오는가 이제나 오는가 하고 눈이 빠지도록 기다렸으나 끝내 그녀는 나타나지 않았다.

밤이슬에 젖어 눅눅한 몸으로 노수인은 터벅터벅 집으로 돌아가는 수밖에 없었다. 걸음이 한없이 무거웠다. 홍사운의 말이 생각나기도 했다.

"모르긴 뭘 몰라. 편질 받았으면 다 된 거지."

그런데 왜 나타나지 않을까. 편지에도 '꼭 나와 주세요.'라고 썼는데…….

두 번째 편지를 쓰는 수밖에 없었다. 그날 밤 얼마나 기다렸는지 아느냐고, 그렇게 사람을 기다리게 하는 수가 있느냐고, 정말 울고 싶은 심정이었다고 썼다. 그리고 끝에다가 이번에는

―오는 일요일에 점심을 먹고 동산의 숲으로 나와 주세요. 이번에는 꼭 나와 주시리라 믿고 기다리겠습니다. 날이 새도록 기다리겠습니다. 꼭, 꼭 나와 주세요.

이렇게 썼다. 밤에 만나자고 했기 때문에 무서워서 못 나왔으려니 생각하고, 이번에는 낮에 만나자고 썼던 것이다.

문제는 또 편지의 전달이었다. 어떤 일이 있어도 일요일 전에 전달을 해야 하는 것이다.

그런데 이번에는 의외로 수월하게 그런 기회가 와 주었다. 식전에 그녀 집 골목에 가서 서성거린 것도 아니고, 방과 후에 그녀 집 가게 근처에서 기회를 노린 것도 아니었다. 학교에서였다.

교재원 청소를 하고 있는데, 그녀가 음악 교본을 들고 혼자 음악

실로 가는 복도를 걸어가고 있는 것이 아닌가.

'옳지, 됐구나.'

노수인은 속으로 쾌재를 부르며 빗자루를 내던지고 얼른 그녀 뒤를 쫓았다.

음악실 입구에는 따로 풍금 연습하는 방이 여러 개 마련되어 있었다. 조그마한 칸막이 방 하나에 풍금이 하나씩 들어 있고, 자물쇠가 채워져 있었다. 음악부의 특기생에게 풍금 연습을 시키고 있는 것이었다. 주로 여학생이었다. 음악 교육을 꽤 중히 여기는 학교였다.

그 풍금 연습실의 자물쇠 하나를 따고 지월실이 안으로 들어갔다. 그리고 곧 삐삐삐삐…… 풍금 소리가 일어났다.

노수인은 썩 잘된 일이라고 생각하며 히죽 웃었다. 가슴이 좀 뛰긴 뛰었으나, 그녀 집 가게 안으로 들어갈 그때와는 비교가 안 될 정도로 침착했다. 제법 미소를 지으면서 그는 문에 손을 댔고, 그리고 천천히 그것을 열었다. 그녀가 너무 놀라지 않도록 말이다.

그러나 그녀의 놀라움은 마찬가지였다. 어디서 난데없이 이렇게 바람처럼 나타나는가 싶은 듯 눈이 휘둥그레지며 온통 얼굴을 붉혔다. 그리고 이번에는 그 표정에 수줍은 기운이 더 짙게 떠올랐다. 부끄러워서 곧 죽겠는 모양이었다. 이미 러브레터를 받은 터이니 그럴 수밖에.

노수인은 얼른 품 안에서 편지를 꺼내며 말했다.

"왜 안 나왔어요? 얼마나 기다렸는지……."

그리고 그녀 앞으로 쑥 편지를 내밀었다.

"이번에는 꼭 나와 줘요. 예?"

"……."

"이것 받아 줘요."

그러나 그녀는 어쩔 줄을 모르겠는 듯 야릇한 표정으로 힐끗 한 번 노수인을 쳐다보고는 그만 두 손으로 얼굴을 가려버렸다. 도저히 부끄럽고 어색해서 못 견디겠는 모양이었다. 할 수 없이 노수인은 편지를 풍금 건반 위에 놓았다. 그리고 돌아서 나오며,

"꼭 나와요. 기다리겠어요."

제법 여유 있게 한 번 더 말했다.

밖으로 나온 노수인은 어쩐지 이제 자신이 있는 듯 가슴이 뿌듯했다. 결코 그녀가 싫어하고 있는 게 아니라는 것을 알았으니 말이다. 그녀의 표현에 그것이 역력히 나타났던 것이다. 일요일이 오기를 노수인은 목이 마르게 기다렸다.

마침내 일요일이 다가왔다.

노수인은 점심을 여느 때보다 좀 일찍, 그리고 몇 숟갈 뜨는 둥 마는 둥 하고 학교 옆 동산의 숲을 찾아갔다.

오늘은 설마 나오겠지, 직접 말도 했고, 편지에도 그처럼 간곡하게 썼는데, 설마 안 나올 리가 있겠나 싶었다. 만일 안 나오면 오늘은 그냥 돌아갈 게 아니라, 그녀 집을 찾아가서 기어이 불러내고야 말리라, 이렇게까지 마음먹었다.

노수인은 나무에 기대서서 어디선가 멀리 들려오는 뻐꾸기 우는 소리에 귀를 기울이기도 하면서 지월실이가 나타나기를 기다렸다.

얼마나 기다렸을까. 서서히 화가 치밀어 오르려고 할 무렵, 마침내 저 아래쪽 길에 여학생의 모습이 나타났다. 계절이 초여름으로 들어서서 여학생들의 세일러복은 곤색에서 흰색으로 바뀌었다.

밑은 곤색이고 위는 흰색인 여학생의 모습이 나타나자, 노수인은

두 눈이 번쩍 띄었다.

그러나 어찌 된 셈인지 혼자가 아니라 두 사람이 아닌가. 두 여학생이 나란히 무슨 이야기를 주고받으며 걸어오고 있었다. 혹시 딴 여학생들이 아닌가 하고 노수인은 뚫어지게 바라보았다.

차차 가까워지는데 보니 틀림없었다. 하나는 지월실이고, 하나는 그 콧대가 쪽 선 그녀의 친구였다.

'뭐 저래.'

노수인은 기분이 잡쳐지는 느낌이었다. 혼자 와야 되는 것이지, 이런 곳에 친구와 함께 오다니…… 계집애 참 형편없구나 싶었다.

그러면서도 가슴이 두근두근 뛰기는 뛰었다. 아무튼 안 나오는 것보다는 월등히 나으니 말이다. 어쩌면 여자니까 처음에는 저렇게 친구와 함께 나오는 것은 무리가 아니리라. 둘이 온다고 해서 설마 만나는 자리까지 친구를 동석시키지는 않겠지 싶기도 했다.

예측했던 대로 친구는 서로 얼굴을 알아볼 만한 거리가 되자, 그 자리에 떨어지고, 지월실이 혼자만 머뭇거리다가 한 걸음 한 걸음 다가왔다. 부끄럽고 멋쩍어서 못 견디는 듯 홍당무처럼 붉어진 얼굴을 곧장 옆으로 돌렸다가, 밑으로 떨구었다가, 손등으로 살짝 가리기도 하면서…….

노수인은 그녀가 가까워지자, 자기도 약간 얼굴을 붉히면서 빙글 웃었다. 그리고 슬금슬금 앞장서서 걸음을 옮겼다. 숲속으로 좀 더 호젓한 장소를 찾아가는 것이었다.

다복솔이 우거진 잔디 위에 노수인이 앉자 지월실이도 조금 떨어져서 앉았다.

노수인은 얼른 무슨 말이 나오지가 않아 공연히 헛기침을 하기도 하고, 손수건을 꺼내어 한 번 입 언저리를 닦기도 했다. 그리고 두근거리는 가슴을 지그시 누르며 입을 열었다.

"혼자 나오지, 왜 친구를 데리고 나오셨어요?"

지월실이는 생글 웃을 뿐 아무 대답이 없다.

"이런 데에 친구를 데리고 나오다니…… 그럼 친구도 내 편질 봤겠군요."

"봐도 괜찮아요."

"하하하, 봐도 괜찮다뇨?"

"영애는 나하고 제일 가까운 친군 걸요."

"그렇지만……."

노수인은 속으로 참 순진하기 짝이 없는 계집애로구나, 계집애들이란 다 이런가 싶었다. 자기는 그처럼 한방에서 뒹굴며 함께 자취를 하는 홍사운에게 상대가 누구라는 것을 내색도 하지 않았는데 말이다.

"친구한테 먼저 돌아가라고 그러세요. 기다리게 해 놓고 우리만 오래 이야기하고 있을 순 없잖아요."

"아니에요. 곧 가야 돼요."

"예? 곧 가다뇨?"

노수인은 뜻밖의 말에 멀뚱히 지월실을 바라보았다.

"같이 어디 갈 데가 있어요."

"갈 데가요?"

"예."

"어디요?"

"……."

“그러지 마시고 친굴 보내세요.”

“아니에요. 정말이에요. 같이 가야 돼요.”

그녀는 약간 미안한 듯이 웃음을 띤다.

노수인은 슬그머니 기분이 나빴다. 그렇다면 여기 오는 것이 목적이 아니라, 어디 가는 길에 잠깐 얼굴이나 보이러 왔단 말인가. 그렇게라도 해 준 것이 영 코빼기도 안 내민 것보다는 낫지만……. 잠시나마 찾아온 것은 자기의 애정 표시에 대한 긍정적인 반응인 셈이니 말이다. 그러나 어쨌든 기분이 좋은 것은 아니었다. 뭐 이래 싶었다.

“어딘데 꼭 같이 가야 된단 말입니까?”

“…….”

“괜히 그러시는 게 아니에요?”

“정말입니다. 오빠가 오라 그랬어요.”

“오빠가요?”

“예.”

“오빠가 어디 있는데요? 한집에 안 있고, 따로 있나요?”

“호호호…….”

그녀는 그런 것까지 알 필요가 뭐 있느냐는 듯이 한 손으로 입을 가리고 웃었다.

노수인은 슬그머니 멋쩍어져서 그런 이야기는 이제 그만두기로 했다. 손수건을 꺼내어 또 공연히 입 언저리를 한 번 닦았다. 그리고 화제를 돌렸다.

“내 편지 읽어 보셨죠?”

“호호호…….”

당연한 이야기를 바보처럼 묻는다는 듯이 그녀는 이번에는 손으로 입을 가리지 않고 그냥 웃었다. 양쪽 볼에 예쁜 보조개가 패고, 살짝 하얀 덧니 하나가 내다보였다.

노수인은 그 보조개와 하얀 덧니를 보자 지금까지의 좀 안 좋았던 기분은 대번에 어디로 날아가고 야릇하게 기분이 화끈 달아오르는 듯했다.

노수인의 그런 표정을 보면서 그녀는 수줍은 듯 그러면서 서슴없이 이렇게 말했다.

"읽어 보았으니까 나왔죠. 안 나오려다가 밤이 되도록, 날이 새도록 여기서 기다리겠다고 해서 그러면 어쩌나 싶어서 나왔어요."

"하하하하……."

그만 노수인도 웃음이 터져 나왔다. 정말 순진하고 귀여운 계집애로구나 싶었다. 그 말을 액면 그대로 받아들이다니, 그리고 그렇게 밤이 되도록, 날이 새도록 기다리면 어쩌나 걱정이 되어서 나왔다니…… 어쩐지 노수인은 그녀를 와락 껴안아 주고 싶은 심정이었다. 그래서 노수인은 약간 장난기 섞인 목소리로 말했다.

"밤이 되도록, 날이 새도록 기다리다 그래도 안 나오시면 그때는 월실 씨 집으로 찾아가려고 했어요. 찾아가서 대문을 쾅쾅 두들기면서 큰 소리로 부르려고 했죠."

"예?"

그녀는 그 말도 곧이듣는 듯 약간 눈이 휘둥그레진다.

지월실의 얼굴은 웃을 때만 매력이 있는 것이 아니라, 놀라서 눈이 휘둥그레지는 모습도 여간 사랑스럽지가 않았다. 노수인은 꿀꺽 한 번 침을 삼키고 나서 빙글빙글 웃으면서 말을 이었다.

"왜 놀라십니까? 찾아가서 부르면 안 되나요?"

"큰일납니다. 우리 아버지가 얼마나 무서운 줄 아세요?"

"얼마나 무서운데요?"

"별명이……."

지월실이는 자기 아버지의 별명을 말하려다가 그런 것을 입 밖에 내다는 것이 좀 뭐한 듯 얼른 말문을 닫아 버린다.

"별명이 뭡니까? 호랑이입니까?"

그녀는 말없이 웃으며 고개를 약간 가로젓는다.

"그럼, 표범입니까? 살괭이*('살쾡이'의 방언)입니까?"

"아니에요, 늑대랍니다."

"늑대요?"

"예, 호호호……."

"늑대도 무섭긴 무섭죠. 하하하……."

기분 좋게 한바탕 웃고 난 노수인은 다음은 무슨 말을 꺼내야 될 것인지 잠시 망설였다. 대화가 예정했던 대로 나가질 않고 어떻게 그만 엇길로 흘러나가 웃음이 터져 나와 버렸던 것이다.

만나면 어떤 말부터 꺼내고, 다음엔 어떤 말을 하고, 그리고 어떤 말로 옮아가서, 어떤 방향으로 흘러가도록 해야겠다고 미리 단단히 생각을 해 놓았었다. 마치 시험공부라도 하는 것처럼 간밤에 잠자리에 누워서 멀뚱멀뚱 천장을 바라보며 머릿속에서 익히고 또 익혔던 것이다. 오히려 시험공부보다 더 열심히, 더 정성 들여서.

그런데 어떻게 그만 엇길로 흘러서 전혀 생각지도 않았던 그녀 아버지 별명 같은 것이 튀어나와 한바탕 웃고 나니, 다음은 무슨 말을 해야 될지, 예정은 어떻게 되어 있었는지 얼른 생각이 나질 않았다. 머리가 괜찮은 편인데 잠시 흐리멍덩해지는 것이 아닌가.

그때, 뻐꾹 뻐꾹 뻐꾹…… 뻐꾸기 우는 소리가 또 들려왔다.

"뻐꾸기가 우는군요."

노수인은 마침 잘됐다는 듯이 입을 열었다.

열심히 익혔던 것은 다 허사였다. 결국 그것을 포기하고, 그때그때 생각나는 대로 대화를 이끌어 나가는 수밖에 없었다. 미리 열심히 순서를 익혔다는 자체가 우스운 일이었던 것이다.

"뻐꾸기 우는 소리는 언제 들어도 좋아요."

노수인은 뻐꾸기 우는 소리 쪽을 바라본다.

"예, 나도 좋아해요."

"새 우는 소리 중에서 무슨 소릴 제일 좋아하세요?"

"글쎄요. 뭐 별로 여러 가지를 들어보지 않아서……."

"꾀꼬리 우는 소릴 제일 좋아하시지 않습니까?"

"꾀꼬리 소릴 별로 들어봤어야죠."

"아 참, 바로 월실 씨 노랫소리가 꾀꼬리 소리보다 더 아름답던데요."

"아이 별말씀을……."

"정말입니다. 전번 예술제 때 정말 놀랐습니다. 월실 씨가 그처럼 노래를 잘 부르시는 줄은 몰랐어요."

"아이 뭘요."

그녀는 살짝 귀밑을 물들인다.

그때였다. 참 희한한 일이었다. 호랑이도 제 말을 하면 온다더니 어디선지 새 두 마리가 포르르 날아와 바로 눈 위의 나뭇가지에 앉았다. 물론 꾀꼬리는 아니었다. 그러나 이름도 잘 알 수 없는 고운 빛깔의 산새 한 쌍이었다.

나뭇가지에 앉은 두 마리의 산새는 삐욜삐욜 호르르호르르 삐욜 삐욜 호르르호르르…… 고운 목소리로 지저귀기 시작했다. 마치 우리도 꾀꼬리에게 못지않다는 듯이.

노수인과 지월실은 뜻밖에 나타난 두 마리의 산새를 신기한 듯이 쳐다보았다.

잠시 지저귀고 나더니, 한 마리는 나뭇가지에서 폴 날아올랐고, 한 마리는 그냥 그대로 앉아 있었다.

그런데 무슨 일인지, 앉아 있는 새는 꼬리를 쫑긋 위로 쳐들었고, 날아오른 새는 앉아 있는 새의 둘레를 팔락팔락 돌기 시작했다. 그러면서 두 마리 다 더욱 자지러지게 지저귀는 것이 아닌가.

노수인은 힐끗 지월실이를 돌아보았다. 그녀는 새들이 왜 저러는가 싶은 듯 신기한 표정으로 지켜보기에 여념이 없다. 아직 그게 무슨 동작인가를 모르는 모양이다. 노수인은 아직 정말 순진한 계집애로구나 싶었다. 자기는 대뜸 그게 무슨 짓을 하기 위한 동작인가를 알 수 있겠는데 말이다. 삐욜삐욜 호르르호르르…… 삐욜삐욜 호르르호르르…… 그렇게 곧장 자지러질 듯이 우짖어대더니, 파닥파닥 날개를 치며 둘레를 돌아쌓던 새가 가지에 앉아 지저귀는 새의 등 위로 살짝 내려앉는 것이 아닌가. 그리고 삐욜삐욜 삐욜삐욜…… 간드러지면서 꼬리를 파르르 떨어댔다. 그러자 밑의 새도 호르르호르르 호르르호르르…… 곧 간드러지면서 온몸을 파르르 떤다.

노수인은 절로 얼굴이 화끈 붉어지면서 힐끗 다시 지월실이를 돌아보았다. 그녀도 힐끗 노수인을 바라본다.

그런데 아직 그녀는 그게 무슨 수작인지 모르는 듯 별로 부끄러운 기색도 없이 오히려 희한하다는 듯이 미소를 지으며,

"새들이 왜 저러는 거예요?"

묻는다.

"허허허……"

노수인은 절로 웃음이 나왔다. 참 바보로구나 싶었다.

"왜 저러는지 모르세요?"

"예."

"허허허…… 지금 연애를 하고 있는 거예요."

"예?"

그제야 그게 무슨 동작인지 짐작이 가는 듯 그녀는,

"어머나!"

깜짝 놀라면서 온통 얼굴을 홍당무처럼 붉힌다. 그리고 어쩔 줄을 모르겠는 듯 그만 두 손으로 얼굴을 가리고 푹 고개를 숙여 버린다.

노수인은 우습기도 하고, 재미있기도 하고, 야릇하게 기분이 좋기도 했다.

행위를 마친 두 마리의 새는 삐욜삐욜 호르르호르르호르르……여전히 자지러지는 소리를 흘리면서 나뭇가지 사이로 어디론지 날아간다. 마치 무슨 진귀한 보석처럼 반짝이면서.

우짖어대던 새가 날아가 버리자, 사방은 별안간 물속처럼 고요해졌다.

그때 저 아래에서 노랫소리가 일어난다. 소프라노다. 혼자 기다리고 있는 영애가 지루한 모양이다. 빨리 마치고 가자는 신호인 셈이다.

그 노랫소리를 듣자 지월실이는 얼른 자리에서 일어난다. 아직도 얼굴이 약간 발그레하다.

“아니, 왜 일어납니까?”

“가야 돼요.”

“정말입니까?”

“영애가 저렇게 기다리고 있잖아요?”

노수인은 안타까웠다.

“그럼 내일 밤에 만납시다. 내일 밤 여덟 시에 여기서 기다리겠습니다. 꼭 나오세요. 혼자요. 알겠죠? 예? 예?”

이튿날 밤, 노수인은 가슴을 설레며 집을 나섰다.

이번에는 밤에, 그리고 누가 기다리는 사람도 없이 오래오래 만날 수 있다는 생각을 하니 걷잡을 수 없이 기분이 들뜨기도 했다. 오늘 밤에는 어제 낮처럼 대화가 엇길로 흘러가지 않도록 해야지. 꼭 말해야 될 것 즉, 나는 당신을 내 목숨보다 더 사랑한다. 그러니 당신도 나를 그렇게 사랑해 달라. 그리고 우리의 사랑은 영원히 변하지 말자. 맹세하자. 이런 사랑의 고백을 다 해야지. 비록 편지에는 다 썼지만, 직접 말로도 해서 그녀의 확실한 대답을 들어야지. 그래야 이제 안심을 하고, 공부를 더욱 부지런히 할 수 있을 게 아닌가. 이런 생각을 하며 걷는 걸음은 한결 가볍기만 했다.

그러나 한편 그녀가 또 어제처럼 그 영애라는 친구와 함께 나오면 어쩌나, 혹시 밤이라고 전번처럼 안 나오면 어떻게 하나…… 슬그머니 불안하기도 했다.

산 위로 약간 이지러진 달이 떠오르고, 하늘에는 별들이 총총했다. 그러니까 뭐 별로 어둡지가 않았다.

숲 들머리에서 초조히 기다리고 있는데, 얼마나 지났을까…… 저 아래쪽 길에 움직이는 그림자가 하나 나타났다. 가만히 살펴보니 이쪽으로 오고 있는데, 그것은 틀림없는 지월실이었다. 그녀가 오늘 밤은 혼자서 오고 있는 것이 아닌가.

"야— 됐다, 됐어."

노수인은 신나지 않을 수 없었다. 아— 지월실! 당신은 이제 틀림없는 내 것이로구나 싶으며 가슴이 울렁거리기도 했다.

그녀는 오늘 밤엔 교복이 아니라, 흰 저고리에 검정빛 치마였다. 실은 꽃자주색 치마지만, 밤이라 먼 데서 보니 검정빛이었다. 밤에 외출을 했다가 훈육 선생한테 들키는 날이면 큰 야단인 것이다. 그러니 사복으로 입고 나올 수밖에.

노수인은 싱그레 미소를 지으며 그녀가 가까이 오기를 기다렸다. 그런데 그녀는 저만큼 아래까지 오더니 더 올라오질 않고 그냥 그 자리에 가만히 멈추어 서 버리는 것이 아닌가? 밤에 숲속으로 들어갈 수는 없다는 뜻인 모양이었다.

노수인은 그녀에게로 걸어 내려갔다. 그러자 그녀는 그 자리에 살풋 앉아 버린다.

노수인도 그녀 곁으로 가 앉았다. 그리고 말했다.

"어두운데 이렇게 나와 주어서 정말 고맙습니다."

지월실은 수줍은 듯 약간 고개를 숙인다.

그녀는 낮에 보아도 어여쁘고 매력이 있지만, 밤에 달빛과 별빛으로 보니 한결 더 아름답다. 마치 석고상 같다.

노수인은 잠시 망설이다가 침을 한 번 꿀꺽 삼켰다. 그리고 나직하고 은근한 목소리로,

"월실 씨."

하고 불렀다.

오늘 밤은 대뜸 본론으로 들어가려는 것이다. 딴 말을 꺼내다가는
어제처럼 또 엇길로 흘러버릴까 싶으니 말이다.

"나는 이제 큰일 났어요."

"왜요?"

그녀가 살그머니 얼굴을 든다.

"월실 씨가 없으면 못 살 것 같아요."

"……."

"정말입니다. 월실 씨를 나는 내 목숨보다도 더 사랑해요. 월실
씨!"

노수인은 목소리가 약간 떨리기까지 한다.

자기를 목숨보다도 더 사랑한다는 말에 지월실이는 그만 고개를
푹 숙여 버린다.

"월실 씨, 월실 씨는 나를 어떻게 생각하십니까?"

"……."

"예? 말해 보세요."

역시 아무 대답이 없다.

그러자 노수인은 그런 대답을 기어이 듣고 싶어 한다는 것은 일종
의 강요가 되는 셈이니, 좋지 않다는 생각이 들었다. 이렇게 밤에 혼
자 나온 것만으로도 능히 그 마음을 짐작할 수 있는 일이 아닌가. 굳
이 말을 듣지 않더라도…….

그래서 다음으로 넘어갔다.

"부끄러워서 말을 못 하시는 것 같은데, 월실 씨, 말하지 않아도
잘 알겠어요. 아무쪼록 그 마음이 오래오래 변하지 말아 주세요. 나
는 절대로, 정말 어떤 일이 있어도 변하지 않을 겁니다. 죽을 때까

지······.”

“······.”

“죽을 때까지 월실 씨를 위해서만 살아갈 작정입니다. 정말입니다. 나는 맹세합니다. 저 달과 별 앞에······.”

“······.”

“월실 씨, 우리 함께 맹세합시다. 예? 고개를 드세요.”

그러나 월실이는 얼른 고개를 들지 못한다. 잠시 머뭇거리다가 킥 웃으며 살짝 한 번 노수인을 돌아보고는 오히려 깊숙이 고개를 숙여버린다.

그러자 노수인은 그녀 곁으로 바싹 다가앉는다. 지금까지는 두 사람 사이에 또 한 사람이 앉을 수 있을 만한 공간이 있었는데, 노수인이 그 빈자리로 옮아앉아 버린 것이다. 그러니까 그녀와 거의 몸이 닿았다.

“고개를 들어요. 예? 월실 씨.”

“몰라요.”

지월실이는 고개를 숙인 채 싫다는 듯이 약간 몸을 흔든다. 노수인이 바싹 곁으로 다가왔기 때문에 한 번 그래 보는 것 같다.

노수인은 달빛을 받아 반질거리는 그녀의 단발머리를 가만히 바라보며 미소를 짓는다. 떨어져 앉았을 때보다 바싹 다가앉으니 묘하게 더 가슴이 두근거리고 기분이 좋다.

그리고 코로 향긋한 냄새가 스며드는 것 같았다. 얼굴에 크림을 바른 모양이다. 물씬 코에 들어오는 화장품 냄새는 오히려 역한 느낌인데, 이렇게 스며드는 듯 마는 듯한 냄새는 정말 좋다. 어쩌면 이런 게 바로 여학생의 냄새가 아닌가 싶으며 노수인은 슬그머니 코를 그녀 쪽으로 가까이 가져간다.

코가 그녀의 얼굴 쪽으로 가까워질수록 그 냄새도 조금씩 더 뚜렷해지는 것 같다. 그러나 코를 자꾸 가까이 가져갈 수는 없다. 그녀의 숙인 얼굴 거의 곁에까지 다가가서 가만히 멎는다. 그리고 그 향긋한 냄새를 마냥 즐긴다.

노수인은 그만 조금씩 황홀해진다. 아― 지월실 씨, 그대의 냄새는 장미꽃보다도 더 향기롭구나 싶어진다.

그 냄새에 취해 정신이 몽롱해진 듯 노수인은 그만 슬그머니 한 팔을 그녀의 등 뒤로 돌려 지그시 안아버린다.

"어머나!"

깜짝 놀란 그녀는 얼굴을 든다.

그러자 노수인은 이번에는 한쪽 팔마저 커다랗게 벌려 가지고 그녀를 품 안에 끌어안는다.

"아이고―"

그녀는 참새처럼 바르르 떤다.

"싫어요. 이러지 말아요."

그러나 굵은 두 팔과 가슴에 갇혀 어쩔 도리가 없다.

자기도 모르게 그만 지월실이를 품 안에 넣어버린 노수인은 약간 당황했다. 그러나 도저히 그냥 풀어줄 수는 없었다. 금덩어리보다도 더 소중하고 간절한 것이 가슴 안에 들어왔는데, 그냥 풀어주다니 될 말이 아니었다.

노수인은 화끈 온몸의 피가 달아오르는 듯하고, 몽롱하고, 야릇하게 기분이 좋기만 했다.

코에 스며드는 향기, 몸에 느껴지는 체온, 그리고 그녀의 가슴

두근거림과 자기의 가슴 두근거림이 서로 부딪는 듯한 야릇한 흥분…… 이런 것 때문에 잠시 노수인은 그저 어찌할 바를 몰랐다.

그녀 역시 그런 모양이었다. 처음에는 깜짝 놀라 싫다고, 이러지 말라고, 조금 나부댔으나, 곧 어떤 야릇한 기운에 마취가 된 듯 숨결이 뜨거워지며 어찌할 바를 모르는 것이었다.

잠시 후, 노수인은 그녀의 얼굴로 자기 얼굴을 접근시켰다. 그녀의 얼굴에 있는, 물기에 젖은 야들야들한 것을 찾아가는 것이다. 말하자면 오늘 밤의 둘의 맹세로서 말이다.

그러나 그녀는 노수인의 입이 다가오자, 얼른 얼굴을 돌려버린다. 마치 맹세를 거부하는 것처럼.

그 순간, 노수인은 잽싸게 그녀의 입술을 덮치려 했다. 그러나 허사였다. 어느새 입술은 저쪽으로 피해 달아나고, 그의 입에 와닿는 것은 그녀의 볼이었다.

노수인은 그녀의 볼에다가 쪽 입맞춤을 한 것이다. 그 예쁜 보조개가 패는 볼에다가 말이다. 최초의 입맞춤을…….

사실 노수인은 오늘 밤에 이렇게 그녀를 포옹하고 입맞춤까지 하게 될 줄은 정말 몰랐었다. 그럴 생각은 조금도 해 보질 않았었는데, 어떻게 그만 그렇게 되어버린 것이다. 너무 속도가 빠르다고 할 수 있을 것이다. 그러나 그게 자기 탓이 아니라, 그녀한테서 풍긴 향긋한 냄새, 그 화장품 냄새 탓이니 도리가 없다. 유죄는 화장품이라고나 할까.

여자의 부드럽고 매끈매끈한 살결에 난생처음으로 입맞춤을 한 노수인은 참으로 기분이 묘했다. 매운 것을 입에 대기라도 한 것처럼 얼얼하기도 하고, 짜릿하기도 하고, 화끈화끈하기도 했다. 걷잡을 수 없이 가슴이 뛰고 있었다.

"월실 씨."

노수인은 그녀의 바로 귓가에서 떨리는 목소리로 나직이 속삭였다.

"정말 당신을 사랑해요."

"……."

"이제 당신은 내 거예요. 그렇죠?"

"……."

"예? 대답을 해줘요."

"몰라요."

생글 웃으며 그녀는 힐끗 한 번 눈을 흘긴다. 말하자면 그게 수줍은 소녀의 그렇다는 대답인 셈이다.

그런 줄을 짐작은 하면서도 노수인은 어쩐지 미흡하고 안타까웠다. "몰라요"가 아니라, "예, 나는 당신 거예요. 영원히" 이런 소리가 듣고 싶은 것이다.

"월실 씨."

"예?"

이제 그녀가 대답을 한다.

"이대로 밤이 깊도록, 날이 새도록 있고 싶군요. 영원히, 영원히……."

"……."

"정말 나는 행복해요. 가슴이 터질 것 같아요."

그러면서 지그시 힘을 주어 그녀를 안는다. 그녀의 두근거림과 그의 두근거림이 야릇하게 교류되며 숨 가쁘고 황홀한 흥분을 불러일으킨다.

야릇한 흥분을 견딜 수 없어 노수인은 다시 지월실의 입술을 찾는다.

그러나 지월실은 좀처럼 응하려 들질 않는다. 남자하고 입을 맞추다니, 그런 부끄럽고 못 견딜 일이 도대체 어디 있는가 말이다. 남자와 여자가 사랑을 하게 되면 입을 맞춘다는 것쯤은 그녀도 잘 알고 있었다. 그러나 그것은 아직 그녀로서는 먼 피안의 일일 뿐인 것이다. 실지로 자기가 그런 짓을 하다니, 될 말이 아니다. 이렇게 남자의 품에 안긴 것만 해도 참으로 예기치 않은 어처구니없는 돌발사인 것인데……. 그녀는 곧장 고개를 수그렸고, 또 옆으로 돌려댔다.

그러나 노수인은 열에 들뜬 짐승같이 좀처럼 단념하려 들질 않는다. 한사코 목표물을 쫓는다. 그래서 결국 그녀의 입술을 점령하는 데 성공하고 만다.

물기에 젖고 열이 오른 야들야들한 그녀의 입술을 기어이 차지하자, 노수인은 그만 스르르 눈을 감아 버린다. 그녀 역시 꼭 눈을 감고 숨을 걷잡을 수 없이 할딱거린다.

십팔 세와 십칠 세의 입맞춤— 어쩌면 순결하고 아름다운 순간이기도 하다. 둘이 다 최초의 입맞춤이니 말이다.

잠시 후 지월실은 별안간 무엇에 놀란 것처럼,

"그만요! 그만요!"

얼굴을 흔들고 몸을 버둥거렸다.

등 뒤로 돌려져 있던 노수인의 팔이 어느 곁에 허리 훨씬 밑으로까지 내려와 감겨 있는 것을 별안간 느꼈던 것이다.

입맞춤만 그만두어 달라는 것이 아니라, 포옹도 이제 싫다는 듯이 이맛살을 찌푸리며 버둥거려댔다.

노수인은 그녀의 몸에서 두 팔을 푸는 수밖에 없다. 아쉬운 마음은 한량이 없었으나, 그만하면 이제 서로 충분히 맹세를 한 셈이 되니 기분이 나쁘진 않았다.

노수인의 품에서 벗어져 나간 지월실은 저만큼 돌아앉아서 손수건을 꺼내어 곧장 입술을 문질러 댄다. 어쩐지 아직도 입술에 노수인의 뜨겁고 끈적끈적한 것이 묻어 있는 것만 같은 것이다.

어디선지 부엉 부엉 부엉…… 부엉이가 운다.

고요한 밤, 동산의 숲에 앉아 부엉이 우는 소리를 들으니 어쩐지 기분이 좋지 않고, 슬그머니 무서운 생각까지 들어 지월실은 그만 벌떡 자리에서 일어났다.

"가야겠어요. 무서워요."

"무섭긴 뭣이 무서워요?"

"몰라요. 어쩐지 무서워요."

부엉 부엉…… 부엉이는 계속 울고 있다.

"저 부엉이 우는 소리 때문에 그런가요?"

"아마 그런 것 같아요."

"하하하…… 아직 어린애군요. 부엉이 우는 소리가 뭐 그리 무섭나요."

"어쩐지 기분이 좋지가 않아요. 곧 어디서 도깨비라도 나올 것만 같은 그런 소리예요. 들어보세요."

부엉 부엉 부엉 부엉…….

"저 봐요."

"기분이 좋은 울음소리는 아니죠. 그러나 뭐 무서울 것까지야……."

"아니에요. 난 무서워요. 난 갈래요."

지월실이 총총히 앞장을 서자, 노수인도 자리에서 일어나 그녀의 뒤를 따르는 수밖에 없었다.

"그럼 언제 또 만나기로 할까요? 내일 밤에 또 만나기로 할까요?"

헤어지는 자리에서 노수인이 물었다.

"아니에요. 일요일 낮에, 오후에……."

"좋아요, 그럼 그때 또……."

낮에 만나는 것과 밤에 만나는 것과는 현저한 차이가 있다. 아무리 호젓한 장소에서 단둘이 만난다 하더라도, 낮에는 역시 어쩐지 은밀한 맛이 덜하고, 개방되어 있는 것 같은 느낌인 것이다. 으스름달밤의 밀회와는 비교도 안 된다.

노수인은 지월실을 계속 밤에 만나고 싶었으나, 그녀가 일요일 오후에 만나자고 했으니 할 수 없다. 밤보다는 못하지만, 어쨌든 그녀의 입에서 직접 만나자는 말이 나왔으니, 이제 일은 다 된 것이나 마찬가지다. 서로가 사랑하는 사이로 굳어진 셈이니 노수인은 좋지 않을 수가 없다.

일요일 오후 노수인은 휘파람을 가볍게 날리면서 약속 장소인 동산의 숲을 찾아갔다.

그런데 오늘은 대낮이면서도 으스름달밤과 별로 다를 바가 없다. 안개가 낀 것이다. 꽤 짙은 안개가 끼어서 먼 데 있는 것은 잘 보이지가 않는다.

노수인은 숲 들머리 나무에 기대서서 안개가 낀 사방을 두리번거린다. 먼 시가지는 안개에 묻혀 전혀 보이지가 않고, 가까운 곳의 지붕들은 부옇게 흐려져서 어쩐지 여느 때보다 더 보기가 낫다. 동산으로 올라오는 길도 듬성듬성 서 있는 나무들도 한결 멋있어 보인다. 저편 아래쪽 학교 운동장도, 교사도, 교재원도 희미하게 안개 속에 잠겨 있다. 안개란 모든 것을 적당히 미화시켜서 정취를 자아내게 하는 그런 효능이 있는가 보다.

지월실과 만나면 오늘은 안개 이야기부터 꺼내야겠다고 생각해 본다. 안개를 좋아하느냐 싫어하느냐, 그것부터 물어보아야지. 그러면 절로 재미있는 이야기로 뻗어나가겠지…… 이런 생각을 하며 혼자 즐거운 기분으로 그녀가 나타나기를 기다리고 있는데, 저 아래쪽 안개 속으로 희미하게 사람의 그림자가 하나 나타났다.

가만히 지켜보니 여학생에 틀림없다. 노수인은 가슴이 서서히 설레기 시작한다. 세 번째의 밀회인데도 역시 가슴이 두근거린다.

그런데 노수인의 두근거리던 가슴은 잠시 후 딱 멎는 듯했다.

"어?"

깜짝 놀라지 않을 수 없었다. 지월실이가 아니라, 그녀의 친구 영애였던 것이다. 정말 뜻밖의 일이었다. 영애가 혼자 나타나다니, 어찌된 일인지 알 수가 없었다.

영애는 멋쩍은 듯이 다가오더니, 두 발을 모으고 까딱 고개를 숙여 인사를 했다. 상급생에 대한 경례인 것이다.

노수인도 어리둥절한 표정으로 답례를 했다.

그리고 물었다.

"아니, 지월실 씨는요?"

"저……."

영애는 말하기가 난처한 듯 어물어물하다가,

“몸이 좀 아파서…… 그래서 제가 이걸…….”

하면서 스커트 주머니 속에서 편지를 꺼낸다. 꼬깃꼬깃 접은 조그만 쪽지였다. 영애는 그것을 노수인 앞으로 내민다.

“월실이가 갖다 드리라고…….”

“뭔데요?”

“편진가 봐요.”

“음—”

노수인은 어쩐지 기분이 무거웠다.

노수인의 그런 표정을 보자, 영애는 덜컥 겁이라도 나는 것처럼 얼른 고개를 숙여 인사를 하고 총총히 돌아서 버린다.

안개 속으로 사라지는 영애의 뒷모습을 멀뚱히 바라보고 있다가, 노수인은 꼬깃꼬깃 접은 쪽지를 펴기 시작했다.

아파서 못 나오고, 영애에게 편지를 보내다니, 어디가 얼마나 아픈 것일까. 노수인은 슬그머니 걱정이 되기도 하면서 쪽지를 펴들었다.

—펜을 들었습니다만 어떻게 써야 될지 자꾸 손이 떨립니다.

편지는 이렇게 시작되고 있었다. ‘노수인 씨에게’랄지, ‘사랑하는 이에게’랄지, 그런 허두도 없이.

자꾸 손이 떨리다니, 처음으로 받아보는 지월실이의 편지라 그런지 노수인은 이상스레 긴장이 되었다. 또박또박 단정하게 박아 쓴 글씨 위로 노수인의 긴장된 시선은 미끄러져 갔다.

한참 흘러내려가는 노수인의 시선은 그만 그 자리에 꽂히듯이 멎었다.

—앞으로는 다시 만날 생각을 말아 주세요. 오늘 이 편지를 마지막으로 잠시나마 맺었던 관계를 깨끗이 씻어 버리는 거예요.

"뭐야?"

노수인의 눈꺼풀이 바르르 떨렸다. 깨끗이 씻어버리다니, 마지막이라니…….

"음—"

가슴 속에서 무엇이 와르르 허물어지는 듯했다.

—아무리 생각해도 저는 아직 남자의 사랑을 받을 만한 그런 여자가 못 되는 것 같아요. 무서운 걸 어떻게 해요. 그래서 저는 학교 공부에만 열중하기로 마음먹었습니다. 그게 학생의 본분이 아니겠어요. 그러니 아무쪼록 다시는 저를 만나려고 하지 말아 주시기 바랍니다. 부탁이에요. 그럼 내내 안녕히.

노수인은 마치 면상을 정통으로 한 대 얻어맞은 것처럼 아찔했고, 그리고 멍했고, 눈앞이 어질어질했다. 온통 안개가 꽉 몰려온 듯 천지가 희뿌옇기만 했다.

노수인은 힘없이 편지를 떨어뜨렸다. 지월실의 편지는 마치 하얗고 커다란 한 장의 낙엽이 지듯이 노수인의 손에서 땅으로 떨어져 버렸다.

노수인은 넋이 나간 사람처럼 멀뚱히 나무에 기대서서 안개가 긴 허공을 바라보고만 있었다. 너무나도 허망한 것이었다. 이렇게 간단히 끝나버릴 줄은 정말 꿈에도 몰랐던 것이다. 그녀가 원망스럽기 짝이 없었다. 며칠 전 헤어질 때 자기 입으로 일요일 오후에 만나자는 말까지 해놓고, 그동안 마음이 변해서 이런 어처구니없는 결별장(訣別狀)을 보내다니…… 아무리 여자의 마음은 갈대와 같다고 하지만, 이럴 수가 있을까 싶었다. 분한 생각까지 들었다.

그리고 아무리 생각해도 잘 이해가 되지 않는 점이 있었다. 며칠 전 밤에 만났을 때 입맞춤까지 나눈 터인데, 그 감미롭고 짜릿한 맛이 아직도 입술에서 사라지지 않은 터인데, 그렇게 싹 마음이 달라질 수가 있을까 말이다. 그런 단계까지 들어가면 오히려 남자 쪽에서 결별을 고해도 못 견뎌 매달리게 되는 것이 여자일 것인데⋯⋯ 참 알 수 없는 노릇이었다.

어쩌면 그사이 며칠 동안에 무슨 일이 있지나 않았는가 싶기도 했다. 아무래도 무슨 일이 있었기에 그처럼 마음이 돌변한 것이지, 그렇지 않았다면 바야흐로 서서히 뜨거워지려는 단계인데, 그런 단계에서 별안간 식어버리다니 있을 수 없는 일이었다.

"좋아, 그렇다면⋯⋯."

노수인은 어금니를 악물었다. 그리고 두 주먹에 불끈 힘을 주었다. 도저히 이대로 주저앉아 버릴 수는 없는 것이다. 어떻게 해서든지 다시 그녀의 마음을 돌이켜야 하는 것이다. 한 번 그런 편지를 받았다고 단념해 버리다니, 그것은 남자가 취할 태도가 아닌 것이다.

그날 밤 노수인은 잠을 이룰 수가 없었다.

그동안 잠을 이루지 못한 밤이 수없이 많았으나, 지나간 그런 밤과는 전혀 그 성질이 다른 불면이었다. 전에는 지월실이가 못 견디게 그립고, 어떻게 하면 그녀에게 간절한 심정을 호소할 수 있을까, 그래서 그녀를 자기의 사랑하는 님으로 만들 수 있을까 하는, 가슴이 설레는 불면이었으나, 이제 그게 아니라, 정반대로 괴롭고 암담한 불면인 것이었다.

가슴이 설레는 것이 아니라, 찢어지는 듯 아프고, 답답하고, 암담하기만 했다. 아름다운 사랑의 계절은 짧다고 하지만, 이렇게 허망하고 어처구니없이 끝나버릴 수가 있는가 말이다. 아직 완전히 끝났다고 단정할 수는 없지만, 그러나 그녀의 편지로 보아 거의 절망적이라고밖에 볼 수가 없었다.

오래도록 잠을 이루지 못하고, 이리 뒤척 저리 뒤척 하며 어디가 아프기라도 한 것처럼 끙끙 앓는 소리 비슷한 신음까지 해대자, 옆에서 자고 있던 홍사운이 눈을 뜬다.

"아니, 아직 안 자는 거야? 어디 아프니?"

"아니야."

"음— 알겠어. 고기가 너무 커서 낚아 올리다가 뒤로 뻥 넘어졌다 그 말씀이지? 고기는 달아나고…….""

"……."

"그렇지? 허허허, 잠이나 자. 실컨 자고, 또 작전을 세워 보는 거지. 잠을 안 자고 끙끙 앓기만 하면 무슨 소용이야. 이 밤중에 고기가 낚시에 걸리기라도 하나? 안 그래?"

"음—"

친구란 역시 한밤중에도 고마운 존재다. 농담 섞인 말이긴 하지만, 그 말을 들으니 암담하던 가슴이 좀 가라앉는 것 같다. 노수인은 휴— 큰 숨을 내쉬고 눈을 감아본다.

이튿날 식전에 노수인은 지월실의 집 근처에 가서 서성거렸다. 그러나 그녀와 단둘이 만날 기회는 없었다. 여느 때와 마찬가지로 영애가 그녀를 부르러 와서 함께 학교로 가는 것이었다.

지월실은 노수인과 시선이 마주치자 얼른 고개를 숙여 버렸고, 영애는 미안한 듯한 표정을 지으며 얼굴을 돌려버린다. 그리고 마치 둘이 약속이라도 한 듯이 뛰어서 멀어져 버리는 것이 아닌가.

노수인은 가슴에서 무엇이 와르르 허물어지면서 가벼운 현기증 같은 것이 눈앞을 지나갔다. 참혹한 심경이었다.

도대체 별안간 왜 그렇게 쌀쌀해져 버린 것일까. 아무래도 그 까닭을 알고 싶었다. 그래야만 단념을 하든 어떻게 하든 마음이 가라앉지, 그러지 않곤 실성한 것처럼 도무지 자신을 건잡을 수가 없을 것 같았다.

이튿날은 학교 현관에서 우연히 그녀와 마주쳤다. 오후였다. 노수인이 들어서자 마침 지월실이 교무실 도어를 열고 나왔던 것이다. 현관이나 복도에 아무도 사람이 없었다.

먼저 노수인이 그녀를 보았다. 그녀는 노수인이 현관으로 들어선 것도 모르고 현관 쪽으로 걸어왔다. 현관에 노수인이 서 있는 것을 보자, 지월실은 깜짝 놀라더니, 그만 온 얼굴이 홍당무처럼 붉어졌다. 그러나 다음 순간 그녀의 붉은 얼굴은 쌀쌀한 표정으로 확 변하더니, 얼른 돌아서서 복도를 마구 달려가는 것이었다. 마치 사슴이 포수를 만나기라도 한 것처럼.

노수인은 그저 기가 막힐 따름이었다. 달려가는 그녀의 뒷모습을 멀뚱히 바라보는 그의 눈에 눈물이 핑 어리고 있었다.

이제 도저히 지월실의 마음을 돌이킬 수 없다는 것을 노수인은 알았다. 너무나 덧없이 꽃봉오리는 떨어져 버리고 만 것이다. 된서리라도 맞은 것처럼.

그런데 노수인은 도무지 마음 한쪽이 찜찜해서 견딜 수가 없었다. 까닭이 분명한 실연이라면 깨끗이 단념할 수가 있는 것이다. 쓸쓸하고 처량한 노릇이기는 하지만, 첫사랑의 쓰디쓴 잔을 기울인 셈 치면 된다. 사랑이란 반드시 달디단 것만은 아니고, 이렇게 쓰디쓴 결과가 될 수도 있는 것이니까. 그러나 도대체 그녀가 그렇게 갑작스레 돌아서버린 까닭이 무엇인지 석연치가 않아 견딜 수가 없었다. 맺히려던 꽃봉오리를 떨어트리고 만 된서리가 도대체 무엇인지 궁금한 것이다.

노수인은 어떻게든지 그녀를 만나 왜, 무슨 까닭으로 그처럼 마음이 표변했는가, 그 궁금증이라도 풀고 싶었다. 그 궁금증도 풀지 않고 흐지부지해 버린다는 것은 사나이의 자존심이 용서하질 않는다.

그래서 노수인은 지월실과 단둘이 만날 수 있는 기회를 찾아 애를 태웠다. 음악실에서 풍금 연습하는 기회를 노리는 수밖에 없었다. 점심시간이나, 방과 후에 노수인은 음악실 근처를 배회했다. 두 손을 바지 주머니에 찌르고서.

어느 날 방과 후, 마침내 기회는 왔다. 혼자 풍금실로 들어가는 지월실을 노수인은 교재원 나무 그늘에 서서 보았던 것이다.

노수인은 아랫배에 지그시 힘을 주고 이를 악물고 그녀가 들어간 풍금 연습실을 찾아갔다.

마지막 기회라고 생각했다. 마지막으로 한 번 더 사랑을 호소해 보리라 싶으니 어쩐지 비장한 느낌이었다.

노수인은 떨리는 손으로 문을 열었다.

풍금 소리가 멎으며 지월실의 얼굴이 이쪽을 바라본다. 노수인을 보자, 그녀는 질겁을 하듯이 놀라며 벌떡 자리에서 일어선다. 얼굴이 새하얗게 질리면서.

노수인은 얼른 무슨 말이 나오지가 않아 한 번 헛기침을 했다. 그리고 침을 꿀꺽 삼키고 나서 입을 열었다.

"월실 씨, 어떻게 된 일입니까? 도대체……."

"……."

"왜 갑자기 마음이 변해 버렸나요? 예? 이야길 좀 해 보세요."

"……."

"사람이 그럴 수가 있습니까? 그렇게 쉽게 마음이 변해 버릴 수가 있나요?"

그러자 지월실은 들릴 듯 말 듯한 목소리로,

"미안해요."

한다.

"월실 씨, 그러지 마시고 다시 생각해 보세요. 우리의 첫사랑을 그렇게 간단하게 끝내버릴 수가 있나요? 안 그래요?"

"……."

"월실 씨……."

그러자 지월실은 몹시 괴로운 표정을 지으며,

"몰라요. 난 그런 것. 우리 오빠한테 혼나요."

하고는 얼른 풍금 위에 놓인 악보를 집어 들더니 밖으로 뛰어나가려고 했다. 노수인은 문간을 막아섰다.

"보내주세요. 난 갈래요."

그녀는 곧 울상이었다.

다 틀렸다는 생각이 들어 노수인은 막아섰던 문간을 비켜 주었다. 자, 그렇게 싫으면 어서 가라고…….

그러자 지월실이는 얼른 두 발을 모으고 서더니, 나풀 단발머리를 숙여 노수인에게 인사를 했다.

"안녕히 계세요."

들릴 듯 말 듯 입속으로 말하면서.

그리고 후다닥 밖으로 뛰어나가 쿵쾅쿵쾅 음악실 복도를 마구 달려 나가는 것이었다.

말하자면 마지막 작별 인사인 셈이었다. 그리고 그것은 하급생이 상급생에게 하는 인사이기도 했다. 처음 교재원의 오솔길을 청소하다가 하마터면 부딪칠 뻔했을 때처럼 말이다.

노수인은 두 눈에 슬프고 뜨거운 것이 핑 피어오르는 것을 어쩌지 못했다. 그녀가 절을 하지 않고 갔더라도 좀 가슴이 덜 아팠을 것이다. 안녕히 계세요— 하고 깨끗이 이제 남남이라는 표시의 인사를 남기고 떠났으니, 가슴이 아프지 않을 도리가 없었다.

노수인은 그만 눈앞이 뿌옇게 흐려지며 풍금 의자에 털썩 무너지듯 앉았다. 그리고 풍금 건반 위에 엎드려 두 팔에 얼굴을 묻고 어깨를 들먹이기 시작했다. 나직하게 흐느껴 우는 것이었다.

최초의 눈물인 셈이다. 첫사랑의 쓴 잔을 마신 눈물 말이다.

실연의 아픔에 몸부림치는 노수인에게 뜻하지 않은 또 하나의 슬픔이 찾아왔다. 그것은 야구빳다였다.

이튿날 점심시간에 교실에서 도시락을 먹고 있는데, 3학년생 하나가 교실로 들어와 노수인이 누구냐고 찾는 것이었다. '야구빳다'라는 별명을 가진 그 학생이었다. 여전히 야구방망이를 한 손에 들고 있었다.

노수인은 무슨 일인가 싶어 눈이 휘둥그레졌다. 야구빳다는 무섭게 째려보면서, 너 나를 좀 따라 오라는 것이었다.

야구빳다를 따라 노수인은 학교 옆 동산의 숲으로 갔다. 바로 지월실과 만나 밀어를 나눈 그 숲이었다. 그 숲을 찾아드니 견딜 수 없이 더 가슴이 아팠다. 다시 돌이킬 수 없는 추억의 세계로 물러가 버린 숲인 셈이니 그럴 수밖에 없었다.

그 숲속으로 노수인을 데리고 들어간 야구빳다는 다짜고짜,

"이 새끼, 엎드려뻗쳐!"

호령을 하는 것이 아닌가.

노수인은 2학년, 야구빳다는 3학년, 불과 한 학년 차이인데도 한쪽은 호령이고, 한쪽은 그 호령에 따르는 수밖에 없었다. 그만큼 상급, 하급생 간의 규율이 엄한 것이다.

까짓것 1대1로 한다면 노수인도 그다지 밑지지 않을 자신이 있다. 야구방망이만 가지고 있지 않다면…….

"왜 이러십니까?"

노수인은 야구빳다를 똑바로 바라보았다.

"왜 이러는진 네가 더 잘 알 게 아냐."

"내가 무슨 잘못을……?"

"이 새끼, 잘못이 없어? 엉큼한 새끼 같으니……."

버럭 화를 내며 야구빳다는 방망이를 두 손으로 불끈 틀어쥐며 곧 아무 데나 갈길 기세를 취하는 것이 아닌가.

"엎드려뻗쳐! 못 뻗겠어?"

노수인은 겁에 질려 얼른 그 자리에 엎드려뻗쳤다.

그러자 야구빳다는 다짜고짜 한 대 내리친다.

"아야!"

노수인은 눈에 불이 번쩍한다.

"이 새끼, 맛 좀 보란 말이다! 지월실이가 누구라고 임마 네가…….."

또 한 대 퍽! 내리친다.

노수인은 그제야 무슨 영문인질 안다.

엉덩이에 야구방망이 세 대를 얻어맞은 노수인은 그만 그 자리에서 픽 엎어져 버렸다. 그러나 노수인은 이를 악물며 얼굴을 들어 야구빳다를 올려다보았다.

야구빳다는 그런 노수인이 슬그머니 질리는 듯 이제 방망이를 거두고,

"이 새끼, 앞으로 한 번 더 지월실이한테 손을 대봐라. 그땐 아주 묵사발을 만들어 놓을 테니……."

하고는 어슬렁어슬렁 자리를 떠버리는 것이었다.

노수인은 복받치는 분함과 설움과 형언할 수 없는 가슴의 아픔 때문에 그만 그 자리에 그대로 엎어진 채 두 팔에 얼굴을 묻고 엉엉 울음을 터뜨려 버렸다.

첫사랑에 실패하고, 무참히 얻어맞기까지 한 사나이의 억울하고 슬픈 통곡인 셈이다.

그제야 모든 것이 분명해졌다. 입맞춤까지 나눈 지월실이 왜 별안간 변심을 했는지, 그 원인이 밝혀진 셈이다. 야구빳다 때문이었던 것이다. 틀림없는 것이다.

나중에 안 일이지만, 지월실의 오빠란 바로 야구빳다였던 것이다. 처음으로 낮에 숲에서 만났을 때 영애와 함께 오빠한테 간다고 하던 그 오빠 말이다. 그러나 친오빠가 아니라 의오빠였다. 그러니까 전혀 남인 것이다.

야구빳다는 영애의 외사촌 오빠였다. 그래서 자연히 지월실이와도 가까운 사이가 되어 서로 오빠 동생 하게 되었던 것이다. 야구빳다는 겉으로는 동생으로 대하면서도 속으로는 은근히 지월실이를 점찍고 있었다. 침을 삼키면서 기회가 무르익기를 기다리고 있었다.

그런데 노수인이란 녀석이 그녀를 차지하려고 덤빈다니 참을 수가 없었던 것이다. 물론 그 이야기는 영애한테 들었다. 그래서 명색이 동생인 지월실이를 불러놓고 한바탕 훈계 반 공갈 반 으름장을 놓았던 것이다. 은근히 자기의 속마음도 내비쳐 가면서.

그래서 지월실의 마음이 그처럼 급변해 버렸던 것이다.

그러니까 결국 야구빳다는 노수인의 연적인 셈이었다. 그 연적에게 노수인은 야구방망이까지 얻어맞았던 것이다. 하급생의 슬픔인 셈이었다.

그렇게 첫사랑의 고배를 마신 노수인은 멍든 가슴을 달래기 위해서 운동에 열중하게 되었다. 본래 노수인은 육상경기에 소질이 있었다. 단거리 달리기와 높이뛰기는 제법 두각을 나타내고 있었다.

특히 높이뛰기는 학년 기록을 가지고 있었다. 일 미터 오십오까지 뛰었다. 전교 기록은 일 미터 육십이었다. 그러니까 앞으로 칠 센티만 더 뛰면 전교 선수가 될 수 있었다.

반드시 전교 선수가 돼야겠다는 그런 생각에서가 아니라, 멍든 가슴을 달래기 위해서 노수인은 방과 후면 훌훌 벗고 운동장으로 뛰어나갔다.

해가 뉘엿뉘엿 서산에 기울어질 때까지 백 미터를 달리고, 또 달리고, 높이뛰기 장대를 조금씩 높였다 내렸다 하며 뛰고 또 뛰고 하면 온통 몸에 땀이 내배면서 가슴이 후련해지는 것이다. 계집애 하나한테 딱지를 맞았다고 너무 실망을 말아라, 사내여! 달려라, 달려라, 그리고 뛰어라, 높이, 높이 사내여! 이렇게 속으로 외쳐 대면서.

그런 결과인지, 그해 가을 도내 고등학교 종합 체육대회에 노수인은 높이뛰기 선수로 출전해서 일 미터 육십삼을 뛰었다.

재회 1

지난날을 회상한다는 것은 즐거운 일이다. 비록 그 회상이 괴로웠던 일이라 하더라도 이미 지나가 버린 과거는 아련한 그리움으로 머리에 떠오르는 것이다.

첫사랑의 회상은 더욱 그렇다. 이루지 못한 쓰디쓴 첫사랑이었지만, 이십여 년이 지난 지금은 그때 일이 먼 보랏빛 노을 속에 아른거리는 신기루처럼 그립고 아름답게만 여겨지는 것이다.

고속버스는 어느덧 경주 시내로 들어가는 인터체인지를 통과하고 있다. 곧 터미널에 도착하는 것이다.

노수인은 공연히 가슴이 부풀어 오르는 듯했다. 그저 여느 출장 때 같으면 목적지에 도착한다고 해서 가슴이 부풀어 오를 것까지는 없다. 그러나 이번 출장은 다른 것이다. 출장 그 자체보다도 첫사랑의 여인을 이십여 년 만에 다시 만나게 된다는 사실이 훨씬 절실하게 마음을 사로잡고 있는 것이다. 다시 말하면 직업상의 여행이라기

보다도, 첫사랑의 추억을 찾아 이십여 년이라는 세월을 거슬러 올라
가는 듯한 낭만이 깃든 여행이니 가슴이 부풀어 오르는 것도 무리가
아니다.

버스가 터미널에 닿자, 노수인은 마치 중학생이 수학여행이라도
온 것 같은 기분으로 차에서 내렸다.

점심때가 훨씬 지나 있었다. 노수인은 우선 식당을 찾아 들어갔다.

추어탕을 시켜서 한참 먹고 있던 노수인은 문득 얼굴을 들었다.
마침 식당 문으로 여자 손님이 한 사람 들어서고 있었다. 조그만 여
행용 백을 들고 있었다. 밑은 초콜릿색 타이트스커트였고, 위는 흰
색 블라우스였다. 얼른 보아도 삼십을 넘은 여인이라는 것을 알 수
있었다. 그리고 어딘지 모르게 여선생 냄새가 풍겼다. 묘하게 사람에
게서는 그 사람의 신분을 나타내는 그런 무엇이 풍기는 법이다.

무심히 그 여인을 바라본 노수인은 자기도 모르게 숟가락질을 멈
추었다. 어쩐지 낯설지가 않고, 어디선가 많이 본 듯한 얼굴이었던
것이다.

혹시 지월실이가 아닐까…… 노수인은 대뜸 그렇게 생각했다.

여인은 한쪽 가에 가서 자리를 잡고 앉는다. 그리고 곰탕을 시키
고 나서 백에서 콤팩트를 꺼내어 거울을 들여다보며 화장을 고치기
시작했다.

노수인은 곧장 여인을 바라보며 이십여 년 전의 지월실의 얼굴을
머리에 떠올려 본다. 저 여인이 그녀인지 아닌지 도무지 아리송하다.

얼굴 화장을 고치고 난 여인은 앞에 갖다 놓은 곰탕을 먹기 시작
한다.

노수인도 추어탕을 마저 먹으며 힐끗힐끗 곧장 그 여인 쪽을 바라

본다. 어떻게 보면 지월실이 같기도 하고, 어떻게 보면 아닌 듯도 하고, 알 수가 없다. 우선 이십여 년 전의 지월실이 얼굴부터가 선명하게 기억되질 않으니, 저 여인이 그녀인지 아닌지 분명하게 알 도리가 없는 것이다. 그저 어딘지 모르게 그녀 같다는 육감이 들 뿐이다.

볼에 보조개가 패는지, 그리고 하얀 덧니가 하나 있는지 그것을 확인하면 한결 분명해지겠는데…… 실없이 여인이 이쪽 편리한 대로 웃어 보일 턱도 만무한 것이다.

노수인은 식사를 마쳤으나 일어나질 않고, 그대로 자리에 눌러앉아 곧장 그녀에게 신경을 쓰고 있었다. 약간 긴장이 된 상태로 천천히 담배 연기를 날리면서.

몹시 시장했던 모양으로 여인은 뚝배기를 두 손으로 들고 국물까지 다 마시고 나서 이쪽을 바라본다.

시선이 마주친다.

여인은 약간 부끄러운 듯한 표정을 지으며 얼른 시선을 돌려 버린다. 그러나 여인의 그 약간 부끄러운 듯한 표정은 두 손으로 뚝배기를 들고 국물까지 다 마셔버린 그 행위에 대한 여자로서의 수줍음일 뿐 다른 의미는 아무것도 없는 것 같다.

여인은 자리에서 일어난다. 셈을 치르고 밖으로 나간다.

그제야 노수인도 부스스 자리에서 일어나 셈을 치르고 그녀를 놓치지 않으려는 듯이 얼른 뒤따라 밖으로 나간다.

여인은 거리를 힐끗힐끗 살피면서 걸어간다. 낯선 모양이다.

십여 미터 거리를 두고 노수인은 그 뒤를 따른다.

앞서 가던 여인이 걸음을 멈추고 행인에게 무엇을 묻는다. 아마 길을 묻는 모양이다.

행인이 가르쳐 주는 쪽으로 여인은 길을 꺾어 돈다. 노수인도 따라서 길을 꺾어 돌았다.

한참 가다가 여인은 멈추어 서며 어떤 집 간판을 쳐다본다. 여관 간판이다. 선화여관이라는 커다란 간판이 붙어 있는 집 대문 안을 기웃거린다. 어쩐지 여자 혼자서 여관을 찾아 들어가기가 좀 멋쩍은 모양이다.

그런 여인의 뒷모습을 바라보며 노수인은 가만히 미소를 지었다. 어쩐지 기분이 좋았다. 여인의 수줍음이란 어떤 경우에도 남자에게는 호감을 주는 법이다.

여인이 앞서고 노수인이 뒤따라 그 여관에 들어갔다.

“어서 오이소.”

보이가 반긴다.

“조용하고 깨끗한 방을 드리지예. 자, 어서 올라 오이소.”

보이는 두 사람이 같이 온 줄 아는 모양이다. 빙글 웃는다.

그러자 여인이 힐끗 노수인을 돌아본다. 아까 식당에서 시선이 마주쳤던 그 남자라는 것을 알자 역시 그때처럼 약간 수줍은 듯한 표정을 짓는다. 그러면서도 좀 경계가 되는 듯 힐끗 한 번 노수인의 위아래를 훑어본다.

“이층이 깨끗하고 조용합니다.”

보이는 앞장서 이층으로 올라가는 계단을 오르고 있다. 여인이 뒤를 따른다.

“나도 이층 조용한 데로 갈까…….”

하면서 노수인도 계단을 오른다.

이층 한쪽 가의 조용한 방 앞에 이르자, 보이는 방문을 활짝 열어

젖히며 말한다.

"이 방이 제일 조용하고 좋심더."

그러자 여인은

"됐어."

하고 얼른 방 안으로 들어간다.

"난 이 방을 쓸까?"

노수인은 보이에게 그 옆방을 가리킨다.

"방을 따로 쓰시능교?"

보이는 약간 의아한 표정을 짓는다.

"방을 따로 쓰다니?"

"아니, 동행이 아닙니까?"

"동행은 무슨 동행……."

"하하, 난 동행인 줄 알았심더. 하마터면 야단 날 뻔했네예."

보이는 공연히 싱겁게 빙그레 웃는다.

노수인은 여인의 바로 옆방으로 들어갔다. 약간 피로했다. 여장을 풀고 노수인은 목욕을 했다.

목욕을 하고 나서 노수인은 자리에 누웠다. 여인이 든 옆방 쪽으로 신경을 기울이다가 스르르 잠이 들었다.

얼마나 잤을까. 눈을 뜨니 햇살이 창문으로 비껴들고 있었다. 가을 해가 서서히 기울어지고 있는 모양이었다.

노수인은 자리에서 일어나 슬슬 산책이나 하려고 방을 나섰다. 여인이 든 옆방도 사람이 없는 듯 호젓하기만 하다.

여관을 나선 노수인은 건들건들 첨성대가 있는 쪽으로 걸음을 옮겼다. 첨성대, 안압지로 해서 반월성, 계림을 한 바퀴 돌아올 생각인 것이다.

노수인은 선글라스를 꺼내 끼었다. 연한 다갈색이 도는 안경이었다.

첨성대를 지나 안압지 쪽으로 걸음을 옮기던 노수인은 저만큼 앞서가고 있는 여인이 바로 여관 옆방에 든 그 여인이라는 것을 알자 절로 가슴이 뛴다.

일정한 간격을 두고 여인의 뒤를 따라 안압지 쪽으로 걸어가면서 노수인은 그녀가 지월실임에 틀림없다는 단정을 내렸다. 그녀의 용모에서는 그렇게 확신을 할 수가 없었으나, 그녀의 뒷모습에서 풍기는 전체적인 인상이 이십여 년 전 지월실이의 뒷모습에서 느꼈던 것과 어딘지 모르게 일치하는 것이었다.

이십여 년 전에는 단발머리의 소녀였고, 지금은 퍼머넌트를 한 중년 부인이며, 입성도 그때는 세일러복이었고, 지금은 타이트스커트에 블라우스 차림이지만, 그런 외모와는 상관없이 걷는 스타일이랄지, 풍기는 체취 같은 것이 틀림없는 그녀라는 확신을 갖게 했다.

교재원의 우거진 꽃 덤불 사잇길을 뛰어가던 옛날 그때의 뒷모습이 어린 사슴처럼 느껴졌다면, 지금 가을 햇빛 속으로 코스모스가 하늘거리는 꽃길을 걸어가는 뒷모습은 제법 나이가 든 어미 사슴 같다고나 할까.

노수인은 안압지로 들어서는 길거리에서 앞서가던 여인 곁으로 다가서려 했다.

그러나 그때 마침 그녀가 누군가를 향해서 나붓이 인사를 하는 것이 아닌가. 빙그레 웃으며 손을 하나 쳐들어 보이는 사람이 있었다. 사십이 훨씬 넘어 보이는 남자였다. 얼른 보아도 교장이나 교감, 혹은 장학사쯤 되어 보이는 그런 체취가 풍기는 남자였다.

"언제 오셨소?"

남자가 묻자,

"오후에 도착했습니다."

여인은 공손히 대답을 한다.

남자가 그녀 곁으로 다가와서 나란히 못 쪽으로 걸어간다.

노수인은 비식 웃었다. 자기가 쫓던 것을 남한테 빼앗긴 듯 좀 씁쓰레한 기분이었다.

나란히 걸어가는 그들의 뒤를 노수인은 슬금슬금 따랐다. 그러나 그들이 혹시 수상히 여길까 싶어서 바짝 뒤를 밟지 않고, 자연스럽게 좀 거리를 두고 혼자 산책을 즐기듯이 걸었다. 시종 신경은 그녀 쪽으로 곤두세우고서.

그들은 못가에 있는 벤치로 갔다. 남자는 벤치에 앉았으나, 여인은 그 곁에 서서 얼른 벤치에 앉을 생각을 하지 않는다. 나란히 벤치에 앉기가 좀 뭐한 듯한 그런 몸가짐이다.

"앉으시오."

"예."

여인은 좀 떨어져서 앉는다.

노수인은 어쩐지 안심이 되는 듯한 느낌이다. 그들 사이가 그저 교직의 상하 관계뿐인 듯하니 말이다.

그들이 벤치에 앉아 주고받는 대화에 노수인은 바짝 귀를 기울이며 그러나 얼굴은 멀뚱히 엉뚱한 데로 돌리고 있었다. 벤치 가까이에 다가서 있을 수는 없는 노릇이어서 그들의 대화를 낱낱이 분명하게 들을 수는 없었으나, 대체로 무슨 이야기를 하고 있는지는 알 수가 있었다.

뭐 귀담아 들을 만한 이야기는 못 되었다. 그저 자기네의 일상 직무 생활 이야기였다.

노수인은 슬슬 벤치 근처를 떠나 못을 따라 잠시 걸어가서 그들의 앉은 모습이 저만큼 바라보이는 못가에 자리를 잡고 앉았다. 이번에는 좀 멀찍이서 그녀의 앞모습을 관찰해보고 싶었던 것이다.

좀 멀찍이서 그녀의 벤치에 앉은 앞모습을 바라보니, 아까 코스모스 꽃길을 걷던 그녀의 뒷모습에서 느낄 수 있었던 그런 인상이 다시 확 풍기는 듯했다. 어디가 어떻기 때문에 그렇다고 표현은 할 수가 없으나, 아무튼 전체적으로 오는 느낌이 옛날 세일러복을 입고 있던 그 지월실이와 다름이 없는 것이다.

얼마 후 그들은 벤치에서 일어났다. 그리고 서서히 이쪽으로 걸어오는 것이 아닌가. 못을 한 바퀴 돌 모양이다.

어쩐지 노수인은 약간 긴장이 되는 듯했다.

노수인은 자기가 앉아 있는 쪽으로 그들이 나란히 걸어오자 힐끗 한 번 그들을 바라보았다.

선글라스의 연한 다갈색 시야 속에 들어온 여인의 얼굴을 보았을 때 노수인은 하마터면 아! 하고 자기도 모르게 소리를 지를 뻔했다. 마침 그때 그녀가 남자와 무슨 이야기 끝에 활짝 웃었던 것이다.

그녀의 웃는 얼굴― 그것은 틀림없는 이십여 년 전 지월실이의 웃는 얼굴이었다. 양쪽 볼에 보조개가 패고, 하얀 덧니 하나가 살짝 내다보였던 것이다. 옛날과는 달리 지금은 중년부인의 웃는 얼굴이긴 했으나, 그 원형은 옛날 소녀 때의 그것과 다름이 없었던 것이다.

그저 가만히 있는 얼굴에서는 지월실이라는 것을 잘 알 수가 없었는데, 일단 웃음이 피어오르자 마치 지금까지 얼굴 속에 숨어 있던 옛날의 표정이 활짝 드러나는 느낌이었다.

노수인은 어쩐지 귀밑이 화끈해지면서 가슴이 두근두근 뛰었다. 꼭 고등학생 시절로 되돌아간 듯한 기분이었다.

그들은 노수인의 곁을 지나 천천히 못가를 거닐고 있었다.

노수인은 일어나서 그들의 뒤를 따를까 하다가 그만두었다. 그냥 그대로 앉아서 그들의 거니는 모습을 시선으로만 따라갔다.

그들은 천천히 못을 돌아가 저쪽에 있는 정자에 올랐다. 정자의 난간에 앉아 잠시 또 시간을 보내는 것이었다.

노수인은 혹시 그들이 시야에서 사라져 버릴까 두려워서 그들의 모습을 주의 깊게 지켰다.

잠시 후 정자에서 내려온 그들은 못을 마저 돌아 길 쪽으로 걸음을 옮긴다.

그제야 노수인은 자리에서 일어났다. 마치 수상한 남녀의 뒤를 그림자처럼 밟는 무슨 사설탐정이라도 되는 것처럼.

안압지를 나서 큰길에 이르자, 남자가 손목시계를 보며 뭐라고 말을 한다. 그러자 지월실이 나붓이 인사를 한다. 헤어지는 모양이다.

멀찍이 뒤따라가던 노수인은 옳지, 이제 됐구나 싶었다.

남자는 시내 쪽으로 걸어가고, 지월실은 혼자 반월성 쪽으로 걸음을 옮기는 것이 아닌가?

"됐어, 됐어."

노수인은 빙그레 미소를 지었다. 그리고 조금 걸음을 빨리 했다.

석빙고를 구경하고 난 지월실은 호젓한 숲길을 혼자 걸어간다. 고적의 구경보다도 고도의 석양을 즐기면서.

뒤따라가던 노수인이 마침내 입을 연다.

“저…… 실례합니다.”

지월실이 걸음을 멈추고 뒤를 돌아본다.

웬 사람이 이런 장소에서 말을 걸어오는가 싶은 듯 지월실은 약간 경계하는 빛이다. 더구나 실례합니다 하고 다가온 남자가 선글라스까지 끼고 있어서 더 불안하게 느껴지는 모양이다.

노수인은 어쩐지 자꾸 싱글싱글 웃음이 나오려는 것을 참으며 그녀에게 다가선다.

“연구대회에 오셨지요?”

“예.”

대답은 하면서도 그녀는 불안한 시선으로 노수인의 위아래를 훑는다.

“부산서 오셨나요?”

“예.”

그제야 그녀의 얼굴에 살짝 웃음이 한 번 지나간다. 식당에서 시선이 마주쳤던 남자, 그리고 한 여관 바로 옆방에 든 남자라는 것을 알았던 것이다.

그녀의 얼굴에 살짝 엷은 웃음이 지나가자, 노수인은 혹시 그녀가 자기를 알아본 것일까 싶었다. 자기가 이십여 년 전 첫사랑의 고백을 한 그 학생이라는 것을 말이다.

그러나 엷은 웃음이 지나간 다음의 그녀의 얼굴 표정으로 보아 그게 아니라는 것을 알 수 있었다.

자기가 노수인이라는 것을 알아본 것이 아니라, 기껏 여관 옆방에 든 남자라는 정도로 알아본 것이로구나 싶으니, 노수인은 어쩐지 좀 씁쓰레한 느낌이었다. 그러면서도 한편 우습고 재미가 있었다. 흘러간 이십여 년이라는 세월을 실감할 수 있는 것 같기도 했다.

이십여 년이라는 세월 이쪽저쪽의 얼굴, 같은 얼굴이기는 하지만 많이 달라졌을 게 틀림없는 것이다. 더구나 한창 성숙하는 시절의 이십여 년이니 말이다.

자기가 그녀의 얼굴을 정확히 알아볼 수 없었듯이, 그녀가 자기 얼굴을 알아보지 못하는 것도 무리가 아닌 것이다.

좌우간 그럴수록 일은 재미있구나 싶었다. 노수인은 속에서 장난기 같은 것이 슬그머니 머리를 쳐드는 것이었다.

"혹시 제비국민학교에 근무하고 계시지 않습니까?"

"……."

그녀는 도대체 이 남자가 누구기에 자기가 근무하고 있는 학교까지 다 알고 있는가 싶은 듯 대답은 않고 눈만 약간 휘둥그레진다.

"예, 그런데 댁은 누구시길래……."

"……."

노수인은 말없이 다갈색 선글라스 속에서 눈웃음을 웃는다.

그녀는 몹시 불안한 모양이다.

그래서 노수인은,

"저도 교육에 종사하고 있습니다. 직접 교육계에 있는 것은 아닙니다만……."

이렇게 조금 자기 신분을 밝혔다.

교육에 종사하고 있다는 말에 그녀는 좀 마음이 놓이는 모양이다. 그러나 교육에 종사하고는 있으나 직접 교육계에 있는 것은 아니라니…… 그녀는 얼른 납득이 가지 않아 역시 미심쩍은 표정이다.

“부산에 계시나요?”

“아닙니다. 서울에 있습니다.”

그런데 어떻게 자기가 제비국민학교에 근무하고 있다는 것을 아는지, 도대체 이 남자가 누군지, 무얼 하는 사람인지…… 알 수가 없어 그녀는 연방 속눈썹을 깜짝거린다.

지월실이 자기를 알아보지 못하고 곧장 미심쩍어 하는 것이 노수인은 은근히 속으로 재미가 있었다.

“한국교육개발공사 아시죠?”

“예.”

“거기 있습니다.”

“그러세요.”

그제야 지월실은 표정이 많이 누그러진다.

그녀와 노수인은 나란히 걷기 시작한다. 날이 서서히 저물어 가고 있는 반월성의 숲길은 마냥 호젓하기만 하다. 드문드문 관광객의 모습이 보일 뿐이다.

“교육개발이라는 잡지 혹시 보시나요?”

“예, 봅니다. 다달이 구독하고 있죠.”

“그 잡질 편집하고 있습니다.”

“어머, 그러세요.”

그녀의 얼굴에 이제 반가워하는 빛이 떠오른다. 자기가 매월 구독하는 잡지를 편집하고 있는 분이라니 어쩐지 친밀감이 느껴지는 모양이다.

“다달이 퍽 유익하게 읽고 있어요.”

“애독자시군요. 반갑습니다.”

노수인이 웃자, 그녀도 부드러운 미소를 짓는다. 마주친 두 사람의 시선에 지금까지와는 달리 따스한 것이 감돈다. 그런데도 아직 그녀는 노수인을 알아보지 못한다.

"내일 연구발표를 하시죠?"

"예."

"제목이 뭐이더라…… 저학년의 음악 지도의…… 뭣이죠?"

"어머, 어떻게 저의 연구 주제까지 알고 계시죠?"

"프린트물에 나와 있잖아요."

"그렇지만 그게 저의 연구 주제라는 것을 어떻게 아시는지……."

"다 아는 수가 있죠. 하하하……."

"……."

그녀는 또 한 번 어리둥절해진다. 그렇다면 이 남자가 자기를 잘 안다는 이야기가 되는데, 도대체 어떻게 된 영문인지 알 수가 없다. 그러나 이제 그녀의 눈에 불안하다거나 경계하는 그런 빛은 떠오르질 않는다. 그저 미심쩍기만 한 것이다.

노수인은 빙그레 웃으면서 약간 장난기 어린 목소리로,

"지 선생님."

하고 그녀를 부른다.

"어머."

그녀는 약간 놀란다. 자기 성까지 알고 있다니…….

"지월실 선생님의 연구발표에 특별히 관심을 가지고 있습니다."

"……."

성뿐 아니라, 이름까지 정확하게 나오는 바람에 그녀는 그저 어안이 벙벙해질 따름이다.

“저를 어떻게 아시나요?”

물어볼 도리밖에 없다.

“옛날부터 잘 알죠.”

“옛날부터요?”

“예.”

“어머…….”

그녀는 뜻밖의 말에 노수인의 옆얼굴을 물끄러미 바라본다. 혹시 누군지 기억이 날까 해서. 그러고 보니 어딘지 모르게 많이 낯익은 것같이 생각되기도 했다. 그저 오늘 식당에서 처음 만나고, 우연히 한 여관에 든 그런 정도의 엷은 안면은 아닌 것 같았다. 그러나 누군지 도무지 아리송하기만 했다.

그녀의 그런 표정이 재미있는 듯 노수인은 선글라스 속에서 미소를 짓는다. 차차 한 꺼풀 한 꺼풀 벗겨져 나가는 묘미 같은 것을 느끼고 있는 셈이었다.

“저…… 청파고등학교를 다니셨죠?”

“예, 그럼 선생님도 그 학교를…….”

노수인은 어쩐지 좀 긴장이 되었다. 이제 곧 지월실이 자기를 알아보게 될 것 같다. 그런 단계에 들어선 것이다.

“예, 저도 그 학교를 다녔어요.”

“그래요…… 동창이시군요.”

“예, 동창이죠.”

“어쩐지 어디서 많이 뵌 분 같더라니까요.”

“허허허…….”

노수인은 약간 어이가 없어 웃음이 터져 나왔다. 그래도 알아보지 못하다니, 그처럼 자기 얼굴이 변했는가 싶기도 했다. 어쩌면 그녀가 지나치게 망각이 심한 여자인지도 알 수가 없었다.

"하하하……."

덩달아 그녀도 웃고 있는 것이다.

어느덧 그들은 반월성에서 내려와 계림 쪽으로 향하고 있었다.

노변의 조그마한 매점 앞에서 노수인은 걸음을 멈추었다.

"좀 쉬었다 갑시다."

"그러죠."

그들은 매점 앞에 마련되어 있는 파라솔 밑에 앉았다. 노수인은 사이다를 시켰고, 지월실은 콜라를 시켰다.

노수인은 사이다를 컵에 따라 조금씩 마시면서 지월실을 똑바로 바라본다.

"지 선생님, 학생 시절에 노래를 아주 잘했죠?"

"잘하긴 뭘요."

"예술제 때 독창하신 거 기억하고 계세요? 〈매기의 추억〉을 불렀잖아요."

"어머, 어떻게 그렇게 남의 일을 자세히 기억하고 계실까……."

그녀는 참 이상하고 좀 부끄럽기도 한 모양이다.

노수인은 다시 묻는다.

"그때 1학년이었죠?"

"글쎄요…… 1학년이었던가……."

"틀림없어요. 1학년이었어요."

"그때 선생님은 몇 학년이었어요?"

"저요? 허허, 저는 그때 2학년이었죠. 한 학년 위였어요."

“그래요?”

그러면서 그녀는 노수인을 똑바로 유심히 바라본다. 얼굴에 약간 긴장의 빛이 감돈다.

노수인은 아슬아슬한 느낌이다. 이제 곧 그녀가 자기를 알아볼 게 틀림없는 것이다.

아! 하는 소리가 그녀의 입에서 터질 법한데, 그러나 그녀는 아직 핵심을 짚지 못한 모양이다. 그 일보 전쯤에서 더듬거리고 있는 것일까.

노수인은 슬그머니 선글라스를 벗어서 앞에 놓는다. 자, 색안경을 벗었으니 누군지 잘 보라는 듯이. 그리고 말한다.

“저는 높이뛰기 선수였죠. 2학년 때, 그러니까 선생님이 예술제에서 독창을 한 그해 가을에 종합체육대회에 나가서 일 미터 육십삼까지 뛰었죠.”

“어머나!”

그녀는 깜짝 놀란다. 어쩔 줄을 모른다. 금세 안색이 확 달라진다. 새하얗게 핏기가 가시는 듯하더니 그만 온 얼굴이 홍당무처럼 붉어진다. 목줄기까지 붉게 물든다. 비로소 핵심을 짚은 것이다. 노수인을 알아본 것이다.

“이제 아시겠어요? 하하하…….”

노수인은 웃었다. 그러나 묘하게 가슴이 두근거려 컵에 남은 사이다를 꿀꺽꿀꺽 마셨다.

지월실은 두 손으로 컵을 지그시 싸쥐고 꼼짝도 안 하고 앉아 있었다. 살짝 고개를 숙인 채 두 사람 사이에 잠시 야릇한 침묵이 흘렀다. 그러나 곧 노수인은 나직하고 약간 떨리는 듯한 목소리로 말했다.

"월실 씨, 정말 오래간만이군요."

비로소 노수인은 그녀를 선생님이라고 부르지 않고 월실 씨라고 부른다. 참으로 오래간만에 불러보는 그녀의 이름이다.

지월실은 살짝 고개를 들어 노수인을 한 번 바라보고는 다시 고개를 숙여버린다. 그녀의 두 눈에 눈물 같은 것이 약간 어려 있는 듯하다. 이십여 년 전 자기에게 매정하게 뿌리침을 당한 노수인이 그때 일을 조금도 원망하는 기색이 없이 이렇게 다정한 얼굴로 다시 자기 앞에 나타났으니, 눈물이 어릴 만도 한 것이다. 더구나 혼자 몸으로 외롭게 살아가고 있는 처지이니 말이다.

노수인은 담배를 꺼내 한 대 피워 물었다. 그리고 지월실이 긴장이 풀리기를 기다렸다.

잠시 후, 그녀가 약간 마음이 가라앉은 듯 콜라를 한 모금 마시자, 노수인은 다시 입을 열었다.

"처음엔 저도 잘 알아볼 수가 없더군요."

"……."

"월실 씨가 이번 연구대회에서 발표를 한다는 것을 알고 왔으니 말이지, 그렇지 않았다면 식당에서 보았을 때 전혀 모를 뻔했어요."

"……."

"맞는지 아닌지 알 수가 없었으나, 아마도 그런 것 같아 뒤를 따라 같은 여관에 들어간 거죠. 하하하……."

그러자 그녀도 이제 고개를 들고 수줍은 듯 조용히 웃는다. 살짝 보조개가 팬다.

"월실 씨."

“예?”

“언제부터 교편생활을 하셨나요?”

“스물두 살 때부터예요.”

“그래요? 그럼 십 년이 훨씬 넘었군요.”

“예.”

지월실은 어쩐지 좀 쑥스럽고 약간 쓸쓸한 느낌이 들기도 하는 모양이다. 자기의 외로운 과거를 들먹거리는 셈이니 그럴 수밖에 없다.

그런 그녀의 표정을 읽은 노수인은 앞에 놓인 선글라스를 집어 다시 얼굴에 낀다.

“일어서 볼까요.”

“예.”

그들은 나란히 계림 쪽으로 향한다. 짧은 가을 해가 지고 있다. 서쪽 하늘이 발그레 곱게 물들고 있다.

계림 숲속은 한결 호젓하고 어쩌면 좀 으스스하기까지 하다. 거대한 거목들이 하늘을 찌를 듯이 가지를 뻗고 있으니 그럴 수밖에 없다. 정말 신라 때의 공기가 아직도 숲 그늘에 그대로 잠겨 있는 듯한 느낌이다.

그 숲속으로 노수인과 지월실은 어깨를 나란히 걸어 들어간다.

노수인은 이십여 년 전 학교 옆 동산의 숲속으로 걸어 들어가는 듯한 착각에 사로잡힌다. 지월실에게 사랑을 맹세하던 그 숲, 지월실의 입술에 기어이 입맞춤을 하던 그 숲, 그리고 야구빳다에게 방망이로 얻어맞고 실연의 쓰라린 눈물을 흘리던 그 숲……, 그 숲의 나무들도 지금은 많이 컸겠지…… 노수인은 가슴이 뿌듯하게 부풀어 오른다.

“월실 씨.”

“예.”

이제 두 사람 사이에 별로 어색한 것이 없다. 부르면 대답하고 서로 시선을 마주친다.

“아들이 하나 있다죠?”

“어머.”

지월실은 새삼 또 놀란다. 아들이 하나 있다는 것까지 어떻게 아는 것일까. 그렇다면 자기가 과부라는 사실도 알고 있는 게 틀림없는 것이다. 왠지 지월실은 몹시 창피한 느낌이었다. 자기가 뭐 과부가 되고 싶어서 된 것은 아니지만, 어쩐지 기분이 좋지 않았다.

“아들 하나를 믿고 사시다니 정말 훌륭하십니다.”

“……”

“어떻게 해서 그렇게 되셨나요?”

“……”

그녀의 얼굴에 언짢은 빛이 역력히 떠오른다. 묻는 사람은 그저 예사로 안됐다는 뜻으로 묻는 것이지만, 당자는 아주 싫은 것이다. 말하자면 그런 말을 묻기는 아직 빠른 것이다. 그런 말은 당자의 입에서 자연히 나오도록 되어야 하는 것이다.

그녀의 표정에서 그런 점을 눈치챈 노수인은 아차 싶어 얼른 말문을 돌렸다.

“월실 씨와 이렇게 숲속에 들어오니 옛날 생각이 나는군요.”

“……”

그녀의 얼굴이 살짝 물든다.

“월실 씨, 옛날에 왜 그렇게 별안간 나를 차버렸었죠?”

노수인이 농담 비슷하게 묻자, 그녀도 장난기 어린 목소리로 대답했다.

"몰라요. 다 잊어버렸어요."

"잊어버리다뇨. 정말 무정하군요. 나는 그 일을 한시도 잊어버린 적이 없어요. 자나 깨나 가슴에 간직해 왔죠."

"어머― 거짓말."

지월실이 살짝 한 번 눈을 흘긴다. 그런 그녀가 노수인은 못 견디게 좋다.

옛날 지월실에게서 느꼈던 짜릿하고 뜨거운 그런 것이 다시 가슴속에 불끈 고개를 쳐드는 것 같다. 세월은 흘렀어도 여전히 그녀는 그녀인 것이다.

"오빠는 요즘 뭘 하십니까?"

"오빠라뇨?"

"왜 오빠 있었잖아요. 의오빠. 야구빳다 말입니다."

"……"

그만 그녀의 얼굴이 굳어진다.

"그 야구빳다한테 빳다 방망일 얼마나 맞았는지, 월실 씨한테 손을 대지 말라고 말입니다. 지금도 생각하면 궁둥이가 욱신욱신해지는 것 같아요. 허허허……."

노수인은 껄껄 웃는다. 그러나 지월실의 굳어진 얼굴은 풀리질 않는다.

지월실의 굳어진 표정을 보자 노수인은 아차! 싶었다. 야구빳다 이야기를 꺼낸 것은 잘못이라는 생각이 들었다. 야구빳다와 그녀와의 관계가 어떠했는지 알 수가 없는 것이다. 혹 야구빳다와 결혼을 했었는지도 모르는 일이 아닌가. 그렇다면 야구빳다는 죽은 남편이니, 그녀의 가장 아픈 데를 건드린 셈이 아닌가.

노수인은 얼른 말머리를 돌렸다.

"좌우간 과거를 생각한다는 것은 즐거운 일이에요."

"……."

"참, 저…… 월실 씨와 아주 친한 친구 있었죠. 늘 학교에 같이 다니고……."

"예, 영애 말이죠?"

"맞습니다. 영애, 그분 어제 만났어요. 우연히……."

"아, 그래요. 어디서요?"

"어제 재경동창회에서 홍사운 화백의 국전 대통령상 수상 축하회가 있었어요. 홍사운이라고 혹시 아세요? 우리하고 동긴데……."

"글쎄요, 모르겠는데요."

"나하고 아주 친했죠. 월실 씨하고 영애 씨처럼…… 그 축하회에서 우연히 만났어요."

"알아보아요?"

"서로 인사를 나누진 못했어요. 못 알아보는 것 같았어요. 나도 첨엔 누군지 잘 몰랐어요."

"그럴 거예요. 벌써 이십몇 년이 지났으니까."

"순자라는 분과 같이 왔더군요."

"순자요? 아, 조순자구나."

지월실은 옛 동기들의 소식을 들으니 무척 반가운 모양이다.

"서로 연락은 있나요?"

"영애하고는 더러 연락이 있어요. 금년 봄에도 한 번 만났죠. 그러나 조순자는 통…….”

“그런데, 영애 씨 그분이 축하회에서 노래를 부르는데, 하필 옛날 월실 씨가 부르던 〈메기의 추억〉을 부르지 않겠어요. 마치 남의 상처를 좀 건드려 주자는 듯이, 헛헛허…….”

“…….”

지월실이 상그레 소리 없이 웃는다. ‘상처’라는 말에 어쩐지 좀 미안한 듯한 생각이 들면서도 야릇하게 기분이 괜찮다. 노수인의 현재의 심정도 짐작할 수가 있는 것 같아 절로 가슴이 두근거려진다. 이십여 년 전의 그 잠시 동안의 일이 지금까지 상처로 남아 있다니, 참 순진한 양반이로구나 싶으며 지월실은 노수인을 힐끗 바라본다.

그렇게 생각을 해서 그런지 어딘지 모르게 아직 때가 묻지 않은 것 같고, 부드러워 보이고 숫되어 보인다. 매우 순정형으로 여겨지는 것이다.

지월실은 별안간 묘하게 마음이 흔들린다. 얼어붙어 있던 가슴이 훈훈하게 녹아 흐르는 듯한 느낌이다. 지금까지 전혀 느껴본 일이 없는 야릇한 감정 상태다. 절로 얼굴도 붉어진다. 그녀의 가슴 속에도 첫사랑의 아련한 아픔이 깊숙이 고개를 숙이고 있었던 모양이다. 그것이 번쩍 고개를 쳐든 셈이다.

지월실의 그런 표정을 본 노수인 역시 걷잡을 수 없이 가슴이 설렌다. 첫사랑의 그 안타까움이 이제 다시 뜨겁게 불붙을 가능성을 본 셈이니 그럴 수밖에 없다.

숲 저쪽으로 옛 서라벌의 가을 저녁놀이 타는 듯 곱다.

귀로에 그들은 중국집으로 들어갔다.

중국집 호젓한 방에 마주 앉자, 어쩐지 새삼스럽게 기분이 묘하

다. 지월실은 몹시 어색하고 새삼 부끄럽기도 한 모양이다. 노수인
역시 좀 멋쩍은 느낌이다.

그러나 노수인은 곧 서먹한 방 안 분위기를 휘저었다.

"월실 씨, 오래간만인데 술이나 한잔 나눌까요?"

마치 오래간만에 만난 친구에게 말하는 투다.

"호호호……."

지월실이 얄궂다는 듯이 웃는다.

"왜 웃어요? 이십몇 년 만에 만났는데 한잔 안 할 수가 있어요?"

"좋아요, 해요."

"그렇죠. 그렇게 나와야죠. 하하하……."

음식과 함께 맥주 두 병이 들어왔다. 그러자 지월실은 재빨리 병
마개를 딴다. 그리고 좀 수줍은 듯이 망설이다가

"한잔 따라 드릴게요."

한다.

노수인은 얼른 컵을 든다.

"아이 고맙습니다. 옛날 날 차버린 그 사과의 뜻으로 따라 주시는
거죠?"

"호호호, 좋을 대로 생각하세요."

노수인은 거품이 넘치는 컵을 놓고, 이번엔 자기가 병을 든다.

"자, 나도 한 잔 따라 드리죠."

"아니에요. 전 못해요."

"그러지 마세요. 아까 한잔 하자고 그랬잖아요."

"농담이에요. 여자가 무슨 술을……."

"여자는 왜 술을 하지 말라는 법이 있나요?"

“그렇지만……."

“자, 어서 컵을 드세요. 맥주 한잔쯤은 괜찮아요."

“술을 먹으면 얼굴이 빨개지는 걸요."

“빨개지면 어때요. 더 예쁘고 좋죠."

“호호호……"

지월실은 살짝 눈을 흘긴다. 그리고 마지못한 듯 두 손으로 컵을 든다.

노수인은 매우 기분이 좋다.

“자, 건배를 합시다."

노수인이 컵을 쳐들자, 지월실은 킥 웃는다. 그리고 약간 얼굴을 붉히며 살짝 컵을 든다.

그녀의 컵에 노수인은 찰그락 자기 컵을 갖다 부딪친다.

“재회를 축하합니다."

“……."

지월실은 발그레 붉어진 양쪽 볼에 보조개를 짓는다.

노수인이 쭉 크게 한 모금 들이켜자, 지월실도 거품을 조금 입에 갖다 댄다. 말하자면 서로 재회의 기쁨을 확인하는 셈이다.

남자와 여자가 단둘이 호젓한 방 안에 마주 앉아 술을 마신다는 것은 서로의 장벽을 활짝 터버렸다는 것을 의미한다. 비록 말로는 주고받지 않았지만 서로 상대방을 좋아한다는, 다시 말하면 상대방에게 자기를 허락할 용의가 있다는 무언의 의사 표시가 되는 것이다. 남자의 입장에서 볼 때는 여자의 첫 큰 대문을 연 셈이 된다. 아직 여자의 전부를 차지하려면 몇 개의 문을 더 열어야 하는 것이지만, 좌우간 큼직한 빗장이 걸린 최초의 대문을 연 셈이 되니, 다음은 그저 열심히 뜨겁게 두들기면 되는 것이다. 그러면 만사가 형통인 것이다. 안 열리는 여자의 문이란 없는 것이다.

더구나 지금 노수인과 지월실의 경우는 여느 경우와 또 다르다. 이미 이십여 년 전에 최초의 문이라기보다도 둘째나 셋째쯤 되는 문, 즉 입술까지 접근을 했던 셈이니 말이다. 열다가 만, 혹은 열어주다가 만 문인 셈이니, 이제 와서 새삼스럽게 주저할 아무 까닭이 없는 것이다. 더구나, 옛 첫사랑의 그 짜릿했던 아픔을 서로 확인하고 재회를 기뻐한 터이니.

그러나 어떠한 경우에도 남자에게 용기가 필요하다. 문을 두들겨야 하는 것이다. 스스로 먼저 문을 열어주는 여자란 없는 법이다. 창녀가 아닌 이상…….

노수인은 꿀꺽꿀꺽 맥주 컵을 기울였다.

술이란 남자에게 용기를 불어넣어 주는 묘한 물건이다. 그러나 노수인이 맥주를 곧장 기울이는 것은 반드시 지월실의 문을 두들기는 용기를 얻기 위해서 그러는 것은 아니다. 음흉한 계산에서 그러는 것이 아니라, 묘하게 들뜬 상태, 약간 흥분된 상태 때문에 자기도 모르게 절로 그렇게 되는 것이다.

그리고 노수인은 곧장 이야기를 늘어놓았다. 지금까지 자기가 걸어온 과거를 대충 쏟아놓는 것이었다. 나는 이러이러한 길을 걸어왔는데, 당신은 어떤 길을 걸어왔는가 좀 이야기를 해 보라는 듯이.

그러나 지월실은 자기의 과거에 대해서 좀처럼 입을 열려 하지 않았다. 아직 그녀는 자신을 그렇게 간단하게 까뒤집어 보일 수는 없다는 생각인 모양이었다. 어쩌면 그것은 여자의 본능인지도 몰랐다.

중국집을 나오자, 마침 빈 택시가 한 대가 지나갔다.

“택시!”

노수인은 번쩍 손을 들었다.

택시가 멎자, 노수인은 얼른 문을 열어 지월실을 태웠다. 그리고 자기도 탔다.

“어디 가시려고 그래요?”

지월실이 약간 뜻밖이라는 듯이 쳐다본다.

“이렇게 달이 좋은데 바로 여관으로 들어갈 수가 있나요? 자, 운전사 양반, 오릉으로 갑시다. 오릉.”

노수인은 꽤 술기가 있는 모양이다.

택시는 하얗게 달빛이 깔린 길을 오릉을 향해 신나게 달린다. 밤이라 길에는 거의 행인이 없다.

오릉은 경주 시가의 남쪽에 있는 왕릉인데 다섯 개의 봉우리가 한데 모여 있다 해서 오릉이라고 부른다. 신라의 시조 박혁거세와 그 왕비, 그리고 남해왕, 유리왕, 파사왕의 능이라고 전해진다.

노수인이 택시를 그 오릉으로 가도록 한 것은 자기가 본 경주의 고적 가운데서 가장 인상에 남아 있는 곳이 그 오릉이기 때문이다.

“오릉 가보셨어요?”

“아니요.”

“좋습니다. 정말 좋아요. 달밤엔 아마 더 좋을 거예요.”

노수인은 약간 거나했다. 이렇게 거나한 기분에 옛 첫사랑의 여인을 데리고 오릉을 향해 달린다는 것은 얼마나 신나는 일인가. 더구나 달도 좋은 가을밤에 말이다. 그는 콧노래라도 흥얼거리고 싶은 기분이다.

지월실 역시 조금 눈자위가 호끈호끈했다. 맥주를 반 컵 정도는 마셨던 것이다. 그래 그런지 어쩐지 기분이 묘하게 부풀어 오르는 듯 노수인에게 슬그머니 기대보고 싶은 심정이었다.

그녀는 비로소 자기가 정말 오랜 세월을 외롭게 살아왔구나 하는 생각이 든다. 남자가 없는 세월을 십여 년이나 살아왔으니, 그리고 앞으로도 그렇게 살아가려고 마음먹고 있었다니, 별안간 웬일인지 어처구니가 없다. 여자가 외톨로 살아간다는 것이 무슨 의미가 있는 가 싶어진다. 아들 하나를 위해서 완전히 여자로서의 자기를 희생한 다는 것이 과연 얼마만 한 가치가 있는 것일까. 지금까지 내부에 단 단하게 도사리고 있던 어떤 가치관이 흔들흔들 흔들리며 스르르 무 너져 내리는 것만 같다. 지나온 과거와 자신의 처지가 한스럽기만 하다.

그러면서도 한편 가슴 속에 야릇한 환희가 끓어오른다. 오늘 이렇 게 너무나도 뜻밖에 첫사랑의 남자를 만나다니, 그리고 이렇게 함께 저녁을 먹고 택시에 나란히 앉아 달밤의 드라이브를 즐기게 되다니, 정말 꿈같은 사실이 아닐 수 없다. 사태가 너무 급진전하는 것 같아 좀 얼떨떨하긴 하지만, 좌우간 가슴에 어떤 희열이 충만하는 것 같 다. 어쩐지 자기의 인생이 새로 열릴 것만 같은 그런 느낌이다.

택시는 스르르 오릉 숲 들머리에 멎었다. 노수인과 지월실은 차에 서 내려 숲속으로 걸어 들어갔다.

울창한 숲의 나뭇가지 사이로 달빛이 줄줄 흘러내리고 있다. 여기 저기 풀숲에서 벌레 우는 소리가 들리고, 이따금 푸드득 하고 밤새 날개 치는 소리도 들린다. 노수인이 입을 연다.

"달밤의 숲속은 이색적인 분위긴데요."

"그렇군요. 그런데 어쩐지 좀 으스스해요."

"도깨비가 나올까 싶어서요?"

"아니요. 도깨빈 무슨……."

"하하하, 그럼요?"

"그저 어쩐지……."

"그럼, 내가 이렇게 보호해 드리죠."

그러면서 노수인은 슬그머니 한 팔을 지월실의 등 뒤로 돌려 그녀를 가볍게 옆에 낀다.

"아이 괜찮아요."

그녀는 반사적으로 몸을 움츠린다. 그러나 팔을 뿌리치지 않고, 다소곳이 그대로 걸음을 옮긴다. 가슴이 야릇하게 뛴다. 남자와 그 정도의 접촉을 가지는 것도 십몇 년 만에 처음인 것이다. 가슴이 야릇하게 뛰는 것도 무리가 아니다.

숲이 확 트이고, 눈앞에 두두룩한 다섯 봉우리의 능이 나타나자 지월실은 그만,

"어머!"

감탄사를 하면서 그 자리에 멈추어 섰다.

"하― 좋은데―"

노수인도 절로 입이 벌어진다.

달빛에 젖은 다섯 봉우리의 왕릉은 여느 때보다 한결 장관이다.

잠시 서서 그 거대하고 이색적인 달밤의 오릉을 우러러보고 나서, 그들은 천천히 능의 둘레를 한 바퀴 돈다.

천천히 능의 둘레를 거닐면서 지월실은 문득 생각이 난 것처럼 노수인에게 묻는다. 실은 아까부터 속으로 혼자 물어봐야지, 물어봐야지 하고 별러 왔던 터이지만.

“아이들이 몇이나 되세요?”

이 물음은 얼른 들으면 그저 아이가 몇이냐는 질문인 것 같지만, 실상은 그것보다도 결혼을 했는지, 혹시 아직 노총각이나 홀아비가 아닌지, 하는 궁금증과 일말의 기대가 서린 질문인 것이다.

“둘입니다. 아들 하나, 딸 하나.”

“그러세요…….”

지월실은 아무렇지도 않은 듯 말하면서도 속으로는 가벼운 실망 같은 것을 느낀다.

약간 자조적인 웃음을 웃으면서,

“참 재미가 나시겠군요.”

한다.

“재미는 무슨 재미요?”

“왜요? 일남 일녀에, 사모님은 물론 현모양처일 것이고…….”

“하하하…….”

노수인은 그만 커다랗게 웃음이 터져 나온다. 그러나 그는 곧 그 웃음을 거두어 버린다. 그리고 지월실의 얼굴을 가만히 바라본다.

그녀 역시 야릇한 표정으로 노수인을 쳐다본다. 자조적인 웃음과 약간의 쑥스러움, 그리고 묘한 시새움 같은 것이 뒤범벅이 된 그런 표정이다. 그런 그녀의 표정 위로 달빛이 쏟아져 내린다.

노수인은 가벼운 경련 같은 충동을 느끼며 우뚝 걸음을 멈춘다. 달빛을 받은 그녀의 그런 표정은 뭐라고 형언할 수 없는 매력을 풍긴다. 노수인은 그녀의 두 눈을 뚫어지게 들여다본다.

여자의 가장 아름다운 순간이란 어떤 때일까? 아름다움에도 여러 가지 종류가 있겠지만, 남자의 이성에 대한 감각을 가장 짜릿하게 긁어 일으키는 순간이란……? 다시 말하면 여자가 가장 여자다운 매력을 발산하는 때가 어떤 순간일까?

그것은 어쩌면 약간의 질투와 약간의 쓸쓸함, 그리고 약간의 쑥스러움이 뒤섞인 그런 웃음을 조용히, 그러면서도 짙게 얼굴에 나타냈을 순간이 아닐까. 그런 표정으로 남자를 바라보는 여자의 입술이 물기에 젖어 자기도 모르게 조금 벌어졌을 경우, 그 벌어진 발그레한 입술 사이 하얀 이라도 조금 내다보였을 경우, 남자는 견딜 수 없는 어떤 충동에 사로잡히게 되는 것이 아닐까. 다른 사람들은 어떤지 모르지만, 좌우간 노수인은 그런 경우 가장 강렬한 성적 자극을 의식한다.

걸음을 멈추고 지월실의 두 눈을 뚫어지게 들여다보는 노수인은 지금 바로 그런 뜨거운 자극에 사로잡히고 있는 것이다. 짜릿한 경련 같은 것이 온몸에 흐른다.

노수인의 그런 강렬한 시선을 받자 지월실은 당황한 듯 속눈썹을 파닥거린다. 그리고 얼른 시선을 피해 버린다.

그러나 피해 버린다고 될 문제가 아니다. 사태가 이미 급진전을 했는데 말이다.

"월실 씨."

뜨거운 목소리가 다가온다.

그리고 그녀의 등 뒤로 돌린 노수인의 팔에 별안간 불끈 힘이 주어진다.

"어머나."

지월실은 순간 자기도 모르게 온몸을 움츠려 노수인의 팔 안에서 벗어나려 한다. 여자의 본능적인 반사작용인 것이다. 그러나 벗어나질 턱이 없다.

재빨리 노수인은 그녀를 끌어당겨 가슴에 안아 버린다. 부듯하게 품 안에 들어온 지월실. 이십여 년 전의 첫사랑의 여인…….

노수인은 걷잡을 수 없이 가슴이 두근거린다. 마치 처음으로 여자를 가슴에 안아본 것 같은 그런 설렘이다.

지월실은 훨씬 더 어쩔 줄을 모른다. 그녀는 너무나도 뜻밖의 일에 숨이 터질 것만 같다. 온 얼굴 온몸이 화끈 달아오른다. 이렇게 별안간 노수인의 품 안에 안겨버릴 줄은 정말 몰랐던 것이다. 부끄럽고 멋쩍고 숨이 터질 것 같으면서도 야릇하게 기분이 좋기만 해서 그녀는 바르르 떤다. 마치 숫처녀가 처음으로 남자의 품에 안긴 것 같은 그런 황홀함이다.

참으로 오래간만에 접해 보는 남자의 체온인 것이다. 남편과 사별한 지 십 년, 그동안 한 번도 접해 본 일이 없어 까마득히 잊어버렸던 남자의 체온, 일상 남자들 속에 섞여 살면서도 아득히 멀기만 했던 남자의 체취, 어쩌면 은연중에 갈망해 왔는지도 모를 그 체온과 체취에 별안간 이처럼 흠뻑 묻히니 정신이 몽롱해지도록 황홀한 것도 무리가 아니리라. 더구나 그 체온과 체취는 다른 사람도 아닌 바로 이십여 년 전 자기에게 첫사랑의 뜨거운 하소연을 했던 그 노수인의 것이 아닌가.

그녀는 도저히 기분이 벅차서 노수인의 얼굴을 똑바로 바라볼 수가 없어서 고개를 살짝 옆으로 떨구고 있다.

살짝 옆으로 떨군 그녀의 얼굴, 그 얼굴의 한 부분을 향해 다가가려면 문제가 없는 것이지만, 그러나 노수인은 그렇게 성급하게 덤비질 않는다. 이제 십칠팔 세의 옛날 그 시절 같은 소년이 아닌 것이다.

억지로 입술을 덮칠 생각은 없다. 빼앗고 싶은 것이 아니라, 이제 받고 싶은 것이다.

노수인은 지월실을 안은 팔에 지그시 힘을 더하면서

"월실 씨."

약간 떨리는 듯한 목소리로 말한다.

"얼굴을 들어 봐요."

"……."

그러나 여전히 그녀는 고개를 옆으로 살짝 떨군 채다.

"이제 아무한테도 빼앗기지 않겠어요. 이제 당신은 내 사람이에요. 이십몇 년 만에 드디어 내 사람이 된 거예요."

노수인은 마치 순진한 그 옛날의 소년으로 되돌아간 듯 진정 어린 목소리로 속삭인다. 그리고,

"여보."

간절하게 부른다.

그제야 지월실은 깜짝 놀란 사람처럼 얼굴을 든다. "여보"라는 말과 "월실 씨"라는 말 사이에는 그만큼 큰 차이가 있었던 것이다. 월실 씨라고 불렀을 때는 별다른 반응이 없더니, 여보라는 말이 떨어지자 대번에 반응이 나타났으니 말이다.

지월실이는 노수인의 얼굴을 가만히 올려다본다. 그녀의 두 눈엔 어떤 놀라움과 함께 물기 같은 것이 약간 어려 보인다. 형언할 수 없는 감동에 그녀는 지금 사로잡혀 있는 것이다.

노수인은 그녀의 물기 어린 눈을 지그시 내려다보며,

"우리는 다시 만났군요."

정말 감격적인 어조로 말한다. 다분히 술기 탓이기는 하지만.

그러자 그만 지월실은 어떤 복받치는 격정을 주체하지 못하겠
는 듯,

"몰라요!"

하면서 매달리듯 노수인의 목을 안아 버린다.

순간 노수인의 입술이 그녀의 입술에 포개진다. 이십여 년 만이다.
참으로 오래간만에 다시 그들의 입술은 만난 것이다. 그녀의 입술에
닿기가 무섭게 노수인의 입술은 강렬한 흡인력을 발휘하기 시작한
다. 그러자 그녀의 입술 역시 가만히 있질 않는다. 별안간 탄력을 되
찾은 것처럼 생동한다. 입술과 입술이 온통 하나로 짓이겨진다. 서
로의 입안으로 뜨겁고 미끈미끈한 열기가 오고 간다. 걷잡을 수 없
는 희열과 흥분의 도가니 속으로 그들은 잠기고 있는 것이다.

지월실이 더 어쩔 줄을 모르고 달아오른다. 안타까워서 곧 자지러
질 것 같다. 그럴 수밖에 없는 것이 그녀는 이런 남자의 뜨거운 열기
에 접하기는 십몇 년 만인 것이다. 까마득히 잊어버렸던 남자의 열
기에 별안간 접했으니, 그 뜨겁고 미끈미끈한 쾌감에 정신이 얼얼할
수밖에 없는 것이다.

그녀는 도저히 이 정도만으로는 안타까워서 견딜 수 없는 그런 상
태에까지 이르렀다. 말하자면 십여 년간 바싹 말랐던 몸뚱어리에 별
안간 뜨거운 물기가 온통 발그레 번지는 터라 근질근질하고 지근지
근해서 못 견디겠다는 것이다. 근질근질하고 지근지근한 데를 마구
짓이겨 주었으면 싶은 것이다. 온통 온몸을 짓뭉개 주었으면 시원할
것 같다. 그래서 좀 툭 터져 보았으면 살 것 같은 심정이다.

마치 그녀의 그런 심중을 알아차리기라도 한 것처럼 노수인은 서
서히 동작을 취하기 시작한다. 한쪽 팔이 차츰 그녀의 허리께로 내

려간다. 잘록한 허리께에 와서는 멎는다. 그리고 힘을 주어 허리를 바싹 앞으로 끌어당긴다. 그러자 지금까지 닿을 듯 말 듯 떨어져 있던 부분이 바싹 밀착되어 버린다. 그 부끄러운 부분이 밀착되어 버리자, 두 사람은 화끈 더 열기가 오른다. 입맞춤은 더욱 치열해진다.

잠시 후, 지월실은,

"아으 아으—"

소리를 지르며 고개를 흔들어 댄다.

노수인의 뜨거운 입술이 그녀의 입술에서 이번에는 그녀의 목줄기로 흘러내렸던 것이다. 귀밑의 연한 살에 화끈화끈 달아오른 노수인의 입술이 마구 퍼부어지자, 그녀는 온몸이 짜릿짜릿하게 오그라붙는 것만 같았다. 그러면서 마치 무슨 마취에라도 걸린 것처럼 아랫도리에서 스르르 힘이 빠져나간다. 그녀는 마침내 힘없이 무너지듯 쓰러져 버린다.

그녀를 안은 채 노수인도 함께 쓰러진다.

풀밭이다. 어디선지 별안간 가을벌레 우는 소리가 낭자하게 귀에 들려온다. 그러나 그런 것 아랑곳할 때가 아니다. 그녀의 목줄기에 퍼부어지던 노수인의 입술은 이번에는 그녀의 앞가슴께로 내려간다. 그녀의 블라우스가 달빛에 유난히 희다. 그 눈처럼 흰 블라우스의 앞자락을 헤치고 뜨거운 입술이 짐승처럼 파고든다.

지월실은 열에 뜬 사람처럼 눈을 감고 곧장 신음 소리를 내뱉는다. 고통스러운 신음 소리가 아니라, 달디단 쾌감에서 오는 신음 소리 말이다.

그러다가 그녀는,

"어머나!"

깜짝 놀라 번쩍 눈을 뜬다.

노수인의 입술이 가슴의 한쪽 젖무덤 위로 기어올랐던 것이다.

그녀는 반사적으로 가슴을 싸안으며,

"안 돼요! 안 돼요!"

소리를 지른다.

그렇다고 그냥 물러설 노수인이 아니다. 그런 경우 여자란 으레 그러는 것이라고 생각하면서 히죽 벌겋게 한 번 웃는다. 그리고 더욱 달아오른 짐승처럼 그 말랑말랑한 것을 기어이 점령하고 만다.

"아으!"

소스라치듯 그녀는 몸을 일으켜 버린다. 도저히 그것은 안 되겠는 모양이다.

여자의 방위 본능 치고는 좀 지나친 편이다. 청교도적인 데가 있다. 십여 년의 수절 생활에서 비롯된 생리인지도 모른다.

그녀는 조금 전 근질근질하고 지근지근한 온몸을 짓이겨 주었으면, 짓뭉개 주었으면, 그래서 좀 툭 터져 보았으면 시원할 것 같은 기분이 그만 싹 가셔버리고 만 것이다.

벌떡 일어나 앉은 지월실은 몇 번 고개를 살래살래 흔들어 정신을 가다듬더니, 헤쳐진 앞가슴을 주섬주섬 여민다.

갑자기 열이 식어버리는 바람에 조금 썰렁한 느낌이 드는 듯 그녀는 가볍게 몸을 떤다.

그런 그녀의 모습을 노수인은 벌렁 그대로 늘어진 채 멀뚱히 바라보고 있다. 차츰 기가 막히려는 판에 냅다 걷어 차여버린 허망한 수컷 같은 표정으로.

그녀가 자리에서 일어나자, 노수인도 별수 없이 부스스 털고 일어났다. 어쩐지 입맛이 씁쓰레하고, 좀 멋쩍은 생각이 들기도 했다.

지월실이 앞서 걷는다. 그 뒤를 노수인이 슬금슬금 따라간다. 묘한 침묵이 흐른다. 달빛이 새하얗게 쏟아지고 있는 왕릉 근처를 떠나 그늘이 진 숲속으로 들어서자, 지월실이 가만히 노수인을 돌아본다. 좀 으스스하다는 표시다.

노수인은 얼른 그녀 곁으로 다가선다.

"차가 있을지 모르겠군요."

그녀가 말한다.

"없으면 걷죠 뭐."

"달밤에 걷는 것도 좋죠."

그녀의 말에 노수인은 다시 기분이 활짝 밝아진다.

"아, 정말 좋은 달밤이군요."

지월실과 나란히 길을 걸으면서 노수인은 새삼스럽게 달을 우러러보며 감탄을 한다.

온통 세상이 달빛인 것만 같다. 후련한 공간이 달빛으로 가득 차 있다.

"정말 신라의 달밤이네요."

그녀도 기분이 매우 상쾌한 모양이다. 조금 전의 그 뜨겁고 끈적끈적하고 야릇하기만 하던 상태는 어디론지 싹 가시고, 약간의 피로와 함께 뭔가 쏟아버리지 못한 것 같은 그런 찌뿌듯함이 느껴지기는 했으나, 좌우간 유쾌했다.

"한 곡 불러보세요. 아— 신라의 밤이여 하고……."

"……."

지월실은 말없이 살짝 웃기만 한다.

"아름다운 목소리를 두었다가 뭐 하려고 그럽니까? 이런 때에 한 곡조 뽑으시지……."

"이젠 틀렸어요."

"틀리다뇨? 그래도 아마 현인보단 나을 걸요."

"하하하…… 현인보다 나으면 가수가 됐게요."

"자, 그러지 마시고, 한 곡조 불러보세요."

"왜 이러실까……?"

지월실은 살짝 곱게 눈을 한 번 흘긴다. 그리고 한 곡조 뽑을 듯이 침을 두어 번 삼키며 목을 가다듬는다.

그러나 그녀는,

"참 저…… 높이뛰기뿐 아니라, 달리기도 잘하셨죠?"

엉뚱한 소리를 꺼내 버린다. 아무래도 유행가 같은 것을 뽑으려니 쑥스러운 모양이다.

"갑자기 왜 달리기는요?"

"그저 생각이 나서요."

"잘은 못 해도, 열심히는 했죠."

"높이뛰기랑 달리기 연습하는 것을 숨어서 자주 봤었어요."

"그래요?"

노수인은 뜻밖의 말에 눈이 번쩍 뜨인다. 숨어서 자주 보다니…… 그렇다면 그녀가 자기의 사랑을 거절한 다음에도 여전히 마음속으로는 자기를 그리워하고 있었다는 뜻이 아닌가. 아― 그랬던가……. 그럼 자기를 거절한 것은 순전히 그 야구빳다의 강요에 의한 것이었구나. 순전히 타의에 의한 것이었구나……. 어쩐지 생각할수록 노수인은 새삼스럽게 가슴이 벅차오른다.

“가을 종합체육대회 때는 노수인 씨가 높이뛰기 선수로 출전한 것을 보고 얼마나 좋아했는지 몰라요.”

“아, 그랬었군요.”

“높이뛰기에서 우승을 했을 땐 그만 이상하게 눈물이 나서 혼났어요.”

“……”

노수인은 뭐라고 말할 수 없는 기분이다. 그녀의 애정 고백을 듣는 듯한 느낌인 것이다.

사실 그것은 그녀의 간접적인 사랑의 고백인 셈이다. 직접적으로 수인 씨 정말 그땐 본의가 아니었어요. 속으로는 수인 씨를 얼마나 그리워했는지 아세요? 그때 일은 잊어 주세요. 이런 표현을 듣는 것보다 몇 갑절이나 더 절실하게 가슴에 다가오는 것이다. 응원단 속에 섞여 서서 남몰래 눈물이 날 정도로 좋아했다니…… 그 심정이 짜릿하게 가슴을 긋는 것 같다.

그런 이야기를 꺼내는 그녀의 지금 심정도 알 만하다. 바로 지금 심정의 간접적인 고백인 셈이 아닌가.

노수인은 약간 열기를 띤 것 같은 목소리로 말한다.

“그때 높이뛰기 선수가 됐던 것은 전적으로 월실 씨 덕분이었어요.”

“예? 제 덕분에요?”

자기 때문에 높이뛰기 선수가 됐다는 말에 지월실은 의아한 표정을 짓는다. 도무지 무슨 뜻인지 알 수가 없는 것이다.

노수인은 지월실의 그런 표정이 슬그머니 재미있게 느껴진다.

“본래 육상경기에 소질이 좀 있었어요. 그중에서 높이뛰기는 학년 기록을 가지고 있었죠. 일 미터 오십오던가…… 그 정도까지 뛰었으니까…….”

“그런데요? 제 덕분에 선수가 되시다뇨?”

“월실 씨한테 얻어 차이고 나서부터 아주 본격적으로 육상경기에 몰두했었죠. 달리고 뛰고 하니까 좀 기분이 후련해지더군요.”

“…….”

“말하자면 월실 씨한테 얻어 차인 상처를 치료하기 위한 방법인 셈이었죠. 그래서 결국 그해 가을 종합체육대회 때는 일 미터 육십삼까지 뛰어 우승을 한 겁니다. 그러니까 월실 씨 덕분이 아니고 뭐겠어요. 하하하…….”

노수인이 웃자, 지월실도 두 눈에 나긋한 웃음을 담는다. 그러나 그녀의 눈엔 나긋한 웃음과 함께 눈물 같은 것이 핑 어린다. 아, 그랬었구나. 어쩌면…… 아득히 멀어져간 지난날의 일이지만 묘하게 가슴이 짜릿해 오는 모양이다.

그런 그녀의 표정을 보자, 노수인은 또 야릇한 경련 같은 충동이 온몸을 흐른다. 한없이 그녀가 아리땁고 사랑스럽게 느껴지는 것이다. 그 옛날 세일러복 시절의 그 어린 사슴 같은 지월실에게서 느껴지던 그런 안타깝도록 감미로운 연모의 정이다.

도저히 그냥 이대로 서로 떨어져서 길을 걷고 있을 수만은 없다. 얼른 그는 그녀 곁으로 바싹 다가선다.

“월실 씨!”

“예?”

그녀는 마치 그가 그렇게 다가오리라 예측이라도 했던 것처럼, 혹은 그렇게 다가오기를 바라기라도 했던 것처럼 대답한다.

두 사람은 거의 동시에 걸음을 멈추고 뚫어지게 서로의 눈을 들여다본다. 이제 완전히 서로의 마음속이 눈이라는 창을 통해서 교류된다.

"사랑해요."

노수인이 말하자,

"저도요."

지월실이도 서슴없이, 그러나 역시 좀 작은 소리로 대답하곤 얼굴을 살짝 붉힌다.

그리고 그들은 그만 하나로 밀착되어 버린다. 말하자면 이십여 년 동안의 단절이 다시 정상적으로 이어진 셈이다.

아까 숲에서의 그것은 정식이라기보다는 다분히 일방적인 것이라고 할 수 있었다. 아직 지월실은 그만한 마음의 단계까지 이르지는 못했던 것인데, 기습을 당해서 어쩔 수 없이 허물어졌던 것이다. 그러나 이제 결코 일방적인 것이 아니라, 서로의 의사가 합치되어서 한 덩어리로 밀착이 된 정식인 것이다.

길 한복판에서 그들은 서슴없이 정식으로 밀착되어 입술을 교환한다. 달 밝은 신라의 밤이다. 아름다운 연인들의 밤이 아닐 수 없다. 그러나 아무도 행인이 없고, 근처에 집도 별로 없지마는, 한길에서는 아무래도 쑥스럽다.

"그만요. 누가 봐요."

지월실이 입술을 떼며 말한다.

"보긴 누가……."

"여관에 가요. 여관에 가서……."

"그럽시다. 그럽시다."

노수인은 좋아서 순순히 그녀에게서 떨어진다.

여관 근처에 이르자, 지월실은 가게에 가서 포도를 두 송이 산다.

그녀가 가게에서 그것을 사는 동안 노수인은 길가에서 미소를 지으며 기다리고 있다. 마치 정다운 부부가 나들이를 하고 집으로 돌아가는 길인 것 같다.

포도 봉지를 든 지월실과 노수인이 나란히 여관엘 들어서자 보이가,

"아, 어서 오시이소!"

소리를 지르며 쫓아 나온다.

새로 아베크 손님이 온 줄 안 모양이다. 그러나 보이는 그들을 알아보자,

"아, 난 또 누구시라고……."

공연히 히죽히죽 자꾸 웃는다. 알 만한 일이라는 듯이.

"총각, 이 포도 좀 씻어다 주겠어?"

지월실이 포도 봉지를 내밀자,

"예— 씻어다 드리고 말고예……."

일부러 말끝을 길게 빼며 말한다.

그리고 포도 봉투를 받아들고 돌아서며,

"당신을 알고부터— 당신을 알고부터— 사랑을 알았습니다."

어쩌고 하는 노래를 역시 일부러 낮고 목이 쉰 듯한 굵은 소리로 내뽑는다.

이층으로 오르는 계단을 노수인이 앞서고 지월실이 뒤따라 올라간다.

노수인은 자기 방 앞에 이르자, 걸음을 멈추고 지월실을 돌아본다.

“이 방에서 같이…….”

“아니에요. 전 제 방에 가겠어요.”

“아니…….”

“옷을 갈아입어야죠.”

그리고 그녀는 약간 얼굴을 붉히는 듯 웃으며 얼른 자기 방으로 들어가 버린다.

하는 수 없이 우선 노수인도 자기 방으로 들어가 불을 켜고 웃옷을 벗는다. 그리고 넥타이를 푼다. 방에는 어느새 이부자리를 깨끗하게 깔아 놓았다. 물론 베개는 하나다.

노수인은 바지를 그대로 입은 채 이불 위에 벌렁 큰대자로 드러눕는다. 여관방에 돌아오니 비로소 좀 피로가 느껴지는 것이다.

번듯이 누워서 지그시 눈을 감는다. 그러나 귀는 옆방의 그녀 동정에 쏠리고 있다. 그녀가 얼른 옷을 갈아입고 자리에 누웠는지 아무 기척이 없다. 여자가 남자 방으로 올 턱은 만무한 것이다. 그러기를 바라다니 부질없는 노릇이다.

노수인은 가만히 누워 있을 수가 없는 듯 벌떡 일어나 앉는다.

“사랑을 알고부터— 사랑을 알고부터— 행복을 알았습니다—”

여관 보이의 낮고 목이 쉰 노랫소리가 계단을 올라온다. 그리고 저벅저벅 발자국 소리가 다가온다. 포도를 씻어 가지고 오는 모양이다.

노수인은 담배를 한 대 피워 문다. 그리고 가만히 귀를 기울인다.

옆방 문 열리는 소리가 난다.

“아이 고마워요.”

지월실의 목소리가 들린다.

그리고 문 닫히는 소리가 난다.

보이의 발자국 소리가 저벅저벅 멀어져 가 계단으로 사라진다.

노수인은 천천히 담배 연기를 내뿜으며 혹시나 하고 기다려 본다. 혹시 그녀가 포도를 가지고 이쪽으로 올지도 모르는 것이다.

잠시 옆방에선 아무 기척이 없다. 담배 한 대를 다 태우고 재떨이에 비벼 끄려 할 때 옆방 문 열리는 소리가 난다. 그녀가 나오는 모양이다.

곧 똑똑…… 방문에 노크 소리가 난다.

“예, 들어오세요.”

방문이 살그미 열린다.

“포도 잡수세요.”

그녀는 방에 들어올 생각은 않고, 포도 한 송이를 담은 접시만 살짝 방 안에 들여놓고는 문을 닫아 버린다.

그런데 문을 닫을 때 그녀의 얼굴이 조금 붉어지면서 묘한 웃음이 지나가는 것을 노수인은 놓치지 않았다. 그 웃음의 의미를 노수인이 모를 턱이 없다.

그녀의 방문 닫히는 소리가 들리자, 노수인은 자리에서 벌떡 일어난다. 이상하게 가슴이 뛴다. 야릇한 경련 같은 충동이 또 고개를 쳐든 것이다.

그는 포도 접시를 들고 방문을 열고 나간다.

똑똑…… 노크를 하고는 방 안의 반응을 기다릴 것도 없이 얼른 방문을 열어 버린다.

그녀의 방에도 이부자리가 깨끗하게 깔려 있다.

이부자리 밑으로 다리를 뻗고 앉아서 마침 포도를 한 알 입에 따넣고 있던 그녀는 얼굴을 붉히며 후닥닥 자리에서 일어난다. 타이트 스커트를 벗고 통이 넓은 치마를 입었다.

"포도만 갖다 주시면 어떻게 해요?"

노수인은 웃으며 일부러 좀 커다란 소리로 말한다. 그리고 서슴없이 그녀 곁으로 가 앉으며 들고 온 포도 접시를 방바닥에 놓는다.

지월실은 좀 떨어져 앉는다.

"심심해서 혼자 어떻게 포도를 먹으라고 살짝 포도만 놓고 와 버리는 거예요?"

"그럼 놉을 얻어서 포도를 먹어야 되나요? 심심하신데 한 개씩 따 자시다가 주무실 일이지, 밤도 꽤 깊었는데……."

"혼자 어떻게 잠이 오나요?"

"어머."

지월실은 얼굴을 발그레 물들이며 살짝 눈을 흘긴다.

"월실 씨는 혼자 잠이 잘 오시겠어요?"

"그럼요. 어린앤가요 뭐. 혼자 잠이 안 오게."

두 사람의 이야기는 처음부터 어찌 자꾸 야릇한 방향으로 흘러간다. 여관방이고 이부자리가 깔려 있고, 또 어느덧 밤이 깊어서 그런 모양이다.

그리고 이미 숲에서 돌아오는 길에서 서로의 뜨거운 체온을 나눈 터이니 그럴 만도 하다.

"아, 잠이 오는군요."

노수인은 커다랗게 입을 벌리고 하품을 한다.

지월실은 그런 노수인이 무척 좋다. 서슴없이 입을 벌리고 하품을 하는 남자, 그 곁에 앉아서 포도 알을 따먹고 있는 자기, 참으로 오래간만에 느껴보는 흐뭇한 분위기다.

사람은 이런 분위기를 누리며 살아야 한다. 별것이 아닌 평범하고 조그마한 행복감, 그러나 그런 것이 인생의 가장 알뜰한 보람인 것이다.

그녀는 문득 그런 생각에 젖는다. 자기는 지금까지 십여 년 동안 그런 것과 너무나 거리가 먼 분위기 속에서 살아온 것이다. 쓸쓸하고 허전하고 짜증스럽기만 했던 십여 년. 생각하면 인생의 가장 소중한 대목을 헛살아 버린 것이다. 지금부터라도 인생을 헛사는 그런 일은 없어야겠다고 그녀는 마음먹는다.

"여기 좀 누워도 괜찮겠죠?"

하품을 하고 나서 노수인은 짓궂은 소년처럼 씩 웃으며 말한다.

"안 돼요."

지월실 역시 장난 좋아하는 소녀 같은 표정으로 대답한다. 입으로는 그렇게 대답하지만, 얼굴에는 좋아요, 누우세요, 하는 표정이 역력하다.

"안 돼도 할 수 없군요. 잠이 오니……."

노수인은 그만 이부자리 위에 벌렁 드러누워 버린다.

"아이 참……."

지월실은 얼굴이 화끈해진다. 그러나 결코 싫지가 않다. 싫기는 고사하고 야릇하게 좋기만 하다. 가슴이 두근두근 뛴다.

버릇없는 머슴애처럼 남의 이부자리 위에 벌렁 드러누운 노수인, 역시 물씬하게 남자라는 것이 풍겨오는 것 같다. 이런 경우 버릇없다는 것은 얼마나 매력이 넘치는 일인지 모른다. 얌전하다는 것은 이런 때 조금도 남자의 매력이 되지 못한다. 거칠어야 하는 것이다.

적당히 거칠어야만 남자다운 맛이 나는 법이다.

속으로는 그렇게 야릇하게 좋으면서도 그녀는 좀 멋쩍고 이상한 듯 살짝 돌아앉는다.

그녀의 그런 표정을 보고 노수인은 빙그레 웃는다.

"잠이 안 오세요? 밤이 깊었는데……."

"……."

"그렇게 언제까지나 앉아 있으렵니까?"

"몰라요."

지월실이 톡 쏘아붙이듯 말한다. 그러나 결코 기분이 나빠서 그러는 것은 아니다.

노수인은 벌떡 일어난다. 누웠던 자세에서 후다닥 선 자세가 된다. 그리고 그만 전깃불을 꺼버린다.

방 안이 깜깜해진다.

"어머나!"

지월실이 깜짝 놀라 비명을 지른다. 그러나 즐거운 비명임에 틀림없다.

불이 꺼지자, 창문에 달빛이 비친다. 방 안이 알맞게 어두워서 좋다. 아늑한 밀실 같다.

노수인은 바지를 훌렁 벗는다. 와이셔츠도 벗어 버린다. 러닝셔츠와 흰 팬츠 바람이 된다. 마치 육상경기에 나서는 선수처럼 한바탕 달리고 뛰고 할 모양이다.

노수인의 그런 모습을 보자, 지월실은 걷잡을 수 없이 가슴이 설렌다. 그러나 초야의 신부처럼 숨을 죽이고 다소곳이 앉아 있다.

옷을 벗고 난 노수인은 다소곳이 앉아 있는 지월실에게로 다가가

그녀를 슬그머니 안아 이불 속으로 끌어넣으며,

"옷을 벗어요. 예?"

속삭이듯 말한다.

그러나 그녀는 어둠 속에서도 부끄러워서 어쩔 줄을 모른다.

"치마를 벗어요."

"……."

"예? 벗으라니까요."

"몰라요."

그러면서 그녀는 치마를 입은 채 그대로 이불 속에 푹 파묻혀 버린다. 부끄럽고 얄궂어서 죽겠다는 듯이. 마치 앳된 처녀 같다.

사실 그럴 수밖에 없다. 남자와 한 이불 속에 들어 본 일이 아득한 옛날이니 말이다. 십여 년 동안이나 그런 일이 전혀 없었으니, 남자와 이불 속에 함께 든다는 사실이 어떤 것인지 잘 기억이 되지 않을 지경인 것이다.

그녀가 이불 속으로 푹 파묻히자, 노수인도 그녀를 쫓듯이 이불 속으로 묻혀 들어간다. 치마야 입었거나 말거나 상관없다. 그런 얄팍한 장막 따위는 곧 흐늘흐늘 녹아서 절로 없어져 버릴 것이다.

노수인이 이불 속으로 묻혀 들어오자, 그녀는 새우처럼 오그라든다. 마치 겁이 나서 단단하게 굳어져 버리기라도 할 듯이. 그러나 가슴 속은 발갛게 달아오르고 있다.

노수인은 그처럼 오그라든 그녀를 슬그머니 안는다. 그리고 우선 그녀의 머리카락에 얼굴을 묻는다.

여자의 머리카락 냄새. 뭐라고 형언할 수 없는 야릇한 그 향기. 약간 누린내가 나는 듯하면서도 묘하게 향긋한 그 냄새에 노수인은 잠시 정신없이 젖고 있다.

그리고 서서히 그녀를 어루만지기 시작한다.

반응은 곧 나타난다. 새우처럼 오그라들었던 그녀가 꿈틀거린다. 가만히 얼굴을 든다. 한쪽 볼을 노수인의 가슴에 갖다 댄다.

그녀의 화끈화끈 달아오른 볼이 엷은 러닝을 통해서 가슴살에 뜨겁게 느껴지자, 그만 노수인은 확 불이 붙는다. 부드럽게 그녀를 어루만지던 손이 바르르 경련을 일으킨다. 불끈 그녀를 끌어안고는 입술을 찾는다.

뜨겁게 육박해 오는 입술을 그녀는 얼른 다가가 맞는다.

두 입술이 하나로 짓이겨지는 소리가 어둠 속에 야릇한 음향으로 퍼진다. 방 안에 서서히 열기가 서리기 시작한다.

이불은 흐늘흐늘 벗겨져 버린다.

창문으로 비스듬히 흘러드는 달빛이 흐늘흐늘 벗겨져 나간 이불 위로 쏟아진다.

입술이 짓이겨지던 야릇한 음향이 사라지고, 이번에는 그녀의 가벼운 몸부림 소리가 어둠 속에 깔린다. 노수인의 입술이 그녀의 가슴께로 흘러내려온 모양이다.

지월실은 어둠 속에서 가볍게 몸부림을 치면서 견디고 있다. 노수인의 뜨거운 입술이 가슴으로 흘러 내려와 온통 제멋대로 설치고 있는 것이다. 마치 무법자가 남의 영내로 침범해 들어와 제 마음대로 날뛰듯이.

그러나 그녀는 지금 기분이 좋기만 하다. 무법자에게 짓밟히는 쾌감이 이만저만이 아닌 것이다. 몸부림을 치면서 그 터질 듯한 쾌감을 견디고 있는 것이다.

잠시 후, 노수인은 그녀의 가슴에서 입술을 거두고, 이번에는 보다 벅차고 보다 본격적인 행동으로 옮긴다. 본격적으로 그녀를 향해 달려가는 것이다. 뛰어오르는 것이다. 기어이 우승을 차지하고야 말려는 선수처럼.

곧 그녀의 치마가 흐늘거린다. 장막이 흐늘흐늘 벗겨지는 것이다.

장막이 활짝 걷히려 하자,

"아이, 싫어요!"

그녀는 냅다 비명을 지른다. 질겁을 한 사람처럼.

그리고 노수인을 힘껏 떠밀어내고는 벌떡 일어나 벗겨진 치마를 얼른 도로 아랫도리에 감는다. 마치 심한 충격에 사로잡힌 것 같다. 순간적으로 어떤 공포감에 휩싸인 모양이다. 발작 비슷한 예기치 않은 그녀의 태도에 노수인은 그만 어안이 벙벙해져 버린다. 온몸에 벌겋게 달아오르던 열이 찬물을 맞은 듯 일시에 싹 식는다. 그리고 벌렁 나가떨어진 채 어처구니가 없는 듯 멀뚱히 그녀를 바라보고만 있다.

창문으로 비껴드는 달빛이 마침 그녀의 앉아 있는 옆얼굴을 비춘다. 달빛을 받은 그녀의 옆얼굴이 섬뜩하도록 새하얗다.

참 알 수 없는 일이다. 이부자리 속에서 입술과 가슴을 그처럼 자연스럽게 내맡기며 뜨겁게 몸부림까지 치던 그녀가 별안간 이렇게 싸늘하게 거부를 하고 말다니, 정말 이해할 수가 없다. 오릉 숲에서의 첫 포옹 때도 결국에 가서는 싸늘하게 거부 반응을 일으키더니, 또 그러는 것이 아닌가. 숲에서의 거부 행위는 이해가 간다.

첫 포옹이기도 하고 장소도 적합한 곳이 못 되었으니 말이다. 그러나 아늑한 밀실 같은 이 방에서 더구나 "사랑해요" "저두요" 하고 서로의 마음속을 확인까지 하고 난 세 번째의 포옹에서 다시 말하면 말 없는 가운데 서로 나눌 것은 다 나누기로 한 셈인데, 별안간 어안이 벙벙하도록 싸늘하게 거부를 하고 나서다니…… 처녀도 아닌 터에 말이다. 어쩌면 좀 병적인 데가 있는 게 아닌가 싶기도 했다.

노수인은 어쩐지 무안을 당한 듯 입맛이 쓰다.

잠시 후, 그녀는 가볍게 몸을 떨고 나서 머리 매무새를 가다듬는다.

그리고 이제 발작 같은 상태가 가라앉은 듯 노수인을 돌아보며,

"미안해요."

한다.

노수인은 아무 말이 없다.

그녀는 저쪽으로 흘러나간 이불을 끌어당긴다. 그것으로 노수인을 덮어 주고 자기도 슬그머니 다시 그 속으로 들어간다.

그리고 그녀는 노수인의 가슴으로 살그머니 파고들며 나긋한 목소리로 말한다.

"화나셨어요?"

"……."

"무서워서 그랬어요."

"무섭긴요? 하하하……."

노수인은 그만 웃음이 나와 버린다.

숫처녀 같으면 무서울 수도 있다. 어쩌면 무서워지는 것이 당연한 일일는지도 모른다. 그러나 아이까지 낳은 일이 있는 여인이 비록 십여 년 수절 생활을 했다고는 하지만, 남자와의 그 행위가 무섭다니, 우스운 일이 아닐 수 없다.

오히려 그와 정반대일 터인데 말이다. 십여 년 동안 잊고 있었던 그 야릇한 쾌감을 되찾게 되는 순간이니, 형언할 수 없는 기대와 기쁨에 부풀어 오를 터인데…….

정말 무서운 생각에서 그렇게 발작을 일으킨 것처럼 거부를 했다면 도무지 이해할 수가 없는 일이다.

“정말 무서워서 그랬나요?”

노수인은 알 수 없는 일이라는 듯이 약간 호기심 어린 목소리로 묻는다.

“예, 정말이에요.”

“무섭긴 뭐이 무서워요? 아직 숫처년가 보죠.”

“하하하, 숫처녀나 다름이 없죠. 그러나 그래서 무서웠던 건 아니에요.”

“그럼요?”

“…….”

“달리 무슨 이유가 있나요?”

“예.”

“무슨 이윤데요? 어디 한 번 말해 봐요.”

노수인은 바짝 호기심이 동한다. 달리 무서워할 이유가 있다니, 도대체 그 이유라는 것이 무엇일까?

그러나 지월실은 그 이유라는 것을 밝히려 하질 않는다.

“예? 말해 보라니까요.”

“싫어요.”

“왜요?”

“얘기하고 싶지가 않아요. 생각만 해도 기분이 나쁜 걸요.”

“…….”

노수인은 점점 더 알 수가 없다. 생각만 해도 기분이 나쁘다니, 도 대체 무슨 뜻인지…….

지월실은 노수인이 혹시 불쾌하게 생각하지나 않을까 싶은 듯 그 의 가슴을 어루만지며 나긋한 목소리로 속삭인다.

“나중에 얘기해 드릴게요. 오늘 밤은 그 얘길 꺼내고 싶지가 않아 요.”

“그럼 내일 밤에 얘기해 주시겠어요?”

“글쎄요. 그럴까요?”

“내일 연구대회를 마치고 불국사로 갑시다. 불국사 가 보셨어요?”

“옛날에 한 번 가 봤죠. 내일이 금요일이죠?”

“예, 모래가 토요일이니까, 일요일까지 푹 쉬면서 구경할 수가 있 는 거죠.”

“불국사에, 뭐 그렇게까지 구경할 게 있나요? 처음 보는 것도 아닌 데…….”

“혼자 같으면 아마 하루도 지루할 거예요. 그러나 둘이 같이 가는 거잖아요.”

“…….”

“사흘이 아니라, 열흘이라도 지루하겠어요?”

“하하하…….”

지월실이 까르르 웃자, 노수인도

“안 그래요? 허허허…….”

웃으며 그녀를 지그시 끌어안는다.

다시 그들 사이에 열기가 오르려 한다. 그러자 그녀가 그 열기를 가만히 가라앉혀 버린다.

"이제 그만해요. 그만 조용히 주무세요. 내일 밤이 있잖아요. 내일 밤을 위해서 오늘 밤은 이제 푹 주무시는 거예요."

"그러죠, 그러죠. 내일 밤을 위해서……."

"내일 밤을 위해서"라는 말이 노수인은 무척 좋은 모양이다.

노수인은 눈을 감고 잠을 청해 보았으나 허사였다. 내일 밤을 위해서 오늘 밤은 이제 조용히 자기로 했지만, 좀처럼 잠이 올 것 같지가 않다.

바로 한 이불 속에 지월실이 누워 있다. 그러나 그래서 잠이 안 오는 것은 아니다. 내일 밤을 위해서 오늘 밤은 이제 딴생각 먹지 말고 푹 자기로 했으니, 그녀의 육체는 내일 밤으로 미루어 버린 것이다.

곧장 오늘 하루의 일이 지나간 이십여 년 전의 일과 겹쳐서 머릿속에 펼쳐진다. 이런 생각 저런 생각이 꼬리를 물고 일어난다. 그래서 잠이 안 오는 것이다.

노수인은 옆에 누운 지월실 쪽으로 가만히 얼굴을 돌린다.

그녀의 숨소리가 새근새근 귀에 들어온다. 그러나 그 숨소리도 아직 잠이 든 소리는 아닌 것 같다.

노수인은 어둠 속에서 가만히 입을 연다.

"주무세요?"

그러자 마치 기다리고 있기라도 했던 것처럼 대답한다.

"아니요. 잠이 안 오네요."

"피차일반이군요. 무슨 생각을 하고 계셨어요?"

"내일 연구발표 생각을 하고 있었어요."

"하하하……."

“왜 웃으세요?”

“그저요.”

노수인은 약간 실망이 되는 느낌이면서도 어쩐지 재미있다.

“참 모범 교사군요. 연구발표 생각에 잠이 안 오다니…….”

“그래서 그런 게 아니에요. 당신 때문이에요.”

“예? 나 때문이라뇨?”

“당신이 보고 있는 앞에서 어떻게 발표를 할 것인지, 자신이 없어요.”

“하하하…….”

노수인은 기분 좋게 웃는다. “당신”이라고 부르는 것도 기분이 좋지만, 그녀의 소녀 같은 일면이 매우 호감이 가는 것이다. 역시 아리따운 여자로구나 싶다.

재회 2

아침.

노수인은 카메라를 메고 경쾌한 기분으로 여관을 나선다. 간밤에 잠이 좀 부족했지만, 의외로 컨디션이 좋다.

구두코가 유난히 반짝거린다.

날씨도 여간 좋지 않다. 씻은 듯 구름 한 점 없는 가을 하늘이다.

노수인은 손목시계를 본다. 아홉 시 십 분 전이다. 아홉 시부터 연구대회가 시작되니, 시간도 꼭 알맞다. 가볍게 휘파람이라도 날리고 싶은 기분으로 월성국민학교를 향해 간다. 오늘 연구대회가 그곳에서 개최되는 것이다.

지월실은 미장원에 들러 머리를 좀 손봐야 되겠다고 먼저 여관을 나선 것이다.

'새로운 시대는 새로운 교육으로'라는 슬로건이 커다랗게 적힌 아치가 교문에 세워졌다. 회원들이 한창 그 아치를 통해서 대회장인

학교로 들어가고 있다.

노수인은 멈추어 서서 교문 풍경을 카메라에 담는다. 신문사처럼 사진 기자가 따로 있는 것이 아니어서, 취재를 나오면 으레 카메라맨 노릇까지 해야 하는 것이다.

꽤 넓은 강당 안이 회원들로 꽉 메워졌다. 전국 규모의 교육 연구 발표대회니 그럴 수밖에 없다. 각 도에서 선발되어 온 발표자들을 위시해서 관계자들, 일반 회원, 그리고 내빈들…….

개회식 광경을 몇 장면 찍고 나서 노수인은 기자석에 앉았다.

지금 한창 문교부에서 나온 장학관의 연설이 무르익고 있다.

노수인은 단상의 연설에는 아랑곳없이 한편으로 몰려 앉아 있는 여회원들 쪽으로 곧장 시선을 보낸다. 말할 것도 없이 지월실의 모습을 찾고 있는 것이다.

많은 여교사들 속에 묻혀 앉아 있는 그녀의 모습이 어렵잖게 눈에 띈다. 참 이상한 일이다. 얼굴이 잘 보이는 것도 아니고, 머리 매무새가 남다른 것도 아닌데, 수많은 비슷비슷한 여인들 속에서 그녀의 모습이 쉽사리 눈에 들어오다니…… 어떤 인력 같은 것이 작용하고 있는지도 모를 일이다.

미장원에 가서 머리를 새로 가다듬은 그녀의 모습을 바라보며 노수인은 자기도 모르게 상그레 미소를 짓는다. 여느 여교사들보다 어쩐지 그녀의 헤어스타일이 월등히 멋진 것 같다.

노수인은 어떤 은근한 행복감 같은 것에 젖는다.

개회식이 끝나고, 일정표대로 아홉 시 사십 분부터 연구 발표로 들어갔다. 연구 발표는 한자리에서 하는 것이 아니라, 각 분과별로 나뉘어서 교실에서 하는 것이었다. 교육행정, 학교 운영, 학생 생활

지도 등 교육 일반에 관한 분과와 각 교과 즉 국어, 산수, 사회, 자연, 음악, 미술, 체육, 기타 등으로 나뉘어서 교실 하나씩을 차지하고서.

발표자의 수요가 많은 분과는 일정표대로 끝낼 수가 없으므로 초등부, 중등부로 갈라서 교실 두 개를 차지하고 발표를 하기도 했다.

노수인은 먼저 음악 분과의 발표장으로 가 보았다. 마치 음악에 가장 관심과 취미가 있기라도 한 것처럼. 실은 그와 정반대이면서도. 그는 국민학교 시절부터 많은 교과 중에서 가장 싫은 교과가 음악이었다. 음치라고까지 할 수는 없을지 모르지만, 좌우간 소질이 매우 없었다. 그러나 오늘은 음악까지가 자기와 아주 가까운 관계가 된 듯한 느낌인 것이다.

음악 분과의 교실로 들어선 노수인은 맨 뒷좌석에 가만히 앉았다.

지금 막 첫 번째 발표가 시작된 듯 교단 위에 선 발표자가 서론 비슷한 말을 꺼내고 있었다.

노수인은 프린트물에서 음악 분과의 연구 발표자 명단을 보았다. 모두 아홉 사람이었다. 지월실은 뒤에서 세 번째, 그러니까 일곱 번째였다. 일정표에 연구 발표 끝나는 시간이 오후 네 시로 되어 있는 것으로 보아 그녀의 차례는 오후가 될 게 뻔했다. 노수인은 곧 하품이라도 나올 듯한 기분이었다.

지월실이 어디 앉아 있는가 하고 그는 실내를 둘러보았다. 음악 분과가 돼서 그런지 절반 이상이 여교사였다. 그런데 어찌된 셈인지 아까 강당에서와는 달리 얼른 눈에 띄지 않는다. 장소도 좁고, 사람의 수효도 적은데 말이다.

어찌된 일인가 하고 한참 두리번거리던 노수인은,

“허—”

절로 웃음이 나왔다.

바로 자기 앞자리에 그녀가 앉아 있는 것이 아닌가. 바로 눈앞에다가 두고 먼 데만 두리번거렸던 것이다.

왈칵 반가운 생각에 노수인은 그만 그녀를 집적했다.

얼른 그녀가 뒤를 돌아본다. 그녀도 노수인이 그렇게 바싹 등 뒤에 와서 앉아 있을 줄은 몰랐는 듯 깜짝 놀란다. 확 얼굴을 붉히면서 웃는다. 그리고 후딱 도로 고개를 돌려 버린다.

첫 번째 발표가 끝나고, 순서에 따라 두 번째 발표자가 교단 위로 올라서자, 노수인은 슬그머니 자리에서 일어나 교실을 나갔다.

그는 이 분과 저 분과를 어슬렁어슬렁 돌아다니며 귀를 기울여 보기도 했고, 몇 자씩 메모를 하기도 했고, 마음이 내키면 사진을 찍기도 했다.

점심시간이 끝나고, 오후 일정으로 들어가 두 번째로 지월실은 연구 발표를 하게 되었다.

“다음은 부산 제비국민학교의 지월실 선생의 발표가 있겠습니다. 연구 주제는 저학년 합창 지도의 새로운 방법입니다.”

사회자의 소개말이 떨어지자, 지월실은 가만히 자리에서 일어나 연구물을 들고 앞으로 걸어 나간다.

맨 뒷좌석에 앉았던 노수인은 얼른 일어나 카메라에 그녀의 걸어 나가는 뒷모습을 담는다. 그리고 그녀가 교단 위에 올라서서 인사를 하고,

“별로 연구한 것도 없이 이렇게 여러분 앞에 나서서 부끄럽습니다. 제가 지금부터 발표하는 것은 무슨 기발한 새로운 아이디어도 아니

고……."

이렇게 서론부터 시작을 하자, 다시 셔터를 누른다.

지월실의 발표하는 태도는 의외로 침착하고 조리가 정연했다. 내용도 꽤 충실하고 재미가 있었다. 그녀가 서론에서 말했듯이 기발한 새로운 아이디어라고까지는 할 수 없을지 모르지만, 좌우간 저학년의 합창 지도에 많은 도움이 될 그런 내용이었다.

특히 동물의 음성을 흉내 내서 하는 방법, 즉 의성법 합창 지도는 색다른 착안이었다. 저학년 지도에 있어서 매우 효과적인 방법일 것 같았다.

노수인도 속으로 감탄을 했다. 처음엔 약간 불안한 생각이 없는 게 아니었다. "당신이 보고 있는 앞에서 어떻게 발표를 할 것인지 자신이 없어요." 하고 그녀가 간밤에 이불 속에서 하던 말이 생각나서 말이다. 혹시 그녀 말대로 자기 때문에 위축이 되어서 제대로 발표를 못 하면 어쩔까 싶었다. 그러나 조금도 흔들리는 빛이 없이 시종 침착하고 여유만만하게 듣는 사람들을 매료해 나가는 것이 아닌가.

지월실의 발표가 끝나자, 실내에 박수 소리가 요란하다. 다른 발표자 때보다 현저히 반응이 좋다. 노수인도 흐뭇한 마음으로 박수를 친다.

운동장 쪽 창변에 앉은 굵은 검은 안경을 낀 사십 대의 남자가 유독 감탄한 표정으로 박수를 요란하게 친다. 그리고 지월실이 자리에 돌아가 앉는 것까지 유심히 바라본다.

사회자가 십 분 동안의 휴식을 알린다. 지월실은 자리에서 일어나 밖으로 나간다. 그러자 그 검은 테 안경도 얼른 일어나 밖으로 나간다. 화장실에 가는 듯 복도를 걸어가는 지월실의 뒤를 쫓아가서,

“여보세요, 지 선생님······.”

하고 부른다.

지월실이 걸음을 멈추고 돌아본다.

“실례합니다. 나 이런 사람입니다.”

그러면서 그 검은 테 안경은 패스포트에서 명함을 한 장 꺼내어 그녀 앞으로 내민다.

그녀는 좀 얼떨떨했으나, 그것을 받았다.

—서울 나리국민학교 교감 박문갑

명함에는 이렇게 찍혀 있다.

나리국민학교라면 서울에서도 이름난 사립학교다. 부산에 있는 지월실이도 그 학교의 명성을 들어서 잘 알고 있다.

“아, 그러세요.”

“지 선생님의 연구발표를 잘 들었습니다. 아주 연구를 많이 하셨더군요.”

“아이, 별말씀을······.”

“지금 부산에 계시죠? 제비국민학교에······.”

“예.”

“저····· 이런 데서 얘길 할 수가 없으니, 나중에 연구대회가 끝나고 잠시 시간을 내주실 수 없을까요?”

“무슨 일인데요?”

“저····· 좀 지 선생님과 상의를 해 보았으면 싶어서요.”

“······.”

“잠시만 시간을 내주시죠.”

“예, 그러세요.”

“그럼 끝나고 말이죠, 바로 ‘금관’이라는 다방으로 오세요. 교문에서 왼쪽으로 쭉 나가면 큰길이 나오죠?”

“예.”

“그 큰길을 왼쪽으로 돌아서 조금 가면 네거리가 있어요. 그 네거리 한쪽 모서리에 ‘금관’이라는 다방이 있더군요.”

“예, 알겠어요.”

“그럼 나중에 끝나고 만납시다.”

“예.”

“감사합니다.”

검은 테 안경은 부드럽게 웃는다.

화장실로 가면서 지월실은 다시 명함을 본다. 난데없이 서울 나리 국민학교 교감이 상의할 일이 있다고 좀 만나자니, 도대체 무슨 일일까. 혹시…… 그녀는 공연히 가슴이 조금 설레기도 했다.

음악 분과의 연구발표가 끝난 것은 세 시가 조금 지나서였다. 다른 분과보다 좀 일찍 끝이 나서 회원들은 다른 분과의 발표를 들으러 제각기 흩어졌다. 개중에는 오늘 집으로 돌아가기 위해서 벌써 떠나는 사람도 있었다.

노수인은 지월실이를 만나 말했다.

“이제 그만 갑시다.”

“예?”

“이제 끝났으니 불국사 구경이나 가자니까요.”

“어머, 가다니요. 아직 멀었어요.”

지월실은 어이가 없는 듯 웃는다.

“끝난 거나 마찬가지 아닙니까.”

노수인도 씩 웃는다.

"폐회식이 끝나야 끝난 거지, 어떻게 벌써 끝난 거나 마찬가지예요?"

"지월실 선생 연구 발표가 끝났으면 다 끝난 거죠 뭐."

"하하하…… 그러지 마시고 다 끝나고 나서 갑시다. 불국사 구경이 그렇게 급한가요 뭐."

"급하다면 급하죠. 예, 그럼 다 끝나고 갑시다."

"끝나고 말이죠, 금관 다방이란 데로 오세요."

"금관 다방요?"

"예, 교문에서 왼쪽 길로 나가서……."

지월실은 금관 다방의 위치를 가르쳐 준다.

"그 다방은 어떻게 아세요?"

"누가 그 다방에서 좀 만나자면서 가르쳐 주더군요."

"누가요?"

"저…… 서울에 있는 나리국민학교라고 아시죠?"

"예, 알죠."

"그 학교의 교감이 말이에요."

"그래요? 잘 아는 분인가요?"

"아니요."

"그런데 어떻게……?"

"몰라요. 그분이 명함을 주면서 좀 만나자고 하더군요."

"언제요?"

"아까 발표를 마치고 화장실에 가는데 복도에서……."

"……."

“무슨 상의할 일이 있다는 거예요. 무슨 일인지 잠시 만나보는 거죠 뭐.”

“예, 좋습니다. 끝나고 그럼 그 다방에서…….”

각 분과의 연구발표가 모두 끝나고, 강당에서 폐회식이 시작된 것은 다섯 시가 가까워서였다. 아침 개회식 때와는 달리 회원 수는 줄어 있었다. 중도에 더러 새나가 버린 것이다.

먼저 문교부 장학관의 오늘 연구발표에 대한 전반적인 강평이 시작되었다. 개회식 때의 축사니 격려니 하는 것과는 달리 이 강평은 귀를 기울일 만한 것이 있었다. 노수인은 수첩을 꺼내어 메모를 해가며 장학관의 강평을 들었다. 회사에 돌아가서 오늘의 연구대회를 기사화하는 데 필요해서였다.

장학관은 각 분과의 연구발표를 골고루 돌아다니며 들어본 듯 비교적 구체적으로 각 분과에 걸쳐 언급을 했다. 지난해의 연구발표에 비해서 대체로 한 걸음 나아졌다는 결론이었다. 강평이 끝나고, 다음은 우수 발표자의 표창이 있었다.

“그럼 지금부터 오늘 연구발표에서 우수한 성과를 거둔 발표자의 표창으로 들어가겠습니다.”

사회자의 말에 장내는 약간 긴장이 되는 듯했다.

“먼저 최우수자에 대한 표창이 있겠습니다. 이번 연구발표대회에서 가장 뛰어난 연구 실적으로 최우수상을 받게 된 분은, 에—”

장내가 물을 끼얹은 듯 조용하다.

“‘지역사회 개발을 위한 학교 운영의 새로운 시안’이라는 제목으로 발표를 하신 경북 금호국민학교의 황영수 교감 나와 주세요.”

키가 작달막하고, 얼른 보아도 매우 다부지게 생긴 사십 대의 남자가 한 사람 단상으로 올라간다. 최우수자에게 상장과 부상이 수여되자, 장내에 요란한 박수 소리가 일어난다. 카메라맨들의 플래시가 터진다. 노수인도 단상으로 올라가 셔터를 눌러댄다.

다음은 우수상이다.

최우수상은 한 사람이었으나, 우수상은 아홉 사람이다. 각 분과에서 한 사람씩 우수 발표자를 선발한 것이다. 일반 교육 분과로부터 국어 분과·산수 분과…… 차례차례 한 사람씩 호명을 해 나간다.

"에― 음악 분과는 '저학년의 합창 지도의 새로운 방법'을 발표하신 부산 제비국민학교의 지월실 선생입니다. 나와 주세요."

사회자의 말이 떨어지자, 단상 한쪽에 카메라를 들고 서 있던 노수인은 얼굴에 활짝 반가운 빛이 떠오른다. 마치 자기 일이기나 한 것처럼.

자리에 앉아 있는 지월실 역시 얼굴에 기쁜 빛이 떠오른다. 그러나 그녀는 얼른 그 기쁜 빛을 지워버리고, 약간의 수줍음과 함께 조용하고 침착한 표정으로 자리에서 일어난다.

단상으로 올라오는 그녀를 향해 노수인은 카메라를 맞춘다.

우수 발표자 아홉 사람에 대한 시상 역시 별로 시간이 걸리지 않는다. 처음 한 사람의 상장만 그 내용을 읽고, 이하 동문, 이하 동문 식으로 나가니 말이다.

표창이 끝나고, 대회장인 대한교육연구회 회장의 폐회사가 있었다. 그리고 연구대회의 막은 내렸다.

노수인은 시계를 보았다. 다섯 시 사십 분이었다.

노수인은 바로 '금관' 다방을 찾아갔다. 아직 지월실의 모습은 보이지 않는다. 노수인은 한쪽 구석진 곳에 가서 앉는다. 그리고 담배를 꺼낸다.

잠시 후, 지월실이 다방 문을 열고 들어선다. 그녀가 들어서자, 아까부터 저쪽 창변에 혼자 앉아 있던, 굵은 검은 안경을 낀 남자가 한 쪽 손을 살짝 쳐들어 보이며 알은체를 한다. 그러자 지월실은 그 남자 자리로 가서 다소곳이 앉는다.

노수인은 그녀가 다방 안을 한 번 둘러보기를 바란다. 자기가 와 있는지 어떤지를 살펴보기를 말이다. 그래서 그 검은 테 안경과의 대화를 빨리 끝내주기를…….

그러나 그녀는 둘러보질 않는다. 그 서울 나리국민학교 교감이라는 사람만 얌전히 바라보고 있다.

노수인은 슬그머니 섭섭한 생각이 든다. 담배를 또 한 개비 꺼내 문다.

지월실과 마주 앉은 박문갑 교감은 검은 테 안경 속에 은은한 웃음을 띠면서,

"자, 뭐 드시죠. 뭘 드시겠어요?"

매우 부드러운 음성으로 말한다.

"선생님은요?"

"난 커피."

지월실은 곁에 서 있는 레지를 돌아본다.

"나도 커피."

박 교감은 커피를 홀짝홀짝 몇 모금 마시고 나서 입을 연다.

"음악에 대해서 취미가 대단하신 모양이죠?"

"뭘요. 그저……."

"학생 때 전공이 음악이었나요?"

"전공은 무슨……."

지월실은 좀 쑥스러운 듯 얼굴을 살짝 붉힌다.

"피아노 잘 치세요?"

"잘 못 쳐요. 그저 조금 흉내만 내죠."

"너무 겸손이 많으신 것 같군요. 오르간은요?"

"하하…… 왜 자꾸 물으세요?"

"그저 좀……."

"오르간은 학생 때 과외 활동으로 좀 연습을 했었어요."

"그럼 잘 치시겠군요. 지금 학교에서 음악부를 지도하고 계시나요?"

"예, 특별활동으로 저학년의 음악부를……."

"아, 그러세요. 교직 경력은 몇 년이나 되십니까?"

"십이삼 년 되죠."

"지금 근무하고 계시는 학교에서는 몇 년이나……?"

"사 년 됐어요."

"가족은 몇이나 되시는지……."

지월실은 그만 입을 다물어 버린다. 초면에 남의 가족 상황까지 캐묻다니…… 슬그머니 기분이 나빠진다. 자기가 뭔데…… 서울 나리국민학교의 교감이면 교감이지…….

지월실의 그런 표정을 보자, 박 교감은 얼른 말머리를 돌린다.

"다름이 아니라, 혹시 지 선생 서울로 오실 생각이 없으신가 해서……."

"서울로요?"

지월실은 약간 놀란다. 그러나 전혀 예기치 않았던 일은 아니다.

처음 그가 명함을 내밀며 상의할 일이 있으니 좀 만나자고 했을 때, 혹시…… 싶었던 것이다. 혹시 자기 학교로 픽업하려고 그러는 것이 아닌가 하고 말이다.

"신학년도에 우리 학교에 새로 두 분의 교사가 필요합니다. 혹시 지 선생께서 생각이 있으시다면 한 번 힘을 써 볼까 해서……."

"……."

"어떠세요? 서울로 오실 생각이 없으세요?"

"글쎄요. 너무 갑작스런 일이 돼서……."

"그러실 거예요. 잘 생각해 보세요. 우리 학교는 실력 있고 특기 있는 교사를 해마다 한두 사람 지방에서 픽업해 오고 있죠. 그래서 지 선생께서 희망하신다면 한 번 힘써 볼까 싶어서……."

"감사합니다."

"이 자리서 확언을 할 수는 없지만, 내가 밀면 거의 가능합니다."

"아, 그러세요?"

"지 선생의 연구발표가 너무 좋았어요. 그래서…… 하하하……."

박 교감은 커다랗게 웃는다. 좀 멋쩍기도 한 모양이다. 그런 말을 꺼내면 대번에 아, 감사합니다. 정말 감사합니다. 꼭 되도록 힘써 주세요. 이렇게 나올 줄 알았는데, 의외로 글쎄요, 너무 갑작스러운 일이 돼서…… 이런 반응이니 말이다.

지방에서 서울로 전입을 한다는 것은 하늘의 별 따기와 마찬가지인데…….

"부산에 돌아가셔서 잘 생각해 보세요. 그래서 생각이 있으시다면……."

"예, 감사합니다. 생각해 보겠어요."

지월실은 지금까지 한 번도 서울로 전입을 했으면 하는 그런 생각을 해 본 적이 없었다. 더러 남다른 재주를 발휘해서 용케 서울로 전입을 해가는 동료 교사를 볼 때면 막연히 그저 부러운 생각이 들기도 했지만…….

그런데 오늘 뜻밖에 하늘의 별이 자기의 머리 위로 바싹 내려온 것이 아닌가. 손을 뻗치면 능히 닿을 수 있을 만큼 말이다.

너무나 의외의 일이라 약간 어리둥절하기도 하고, 공연히 마음이 들뜨는 것 같기도 했다. 평소에 서울 전입을 조금이라도 생각하고 있었다면 얼마나 반갑고 놀랄 일이겠는가.

"오늘 부산으로 못 돌아가시죠?"

박 교감이 묻는다.

"예, 내일 갈까 해요."

"그럼 어디 가서 저녁이나 같이 할까요?"

"저녁을요?"

지월실은 몹시 난처하다. 간단하게 거절할 수도 없고, 그렇다고 응할 수도 없는 처지다. 서울 전입을 생각해 본 일은 없지만, 그러나 좌우간 그처럼 거창한 호의를 베풀어주려는 사람에게 저녁을 같이 하자는 그 정도의 청도 못 들어준다면 너무 야박한 노릇이 아닐 수 없다. 하지만 노수인을 기다리도록 해놓고, 엉뚱한 남자와 둘이 저녁을 먹으러 갈 수도 없는 일이다. 자기를 뭐라고 생각하겠는가 말이다. 도저히 그럴 수는 없다. 그렇다고 셋이 같이 갈 수도 없는 노릇이고…… 난처한 일이다.

어쨌든 이 사람의 기분을 상하게 해서는 안 된다는 생각을 하며, 그녀는 그제야 앉은 채로 다방 안을 한 바퀴 둘러본다.

노수인과 시선이 마주친다. 그러자 그녀는 살짝 웃으며 얼른 시선을 거두고는,

매우 난처한 듯이 입을 뗀다.

"제가 저녁 대접을 했으면 꼭 좋겠는데 약속이 있어서⋯⋯."

"아, 그러세요? 그러시면 뭐⋯⋯."

"정말 죄송합니다. 교감 선생님."

그녀는 그냥 선생님이라고 하질 않고, 일부터 교감 선생님이라고 부른다. 자기 학교 교감도 아닌데 말이다. 같은 학교에 근무하는 것도 아닌데, 그냥 선생님이라고 부르질 않고, 교감 선생님이라고 부른다는 것은 매우 친밀감을 표시하는 것이 된다.

"아이 별말씀을⋯⋯."

박 교감은 확실히 기분이 괜찮은 모양이다.

"약속한 분이 와 있나요?"

"예."

지월실은 살짝 얼굴을 붉히며 속눈썹을 내리깐다.

"그럼 나는 일어서겠습니다."

"아이, 미안해서 어떡하죠? 교감 선생님."

"미안하긴요, 괜찮아요."

박 교감은 검은 안경 속에서 싱글 웃는다.

지월실은 재빨리 카운터로 가서 차 값을 자기가 지불한다.

"아니, 내가 낼 건데요. 미안하게⋯⋯."

"아이 별말씀을⋯⋯."

그녀는 박 교감을 배웅하러 다방 문밖까지 따라 나간다.

"어서 들어가세요. 그리고 잘 생각해 보세요."

"예, 교감 선생님 정말 감사합니다. 생각해 보고 편지를 드리든지, 한 번 찾아 뭐든지 하겠어요."

박 교감을 배웅하고, 지월실은 다시 다방으로 들어가 노수인 앞에 가서 앉는다.

"무슨 얘기가 그렇게 길어요?"

노수인은 좀 지루했다는 듯이 말한다.

"미안해요. 자꾸 여러 가지 일을 묻지 않겠어요."

"무슨 일을……."

"교육 경력이 얼마나 되느냐, 지금 학교에서는 몇 년이나 됐느냐, 피아노를 잘 치느냐, 오르간을 잘 치느냐 하고 말이에요."

"싱거운 사람이군."

"그리고 가족 상황까지 묻지 않겠어요."

"그 자식, 정말 싱거운 놈인데……."

"어머, 호호호…… 그게 무슨 소리예요?"

지월실은 웃으면서 살짝 눈을 흘긴다. 남자의 묘한 질투 의식 같은 것을 보는 느낌이어서 재미가 있다. 그런 질투 의식의 표현은 곧 자기에 대한 애정의 표현이 되는 셈이니 재미가 있으면서 기분이 좋다.

"지가 뭔데 남의 가족 상황까지 묻느냐 말입니다."

노수인은 슬그머니 화까지 나는 모양이다.

"호호호, 그게 아니라, 저…… 혹시 서울로 학교를 옮길 생각이 없느냐고 그래서 묻는 거예요."

"예? 서울로 학교를……?"

"자기네 학교에서 신학년도에 새로 교사를 두 사람 채용하는데,

생각이 있으면 자기가 힘을 써 주겠다는 거예요.”

“음…….”

“그래서 여러 가지 캐묻는 거예요. 그렇지 않음 괜히 남의 일을 이 것저것 캐묻겠어요. 그럼 정말 실없는 사람이게요. 호호호…….”

“자기가 힘을 쓰면 된다는 겁니까?”

“그런가 봐요. 교감이니까 결정권은 없겠지만, 그래도 어느 정도 영향력은 안 있겠어요?”

“그래서 뭐라고 대답했어요?”

“너무 갑작스런 일이 돼서 좀 생각해 보겠다고 했죠.”

“…….”

노수인은 말없이 고개를 끄덕거린다. 자기도 너무 갑작스러운 일이어서 뭐라고 말이 나오질 않는 것이다. 아직 그런 일에까지 자기가 이래라 저래라 관여를 할 처지는 못 되는 것 같다. 그러나 어쨌든 그녀가 서울로 오게 된다면 매우 좋을 것 같다. 월등히 거리가 가까워지는 셈이니 말이다. 그런데도 어쩐지 기분이 전적으로 좋은 것만은 아니다. 그 박 교감이라는 사람이 어떤 사람인지 슬그머니 염려가 된다고나 할까.

그처럼 엄청난 선심을 선뜻 쓰려고 든다는 것이 아무래도 좀 수상하게 여겨지는 것이다. 물론 우수 교사를 픽업하기 위한 것이기는 하겠지만…… 사람의 깊은 마음속이란 헤아릴 수가 없는 것이다.

특히 남자의 여자에 대한 마음이란…… 가령 지월실이 그처럼 연구 발표를 잘했다 하더라도 그녀가 호박이나 쑥떡같이 생긴 여자였더라면 과연 그 박 교감이라는 사람이 그런 선심을 쓰려고 했겠는가 말이다. 지금 당장 어떤 흑심을 먹고 그러는 것은 물론 아니겠지만,

좌우간 앞으로의 일을 어떻게 보장할 수가 있는가 말이다.

"여섯 시 반이 다 돼 가는군요."

노수인은 손목시계를 보며 불쑥 말머리를 돌린다. 그런 일을 가지고 시간을 허비하고 있을 때가 아니라는 듯이. 마치 무슨 급한 볼일이라도 있는 것처럼.

노수인이 일어서자, 지월실도 따라서 자리에서 일어난다.

다방을 나온 그들은 택시를 잡아탔다.

택시는 경쾌하게 미끄러진다. 금세 안압지가 뒤로 물러간다. 반월성도 사라져 버린다. 노수인은 슬그머니 지월실에게 기댄다. 마치 멋있는 드라이브를 즐기자는 듯이.

그러자 그녀도 노수인의 어깨에 살짝 얼굴을 옆으로 갖다 얹는다. 그러나 곧 얼굴을 떼고 바로 앉으며 노수인을 향해 상긋 웃는다. 발그스레 엷게 물든 얼굴, 양 볼에 패인 보조개, 살짝 내다보이는 하얀 덧니…… 요염하도록 아름다운 표정이다.

순간 노수인은 야릇한 기운이 가슴의 연한 벽을 싹 그으며 내려가는 듯하다. 그리고 온몸이 화끈해진다. 정말 짜릿한 유쾌함이다.

택시는 신나게 달린다.

불국사역 앞 로터리를 지나, 불국사가 가까워지자, 길 양편으로 단풍이 곱게 물들기 시작한 가로수가 즐비하게 서 있다. 마치 단풍의 터널 같다.

"아— 좋군."

"정말 좋군요."

도시의 소음과 먼지에 찌든 몸의 감각이 생기를 되찾은 듯 후련하고 상쾌하기만 하다.

택시는 마치 누가 여관을 지적이라도 한 것처럼 '서라벌 여관'이라는 곳으로 서슴없이 미끄러져 들어간다.

방이 깨끗해서 좋았다. 한식(韓式)인데, 욕실까지 달려 있어서 편리하다.

노수인은 우선 세수를 했다. 양말을 벗고 발도 씻었다.

노수인이 세수를 하고 나오자, 지월실도 욕실에 들어가 간단하게 손만 씻고 나온다.

"배가 고프군요. 식당에 가요. 호호호……."

그녀는 수건에 손을 닦으면서 말한다.

"그럽시다. 나도 배가 꽤 고픈데요."

노수인도 대강 발을 닦고, 얼른 양말을 주워 신는다.

창에 불국사의 황혼이 어리고 있다.

여관을 나서자, 바로 가까이에 식당이 여러 집 있었다. 아무 데나 마음 내키는 대로 들어갔다.

저녁을 먹고 밖으로 나오자, 어느덧 사방에 가로등이 켜졌다. 하늘 한쪽에 걸려 있는 달도 차츰 빛을 더해 가고 있다.

후련하게 잘 다듬어진 길을 노수인과 지월실은 나란히 걸음을 옮겨 불국사 정문 쪽으로 간다. 불이교(不二橋)를 지나자, 불국사 경내로 들어가는 정문이 나타난다. '토함산 불국사'라고 쓴 현판이 멀리서 보아도 선명하다. 새로 건립한, 육중하면서도 우아한 일주문이다.

그 곁에 매표소가 있다. 그러나 이미 시간이 지나서 매표구가 닫혔다.

그들은 나란히 도로 불이교를 건넌다.

여기저기 신혼여행을 온 부부들이 산책을 즐기고 있다. 초록색 저고리에 다홍치마를 입은 신부와 양복을 입은 신랑이 차차 밝아오는 달빛 아래 조용조용히 거니는 모습은 마치 어느 선경을 연상시킨다. 아름다운 광경이다.

"아! 정말 좋은데요."

노수인이 감탄을 하듯 말한다.

"좋은 밤이군요."

지월실도 맞장구를 친다.

이곳저곳 후련한 달밤의 산책을 즐기고 나서 그들은 여관으로 돌아갔다.

여관방으로 돌아온 노수인은 마치 자기 집 안방이라도 되는 듯 서슴없이 옷을 벗는다.

지월실은 좀 쑥스러운 듯 홍조를 띤 얼굴에 보조개를 지으면서 노수인이 벗어 붙인 양복을 받아 캐비닛 속에 건다. 마치 신혼여행을 온 부부 같다.

"내가 먼저 목욕을 할까요?"

노수인은 허리띠를 풀면서 말한다.

"예, 먼저 하세요."

지월실은 슬그머니 창 쪽으로 돌아선다.

바지를 벗어 던지고, 노수인은 러닝셔츠와 팬츠 바람으로 수건과 비누를 꺼내 들고 욕실로 들어간다.

욕실 문이 닫히고, 좍— 물 쏟아지는 소리가 들리자, 그제야 지월실은 안심이 되는 듯 돌아선다. 그리고 방바닥에 무슨 허물처럼 아무렇게나 벗어 던져진 노수인의 바지를 주워서 캐비닛 속에 건다.

캐비닛 옆에 커다란 경대가 놓여 있다. 지월실은 그 앞에 앉는다.

잠시 거울을 들여다보며 머리 매무새 같은 것을 만지다가 경대 위에 놓인 전화기를 든다.

"여보세요. 아, 여보세요?"

"예, 예."

"이 방에 미안하지만 오늘 신문 아무거나 하나 보내줄 수 없을까요?"

"예, 예. 보내드리겠심더."

"먹는 물도 좀 가져오고요."

"예, 예."

전화기를 놓고, 그녀는 일어나 블라우스 단추를 끄른다. 블라우스를 벗고, 브래지어도 뗀다. 스커트도 벗는다.

짧은 슬립만 입은 채 한쪽에 깔려 있는 이부자리 위로 가서 아무렇게나 드러누워 버린다.

"아으—"

가벼운 피로가 느껴진다.

욕실에서는 노수인의 목욕하는 소리가 철벙철벙 들린다.

지월실은 두 다리와 두 팔을 쭉 뻗는다. 짤막한 분홍색 슬립 밑으로 알맞게 살이 오른 허연 다리가 쭉 곧게 내뻗는다. 그리고 7부 길이의 엷은 내의를 입은 팔도 뻗어 오른다. 절로 하품도 나온다. 가벼운 피로가 온몸을 휘감는 것 같다.

큰대자로 편안하게 누워 있는데 똑똑똑…… 방문에 노크 소리가 난다.

"예."

그녀는 반사적으로 뛰어 일어난다. 짤막한 슬립만 걸친 여자의 방위 본능이라고나 할까.

방문이 열린다.

"신문 갖고 왔심더."

보이가 신문과 물주전자를 담은 차판*('쟁반'의 방언)을 들고 들어온다.

보이는 그것을 방바닥에 놓으면서 힐끗 지월실을 바라본다. 짤막한 분홍색 슬립이 웨이터의 눈에도 매력적으로 보이는 듯 싱글 웃으며

"뭐 또 심부름 시킬 일이 있으면 얼마든지 시키이소."
하고 필요 이상의 친절을 떤다.

보이가 나가자, 그녀는 그제야 백을 열고 통이 넓은 치마를 꺼낸다. 집에서 아무렇게나 입는 무릎 밑으로 내려오는 치마다. 곧 노수인이 목욕을 마치고 나올 터인데 슬립 바람으로 있을 수는 없다는 생각이 문득 든 것이다.

치마를 입고 그녀는 다시 이부자리 위에 아무렇게나 드러누워 버린다. 그리고 신문을 펼쳐 든다.

신문의 큰 활자들만 대강대강 훑어 나간다. 그런데도 도무지 활자가 잘 머리에 들어오질 않는다. 욕실 쪽으로 곧장 신경이 가는 것이다.

좀 얌전히 목욕을 하질 않고, 일부러 그러는지 철벙철벙 좔좔……물소리가 요란하고, 또 푸푸 푸푸…… 마치 여름철에 아이들이 냇물에서 멱을 감다가 잘못하여 허우적거리기도 하는 것 같은 소리를 내지르기도 한다.

지월실은 가만히 귀를 기울이며 미소를 짓는다. 남자란 어쩌면 영원한 어린애인지도 모른다는 생각이 든다. 여자 같으면 누가 저렇게 요란하게 목욕을 할 것인가 말이다. 되도록 얌전히, 되도록 소리가 안 나게 할 것이 아닌가. 같은 친구끼리 온 것도 아니고, 더구나 아직 매우 부끄러운 사이인데…….

아무튼 저렇게 좀 어린애 같기도 하고, 적당히 거칠게 느껴지기도 하는 저런 점이 남자의 매력이라는 생각을 하며, 그녀는 욕실의 김 속에 우뚝 서서 물을 뒤집어쓰고 있는 노수인의 건장한 나체를 연상해 본다. 뜨끈뜨끈한 물에 알맞게 익은 불그스레한 알몸…… 그녀는 가만히 혼자 얼굴을 붉힌다.

잠시 후, 욕실 문이 활짝 열리고 노수인이 나온다. 팬츠를 입고 러닝셔츠를 입었으나, 온몸에서 김이 무럭무럭 오른다.

"아, 시원하군요."

노수인은 수건으로 머리를 북북 닦으면서 거울 앞으로 간다.

팬츠와 러닝셔츠만 입은 노수인의 건장한 체격을 지월실은 곧장 힐끗힐끗 훔쳐본다. 김이 무럭무럭 피어오르고 있는 남자의 불그레한 피부, 알맞게 익어서 더욱 싱싱해 보이는 팔다리의 근육, 마치 지금도 육상 선수 같은 그 몸매…… 그녀는 절로 황홀한 느낌이 든다.

"어서 목욕을 하세요."

"예."

"목욕을 하고 나니 몸이 가뿐하군요."

거울 앞에 앉은 노수인은 수건으로 곧장 머리의 물기를 북북 문지르고 털고 한다.

남자의 머리 냄새가 확 풍기는 것 같아 지월실은 기분이 야릇하다. 그러나 곧 그녀는 백에서 수건과 비누, 그리고 아예 새 팬티까지 살짝 꺼내 들고 욕실로 들어간다. 치마를 그대로 입은 채……. 욕실 문이 닫힌다.

그러자 무슨 생각에서인지 노수인이 벌떡 자리에서 일어난다. 얼른 가서 욕실 문을 연다. 그리고 서슴없이 안으로 들어간다. 팬츠와 러닝셔츠 바람으로 말이다.

"어머나!"

지월실이 질겁을 한다. 마침 치마를 벗고 슬립까지 벗으려던 참이니 소스라치게 놀랄 수밖에 없다.

그러나 노수인은 아무렇지도 않은 듯 예사로 말한다.

"깜박 잊었군요. 물을 빼는 걸……."

그리고 욕조에 담긴 물을 뺀다.

쿨쿨쿨…… 물 빠져나가는 소리가 요란하다.

지월실은 온 얼굴 온 목줄기까지 홍당무처럼 되어 가지고 도로 치마를 입을까 어쩔까 망설인다. 참 사내들이란 얄궂다 싶다. 짓궂기도 하고, 재미있기도 하고…… 장난꾸러기 아이를 대할 때처럼 슬그머니 화가 나기도 하면서, 한편 귀여운 생각이 든다고나 할까.

"누가 물도 하나 못 뺄까 봐요?"

지월실이 쏘아붙이듯이 말하자,

"아닙니다. 자기가 목욕한 물을 남에게, 더구나 숙녀에게 빼게 한다는 것은 큰 실례지요."

노수인은 빙글 웃는다.

"하하하……."

지월실도 그만 웃음이 나와 버린다. 숙녀에게 물을 빼게 하는 것은 실례가 되고, 숙녀가 옷을 벗고 있는 욕실로 뛰어드는 것은 실례가 아니란 말인가.

지월실은 약간 어이가 없는 듯 그러나 곧장 히죽히죽 웃으면서 말한다.

"어서 나가요."

"가만있어요. 물이 다 빠지거든요. 깨끗하게 물을 다 빼드리고 나가야죠."

"호호호, 거기 안 계셔도 물은 저절로 다 빠지니까, 염려 마시고 어서 나가세요."

"이 땟물을 보세요. 숙녀가 어디 빼겠어요."

"호호호, 걱정 마시고 자 어서어서……."

못 이기는 듯 빙그레 웃으며 슬그머니 돌아서는 노수인의 등을 지월실은 그만 왈칵 떠밀어 버린다.

"허허허, 살짝 미세요."

한숨이 안 나올 도리가 없는 것이다.

그러나 이제 그게 아닌 것이다. 참으로 뜻밖에 이십여 년 만에 홀연히 나타난 남자, 첫사랑의 출현, 어제부터의 넘치는 행복감, 어쩌면 희열의 절정을 헤매게 될지도 모르는 오늘 밤…… 그러니 한숨이 나올 까닭이 없다.

오히려 야릇한 부끄러움 같은 미소가 피어오른다.

거울 앞에 서서 공연히 수줍은 처녀처럼 자기의 무르익은 나체를 이모저모 새삼스럽게 바라보고 있던 지월실은,

"여보세요."

하는 소리가 들리자, 소스라치게 놀라며 후닥닥 욕탕 속으로 기어

들어간다.

"아, 여보세요."

노수인이 전화기에다 대고 하는 소리다.

"난 또……."

그녀는 실소를 금치 못한다. 놀란 가슴이 곧장 두근거린다.

수도꼭지 두 개를 다 잠그고, 푹 물에 잠긴다. 물이 좀 덜 뜨거운 것 같다. 온수 쪽만 살짝 틀어 놓는다.

"저…… 맥주 있어요? 아, 그래요. 그럼 뽀이를 좀 보내줘요."

수화기 놓는 소리가 난다.

물이 점점 뜨끈뜨끈해지면서 온몸이 훈훈해져 온다. 물이 알맞게 더워지자, 온수 쪽도 잠가버린다. 그리고 그녀는 손으로 슬슬 목덜미께랑 봉긋한 앞가슴을 문지르면서 지그시 눈을 감는다.

어쩌면 이게 현실이 아니라 꿈이 아닌가 하는 느낌이다. 남자와 함께 불국사의 여관에 와서 욕실에서 자기는 목욕을 하고 있고, 남자는 방에서 자기가 목욕을 마치고 나오기를 기다리고 있고…… 어제 아침나절까지만 해도 전혀 예기치 않았던 일이 아닌가. 사람의 일이란 참 알 수 없는 것이로구나 하는 생각이 든다. 난데없이 이런 변화에 직면하게 될 줄이야 누가 꿈엔들 알았는가 말이다.

슬슬 문지르는 앞가슴이 곧장 뿌듯하게 부풀어 오르는 것만 같다. 어쩌면 바로 이런 것이 행복감이라는 게 아닌가 싶다.

"부르셨습니까?"

문 열리는 소리가 들린다. 보이가 온 모양이다.

"응, 미안하지만 맥주 두 병만 사다 줄래?"

"예에, 사다 드리고 말고예."

"땅콩하고……."

"예."

문 닫히는 소리가 난다.

잠시 후 지월실은 밖으로 나가 몸을 씻기 시작한다. 되도록 물소리가 크게 나지 않도록 조심해서 씻는다. 철벅철벅…… 혹은 쫠쫠…… 물소리를 크게 낸다는 것은 곧 노수인의 말초신경을 건드리는 일이 되기 때문이다. 아까 그가 목욕을 하면서 철벙철벙…… 쫠쫠…… 곧장 요란하게 물소리를 내자, 묘하게 자꾸 그의 목욕하고 있는 광경이 연상되어 기분이 야릇하기만 하지 않던가.

다시 문 열리는 소리가 난다.

"사왔심더."

보이의 목소리다.

"수고했어. 자, 이것……."

팁을 주는 모양이다.

"고맙심더. 맥주 따 드릴까예?"

"괜찮아. 내가 따지 뭐."

"심부름시킬 일이 있으면 얼마든지 시키이소."

"응, 그래그래."

문 닫히는 소리. 그리고 곧 꿀꿀꿀…… 컵에 맥주 따르는 소리가 들린다.

지월실은 어쩐지 약간 불안한 생각이 든다. 빨리 목욕을 마쳐야겠다 싶으며, 대강 얼른얼른 씻기 시작한다. 철벅철벅…… 물소리가 좀 크게 나도 할 수 없다.

부드득부드득 허연 허벅지를 한참 문지르고 있는데, 똑똑…… 욕실 문에 노크 소리가 난다. 지월실은 흠칫 놀란다.

"아직 멀었나요?"

노수인이 욕실 문을 열지 않고 묻는다.

"곧 끝나요."

"빨리 나오세요. 뭘 그렇게 오래 씻어요? 내가 좀 거들어 드릴까요?"

"어머, 문 열지 마세요!"

지월실이 깜짝 놀라 쏘아붙이듯 말했다.

"아따, 어지간히 경계를 하시는군. 내가 등을 밀어드리면 좋잖아요."

"싫어요, 싫어요. 절대 싫어요. 그러지 마시고 맥주 시킨 거나 마시고 계세요. 예? 부탁이에요. 어서요."

"혼자 무슨 맛이 있어야 말이죠."

"둘이 마시면 뭐 맥주 맛이 다르나요?"

"다르죠. 다르고말고요. 술이란 기분에 따라 그 맛이 아주 달라지는 겁니다. 아직 모르시는군요."

"호호호…… 예, 빨리 나갈 테니 어서 시작을 하세요."

그녀는 일어나 텀벙텀벙 물을 떠서 좍— 좍— 어깨로부터 마구 퍼붓는다. 그리고 몸에 비누칠을 하기 시작한다.

뜨끈뜨끈한 물에 불어서 발그레 피어나는 부드럽고 미끈미끈한 피부에 허연 비누 거품이 버글버글 끓어오른다. 목줄기로부터 시작해서 봉긋한 앞가슴, 두 팔, 배, 잘록한 허리, 그리고 양쪽 허벅지, 다리, 발 등…… 차례차례 밑으로 문질러 내려간다. 거울에 그녀의 비누칠한 몸이 마치 함박눈을 뒤집어쓴 것처럼 비친다.

이번에는 수건에 비눗물을 묻혀 등을 문지른다. 그리고 물을 떠서 어깨로부터 뒤집어쓴다. 좍— 물이 쏟아지면서 허연 비누 거품이 벗겨져 내린다. 좍— 또 퍼붓는다. 또 좍— 발그레 고운 알몸이 물에 젖어 더욱 싱싱하게 보인다.

이렇게 지월실이 물을 뒤집어쓰고 있을 때, 노수인은 두 번째 맥주 컵을 들어올린다.

꿀꺽 한 모금 마시는 컵을 놓는다. 그리고 땅콩을 집어 입으로 가져가면서 그는 귀를 욕실 쪽으로 바짝 기울인다.

좍— 좍— 물 쏟아지는 소리.

노수인은 공연히 숨이 부풀어 오르는 듯 크게 내쉰다. 그리고 꿀꺽 침 덩어리를 삼킨다.

서서 물을 뒤집어쓰고 있는 지월실의 알몸이 눈에 보이는 듯한 것이다.

물 쏟아지는 소리가 멎고, 이번에는 탕 속으로 들어가는 기척이 들린다.

"아유— 후—"

물이 꽤 뜨거운 모양이다.

노수인은 또 컵을 들어 올려 꿀꺽 한 모금 마신다.

한 컵 반 정도 마셨는데, 목욕을 하고 나서 그런지 꽤 얼굴이 화끈거린다.

그래서 그만 노수인은 이부자리 위에 벌렁 드러누워 버린다.

드러누워서 벽에 걸린 캘린더를 멀뚱히 바라본다. 한복을 입고 커다란 꽃 주머니를 든 늘씬한 여인이 미소를 지으면서 내려다본다.

노수인은,

“내일이 토요일이라……..”

문득 집 생각이 난다. 귀여운 승미 생각이 나는 것이다. 승미는 지금쯤 잠이 들었을까. 아니면 엎드려 그림책을 보면서 놀고 있는 것일까…….

자기도 모르게 문득 생각이 집에 가 있는데, 욕실 문이 열리며 목욕을 마친 지월실이 나온다. 물씬 수증기 냄새와 함께 상큼한 향기 같은 것이 다가오는 것을 노수인은 느끼며 벌떡 자리에서 일어난다.

지월실은 경대 앞으로 가 앉는다. 물론 욕실 안에서 치마까지 옷은 다 입고 나왔다. 위만 7부 길이의 엷은 내의 바람이다. 그런데도 상큼한 향기 같은 것이 풍긴다. 어쩌면 그게 비누 냄새인지도 모른다. 그녀가 사용하는 비누는 아마 노수인의 비누보다 월등히 향기를 내뿜는가 보다.

그녀는 백에서 화장품을 꺼내어 화장을 하기 시작한다. 수건으로 머리를 문지르지 않는 것을 보니 머리를 감지는 않은 모양이다.

오늘 아침에 미장원에 간 터이니 그럴 수밖에. 그러나 어깨 위로 흘러내린 머리칼이 물기에 젖어 보인다. 김에 서려 그런 모양이다.

비누의 향기를 밀어내고 이번에는 화장품의 향기가 코에 스며든다. 비누의 향기가 상큼하고 싱싱한 냄새라면, 화장품의 향기는 짙게 무르익은 미끈미끈한 냄새라고 할까.

노수인은 열심히 얼굴을 가꾸고 있는 그녀의 뒷모습을 가만히 지켜보다가, 컵에 남아 있는 맥주를 한 모금 꿀꺽 마신다.

지월실이 화장을 마치고 경대 앞에서 돌아앉자,

“자, 한잔 하시오.”

노수인은 빈 컵에 쿨쿨쿨 맥주를 따른다.

“아니에요. 조금만······.”

“목욕을 하고 나서 마시는 맥주는 정말 시원하고 좋아요. 자, 이것만 해 보세요.”

“많은데요.”

지월실은 거품이 끓어오르는 컵을 들어 조금 입에 대고 나서,

“술을 꽤 좋아하시나 보죠?”

싱긋 웃는다.

“아닙니다. 평소엔 별로 마시질 않아요. 그런데 이렇게 여행을 나오거나 하면 어쩐지 한잔하고 싶더군요. 말하자면 기분이죠.”

“그 기분 때문에 망한다죠? 남자분들은······. 기분이 좋다고 한잔, 나쁘다고 한잔, 비가 온다고 한잔, 날씨가 좋다고 한잔, 그런다면서요?”

“그건 진짜 술꾼들이 그러죠. 우린 그렇지 않아요. 어제나 오늘처럼 특별히 기분이 좋아야 술 생각이 나는 거죠.”

“······.”

“당신을 만났으니 한잔 안 할 수가 있겠어요.”

“피—”

지월실은 요염하도록 곱게 눈을 흘긴다.

목욕을 한 다음이라 지월실은 곧 눈언저리가 발그레 피어오른다. 컵에 따라진 맥주를 절반도 못 마셨는데······. 그리고 욕 후(浴後)의 주기는 상쾌하고 개운한 맛을 주면서도 좀 몸을 나른하게 한다.

눕고 싶다. 그러나 노수인이 눕지 않는데, 자기가 먼저 자리에 누울 수는 없다. 아직 도저히 그럴 수는 없는 것이다. 말하자면 남녀 간의 질서라고나 할까. 단계가 있는 것이다. 지월실은 그런 질서 같

은 것을 존중하는 여자다. 요즘 젊은 아가씨들과 다른 점이다.

그런데 그녀는 좀 멋쩍지만 용기를 내어 말한다.

"목욕을 하고 나서 맥주를 마시니 과연 좋군요. 그런데 좀 나른하네요. 몸이……."

"그렇죠?"

아직 노수인은 눈치를 못 알아챈다.

"피로가 풀리는 것 같기도 하고, 오히려 피로해지는 것 같기도 하고……."

그러면서 그녀는 가볍게 기지개를 한 번 켠다. 그제야 노수인은 눈치를 알아챈 듯,

"아, 그럼 눕죠 뭐. 누워서 이야길 합시다."

벙글 웃는다. 그리고 컵에 조금 남은 맥주를 홀쩍 마저 마셔버리고는 자리에서 일어난다. 욕실 문을 열고 들어간다. 들어가면서 뒤를 힐끗 돌아본다.

"어서 누우세요. 피곤한데……."

노수인은 여자의 향기는 이런 것이라야 된다고 생각한다. 특히 밤 이부자리 속에서의 향기는 말이다.

그 향기에 취한 듯 노수인은 잠시 아무 말이 없다. 어젯밤 같았으면 얼른 그녀에게로 다가들어 애무를 하기 시작했을 터인데 이제 그렇게 급히 서둘 필요가 없는 모양이다. 그만큼 마음에 여유가 생겼다고나 할까. 어젯밤엔 치마를 입은 채 앉아 있는 그녀를 안아서 이불 속으로 끌어넣어야 되었지만, 오늘 밤은 그게 아니라, 그녀 스스로가 치마를 벗고 이불 속으로 들어온 터이니 말이다.

밤도 아직 그다지 깊지 않았으니, 서서히 접근을 해도 상관이 없

는 것이다. 추야장(秋夜長) 긴긴밤이 아닌가?

"여보."

노수인이 은근한 목소리로 부른다.

"예?"

그녀의 목소리도 부드럽고 나직하다.

"누우니까 좋지요?"

"호호호……."

"왜 웃어요?"

"어쩐지 우습군요."

"왜요? 내 말이 틀렸어요?"

"웃음은 긍정을 의미하는 거예요. 무언은 부정을 의미하는 것이
고……."

"아 그렇던가요? 허허허……."

노수인은 약간 무안하면서도 기분 좋게 웃는다. 한 대 먹은 셈이
라고나 할까.

"좌우간 누우니까 좋죠? 편안하고……."

"예."

"이런 말 아세요?"

"무슨?"

"저…… 누워 있을 수 있는 자리에서 앉아 있지 말고, 앉아 있을
수 있는 자리에서 서 있지 말라. 이런 말 말입니다."

"글쎄요. 처음 듣는데요. 뭐, 누워 있을 수 있는 자리에서 앉아 있
지 말고요?"

"예."

“그 담은요?”

“앉아 있을 수 있는 자리에 서 있지 말라…….”

“호호호…… 그럼 만날 누워만 있으란 말입니까?”

“그게 아니라, 편안히 쉬는 것이 성공의 비결이라는 뜻이죠.”

“참 별 성공의 비결도 다 있군요. 편안히 쉬는데, 어떻게 성공을 하나요? 게으름뱅이의 비결인 모양이죠?”

“쉴 때는 편안히 쉰다 그 말입니다. 정력의 낭비는 성공에 지장이 있다는 그 뜻이죠.”

“누가 한 말이에요? 아마 당신이 지어낸 말 아니에요?”

“내가 지어내다뇨. 허허허, 내가 지어낸 말이 아니라, 저…… 포드라고 미국 사람 있죠?”

“자동차 왕 말입니까?”

“예, 그 사람이 한 말이에요.”

“그래요? 그 사람 눕는 것을 어지간히 좋아했던 모양이죠?”

“실은 나도 눕는 것을 좋아하기 때문에 그 격언을 기억하고 있는 겁니다.”

“호호호…….”

이때, 우르릉우르릉…… 멀리 밤하늘 울리는 소리가 들리기 시작한다. 그 소리가 차차 가까워진다.

“어머, 비행기죠?”

지월실은 마치 비행기 소리가 신기하기라도 한 것처럼 말한다. 명승지의 호텔에 누워서 듣는 밤 비행기 소리는 여느 때의 그 소리와는 달리 매우 이색적으로 들리는 모양이다.

“그렇군요.”

노수인은 심상하게 대답한다.

"이 밤중에 웬 비행기가……."

"왜요? 밤에 비행기가 날면 안 되나요?"

"안 되는 게 아니라…… 어쩐지 길을 잃은 비행기같이 생각되는군요. 무서울 거예요. 그죠?"

"무섭긴요."

"밤에 하늘을 날면서 밑을 내려다보면 무섭지 않겠어요?"

"기분이 좋지, 왜 무서워요? 낮에 내려다보는 것보다 훨씬 멋있고, 기분이 좋을 거예요. 불빛이 반짝거리고…… 지상의 성좌(星座)가 아니겠어요? 하늘에도 별이 반짝이고 땅에도 별이 반짝이고…… 정말 별 속을 나는 것 같을 거예요."

"……."

"기분 좋은 것은 다 무서운 모양이죠?"

"……."

지월실은 가만히 입을 다물고 아무 말이 없다.

노수인이 왜 그런 말을 하는지 얼른 알겠는 것이다.

간밤의 일이 번쩍 머리에 떠오른다.

"아이 싫어요!"

자기도 모르게 어떤 공포감에 사로잡히며 비명을 지르던 일, 그리고 노수인을 힘껏 떠밀어내고는 벌떡 일어나 벗겨진 치마를 얼른 도로 아랫도리에 감던 일…….

지월실의 머리에만 간밤의 일이 떠오른 게 아니다. 노수인의 머리에도 떠올라 있는 것이다. 먼저 노수인이 간밤의 일이 생각나,

"무서운 것도 많군요."

했던 것이다.

발작 같은 상태가 가라앉은 듯 "미안해요." 하고 다시 살그머니 가슴으로 파고들며 "화나셨어요? 무서워서 그랬어요." 하던 그녀. "무섭긴 뭣 무서워요? 아직 숫처년가 보죠." "숫처녀나 다름이 없죠. 그러나 그래서 무서웠던 것은 아니에요." "달리 무슨 이유가 있나요? 어디 한 번 말해 봐요." "얘기하고 싶지가 않아요. 생각만 해도 기분이 나쁜 걸요. 나중에 얘기해 드릴게요. 오늘 밤은 그 얘길 꺼내고 싶지가 않아요." "그럼 내일 밤에 얘기해 주시겠어요?" "글쎄요. 그럴까요." 하던 일……

비행기 소리가 멀리 사라진다.

노수인은

"여보, 오늘 밤에 얘기해 주시겠어요?"

하고 그녀 곁으로 조금 다가간다.

"무슨 얘기요?"

"무섭다는 이유 말입니다. 어젯밤에 오늘 밤에 얘기해 주시기로 했었잖아요?"

지월실은 또 입을 꼭 다물고 아무 말이 없다.

"얘기해 보세요. 왜 무서운가, 그 이유를……."

"……."

"예? 오늘 밤에 얘기해 주시기로 했으니까, 약속을 지켜야죠."

그러자 그녀는 그만 킬룩킬룩 웃는다.

"웃기는요. 자, 어서 얘기해 보세요."

"……."

"숫처녀도 아닌데 왜 무서운가."

"싫어요!"

그녀는 곱게 툭 쏘아붙인다.

"싫다니요? 허허, 약속을 안 지키면 됩니까?"

"그런 약속한 일 없어요."

"뭐라고요? 허허, 순 거짓말쟁이시군."

그러면서 노수인은 그만 슬그머니 그녀에게로 바싹 다가붙는다. 그리고 그녀의 머리 밑에서 베개를 밀어내 버리고 대신 자기 팔을 갖다 넣는다.

훅— 백합꽃 향기와 장미꽃 향기가 뒤섞여 코로 밀려든다. 절로 두 눈이 스르르 감겨진다. 가슴이 두근거리기 시작한다.

한 손은 가만히 그녀의 가슴 위로 가져간다.

봉긋한 한쪽 봉우리 위에 커다랗고 따스한 손이 와서 얹히자, 그녀는 흠칠 몸을 움츠린다. 그러나 어젯밤과는 그 움츠리는 정도가 현저히 다르다.

어젯밤엔 새우처럼 오그라들며 딴딴하게 굳어지더니, 이제 그게 아니다. 그저 반사적으로 조금 여자의 방위 본능을 나타냈을 뿐이다.

노수인은 그 봉긋한 봉우리를 어루만지기 시작한다.

지월실의 온몸이 오그라든다. 그러면서 그녀는 반사적으로 노수인을 떠밀어내려 한다. 그러나 떠밀려나갈 노수인이 아니다.

그러자 그녀는 가볍게 몸부림을 친다. 그리고 그만 두 팔로 노수인의 목을 불끈 안아 버린다. 미닫이에 어리는 달빛, 그 희뿌연 박명이 그들을 위해 알맞기만 하다.

노수인은 조심스레 지월실의 마지막 한 조각 순면직물을 제거한다. "싫어요!" 하고 그녀가 소리를 지를까 봐 불안하다. 그러나 그녀는 소리를 지르지 않는다. 얌전히 눈을 감는다.

이제 깨어질 염려는 없는 것 같다. 노수인은 가만히 안도의 미소를 짓는다. 그리고 본격적으로 그녀를 정복하는 동작으로 들어간다. 걷잡을 수 없이 가슴이 뛴다.

그녀의 가슴도 터질 듯이 부풀어 오른다. 초조하고 팽팽한 순간이 흐른다.

"어마나!"

그녀가 깜짝 놀란다.

그러나 그녀의 입에서 "싫어요!" 소리가 튀어나오지는 않는다. 그 대신 그녀는,

"몰라요, 몰라요……."

하고 내뱉는다.

그것은 어떤 뚜렷한 의사 표시라기보다도 그저 들떠서 무의식중에 흘러나오는 신음 소리 비슷한 것에 불과하다. 어쩌면 환희의 반어적인 표현인지도 모른다. 좋다는 표현을 그렇게 한 것인지도…….

잠시 후, 그녀는 열에 뜬 목소리로,

"무서워요―"

한다.

이번엔 그저 무의식중에 하는 말이 아닌 것 같다. 어떤 공포감에 사로잡힌 모양이다.

"아이 무서워, 아이 무서워……."

그녀는 어떤 강박관념에 짓눌리고 있는 듯 이맛살을 찌푸리고 곧장 고개를 내두른다. 마치 머릿속에 떠오르는 어떤 영상을 떨쳐버리

기라도 하려는 것처럼.

노수인은 야릇하게 더 흥분이 고조된다. 그녀를 엄습하고 있는 그 공포감이 어떤 것인지는 알 수가 없지만, 좌우간 그놈을 몰아내 주겠다는 듯이 바짝 기세를 올린다.

지월실은 열이 오른 몽롱한 시선으로 달빛이 어리는 창문 미닫이를 물끄러미 바라본다. 미닫이의 아자형 문살이 황홀하도록 아름답다.

잠시 후, 절정에서 미끄러져 내린 노수인의 이마에 땀이 끈적끈적하다.

지월실은 십여 년 만에 가져본 황홀감에서 깨어나기가 아쉽기만 한 듯 손가락 하나 까딱 안 하고 그대로 누워 있다. 어디선지 시계 치는 소리가 들린다.

땡, 땡, 땡, 땡…….

그제야 정신이 돌아온 듯 지월실은 얼른 일어난다.

노수인은 자기도 일어날까 하다가 그대로 번듯이 누워서 희뿌연 어둠 속에서 옷을 입고 있는 그녀의 모습을 물끄러미 바라본다. 마침내 이십여 년 만에 그녀를 자기의 소유로 만들었다는 생각에 가슴이 뿌듯하다.

운무의 산

이튿날 아침 여관을 나서는 지월실은 어쩐지 몹시 세상이 눈부시기만 했다. 하룻밤 사이에 세상이 한결 밝아진 것 같고, 여느 때보다 월등히 아름답게 느껴졌다. 쏟아지는 햇살도 반짝반짝 신선하기만 했고, 하늘빛도, 산빛도, 그리고 늘어서 있는 건물들의 빛깔까지도 한층 선명하고 곱게 보였다.

말하자면 어제까지는 세상이 회색의 너울에 가려 보였다면, 오늘은 그 너울이 활짝 걷히고 찬란한 햇살에 싸여 보인다고나 할까.

지월실의 얼굴에는 곧장 미소가 어린다. 그리고 그녀는 공연히 수줍은 생각이 들기도 한다.

"아! 날씨가 좋군."

노수인은 한 번 가슴을 쫙 편다.

"정말……."

지월실은 노수인을 힐끗 바라본다.

시선이 마주치자, 두 사람은 짙은 미소를 나눈다. 꿈같은 밤을 통과해 나온 두 사람의 행복감의 일치라고나 할까.

"몸 컨디션이 어때요?"

"아주 좋아요."

그리고 그녀는 공연히 부끄러운 듯 고개를 살짝 떨군다.

여기저기 여관에서 관광객이 나오고 있다. 길이나 주차장이 있는 광장에도 삼삼오오 사람들이 널렸다. 한창 관광 철이라 온통 울긋불긋한 것이다.

지월실은 혼자 중얼거리듯이 말한다.

"사람들이 어쩐지 자꾸 나를 보는 것 같아요."

"그래요? 허허허 참 이상한 일이군. 왜 그럴까?"

노수인이 약간 장난기 어린 말투로 나오자, 그녀는 고운 눈빛으로 킥 웃는다.

그녀는 지금 마치 초야를 치르고 난 신부 같은 상태에 있는 것이다. 공연히 남들이 자꾸 자기를 보는 것 같고, 까닭 없이 부끄럽고, 가슴이 두근거리고…… 그리고 걸음걸이까지가 어쩐지 전과는 묘하게 다른 느낌인 것이다. 제2의 초야를 치른 셈이니 그럴 수밖에.

그들은 먼저 기념품 판매장을 구경한다.

회랑처럼 되어 있는 매점들 앞을 지나며 구경을 하다가, 노수인이 한 매점의 문을 열고 들어간다. 지월실도 따라 들어간다.

가지가지 많은 기념품들을 둘러보다가, 노수인은 조그마한 마스코트처럼 만들어진 돌부처를 집어 든다.

"경주 남산에서 나는 옥돌로 만든 깁니더. 옥돌은 경주 명산입니더. 그리고 그 불상은 석굴암 벽에 새겨진 관음보살상입니더. 얼마나 곱습니꾜. 좋은 기념품이 될 껍니더.”

매점 주인이 필요 이상의 미소를 띠면서 말한다.

과연 곱게 생긴 부처님이다.

“이쁘죠?”

노수인의 말에,

“예.”

지월실도 동감이다.

가격 표시가 되어 있다. 꽤 비싸다.

“정찰젭니까? 좀 헐케 안 되나요?”

“예, 오늘 첫 손님이니까, 이백 원 깎아 드리죠.”

“예, 좋습니다. 싸 주세요.”

노수인은 포장해 주는 그 돌부처를 받아 지월실에게 내민다.

“자, 기념품.”

그러자 그녀는 노수인의 표정을 잠시 보고는 가만히 받는다.

이번에는 지월실이 기념품을 고른다. 받기만 할 수는 없는 모양
이다.

무엇이 적당할까…… 그녀는 이것저것 꽤 망설인다. 기념품이란
가급적 오래 갈 수 있는 것이라야 좋다. 더구나 오늘 이렇게 서로 주
고받는 기념품은 여느 때의 그것과는 달리 매우 뜻깊은 것이라고 하
지 않을 수 없다. 신랑신부가 예식장에서 주고받는 예물과도 다름이
없다면 없는 것이다. 비록 예식 없는 결합, 그리고 사후의 선물이긴
하지만…….

어쩐지 그런 생각이 들자, 그녀는 좀 쓸쓸해진다.

기념품을 주고받으려 하니 문득 이별이 머리에 떠오르기도 하는

것이다. 그는 서울, 자기는 부산……. 그러니 별수 없이 오늘이나 내일은 남쪽과 북쪽으로 헤어져야 하는 것이다.

비록 그 이별이 영원한 이별을 뜻하는 것이 아니라, 얼마 동안 서로 만날 수 없는 그런 단순한 헤어짐에 불과하지만……. 좌우간 그런 처지에서 만났다는 사실, 다시 말하면 떳떳한 결합이 못 된다는 사실이 안타깝고 가슴 아픈 것이다.

어제 노수인과 만난 뒤로 그런 생각이 들기는 처음이다. 기념품 때문에 문득 그런 생각이 든 것이다. 제2의 초야를 치른 셈인 그녀의 부풀어 오른 가슴에 최초로 서린 그늘이라고나 할까.

그러나 그 그늘은 잠시다.

매점 문이 열리며 두 사람의 손님이 웃으면서 들어선 것이다.

지월실은 결국 재떨이와 벼루 두 가지를 골랐다. 두 가지 다 옥돌로 만든 것이다.

"어느 것이 맘에 드세요?"

노수인에게 묻는다.

"글쎄……."

"재떨이는 아무래도 좀 흔해 빠진 게 돼서……."

"……."

"벼루가 좋겠죠?"

"당신 맘대로……."

"벼루가 좋겠어요. 이 벼루 멋있잖아요."

그러자 매점 주인이

"멋있고 말고예. 거북이 벼루 아닙니꾜. 몇 대를 물릴지 모릅니더."

하고 웃는다.

"이거 헐케 해서 주세요."

"예, 삼백 원 깎아 드리겠심더."

그 말을 듣고 노수인이 빙글 웃으면서 말한다.

"아니, 나는 이백 원만 깎아 주시더니……. 사람 차별을 하시나요?"

"하하하……."

"호호호……."

노수인은 지월실로부터 거북이 등에 벼루가 달린 기념품을 받았다.

그리고 두 사람은 수건이나 불국사 사진첩 같은 것을 몇 가지 더 사서 백에 넣고 매점을 나섰다.

이제 똑바로 불국사로 향한다.

매표소에서 표를 사 가지고 일주문을 들어선다.

언제 보아도 불국사는 아름답다. 청운교 백운교와 자하문, 그리고 연화교 칠보교와 안양문은 일품이 아닐 수 없다.

노수인은 백에서 카메라를 꺼낸다.

"자, 멋진 포즈를 한 번 취해 봐요."

"혼자요?"

"먼저 혼자 한 장 찍고……."

지월실은 자하문을 비스듬히 배경으로 해서 석교 옆 적당한 자리에 가서 선다.

삼십 대 여인의 자연스러우면서도 우아한 포즈다.

노수인은 핀트를 맞추고 셔터를 누른다.

이번에는 교대로 지월실이 카메라를 들고, 노수인이 가서 포즈를 취한다.

지월실은 카메라 솜씨가 서툴다. 그러나 전혀 생소한 것은 아니어서 잘 핀트를 맞추고 조심스레 셔터를 누른다.

"잘 찍는데요."

노수인이 웃자,

"나중에 현상을 해 봐야죠."

하고 그녀도 활짝 미소를 짓는다.

그리고 다른 사람에게 부탁해서 둘이 나란히 서서 한 장 찍는다. 마치 잘 어울리는 부부 같다. 어쩌면 연애를 하고 있는 노총각 노처녀 사이 같기도 하고, 좀 사시안으로 볼 것 같으면 서로 배우자가 있으면서 어울린 사련의 사이 같기도 하다. 아무튼 멋진 한 커플이다.

카메라를 어깨에 걸고, 노수인은 지월실과 나란히 걸음을 옮긴다.

절 옆으로 난 문을 들어서자 대웅전 뜰이다.

다보탑과 석가탑. 언제 보아도 절로 눈이 번쩍 뜨이는 석탑이다. 참으로 정교하고 우아한 탑이다.

노수인은 그중에서도 특히 석가탑을 좋아한다. 일명 무영탑이다. 아사녀의 애절한 전설이 깃들어 있는 탑이다.

다보탑이 정교하고 화려한 조화의 극치라면, 석가탑은 우아하고 청초한 미의 극치다.

노수인은 넋을 잃은 사람처럼 한동안 그 앞에 서서 움직일 줄을 모른다.

세 층으로 되어 있는 추녀의 그 선연(鮮妍)한 선, 층과 층의 오묘한 조화, 그리고 전체적으로 풍기는 소박하면서도 수려한 기품…… 정말 볼수록 황홀하다.

“자, 한 장 찍어 줘.”

노수인은 어깨의 카메라를 벗긴다. 그리고 석가탑 앞에 포즈를 취한다.

지월실이 제법 익숙하게 셔터를 누른다.

“자, 당신도 한 장…….”

그러자 그녀는,

“난 다보탑 앞에서…….”

하면서 다보탑 쪽으로 간다.

“다보탑이 더 좋소?”

“예.”

노수인은 히죽 웃는다. 여자란 역시 화려하고 오밀조밀한 것이 좋은 모양이다. 진짜 아름다움이 어떤 것인가를 아직 잘 모르는 듯하다.

그들은 대웅전 뒤에 새로 건립된 웅장한 무설전(無說殿)을 구경하고, 그 뒤편에 있는 관음전으로 올라갔다.

관음전 역시 새로 지은 건물인데, 거기서는 마침 누가 불공을 드리고 있는 듯 스님의 목탁 소리와 불경 소리가 낭랑하고, 소복을 한 아낙네 한 사람이 부처님 앞에 엎드려 있다.

잠시 두 사람은 그 불공드리는 광경을 구경한다.

아낙네가 자리에서 일어서더니 부처님 앞으로 다가가 향로에 향불을 피운다. 그리고 돌아서는데 보니 퍽 젊은 여인이다. 서른도 채 되지 않은 것 같은 고운 얼굴인데, 소복을 해서 그런지 유난히 안색이 파리해 보인다.

그 여인의 얼굴에 서린 수심 같은 것을 보자, 노수인은 어쩐지 가슴이 짜릿해진다. 젊은 여인이 소복을 하고 혼자 와서 불공을 드리고 있는 것을 보니 아마 남편과 사별을 해서 그 명복을 빌고 있는 모양이다.

댓살 되어 보이는 사내아이가 노란 풍선을 들고 혼자 뜰에서 놀고 있는데, 아마 여인의 아들인 것 같다. 아이는 역시 불공을 드리는 쪽보다 풍선 쪽이 더 재미가 나는 듯 잠시 부처님이랑 어머니 쪽을 멀뚱히 바라보다가도 곧 풍선을 가지고 놀기에 여념이 없다.

노수인은 지월실을 힐끗 바라본다.

그녀의 두 눈엔 물기가 어려 있다. 그 소복한 여인의 일이 남의 일같이 생각되지가 않는 모양이다. 그녀는 노수인과 시선이 마주치자 얼른 돌아서 버린다.

그 심정을 모르는 노수인이 아니다. 그 역시 슬그머니 돌아서서 담 쪽으로 간다. 남의 불행을 언제까지나 구경하고 있을 수는 없다는 듯이…….

담 한쪽 가에 목련이 두 그루 심어져 있다.

"야, 목련이군."

노수인은 마치 기분전환이라도 하려는 것처럼 일부러 활짝 웃는다.

그러자 그녀도,

"그렇군요."

하면서 목련 쪽으로 다가온다.

노수인은 목련을 매우 좋아한다. 많은 종류의 꽃 가운데서 한 가지를 택하라고 한다면 아마 서슴없이 목련을 택할 것이다. 꽃이 부드럽고 탐스러우면서도 화사하고 연연하고 어딘지 모르게 고상한 기품이 느껴져 좋다.

그러나 지금은 가을. 꽃이 피어 있는 것은 아니다. 너붓너붓한 잎사귀들이 차차 단풍이 들고 있다. 그리고 아직 어린 나무여서 별로 보잘 것이 없지만, 세월이 흘러서 큰 나무가 되어 봄에 탐스러운 꽃송이를 활짝 피우게 되면 정말 좋을 것 같다. 그것도 그저 여느 집의 뜰이 아니라 절간의 호젓한 담장 곁이 아닌가.

목련이 활짝 피어오른 관음전의 뜰— 어쩌면 탑이 있는 대웅전 앞뜰에 못지않은 경관일 것 같다.

노수인은 문득 송광사의 고향수(枯香樹) 생각이 떠오른다.

"당신 송광사 가 본 일 있어요?"

"아니요. 송광사, 송광사…… 어디 있는 절인데요?"

"전라남도 순천 근처에 있는 절인데, 굉장히 큰 절이죠. 절 규모로 치면 이 불국사보다 훨씬 크죠."

"……."

"그 송광사에 고향수라는 나무가 있는데……."

"고향수라뇨?"

"말라 죽은 향나무라는 뜻이죠. 그런데 그 고향수라는 나무에 참 신기한 전설이 있더군요. 저……, 옛날 그 송광사에 보조국사라는 고승이 있었는데, 그 보조국사가 그 향나무를 심어 놓고서 말하기를, 자기가 죽으면 그 나무도 죽을 것이고, 그 죽은 나무에 다시 푸른 잎이 돋아날 때면 자기도 다시 이 세상에 환생을 할 것이라고 했다는 겁니다. 그런데 아닌 게 아니라, 그 보조국사가 죽자 그 향나무도 말라 버렸다는 거예요."

"어머……."

"보조국사가 죽은 지 팔백 년인가 됐다는데, 지금까지 그 말라 죽은 나무가 썩질 않고 그대로 서 있는 거예요."

"정말요?"

"그럼요."

"보셨어요? 그 나무를……."

"예, 보고말고요."

"어머……, 그럴 수가……."

"참 신기한 일이죠. 그런데 그 나무에 아직 푸른 잎이 돋아나질 않는 것이 보조국사가 아직 환생을 안 했다는 겁니다."

"……."

지월실은 잠시 어떤 신비감 같은 것에 사로잡히는 듯 말없이 속눈썹을 깜짝거린다.

"윤회 사상이 깃든 전설이죠. 좌우간 윤회설이란 가장 그럴듯한 종교사상인 것 같아요."

노수인은 그런 면에 꽤 관심이 있는 모양이다.

그러나 지월실은 아직 별로 그런 것을 생각해 본 일이 없는 듯 그저 다소곳이 듣고만 있다.

그때 풍선을 가지고 놀고 있던 사내아이가 별안간,

"엄마야! 내 풍선, 풍선……."

냅다 고함을 지른다.

풍선을 놓친 것이다.

사내아이의 손에서 둥실 솟아오른 풍선은 꼬리에 가느다란 실을 단 채 공중으로 둥둥 자꾸 떠오른다.

"엄마야! 난 몰라, 난 몰라……."

사내아이는 그만 엉엉 울음을 터뜨린다.

파란 하늘로 둥실둥실 나부끼며 흘러가는 노란 풍선, 점점 작아지는 그 풍선을 바라보며 사내아이는 손등으로 뚝뚝 흐르는 눈물을 씻는다.

어쩌면 그렇게 서럽게 우는지…… 몹시도 안타깝고 허전한 모양이다.

노수인은 빙그레 웃는 얼굴로 그 작아져 가는 풍선을 바라본다. 지월실도 처음엔 웃음이 나오다가, 사내아이가 어찌나 서럽게 우는지 그만 가슴이 짜릿해진다.

그 사내아이로서는 둘도 없이 소중한 물건이 바로 그 풍선이었을 게 아닌가. 그런데 그 소중한 것을 잃어버렸으니, 못 견디게 안타깝고 허전할 수밖에…….

문득 지월실은 풍선을 잃어버리고 울고 있는 사내아이와 남편을 사별하고 지금 불공을 드리고 있는 아이 어머니의 슬픔이 비교되어 머리에 떠오른다. 물론 비교가 될 수 없는 일일 것이다. 그러나 소중한 것을 잃어버렸다는 사실, 거기에서 오는 허전함과 슬픔은 동일한 것이라는 생각이 든다. 아이에게 있어서는 그것이 비록 잠시 동안의 슬픔이긴 하지만 말이다.

아무튼 자기의 가장 소중한 것을 잃어버린다는 것처럼 이 세상에서 슬프고 허망한 일은 없다는 생각이 들자, 그녀는 기분이 몹시 우울해진다. 자기도 그런 인생의 그늘을 지니고 있는 터이니 그럴 수밖에…….

그리고 그녀는 슬그머니 불안한 생각이 들기도 한다. 자기에게 다시 찾아온 생의 희열을 혹시나 아이의 풍선처럼 날려 보내 버리지나 않을까 해서…….

그녀는 가볍게 몸을 떤다. 이제 절대로 그런 일이 있어서는 안 되는 것이다. 날려 보내서는 안 된다. 날려 보내다니…… 단단히 풍선의 끈을 잡고 있어야 한다. 날아가지 못하도록…….

그런 생각이 들자. 그녀는 불현듯 노수인의 팔을 꼭 끼고 싶은 충동이 느껴진다. 노란 풍선은 어느덧 어디론지 자취를 감추어 버렸다.

관음전을 나와 비로전으로 해서 극락전을 구경하고 밖으로 나온 그들은 잠시 숲속에 앉아 쉬었다. 그리고 그들은 석굴암으로 향했다. 고갯길을 걸어서 가기로 했다.

별로 가파른 길은 아니지만, 얼마 안 가서 지월실은 콧등에 내배는 땀을 손수건으로 찍어낸다. 노수인의 이마에도 번질번질 땀 기운이 어린다.

산이 울긋불긋 단풍으로 물들고 있긴 하지만, 한낮의 햇볕은 아직 제법 두껍다.

"여보."

지월실이 미소를 짓는다.

"응?"

노수인은 자연스럽게 반말로 대답한다.

"심심한데, 저…… 내가 옛날이야기 하나 할까요?"

"무슨 이야긴데?"

"들어보세요. 아주 재미있고 무서운 이야기예요."

그리고 그녀는 공연히 킥킥 웃는다. 좀 쑥스럽기도 한 모양이다.

"옛날에 말이죠, 어느 곳에…….”

지월실은 또 킥킥 웃는다.

"뭣이 우스워서 자꾸 웃기부터 하나요?"

"어느 곳에 총각이 한 사람 살고 있었어요. 그런데 그 총각이 어떤 처녀한테 연애편지를 보냈거든요."

"그래서……?"

"처음엔 연애가 성립이 될 듯하다가 그만 깨지고 말았어요. 두어 차례 만나 사랑을 속삭이기까지 했으나, 결국 처녀가 퇴짜를 놓고 말았단 말입니다."

"총각이 시원찮았던 모양이지?"

"호호호……."

그녀는 그만 까르르 웃었다. 아주 재미가 있다는 듯이.

"총각이 시원찮았던 것이 아니라, 저……."

"……?"

"처녀에게 의오빠가 한 사람 있었어요."

"뭐요? 의오빠가?"

"예, 그 의오빠가 알고서……."

"그 의오빠 이름이 야구빳다 아닙니까? 맞죠?"

"호호호……."

"그래서 어떻게 됐어요? 어서 얘기해 봐요. 그 야구빳다한테 시집을 가게 됐나요? 허허허……."

"그 야구빳다한테 시집을 간 게 아니라……."

지월실은 콧등에 맺히는 땀방울을 씻는다. 그리고 몹시 멋쩍은 듯한 표정으로 묻는다.

"저…… 백남하 선생 아세요?"

“백남하 선생……?”

“예, 음악 선생님 말이에요.”

“예, 예. 그 허옇게 잘 생겼던 젊은 선생 말이죠? 늘 음악실에서 살다시피 하던…….”

“예.”

“그런데? 그 선생이 어쨌단 말입니까?”

“저…… 그 선생님하고…….”

지월실은 얼굴을 살짝 붉힌다.

“뭐요? 그 선생하고……?”

노수인은 약간 놀라는 기색이다. 그럴 수밖에 없는 것이 지금까지 그녀가 의오빠라는 그 야구빳다하고 어떻게 된 줄 알았는데, 그게 아니라, 엉뚱하게 음악 교사인 백남하 선생하고 어떻게 되었다니 말이다.

“3학년 때였어요.”

그녀는 수줍은 듯, 그러나 애써 담담한 어조로 이야기를 털어놓는다.

3학년 2학기가 시작되고 얼마 되지 않았을 무렵이었다.

지월실은 음악부 친구 몇몇과 함께 일요일이면 곧잘 백남하 선생 집으로 놀러 갔다. 백 선생은 아직 총각으로 하숙을 하고 있었다.

백 선생은 여학생들이 하숙으로 놀러 오는 것을 무척 좋아했다. 여학생들이 놀러 오면 그 잘생긴 허여멀쑥한 얼굴에 곧장 벙글벙글 웃음을 띠며 과자니 과실 같은 것을 사다가 내놓기도 했고, 슈베르트니 쇼팽이니 하는 유명한 음악가들의 청춘담 같은 것을 들려주기도 했고, 트럼프놀이를 가르쳐주어 가며 즐기기도 했다.

여학생들은 학교 음악실에서 거의 매일같이 대하는 선생님이지만, 그 하숙방에서 만나면 묘하게 더 친밀감이 느껴지고 재미가 나는 모양이었다.

지월실 역시 마찬가지였다. 오히려 다른 여학생들보다 그녀가 더 열심이었다. 한 번도 일요일에 거르는 일이 없었고, 또 손꼽아 그날을 기다리기도 했다.

어느 비 오는 날이었다. 일요일은 아니었으나, 무슨 휴일이었다. 그녀는 혼자서 선생님 하숙을 찾아갔다.

"혼자 찾아가니까 몹시 부끄럽고 어색하더군요."

지월실은 힐끗 노수인의 표정을 살피며 웃는다.

"좋지, 뭐 어색해요."

노수인도 힉 웃는다. 그리고 침을 한 덩어리 꿀꺽 삼킨다. 매우 재미있는 이야기라는 듯이.

"첨엔 혼자 놀러 갈 생각이 아니었어요. 영애하고 같이 가려고 영애네 집을 찾아갔더니 마침 심부름을 가고 없잖아요. 영애는 음악부는 아니었지만 곧잘 함께 놀러 갔었어요."

"그래서요?"

"그래서 그만둘까 했는데, 아무래도 그냥 집으로 돌아갈 수가 없잖아요. 이상하게 그날은 다른 때보다 더 놀러 가고 싶더군요. 아마 가을비 탓이 아니었던가 싶어요. 호호호……."

"가을비 탓이라기보다 사모하고 있었던 탓이겠죠. 허허허……."

"글쎄요. 어쩌면 그랬는지도 모르죠."

그녀는 살짝 얼굴을 붉히기는 했으나 매우 담담한 태도였다.

"무슨 탓이었든 좌우간 어서 이야길……."

"문득 혼자 놀러가는 것도 재미있겠구나 하는 생각이 들더군요. 오히려 친구들과 함께 가는 것보다도 혼자 가는 것이 더 재미있을지도 모른다는 생각이 들자, 이상하게 가슴이 두근거리지 않겠어요."

…… 두근거리는 가슴으로 하숙을 찾아가자 백 선생은 약간 놀라는 표정을 지었다.

"혼자 왔어?"

"예."

"아 그래, 어서 들어와. 어서……. 이렇게 비가 오는데……."

놀란 듯한 표정은 금세 어디론지 사라지고, 백 선생의 온 얼굴엔 활짝 반가운 빛이 떠올랐다.

백 선생의 하숙방은 안채와 뚝 떨어져서 돌아앉은 바깥채에 있었다. 바깥채에 백 선생의 방 하나와 대청과 곡간이 있을 뿐이었다. 그러니까 마치 딴 집 같았고, 호젓하기만 했다.

비가 오는 터라 더욱 집 안은 호젓했다.

백 선생은 이불 속에 누워서 책을 읽고 있었던 듯 아랫목에 이불이 깔려 있었다.

"자, 이리 앉아. 오늘은 비가 와서 그런지 뜨뜻한 아랫목이 좋은데……."

그러면서 백 선생은 이불을 걷어붙였다.

그러나 지월실은 아랫목으로 가질 않고, 그냥 아무 데나 윗목에 다소곳이 앉았다.

"아니, 거긴 차다니까. 이리와, 이리……."

"괜찮아요, 선생님."

"괜찮긴…… 어서 이리 내려와. 거긴 차워."

“차긴요. 벌써 뭐 겨울인가요? 차게…….”

“겨울이 아니라도 오늘은 제법 썰렁하잖아. 그리고 손님이 윗목에 앉았으면 주인이 미안하기도 하고.”

“하하하, 선생님도…….”

지월실은 웃으면서 조금 아래로 내려앉았다.

바깥의 빗소리는 차츰 더 굵어지고 있었다.

“잘 왔어. 정말…… 심심하던 참인데……. 우리 트럼프놀이나 할까?”

백 선생은 부드러운 미소를 지으면서 책상 서랍에서 트럼프를 꺼냈다.

트럼프놀이는 너덧 사람이 둘러앉아 해야 재미가 있지, 단둘이서는 별로 흥이 나질 않는 법이다.

그러나 백 선생과 지월실은 단둘이서 트럼프놀이를 해도 묘하게 재미가 있기만 했다. 트럼프놀이 자체가 재미있다기보다는 단둘이 마주 앉아 놀이를 한다는 그 사실이 야릇하게 기분을 설레게 하는 것이었다.

아랫목에 이불이 깔린 호젓한 방. 그리고 바깥에는 추적추적 가을비가 내리고……. 그렇잖아도 기분이 심상찮을 그런 분위기인데, 그런 분위기 속에 단둘이 얼굴을 마주 보고 앉아 트럼프놀이를 하는 터이니 기분이 야릇하게 설레고 재미가 좋을 수밖에…….

백 선생은 한 번 웃어도 될 것을 두 번 웃었고, 살살 쳐도 될 것을 공연히 농담을 섞어가며 힘을 주어 카드를 쳐댔다.

지월실이 역시 곧장 양 볼에 보조개를 지으며 생글생글 웃었고, 혹시나 질까 봐 필요 이상으로 안달을 했다.

여러 사람이 둘러앉아 하던 여느 일요일의 트럼프놀이보다 훨씬 더 신명이 났다.

처음 두어 번은 그냥 치다가, 나중에는 십패 때리기 내기를 하기로 했다. 이긴 사람이 진 사람의 손목을 한 대 때리는 것이다.

"좋아요, 좋아요."

지월실이 공연히 좋아서 호들갑을 떨었고,

"정신 바짝 차려. 월실이. 내 손때가 얼마나 매운 줄 알기나 해?"

하고 백 선생은 싱글싱글 웃었다.

트럼프놀이는 더욱 열을 올렸다.

지월실이는 기어이 이겨서 선생님의 손목을 아프게 때려 주어야겠다고 아등바등 덤볐다. 그러나 결국 지고 말았다.

"자, 월실이, 어서 손목을 내."

백 선생은 기분이 좋은 듯 오른손의 두 손가락에 곧장 입김을 묻혀댔다. 조금도 사정이 없다는 듯이.

"아이고 아이고……."

지월실이 맞기도 전에 엄살부터 떨며 한쪽 손목을 내밀었다.

백 선생은 지월실이의 손을 덥석 거머쥐고 교복 소맷자락을 밀어 올렸다.

"아이고, 선생님 선생님……."

그러나 소용이 없었다.

백 선생은 그녀의 그 포동포동하고 하얀 손목을 냅다 내리쳤다.

"아야!"

손목에 불이 번쩍하는 느낌이었다. 지월실이는 눈을 크게 그러나 곱게 한 번 흘기고 나서,

"좋아요. 어서 해요. 어서……."

이번에는 꼭 이겨서 보복을 하겠다는 듯이 이를 악물었다.

다시 트럼프는 열을 뽑었다.

그러나 이를 악문다고 해서 되는 게 아닌 듯 이번에도 지월실이가 졌다.

"어머나, 아이고 어쩌나!"

그녀는 곧 울상을 지었다.

"자, 어서 내. 어서."

백 선생은 재미가 좋다는 듯이 두 손가락을 입술로 가져가며 빙글 빙글 웃었다.

이번에는 아까보다 조금 사정을 두고 때리는 듯했다. 그러나 역시 손목이 얼얼할 지경이었다.

그런데 참 이상한 것은 그처럼 손목이 얼얼하도록 맞으면서도 결코 싫지가 않았다. 화끈화끈한 아픔이라고나 할까. 묘하게 기분이 좋고, 온몸에 야릇한 열이 오르는 것 같기도 했다.

"자, 어서 해요. 이번에는, 이번에는……."

기어이 이겨서 보기 좋게 설욕을 해야겠다는 듯이 그녀는 도사렸다.

마침내 지월실이가 이겼다.

"야! 신난다. 어서 내요, 어서요."

그녀는 좋아서 어쩔 줄을 몰랐다.

백 선생은 히죽 웃으면서,

"자, 때려 봐."

하고 불끈 주먹을 쥔 팔뚝을 내밀었다.

까짓것 조금도 두렵지 않다는 듯이.

힘줄이 불끈불끈 내돋은 백 선생의 팔뚝은 마치 장작개비 같았고, 주먹은 꼭 돌 뭉치 같았다.

그 돌 뭉치 같은 주먹을 지월실의 하얗고 부드러운 손이 살그머니 잡았다. 그리고 힘껏 때렸다.

찰칵! 제법 야무진 소리가 났다.

그러나 백 선생은 아무렇지도 않은 듯 싱그레 웃으면서 말했다.

"약간 따끔하군. 오히려 기분이 좋은데……. 자, 또 하자."

이제 자신이 있다는 듯이 지월실이는 하얀 덧니를 살짝 드러내며 카드를 자기가 치기 시작했다. 이긴 사람이 카드를 쳐서 나누는 것이었다.

이렇게 서로 이기기도 하고 지기도 하면서 화끈화끈한 아픔을 즐겨 나가다가였다.

백 선생이 져서 지월실이가 때릴 차례였다. 백 선생은 문득 재미있는 수작이 머리에 떠올랐다. 졌다고 해서 그냥 순순히 맞아 준다는 것은 이제 좀 싱거웠다. 그래서 때리는 쪽이 오히려 아프도록 해 주어야겠다는 생각이었다.

아닌 게 아니라 지월실이는 백 선생의 손목을 냅다 때리고 나더니,

"아야야!"

오히려 자기가 아파서 못 견디겠다는 듯 비명을 질렀다.

그녀가 때리는 순간 백 선생은 팔뚝을 살짝 옆으로 돌렸던 것이다. 그래서 팔뚝의 불거진 뼈를 냅다 때린 셈이니 때린 쪽이 오히려 아플 수밖에.

"으흠─"

백 선생은 기분 매우 좋다는 듯이 싱글벙글했다.

그냥 가만히 있을 지월실이가 아니었다.

"안 돼요, 안 돼요. 다시요. 다시요, 다시요……."

"어허— 어허—"

"반칙이에요. 반칙. 안 돼요. 새로요. 새로요……."

사실 그것은 반칙인 셈이었다.

지월실이는 기어이 새로 때려야지 안 된다고 안달을 했다. 백 선생의 손을 도로 잡으려고 마구 달려들었다. 부끄럼이고 뭐고 그런 것 생각할 겨를도 없었다.

지월실이가 그렇게 떼를 쓰며 덤비는 것이 오히려 기분 좋기만 한 듯 백 선생은 곧장 싱글싱글 웃으면서 팔목을 뒤로 감추어 댔다.

뒤로 감추어 대는 그 팔목을 지월실이는 한사코 잡아서 앞으로 끌어내려고 벌겋게 달아서 야단이었다. 마구 백 선생의 몸에 자기 몸이 닿아도 상관이 없는 듯했다. 어쩌면 기어이 새로 때리고 싶어서 그런다기보다도 그렇게 떼를 쓰는 것이 기분이 좋아 그러는 것만 같았다.

그럴수록 백 선생은 더욱 재미가 나는 듯 몸을 뒤로 젖혀 가며 팔목을 안 내놓았다.

슬그머니 뒤로 기울어지는 백 선생의 몸뚱이 위로 지월실이는 그만 덮치듯이 대들었다. 가슴과 가슴이 맞닿고 얼굴과 얼굴이 맞닿을 지경이 되었다.

순간 백 선생은 두 눈에 야릇한 빛이 번뜩였고, 벌겋게 얼굴이 달아올랐다. 그리고 별안간 숨이 거칠어지며 가슴 위로 덮쳐온 지월실이를 덥석 안아 버리는 것이었다.

좍— 바깥에서는 비가 더욱 기세 좋게 쏟아지고 있었다.

"그래서 그만 그날……."

지월실이는 다음을 이야기하기가 매우 쑥스러운 듯 살짝 얼굴을 붉힌다.

"아, 그래요?"

노수인은 약간 놀라는 듯한 표정이 된다. 다음 이야기를 듣지 않아도 대뜸 알겠는 것이다.

그러나 그는 곧 고개를 끄덕이며 씩 웃는다. 그럴 수도 있을 것이라는 듯이.

아무리 선생과 학생, 스승과 제자 사이라고는 하지만, 그런 분위기 속에서 그런 식으로 단둘이 어울린다면 그렇게 될 수도 있는 일일 것이다.

결국은 남자와 여자 사이니까. 유죄는 분위기, 특히 가을 빗소리였다고나 할까. 혹은 트럼프놀이였다고나 할까.

아무튼 무척 놀라운 사실을 그녀로부터 들은 셈이다. 어쩌면 자신의 가장 부끄럽고 창피한 과거사라고도 할 수 있는 그런 이야기를 서슴없이 털어놓는 그녀가 놀랍게 생각되기도 해서 노수인은 지월실을 새삼스럽게 바라본다.

그녀는 쑥스러운 표정이긴 하나, 어딘지 모르게 단단히 각오를 한 것 같은 그런 기색이 엿보인다. 자기의 과거를 죄다 털어놓아야겠다고 마음을 먹은 모양이다. 이제 노수인에게 숨길 것이 뭐 있으며, 숨겨서는 안 된다고 생각한 것 같다.

솔직히 과거를 털어놓는다는 것은 자기의 전부를 공개하는 것과 다름이 없는 것이다. 그리고 그것은 그에 대한 진지한 애정의 표시이기도 한 것이다.

그와 자기와의 사이에 이제 조금도 서먹한 구석이 남아 있어서는 안 된다. 간밤의 그 뜨거운 결합이 결코 일시적인 들뜬 기분에서 이루어진 불장난이 아니라는 것을 확실히 인식시켜야 한다. 그래서 앞으로의 자기의 운명과 그의 운명을 동아줄로 한데 단단히 묶어야 하는 것이다.

지월실은 잠시 말없이 걷다가, 손수건으로 땀을 씻고 나서 다시 입을 연다. 마음을 더욱 굳게 다진 모양이다.

"그런데, 그게 그만 임신이 됐지 뭐예요."

"그래요?"

노수인은 좀 어이가 없는 듯한 표정이다. 그러나 곧 히죽 웃는다.

지월실은 속으로 몹시 창피한 생각이 들었다. 혹시 노수인이 자기를 멸시의 눈으로 보기라도 하면 어쩌나 싶기도 했다. 그러나 그럴수록 침착한 얼굴로 진지하게 이야기를 해야 된다고 생각한다.

"처음엔 임신인 줄을 전혀 몰랐어요. 그저 시들시들 아프기에 어디 몸이 좀 나빠진 줄 알았죠."

"허허허……."

"겨울방학이 돼서야 혹시 임신이 아닌가 싶더군요. 아무래도 그런 것 같아요. 그러나 겁이 나서 아무한테도 이야길 할 수가 있어야죠. 어머니한테도 그런 말을 못 하고, 혼자 속으로 꿍꿍 앓기만 했어요."

"백 선생한테도 이야길 안 했어요?"

"예."

"왜요? 이야길 해야지, 애 아빤데……."

그러자 지월실은 그만 얼굴이 홍당무처럼 붉어지며 킥! 웃는다.

애 아빠라는 말이 몹시 창피하면서도 우습게 들리는 모양이다. 그리고 노수인이 약간 모멸의 뜻으로 그렇게 말하는 것이 아닌가 싶어 힐끗 그의 표정을 살핀다.

그러나 모멸의 뜻은 아닌 것 같다.

"그럼 백 선생과 그날 한 번밖에…… 그 후엔 전혀 만나지 않았어요?"

노수인은 조심스럽게 묻는다.

순간 지월실의 얼굴에 당황하는 빛이 떠오른다. 지나친 질문이라는 생각이 드는 모양이다. 그렇게까지 묻는 법이 어디 있느냐는 듯이 약간 불쾌한 기색까지 어린다.

그러나 그녀는 얼른 그런 표정을 싹 씻어버리고는,

"예, 그 후엔 만나지 않았어요."

분명한 어조로 말한다.

노수인은 말없이 고개를 끄덕인다. 그러나 속으로는 히죽 웃는다. 그럴 리가 만무하다는 생각이 드는 것이다. 강간을 당한 것도 아닌데, 그 후 전혀 안 만나다니, 그럴 턱이 없는 것이다. 그 나이에 단 한 번으로 임신이 되다니 믿어지지가 않는 이야기다.

그렇게 생각하니 어쩐지 그녀가 별안간 요녀처럼 느껴진다. 여학생의 신분으로 다른 사람도 아닌 바로 자기네 학교 선생과 관계를 거듭해서 아이를 갖게 되다니…… 아무래도 보통내기가 아닌 것처럼 생각된다.

다른 여학생들과의 동행을 피하고, 혼자 살금살금 선생 하숙을 찾아가는 그녀. 낮보다도 주로 밤으로 살금살금 찾아가 만나는 그녀. 선생의 품 안에 안겨 아양을 떨다가 자지러지는 그녀. 그래서 결국 아랫배가 차츰 도도록하게 불러 오르는 그녀…….

노수인은 그만 야릇한 심정이 되며 뜨거운 침이 한 덩어리 자기도 모르게 꿀꺽 넘어간다. 아무래도 그랬을 것같이 생각되는 것이다. 슬그머니 어떤 시샘 같은 것이 머리를 쳐들기도 한다.

그러나 지월실은 노수인이 그렇게 생각하거나 말거나 상관없다는 듯이 이야기를 계속한다.

"결국 나중엔 어머니가 알게 됐어요. 졸업할 무렵에는 배가 제법 남의 눈에 띨 정도가 됐으니 알게 될 수밖에요."

"그래, 어머니가 뭐랍디까?"

"짓궂게 그런 질문은 하지 마세요. 어머니와 함께 산부인과에 가 봤으나 이미 시기가 늦었다는 거예요. 그래서 결국 아버지도 알게 되고, 야단이 났죠. 죽고 싶은 생각밖에 없더군요. 상대가 누구냐고 캐묻는 데는 정말…….'

"허허허…….'

"그런데 상대가 누구라는 것을 알고는 웬일인지 아버지보다 어머니가 더 펄펄 뛰고 잡아 죽일 듯이 야단법석이었어요. 나는 아버지한테 맞아 죽을 줄 알았는데, 의외로 아버지는 관대하시더군요."

"어떡합니까? 엎질러진 물…….'

"남자분들이 역시 좀 다른가 봐요. 결국 아버지가 나서서 일을 수습하시더군요."

"어떻게요?"

"어떻게는 뭘 어떻게요. 결혼식을 올리는 거죠."

"……"

"아버지보다도 그분이 더 서두시던데요. 결혼식을…….'

"그분······?"

"아이 참."

그녀는 눈을 힐끔 흘긴다.

"아, 예예, 난 또······ 허허허······."

노수인은 멋쩍은 듯이 웃는다.

이제 그녀의 결혼에 대한 궁금증은 풀린 셈이다. 그러나 아직 궁금한 점은 남아 있다. 남편, 즉 백 선생이 왜 죽었는가 하는 점도 궁금하다. 병사였는지, 혹은 무슨 사고사로 죽었는지······.

그리고 그것보다도 먼저 궁금한 것은 야구빳다와의 관계다. 야구빳다와의 관계는 어느 정도였는지 알고 싶은 것이다.

노수인은 조심스레 묻는다.

"그럼 야구빳다와는 그저 의형제로 끝났었군요?"

야구빳다와의 관계를 질문받자, 지월실은 웬일인지 몹시 난처하고 언짢은 표정을 짓는다. 그 표정으로 보아 아마 그저 의형제로 끝났던 것 같지가 않다. 그와의 사이에도 어떤 깊은 관계가 있었던 것일까? 그렇지 않다면 왜 그렇게 싫은 표정을 짓는 것일까? 노수인은 바짝 더 궁금증이 동한다.

그저께 처음 만나서 계림 숲을 거닐면서 "오빠는 요즘 뭘 하십니까? 왜 오빠 있었잖아요. 의오빠, 야구빳다 말입니다." 하고 그의 말을 꺼냈을 때도 그만 표정이 굳어져 버리더니 말이다. 그래서 그때는 속으로 혹시 야구빳다와 결혼한 것이 아닐까? 그렇다면 야구빳다는 그녀의 죽은 남편이니, 그녀의 가장 아픈 데를 건드린 셈이라고 얼른 말머리를 돌렸던 것이다.

이제야 야구빳다와 결혼을 하지는 않았다는 것을 알았지만, 서로의 관계가 어떠했는지는 알 수가 없는 것이다.

그러나 지월실은 그에 대한 대답은 하질 않고 엉뚱하게,

"어머나! 이게 뭐예요?"

하고 깜짝 놀라듯이 말한다.

안개를 보고 그러는 것이다.

언제 끼었는지 사방에 안개가 자욱이 서려 있었다. 이야기를 나누느라고 안개가 서리는 줄도 몰랐던 것이다.

"글쎄, 안개가 끼었군."

"산길에 안개가 끼니 어쩐지 더 호젓한 것 같군요."

"안개가 새로 낀 게 아니라, 끼어 있는 안개 속으로 우리가 들어온 것이지. 산허리에 아까부터 안갠지 구름인지 알 수가 없는 그런 것이 끼어 있더군요."

"그래요?"

산길의 고도가 차츰 높아지자, 그들은 안개 속으로 들어선 것이다.

잠시 말없이 걷던 지월실이 불쑥 내뱉듯이 말한다.

"야구빳다는 자살을 했어요."

"자살을 하다뇨? 왜요?"

노수인은 눈이 휘둥그레졌다.

"모르겠어요. 공연히 자살을 하대요."

"공연히 자살을 하다니……."

"……."

지월실이의 표정이 굳어진다. 난처하고 약간 두렵기까지 한 그런 낯빛이다.

"자살을 언제 했어요?"

“저…… 내가 결혼을 하자…….”

말끝을 흐려 버린다. 어쩐지 목소리가 좀 떨리는 것 같다.

“그래요? 흠—”

노수인은 그것으로 모든 것을 다 알 수 있는 듯했다. 굳이 자세한 이야기를 들을 필요가 없었다. 들으나 마나 뻔한 것이다.

실연의 아픔을 견디지 못해 자살을 한 것이 아니고 무엇이겠는가. 뜻밖에도 백 선생과 결혼을 하자 너무나 충격이 컸던 모양이다.

그렇다고 자살을 하다니…… 못난 녀석이라는 생각이 든다. 사내대장부가 계집애 하나 때문에 자기의 목숨을 끊어버리다니…… 말이 아닌 것이다.

그러면서도 한편 그가 측은하게 여겨지고, 그에 대한 인식이 달라지는 듯했다. 야구배트나 들고 다니며 걸핏하면 하급생을 개 패듯이 패던 고약한 녀석이라고만 생각했었는데, 그런 거칠고 껄렁껄렁한 녀석의 어디에 그처럼 짙은 순정이 깃들어 있었던가 말이다. 사람이란 역시 겉으로만은 알 수가 없는 것이로구나 싶었다.

노수인은 고개를 끄덕거리고 나서 아무래도 한마디 더 안 물어볼 수가 없었다.

“관계가 아주 깊었던 모양이죠?”

그러자 지월실은 펄쩍 뛴다.

“관계라뇨? 아무 관계도 없었어요. 자기가 혼자서 야단이었죠. 난 조금도…….”

“그래요? 그럼 짝사랑을 했던 셈이군.”

“…….”

“짝사랑을 하다가 자살을 하다니……, 그 사람 참…….”

순진하다고 해야 할지, 뭐라고 해야 할지 모르겠는 듯 노수인은 비식 웃는다. 그건 그렇고 백 선생의 죽음이 이제 궁금한 듯,

"저…… 백 선생께서는 어디가 아프셨던가요?"

조심스레 지월실을 바라본다.

"아프셨던 게 아니라……."

그녀의 얼굴에 긴장감이라 할까, 결의 같은 것이 떠오른다. 무척 이야기하기가 힘든 모양이다. 그러나 솔직하게 다 이야기하겠다는 그런 표정이다.

"그분 술이 아주 과하셨어요."

"아 그래요? 그럼 술 때문에 무슨 사고라도……?"

"사고라기보다도…… 사고라면 사고라고도 할 수 있겠죠. 그날 밤도 술이 만취가 되어 들어 오셨으니까요."

이야기를 하다가,

"어머나!"

그녀가 또 깜짝 놀란다.

"안개가 왜 이래요?"

"글쎄, 굉장하군요."

별안간 쏴― 소리를 내면서 더욱 짙은 안개가 마치 거대한 파도처럼 산 위에서 쏟아져 내려오는 것이 아닌가. 안개라기보다도 어쩌면 구름이라고 하는 편이 옳을 것 같다.

앞이 불과 저만큼밖에 보이지 않는다.

"아이 무서워."

"무섭긴……."

지월실은 그만 노수인에게 바싹 다가붙으며 팔 하나를 붙든다.

"자, 어서 이야기해 봐요."

노수인은 빙그레 웃는다.

"그러니까 결혼한 이듬해였어요. 늦은 봄이었죠. 5월 4일이었어요. 날짜도 분명하죠."

"……."

노수인은 어쩐지 좀 긴장이 되는 느낌이다.

"그날 학교에서 소풍을 갔었어요. 그런데 밤늦게 만취가 되어 돌아오시더니……."

지월실은 싸늘하게 보일 정도로 가라앉은 얼굴로 이야기를 해 나간다.

…… 만취가 되어 돌아온 백 선생은 무슨 기분 좋은 일이라도 있었던 듯 마루에서 덩실덩실 한바탕 춤을 추는 것이었다.

백 선생은 술버릇이 좋지 않은 편이었다. 만취가 되어 돌아오면 그냥 곱게 자는 일이 별로 없었다. 무슨 주정을 해도 한바탕 주정을 해야만 직성이 풀리는 모양이었다.

어떤 때는 아내를 마치 유곽의 창기 다루듯 했다.

"월실아! 일어서!"

냅다 고함을 지르면 지월실은 고양이 앞의 쥐처럼 꼼짝을 못 했다.

그럴 때의 그들의 관계는 남편과 아내의 관계라기보다는 선생과 학생의 관계라고 하는 편이 옳을 것이다. 남편의 명령에 맞설 수가 있지만, 선생의 명령에는 맞설 수가 없는 것이다. 선생의 명령을 거역할 수 없는 학생처럼 지월실은 하라는 대로 했다.

"옷을 벗어! 전부 다! 홀랑홀랑……."

지월실은 어처구니가 없었다. 그러나 역시 하라는 대로 하는 수밖에 도리가 없었다. 거역할 수 없는 선생의 명령이기도 하지만, 그것 보다도 실상은 그 헤아릴 길이 없는 황당한 취기가 겁나는 것이었다. 만일 시키는 대로 안 하면 어떤 날벼락이 떨어질지 모르는 일이니. 차라리 순순히 응하는 편이 현명하다는 것을 그녀는 겪어서 알고 있었다.

환한 전깃불 아래 실오라기 하나 걸치지 않은 지월실의 알몸이 드러나면 백 선생은 기분이 매우 좋은 듯,

"허허허 허허허…… 됐어 됐어. 좋아 좋아……."

벌겋게 웃어댔다.

그리고 이번에는 자기도 옷을 한 가지 한 가지 훌렁훌렁 벗어 던지는 것이었다. 그래서 결국 자기도 실오라기 하나 걸치지 않은 알몸이 되어 그녀의 알몸으로 비틀비틀 다가가는 것이다. 마치 에덴동산의 아담이 이브에게로 다가가듯이.

환한 불빛 아래서 백 선생은 술기가 가시면서 갈증이 날 무렵까지 지월실의 알몸을 제멋대로 가지고 노는 것이다.

그날 밤도 역시 덩실덩실 한바탕 마루에서 춤을 추고 나서 방으로 들어온 백 선생은

"일어서란 말이야! 일어서!"

냅다 고함을 질렀다. 그리고,

"못 알아듣겠니? 야, 월실아! 못 알아듣겠어?"

하고 노려보는 것이 아닌가.

초점이 흐려진 듯한 눈이 덜컥 겁이 나, 지월실은 슬그머니 일어섰다.

"일어서기만 하면 뭘 해. 다음은 어떻게 하는지 모르겠니? 이 바보

야! 옷을 입고 서 있으면 어떡하느냐 말이야!”

“······.”

지월실은 아무 군소리 없이 얼른얼른 옷을 벗기 시작했다.

“암, 그래야지, 그래야지. 허허허 허허허…… 우리 마누라가 최고야, 최고.”

그러면서 백 선생이 또 덩실덩실 춤을 추기 시작했다.

지월실의 허옇고 부드러운 알몸이 드러나자, 백 선생은 덩실덩실 추던 춤을 멈추고 황홀한 듯이 아내의 누드를 멀뚱히 바라보는 것이었다. 마치 넋을 잃은 도깨비처럼.

“허허허 허허허…….”

웃으면서 전깃불 아래 두 개의 나체가 우뚝 마주섰다.

백 선생의 얼굴에는 온통 벌건 웃음이 피어 있었고, 지월실의 얼굴에도 약간 어이가 없는 듯하면서도 그렇다고 전혀 싫은 것도 아닌 그런 표정이었다.

그런 해괴망측한 꼴을 처음 당했을 때 지월실은 절로 이맛살이 찡그려지고 싫기만 했지만 차차 그런 일이 거듭되자 무조건 싫은 것만은 아니었다. 환한 전깃불 밑이라 역시 쑥스럽고 얄궂긴 했지만, 그러나 한편 묘하게 기분이 괜찮기도 했다. 불만 꺼버린다면 오히려 마다할 게 없을 것 같았다. 색다른 쾌감 같은 것이 느껴진다고나 할까.

지월실의 미소를 향해 백 선생의 벌건 웃음이 다가갔다. 그리고 두 개의 알몸뚱이가 어울려 휘감겼다.

얼마나 지났을까. 지월실은 꿈결을 헤매듯이 헤매고 있었다. 천장에 매달린 환한 전깃불이 흔들리고 있었다. 그 흔들리는 전깃불을 물끄러미 바라보다가는 눈을 감고, 눈을 감았다가는 다시 떠서 바라보고…… 그러기를 벌써 얼마나 계속했는지 알 수가 없었다.

그녀는 약간 지루하다는 생각이 들었다. 이제 그만 열기에서 헤어나고 싶었다. 잠을 좀 잤으면 싶었다.

그러나 백 선생은 단념을 않고 있었다. 온몸에 땀이 끈적끈적 내배고 있었으나, 아랑곳없이 계속 더운 숨을 내뿜고 있었다. 정상으로 오르는 길이 너무 가파르고 미끄러워서 좀처럼 정복을 못하고 애를 먹고 있는 모양이었다.

그렇게 헐떡거리던 백 선생은 별안간 온몸에 경련이라도 일어나는 듯 바짝 굳어지며 냅다 소리를 질렀다.

"아아아, 아윽! 아윽!"

그러나 그것은 쾌감에서 나오는 소리가 아닌 듯했다. 고통에서 나오는 소리 같았다. 쥐어짜는 듯, 혹은 숨이 칵 막히는 듯한 그런 소리였다.

아닌 게 아니라 백 선생은 온몸을 바르르 떨고 있었다.

"으으으으, 으윽 으윽……."

곧 넘어가는 듯한 신음 소리였다.

지월실은 처음에는 그저 여느 때의 그런 소린 줄만 알았다. 그러나 곧 심상치 않은 일이라는 것을 알아차리고,

"어머나!"

소스라치게 놀라며 몸을 일으켰다.

그러자 백 선생은 그녀의 몸 위에서 힘없이 방바닥으로 굴러 떨어졌다.

"으윽 으윽, 으으으 흐흐흐……."

신음 소리도 차츰 힘을 잃어가고 있었다.

“아이고! 이게 무슨 일이야! 이게 이게……”

지월실은 정신이 하나도 없었다. 옷을 대강대강 주워 입기가 무섭게 밖으로 내달았다.

병원 문을 두들겨서 잠자는 의사를 깨워 가지고 돌아왔을 때는 이미 때가 늦어 있었다.

“어머머, 아이고! 아이고!”

지월실은 그만 그 자리에 풀썩 무너지듯 주저앉아 버리고 말았다.

“하하— 쯧쯧……”

의사도 그저 혀를 차며 멀뚱히 서 있을 따름이었다.

“그렇게 어처구니없게 돌아가시고 말았어요.”

“흠— 그것 참, 심장마비였던 모양이죠?”

“예.”

지월실은 나직이 한숨을 한 번 쉰다. 그리고 힐끗 노수인의 표정을 살핀다. 그녀의 얼굴엔 어떤 두려움이라 할까, 불길한 과거를 회상한 다음의 우울한 그늘 같은 것이 서려 있다.

그녀는 그때 그 일을 생각하면 지금도 등골이 으스스해진다. 천장에 매달린 환한 전깃불, 환한 전깃불 밑에서의 해괴한 장면, 난데없는 괴성, 신음 소리, 그리고 천장을 향해 두 눈을 허옇게 뒤집고 굳어져 버린 얼굴…… 지금도 그 장면이 눈앞에 선한 것이다. 정말 평생을 두고 씻어지지가 않을 그런 악몽 같은 기억인 것이다.

“알겠어요, 알겠어요.”

노수인이 별안간 고개를 끄덕인다.

“예?”

지월실은 무슨 영문인지 싶어 노수인을 멀뚱히 바라본다.

"왜 당신이 밤에 무섭다고 했는지, 그 이유를 알겠단 말입니다."

"……."

"그런 일이 있었으니……."

"이제 아시겠죠?"

왜 지월실이 그저께 밤에 행위 직전에 "아이 싫어요!" 하고 무서워서 벌떡 일어났었는지, 그리고 간밤에도 행위 중에 "무서워요. 아이 무서워, 아이 무서워……." 하고 머릿속에 떠오른 어떤 영상을 떨쳐버리기라도 하려는 것처럼 이맛살을 찌푸리고 곧장 고개를 내둘렀는지, 이제 그 까닭이 밝혀진 셈이다.

그녀를 엄습해 온 어떤 공포감, 강박관념. 그것은 바로 십몇 년 전 그날 밤의 무서움이 되살아난 것이었으며, 그녀의 머릿속에 떠오른 어떤 영상은 다름 아닌 남편의 얼굴, 그 허옇게 두 눈을 뒤집고 굳어진 얼굴이었던 것이다.

"재미있고 무서운 옛날이야기 이제 끝났어요."

지월실은 살짝 웃는다.

"예, 정말 재미있고 무섭기도 한 옛날이야기군요."

노수인은 일부러 아무렇지도 않은 얼굴로 가볍게 말한다. 그러나 결코 기분이 가벼운 것은 아니다.

어쩐지 지월실이 새삼스럽게 바라보여진다. 참 끔찍한 과거를 가진 여자라는 생각이 든다. 인생의 출발이라고도 할 수 있는 결혼이 그처럼 어처구니없는 비극으로 덧없이 끝나버리다니. 흔한 말로 팔자도 참 기박한 여자라고 아니할 수가 없다.

그리고 어쩌면 그녀가 무슨 흉측한 별에 태어난 여자가 아닌가 싶기도 하다. 남편이 그처럼 복상사를 했을 뿐 아니라, 그녀를 사랑하던 남자까지 자살을 했다니 말이다. 그녀의 잘못은 아니지만 그러나 어쨌든 그녀로 인해서 두 남자의 목숨이 없어져 버린 셈이니, 그녀가 결코 좋은 별에 태어난 여자가 아닌 것만은 분명하다.

그리고 또 한 가지 풀린 수수께끼는 그녀가 십몇 년 동안 아들 하나를 키우며 곱게 혼자 살 수 있었다는 점이다. 그만한 용모이고 보면 여러 남자가 군침을 흘렸을 터인데, 그 유혹의 손길을 잘 뿌리칠 수 있었던 까닭을 알겠는 것이다. 말하자면 그녀는 남편 공포증이라 할까, 성교 공포증이라 할까, 그런 것에 걸려 있었던 것이다. 남편이니 성교니 하는 것은 곧 그녀에게는 그 끔찍한 밤의 복상사를 의미했던 것이다.

"이제 당신이 옛날이야기 한 번 해 보세요."

지월실이 웃으면서 말한다.

"난 옛날이야기가 없는데요."

"그럴 리가…… 남자들이 여자들보다 훨씬 재미있는 이야기가 많을 텐데요."

"글쎄…… 다른 남자들은 그런지 모르지만, 난 워낙 품행이 단정한 사람이 돼서……."

"호호호……."

"왜 웃어요?"

"품행이 단정한 사람이 학생 때부터 그렇게 연애편질 써 가지고 남을 못살게 찾아다녔나요?"

"허허허…… 그때는 좀 단정하지 못했던가 봐요. 그러나 그런 일이 있은 뒤론 그저 일편단심 그 세일러복의 소녀만 마음속에 간직하고서……."

"피— 거짓말쟁이."

"허허, 거짓말이 아닙니다."

"남자는 우산하고 거짓말을 언제나 가지고 다닌다더니……."

"우산하고 거짓말을 언제나 가지고 다니다니?"

"왜 그런 말이 있잖아요. 남자는 항상 돌아다니고 항상 거짓말을 한다는 뜻이겠죠. 여자의 입장에서 보면……."

"그것참 재미있는 말인데……. 남자는 항상 우산하고 거짓말을 가지고 다닌다……. 헛헛헛……."

노수인의 웃는 소리가 안개 속으로 메아리가 되어 퍼진다.

"연애결혼 하셨어요?"

지월실이 쳐다보며 묻는다.

"아니요. 품행이 단정한 사람이 어떻게 연애결혼을 합니까?"

"그러지 마시고 이야기해 봐요."

"중매결혼이었어요."

"정말이에요?"

"예, 정말입니다. 이모가 중매를 했었죠."

"그래요?"

그녀는 어쩐지 기쁜 기색이 떠오른다. 자기의 첫사랑의 남자가 연애결혼을 한 게 아니라, 중매결혼을 했다는 사실이 공연히 기분이 좋은 모양이다. 그렇다면 이제 더 알 게 없다는 듯이,

"안개가 좀 엷어지는 것 같죠?"

하고 그녀는 딴소리를 꺼낸다.

두어 군데 앉아 쉬고, 그들은 마침내 산마루에 올라섰다.

말하자면 그들은 토함산 고개를 오르면서 서로의 과거를 털어놓은 셈이다. 노수인은 별로 털어놓은 것도 없지만…… 좌우간 이제 두 사람 사이에 큰 궁금증은 없어진 것이다.

"아— 시원하군."

"정말 이제 살 것 같군요."

산마루엔 시원한 바람이 불고 있었다.

그들은 얼굴에 내밴 땀을 닦았다.

우중충한 과거사를 털어놓아서 그런지 지월실은 정말 시원하고, 이제 살 것 같았다.

희한하게도 산마루에는 안개가 끼어 있지 않았다. 바람에 날려서 안개가 구름처럼 덩어리가 되어 산 아래로 흘러내려간 것이었다.

온통 눈 아래는 안개와 구름의 바다였다. 그러니까 안개와 구름의 바다에 산이 섬처럼 떠 있는 것 같았다. 장관이었다. 석굴암으로 가는 길을 두 사람이 나란히 걷기 시작했다.

2일 생활권

바다가 보이는 창변이다.

지월실은 창변에 앉아 편지를 쓰고 있다.

아이들이 다 돌아가고 난 후의 교실은 조용하고 아늑하기까지 하다. 창으로 따스한 햇살이 흘러든다.

지월실은 경주에 다녀온 뒤로 방과 후면 곧잘 교실 창에 앉아 하염없이 창밖을 내다보는 버릇이 생겼다.

바다, 배, 갈매기, 수평선, 구름, 그리고 뭍의 많은 집들…… 창밖으로 내다보이는 풍경은 전과 조금도 다름이 없는데, 어쩐지 그 풍경이 그녀에게는 이제 새로운 의미를 지니고 있는 것처럼 느껴진다. 전에는 그저 시시하고 무의미하기만 하던 풍경이 이제 어떤 즐거움을 지니고 있는 것처럼 보이는 것이다. 전에는 회색을 기조로 한 그림처럼 보였다면, 이제 원색으로 그린 그림처럼 생동감이 넘쳐 보인다고나 할까.

공연히 가슴이 부풀어 오르고 마음이 설렌다.

삶의 의미가 달라진 셈이니 그럴 수밖에.

경주에서의 일을 생각하면 마치 꿈만 같다. 그렇게 홀연히 나타난 노수인, 이십 년 만의 재회, 그와의 황홀한 정사…… 마치 거짓말인 것 같다.

그런 생각이 들면 그녀는 못 견디게 안타까워지고, 허전해지고, 그리워진다. 짜릿하게 몸이 떨리기도 한다.

그럴 때면 그녀는 펜을 드는 것이다. 사무치는 그리움을 종이 위에 쏟아놓아야만 살겠는 것이다.

창밖을 내다보는 버릇과 함께 편지 쓰는 버릇도 생긴 셈이다.

그러니까 그녀는 거의 매일 방과 후 교실 창변에 앉아 편지를 쓰는 것이다. 그러나 그것을 매일 부치는 것은 아니다. 사흘이나 나흘 만에 한 번씩 부친다. 그동안 쓴 것을 한데 넣어 부치는 것이다. 말하자면 그날그날의 일기를 써서 노수인에게 부치는 셈이라고나 할까? 절절한 그리움이 담긴 일기를 말이다.

그리고 그의 편지를 기다리는 것도 요즘의 즐거움이다. 편지를 기다리는 것은 초조한 즐거움이라고 할 수 있다. 그리고 편지를 받았을 때의 즐거움은 터질 듯한 즐거움인 것이다.

오늘도 창변에 앉아 하루의 그리움을 일기 쓰듯 쓰고 있는데, 교실 문이 열린다.

"지 선생님, 전화 왔심더."

사환 아이다.

"그래?"

지월실은 얼른 펜을 놓고, 자리에서 일어난다.

"서울에서 왔심더."

"뭐? 서울에서……."

그녀는 귀가 번쩍 하는 모양이다. 얼굴에 활짝 웃음이 피어오른다.

그럴 수밖에 없다. 서울이라면 틀림없이 노수인인 것이다. 오늘은 편지가 아니라, 직접 전화가 온 것이다.

찰딱찰딱 슬리퍼를 끌며 교무실 쪽으로 잰걸음 치는 그녀는 걷잡을 수 없이 가슴이 설렌다.

"아, 여보세요."

수화기를 든 지월실의 손이 가늘게 떨린다.

"지 선생입니까?"

"예."

"나 노 선생이요, 노 선생."

"호호호……."

지월실은 그저 좋아서 못 견디겠는 듯 절로 웃음부터 나온다.

"내일 토요일이지?"

"예."

"내일 무슨 약속한 일 없소?"

"왜요?"

"내일 내가 갈까 하는데…… 부산으로……."

"어머, 그래요? 호호호……."

그녀는 좋아서 웃지 않고는 못 배기겠는 모양이다.

"무슨 약속 없소?"

"약속은 무슨 약속이에요. 설사 약속이 있다 하더라도 그런 것 다 취소하는 거죠 뭐. 별 걱정을 다……."

"허허허…… 그럼 내일 오후 두 시경 고속버스로 내려가겠소."

"그럼…… 여섯 시간 걸리니까, 여덟 시경에 도착하시겠군요."

"그렇지. 그런데 어디서 만날까?"

"염려 마세요. 내가 터미널에 가서 기다릴 테니……."

"그럼 내일……."

"꼭 오세요."

"물론."

수화기를 놓고 지월실이 돌아서자, 남선생 하나가,

"지 선생, 무슨 좋은 일이 있는 모양이죠?"

싱글 웃는다.

"좋은 일은 무슨 좋은 일요?"

그러나 그녀는 얼굴이 살짝 붉어진다.

"아무래도 무슨 좋은 일이 있는 것 같은데요. 얼굴이 붉어지는 걸
보니……."

"호호호……."

"솔직히 고백하세요."

"어머머……."

그녀는 마치 도망이라도 치듯 총총히 교무실을 나가려 한다.

그때 때르르— 또 전화벨이 울린다.

전화를 받은 사환 아이가,

"잠깐 기다리이소."

하고 빙글 웃는다. 그리고 냅다 소리를 지른다.

"지 선생님, 또 전화 왔심더!"

지월실은 돌아와 다시 수화기를 든다.

"아, 여보세요."

"지 선생님이십니꼬?"

"예, 누구십니까?"

"저…… 최상탭니더. 혜림이 아버지……."

"예, 웬일이세요?"

기성복 대리점을 하는 학부모인 것이다.

"저…… 다름이 아니라, 지 선생님한테 뭐 좀 상의 말씀 드릴 끼 있어서……."

"무슨 일인데요?"

"혜림이에 관한 일입니더."

"어디 무슨 일인지 말씀해 보세요."

"전화로는 말씀드리기가 좀……."

"……."

"미안합니다만…… 오늘 시간 좀 내주실 수 없을까요?"

"시간요? 그러죠 뭐."

그녀는 간단히 대답해 버린다. 여느 때 같으면 그렇게 간단하게 승낙을 안 하는 성미인데, 오늘은 노수인의 전화를 받은 뒤라 기분이 좋아 수월하게 대답이 나와 버린 것이다.

"아, 고맙심더. 그럼 내가 학교 근처로 가죠. 학교 앞에 그 무슨 다방이던가요? 전에 한 번 만났던……."

"금잔디 다방이죠."

"맞심더 금잔디 다방…… 거기서 기다리겠심더. 그런데 몇 시에 가면 될까요?"

"다섯 시 반이면 좋겠는데요."

"다섯 시 반? 그러죠. 그럼 다섯 시 반에 거기서 뵙겠심더."

"예, 예."

교실 창변에 돌아온 지월실은 공연히 가슴이 설레어 펜을 다시 들었지만 글이 쓰여지지가 않는다.

물론 학부모의 전화 때문에 그런 것은 아니다. 그런 것은 오히려 귀찮기만 하다.

내일이면 다시 노수인을 만나게 된다는 사실……. 생각만 해도 가슴이 울렁거리지 않을 수 없는 것이다.

그녀는 오늘 저녁에 목욕을 해야겠다고 생각한다.

그리고 히죽 웃으면서 펜을 도로 놓는다. 내일 만나게 되는데, 편지를 쓸 필요가 뭐 있는가 말이다.

창밖으로 시선을 보낸다.

눈부신 은빛으로 반짝거리는 수평선. 그 수평선을 향해 통통배가 퐁퐁퐁…… 동그란 연기를 하늘로 날리며 미끄러져 가고 있다. 마치 동화 속의 풍경 같다.

차차 작아지는 그 통통배를 바라보며 지월실은 내일 밤의 일을 생각해 본다. 만나서 어디로 가는 것이 좋을까? 내일은 자기가 주인인 셈이니, 자기가 안내를 해야 하는 것이다. 해운대로 갈까? 동래로 갈까? 아니면 송도로…… 그러지 말고 당당히 집으로 모실까?

이런 생각 저런 생각을 하고 있는데, 직원 종회를 알리는 벨이 울린다.

직원 종회를 마치고, 교무실을 나서면서 지월실은 손목시계를 본다. 종회가 여느 때보다 좀 길었던 것이다. 그녀는 잰걸음을 친다.

금잔디 다방은 이층이다.

계단을 올라 문을 열고 들어서니, 바른 입구 쪽에 학부모가 앉아
있다.

"아, 오십니꼬."

"예, 조금 늦었습니다. 종회가 늦어져서……."

"아, 예, 자, 어서 앉으시소."

지월실이 앞에 앉자, 최상태는 새삼스럽게,

"이렇게 시간을 내주셔서 정말 감사합니다."

인사를 한다.

"아이 별 말씀을……."

지월실은 속으로 약간 우습다.

지월실이 최상태와 만나는 것은 이것으로 세 번째였다.

처음 만난 것은 지난봄 학년 초였다. 새로 담임이 결정되면 학부
모들은 대개 담임선생을 찾아보게 마련인 것이다. 학교로 자녀의 담
임선생을 찾아오는 것은 거의 자모(姉母)들인데, 하루는 남자분이
찾아왔다. 그게 혜림이 아버지 최상태였다. 그래서 지월실은 내심 꽤
놀랍게 생각했다.

매우 성의가 있는 학부모라고. 알고 보니 그럴 수밖에 없었다. 환
경조사서에 혜림이는 어머니가 사망을 하고 없는 것이었다.

두 번째는 가정방문을 가서였다. 그때 뜻밖에도 최상태가 고등학
교 때 일 년 선배라는 것을 알았다. 무슨 이야기 끝에 출신학교 이야
기가 나왔던 것이다.

그러니까 최상태는 여느 학부모와는 좀 다른 것이라 은근히 친밀
감 같은 것이 느껴진다고나 할까.

그런데 최상태는 옛날 고등학교 때 후배라는 생각은 없고, 딸애의

담임선생이라고만 생각하는 듯 필요 이상으로 공손하기만 하니, 지월실은 속으로 어쩐지 우스울 수밖에.

"참, 축하 인사가 늦었심더."

"축하라뇨? 무슨……."

"신문에서 봤지요."

"예?"

"전번에 연구대회에서 상을 타셨던데요."

"호호호……."

참 재미있다. 벌써 두 주일이나 전의 일이 아닌가? 그 축하를 이제 하다니…… 커피를 마시고 나서 최상태는 밖으로 나가자고 일어섰다. 지월실도 따라 일어서는 수밖에 없었다.

"어디 가서 저녁이나 하입시더."

"……."

지월실은 말없이 최상태를 따랐다.

"왜식 괜찮습니꾜?"

"예, 뭐 아무거나 간단히……."

최상태는 어느 왜식집으로 들어선다.

호젓한 방에 최상태와 마주 앉아 식사를 하니 어쩐지 처음엔 어색하고 멋쩍었으나, 곧 자연스러워졌다. 최상태가 아까 다방에서와는 달리 매우 재미있게 이야기를 해대니, 절로 분위기가 부드러워지는 것이었다. 아까는 딸애의 담임선생이라고만 생각하는 것 같더니, 이제 옛날 고등학교 시절의 후배라는 생각도 하는 모양이다.

그런데 그는 혜림이 일로 상의할 것이 있다더니, 그 이야기를 꺼내지는 않고 곧장 시시한 세상 이야기만 늘어놓는 것이 아닌가.

지월실은 궁금해서 입을 열었다.

"무슨 상의 말씀이 계시다더니…… 혜림이한테 무슨 일이 생겼나요?"

"무슨 일이 생긴 아니라…… 혜림이가 저……."

최상태는 이야기를 꺼내기가 쑥스럽고 힘이 드는 듯 말끝을 흐려버린다. 그리고 히죽 한 번 웃고는,

"지 선생님, 미안합니다만 술을 한잔해도 괜찮겠읍니꺼?"

묻는다.

처음부터 최상태는 술을 좀 하면서 식사를 했으면 싶었다. 그러나 여선생인데 혹시 잘못 생각할까 봐 그 말이 나오질 않았던 것이다.

"저는 못해요. 하시려면 하시죠 뭐."

"아마 선생님은 그러실 것 같아 나 혼자 마시기가 뭐해서……."

"괜찮아요. 하세요."

"조금만 하겠심더. 미안합니다."

최상태는 정종을 두 홉만 시킨다.

따끈한 정종이 오자,

"왜식에는 정종이 괜찮심더. 지 선생님, 한 잔만 안 하시겠읍니꺼?"

히죽 웃으면서 잔을 권한다.

"못 해요. 저는 한 모금도 못 해요."

지월실은 딱 잘라버린다. 그리고 상대방이 무안하게 생각할까 봐,

"자, 제가 한 잔 따라 드리죠."

하고 조그마한 정종 주전자를 든다.

"아이고, 이거 감사합니다."

최상태는 도토리만 한 정종 잔을 두 손으로 받쳐 들며 황송해서 못 견딘다.

지월실은 술을 따르면서 지금 잔을 받고 있는 사람이 최상태가 아니라, 노수인이라면 얼마나 좋을까 하는 생각이 든다. 그러나 안타까워할 게 없다. 내일이면 만나게 되는 것이 아닌가. 만나면 정말 사무치는 마음으로 술을 따라 드려야지…… 생각한다.

술을 몇 잔 들고 나더니, 그제야 최상태는 혜림이 이야기를 꺼낸다. 실은 혜림이 이야기가 아닌 것이지만…….

"혜림이가 글쎄, 어제 이런 이야길 안 합니꼬."

"……."

"저거 친구 아무개도 엄마가 있고, 아무개도 엄마가 있는데, 우리는 엄마가 없어서 파이*('파이다'는 '나쁘다'의 방언)라고 말입니더."

"……."

"그러면서 아부지, 우리도 새엄마 하나 얻었으면 좋겠다고 안 합니까. 허허허……."

"……."

지월실도 웃음이 나왔으나, 왠지 웃음을 표면에 나타낼 수가 없었다. 문득 최상태도 홀몸, 자기도 홀몸이라는 생각이 들었던 것이다.

어쩐지 얼굴이 좀 붉어지는 듯했다.

그러나 그녀는 그런 내색을 애써 누르고 담담한 어조로 말했다.

"아이들에게는 아버지보다도 어머니가 더 필요하죠. 어머니가 없으면 고독감을 느끼죠."

"……."

"교육적으로 봐서도 어머니의 존재는 절대적인 것이죠. 그러나…….”

“…….”

“친어머니가 아닌 새어머니가 과연 그런 존재가 될 수 있는 것인지…….”

“…….”

“아이들에게 필요한 것은 애정이에요. 따뜻한 애정이 절대적인 요건인데, 새어머니한테서 그런 애정을 기대할 수가 있을까요?”

“글쎄요. 새엄마도 사람 나름이 아니겠습니꾜?”

“물론 사람에 따라 다르겠죠. 그러나 새어머니한테서 따뜻한 애정을 기대한다는 것은…….”

“그러나 좋은 새엄마를 얻으면 엄마가 없는 것보다는 안 낫겠습니꾜.”

“그런데 좋은 새엄만지 어떤지 미리 알 수가 있나요. 하하하…….”

지월실도 그만 웃음이 나와 버린다. 그리고 묻는다.

“상의할 말씀이란 바로 그거에요?”

“허허허, 선생님의 의견을 좀 들어보고 싶어서…….”

지월실은 약간 어이가 없다. 참 싱거운 사람이라는 생각이 든다. 그런 것을 상의할 일이라고 일부러 사람을 불러내다니…… 어쩌면 좀 모자라는 사람이 아닌가 싶기도 하다.

그러나 실은 그게 아닌 것이다. 그것은 이야기의 도입 부문에 불과한 것이다.

“그리고 저…….”

말을 꺼내기가 힘드는 것 같다.

자작자음으로 거푸 두 잔을 비운다.

술 힘을 빌고 싶은 모양이다.

"며칠 전에 혜림이 어머니의 1주기도 지났심더. 그래서 아무래도 재혼을 하는 것이 좋겠다고 마음을 먹었지요. 허허허……."

최상태는 공연히 헛바람이 새는 것 같은 웃음을 웃는다.

그러나 지월실은 도무지 웃음이 나오질 않는다. 아무래도 이 사람 좀 어떻게 된 사람이 아닌가 싶은 것이다. 재혼을 하면 했지, 어쩌라는 말인가? 친척도 아니고, 친구도 아닌 터에, 그런 이야기를 꺼내다니…… 더구나 숙녀 앞에서. 숙녀라도 그냥 숙녀가 아닌 혼자 사는 숙녀 앞에서 입장 곤란하게 말이다. 뭐 담임교사는 학급 아이의 아버지 재혼하는 것까지 알고 있어야 된단 말인가?

"지 선생님."

"……."

"난 지 선생님을 학생 시절부터 알고 있었심더."

"어머."

별안간 무슨 뚱딴지같은 소리를…… 그녀는 슬그머니 긴장이 된다. 혹시 이 사람이 싶은 것이다.

아니나 다를까.

"그리고 지 선생님이 혜림이 담임이 되셨다는 것을 알고 얼마나 좋아했는지. 이상하게 반갑고 기쁩디더. 허허허……."

"……."

"지 선생님 솔직하게 말씀드리면……."

최상태는 자작으로 한 잔 또 홀짝 마신다.

"저…… 피차 같은 처지라 그런 모양이죠."

"어머나."

지월실은 절로 얼굴이 붉어진다.

"와 놀라십니꾜? 피차 같은 처지 아닙니꾜? 허허허……."

"……."

"그래서 실은 오늘 지 선생님한테 그 상의를 드릴려고……."

"그 상의라뇨?"

"허허허…… 한마디로 말씀드리면…… 허허허……."

"……."

"지 선생님한테 청혼을 하는 거 아닙니꾜."

"예?"

이미 그런 이야기려니 짐작은 갔지만, 막상 청혼이라는 말이 떨어지자, 어쩐지 지월실은 한 대 얻어맞은 것 같은 느낌이다. 그러나 피식 웃음이 나온다.

최상태는 바짝 진지한 표정이 된다. 말을 꺼내기까지가 힘이 들었지, 일단 말이 나오고 나니 이제 못할 말이 없는 듯 서슴없이 쏟아놓는다.

"지 선생님, 진정입니더. 농담이 아닙니더. 벌써 오래전부터 혼자 고민을 해왔심더. 지 선생님, 서로 외로운 처지 아닙니꾜. 인생이 뭡니꾜? 이렇게 외롭게 살아서 뭐 합니꾜? 안 그렇습니꾜? 우리 결혼하입시더. 결혼을 해서 새 출발을 하입시더. 예? 지 선생님."

지월실은 얼굴에서 실소가 사라지고, 그저 얼떨떨하고 화끈화끈하기만 했다. 최상태의 열띤 목소리는 계속된다.

"나한테 돈은 있심더. 많은 돈은 아니지만, 새 가정을 이루어 별 걱정 없이 살 만큼은 있심더. 교원생활도 이제 그만두시고요. 어떻습니꾜? 지 선생님."

"……."

"가정을 꾸며서 우리 재미있게 한 번 살아보입시다. 그동안 고독하게 사신 지 선생님을 내가 힘 있는 데까지 행복하게 해 드릴 작정입니더. 지 선생님, 승낙을 해 주시이소."

"전 아직 재혼할 생각이 없어요."

"아직 재혼할 생각이 없다니요? 그럼 언제 재혼을 하신단 말입니꼬? 다 늙은 뒤에 하실 생각입니꼬? 아까운 청춘을 다 보내고서…… 허허허…… 그러지 마시고 생각해 보시이소. 여자가 사십을 넘으면……."

"그런 생각 전 아직 해 본 일이 없다니까요."

지월실은 약간 기분이 언짢아지는 듯했다. 생각 같아서는 이미 딴 데 마음을 정한 데가 있어요, 하고 딱 잘라 거절을 하고 싶었으나, 상대방이 너무 무안할 것 같아 차마 그럴 수는 없었다. 그리고 자기한테 그처럼 간곡하게 청혼을 하는 남자를 결코 미워할 수는 없는 것이다. 아무리 딴 데 마음을 정한 데가 있다 하더라도 말이다.

지월실의 그런 희미한 대답을 최상태는 희망적인 것으로 받아들인다. 아직 재혼할 생각이 없다. 그런 생각 아직 해 본 일이 없다는 것은 으레 여자가 이런 경우 하는 말이거니 여겨지는 것이다. 아닌 밤중에 홍두깨 내밀듯이 불쑥 청혼을 했는데, 대뜸 좋다고 승낙을 할 여자가 어디 있겠는가? 그런 여자는 오히려 미덥지가 않은 것이다. 설사 속으로는 좋더라도, 신중한 여자라면 그렇게 여운을 남기는 것으로 일단 몸을 사리는 게 당연하다.

그렇게 긍정적인 반응으로 받아들인 최상태는 간곡한 어조로 결론을 짓듯 말한다.

“물론 그러시겠지요. 오늘 이렇게 별안간 청혼을 했으니……. 이런 문제는 신중히 생각을 해야 되고말고요. 아무쪼록 잘 생각해 보시고 반가운 회답을 해 주시이소. 그래서 우리 한 번 행복하게 살아 보입시더.”

“…….”

지월실은 그저 다소곳이 듣고만 있다.

그러나 속으로는 문득 노수인에게 미안하다는 생각이 든다. 만일 노수인이 이런 사실을 안다면 어떻게 생각하겠는가. 싫어요, 단념하시고 딴 여자를 물색해 보세요, 난 이미 임자가 있는 몸이에요. 왜 이런 말을 하지 않고, 애매한 태도를 취하고 앉아 있느냐고 얼마나 원망하겠는가 말이다.

그런 생각이 들자, 지월실은 그만 자리를 박차고 일어나고 싶어진다.

그러나 그녀는 손목시계를 보면서 조용히 말한다.

“벌써 여덟 시가 다 되어 가는군요. 이제 가봐야겠어요.”

“무슨 볼일이라도……?”

“볼일은 없지만, 그만 가봐야죠. 오늘 실례가 많았습니다.”

“실례는요. 별말씀을 다…… 아무쪼록 지 선생님, 잘 생각해 보시고 반가운 회답을 주시이소.”

“…….”

“믿고 기다리겠심더. 지 선생님.”

최상태는 자리에서 일어나면서 싱글 웃는다.

최상태와 헤어져 집으로 돌아가는 지월실은 결코 기분이 나쁘지가 않았다.

난데없이 사람을 불러내어 청혼을 하다니, 어떻게 생각하면 무례한 행동처럼 여겨지기도 했으나, 그게 사람을 업신여겨서 그러는 것이 아니라, 진정에서 나온 간곡한 하소연에 틀림없고 보면 기분 나쁠 까닭이 없는 것이다. 어쩐지 최상태라는 남자가 퍽 단순하고 우직한 사람인 것 같아 호감이 가기도 했다.

집이 가까워지자, 지월실은 손목시계를 본다. 오늘 밤에 목욕을 할 생각이었는데 목욕탕에 갈 시간이 없을 것 같다. 내일 식전에 하는 수밖에 없겠다고 생각한다.

그리고 그녀는 이제 오늘 일은 없었던 것으로 잊어버리고, 오직 노수인만을 생각하기로 한다. 내일이면 만나게 될 그 사람, 자기의 메마른 가슴에 생의 희열을 불어넣어 준 그 사람, 그리고 영원히 자기 것인 그 사람…… 자꾸 오늘 일을 생각한다는 것은 그 사람에게 죄스러운 노릇이 아닐 수 없는 것이다.

그날 밤 지월실은 오래 잠을 이루지 못했다. 노수인의 체취가 곧장 느껴지는 듯해서 괴롭기까지 했다. 내일 밤이면 또 실컷 그 체취 속에 묻힐 터인데…….

그리고 그런 연연(戀戀)함과 함께 노수인과의 관계를 앞으로 어떻게 정립시켜 나가야 할 것인가 하는 문제가 머리에 떠오르기도 했다. 오늘 난데없는 청혼을 받아서 그게 계기가 되어 그런 생각이 떠오른 모양이다. 지금까지는 그저 막연한 그리움에만 젖어 있었는데, 이제 구체적으로 앞날을 생각해 보기 시작한 셈이다.

문제는 결국 간단했다. 서로 사랑한다는 것은 서로 같이 살아야 한다는 것을 의미한다. 최상태 말마따나 새 가정을 이루어서 말이다. 그러나 그 일이 결코 간단한 일이 아닐 것 같아 막막한 생각이 들었고, 슬그머니 두렵기도 했다.

이튿날은 아침부터 부슬부슬 가랑비가 내렸다.

토요일이어서 일찍 퇴근을 한 지월실은 목욕탕엘 갔다. 식전에 목욕을 하려고 했었으나, 간밤에 늦게 잠이 든 탓으로 아침에 일어나 제 시간에 출근을 하기도 바빴던 것이다.

목욕을 하고 미장원에도 갔다.

그리고 저녁 일곱 시경에 집을 나섰다.

고속버스 터미널에서 기다리며, 그녀는 혹시 노수인이 안 오면 어쩌나 하고 공연히 불안한 생각에 젖어 있었다. 물론 올 것이다. 그러나 혹시 비가 와서, 혹시 갑자기 무슨 피치 못할 일이 생겨서 못 올지도 모르는 것이다. 말하자면 일종의 기우다. 기다림이 지나치면 공연한 기우가 생기는 모양이다.

참 이상한 일이었다. 서울에서 오는 버스가 정거를 하자, 차창으로 대번에 노수인의 모습이 눈에 띄는 것이 아닌가. 마치 무슨 인력이라도 작용한 것처럼.

"아, 왔다!"

그녀는 자기도 모르게 나직한 소리를 질렀다.

어느새 노수인도 이쪽을 보고 빙그레 웃고 있다.

두 주일 만에 다시 보는 그 얼굴, 그 웃음…… 지월실은 가슴이 짜릿하고 뜨거운 것이 넘치는 듯 얼굴까지 화끈 달아오른다.

바바리코트를 입은 노수인이 웃음 띤 얼굴로 버스에서 내린다.

지월실이 다가간다.

그러나 아무 말이 없다. 무슨 말이 얼른 나오질 않는 것이다. 이런 경우는 말보다도 무언이 최상의 감정 표현인 셈이다. 터질 듯한 반가움을 무어라고 말로 표현하겠는가 말이다.

나란히 터미널을 걸어 나오면서 비로소 지월실이 입을 연다.

"혹시 안 오시는가 하고……."

"안 오다니, 왜 안 와요?"

"안 오시면 죽어버릴까 했어요."

"허허허……."

노수인은 기분 좋게 웃는다.

그 말이야말로 다른 무슨 말보다도 절실한 그녀의 반가움의 표현인 셈이다.

"서울은 날씨가 아주 좋은데, 여긴 비가 오는군요."

"그래요?"

"대구를 지나면서부터 날씨가 흐려지더니……."

우산 하나를 두 사람이 함께 받고 딱 붙어서 걷는다. 제각기 우산을 받고 걷는 것보다 훨씬 기분이 좋다.

"저녁 안 자셨죠?"

지월실이 노수인을 쳐다보며 묻는다.

"예, 오다가 휴게소에서 가락국수 한 그릇 먹기는 했지만……."

"그럼 저녁부터 자시겠어요? 나도 아직 저녁을 안 먹었어요."

"그러지 뭐."

그들은 중국집으로 들어갔다. 역시 칸막이가 된 방에 단둘이 앉고 싶은 것이었다.

두 주일 만에 다시 호젓한 방에 마주 앉은 그들. 불과 두 주일밖에 되지 않았는데, 무척 오래간만에 만난 것만 같아 서로의 얼굴을 새삼스럽게 바라본다.

“당신 얼굴 요전보다 좋아진 것 같은데…….”

노수인의 말에 지월실은,

“그래요?”

하면서 수줍은 듯 살짝 고개를 숙인다.

노수인이 음식을 주문하자 지월실은,

“술도 한 잔 하세요.”

한다.

웬일로 먼저 술 얘기를 꺼내는가 싶은 듯 노수인은 싱글 웃는다. 요전번 처음 만났을 때와는 매우 다른 것이다. 서로의 사이에 이제 아무런 격식이 필요 없는 터이니, 다시 말하면 부부 사이와도 다름이 없는 터이니 그럴 수밖에. 어쩐지 노수인은 기분이 흐뭇하다.

“그럼, 배갈 한 도꾸리만…….”

“왜 배갈을 하세요? 맥주를 안 하시고. 배갈은 독하잖아요?”

“독한 놈을 한 잔 마시고 싶군요. 어쩐지.”

“어머.”

지월실은 웃으면서 눈을 약간 흘긴다. 그 기분 알겠는 것이다. 자기도 술을 잘 할 줄 안다면 오늘 같은 날은 그럴 것만 같은 것이다. 넘치는 정감 때문이라고나 할까?

음식과 술이 오자, 지월실은 약간 자세를 고쳐 앉으며 배갈 도꾸리를 두 손으로 든다.

“한 잔 따라 주시겠소?”

“예, 어서 잔을 드세요.”

노수인이 잔을 들자, 그녀는 정성을 다해서 조그마한 잔에 말간 액체가 넘치지도 모자라지도 않게 가득 따른다. 말하자면 그동안의

그리움과 연연함을 그렇게 가득 따라서 선물로 드리기라도 하는 것
처럼.

배갈이 촬촬 넘치는 잔을 조심스레 상에 놓고, 노수인은 이번에는
자기가 도꾸리를 든다.

"자, 당신도 한 잔……."

"어머, 배갈을요?"

그러나 그녀는 서슴없이 잔을 든다. 마실 수 있든 없든 좌우간 기
쁘게 받겠다는 듯이.

그녀의 잔에도 말간 액체가 넘친다. 그리고 두 개의 조그마한 잔
이 살짝 부딪친다. 두 주일 만의 건배인 셈이다.

역시 배갈은 독하다.

노수인은 조그마한 컵의 액체를 절반가량 마시고는,

"캬ㅡ"

소리를 낸다.

지월실은 조금 입을 댔다가는 마치 무슨 뜨거운 물건에라도 입이
닿은 듯 두 눈을 찔끔 감는다.

"어머, 독해."

도저히 이렇게 독한 술은 자신이 없다는 듯이 잔을 놓는다.

"그럼 당신은 맥주 좀 하시지?"

"싫어요. 난 술 안 마셔도 괜찮아요. 술맛도 모르는데요, 뭐."

"그럼 나 혼자 재미가 없잖아."

"이거 조금씩 입에 댈게요. 자 어서 식사부터 합시다."

식사를 하다가 그녀는 문득 생각이 난 듯이 말한다.

"참, 당신 혹시 최상태라는 분 아세요?"

“최상태?”

“예, 당신하고 동기일 거예요?”

“알지. 왜?”

“그분 우리 학부모에요.”

“알아요.”

“알다뇨? 어머, 당신이 어떻게 알아요?”

“다 아는 수가 있지. 허허허……”

“어머, 이상하다……”

그녀는 정말 이상한 일이라는 듯이 노수인의 표정을 가만히 살핀다.

“동기생이니까 아는 수도 안 있겠어요.”

“그럼 더러 만나는 사인가요?”

“욕친구에요. 학교 시절부터……”

“그래요? 그럼 요즘도 더러 만나겠군요?”

“그 친구 서울에 오면 꼭 전화를 안 합니까. 술 잘 마시고, 재미있는 친구죠.”

“예……”

지월실은 약간 놀란 표정이다. 그리고 가만히 무슨 생각을 한다.

실은 어제 그와 만난 이야기를 할까 하던 참인데, 그런 이야기를 꺼내서는 안 되겠다는 생각이 든다. 그가 청혼을 하더라는 이야기를 들으면 얼마나 기분이 나쁘겠는가 말이다.

“그 친구 자주 학교에 나옵니까?”

“아니요.”

“더러 만난 일은 있겠죠?”

노수인은 시치미를 떼고 묻는다.

"한 번인가 두 번 만났죠. 두 번이구나. 학년 초에 한 번 학교에 찾아왔었고, 내가 가정방문을 한 번 갔었고……."

그녀는 어제 일은 감쪽같이 숨겨 버린다.

"그래요? 요즘은 전화도 없나요?"

"없어요."

"음— 학부모가 그렇게 학교에 대해서 무관심할 수가 있나. 허허허……."

노수인은 웃는다. 실은 그게 아니면서 말이다.

어떻게든지 지월실을 손아귀에 넣고야 말겠다더니, 두고 보라더니, 말뿐이었던가 싶다. 아니면 아직 부인의 1주기가 지나지 않아서, 말하자면 작전 개시를 하지 않은 것일까. 아마도 그런 것 같다. 그 친구의 성격으로 보아 그냥 말만으로 흐지부지해 버릴 턱이 없는 것이다. 한다면 기어이 하고야 마는 그런 성격의 소유자인 것이다. 학생 시절의 별명이 멧돼지였던 것도 그런 성격 탓이었다. 기성복 대리점을 해서 꽤 성공을 거둔 것도 그런 성격 덕이라고 하겠다.

아무튼 노수인은 재미있다는 생각을 하면서, 배갈 잔을 들어 홀짝 마셔 버린다. 그리고,

"캬—"

한다.

저녁 식사를 마치고 밖으로 나오니, 비가 제법 내리고 있었다.

마침 지나가는 빈 택시가 있어서 지월실은 그것을 잡아 노수인을 태웠다. 오늘은 노수인이 부산으로 자기를 찾아온 손님인 셈이니, 자기가 주인 노릇을 하는 것이다.

“해운대로 갑시다.”

행선도 그녀 마음대로다.

택시는 빗속을 미끄러지기 시작한다.

“해운대 괜찮죠?”

지월실은 일방적으로 운전사에게 행선을 말해 놓고는, 노수인에게 동의를 구한다.

“좋죠.”

택시는 빗속을 쾌속으로 해운대를 향해 달린다.

“해운대 가보신 일 있어요?”

“못 가봤어요.”

“그럼 됐군요. 난 어디로 모시는 게 좋을까 많이 생각했죠.”

“어디면 어때요. 뭐 내가 구경하러 왔나?”

“그래도 같은 값에 다홍치마 아니에요?”

“하기야 그렇지.”

“그런데 이렇게 비가 와서 바다 구경을 못 하겠군요. 밤에 해변을 거니는 것도 멋있을 텐데…….”

차창 밖으로 비 오는 검은 밤바다가 내다보이자,

“비 오는 밤바다도 좋군.”

노수인이 말한다.

“무섭잖아요?”

지월실은 역시 여자다.

“장엄한 맛이 있잖아.”

“장엄한 맛보다도 우선 먼저 겁이 나는 걸요. 달밤의 바다는 참 좋던데…….”

이때 운전사가,

"어디로 모실까요?"

묻는다.

"해운대호텔로요."

택시는 해운대호텔 현관 앞으로 미끄러져 들어간다.

707호실. 아늑하고 깨끗하다. 물론 더블베드다. 부산에서의 그들의 첫 보금자리인 것이다.

웨이터가 나가고, 방문이 닫히자, 노수인은 바바리코트와 상의를 벗는다. 지월실은 그것을 받아 장 안에 건다. 누가 보아도 다정한 부부 사이 같다.

지월실이 옷을 걸고 돌아서자, 곁에 섰던 노수인이 슬그머니 그녀를 안는다. 그리고 입술을 그녀의 입술로 가져간다.

입술이 다가오자, 지월실은 자기도 모르게 살짝 고개를 돌린다. 그러나 입술이 싫어서 그런 것은 아니다. 배갈 냄새가 물씬 풍겼던 것이다.

빗나간 노수인의 입술은 그녀의 한쪽 볼에 가 부딪친다.

힉! 그녀는 웃는다. 그리고 얼굴을 바로 해서 순순히 입술을 받아들인다. 말하자면 다시 만난 기쁨을 이제야 정식으로 나누는 셈이라고나 할까. 잠시 입맞춤은 계속된다. 그러나 열기가 온몸으로 뜨겁게 확산되려 하자, 벌써부터 그럴 것 없다는 듯이.

"그만요. 자, 저리 가 앉아요."

지월실이 입술을 떼고 말한다.

노수인은 훅— 더운 숨을 내뿜는다. 창변에 탁자와 의자가 놓여 있다. 그들은 그쪽으로 가서 마주 앉는다. 노수인은 창에 처진 커튼

한 자락을 열어젖힌다.

창밖은 온통 어둠과 비다. 바람도 일기 시작한 듯 빗줄기가 유리에 쏴― 부딪쳐 줄줄줄 흘러내리기도 한다.

바다는 비와 어둠에 묻혀 보이질 않는다.

노수인은 어쩐지 고요한 달밤보다 한결 기분이 나는 것 같다. 근질근질한 데를 시원하게 마구 긁어줄 것 같은 그런 밤인 것이다.

노수인은 일어나 침대 머리 쪽에 있는 전화기를 가서 든다. 룸서비스를 부른다.

"707호실로 맥주 두 병하고, 마른안주 한 접시 가져와요."

맨입으로 마주 앉아 있기가 뭐한 모양이다.

"또 술을 하시려고 그래요?"

"맥주나 한 컵씩 하면서 이야기합시다."

"배갈에다 맥주를 섞으면 취하실 텐데……."

"괜찮아요. 취해도 당신 옷 벗으라고 호령은 안 할 테니까요. 허허허……."

노수인은 말이 좀 지나치게 나오지 않았나 싶어 지월실의 표정을 살피며 웃는다.

그 말의 뜻을 그녀는 얼른 알아차린다. 농담치고는 좀 지나치다는 생각이 든다. 남의 죽은 남편 허물을 농담으로나마 입에 올리다니…… 그러나 그녀는 그저 씩 웃어 버린다.

잠시 후, 맥주와 마른안주가 왔다.

"자, 한잔……."

"내가 먼저 따라 드릴게요."

"아니 아니, 자……."

“어머— 넘쳐요. 됐어요, 됐어요.”

이번에는 지월실이 노수인의 컵에 가득 따른다.

“자, 건배. 우리의 이 밤을 위하여……..”

“호호호…….”

찰각 컵이 부딪친다.

쏴— 쏴— 빗줄기가 세차게 유리창을 때리고 있다.

홀짝 한 모금씩 마시며 이런 이야기 저런 이야기 나누던 끝에 지월실은 불쑥 입을 연다.

“여보, 나 혹시 딴사람하고 결혼하면 당신 어떻게 할래요?”

그리고 그녀는 킥 웃는다.

노수인은 약간 어리둥절했다. 딴사람하고 결혼을 하면 어떻게 할래요라니…… 난데없이 무슨 그런 소리를 하는가 싶었다.

그러나 그는 곧 히죽 웃었다. 지월실의 말이 결코 진담이 아니라는 것을 쉬 알 수 있었기 때문이다.

“어떻게 하긴 어떻게 해요. 축하를 해 드리지.”

“어머, 그래요?”

“결혼이란 인생의 가장 중대사고 의의 있는 일이 아니겠어요? 그런 중대하고 의의 있는 일을 하신다는데 축하를 안 해 드릴 수가 있겠어요? 안 그래요? 허허허…….”

“호호호…….”

지월실도 웃는다. 그러나 그 말이 진담이 아니라는 것을 알면서도 그녀는 결코 기분이 좋지가 않다. 농담이라도 절대로 그럴 수가 없다고, 만일 그렇다면 가만히 놓아두지 않겠다고, 죽여 버리겠다고 그런 농담을 해 준다면 얼마나 좋을까 싶었다.

“그러시지 마시고 진심으로 말해 봐요.”

“진심입니다.”

“정말이에요?”

“허허허…….”

노수인은 맥주를 꿀꺽꿀꺽 들이켜고 나서 트림을 한 번 한다. 배갈과 맥주가 뒤섞여 주기가 꽤 오르는 듯 눈언저리가 발그레하다.

“어서 말해 봐요?”

“그럼 당신은 정말로 어디 딴사람한테 결혼할 생각인가요?”

“…….”

“그런 생각이 조금이라도 있나요?”

“…….”

지월실은 기분이 좋아진다. 노수인의 표정이 서서히 진지해지는 것이다.

“대답해 봐요.”

“호호호……, 그걸 말이라고 물으세요?”

“그럼 왜 그런 이야기를 꺼내지?”

“그런 게 아니라…….”

그녀는 약간 망설인다.

“저 실은 청혼을 받았어요.”

“그래요?”

“…….”

지월실은 노수인의 표정을 지켜본다.

“음—”

노수인은 어쩐지 기분이 착잡해지는 모양이다. 무슨 생각에 잠기는 것 같다.

그런 노수인의 모습이 지월실은 흐뭇하기만 하다. 그의 애정을 확인하는 셈이니 그럴 수밖에.

잠시 실내에 침묵이 흐른다.

노수인은 맥주 컵을 또 들어올린다. 그리고 불쑥 말한다.

"누가 청혼을 했는지 알겠어요."

"예?"

"누가 당신한테 청혼을 했는지 알겠단 말입니다."

"호호호……."

지월실은 웃는다. 누가 청혼을 했는지 알겠다니, 우습지 않을 수 없다. 알 턱이 만무한 것이다. 제법 취기가 있는 모양이라고 생각한다.

"왜 웃어요? 모를 것 같애요? 알아맞춰 볼까요?"

"알아맞춰 보세요."

"흥, 내가 그런 것 하나 못 알아맞출까 봐……."

"호호호……."

"학부모죠?"

"예?"

"당신 학급 학부모 중 한 남자가 청혼을 했죠?"

"어머."

지월실은 속으로 깜짝 놀란다.

"맞죠?"

"……."

"성까지 알아맞춰 볼까요?"

“…….”

지월실은 웃으려고 해도 도무지 웃어지지가 않는다. 참 이상한 일이다. 청혼을 한 사람이 누군가를 정말 노수인이 알고 있는 모양이다. 도대체 어떻게 아는 것일까? 최상태가 자기에게 청혼을 한 것은 불과 하루 전 어젯밤의 일이 아닌가. 그런데 그 일을 노수인이 어떻게 안단 말인가. 귀신이 곡할 노릇이라는 말이 있는데, 정말 그럴 노릇이다.

좌우간 최상태가 청혼을 했다는 사실을 일단 부인해야 될 것이라고 지월실은 순간적으로 생각한다. 둘이가 동기생이고, 서로 가까웠던 모양인데, 그가 청혼을 했다는 사실을 밝히면 두 사람 사이가 묘하게 벌어질 게 아닌가. 그리고 그 최상태라는 학부모를 두 번밖에 만난 일이 없다고 했는데, 그가 청혼을 했다는 사실을 이야기하면 바로 자기가 거짓말을 했다는 것을 드러내는 셈이 아닌가 말이다.

“어디 알아맞춰 보세요. 무슨 성인가.”

“내가 그걸 모를 줄 알아요?”

“어디? 어디?”

“정말?”

“예.”

“최가죠?”

“최가? 호호호…… 근처에도 안 갔어요.”

“뭐요? 근처에도 안 가?”

“치읓 자와는 거리가 백 미터쯤 멀어요.”

지월실의 표정은 감쪽같다. 배우가 될 수 있는 소질도 다분히 타고 난 모양이다.

"그래요?"

오히려 노수인 쪽이 이제 고개를 갸웃이 기울인다.

"그럼 무슨 성? 김가? 이가?"

"알아맞추셨네. 김가에요, 김가. 호호호……."

"난 또 최간 줄 알았더니…… 김가라……."

"아주 돈 많은 학부모에요. 그러니까 쇠금 자 김가가 아니라, 황금 자 김가죠. 하하하……."

지월실은 아주 연기에 재미가 나는 모양이다. 그리고 좀 노수인의 질투심 같은 것이 머리를 쳐들도록 긁어주고 싶은 것이다. 그래서 그의 마음이 바짝 더 초초히 다가붙도록 하고 싶은 것이다.

노수인은 히죽 웃기만 한다. 별로 질투심 같은 것이 일어나질 않는 것 같다.

그러자 그녀는 불쑥 묻는다.

"어떻게 하실래요?"

"뭘 어떻게 해?"

"그 돈 많은 사람이 나를 업어가 버리면…… 가만히 보고 계실래요?"

"대답할 필요를 느끼지 않는군."

"왜요?"

"업혀 갈 당신이 아니니까."

"경우에 따라선 모르죠."

"뭐요?"

노수인이 바짝 긴장을 한다.

"그건 당신 처리 여하에 달렸어요. 난 언제까지나 그저 이런 관계로 있고 싶진 않으니까요.”

노수인은 그녀를 똑바로 쏘아본다. 술기에 젖은 눈이 이글거린다. 그러다가 벌떡 자리에서 일어나더니, 그녀에게로 다가가 그녀를 불끈 일으켜 세운다. 그리고 번쩍 옆으로 들어 버린다. 침대로 운반하는 것이다.

“염려 말어. 염려 말어.”

하면서.

하얀 시트 위에 남자와 여자가 무너진다.

환한 불빛이 여자는 별안간 싫어진다.

“가만있어요.”

여자는 일어나 벽의 스위치를 끈다.

실내에 칠흑 같은 어둠이 잠긴다.

그러나 곧 방 안이 빨간 장밋빛으로 밝아진다. 남자가 침대 머리맡에 있는 램프 스탠드를 켠 것이다.

하얀 시트가 장밋빛으로 물들었다.

벽도 장밋빛, 천장도 장밋빛, 커튼도 장밋빛이다. 남자와 여자도 장밋빛이다. 조그마한 세상이 온통 장밋빛이다.

유리창 밖의 새까만 어둠이 장밋빛 밀실을 들여다본다. 바람이 점점 기세를 올리는 듯 빗줄기가 유리창에 부서진다. 쏴— 쏴— 마구 밀실을 들이칠 듯 부서져 흐른다.

여자의 시선이 서서히 몽롱해진다.

빗줄기는 더욱 세차게 유리창을 때린다. 좌르르— 좌르르— 부서져 흐르는 빗물.

여자는 눈을 감는다.

먼 바다가 출렁거린다. 시꺼먼 파도가 출렁출렁 밀려와서는 깜깜한 모래밭에 와르르― 부서진다.

눈을 감은 여자의 귀에 그 시꺼먼 파도의 출렁거리는 소리가 어렴풋이 들리는 것 같다. 시꺼먼 바다 위로 몰아오는 바람 소리도 들리는 것 같다.

여자는 다시 눈을 뜬다.

남자가 여자의 눈을 들여다본다. 초점을 잃은 듯한 그 눈, 엷은 안개가 서린 듯한 그 눈, 괴로운 듯 그러면서도 못 견디게 좋기만 한 듯한 그 눈, 그 눈도 고운 장밋빛이다.

"여보."

여자가 부른다.

"응?"

남자가 대답한다.

"여보."

"응?"

"여보."

"응?"

쏴― 쏴― 빗줄기가 더욱 세차게 부서진다. 시꺼먼 바다도 더욱 거칠게 출렁거린다. 바람도 더욱 요란하게 휘몰아친다.

여자의 시야에서 모든 것이 흐늘흐늘해진다. 귀에서도 모든 음향이 가물가물 멀어진다.

남자의 눈에서도 모든 것이 사라진다. 귀에서도 모든 음향이 멀어진다.

마침내 여자와 남자가 부서져버린다. 장밋빛 밀실이 부서지고, 빗줄기가 부서지고, 바다가 부서지고, 바람이 부서진다.

그리고 남자와 여자가 조용해진다. 장밋빛 세상이 조용해진다.

"여보."

아직 열기가 가시지 않은 볼을 노수인의 가슴에 가만히 갖다 대며 지월실이 나긋한 목소리로 부른다.

"응?"

노수인이 대답한다.

장밋빛 밀실이 조용해지긴 했으나, 아직 시트 위는 뜨끈하다.

"내가 누구예요?"

"누구라니?"

"내가 누구냔 말이에요."

"누군 누구라, 월실이지."

"그것뿐이에요?"

"아— 사랑하는 나의 지월실 씨지."

"싫어요."

"뭐? 싫어?"

"난 그런 여자가 되고 싶지 않아요."

"그럼?"

"좋게 말하면 애인, 나쁘게 말하면 정부가 아니겠어요. 난 싫어요. 그런 관계……."

"……."

"난 당신의 아내가 되고 싶어요. 정처(正妻)가 말이에요."

"……."

"왜 아무 말이 없어요? 여보, 어서 대답해 봐요."

"염려 말라니까. 다 내가 알아서 처리할 테니……."

"정말?"

"정말이지."

"아이 좋아. 여보, 당신은 내 남편이에요. 그렇죠?"

"응."

"그럼 날 아내라고 불러 줘요."

"여보 마누라."

"예? 호호호……."

지월실은 그만 노수인에게 다시 착 휘감긴다.

창가에는 여전히 빗줄기가 부서지고 있다.

이튿날은 날씨가 활짝 개었다. 언제 비가 오고, 바람이 불고, 파도가 쳤느냐는 듯이 하늘은 씻은 듯 맑고, 바다는 잠잠하고, 바람 한 점 없고 좋은 가을 날씨였다.

그들은 오전 중엔 호텔 방에서 뒹굴뒹굴 지내고, 오후에는 해변을 산책했다. 지난번 경주에서는 산을 즐긴 셈인데, 이번에는 바다를 즐기는 셈이었다. 노수인은 싱싱한 회에 소주를 몇 잔 기울이기도 했다.

서울행 마지막 버스는 다섯 시였다. 그래서 그들은 네 시께 해변을 떠나, 고속버스 터미널로 향했다.

터미널 근처에 있는 다방에서 이별의 커피를 나누면서 지월실은 안타까이, 그러나 나직이 가라앉은 목소리로 물었다.

"언제 또 오시겠어요?"

"글쎄……."

"다음 토요일 오시겠어요?"

“글쎄…… 그때 형편을 봐야…….”

“…….”

“될 수 있는 대로 오도록 해 보지.”

“…….”

지월실은 더 아무 말도 하지 않았다. 생각 같아서는 꼭 오세요, 안 오시면 안 돼요, 안 오시면 난 못 살 거예요, 그런 소리가 하고 싶었으나, 지그시 눌러 참았다.

“자 그럼, 시간이 됐군.”

노수인이 급한 듯 자리에서 일어나자 지월실도 얼른 따라 일어난다. 그러나 마음은 마냥 무겁기만 하다.

노수인은 버스에 오르며 그녀를 돌아보고 살짝 웃는다.

“자 그럼 또…….”

“…….”

지월실은 목이 콱 메어 아무 말도 나오지가 않는다.

버스가 움직이자, 노수인은 차창으로 고개를 끄덕여 보이며 빙그레 웃는다.

이별의 인사인 셈이다.

지월실도 미소를 지으며 손 하나를 살짝 쳐든다. 그러나 곧 그녀는 두 눈에 핑 뜨거운 것이 괴어 시야가 뿌옇게 흐려진다. 그녀는 가만히 돌아선다.

젖은 눈을 내리깔고 힘없이 터미널을 나서는 지월실의 가슴은 공허하기만 하다. 형언할 수 없는 쓸쓸함과 허전함에 도무지 견딜 수가 없다.

지난번 경주에서의 이별 때 역시 좀 허전하고 쓸쓸하긴 했으나,

그러나 그때는 긴장과 피로에서 놓여나는 듯한 가벼운 해방감 같은 것도 느낄 수가 있었던 것이다. 그러나 오늘은 전혀 그게 아니다. 불과 하룻밤을 같이 하고는 헤어져 버려야 하다니, 그리고는 다시 만날 날을 기다리며 그리움에 젖어 살아야 하다니…….

그녀는 공허감과 함께 어떤 비감이 가슴을 에기도 했다. 새삼 자신의 운명이 안타깝고 슬픈 것이다. 왜 하필 처자가 있는 노수인을 만나 사랑에 빠지게 되었을까? 경주에서 그와 재회를 하지 않았다면 이런 비감에 젖을 필요가 없는 것이 아닌가? 혼자 곱게 살아가거나, 아니면 아내가 없는 적당한 남자에게 재혼을 할 수도 있는 것이 아닌가. 바로 최상태 같은 사람에게 말이다.

그러면 이렇게 하룻밤으로 헤어져야 하는 안타까움과 허전함은 면할 수가 있을 게 아닌가. 염려 말라니까, 내가 다 알아서 처리 할 테니……. 노수인이 말은 이렇게 했지만, 그 말을 믿을 수가 있을까. 설사 믿을 수 있다 하더라도, 노수인이 정말 알아서 처리할 생각이라 하더라도, 과연 생각대로 그렇게 쉽게 처리가 될 수 있는 일일까. 세상의 아내들이 그렇게 간단히 자기 남편을 포기하려 드는 것일까.

그녀는 절로 고개가 내저어졌다. 아닌 것이다. 세상의 아내들이 간단히 자기 남편을 포기하다니, 말도 아닌 것이다. 도저히 쉽게 처리가 될 문제가 아니다. 그렇다면…….

"아—"

그녀는 암담한 느낌이 들 따름이다.

두 번째의 헤어짐에서 벌써 그녀는 그들 사이에 도사리고 있는 암담한 벽을 느끼게 된 것이다. 그 암담한 벽을 제거하지 않고는 그들의 관계가 정상적인 것이 될 수는 도저히 없다. 정상적이 아닌 관계를 언제까지나 끌고 나갈 생각은 추호도 없는 것이다. 그의 정부, 더 나쁘게 말하면 제2호 같은 위치에 놓여 있을 수는 도저히 없는 일이다.

그렇다고 쉽사리 그 암담한 벽이 제거될 것 같지는 않고……. 이제 노수인 없이는 살 수 있을 것 같지도 않고……. 참 답답하고 가슴 아픈 노릇이 아닐 수 없다.

그날 밤, 지월실은 늦도록 잠을 이루지 못하다가 결국 펜을 들었다.

먼저 노수인에게 편지를 쓰는 것이다. 바로 몇 시간 전에 헤어진 그에게 벌써 안타깝고 그리움에 젖은 사연을 적는 것이다. 그렇게라도 하지 않고는 비감에 찢어질 것 같은 가슴을 달랠 길이 없다.

노수인에게 편지를 쓰고 난 그녀는 이번에는 나리국민학교 박 교감 앞으로 펜을 든다.

교감 선생님.
그동안 안녕하십니까? 지난번 경주 연구대회 때는 정말 고마웠습니다. 진작 편지를 드린다는 것이 이렇게 늦어지고 말았습니다. 대단히 미안합니다.
교감 선생님께서 잘 생각해 보라 하시던 문제, 그동안 여러 가지로 생각해 본 결과 선생님 권고대로 서울로 가기로 마음을 정했습니다. 저 같은 능력도 부족하고, 미숙한 사람을 귀교와 같은 훌륭한 학교에 픽업해 주시겠다니 뭐라 감사의 말씀을 드려야 좋을지 모르겠습니다.

오는 토요일 한 번 선생님을 서울로 찾아뵐까 생각합니다.
그날이 마침 개교기념일로 휴일입니다. 그래서 아침 첫차로
출발을 할까 생각합니다. 도착 즉시 전화를 드리고, 학교로
찾아뵙겠습니다.

그럼 교감 선생님, 그때 뵙고서 여러 가지 말씀드리기로 하
고, 오늘은 이만 붓을 놓습니다. 안녕히 계십시오.

지월실 올림

마침내 지월실은 서울로 가기로 결심을 한 것이다.

노수인의 아내가 되기 위해서는 우선 그의 곁으로 가는 길밖에 없
다는 결론을 얻은 것이다.

이렇게 멀리 떨어져 있어서는 문제가 쉬 해결될 것 같지가 않은
것이다. 어차피 그의 정처가 되기로 마음먹은 이상 적극적으로 부딪
쳐 나가는 수밖에. 그러기 위해서는 첫 단계로 우선 서울로 올라가
야 하는 것이다.

그리고 그의 아내가 되기 위해서뿐 아니라, 당장 도무지 외롭고
허전해서 견딜 수가 없다. 이제 노수인 없이는 도저히 살 것 같지가
않다.

일주일이나 이 주일에 한 번씩 만나 하룻밤을 즐기는 그런 생활로
서는 사람이 말라 죽을 것 같아 안 되겠는 것이다. 말하자면 일박이
일의 밀회로서는 도저히 불타는 욕망을 채울 길이 없는 것이다. 십
여 년 동안 잠잠히 가라앉아 있던 욕망이 일단 눈을 뜨자 걷잡을 수
없이 타오른다고나 할까. 그래서 만나고 싶으면 언제라도 만날 수
있는 그런 거리에라도 우선 있어야 되겠다는 것이다.

편지를 쓰고 나서 자리에 누우니, 이제 좀 가슴이 가라앉는 느낌이다. 그러나 아직 좀처럼 잠이 올 것 같지는 않다.

오는 토요일 상경할 일이 자꾸 생각난다.

물론 노수인에게 미리 알려야지. 가기 전날 전보를 칠까. 아니면 내일이나 모래쯤 편지를 띄울까. 박 교감을 만나면 어떻게 이야기를 할까? 미리 편지를 보낸 뒤니 이쪽에서 이야기를 하기 전에 먼저 그쪽에서 이야기를 꺼내겠지. 맨손으로 찾아갈까? 뭣을 좀 사가지고 가야 할까, 학교로 찾아간다면 뭣을 사가지고 간다는 것도 우습고…….

지월실은 마치 소풍을 앞둔 국민학교 학생처럼 가슴이 설레기도 했다.

노수인을 서울에서 만나면 또 별다른 정감이 넘칠 것 같아, 벌써부터 그날이 기다려지기도 한다.

밤은 하염없이 깊어간다. 어느덧 자정이 넘었는지도 모른다.

지월실은 묘하게 가슴이 부풀어 오른다. 앞날에 기쁨이 넘칠 것만 같은 느낌이다. 그런 예감에 휩싸이는 밤이다.

"밀고 나가야지. 밀고 나가야지."

그녀는 중얼거린다.

삼각의 밤

"여보, 오늘은 출장이 없죠?"

아침 밥상머리에서 은숙이 묻는다.

"모르지, 회사에 가 봐야……."

"무슨 출장이 그렇게 별안간 생기죠? 출장이면 적어도 하루 전에
는 알아야 준비를 하지."

"글쎄 말이야. 사람이 당황한다니까. 아마 오늘은 출장이 없겠지.
토요일이라고 어디 만날 그런 급한 출장이 생기겠어."

노수인은 시치미를 뚝 떼고 말한다.

지난 토요일 부산에 내려간 것을 그는 아내에게 급한 출장이라고
속였던 것이다.

"오늘은 일찍 들어오세요."

"응, 출장만 없으면……."

"오늘 사촌오빠 이사 간 데 한 번 가 봅시다. 간다 간다 하고 만날

미루기만 해서 오빠가 욕할 거예요."

"그럽시다. 급한 출장만 안 생기면……."

"무슨 급한 출장이 오늘 또 생기겠어요. 지난 토요일에 생겼는데……."

"글쎄, 그거야 알 수 없지, 회사 일이란…… 월급쟁이 신세가 따분할 따름이지. 급한 일이 생겨서 출장을 가라면 가는 수밖에……."

"무슨 급한 일이 공교롭게 토요일마다 생길라구요."

"글쎄, 오늘은 설마 안 생기겠지."

노수인은 나오려는 웃음을 꿀꺽 삼키고 숟가락을 놓는다. 그리고 숭늉을 마신다.

집을 나서는 남편을 향해 은숙은 한 번 더 다진다.

"일찍 들어오세요."

"응."

노수인은 예사로 대답한다.

비탈길을 내려가면서 그제야 그는 히죽히죽 웃는다.

오늘 지월실이 오는 것이다. 말하자면 또 급한 출장이 생기는 셈이다.

남자란 거짓말쟁이라는 생각이 든다. 남자들은 언제나 거짓말과 우산을 가지고 다닌다던 지월실의 말이 생각난다. 아마 사실인 것 같다. 무릇 남자들은 정도의 차이는 있겠지만, 여자들에 대해서 거짓말을 안 하는 사람이 없을 것이다.

특히 가정을 가진 남편들은 그 아내들에 대해서 능청스럽게 거짓말을 잘한다. 그 능청스러운 거짓말을 참말로 알아듣는 선량한 아내들이 가엾다면 가엾다.

아내에게 능청스럽게 거짓말을 해 놓고 출근하는 노수인은 조금 마음 한쪽이 꺼림하기는 하지만, 오늘 또 지월실을 만날 일을 생각하니 벌써부터 걸음이 가뿐가뿐하다.

따분한 사무실의 일거리까지 오늘은 공연히 재미가 난다. 원고 정리를 하다가도 곧잘 노수인은 손목시계를 들여다본다. 지금쯤 대전을 지났을까? 아니면 조치원을, 천안을…… 차차 서울로 가까워져 오고 있는지…… 월실의 모습이 눈앞에 보이는 듯한 것이다.

그러고 있는데, 따르르 전화벨이 울린다. 오늘은 공연히 아침부터 전화벨 소리도 새삼스럽게 들리는 것이다.

미스 민이 수화기를 든다.

"노 차장님 전화예요."

"응."

노수인은 얼른 자리에서 일어난다.

서울에 도착하면 즉시 전화를 걸 테니, 토요일이지만 일찍 퇴근을 말고 기다리라는 지월실의 편지를 받은 것이다.

"아, 여보세요."

"나다, 나."

"응."

"형님이다. 형님."

"아니, 상태 아니야. 언제 올라왔니?"

뜻밖에 최상태의 전화가 아닌가.

"어제 안 올라왔나. 어젯밤에 서울에 도착했지."

"서울에 자주 오는군."

"조카 결혼식이 있어서…… 오늘 오후 두 시에 결혼식이지. 화신 뒤에 있는 예식장에서…… 요새 바쁘니?”

“바쁘긴 뭐, 만날 그렇지.”

“그럼 점심이나 같이 할까?”

“그러지.”

“내가 곧 그쪽으로 가지.”

“그래 그래.”

자리에 돌아와 앉은 노수인은 어쩐지 일이 공교롭다는 생각이 든다. 오늘 지월실이 상경을 하는데, 뜻밖에 최상태가 나타난 것이 아닌가. 조카의 결혼식에 왔다니, 지월실의 상경과는 아무 상관이 없는 것이지만 말이다.

그리고 솔직히 말해서 노수인은 별로 기분이 유쾌하지가 않았다. 상태가 지월실에게 아직 작전 개시를 하지는 않은 모양 같으나, 그러나 전번에 그처럼 호언장담을 한 터이니, 필경 행동으로 옮길 게 뻔한 일이다. 그렇다면 자기와는 연적의 관계가 되는 셈이 아닌가. 상태는 아직 자기와 지월실과의 관계를 전혀 모르는 터이지만.

기다리고 있는 지월실의 전환 줄 알았더니, 난데없이 최상태의 전화여서, 노수인은 어쩐지 공연히 즐겁기만 하던 기분이 슬그머니 좀 흐려지는 것 같다.

사무실로 최상태가 찾아오자, 노수인은 미스 민에게 어디서 전화가 오거든 점심 먹으러 나갔다고, 곧 들어온다고 하라고 이르고는 밖으로 나갔다.

식당에 마주 앉아 점심을 먹으면서 최상태는 불쑥 말을 꺼낸다.

“나 아마 곧 결혼식을 하게 될 것 같다.”

“그래?”

노수인은 약간 긴장감을 느끼면서 그를 바라본다.

"마누라의 1주기도 지나고 해서."

"상대는 누군데?"

"누군 누구라…… 요전에 말했던 그 여자지."

"그 여자라니?"

"지월실이 말이다. 요전에 내가 이야기 안 하더나, 우리 딸애 담임이 고등학교 때 우리 일 년 후배인데, 싱글이라고……."

"음—"

노수인은 절로 표정이 굳어진다.

"지난번 토요일이던가…… 보자…… 응, 금요일이었구나. 내가 직접 만나서 담판을 안 했나."

"……."

"피차 외로운 처지니 가정을 이루어서 살아 보자고."

"그랬더니?"

"그랬더니 확답은 안 하고, 생각해 보겠다고……."

"생각해 보겠다고?"

"응, 그럴 거 앙이가, 제삼자를 사이에 넣지도 않고, 난데없이 불쑥 청혼을 했는데, 당장에 오케이 할 여자가 어디 있겠노. 안 그러나?"

"음."

"아마 가능하지 싶으다."

"생각해 보겠다면 벌써 반 이상 오케이 한 거나 마찬가지 아니겠나. 허허허……."

최상태는 기분 좋은 듯이 웃는다.

"전 아직 재혼할 생각이 없어요.""그런 생각 전 아직 해 본 일이 없었다니까요." 지월실이 이렇게 대답한 말을 최상태는 제멋대로 해석해서 반승낙이라도 받은 것처럼 떠벌려대는 것이다.

노수인은 밥이 어디로 들어가는지 알 수가 없을 지경이었다.

"이번에 내려가면 확답이 있겠지. 그동안 열흘 가까이 잘 생각해봤을 테니."

"만일 노오 하면?"

"노오 할 턱이 없어. 만일 노오 하면 가만 안 두지."

"가만 안 두다니?"

"열 번 찍어서 안 넘어가는 나무 봤나. 그기 내 신존 기라. 내 별명이 멧돼진 줄 모르나?"

"……."

"한 번 한다면 하는 기라. 까짓것 돈 가지고 뭐 하겠노. 이런 때 쓰지. 돈 앞에 항복 안 하는 여자 있는 줄 아나?"

최상태는 신이 나는 듯 지껄여댄다.

노수인은 먹은 것이 가슴에 꽉 받치는 듯한 느낌이다. 심정이 매우 착잡하다.

우선 지월실이 자기에게 거짓말을 했다는 사실이 몹시 불쾌하다. 청혼을 받았다는 말은 꺼냈으면서, 어째서 최상태가 청혼을 했다는 사실은 감쪽같이 숨기려 했던 것일까. 청혼을 받았다기에 틀림없이 상태가 행동을 개시했구나 짐작을 했었는데 그게 아니라고, 학부모는 학부모인데, 최가가 아니고, 김가라고, 표정 하나 변하지 않고 딱 잡아떼는 바람에 그런가보다 여겼는데…….

왜 그랬을까? 그럴 까닭이 무엇인가? 최상태에게 갈 마음이 조금도 없다면, 자기를 진정으로 사랑하고, 앞날을 자기에게 송두리째

맡기기로 결심을 했다면, 최상태가 청혼을 했거나, 누가 청혼을 했거나, 숨길 까닭이 무엇인가 말이다.

그렇다면 아직 마음이 자기에게 낙착이 된 게 아니라, 부동 상태란 뜻인가. 그렇지는 않은 것 같은데…… 내가 누구예요? 하면서 당신의 아내가 되고 말겠다고, 그처럼 뜨겁게 달라붙던 그녀가 아닌가.

좌우간 알 수가 없는 일이다. 여자의 마음은 갈대라더니, 정말 그녀의 마음도 갈대인 것일까.

그리고 또 한 가지 불쾌하고 불안한 것은 최상태의 신존가 뭔가 하는, 열 번 찍어 안 넘어가는 나무가 없다는 그 멧돼지 같은 말이다. 아무래도 이 녀석이 그냥 호락호락 물러설 것 같지가 않으니, 앞으로 어떤 일이 생길지 알 수가 없는 것이다. 말하자면 멧돼지와 싸움이 붙은 셈이니 말이다.

"아무리 멧돼지지만 이번만은 잘 안 될걸……."

노수인은 이런 소리가 곧 목구멍에서 간질간질했으나 꿀꺽 삼켰다.

식사를 마치고, 최상태와 다방에 가서 차를 한잔 마시면서도 노수인은 곧장 심정이 뒤숭숭하기만 했다.

최상태와 헤어져 사무실로 돌아온 노수인은 대뜸,

"전화 온 거 없었니?"

미스 민에게 묻는다.

"없었는데요."

"그래?"

손목시계를 본다. 두 시가 다 되어 간다.

어찌 된 일일까? 첫차로 출발하겠다고 했었는데…… 혹시 무슨 일이 생긴 것일까…… 최상태가 청혼을 했다는 사실을 숨겨서 괘씸하기는 하지만, 역시 기다려지는 마음은 마찬가지다.

어쩌면 그럴수록 더 초조하게 기다려지는 것인지도 모른다.

때르르 전화벨이 울린다.

노수인이 얼른 가서 받는다.

"아, 여보세요."

"아, 거기 교육개발편집실입니까?"

"예, 바로 나요 나…….”

노수인은 싱글 웃는다.

"방금 도착했어요."

고속버스 터미널이 있는 공중전화기 앞에서 지월실도 절로 활짝 웃음이 피어난다.

"늦었군."

"예, 첫차로 온다는 것이 좀 늦었어요."

"어떻게…… 바로 이쪽으로 오겠소?"

"당신, 퇴근 시간 지났죠?"

"퇴근 시간은 지났지만 뭐, 상관없어요."

"그럼 사무실에서 좀 기다리시겠어요? 먼저 나리국민학교에 가서 박 교감을 만나 볼일을 마칠까 해요."

"그러지 뭐."

"그래야 마음 놓고…… 안 그래요?"

"그렇지. 그런데 볼일이 앞으로 얼마나 걸릴 것 같소?"

"가봐야 알겠지만, 한두 시간이면 충분할 거예요. 만나서 잠시 이야길 하면 되니까요."

"그럼 늦어도 두 시간 이내에 끝내야 돼요. 두 시간이면 보자……
네 시까지 사무실에서 기다릴 테니."

"예, 알겠어요."

"네 시 넘으면 집에 돌아가 버릴 거요."

"어머, 집에 돌아가시다니, 그런 법이 어디 있어요."

지월실은 전화기에다 대고 살짝 눈을 흘긴다.

"허허허…… 속히 볼일을 마치라는 뜻이 아니오. 빨리 만나고 싶어
서 그러는 거지."

"예, 빨리 끝낼 게요."

수화기를 놓자, 지월실은 얼른 가서 택시를 잡아탄다.

나리국민학교 정문에 내린 지월실은 옷매무새를 바로잡는다. 연
한 초콜릿색 투피스가 착 몸에 어울린다.

정문을 들어서는 그녀는 어쩐지 조금 가슴이 뛰는 듯한 느낌이다.
학교가 너무나 현대식으로 잘 갖추어져 번쩍거리기 때문인지도 모
른다. 운동장 여기저기 흩어져 놀고 있는 아이들도 눈부시기만 하
다. 햇병아리들처럼 노란 교복을 입고 있는 것이다. 모자도 노랗다.
온통 운동장에 병아리들이 흩어져 놀고 있는 느낌이다. 혹은 학교의
이름과 같이 여기저기 나리꽃이 만발한 듯한 느낌이기도 하다.

교무실로 들어가자, 박문갑 교감은 자리에 앉아 있었다.

지월실이 다가가 인사를 하자,

"아, 오셨군요."

하고 굵은 검은 테 안경 속에서 두 눈이 담뿍 웃음을 띠었다.

"자, 이리 좀 앉으세요."

“예.”

지월실은 다소곳이 소파에 앉는다.

“잠깐 기다리세요. 일을 좀 마치고…….”

박 교감은 책상 위에 수북이 쌓인 장부들을 하나하나 들추어 보며 도장을 찍어 나간다. 학습 보도안이라는 것을 지월실은 대뜸 안다.

지월실은 가만히 교무실 안을 둘러본다. 우선 책상부터가 자기네 학교 것과는 다르다. 아주 멋지고 번질거린다.

“지 선생, 요 앞에 다방으로 나갈까요?”

사무를 마친 박 교감이 자리에서 일어난다.

“예, 그러죠.”

지월실도 소파에서 일어선다.

박 교감의 뒤를 따라 교무실을 나가는 지월실의 모습을 여기저기 자리에 앉아 있는 선생들이 힐끗힐끗 바라본다. 얼른 보아도 스타일이 여선생인 것을 알겠는 듯 서로 수군거리기도 한다.

다방에 마주 앉자, 박 교감은 점잖은 목소리로,

“언제 올라오셨어요?”

묻는다.

“조금 전에 도착했습니다. 바로 교감 선생님을 찾아왔죠.”

“오늘 휴일이 아닌데, 학교는 어떻게 하시고?”

교감다운 질문이다.

지월실은 생글 웃으면서 대답한다.

“오늘이 우리 학교 개교기념일이에요. 편지에 말씀드렸잖아요.”

“아 그랬던가요? 허허허…….”

박 교감은 커피를 쭉 마시고 나서,

“그런데…….”

하고 본론으로 들어간다.

지월실은 어쩐지 불안한 생각이 든다. 박 교감의 어투가 어째 시원찮은 것이다.

“에— 지 선생, 그동안에 말이죠, 벌써 두 사람이나 이력서가 들어왔어요.”

“…….”

“그러니까 예년보다 경쟁이 심할 것 같다는 얘깁니다.”

지월실은 약간 굳어진 표정으로 가만히 듣고 있다.

“예년 같으면 아직 그런 이력서가 들어올 때가 아닌데, 금년엔 어찌된 셈인지 벌써 두 통이나 들어왔다니까요.”

“…….”

“하나는 이사장을 통해서 들어온 것이니까 이미 확정된 거나 마찬가지고, 이제 한 사람이 남았는데…… 아마 명년에 두 사람 채용할 것 같아요.”

“…….”

“그런데 한 사람 남은 자리에 앞으로 이력서가 얼마나 더 들어올지.”

지월실은 가슴에서 무엇이 와르르 무너지는 듯한 느낌이다.

정면으로 거절은 못 하고, 간접적으로 그렇게 말하는 것이 아닌가 싶으니 슬그머니 기분이 나빠지기도 한다. 자기네 학교에 올 생각이 없느냐고, 올 의사만 있으면 자기가 힘써 보겠다고 말한 것은 언제고, 이제 와서 슬그머니 꽁무니를 빼려고 하는가 말이다.

이럴 바에야 애당초 그런 말을 꺼내질 말 것이지…… 공연히 가만히 있는 사람을 들었다가 놓아버리는 꼴이 아닌가.

지월실의 표정이 실망과 불쾌감으로 굳어지는 것을 보자, 박 교감은 차를 한 모금 꿀꺽 마신다. 그리고 말한다.

"그러나 내가 한 번 힘써 볼 테니 이력서를 내세요."

"……."

"이력서 써 가지고 왔어요?"

"아니요."

"그럼 내려가시거든 곧 이력서를 써서 보내세요."

"예."

지월실은 그 말도 다 형식적인 것 같았으나, 예 하고 대답하는 수밖에 없었다.

박 교감과 헤어져 공중전화를 찾아 터벅터벅 걸음을 옮기는 지월실은 마치 온몸이 탈맥이 된 듯한 느낌이다. 몹시 배도 고팠다. 그제야 점심을 아직 안 먹었다는 생각이 들었다. 우선 무엇을 좀 먹고 볼 일이었다.

그녀는 눈에 띄는 대로 제과점으로 들어갔다. 우유와 카스텔라를 먹으면서 손목시계를 보았다. 아직 네 시가 되려면 멀었다. 세 시를 조금 지났을 뿐이다.

공복에 우유와 카스텔라를 집어넣고 있으면서도 그녀는 도무지 맛이 있는지 없는지도 알 수가 없다. 심란하고 뒤숭숭한 판이니 그럴 수밖에. 커다란 기대를 안고 찾아왔던 일이 보기 좋게 빗나가 버리고 만 듯한 느낌이니 말이다.

어쩌면 자기가 너무 일을 간단하게 생각했던 것인지도 모른다. 서울 전입이 하늘의 별 따기라는데, 더구나 서울의 사립학교로 뚫고

274

들어가는 일이 그렇게 간단할 수가 있겠는가.

박 교감이 이제 와서 슬그머니 꽁무니를 빼려는 것이 아니라, 사실 일이 그렇게 되어 있다는 것을 솔직히 이야기한 것인지도 모른다는 생각이 든다. 세상일이 어디 그렇게 앉아서 떡먹기처럼 수월하게 될 수가 있는가. 박 교감이 벌써 이력서까지 두 통 들어왔다는 사실, 하나는 이사장을 통해서 들어왔으니 이미 결정된 거나 마찬가지라는 사실, 그런 내막까지 숨김없이 이야기해 주는 것이 어쩌면 진심을 보이는 것인지도 모른다고 생각하자, 잠시나마 그를 속으로 원망한 것이 슬그머니 미안해지기도 한다. 그리고 어떤 희망 같은 것이 다시 되살아나는 느낌이다.

"그러나 내가 한 번 힘써 볼 테니 이력서를 내세요."

하던 말을 믿어 보기로 한다. 말하자면 아직 가능성이 전혀 없는 것은 아닌 것이다.

"어떻게든지 가능하도록 해야지. 어떻게든지."

지월실은 속으로 중얼거린다.

그냥 남들처럼 더 좋은 곳으로, 더 나은 학교로 옮기기 위해서 서울로 오려고 하는 것이 아니다.

그런 세속적인 욕망을 위해서라면 까짓것 안 돼도 그만이다.

그러나 안 돼서는 안 될 처지인 것이다. 운명의 기로에 섰다고나 할까. 자기의 외롭고 쓸쓸한 인생길에 난데없이 출현한 기쁨을 놓치지 말고 꽉 붙잡아야 하는 것이다. 어떻게든지 서울로 옮겨와서 노수인의 정처가 되어야 하는 것이다.

그런 안타까운 사정이니 도저히 포기할 수가 없다. 안 될 일도 어떻게든지 되도록 만들어야 한다.

지월실은 우유를 마저 꿀꺽 마시고 얼른 자리에서 일어난다. 가만히 앉아 있을 마음의 여유가 없는 것이다. 공중전화 쪽으로 가서 노수인이 기다리고 있을 교육개발편집실의 전화번호를 돌린다.

“이제 끝났소?”

“예.”

“그럼 어떻게 할까? 에— 일단 이쪽으로 오시지.”

“그러죠.”

“택시를 타고 을지로 입구에서 내리세요. 그럼 거기 ‘아네모네’라는 다방이 있어요. 거기서 기다릴게요.”

“예.”

택시를 타고 을지로 입구 쪽으로 달리면서 지월실은 생각한다. 혹시 노수인이 힘이 될 수 없을까 하고…… 교육관계 잡지를 편집하고 있으니, 어쩌면 그런 데 알음이 있을지도 모르는 것이다. 만나 상의를 해 봐야지 생각한다.

아네모네 다방을 찾아 들어가니 노수인은 한쪽 가에 앉아 담배를 피우고 있었다.

그런데 어쩐지 그의 표정이 썩 밝은 것이 못 되는 것 같았다. 시선이 마주치자 싱글 웃는다. 그러나 지월실은 대번에 알 수가 있었다. 어딘지 모르게 약간 눈길이 다른 것이다. 사람을 달리 보는 듯한 그런 느낌마저 드는 것이 아닌가.

전번 부산에서 만났을 때의 첫 시선과는 매우 다르다. 어디가 어떻게 다르다고 설명을 할 수는 없으나 좌우간 다른 것이다. 순수한 반가움과 기쁨이 담긴 그런 눈이 아니라, 어딘지 모르게 이물이 섞인 듯한 눈인 것이다.

여자의 보는 눈이란 무섭다. 남자도 마찬가지일 것이다. 독심감각(讀心感覺)이라고나 할까. 그런 것이 사랑하는 사이에서는 특히 예민하게 작용한다고 할 수 있다. 자기를 바라보는 상대방의 눈에 지금 어떤 감정이 담겨져 있는가를 대뜸 알 수가 있는 것이다.

지월실은 속으로 생각한다. 어찌된 일일까? 무슨 일이 있는 것일까? 혹시 마음의 변화라도……? 그동안에 벌써 마음이 변했을 턱은 없고, 자기가 서울로 오겠다는 바람에 마음의 동요를 느끼고 있는 것이나 아닐까? 남자란 믿을 수 없는 동물이라더니, 노수인도 결국 그런 종류의 남자에 불과했던 것일까…….

자리에 앉아 커피를 마시면서도 지월실은 도무지 걷잡을 수가 없다. 아마 오늘은 유쾌한 날이 되질 못하는 것 같다. 박 교감과의 대면에서도 실망 같은 것이 느껴지더니 말이다.

그러나 노수인은,

"뭐라 그래요? 가능할 것 같애요?"

담담한 어조로 묻는다.

지월실은 얼른 그의 눈빛을 본다. 조금 전의 그런 이물이 섞인 듯한 눈이 아니다. 진정으로 가능성 여부가 궁금한 것 같다. 그녀는 반짝 눈에 기쁨을 담는다.

"어쩐지 이야기가 시원찮은 것 같애요."

"그래……?"

노수인은 표정이 약간 어두워진다. 지월실은 그런 표정이 한없이 반갑고 기쁘다. 혹시 자기가 서울로 오려고 하기 때문에 마음의 동요를 일으킨 게 아닌가 생각했던 것은 전적으로 빗나간 생각이었던 것이다.

그녀는 기분이 좋아져서 줄줄 지껄여 댄다.

“명년에 두 사람을 채용한다는 거예요. 그런데 벌써 이력서가 두 통 들어왔다나요. 예년 같으면 아직 이력서가 들어올 때가 아니라는 거예요. 그러니까 앞으로 경쟁이 심할 것 같다는 거죠.”

“음—”

“그리고 한 사람은 이미 결정된 거나 마찬가지라는 거예요.”

“왜?”

“이사장을 통해서 들어왔다나요. 이사장이면 바로 학교 임자가 아니겠어요. 그러니까 나머지 한 자리를 두고 앞으로 얼마나 경쟁이 될지 모른다는 거죠.”

“……”

“좌우간 이력서를 써 보내라고 하더군요. 자기가 힘써 보겠다고…… 그러나 아무래도 시원찮을 것 같애요.”

말없이 듣고 있던 노수인이,

“나리국민학교라 그랬죠?”

불쑥 묻는다.

“예.”

지월실의 눈이 빛난다.

“내가 한 번 알아볼까…….”

노수인이 중얼거리듯 말한다.

“한 번 알아봐요.”

지월실은 온 얼굴에 활짝 기쁨이 피어오른다. 그러면 그렇지, 노수인이 그럴 턱이 없는 것이다. 마음의 동요를 일으키다니…… 자기의 보는 눈이 틀림없는 것이다.

그렇다면 아까 그 약간 이상하게 느껴지던 눈길은 도대체 무엇을 의미하는 것일까? 혹시 자기가 잘 못 본 것이 아닌가 싶기도 했다.

"나리국민학교라…… 교장이 누군가……?"

"글쎄요."

"내가 한 번 알아보지. 그러나 믿지는 말아요. 가능한 길이 있을지 없을지……."

"몰라요. 꼭 되도록 해 줘요."

지월실은 웃으며 투정을 부리듯 말한다.

"내가 그 학교 교장이라면 꼭 되도록 하겠는데…… 하하하……."

잠시 후 밖으로 나온 노수인이 묻는다.

"어디로 갈까요? 어딜 구경하고 싶어요?"

"아무 데나 가요."

"서울 자주 왔었나요?"

"아니요. 와 본 지 오래됐어요."

"그럼, 서울을 한눈으로 구경할 수 있는 곳으로 갈까요?"

"어딘데요?"

"남산 팔각정."

"그러죠."

택시를 타고 그들은 남산 케이블카 터미널 앞에 내렸다.

"케이블카를 타고 올라갑시다."

"그러죠."

"케이블카 타 봤어요?"

"호호호…… 부산에도 케이블카 있어요."

"그래요? 허허허……."

그들은 동심으로 돌아간 듯 즐겁게 웃는다.

팔각정에서 서울 시가를 구경하고 나서 그들은 산비탈에 마련되어 있는 노천 식당으로 걸음을 옮긴다.

파라솔 밑에 앉아 콜라로 목을 축이고 생과자를 먹으면서 지월실이 문득 생각난 듯 웃으며 묻는다.

“세검정이 어느 쪽이에요?”

“세검정?”

“예, 당신 집이 있는 곳 말이에요.”

“저기 저 북악산과 인왕산 사이로 넘어가는 고개가 보이지?”

“예.”

“저 너머가 세검정이에요.”

지월실은 말없이 그 고개 쪽을 바라본다. 어쩐지 그녀의 눈에 좀 착잡한 것 같은 빛이 어린다.

노수인은 그녀의 심정을 짐작하겠는 듯 꿀꺽꿀꺽 콜라를 마신다. 그리고 담배를 한 개비 꺼내 문다.

낙엽이 한 잎 두 잎 나부껴 떨어진다.

“별로 멀지 않아서 출퇴근하시는 데 좋겠군요.”

지월실은 혼자 중얼거리듯이 말한다.

“예.”

노수인 역시 들릴 듯 말 듯 대답을 하고는 담배 연기를 푸— 내뿜는다.

알 수 없는 일이라는 생각이 문득 든다. 여자의 마음이란 정말 헤아릴 수 없는 것인가 싶다.

그래서 노수인은 슬그머니 말머리를 돌려 정작 물어보고 싶었던 말을 서서히 꺼내기 시작한다.

"저…… 당신 서울로 꼭 오겠다는 말이 정말이요?"

"어머, 그게 무슨 말이에요?"

"정말 서울로 올 생각이냐 그 말이요."

"호호호…… 새삼스럽게 그게 무슨 말이죠?"

"정말?"

"호호호…… 나 참…….'

지월실이 약간 어이가 없는 모양이다.

"결혼을 한 다음에도 서울로 올 생각이요?"

"결혼을 한 다음에라뇨?"

"곧 결혼을 하게 된다면서요?"

지월실은 눈이 휘둥그레진다.

"누가 곧 결혼을 하게 된다는 거예요……?"

"당신이…….'

"뭐요? 핫핫하…….'

어처구니가 없는 듯 그만 까르르 웃는다.

노수인은 멀뚱히 그녀의 웃는 얼굴을 바라본다. 그렇다면 최상태의 말이 거짓말이란 말인가…… 도무지 어떻게 된 영문인지 알 수가 없다.

까르르 웃고 나서 지월실은,

"누가 그런 소릴 해요?"

참 재미있다는 듯이 눈을 반짝거린다.

"맞선을 봤다던데요."

"예? 누가 그런 소릴 해요? 도대체…….'

“다 아는 수가 있죠.”

“나 참, 누가 아마 사람을 모함하는 모양이죠? 전번에 청혼을 받은 일은 있다고 했잖아요. 학부모가 만나자고 해서 무슨 일인가 했더니 글쎄 불쑥 혼담을 꺼내지 않겠어요.”

“그 황금 금 자 김가라는 학부모 말이죠?”

“예, 호호호…”

그러자 노수인도 코로 히죽 웃는다. 그리고 묻는다.

“그 학부모가 틀림없는 황금 금 자 김갑니까?”

“예.”

“정말?”

“……”

“왜 대답이 없죠?”

노수인은 지월실의 눈을 똑바로 들여다본다. 그녀 역시 노수인의 눈을 가만히 바라보고 있다.

“여보!”

노수인이 나직하나 힘이 박힌 목소리로 부른다.

지월실의 눈에 약간 긴장의 빛이 서린다.

“왜 거짓말을 하는 거요?”

“……”

“왜 나를 속이려 드는 거지?”

그제야 지월실은 얼굴에 당황하는 기색이 떠오른다. 마구 속눈썹을 깜짝거린다.

아무래도 사실을 노수인이 알고 있는 게 틀림없다. 어떻게 안 것일까. 그래서 아까 다방에서 처음 만났을 때 눈빛이 좀 이상했구나…….

그녀는 약간 웃음이 나온다.

"오해하지 마세요. 속이려고 해서 그런 게 아니에요."

"그럼?"

"일부러 생각해서 그랬어요."

"생각해서 그러다니?"

"당신이 기분 나빠 하실까 봐 말이에요."

"……."

"그렇지 않겠어요. 같은 동기생이 청혼을 했다는 걸 알면 모르는 남이 청혼한 것보다 기분 나쁜 것 아니겠어요. 더구나 학생 때 친한 사이였다니 말이에요."

"그래서 일부러 거짓말을 한 거예요. 그런 거짓말은 참말보다 오히려 아름다운 것이 아닐까요?"

"음—"

그제야 노수인은 고개를 끄덕인다.

그러나 아직 한 가지 남아 있다.

"그런데 왜 당신 딱 거절을 하지 않고, 생각해 보겠다고 대답했지?"

"생각해 보겠다고 대답을 해요? 호호호……."

"생각해 보겠다고 그랬다던데? 생각해 보겠다는 것은 반 이상 승낙을 한 거나 마찬가지 아니겠느냐고 그러던데……."

"누가요?"

"누군 누구라, 바로 청혼자가……."

"최상태가 그 사람을 만났었나요?"

“예.”

“언제?”

“바로 오늘.”

“오늘요? 어머⋯⋯.”

“조카 결혼식이 있어서 왔더군요. 점심을 같이 하면서 그런 얘길 하던데⋯⋯.”

지월실은 표정이 싸늘하게 변한다.

“그 사람 참 덜된 사람이군요. 뭐 그런 사람이 다 있어요. 학부모고, 고등학교 선배라, 그래서 난 그렇게 대하질 않았는데, 이제 보니⋯⋯.”

“⋯⋯.”

“영 상대할 사람이 못 되는군요. 남자가 어떻게 그런 거짓말을 할 수가 있어요. 생각해 보겠다는 말을 도대체 누가 했다는 거예요. 나 참⋯⋯.”

어이가 없고 분해서 못 견디겠는 모양이다.

“그래요⋯⋯?”

그제야 노수인은 고개를 끄덕인다.

“체면을 생각해서 차마 면전에서 딱 잘라 거절할 수가 없어서 아직 재혼할 생각이 없다고 했더니, 그 말을 자기 멋대로 해석해서⋯⋯.”

“⋯⋯.”

“한 번 더 그런 말을 꺼내기만 해봐라. 여지없이 퇴짜를 놓아 줄 테니⋯⋯.”

“허허허⋯⋯ 그렇게 됐군.”

노수인의 얼굴이 활짝 밝아진다. 꺼림칙하던 것이 이제 활짝 걷힌 셈이다.

"본래 그 친구 좀 덜렁덜렁한 친구예요."

"아무리 덜렁덜렁하다 하더라도 그렇게 거짓말을 해서 남의 입장을 곤란하게 할 수가 있어요. 여보, 그 사람이 우리 사이를 아나요?"

"알 턱이 없지. 안다면 나한테 그런 얘길 하겠어?"

"당신도 상당히 엉큼한 양반이군요. 시치미를 뚝 떼고 그런 소릴 듣고만 있었나요? 호호호……."

"허허허…… 듣고 있지 어떻게 해?"

"공연히 헛다리 짚지 말고, 썩 물러가는 것이 좋을 것이라고 말해 주지 않고……."

"스스로 단념하고 딴 데 장가들길 기다리는 게 현명하지, 공연히 이쪽에서 그런 소릴 할 게 뭐 있어요. 우리 사이를 알지도 못하는데…… 오히려 긁어 부스럼을 일으키는 격이지."

"긁어 부스럼을 일으키는 격이라뇨? 어째서 그래요? 차라리 우리 사이를 밝혀 버리면 아 그러냐고, 그런 줄 몰랐다고, 미안하다고 단념할 게 아니에요. 그게 친구 아니겠어요."

"허허허…… 일이 그렇게 돼 있질 않아요."

"그렇게 돼 있질 않다뇨? 그게 무슨 말이에요?"

지월실은 의아한 표정을 짓는다.

노수인은 얼른 얼버무린다.

"그 친구 성질이 그렇질 못하단 말입니다. 우리 사이를 알면 아 그러냐고, 미안하다고 좋게 물러서는 게 아니라, 오히려 그와 정반대로 나올 거예요."

“정반대로 나오다뇨? 그런 법이 어디 있어요. 친구라면서……."

“좌우간 그런 사람인 줄 알고, 당신이 잘 알아서 처리해요. 우리 사이를 절대로 알리진 말고……."

“예, 알겠어요.”

그 이야기는 이제 그 정도로 그치기로 하고, 노수인은 기분 좋은 얼굴로 슬그머니 화제를 돌린다.

“당신 영화 좋아하나요?”

“좋아하는 편이죠.”

“그럼 영화나 보러 갑시다. 〈대부(代父)〉라는 영화 봤어요?”

“아니오. 좋은 영화라면서요?”

“재미있는가 봐요. 한 번 가 볼까요?”

“그러죠.”

지월실은 살짝 옆으로 돌아앉으며 핸드백을 열어 콤팩트를 꺼낸다. 거울을 들여다보며 또닥또닥 얼굴 화장을 매만진다.

조카의 결혼식을 마치고 친척들과 어울려 술자리를 두어 차례 가진 다음 최상태는 고속버스 터미널로 달렸다. 그러나 이미 부산행 버스는 끊어지고 난 뒤였다. 할 수 없이 하룻밤을 더 서울에서 자는 수밖에는 없었다.

최상태는 노수인의 사무실로 전화를 걸어 보았다. 토요일이긴 하지만 혹시 아직 사무실에 있지 않나 해서…… 물론 허사였다.

이번에는 그의 집으로 전화를 걸었다. 집에 들어간 친구를 다시 불러낸다는 것은 미안한 일이지만, 아무래도 하룻밤을 혼자 지내기가 뭐한 것이다.

그러나 노수인은 집에 없었다. 인천에 출장을 갔다는 것이었다. 오늘 돌아오지 않을 것이라고 했다.

"그럼 에— 영화나 볼까? 그거 좋겠구나."

신문을 한 장 산다. 무슨 영화가 상영되고 있는가 본다. 〈대부〉가 눈에 띈다.

"옳지, 〈대부〉를 보러 가자. 이기 요새 한창 말이 많은 영화라지. 됐어."

최상태는 손목시계를 본다. 시간도 알맞다. 택시를 잡아탄다.

극장표를 사 가지고 이층으로 올라간다. 최상태는 우선 볼일을 보러 화장실을 찾아간다. 소변을 보고 나서 다시 화장실을 나오던 그는,

"으?"

주춤 멈추어 선다.

저쪽 소파에 막 와서 앉는 사람이 눈에 띄었던 것이다. 그게 바로 다름 아닌 노수인이 아닌가. 인천에 출장을 갔다던 노수인이 웬 여자와 함께 극장에 와서 지금 막 저쪽 소파에 앉는 것이 아닌가.

"아니!"

최상태는 또 한 번 놀란다.

노수인과 나란히 앉은 여자의 얼굴을 본 것이다.

최상태는 잠시 자기의 눈을 의심하는 듯 멀뚱히 서서 여인을 쳐다본다.

"음—"

자기도 모르게 신음 소리 비슷한 것이 흘러나온다.

틀림없다. 틀림없이 지월실이다.

참 이상한 일이다. 노수인과 지월실이 언제 벌써 저렇게 가까워진

것일까. 한쪽은 서울, 한쪽은 부산에 사는 터인데…….

저번에 홍사운의 축하회를 마치고, 이차로 가서 지월실의 얘기를 꺼냈을 때 전혀 그런 기색이 없던 노수인이 아닌가. 지월실이 아들 하나를 믿고 혼자 살고 있다는 것도 전혀 모르는 것 같았는데…….

혹시 얼굴이 닮은 딴 여자가 아닌가 싶어 최상태는 주기가 있는 눈을 끔벅거리면서 몇 걸음 걸어가 자기도 이쪽 소파 빈자리에 앉는다.

휴게소에서 영화 끝나기를 기다리는 관람객이 가득 앉아 있어서, 저쪽에서는 이쪽을 전혀 눈치채지 못한다.

새삼 눈여겨보아도 역시 지월실이 틀림없다.

지월실이 상글상글 웃으면서 노수인에게 뭐라고 지껄인다. 그러자 노수인도 빙그레 웃는다.

"음—"

어느새 저들이 저렇게 가까운 사이가 된 것일까. 집에다가는 인천으로 출장을 간다고 전화를 해놓고, 저렇게 어울린 걸 보니 틀림없이 깊은 사이인 것 같다.

그런데 도대체 알 수가 없는 것이 서울에 있는 노수인과 부산에 있는 지월실이 언제 만나 저런 사이가 되었는가 말이다. 전부터 알고 있는 사이는 아닌 것 같았는데…….

문득 최상태는 교육연구대회가 생각난다. 경주에서 있었다는 그 연구대회에 가서 지월실이 상까지 받은 것이다. 혹시 그 연구대회에 노수인도 참석했던 것일까. 그래서 거기서 지월실을 만났던 것일까. 교육관계 잡지를 편집하고 있으니 출장을 갔을지도 모른다.

그러고 보니 그날 밤 이차 술자리에서 노수인이 내일 자기는 출장을 가야 된다면서 그만하자고 일어서던 일이 어렴풋이 기억된다.

"음—"

그렇다면 괘씸한 노릇이 아닐 수 없다. 그날 밤 술자리에서 자기한테 지월실이 혼자 사는 몸이라는 얘기를 듣고, 연구대회에서 그녀를 우연히 만나자, 그녀에게 슬그머니 접근을 한 게 틀림이 없다. 그렇지 않곤 그전에 알지 못했던 그들이 어느새 저렇게 가까운 사이가 될 턱이 만무한 것이다.

최상태는 생각할수록 괘씸하고 분했다. 친구라면서, 더구나 동기생이기도 하면서 그럴 수가 있는가 말이다. 친구가 재혼 상대로 마음을 먹고 있는 여자를 가로채다니…….

그리고 바로 오늘 낮에 점심을 먹으면서도 시치미를 뚝 떼고 있지 않았는가. 자기가 지월실이와 곧 결혼을 하게 될지도 모른다는 얘기를 듣고도…….

"이누무새끼!"

최상태는 절로 주먹이 불끈 쥐어진다.

생각 같아서는 당장 뛰어가서 멱살을 거머쥐고 상판을 한 대 바수어 주었으면 싶으나, 차마 그럴 수는 없는 일이고…….

"어디 두고 보자!"

부들부들 떨려 견딜 수가 없다.

그때 때르르르…… 영화 끝나는 벨이 요란하게 울려 퍼진다. 장내로 들어가자 최상태는 그 둘이 앉은 자리를 확인하고서 자기 좌석번호를 찾는다. 용케 자기 좌석이 그들이 앉아 있는 옆줄의 조금 뒤편이어서 그들의 뒷모습을 잘 바라볼 수가 있었다.

그들은 뒤에서 보아도 보통 사이가 아닌 것이 틀림없다. 장내 판매원한테서 뭣을 사 가지고 둘이 함께 집어 먹으며 정답게 이야기를 나눈다. 그러다가 지월실이 노수인에게 바싹 기대며 어깨에 고개를 얹을 듯이 한다. 노수인은 그녀를 돌아보며 웃는다. 사람들만 주위에 없으면 노수인은 곧 그녀를 껴안을 것 같은 그런 아기자기함이다.

"음—"

최상태는 속이 부글부글 끓어오를 수밖에 없다.

저것들이 마지막 선을 넘은 것일까? 어떻게 보면 그런 것 같기도 하고…… 그러나 그들이 어느새 그렇게 깊은 데까지 들어갔을 턱이 없는 것이다. 아무리 속도가 빠른 세상이라고는 하지만, 벌써 그렇게까지 밀착이 되었을 턱이 없다. 우선 그렇게 될 기회가 언제 있었겠는가 말이다. 남자는 서울, 여자는 부산이니 그동안 만났다고 하더라도 고작 한 번이나 두 번일 터인데, 한두 번에 바로 그렇게 되어 버릴 수가 있겠는가? 요즘 철없는 젊은것들도 아닌데 그렇다면 어쩌면 오늘 밤이 바로 그들의 밀야가 되는 것인지도 모른다.

"오늘 밤, 오늘 밤…… 음—"

최상태는 이를 악문다. 오늘 밤을 지켜야 하는 것이다. 방위해야 하는 것이다.

본영화가 시작된 뒤에도 최상태는 곧장 그들의 뒷모습을 힐끗힐끗 눈여겨보곤 했다.

뒤에서 자기들을 지켜보는 사람이 있다는 것을 꿈에도 모르는 노수인과 지월실은 이따금 소곤소곤 주고받으면서 스크린에 펼쳐지는 으스스하면서도 구수한 이야기에 빠져들어 갔다.

지월실은 이따금 소름이 끼치는 듯,

“아이 무서워.”

하고 몸을 떨었다.

그럴 때면 노수인은 잡고 있는 그녀의 한쪽 손을 무릎 위에서 지그시 눌러 주었다.

영화가 끝나고 극장을 나서자, 바깥은 밤이 꽤 깊어 있었다.

“배가 고프군.”

“글쎄요.”

그들은 광화문 지하도로 들어섰다.

정답게 이야기를 주고받으며 무교동 쪽으로 나란히 걸어가던 노수인과 지월실이 어떤 식당으로 들어가자, 그들의 뒤를 밟던 최상태는 잠시 망설였다. 자기도 식당으로 따라 들어가야 할지, 아니면 바깥에서 기다렸다가 다시 미행을 해야 할지…… 식당으로 들어가면 십중팔구 서로 얼굴이 마주칠 터인데…… 그렇다고 적어도 식사를 마치고 나오려면 이삼십 분은 걸릴 것인데, 그동안 바깥에 멀뚱히 서서 기다리기도 모양 같잖고…….

최상태는 식당으로 들어가기로 마음먹는다. 얼굴이 마주치면 우연히 그렇게 만나게 된 것처럼 하면 될 게 아닐까. 그리고 그들의 뒤를 따르기만 하면 뭘 하겠는가. 그들의 뒤를 밟는 것은 결국 오늘 밤을 지키기 위해서, 그들의 결합을 막기 위해서가 아닌가. 그렇다면 적당히 그들 앞에 나타나서, 그들의 사이를 갈라놓아야 될 게 아닌가. 말하자면 오늘 밤을 방위해야 될 게 아닌가 말이다.

그리고 실은 자기도 술기가 가시면서 배가 출출한 것이다.

최상태는 성큼 식당 문을 열고 들어섰다. 시간이 꽤 됐는데도 식당 안엔 여기저기 손님이 제법 앉아 있다.

최상태는 우선 아무 데나 빈자리에 앉는다. 그리고 식사를 주문해 놓고는 담배를 꺼내어 불을 붙이면서 자연스러운 태도로 홀 안을 둘러본다. 꽤 넓은 홀이다.

얼른 그들의 모습이 눈에 띄지 않자, 최상태는 약간 당황한다. 저쪽 구석 자리에 지월실이 등을 이쪽으로 돌리고 혼자 앉아 있다. 노수인은 화장실에 간 모양이다.

최상태는 푸— 담배 연기를 크게 내뿜는다. 작전을 생각해 보는 것이다. 얼굴이 마주치면 우연히 그렇게 된 것처럼 할 게 아니라, 이쪽에서 일부러 얼굴이 마주치도록 해야 되겠다고 생각한다. 적당히 그들 앞에 나서야 일이 될 게 아닌가.

최상태는 담배를 문 채 자리에서 일어난다. 그리고 화장실 표시가 되어 있는 쪽으로 건들건들 걸음을 옮긴다.

걸음을 옮기다가 문득 지월실 쪽을 바라본다.

참 희한한 일이다. 순간 그녀도 힐끗 이쪽을 바라보는 것이 아닌가. 마치 누가 부르기라도 한 것처럼.

시선이 마주치자 최상태는 깜짝 놀란다.

"아니! 지 선생 아니십니꾜? 이거 정말 웬일이십니꾜?"

그는 정말 뜻밖의 일이라는 듯이 얼굴까지 약간 붉히며 성큼성큼 그녀 쪽으로 다가간다.

물론 연극이다. 그러나 연극치고는 기가 막힌다. 실제로 얼굴까지 약간 붉어지지 않는가 말이다.

"어머!"

지월실도 소스라치게 놀란다. 그녀의 놀람은 물론 진짜다. 온통 얼굴빛까지 달라지며 곧 어쩔 줄을 모른다.

“언제 올라오셨습니꾜?”

최상태는 빙그레 웃으면서 앞에 앉는다.

“오늘요.”

그녀는 들릴 듯 말 듯 대답하고는 그저 눈 둘 바를 모른다.

“아, 참 오늘이 개교기념일이죠. 허허허…… 서울서 이렇게 뵙게 될 줄은 정말 몰랐심더. 정말 뜻밖입니더.”

최상태는 시치미를 뚝 떼고 능글능글 웃으면서 말한다.

지월실은 초조한 마음으로 화장실 쪽을 힐끗 바라본다. 웬 화장실 용무가 이렇게 긴가 싶은 것이다. 얼른 나와서 자기의 이 곤경을 해결해 주지 않고 말이다. 그러면서 한편으로는 노수인이 나타나는 것이 두렵기도 하다. 그가 나타나면 곤경이 해결되는 것이 아니라, 오히려 더 걷잡을 수 없는 곤경으로 바뀌게 될지도 모르는 것이 아닌가.

일이 묘하고 난처하게 됐다 싶으며 그녀는 대구 속눈썹을 파닥거린다.

“서울에 무슨 볼일이 계셨던가요?”

“예.”

“볼일 다 보셨습니꾜?”

“……”

남이야 볼일을 다 봤거나 말거나 무슨 상관이냐고, 쏘아주고 싶은 심정이었으나, 차마 그 털 수는 없었다.

“내일 내려가시지요?”

“예.”

“버스로 내려가실랍니꾜, 기차로 내려가실랍니꾜?”

“…….”

남이야 버스로 내려가거나 기차로 내려가거나, 자기가 무슨 상관인가 말이다.

그러고 있을 때, 화장실에서 노수인이 나타났다. 손수건으로 손을 닦으면서 무심히 자리로 돌아오던 노수인은,

“어?”

주춤 멈추어 선다.

최상태와 시선이 마주친다.

“아니!”

최상태도 깜짝 놀란다. 물론 연극이다.

“노수인 아이가?”

“…….”

“노수인 맞제?”

“허—”

노수인은 자기도 모르게 그만 얼굴이 붉어지며 헛바람이 새듯 절로 웃음이 나온다.

“니가 어떻게 여기에? 인천에 출장 갔다더니…….”

“허허허…….”

노수인의 얼굴빛이 더욱 붉어 오른다.

그런 노수인을 보기가 민망스러운 듯 지월실은 웃는 것도 아니고 우는 것도 아닌 그런 표정으로 살짝 고개를 돌린다.

“너거 집에 전화 안 했더나. 그랬더니 너거 어부인께서 인천 출장을 가셨는데, 오늘 못 돌아오실 거라 카던데…….”

“…….”

“출장 용무를 마치고 돌아온 택이가, 우짠 택이고?”

최상태는 신나는 듯이 마구 억센 지껄여댄다. 재미있고 무척 반갑기도 하다는 그런 표정으로.

“집에 전화했었나? 무슨 일로? 낮에 만났는데…….”

노수인은 약간 무뚝뚝한 어조로 말하며, 털썩 지월실 곁자리에 앉는다.

“와, 전화하면 안 되나?”

“안 되는 게 아니라…… 무슨 급한 일이 생겼는가 해서…….”

“급한 일이 생긴 기 아니라…… 오늘 못 내려가게 돼서…… 심심해서 같이 한잔 할라고.”

최상태는 어물어물 말끝을 흐린다. 슬그머니 기분이 언짢아지는 표정이다.

“조카 결혼식은 마쳤니?”

“그래, 그런데…… 노수인이 너 이분 아나? 이분 우리 학교 선생님이시다.”

시치미를 뚝 떼고 힐끗 눈으로 지월실을 가리키며 말한다. 뱃심 좋게 나가는 것이다. 일급 배우 같은 표정으로.

“내가 이야기한 바로 그 지월실 선생 앙이가.”

이번에는 지월실에게 소개한다.

“저…… 이분은 노수인 씨라고, 지금 교육…… 뭐라 그랬지? 개발공사? 거기서 잡지 편집을 하고 있는데, 나하고 고등학교 동깁니더. 그러니까 우리 모두 동창이지요. 자, 서로 알 만한 사이니 인사를 나누시지.”

두 사람은 그만 웃음을 터뜨린다.

“아니, 서로 인사가 있는가?”

“허허허……”

노수인은 약간 멋쩍은 모양이다.

“우째 된 일이지? 음— 학생 때 일 년 선후배니까 보면 알만도 할 끼다. 특히 지 선생님은 학생 때 노래를 썩 잘하셔서 전교에서 날렸으니까. 허허허……”

“……”

“아마 오늘 우연히 만난 모양이지?”

“응.”

노수인은 웃으면서 적당히 그저 고개를 끄덕인다.

그러자 지월실이 힐끗 노수인을 돌아본다. 그리고 거침없이 말한다.

“아니에요. 오늘 만난 게 아니에요.”

“그래요? 하— 그럼 언제?”

“……”

“서로 아시는 지가 오랜가요?”

최상태는 속으로 바짝 긴장이 된다.

“예.”

그러자 노수인이 가로막듯 얼른 개입한다.

“지난번 경주 연구대회에 가서 만났지.”

“음, 그래?”

최상태는 자기의 추측이 맞았구나 싶다.

“아니에요. 지난번에 처음 만난 게 아니에요.”

지월실이 싸늘한 표정으로 내쏜다.

“예?”

어떻게 된 영문인지 알 수가 없는 듯 최상태는 두 사람의 표정을 번갈아 바라본다.

“음—”

노수인은 무척 난처한 모양이다.

마침 그때 음식이 온다. 이인분이다.

최상태는 자기가 주문한 것도 이쪽으로 가져오라고 시킨다. 그리고 추가로 정종 반 되를 시킨다.

정종 잔을 나누면서도 최상태와 노수인은 별다른 말이 없다.

“자.”

“응, 자.”

“응.”

잔이 오고 갈 뿐이다.

지월실은 긴장이 되어 음식이 싱거운지 짠지도 잘 모를 지경이다. 그저 이것저것 입속에 집어넣을 뿐이다. 그러면서 만일 최상태가 그럼 언제부터 아는 사이냐고 묻기만 하면 남이야 언제부터 알거나 말거나 무슨 상관이냐고, 고등학교 시절부터 너무나도 잘 아는 사이라고 서슴없이 퍼부어 줘야지 생각한다. 그래서 두 번 다시 자기 앞에 나타나지 못하도록…… 썩 물러가도록 말이다.

그러나 잠시 후, 예상외로 최상태는 주기가 다시 번지는 얼굴에 활짝 웃음을 띠며,

“동창생이란 참 좋은 기라. 만나면 언제나 학생 시절 생각이 나니…….”

이렇게 분위기를 확 풀어 버린다.

최상태가 그런 식으로 화제를 돌리자, 노수인과 지월실의 얼굴에도 절로 웃음이 떠오른다.

“허허허…… 정말이야. 학생 시절은 정말 좋았어.”

긴장이 확 풀린 노수인은 즐겁기까지 한 모양이다. 자칫하면 터질 듯 아슬아슬하던 고비를 무사히 넘긴 셈이니 그럴 수밖에.

그러나 지월실은 그게 아니다. 최상태의 예상외의 태도에 절로 웃음이 나오긴 했으나, 어쩐지 썩 기분이 좋은 것은 아니다. 어딘지 모르게 능수능란한 허위성 같은 것이 느껴진다고 할까. 자기감정에 솔직하지 못하고, 슬쩍 담을 넘어가는 구렁이 같다고 할까. 동창생이란 참 좋은 것이라니, 만나면 언제나 학생 시절 생각이 난다니…… 정말 지금 자기의 심정이 그렇단 말인가? 뻔히 들여다보이는 거짓말인 것이다.

그런 거짓말 앞에서 허허허 웃으며 맞장구를 치는 노수인 역시 좀 어이가 없다. 어쩌면 남자들이란 그렇게 낯가죽이 본래부터 좀 두껍게 생겨 먹은 모양이다.

“넌 높이뛰기 선수였제? 그때 얼마까지 뛰었노?”

“일 미터 육십삼이 최고였지.”

“일 미터 육십삼이라, 보자…… 하― 제법 높이 뛰었구나. 내 키가 일 미터 칠십 조금 넘으니까 내 모가지 정도까진 뛴 셈인데…… 지금은 얼마나 뛰겠노?”

“모르지. 지금은 얼마나 뛸지.”

“일 미터 육십은 뛰겠나?”

“일 미터 육십? 어림도 없지. 일 미터 육십이 보통 높인 줄 아니?”

“키는 그때보다 훨씬 컸을 낀데…… 나이도 더 묵고…….”

“핫핫하…….”

“헛헛허…….”

지월실은 약간 어이가 없어 두 사람을 멀뚱히 바라본다.

식사를 마치고, 카운터로 가서 최상태는 서슴없이 자기가 계산을 한다. 술기가 약간 오른 노수인이 그러면 안 된다고 굳이 말려도 막무가내로 지불해 버린다. 한사코 그렇게 자기가 지불하는 데는 속셈이 있는 것이다.

“이거 미안한데…….”

“정말 미안해요.”

노수인과 지월실은 멋도 모르고 미안해한다.

미안할 것 하나도 없다는 듯이 앞장서 식당 문을 밀고 밖으로 나온 최상태는 손목시계를 보며 말한다.

“수인이 너는 오늘 밤 나하고 같이 자면서 이번엔 니가 한잔 사고…… 지 선생님은 어떻게 하실랍니꼬? 어디 가서 주무실 낀지…… 여관에 주무실 생각이면 우리하고 한 여관에 가시든지 마음대로 하시이소.”

이제 약간 혀가 짧아진 듯한 어조다.

지월실은 어이가 없는 모양이다. 그렇다고 아니에요, 난 노수인 씨와 같이 가서 잘 거예요, 이런 소리를 입 밖에 낼 수는 없는 일이다. 재수 더러운 날이라는 생각뿐이다.

노수인 역시 잠시 뭐라고 말이 나오질 않는 듯 눈을 껌뻑거리다가,

“한 여관에 갑시다. 한 여관에…….”

이렇게 내뱉는다.

“그럽시다. 그럽시다.”

최상태는 속으로 쾌재를 부른다. 일이 제대로 되어 가는 것이다. 한 여관에 가서 설마 둘이 한 방에 자겠다고 하지는 않을 게 아닌가.

마침 빈 택시 하나가 지나간다. 최상태는 무슨 생각에선지 얼른 택시를 잡는다.

“자, 탑시다. 타…….”

얼른 뒷문을 열어주기까지 한다.

“택시는 왜?”

노수인이 의아한 표정을 짓는다. 조금만 걸으면 여관은 얼마든지 찾을 수 있을 게 아닌가.

“타라니까. 내 단골 여관으로 가자구. 같은 값에…….”

“단골 여관? 허허허…… 그러지 뭐 자, 먼저 타요.”

노수인은 지월실에게 먼저 타기를 권한다.

지월실은 어이가 없다. 우린 따로 가야겠다고 왜 결단성 있는 태도를 취하지 못하고, 어물어물 끌려가듯 하는지 알 수가 없다. 마치 무슨 덜미라도 잡힌 사람처럼.

지월실과 노수인이 뒷자리에 나란히 앉고, 최상태는 운전사 옆자리에 앉았다.

“자, 갑시다!”

최상태는 매우 기분이 좋은 듯 벙글벙글 웃는 얼굴이다.

“어디로 갈까요?”

“효자동 쪽으로.”

택시는 미끄러지기 시작한다.

중앙청 앞을 지나자, 운전사는 다시 묻는다.

“효자동 어느 쪽으로 갑니까?”

“세검정으로 갑시다.”

“세검정으로요?”

“예.”

세검정이라는 말에 노수인은 낯빛이 약간 달라진다. 지월실 역시 마찬가지다. 왜 하필 남의 가정이 있는 세검정 쪽으로 차를 모는지, 노수인은 기분이 좋지 않아,

“세검정에 단골 여관이 있단 말이야?”

화라도 난 것처럼 묻는다.

“허허허…… 와? 세검정 쪽으로 가는 게 싫나? 부인한테 미안한 생각이 드는 모양이지? 허허허…… 미안한 건 나지. 나만 만나지 않았더라면 집에 들어갔을 끼 앙이가. 허허허…….”

“…….”

“친구를 위해서 하룻밤쯤 외박하는 기사 부인께서도 이해를 안 하시겠나. 친구 좋다는 기 뭐고. 안 그러나? 허허허…….”

“허—”

노수인도 절로 웃음이 나와 버린다.

그러나 지월실은 기분이 나빠서 못 견디겠는 그런 표정이다.

택시는 세검정 고개를 쾌속으로 달린다.

고개를 넘어 내리막을 미끄러지자, 최상태가 뒤를 한 번 돌아보며 묻는다.

“수인아, 너거 집 어디쯤이고?”

“아직 좀 더 가야…….”

“좋은 데 산다. 공기 좋고, 경치 좋고, 시내에서 별로 안 멀고…….”

“…….”

“참, 큰놈 학교 다니제? 지금 몇 학년이고?”

“2학년이지.”

“맞다. 우리 딸애하고 동갑이니까. 공부 잘하나?”

“응.”

“이름이 뭐더라…… 전에 들었는데…….”

“승국이.”

“맞어. 승국이. 밑의 딸애 이름은?”

“승미.”

“승국, 승미. 아들 하나, 딸 하나. 됐네.”

최상태는 빙그레 웃는다. 일부러 자꾸 노수인의 가정 일을 들먹거리는 것이다. 지월실에게 들으라고 말이다. 노수인이 그렇게 엄연히 처자가 있는 사람이라는 것을 일깨우듯이.

“아들 하나 더 있으면 이상적이지만…….”

“…….”

“어떠노? 앞으로 하나 더 놀 생각이가? 그만 마감했나?”

“마감했지 또 낳기는…….”

노수인은 귀찮은 듯 대답하고는 힐끗 지월실의 표정을 본다.

지월실은 도무지 기분이 나빠 견딜 수가 없다. 최상태가 자꾸 노수인의 가정 일을 들먹거리는 것이 어쩐지 자기와 노수인과의 관계를 짐작하고 일부러 그러는 것 같아 여간 불쾌하지가 않다. 자기와 노수인과의 관계를 아직은 잘 알 턱이 없는데 이상하다.

그리고 노수인이 최상태의 물음에 꼬박꼬박 대답을 해 나가는 것도 기분 나쁘다. 옆에 앉은 자기를 의식한다면 그런 물음에 자꾸 대답을 할 수가 있는가 말이다.

달리는 택시 안이 아니라면 그녀는 그만 문을 박차고 밖으로 뛰어 나가고 싶은 심정이다.

그런 심정은 여관에 가서도 마찬가지였다.

최상태는 마치 자기가 무슨 오늘의 주역이나 되는 듯 여관에 도착하자 방 두 개를 정하더니,

"자, 지 선생님, 지 선생님은 이 방에서 주무시고, 우리는 이 방에서 같이……."

하고 웃는 것이었다.

한 여관에 가면 으레 그렇게 될 줄 알면서도 지월실은 새삼스럽게 기분이 잡쳐지는 듯했다. 마치 가슴 속에서 무엇이 와르르 무너지는 듯한 느낌이기도 하다. 서울에 올라올 때의 그 가슴 벅차던 기대가 난데없는 방해자 때문에 어이없이 허물어져 버린 셈이니 그럴 수밖에. 지월실은 방에 들어가자 쾅 하고 방문을 닫고, 절그렁 안으로 문고리를 걸어 버렸다. 그리고 핸드백을 아무렇게나 내동댕이치고는 옷을 훌렁훌렁 벗었다.

아랫목에 깔린 이부자리 속으로 기어들어갔으나, 그녀는 좀처럼 뒤숭숭한 마음이 가라앉질 않는다. 서울에 와서 이렇게 혼자 자게 될 줄이야 정말 몰랐던 것이다. 억울하고 분하기까지 했다.

그리고 그녀는 아까 택시에서 노수인이 "마감했지 또 낳기는……." 하고 대답하던 말이 자꾸 생각나 더욱 괴로웠다. 물론 지금은 마감을 했겠지.

그러나 앞으로 또 낳지 않고 되겠는가 말이다.

지월실은 앞으로 노수인의 아이를 반드시 하나 낳아야겠다고 생각하고 있다. 아들이든 딸이든 상관없다. 좌우간 그와의 합작인 아

이를 꼭 가져야 되는 것이다. 그래야 그와의 결합이 영원할 수 있다고 생각하는 것이다. 아이가 없는 부부, 그것은 아무래도 불완전한 관계라고 아니 할 수가 없다.

그런데 그는 예사로 "마감했지. 또 낳기는⋯⋯." 하고 대답하지 않았는가. 물론 지금 아내와의 사이에서 더 낳지 않겠다는 뜻이겠지만, 그러나 옆에 자기가 있는데, 자기와의 앞날을 조금이라도 염두에 두었다면 "또 낳다니⋯⋯." 하고 그렇게 간단하게 잘라 말할 수가 있는가 말이다. 정말 섭섭한 노릇이 아닐 수 없다. 어쩌면 노수인이 앞으로 자기와의 사이에서도 아이를 가지지 않으려고 마음먹고 있는 게 아닌가 싶으니, 불현듯 괘씸한 생각이 들어, 그만 눈물이 나오려 한다.

옆방에서 최상태의 목소리가 이쪽까지 우렁우렁 울린다. 뭣이 그렇게 기분이 좋은지 껄껄 웃어가며 곧장 혼자 떠들어 댄다.

지월실은 이불을 머리까지 푹 뒤집어써 버린다.

잠시 후, 똑똑똑⋯⋯ 방문에 노크 소리가 났다.

"지 선생님."

최상태의 목소리다.

"⋯⋯."

"지 선생님."

"⋯⋯."

지월실은 이불 밖으로 얼굴을 내밀었으나, 일부러 못 들은 체 대답을 하지 않는다.

"지 선생님 벌써 주무십니꾜?"

"⋯⋯."

“정말 잠이 들었나…….”

“왜 그러세요?”

그제야 톡 쏘아붙이듯 말한다.

“아, 아직 안 주무시누만. 심심하실 텐데 우리 방으로 오이소, 맥주 한잔 하시게…….”

“싫어요!”

“혼자 안 심심하십니꺄?”

“잘래요!”

매정하게 쏘아붙이는 바람에 최상태는 무안한 듯,

“허허허…….”

웃는다. 그러나 별로 기분이 나쁘지는 않은 모양이다.

“그럼, 잘 주무시이소.”

인사까지 하고는 방으로 돌아간다.

“많이 피곤한 모양이구만. 자, 우리끼리 하자.”

최상태는 맥주병을 딴다.

노수인은 역시 지월실과 비슷한 심정이다. 그녀가 서울에 왔는데 혼자 내버려두고 자기는 엉뚱한 친구와 어울리다니…… 재수 더럽다. 왜 하필 그놈의 식당엘 들어갔는지 모르겠다. 딴 식당에 갔더라면 뚱딴지같은 친구를 만나지 않았을 텐데…… 싶은 것이다. 오늘 같은 날은 친구고 뭐고 다 뚱딴지인 것이다. 더구나 최상태, 말하자면 라이벌이 아닌가.

노수인이 뚱딴지같이 생각하거나 말거나, 최상태는 공연히 기분이 좋기만 한 듯 꿀꿀꿀…… 맥주 컵을 기울이며 혼자 지껄여댄다. 노수인이 별로 신통하게 들어주지도 않는데 시시한 자기의 장사 경험담 같은 것을 곧장 열을 올려가며 늘어놓는다.

잠시 후, 노수인은 필요 이상으로 커다랗게 하품을 한다.

"아! 이제 그만 자지."

기분이 나지도 않는 술, 재미도 없는 이야기…… 이제 그만 잠이나 잤으면 싶은 것이다.

노수인이 먼저 자리에 누웠다.

그러나 최상태는 마치 술에 걸귀가 들린 사람처럼 혼자 앉아서 맥주병을 마저 비우는 것이었다. 곧장 혀 굳어진 소리를 해 대면서.

자리에 누웠으나, 노수인은 도무지 잠이 오질 않는다. 옆방에 누워 있을 지월실을 생각하면 안타깝고 허전하기 짝이 없다. 참 재수더러운 밤이 아닐 수 없다.

생각 같아서는 당장 자리를 박차고 일어나 옆방으로 달려가, 지월실이 누워 있는 이불 속으로 묻히고 싶다. 그러나 차마 그럴 수는 없는 노릇이다. 만일 그렇게 했을 경우 최상태가 가만히 있을 턱이 만무한 것이다. 어쩌면 주먹다짐으로 나올지도 모를 일이다.

노수인은 끙끙 앓는 소리를 하면서 돌아눕는다. 상태 녀석의 상판도 보기 싫은 것이다. 좌우간 이대로 자버릴 수는 도저히 없다는 생각이 자꾸 든다. 어떻게든지 기회를 보아 옆방으로 옮겨가야 되겠는 것이다. 최상태가 잠이 들기만 하면 문제가 없다. 술이 꽤 됐으니 잠이 들기만 하면 천지를 모를 게 아닌가.

얼마 후, 맥주병을 다 비우고 난 최상태가 비실비실 일어나 바깥으로 나간다.

"어디 가는 거야?"

자는 체 돌아누워 눈을 감고 있던 노수인이 불쑥 묻는다.

"난 또 자는 줄 알았지?"

"옆에서 떠들어 대는데 잠이 와야 말이지. 어디 가?"

"어디 가긴…… 변소 가지. 허허허……."

최상태는 공연히 껄껄 웃는다.

변소에 갔다 돌아온 최상태는 문고리를 안으로 절그렁 유별나게 소리가 나도록 걸어 버린다.

마치 노수인에게 문고리를 걸었으니, 딴 생간을 먹지 말라는 듯이.

그리고 불을 끄고, 자리에 든다.

노수인은 어둠 속에서 코로 히죽 웃는다. 문고리를 건다고 밖으로 못 나갈 것인가 말이다. 잠만 들어봐라 싶은 것이다.

노수인은 온 신경이 최상태 쪽으로 기울어진다. 잠이 들었는지 어떤지를 알아내야 하는 것이다.

좀처럼 잠이 드는 것 같지가 않다. 어쩌면 저쪽에서도 이쪽을 지키고 있는지도 모른다.

그런 생각이 들자, 노수인은 불현듯 숨이 막히는 것 같은 느낌이다. 팽팽하고 기분 나쁜 밤이다.

노수인은 일부러 숨소리를 좀 크게 내본다. 잠이 든 체하는 것이다. 한두 번 몸부림도 치면서. 그렇게 한참을 하다가 보니 어느덧 저쪽 숨소리도 높아져 있다.

가만히 귀를 곤두세워 본다. 확실히 숨소리가 다르다. 푸! 푸! 입으로 숨을 내불기도 한다.

잠이 든 게 틀림없다.

그러나 노수인은 곧 일어나질 않는다. 잠이 좀 깊이 들길 기다리는 것이다. 얼마 후, 노수인은 부스스 이불 속에서 빠져나간다. 가만히 문고리를 벗긴다. 문을 연다. 밖으로 나간다. 문을 닫는다. 살금살금 우선 변소에 간다.

변소에 갔다 살금살금 돌아온 노수인은 지월실의 방문 앞에 멈추어 선다. 그리고 똑똑똑…… 노크를 한다.

똑똑똑…… 똑똑똑…….

아무런 기척이 없다.

“여보, 여보…….”

똑똑똑…… 똑똑똑……

손잡이를 가만히 당겨 본다. 안으로 고리가 걸린 듯 열리지 않는다.

“여보, 여보, 여보…….”

똑똑똑…… 똑똑똑……

벌써 이렇게 깊은 잠이 들다니 야속하다. 잠이 들더라도 문고리나 걸지 말 일이지…… 문고리까지 단단히 걸고 잠이 들어 버리다니…… 남의 속도 모르고…… 괘씸한 생각이 들기도 한다.

“여보, 여보, 여보…….”

카당 카당 카당…… 손잡이를 좀더 세게 잡아당긴다.

그제야

“으응—”

하고 안에서 기지개를 켜는 기척이 난다.

“여보, 문 열어 나야 나…….”

지월실이 잠을 깨는 모양이다.

그러나 그때 커덩! 하고 엉뚱한 방문이 열리며,

“헛헛허…….”

웃음소리가 터진다.

최상태다.

최상태가 잠을 깨어 마루로 튀어나오며,

"수인아, 너 정신이 있나 없나. 이 방이다, 이 방……."

하고 소리를 지른다.

"응? 그래?"

노수인은 몹시 당황한다.

일이 다 되어 가는 판인데, 하필 상태 녀석이 깨어 튀어나올 게 뭔가 말이다. 아, 참 더러운 놈이다. 징그러운 놈이다.

당장 그만 주먹으로 녀석의 상판을 한 대 보기 좋게 갈겨 주었으면 속이 좀 시원하겠으나, 그럴 수도 없는 노릇이고…… 노수인은 벌레라도 씹은 것 같은 얼굴로 돌아가 벌떡 무너지듯 자리에 쓰러져 버렸다. 긴장과 초조감이 한꺼번에 확 풀리며, 노수인은 곧 사지를 큰대자로 내던지고 코를 끌기 시작했다.

이튿날 아침, 해가 거의 중천에 왔을 무렵에야 그들은 잠이 깨었다.

먼저 자리에서 일어난 최상태가 칫솔을 물고 밖으로 나가자, 여관 보이가 싱글싱글 웃으면서 다가온다.

"이제 일어나세요?"

"응."

"저…… 같이 와서 옆방에서 잔 여자 손님은 벌써 일어나서 먼저 갔습니다."

"갔어?"

"예."

"무슨 말도 없이?"

“그저 먼저 간다고, 일어나시거든 얘기하라더군요.”

“음—”

최상태는 어쩐지 기분이 별로 좋지가 않다. 간밤에 두 사람의 접근을 막아낸 것은 잘된 일이지만 아침에 혼자 가 버리도록 했으니…… 틀림없이 기분이 상해서 토라져 가버렸을 게 아닌가 말이다. 일이 잘되었으면 오늘 함께 부산으로 내려갈 수도 있는 문제인데…… 닭 쫓던 개 지붕 쳐다보는 느낌이기도 하다.

지월실이 먼저 가 버렸다는 것을 알자, 노수인 역시 몹시 기분이 좋지 않았다. 자기한테 쪽지 같은 것이라도 하나 남겨놓지 않고 훌쩍 가버리다니…….

어디로 간 것일까. 바로 부산으로 내려가 버렸단 말인가.

노수인은 어이가 없었다. 어디로 갔는지 당장 뒤쫓아 가고 싶은 심정이었으나, 어디로 갔는지 어떻게 알 수가 있는가.

“아— 아아—”

노수인은 절로 비명 같은 소리가 기지개와 함께 흘러나왔다.

기분 잡쳐버린 주말이 아닐 수 없다.

보랏빛의 계략

서울에 가서 기분 잡치고 돌아온 지월실은 마치 무슨 실연이라도 당한 사람처럼 입맛까지 뚝 떨어졌다.

도대체 최상탠가 뭔가 그자가 생각할수록 못마땅했다. 자기가 뭔데 남의 사이에 뛰어들어 능글맞게 끝까지 달라붙어서 그 지랄인지 정말 별꼴이 아닐 수 없었다.

그리고 노수인 역시 사람이 뭐 그런지, 생각할수록 원망스럽고, 실망이 되는 것이었다. 왜 좀 남자가 당당하질 못하고, 우물우물 끌려가듯이 그 모양인지 알 수가 없었다.

여느 때 같으면 교실 창변에 앉아 그리움에 젖으며 일기 쓰듯 편지를 쓸 터인데, 이번에 서울에 가서 기분 잡치고 돌아온 뒤론 도무지 편지고 뭐고 펜을 들고 싶은 생각이 나질 않는다.

창밖을 내다보며 우울한 생각에 잠겨있는데, 사환 아이가 교실 문을 연다.

“전화 왔심더, 지 선생님.”

전화가 왔다는데도 지월실은 그저 시들하기만 하다. 며칠 전까지만 해도 전화라면 공연히 가슴이 울렁거리기까지 했는데, 이제 도무지 그게 아닌 것이다.

터덜터덜 슬리퍼를 끌고 교무실에 가서 수화기를 든 지월실은,

“여보세요.”

힘없이 입을 연다.

“아, 지 선생님이십니꼬?”

“…….”

지월실의 입은 한마디 대꾸도 없이 그만 굳어져 버린다. 목소리만 들어도 대뜸 알겠는 것이다.

“아, 여보시이소. 지 선생님이시지요?”

“…….”

“아, 여보시이소. 여보시이소.”

“…….”

“왜 대답이 없으시지요?”

“왜 그러세요? 어서 말씀이나 하세요.”

그제야 지월실은 마지못해 쏘아붙이듯 말한다.

“허허허……, 선생님 오늘 별로 기분이 안 좋으신 모양이지요? 어디 몸이라도 편찮으신가요?”

“…….”

지월실은 그만 수화기를 놓아버릴까 싶었다. 그러나 차마 사람이 그럴 수는 없는 것이다.

“저…… 오늘은 설마 만나 주시겠지요? 허허허…… 부디 오

늘 한 번 기회를 내 주시이소. 서울에서의 일도 좀 이야기하고 싶
고……."

말할 것도 없이 최상태다. 서울에서 돌아와서 두 번째 전화가 온
것이다.

목소리만 들어도 기분 나쁜 터인데, 지월실이 응낙할 턱이 만무
하다.

"오늘 몸이 안 좋아서 일찍 집으로 돌아갈까 하던 참이에요."

"어디 많이 불편하신가요? 목소리도 어쩐지 힘이 없는 것 같심더.
그럼 언제 한 번 만나 주시겠습니꾜?"

"모르겠어요. 어지러워서 더 이상 말을 못 하겠어요."

지월실은 그만 수화기를 놓아 버린다. 상대방이 무안할 것이다.
그러나 할 수 없다. 이만큼 응답을 해 준 것만도 이쪽으로서는 선심
을 쓴 셈이니까.

지월실이 불쾌한 낯빛으로 수화기를 놓고, 도로 교실로 가려고 교
무실을 나가려 하자,

"지 선생, 편지 와 있어요."

남선생 하나가 소리를 지른다.

지월실은 걸음을 돌려 자기 자리로 가 본다. 책상 위에 하얀 편지
봉투가 하나 던져져 있다.

그녀는 얼른 그것을 집어 든다. 뒷봉*(봉투의 뒷면)의 이름을 보지
않아도 겉봉의 필적만으로도 그게 노수인의 편지라는 것을 대뜸 알
수 있다.

편지를 들고 찰딱찰딱 슬리퍼를 끌며 교실 창변을 찾아가는 그녀
의 발걸음은 조금 전 전화를 받으러 교무실로 향할 때와는 달리 어

찐지 약간 가벼워진 듯한 느낌이다.

창변에 가 앉은 지월실은 잠시 편지를 뜯지 않고 가만히 앞뒤의 필적을 들여다본다. 묘하게 가슴이 설렌다. 필적만 보아도 역시 반가운 것이다.

노수인에 대해서 꽤 실망을 느끼고, 어떤 환멸 같은 것에 사로잡혀 우울했던 것은 마음의 표면에 인 잔물결 같은 것에 불과했고, 심층부는 역시 변함이 없었던 모양이다.

봉을 뜯어 읽어나가는 그녀의 얼굴에 미소가 어리기 시작한다. 그러나 그 미소는 그냥 기분이 좋고 흐뭇해서 나오는 것이라기보다도, 매우 재미있다는 투의 약간 짓궂은 웃음이라고 하겠다. 상대방이 바싹 약이 오른 게 재미가 좋은 그런 웃음 말이다.

편지 속에서 노수인은 바싹 약이 올라 있었던 것이다.

……정말 그런 법이 어디 있나요? 그날 나는 종일 기분이 나빠 어찌 할 줄을 몰랐다오. 공연히 집에서 신경질을 부리기만 했죠.

다음에 또 한 번 그런 일이 있으면 그때는 용서 없을 테니 단단히 각오를 하시오.

이번 한 번만 관대히 용서를 해 드리지. 그날은 정말 재수 더러운 날이었으니까. 이튿날 아침 당신이 그렇게 떠나버린 심정을 이해 못하는 것은 아니니까.

여보! 알겠소? 다시는 그런 일이 없도록!

아— 그리운 이여! 그럼 속히 소식이나 보내주오. 당신의 필적이라도 보아야 좀 살 것 같구려.

그럼, 당신의 편지 기다리며……

당신의 노수인으로부터

편지를 다 읽고 난 지월실은 어쩐지 해묵은 체증이라도 쑥 내려간 듯 후련하기만 했다.

그날의 자기 잘못은 한마디도 언급을 안 하고, 일방적으로 이쪽만 나무라는 투가 오히려 남자의 귀여운 투정 같아 우습고 기분이 좋았다.

지월실은 별안간 다시 소생하는 그리움에 가만히 몸을 떨며 당장 펜을 든다. 이번에는 이쪽에서 좀 화살을 쏘아붙이는 것이다. 사랑의 화살 말이다.

한마디 말도 없이 떠나온 일, 돌아와서 진작 편지를 못 보낸 일을 '미안해요' 하는 식으로 우선 쓰고 나서, 지월실은 화살을 쏘기 시작한다.

먼저 노수인의 그날 밤의 우유부단한 태도를 공격한다. 왜 식당에서 우리의 관계를 최상태에게 솔직하게 털어놓지 못했느냐, 식당에서 나와서라도 왜 그와 작별하고 우리끼리 딴 여관으로 가는 그런 용기를 발휘하지 못했느냐, 그가 타자는 대로 택시를 타고, 그가 가자는 여관으로 가는 법이 도대체 어디 있느냐, 친구면 친구지, 그에게 무슨 약점이라도 단단히 잡힌 사람처럼 그게 뭐냐, 이런 화살을 쏘고 나서, 그녀는 윗니로 아랫입술을 지그시 물며 이번에는 또박또박 다음과 같이 쓰기 시작한다.

택시 안에서 당신이 최상태 씨와 주고받은 말을 저는 두고두

고 잊을 수가 없어요. 최 씨가,

"어떠노? 앞으로 하나 더 놀 생각이가? 그만 마감했나?"

하고 묻는 말에 당신이 뭐라고 대답했는지 아시겠어요?

"마감했지. 또 낳기는……."

당신은 분명히 이렇게 대답했어요.

그게 정말이에요? 당신 정말 그렇게 생각하고 계시나요?

여보! 대답 좀 해봐요.

그 말이 가슴에 못을 박는 듯해서 견딜 수가 없어요.

우리 사이에서도 정말 아이를 낳지 않을 생각이에요? 정말
그렇지는 않겠죠?

여보, 두고 보세요. 앞으로 하나가 아니라, 한 다스쯤 당신의
아이를 낳을 테니까요. 정말이에요.

단단히 각오를 하세요. 아시겠어요?

여기까지 쓰고 나서 지월실은 그만 킥킥 웃어 버린다. 한 다스쯤
낳는다는 말이 절로 자기도 우스웠던 것이다. 한 다스, 즉 열두 명이
나 낳다니 말이다. 돼지 새끼를 낳는 것도 아닌데…….

그런 식으로 편지를 다 쓰고 난 지월실은 유쾌했다. 편지를 받아
읽는 노수인의 표정을 상상해 보면 더욱 재미가 나고 즐거웠다.

편지를 쓰고 나서 잠시 창밖을 내다보고 있던 그녀는 이번에는 책
상 서랍에서 이력서 용지를 꺼낸다. 성명, 생년월일, 본적 같은 것만
쓰다가 그냥 집어넣어 둔 이력서다. 물론 서울로 보낼 이력서다.

"보내야지, 보내야지."

그녀는 중얼거리며 펜을 든다.

그동안 우울해서 서울 전입이고 뭐고 다 귀찮았는데, 다시 그게 아닌 것이다. 어떻게든지 되도록 해야 한다는 생각이 다시 고개를 쳐든 것이다.

반듯한 글씨로 정성껏 써나가던 그녀는 '가족 상황'이라는 난에 이르자, 절로 쓸쓸한 웃음이 나온다. 가족이래야 자기와 중학교 1학년인 아들 하나뿐인 것이다.

세대주— 지월실, 장남— 백남규

이렇게 쓰고 나서 비고란에다가 '서울로 가게 되면 혼자 감' 무심히 이렇게 써 넣었다.

이력서를 쓰고 나서 박 교감에게 간곡한 부탁의 편지도 썼다.

등기우편을 받은 박문갑 교감은 뒷봉의 이름을 보고는 책상 한쪽으로 픽 던져놓는다. 부산의 지월실 교사로부터 보내온 것이다.

박 교감은 의자에 푹신 뒤로 몸을 기대며 굵은 검은 테 안경 속에서 지그시 두 눈을 감는다. 괴로운 얼굴이다.

요즘 박 교감은 밤으로 잠을 달게 자질 못한다.

불면증이 있어서 그런 게 아니라, 부인의 병이 바짝 악화되는 바람에 자다가도 으레 두어 번은 깨게 마련인 것이다.

벌써 몇 해 동안 부인은 고랑고랑하는 몸이다. 심장혈관 신경증이라는 심장병을 앓고 있는 것이다. 날씨가 썰렁해지면서 증세가 악화되더니, 요즘은 천식까지 겸한 듯 상태가 아주 좋지 않은 것이다. 그동안 병원에 입원도 여러 번 해봤으나 완쾌가 되질 않고 재발하곤 해서, 박 교감은 지쳐서 두 손을 들고 있는 형편이다.

"아으—"

박 교감은 커다랗게 하품을 한 번 한다.

곧 잠이 올 것 같다. 수업시간 중이라 교무실에 사환 아이밖에 아무도 없긴 하지만, 그렇다고 교감이라는 사람이 낮잠을 자고 있을 수는 없다. 푹신 기대앉아 낮잠을 자라는 안락의자가 아니니 말이다.

자세를 바로 하고 앉아 박 교감은 엽차를 한잔 마신다.

책상 한쪽 가에 선생들의 학급 경영록이 무더기로 쌓여 있다. 검열을 해야 하는 것이다. 그러나 도무지 손이 그쪽으로 가질 않는다. 던져놓은 지월실의 등기편지 쪽으로 손이 간다.

봉을 뜯어 편지를 먼저 읽는다. 간곡한 부탁의 사연이 적혀 있다. 그러나 박 교감은 졸음이 오는 눈에 한 번 웃음을 떠올렸을 뿐, 그저 심상한 표정이다.

편지를 읽고 나서 이력서를 펼쳐본다. 이력서를 대충 훑어 나가던 박 교감은 가족 상황란에 이르자 졸음이 오던 눈에 번쩍 생기가 돈다.

세대주— 지월실, 장남— 백남규

가족이 단지 둘뿐 아닌가. 가족이 너무 단출해서 눈에 번쩍 생기가 돈 게 아니다. 세대주가 바로 지월실 자신이 아닌가 말이다.

"흠—"

박 교감은 무슨 대단히 기쁜 사실이라도 발견한 듯 얼굴이 활짝 밝아진다.

그리고 비고란에 '서울로 가게 되면 혼자 감'이라고 적힌 말을 보자, 그만 박 교감의 입이 헤벌레 벌어진다. 매우 기분이 좋은 듯 곧장 고개를 끄덕이며 빙글빙글 웃는다.

더 이상 이력서를 볼 필요도 없는 듯 박 교감은 새 봉투를 한 장 꺼내어 그 속에 이력서를 소중히 집어넣는다. 그리고 편지와 함께 서랍 속에 잘 간직한다.

저쪽에 앉아 있는 사환 아이와 시선이 마주치자, 곧장 빙글빙글 웃던 박 교감은 얼른 웃음을 거두고 점잖은 얼굴로 돌아간다.

엽차를 또 꿀꺽 한 모금 마시고는,

"간단히 몇 자 답장을 해줘야 되겠군."

하고 속으로 중얼거린다.

간밤의 꿈이 이상하게 좋아 아침에 출근을 하는 지월실은 공연히 기분이 좋기만 했다. 꼭 오늘 무슨 기쁜 일이 있을 것만 같은 예감에 절로 발걸음이 가벼웠다.

두 시간 수업이 끝나고서였다. 보통 때 같으면 쉬는 시간이라고 해서 교무실로 가질 않는다. 아이들을 밖으로 내보내고 십 분 동안의 휴식을 그대로 교실 창변에 앉아 쉬는 것이다. 그런데 오늘은 두 시간 수업을 마치자 묘하게 교무실로 가보고 싶은 것이 아닌가. 마치 누가 기다리고 있기라도 하는 것처럼.

아니나 다를까. 교무실로 가보니 책상 위에 한 통의 편지가 놓여 있었다. 편지가 눈에 띄자 지월실은 대뜸 노수인으로부터 온 것인 줄 알았다. 그러나 얼른 봐도 필적이 노수인의 것이 아니었다.

뒷봉을 본 지월실은,

"어머!"

깜짝 놀랐다.

뜻밖에도 서울 나리국민학교의 봉투가 아닌가. 인쇄된 봉투에 '박문갑'이라는 세 글자가 펜으로 쓰여 있었다.

정말 의외의 일이어서 지월실은 가슴이 두근거리기까지 한다. 박 교감으로부터 이렇게 곧 회신이 올 줄은 꿈에도 생각지 못했던 것이다.

어떤 내용이 적혀 있는 것일까? 지월실은 바짝 긴장이 되어 봉을 뜯는 손이 가늘게 떨리기까지 한다.

······아직 결정이 된 것은 아니니까 확답은 할 수가 없지만, 좌우간 서울로 옮겨 오실 준비를 하시기 바랍니다. 확정이 되면 전보나 전화로 알리겠습니다.
그럼 날씨가 차츰 쌀쌀해지는데 건강에 유의하시고, 건투하 십시오.

박문갑 드림

편지를 다 읽은 지월실은 좋아서 어쩔 줄을 모른다. 좌우간 서울로 옮겨 오실 준비를 하라니 이미 결정이 된 거나 다름이 없는 게 아닌가. 백 프로 자신이 없으면 그런 소리를 함부로 할 까닭이 없는 것이다.

야— 하고 그녀는 환성이라도 지르고 싶은 심정이다. 하늘의 별 따기라는 서울 전입이 실현된 셈이니 그럴 수밖에. 더구나 서울의 일류 사립국민학교가 아닌가.

셋째 시간 수업을 하려고 교실을 향해 가는 그녀의 걸음은 날 듯 가볍기만 했다.

그날 밤 잠자리에서였다.

지월실은 옆에 엎드려 학생 잡지를 보고 있는 아들 남규의 옆얼굴
을 가만히 지켜보고 있다가, 잘 떨어지지 않는 입을 애써 열었다.

"남규야."

"응?"

"지금부터 엄마가 묻는 말에 놀라지 말고 대답을 할래?"

"무슨 말인데?"

남규는 눈이 약간 휘둥그레진다.

"저…… 다름이 아니라, 너 엄말 떨어져서 있을 수 있겠니?"

"……?"

남규는 뜻밖의 말에 긴장이 되는 듯 똑바로 어머니의 얼굴을 바라
본다.

"엄마가 어딜 가도 혼자 학교에 다닐 수 있겠나 말이다."

"어딜 가는데?"

"서울에 갈 생각이다."

"서울에?"

"응."

"강습 받으로 가나?"

"아니."

지월실은 쓸쓸하게 웃는다.

"강습을 받으로 가는 게 아니라……."

"그럼?"

"전근을 가는 셈이지."

"전근?"

"그래."

"그럼 난 하숙하나?"

"하숙을 하든지, 삼촌 집에 가 있든지⋯⋯."

"하숙할란다. 하숙이 좋다."

남규는 하숙이 무척 하고 싶은 듯 활짝 웃는다.

지월실은 어쩐지 눈물이 핑 돈다. 절로 한숨이 나오려고 한다.

"우리 반 친구 하나 하숙을 하고 있는데, 그 애하고 같이 할까?"

"⋯⋯."

지월실은 그 말에 대답이 없고, 잠시 쓸쓸한 표정으로 무슨 생각에 잠기다가 다시 입을 연다.

"남규야."

"응?"

"만일 말이지, 엄마가 저⋯⋯ 시집을 가면 너 어떻게 할래?"

"시집을 가? 엄마가?"

"그래."

"하하하⋯⋯."

남규는 그만 까르르 웃는다.

"자식 웃기는⋯⋯ 엄만 그럼 만날 혼자 살아야 되니?"

"엄말 데리고 갈 사람이 있어?"

"있지."

"핫핫하⋯⋯ 웃긴다. 웃겨."

매우 재미있는 듯이 곧장 웃는다. 말하자면 아직 철없는 어린애인 셈이다. 중학생이라고는 하지만 1학년짜리니.

그래서 그만 지월실도 약간 어이가 없어 픽 웃어버리고는 그만두었다.

잡지를 보던 남규가 잠이 들고 불을 껐으나, 지월실은 도무지 잠이 오질 않았다. 서울로 가게 된다는 기대에 가슴이 부풀기도 하면서, 한편 아직 저토록 철이 없는 남규를 떼놓고 자기의 갈 길을 찾아가야 하다니 야속하기도 한 것이었다. 어떻게 키운 자식인가를 생각하면 어미로서 가슴이 아프고, 절로 눈물이 나지 않을 수 없었다.

한 줄기 달빛이 마침 창문 커튼 틈으로 흘러들어와 경대 위에 놓아둔, 경주에서의 노수인의 선물인 조그마한 불상이 유독 눈에 띈다.

달빛에 젖은 그 관음보살상을 하염없이 바라보고 있는 지월실의 볼에 기어이 눈물이 흘러내린다.

이튿날 방과 후, 지월실은 창변에 앉아 서울로 가면 하숙을 할 것인가, 자취를 할 것인가 생각해 보았다. 아무래도 방을 얻어 자취를 하는 편이 옳을 것 같았다. 하숙을 하면 편리한 점도 있지만, 불편한 점이 많을 것 같았다. 노수인이 와서 동침을 하게 돼도 주인의 눈치가 보일 것이고, 또 그에게 손수 맛있는 음식을 만들어 대접할 수도 없는 것이다.

여자의 즐거움이란 사랑하는 이와 동침을 하는 데만 있는 것이 아니라, 솜씨를 발휘해서 맛있는 음식을 사랑하는 이에게 먹이는 데에도 있는 것이다.

안채와 뚝 떨어진 호젓하고 널찍한 방을 얻어야지. 그래서 노수인이 퇴근을 하면 으레 집으로 오도록 해야지. 회를 좋아하고, 그리고 대체로 중국 음식을 좋아하는 편이었지. 잡채나 탕수육 정도는 만들 수 있으니 정성껏 맛있게 요리를 해서 대접해야지. 호젓한 방에서 단둘이 식사를 하고, 그리고…….

지월실은 마치 신혼 생활에라도 들어간 듯한 환상에 젖는다.

그런 달콤한 환상에 젖어 있는데, 교실 문이 열리며,

"선생님."

하고 혜림이가 뛰어 들어온다.

지월실은 무슨 일인가 싶어 멀뚱히 바라본다.

곁으로 다가온 혜림이 봉투를 하나 내민다.

혜림이가 내민 봉투를 지월실은 받을까 말까 망설이다가,

"뭔데?"

마지못한 듯 받는다.

안에 무엇이 든 줄도 모르고 거절을 한다는 것은 우스운 것이다.

"선생님, 안녕히 계세요."

봉투를 전하고서 혜림이는 방긋 웃으며 인사를 하고는 얼른 뛰어 나간다.

보나마나 편지가 들었을 게 뻔하지, 생각하면서 지월실은 봉을 뜯는다. 최상태가 전화로 안 되니까, 이번에는 딸을 시켜서 편지를 보낸 게 틀림없는 것이다.

그러나 안에서 나온 것은 편지가 아니었다.

한 장의 관람권이었다. '국악의 밤'이라는 공연의 예매권인 것이다. 다른 것은 아무 것도 든 게 없다. 달랑 그것 한 장 뿐이다.

지월실은 비식 웃음이 나온다. 오늘 저녁에 좀 만나 줄 수 없느냐는 그런 편진 줄 알았더니 엉뚱하게 관람권이 아닌가.

지월실은 그것을 가만히 들여다본다. 고운 보랏빛 바탕에 빨간 글자로 '국악인의 밤'이라고 인쇄되어 있다. 그리고 좌석의 번호가 적혀 있다. 특석이다. 장소는 시민회관이고, 날짜는 바로 오늘 밤이다. 일곱 시부터다.

‘국악인의 밤’이 시민회관에서 공연된다는 것은 신문 광고를 보고 알고 있다. 한 번 구경 가볼까 어쩔까 생각했었는데 잘됐다.

최상태가 선심을 쓴 것이라고 생각하니 별로 기분이 좋은 것은 아니었지만, 그러나 그런 것까지 뿌리치면 사람이 너무 옹졸하다는 생각이 드는 것이다.

퇴근을 한 지월실은 저녁을 일찍 먹고 집을 나섰다.

시민회관엘 도착하니 일곱 시 십 분 전이다. 마침맞다.

지월실은 지정된 자기 좌석을 찾아가 앉았다. 통로에서 안쪽으로 두 번째 자리였다. 특석이라 위치가 매우 좋았다.

잠시 후, 무대에 막이 올랐다.

그런데 그때까지 지월실의 바로 옆자리, 그러니까 통로 쪽 자리는 그대로 비어 있었다. 그 좌석의 관객이 시간에 좀 늦는 모양이다.

그저 그렇게 대수롭잖게 생각하고 지월실은 무대 쪽을 바라본다.

먼저 가야금 병창이다. 가야금의 선율과 함께 노랫가락이 흘러나오기 시작한다.

유창하면서도 애절하고, 그런가 하면 어깻바람이 날 것처럼 흥겹기도 한 가야금 병창이 한창 무르익어 갈 무렵, 지월실 빈 옆자리에 슬그머니 누군가가 와서 앉는다. 남자다.

지월실은 반사적으로 그저 힐끗 한 번 돌아볼 뿐 정신은 무대 쪽에 있다.

가야금 병창이 끝나자, 장내에 박수 소리가 요란하다.

“재창이야!”

“재창이야!”

여기저기서 냅다 소리를 지르기도 한다.

지월실도 싱그레 웃으면서 열심히 박수를 쳐댄다.

박수 소리가 가라앉고, 마이크에서 다음 프로의 소개가 흘러나온다.

그때 지월실은 옆자리에 앉은 사람을 돌아본다.

아까는 그저 힐끗 건성으로 돌아본 것이었으나, 이번에는 그게 아니다. 어쩐지 옆 사람이 자기를 보고 자꾸 빙글빙글 웃는 것 같은 느낌이 들었던 것이다.

옆을 돌아본 그녀는,

"어머!"

깜짝 놀란다.

"안녕하십니꼬?"

빙그레 웃는 얼굴은 다름 아닌 최상태다.

지월실은 그만 얼굴이 화끈 붉어진다. 당황하지 않을 수 없다. 마치 덫에라도 걸린 것 같은 느낌이다.

계략이었던 것이다. 만나자는 전화에 응하질 않으니까, 이런 일을 꾸민 것이다.

이런 복선이 깔려 있는 줄은 지월실은 전혀 생각질 못했다. 그저 환심을 사려고 관람권 한 장을 선사한 줄만 알았다. 이렇게 두 장을 사가지고 한 장을 자기에게 보냈을 줄이야……

정말 능글능글하고 엉큼한 남자라는 생각이 든다. 슬그머니 기분이 나빠진다. 그러면서도 한편 어쩐지 재미있다는 생각이 들기도 한다. 어떻게 그런 수법이 머리에 떠오른 것일까. 마치 잔꾀가 많은 소년이기나 한 것처럼.

최상태는 곧장 빙글빙글 웃었다.

“혹시 구경하러 안 오실까 해서 걱정을 했심더.”

지월실도 그만 웃어버린다.

무대에서는 다음 프로가 시작되고 있다.

공연이 끝난 것은 아홉 시 조금 넘어서였다.

공연이 끝나자, 최상태는 약간 긴장이 되었다.

지월실을 그냥 집으로 돌려보내지 않고, 어디 적당한 장소로 데리고 가야 하는 것이다. 그래서 오늘 밤엔 실컷 좀 이야기를 해야겠는 것이다. 말하자면 하소연을 하는 것이다. 구워 삶는 것이다.

밖으로 나온 최상태는 혹시 싫다고 하면서 바로 집으로 돌아가야겠다고 하지나 않을까 은근히 속으로 걱정이 되었는데, 뜻밖에도 그게 아니었다.

“지 선생님, 어디 가서 잠시 얘길 좀 하입시더.”

“예, 조용한 데로 갑시다.”

“그러죠, 그러죠.”

최상태는 좋아서 어쩔 줄을 모른다.

얼른 뛰어가서 빈 택시를 잡는다.

그러나 지월실은 조금도 들뜬 기분이 아니었다. 오히려 지나칠 정도로 가라앉은 표정이다. 입술을 꾹 다물고, 속으로 단단히 결심을 하고 있는 것이다.

오늘 밤에 최상태에게 털어놓을 것은 전부 털어놓아버릴 생각인 것이다. 그래서 다시는 지분지분 접근을 못하도록, 깨끗이 단념을 하고 딴 여자를 물색해서 재혼을 하도록 말이다.

지월실과 택시 뒷자리에 나란히 앉은 최상태는 마치 개선장군이나 되는 듯 어깨를 쪽 펴고 기분 좋게 벙글거린다.

광복동에서 택시를 내린 최상태는 지월실을 데리고 어떤 호텔로 들어선다.

그러자 지월실은,

"어머, 이건 호텔이잖아요."

하고 주춤 멈추어 선다.

"스카이라운지로 올라가려는 겁니더. 거기가 조용하고 좋심더."

최상태가 싱글 웃는다.

호텔의 스카이라운지로 올라가려는 데는 다 저의가 있는 것이다. 혹시 일이 급속도로 잘 진척이 될 경우 쉽사리 다음 행동으로 옮길 수 있도록 말이다. 번거롭게 바깥으로 나가고 어쩌고 할 것 없이 바로 호텔 방으로 가면 되는 것이다.

최상태의 그런 음흉한 뱃속을 모르는 지월실은 마지못해 뒤를 따른다. 호텔 방을 찾아가는 것은 아니지만, 어쩐지 별로 기분이 좋지는 않다. 혹시 누구 아는 사람이 보기라도 하면 어떻게 생각하겠는가.

엘리베이터를 타고 스카이라운지로 올라가 바다가 보이는 쪽 창변에 그들은 자리를 잡고 앉았다. 실내의 조명이 보랏빛이어서 마치 수궁에라도 온 것 같은 느낌이었다.

최상태는 얼굴에 보랏빛의 미소가 어린다. 지월실은 그 보랏빛의 미소가 어쩐지 싫어서 얼른 시선을 창밖으로 돌린다. 멀리 밤바다 위에 여기저기 기선의 불빛이 영롱하다. 시가의 불빛들도 곱고, 질주하는 차들의 불빛도 장관이다.

웨이터가 주문한 맥주와 안주를 가져온다.

"자, 지 선생님 한잔 하입시더."

최상태는 컵에 맥주를 가득 따라 가지고 지월실 앞으로 내민다.

그녀는 마지못한 듯 그것을 받아 앞에 놓는다.

맥주 거품도 고운 보랏빛이다.

"전번에 서울에서는 실례가 많았심더."

최상태는 맥주 컵을 기울이면서 말한다. 슬그머니 본론으로 들어가는 셈이다.

"그런데 그 이튿날 아침 왜 그렇게 일찍 가버렸습니꾜? 조반도 안 자시고, 난 그날 지 선생님을 모시고 부산으로 함께 내려올까 생각하고 있었는데……."

지월실은 비식 웃는다. 어처구니가 없는 것이다.

그녀는 앞에 놓인 맥주 컵을 들어 꿀꺽 한 모금 마신다. 아무래도 술기운이 좀 있는 편이 낫겠는 것이다. 그래야 하고 싶은 말을 거침없이 쏟아놓을 수 있을 것 같다.

"지 선생님, 어떻게 그동안 잘 생각해 보았습니꾜?"

최상태는 약간 멋쩍은 듯 씩 웃으며 묻는다.

"뭘 말입니까?"

지월실은 시치미를 뚝 떼고 반문한다.

"허허허…… 요전에 만났을 때 말씀드린 거 말입니더. 허허허."

"그건 그때 분명히 대답을 했을 텐데요."

"대답을 하시다니요? 잘 생각해 보겠다고 그러셨잖습니꾜."

"어머, 누가 생각해 보겠다고 그랬어요? 나 참, 분명히 아직 재혼할 생각이 없다고 했어요."

"지 선생님, 그러시지 마시고, 허허허……."

"솔직히 말씀 드리죠, 전 이미 임자가 있는 몸이에요"

지월실은 맥주 컵을 두 손으로 꼭 싸쥐고 쏘아붙이듯이 말한다.

"예? 임자가 있는 몸이라니요?"

최상태는 약간 눈이 휘둥그레진다. 그러나 전혀 의외의 말이라서 놀라는 것이 아니다.

서슴없이 그런 식으로 나오는 지월실의 태도가 뜻밖인 것이다.

지월실은 잠시 속눈썹을 깜작거리며 망설이다가 거침없이 내뱉는다.

"머지않아 재혼을 하게 될 거라 그 말이에요."

"예? 정말입니��?"

"정말이에요."

"음─"

최상태의 얼굴이 바짝 굳어진다. 맥주를 꿀꺽 냅다 들이켜고 나서 묻는다.

"상대가 누굽니꾜? 실례지만……."

지월실은 속으로 약간 떨린다. 최상태의 눈빛이 예사롭지가 않은 것이다. 지금까지의 애원을 하는 듯, 부드럽고 은근하기만 하던 눈빛이 어디론지 사라지고, 술기와 함께 어떤 섬뜩한 것이 느껴진다. 더구나 그것이 보랏빛이어서 더 기분 나쁘다.

그러나 지월실은 어금니를 문다. 그리고 말한다.

"노수인 씨예요."

"뭐요? 노수인?"

최상태는 깜짝 놀란다. 하지만 역시 전혀 의외의 말은 아닌 것이다. 이미 서울에서 그들의 사이를 눈치챈 터이니 말이다.

"헛헛허……."

그만 최상태는 껄껄껄 웃어버린다.

"노수인하고 머지않아 재혼을 하신다고요? 헛헛허……."

지월실은 몹시 기분이 좋지 않다. 필요 이상으로 껄껄껄 웃는 최상태의 상판이 징그럽기만 하다.

"지 선생님, 정신이 있으십니꼬 없으십니꼬? 노수인은 엄연히 처자가 있는 사람입니더. 처자가 있는 사람과 어떻게 재혼을 한단 말입니꼬?"

"……."

"노수인이 본처와 이혼을 할 거란 말이겠지요? 허허허…… 남자의 그런 말을 곧이 듣습니꼬? 지 선생님 아직 많이 순진하시네요."

"……."

"이혼이 그렇게 쉽게 되는 건 줄 아시면 큰 오해입니더. 생각해 보시이소. 세상에 어떤 여자가 자기 남편을 그렇게 순순히 뺏기려고 하겠어요. 말도 아닙니더. 큰일 나지요. 오히려 큰코다친단 말입니더."

"……."

지월실은 몹시 기분이 나쁘지만, 뭐라고 입이 떨어지질 않는다. 가만히 듣고 있을 수밖에.

"지 선생님, 간통죄라는 거 모르십니꼬? 잘못하면 본처에게 간통죄로 고소를 당합니더. 그러면 어떻게 되는지 아시겠지요? 쇠고랑을 찬단 말입니더. 쇠고랑…… 허허허……."

"……."

"쇠고랑뿐이 아닙니더. 신문에 나지요. 신문에……."

"듣기 싫어요. 그만하세요."

지월실은 냅다 쏘아붙이고는, 맥주를 꿀꿀꿀 마신다.

맥주 컵을 다 비운 그녀는 별안간 취기가 확 솟구치는 사람처럼 말한다.

"쇠고랑을 차도 좋고, 신문에 나도 좋아요. 좌우간 노수인 씨와 결혼을 하고 말 거예요."

"허허허……."

최상태는 이제 여유 있게 웃는다. 그리고 묻는다.

"그런데 노수인 씨하고는 언제부터 그렇게 가까운 사이가 됐습니꽈?"

"학교 시절부터예요."

"뭐요?"

"아시겠어요? 고등학교 때부터란 말이에요."

지월실은 확실히 좀 술기가 있는 말투였다.

"정말입니꽈?"

"정말이죠. 누가 시시하게 그런 거짓말을 하겠어요. 난 거짓말 하는 사람 아니에요."

"그럼 학생 시절부터 서로 연애를 했단 말입니꽈?"

"예, 그래요."

"그럼 왜 결혼을 안 했지요?"

"그런 것까지 아실 필요는 없잖아요. 좌우간 그렇게 오래전부터 가까운 사이란 말이에요."

"음—"

"솔직히 말씀 드릴까요? 이십 년 가까이 서로 소식을 모르다가, 지난번 경주에서 다시 만났어요. 그러니 얼마나 반갑겠어요."

"음—"

최상태는 무언가 속으로 몹시 기분이 나쁜 듯 험상궂은 표정이 된다.

"왜 그렇게 무서운 얼굴을 하세요? 노수인 씨와 제가 다시 만난 게 그렇게도 싫으세요? 호호호……."

지월실은 재미있다는 듯이 웃는다.

"그런 기 아니라……."

"그런 게 아니라, 뭐예요?"

"저…… 지 선생님, 내 말을 잘 들어보시이소."

최상태는 다시 부드러운 표정으로 바뀐다.

"노수인이 어떤 사람인지 아직 잘 모르십니더 그려."

"어떤 사람이라뇨?"

"난 학생 시절부터 가까운 친굽니더. 그를 누구보다도 잘 알지요. 요즘도 서울에 가기만 하면 먼저 그에게 전화를 겁니더."

"그런데요? 그이가 어떤 사람이란 말이에요?"

"한마디로 애처가지요."

"예?"

"애처가라도 보통 애처가가 아니라, 철저한 애처갑니더."

철저한 애처가란 말에 지월실은 그만 낯빛이 달라진다.

그녀의 그런 표정을 본 최상태는 애처가라는 말이 매우 효과가 큰 말이라는 것을 알고 속으로 노랗게 웃는다. 그리고 신나는 듯 계속한다.

"노수인이 보통 넘는 애처가라는 것은 친구들 사이에 다 알려져 있는 사실입니더. 애처가가 안 될래야 안 될 수 없는 것이, 그 부인이 이만저만한 현처가 아니란 말입니더. 그런 어질고 착한 아내는 아마 드물 겁니더. 그야말로 현모양처지요.”

“……”

“그 부인도 옛날에 선생님과 마찬가지로 국민학교에서 교편을 잡았답니더. 그때 노수인은 대학엘 다니고 있었는데, 서로 열렬한 연애를 한 사이였대요. 그런데 고학을 하는 노수인을 그 부인이 박봉을 모아서 등록금을 대주고 했다지 뭡니꾜. 말하자면 은인이기도 한 셈이지요.”

“……”

“자, 지 선생님 맥주 조금 더 하시지요.”

최상태가 부어주는 맥주 컵을 지월실은 서슴없이 꿀꺽 크게 두어 모금 마신다. 술이라도 마시지 않고는 견딜 수 없는 것 같은 기분이다.

열렬한 연애를 한 사이였다니, 기가 막힌다. 노수인은 자기 입으로 분명히 중매결혼이라고 말하지 않았던가. 석굴암 고갯길을 오르면서 주고받은 말이 또렷하게 머리에 떠오르는 것이다.

혹시 최상태가 뻔뻔스럽게 거짓말을 하고 있는 것이나 아닐까. 그러나 그의 말이 거짓말이라고는 생각할 수가 없다. 어떻게 남의 일을 그렇게까지 엉뚱하게 꾸며서 이야기할 수가 있겠는가 말이다. 박봉을 모아서 등록금까지 대주었다는 그런 이야기를…… 아무래도 중매결혼 쪽이 거짓말임에 틀림없다.

노수인도 결국 그런 거짓말을 예사로 하는 남자에 불과했던가 싶으니 그녀는 가벼운 현기증 같은 것이 눈앞을 지나간다. 다분히 술기 탓이기도 하지만.

지월실의 얼굴에 나타난 그런 실망의 그늘이 최상태는 즐겁기만 한 듯 줄곧 지껄여댄다.

"결혼을 한 뒤에도 내조가 보통 아닌 모양입니더. 월급쟁이 생활이 별수 있겠어요. 그런데 부인이 계를 한다 뭐를 한다 해가지고 집도 사고 전화도 놓고 했다는 겁니더."

보랏빛의 은은한 조명 속을 재즈 음악이 감미롭게 깔린다.

최상태는 가벼운 흥분까지 느낀다. 자기의 이야기가 결정적으로 효과가 있기 때문이다. 어쩌면 지월실의 마음을 백팔십도 돌릴 수가 있을지도 모르는 것이다.

"그런 부인이니 애처가가 안 될래야 안 될 수 있겠어요. 그런 부인과 이혼을 하다니 말도 아닙니더. 어떻게 이혼을 합니꼬? 이혼도 무슨 까닭이 있어야 하는 것이지, 아무 까닭도 없고 오히려 착하고 어질기만 한 사람을 어떻게 몰아낸단 말입니꼬?"

"……."

지월실은 그저 보랏빛의 정물 같다.

"그리고 몰아내려 한다고 간단히 쫓겨날 사람이 어디 있겠어요. 아무 잘못도 없이 말입니더. 안 그렇습니꼬?"

최상태는 맥주를 컵에 마저 따르고 나서 웨이터를 부른다. 이번에는 브랜디를 주문한다. 맥주로 속을 촉촉이 적신 셈이니, 이번에는 좀 독한 놈을 집어넣고 싶은 것이다. 그래서 좀더 열을 올려야 되겠다고 생각한다. 그리고 가능하면 지월실이 바짝 좀 취하도록 하고 싶은 것이다. 오늘 밤에 일이 제대로 잘 되도록 말이다.

"설사 잘못이 있다 하더라도 이혼이란 여자로서는 치명적인 것이니까, 쉽게 도장을 찍을 턱이 없단 말입니더. 누구나 다 그런 경우에는 최후의 발악을 하는 법이지요. 착한 사람도, 어진 사람도 없는 법입니더. 오히려 그런 여자가 더 무섭게 나오지요.”

“…….”

“그리고 지 선생님, 여자는 어떤지 모르지만, 남자에겐 순정이라는 것이 없는 법입니더. 더구나 결혼을 해서 아들딸을 가진 남자에겐 말입니더. 머지않아 사십이 된 남자에게 무슨 순정이 있단 말입니꼬? 허허허…….”

“…….”

“다 거짓말입니더. 처음엔 누구나 그렇게 말을 하지요. 그러나 그것은 입술에 붙은 순정이지, 가슴에서 우러나오는 순정은 아닙니더. 학생 시절의 순정이 아직 그대로 남아 있다고요? 허허허…….”

웨이터가 브랜디 두 글라스를 가져온다. 칵테일이다.

“자, 지 선생님, 이걸 한잔 해 보시이소.”

“이거 양주 아니에요?”

“예, 브랜디입니더. 말하자면 포도주지요. 얼음물에 탄 거니까, 독하질 않습니더. 한잔 해 보시이소. 구미에 맞을 낍니더.”

지월실은 잠시 망설이다가 가만히 글라스를 든다. 양주는 처음인 것이다.

“가령 학생 시절의 순정이 지금까지 그대로 남아 있다고 하더라도 그것을 믿고 자기의 앞날을 결정해 버린다는 것은 어리석은 것입니더. 순정은 순정이고, 현실은 현실입니더. 순정만으로 일이 되는 게 아닌 기라요.”

“…….”

“이십 대라면 혹시 그럴 수 있을지 모르지만, 삼십 대가 되면 모든 것을 현실적으로 냉정히 생각해야지요. 일상생활에 있어서도 그래야 되는데, 더구나 재혼 같은 큰 문제를 그렇게 간단하게 기분적으로 생각해서야 되겠습니꺼?"

최상태는 담배를 한 개비 붙여 물고 연기를 푸— 내뿜는다. 담배연기도 보랏빛이다. 보랏빛 담배연기가 하늘하늘 나부껴 흩어진다.

지월실은 별안간 현기증 같은 것이 느껴진다. 얼른 눈을 감고, 입술을 꼭 문다.

그러나 최상태는 그녀가 마음이 괴로워서 그러는 줄 알고 계속한다.

"자기의 평생에 관한 문제니까 신중에 신중을 기해야지요. 우선 무엇보다도 가장 조건이 맞아야 합니더. 본처가 있는 남자한테 재혼을 하려고 하다니, 그런 어리석은 짓이 어디 있습니꺼. 첫째 아내가 없는 사람이라야 됩니더. 안 그렇습니꺼?"

"……."

"그리고 돈도 좀 있는 사람이라야지, 요즘 세상에 돈 없이는……."

그러자 눈을 감고 있던 지월실이 별안간 나직이 비명 소리 같은 것을 지르며 자리에서 일어난다.

"아니, 지 선생님, 와 그러시능교?"

최상태는 깜짝 놀란다.

자리에서 일어난 지월실은 아무 대답도 없이 비실비실 출구 쪽으로 걸어간다.

최상태는 얼른 자리에서 일어난다.

로비로 나간 지월실은 그만 바닥을 헛딛는 것처럼 휘청하면서 그 자리에 비실 쓰러진다.

“이런! 지 선생님!”

최상태는 눈이 휘둥그레진다. 얼른 달려들어 부축해 일으킨다. 그러나 그녀는 몸의 중심을 잘 가누지 못하고 흐느적거린다.

최상태는 그녀를 부축해서 안고 엘리베이터로 프런트가 있는 맨 밑으로 내려갔다. 그리고 호텔 방을 정해서 그녀를 방으로 부축해 갔다.

지월실을 부축해 가지고 방에 들어온 최상태는 그녀를 침대에 눕혔다. 그녀는 몸은 흐느적흐느적 움직이나, 정신은 거의 없는 상태다.

발에서 양쪽 하이힐이 아무렇게나 떨어져 나간다. 그리고 옷을 입은 채 그녀는 벌렁 침대 위에 무너져 내린다.

최상태는 웨이터에게 진정제와 박카스 같은 것을 사 오라고 시킨다. 그리고 자기는 얼른 화장실로 가서 물수건을 만들어 가지고 나와 그녀의 이마에 얹어준다.

그러나 그녀는 곧 몸부림치듯 그 물수건을 떨어뜨려 버린다.

웨이터가 사 가지고 온 진정제와 드링크류를 먹이자 잠시 후 그녀는 마치 잠들 듯이 조용해진다. 새하얗던 얼굴이 차츰 혈색을 되찾아가고, 이마랑 콧등에 땀방울이 맺힌다.

최상태는 그제야 안도의 숨을 쉬고 윗옷을 벗는다. 그리고 의자를 갖다가 침대 곁에 놓고 앉아 그녀를 지켜본다. 술기가 말짱 가신 듯한 느낌이다. 꽤 당황했던 것이다. 그처럼 술이 약한 줄은 몰랐던 것이다.

새근새근 숨소리가 높아지는 것이 실제로 잠이 든 모양이다. 잠든 얼굴이지만 반듯하고 나무랄 데가 없다. 매력이 있는 고운 얼굴이다. 나이에 비해 월등히 젊어 보인다.

최상태는 일어나 윗옷에서 담배를 찾는다. 그러나 어느 호주머니에서도 담배가 나오질 않는다. 아까 급히 일어나 지월실을 따라 나오느라고 테이블에 그대로 놓아두고 온 모양이다.

최상태는 전화로 담배를 시킨다.

곧 웨이터가 담배를 가지고 온다.

최상태는 도로 의자에 앉아 지월실의 자는 모습을 멀뚱히 바라보며 담배를 뻐끔뻐끔 빨아댄다.

그녀의 얼굴을 어루만지듯 바라보는 시선이 봉긋한 가슴으로 해서 아랫도리로 미끄러져 내린다. 벌렁 아무렇게나 내던지고 있는 아랫도리…… 치마를 입고 있긴 하지만 야릇하게 기분을 자극한다.

최상태는 담배를 쭉 빨아 푸— 내뿜고 나서 벌떡 자리에서 일어난다. 그리고 재떨이에 담배를 썩 비벼 버리고는 화장실로 간다.

화장실에서 뜨끈뜨끈한 오줌줄기를 기세 좋게 내뿜고 나와서 그는 바지를 훌렁 벗어던진다. 넥타이를 풀고, 와이셔츠도 벗는다.

얇은 내의 바람으로 우뚝 서서 잠시 또 지월실을 바라본다. 마치 먹이를 앞에 둔 짐승이 잠시 뜸을 들이듯이.

그리고 그는 침대 위로 올라간다. 엉금엉금 지월실 곁으로 바짝 다가가는 것이다.

그녀 곁에 가서 가만히 앉아 또 한참 망설이더니, 슬그머니 손을 그녀의 가슴으로 가져간다. 그리고 약간 흔들어본다. 아무 반응이 없다. 깊이 잠이 든 모양이다.

이번에는 그녀의 윗옷 단추를 끄른다. 그리고 조심스레 벗기는 것이다. 그저 잠이 든 터라면 이쯤 되면 깰 것인데, 술에 잘못 취해서

약을 먹고 잠이 든 터이라 전혀 모르고 새근새근 코를 골기에만 바쁘다.

윗옷을 벗겨내고 나서, 다음은 치마를 벗긴다.

먼저 치마 옆구리에 붙은 지퍼를 끄른다. 분홍색 내의가 내다보인다. 최상태는 침을 한 덩어리 꿀꺽 삼키면서 그녀의 허리를 한 손으로 가만히 든다. 그리고 한 손으로 서서히 치마를 벗겨내는 것이다.

아랫도리에서 스커트가 벗겨져 내려가자, 지월실은 잠결에도 감각이 이상한 듯 꿈틀 한 번 움직인다.

최상태는 흠칫 놀란다. 이렇게 몰래 옷을 벗기고 있을 때에 혹시 눈을 뜨기라도 하면 그런 낭패가 없는 것이다. 틀림없이 깜짝 놀라 발끈 화를 낼 게 아닌가. 그러면 일은 다 끝나 버리는 것이다. 조심조심 다루어야 된다고 생각하면서 후유— 나직이 큰 숨을 한 번 내쉰다.

그리고 숨을 죽여 가며 계속 스커트를 벗겨 내린다.

무사히 스커트를 벗겨 내고 난 최상태는 약간 충혈이 된 눈으로 그녀의 전신을 어루만지듯 훑어본다. 말하자면 내의만 입고 잠이 든 여인의 모습을 음미하는 셈이다.

분홍색 슬립이 야릇하게 시선을 자극한다. 짧은 슬립 밑으로 쭉 곧게 드러난 허연 두 다리……

최상태는 또 절로 입안에 군침이 고인다. 와락 달려들어 사정없이 짓이겨 버리고 싶은 충동이 화끈 온몸을 뜨겁게 한다.

"음—"

그러나 그는 신음 소리와 함께 꿀꺽 뜨거운 침을 삼킨다.

그래서는 안 된다고 생각한다. 한 번 가지고 말 것 같으면 모르지

만, 그게 아니니 말이다. 재혼의 상대자로 생각하고 있는 터인데, 그
렇게 겁탈을 하듯 강행할 수는 없는 것이다. 어떻게든지 그녀의 동
의를 얻어야 한다. 동의까지는 못 얻더라도, 적어도 묵인이나 체념
정도의 상태까지는 몰고 가야 하는 것이다.

한참 동안 미열이 있는 것 같은 묘한 기분으로 그녀를 바라보고
있던 최상태는 슬그머니 그녀 곁에 눕는다. 그리고 담요를 당겨 그
녀와 함께 덮는다.

바로 손이 닿는 곳에 스위치가 있다. 그리고 머리맡에는 램프 스
탠드가 놓여 있다.

그는 스위치를 끄고 램프 스탠드를 켠다. 방 안이 진홍빛으로 바
뀐다.

지월실의 잠든 얼굴도 물론 진홍빛으로 물든다. 진홍빛으로 곱게
물든 그녀의 옆얼굴을 최상태는 바짝 곁에서 바라본다.

깨끗한 이마와 오뚝한 코, 그리고 야들야들한 입술…… 마치 익을
대로 잘 익은 처녀 같다. 진홍빛으로 물들어서 더욱 그렇게 보이는
모양이다.

반질반질 윤이 흐르는 머리칼이 바로 코앞에 있다. 최상태는 슬그
머니 코를 그 머리카락에 갖다 댄다. 야릇한 향기가 코로 스며든다.
지그시 눈을 감는다.

실컷 그녀의 머리카락 냄새에 젖은 다음 이번에는 가만히 입술을
그녀의 뺨으로 가져간다. 살그미 입술을 그녀의 뺨에 누른다. 그런
데도 그녀는 모르고 자고 있다. 그저 약간 고개를 돌렸을 뿐이다.

최상태는 차차 거칠어지려는 숨을 누르며 다음은 살며시 한 손
을 그녀의 가슴으로 가져간다. 봉긋한 한쪽 봉우리를 커다란 손으

로 가만히 덮는다. 내의 위지만 뭉클한 감촉이 손바닥을 짜릿하게
한다.

"으응—"

지월실이 팔다리를 쭉 뻗으며 기지개를 켠다. 최상태는 흠칫 놀라
손을 뗀다.

기지개를 켜고 나서 그녀는 저쪽으로 돌아눕는다. 돌아누우며 다
리를 약간 오그리는 바람에 자연히 그녀의 둔부가 최상태의 하복부
에 와닿는다.

최상태는 그만 어쩔 수 없다는 듯이 그녀를 덥석 안아버린다.

지월실은 꿈을 꾸고 있다.

넓은 초원이다. 끝없이 넓은 초원을 지월실은 달려가고 있다. 저만
큼 앞서 뛰어가고 있는 것은 노수인이다.

노수인을 잡으려고 그녀는 있는 힘을 다해 달린다. 그러나 훌떡훌
떡 뛰면서 달리고 있는 노수인이 도무지 잡히질 않는다.

하늘에는 둥글둥글한 풍선 같은 구름이 여기저기 한가롭게 떠
있다.

한참을 달려가니 어느덧 초원은 끝나고 이번에는 숲이다. 잡목이
우거진 숲속을 노수인이 이따금 뒤를 돌아보고 웃으며 여전히 앞서
뛰어가고 있다. 지월실은 안타까워 죽을 지경이다. 숨을 헐떡거리며
울상이 되어 쫓아가고 있는데, 잡목 가지에 머리카락이 걸린다. 그리
고 뺨에도 와닿는다. 가슴에도 와닿는다. 그럴 때마다 그녀는 냅다
뿌리치며 계속 노수인의 뒤를 쫓는다.

그렇게 숲속을 달려가던 그녀는 그만 질겁을 한다. 누군가가 덤불
속에서 불쑥 나타나 그녀의 허리를 뒤에서 불끈 안았던 것이다. 누

군가 하고 돌아보니 사람이 아니라 시커먼 곰이 아닌가.

"으악—"

그녀는 잠이 깨었다.

그런데 참 이상한 것이 분명히 꿈이었는데, 아직도 누군가가 뒤에서 자기를 덥석 안고 있는 것이 아닌가. 도대체 어떻게 된 일인지…… 그리고 또 온통 눈앞이 진홍빛이 아닌가 말이다.

그녀는 이게 아직 꿈인가 생신가 싶으며 얼른 뒤를 돌아본다.

"어머나!"

지월실은 소스라치게 놀란다.

뜻밖에도 최상태가 아닌가. 최상태가 자기를 뒤에서 덥석 안고 멋쩍은 듯 빙글 웃는다. 그 얼굴도 온통 진홍빛이다.

그녀는 그제야 정신이 번쩍 든다.

후닥닥 자리에서 뛰어 일어나려 한다. 거의 반사적인 행동이다. 그러나 일어나지지가 않는다. 최상태가 자기를 휘감은 팔다리에 불끈 힘을 준 것이다. 꼼짝을 할 수가 없다.

"놓아요! 놓아요!"

그녀는 냅다 몸부림을 친다.

"지 선생님!"

최상태도 신음 소리 같은 뜨거운 목소리를 내뱉는다.

"왜 이래요! 놓으라니까요!"

"지 선생님!"

"아이고! 놓아요!"

"지 선생님!"

"몰라요! 몰라요!"

침대가 요란하게 삐거덕거리고, 담요가 마구 펄럭거렸다.

최상태의 품 안에서 벗어나려고 퍼드덕퍼드덕 안간힘을 쓰던 지월실은 마침내 기지맥진 한 듯 축 늘어진다.

축 늘어지자 최상태는 그녀가 동의나 묵인은 아니더라도 결국 체념을 한 것으로 안다.

"지 선생님, 미안합니더. 너무 당신이 좋아서 안 그렁교. 결혼하입시더."

"……."

"결혼을 해서 행복하게 사입시더."

그러면서 그는 서서히 그녀의 내의를 벗긴다.

슬립이 서서히 벗겨져 내려가는데도 그녀는 가만히 눈을 감고 축 늘어져 누워 있을 뿐이다. 정말 체념을 한 모양이다.

슬립이 벗겨지고, 윗 내의가 벗겨져 올라가자, 그녀는 조용히 눈을 뜬다. 그리고 싸늘하게 가라앉은 목소리로 말한다.

"이게 무슨 짓이에요. 당신 너무하시는군요. 이런 식으로 하시면 결혼이고 뭐고 없어요. 당장 죽어버리겠어요."

지월실의 윗 내의를 벗기던 최상태는 동작을 멈춘다. 그리고 열기가 있는 눈으로 그녀의 표정을 가만히 바라본다. 이런 식으로 하면 결혼이고 뭐고 없고, 당장 죽어버리겠다는 말에 정신이 번쩍 든 것이다.

당장 죽어버리겠다고 해서 겁이 나서 그러는 것이 아니다. 결혼이고 뭐고 없다는 말이 귀에 번쩍한 것이다. 그 말은 결혼할 의사가 전혀 없는 것은 아니라는 뜻이다. 이렇게 비신사적으로 하면 결혼이고 뭐고 없지만, 그렇지 않으면 결혼을 고려하겠다는 뜻이 아닌가.

그 말이 일시적인 위기를 모면하기 위한 것인지, 진심에서 나온 말인지를 최상태는 그녀의 표정에서 읽으려 한다.

그녀의 표정은 약간 피로해 보이기는 하나, 침착하게 가라앉아 있다. 두 눈은 싸늘하도록 맑다. 얼마 전에 술에 정신을 잃고 쓰러진 사람 같지가 않다.

최상태는 절로 온몸에서 열기가 싹 가셔버리는 것을 느낀다. 범할 수 없는 어떤 위엄이라 할까, 두려움이라 할까, 그런 냉기 앞에 그만 욕망이 시들어버린 것이다. "아이고! 놓아요! 몰라요! 몰라요!" 하고 냅다 소리를 지르며 발버둥을 칠 때는 오히려 온몸에 화끈 불이 붙어 오르더니 말이다.

그리고 그녀를 한 번 정복하고 마느니보다, 이 위기를 참아 넘기고, 결혼으로 골인하는 편이 훨씬 현명하다는 것을 최상태는 안 것이다. 말하자면 그는 육욕에만 사로잡힌 짐승은 아니었던 것이다.

그는 약간 떨리는 목소리로 그러나 침착하게 말한다.

"지 선생님, 미안합니다. 정말 미안하게 됐습니다. 당신이 못 견디게 좋아서 그만…… 허허허……."

멋쩍은 듯 웃으며 최상태는 물러난다. 그리고 다짐을 받듯 말한다.

"이제 결혼을 승낙해야 합니다."

"……."

"아시겠지요?"

"……."

지월실은 말없이 자리에서 일어난다. 벗겨져 올라간 내의를 내리고, 발치에 아무렇게나 던져진 스커트와 분홍색 허물 같은 슬립을 주워 들고 침대에서 내려선다.

일어서니 역시 아직 머리가 흔들리는 듯 이맛살을 찌푸리며 눈을 감는다. 그러나 얼른 슬립을 입고, 스커트까지 입는다. 그리고 창가의 의자에 가서 털썩 힘없이 주저앉는다. 온몸의 나사가 헐렁헐렁해진 듯 도무지 맥을 출 수가 없다.

손목시계를 본다. 한 시 반이다. 생각 같아서는 당장 그만 방을 뛰어나가고 싶지만, 이 심야에 그럴 수가 없다. 통행금지 해제까지는 아직 두 시간 반이나 남았다. 그러나 기다리는 수밖에 없다. 참 재수 더러운 밤이다.

잠시 후, 최상태는 드렁드렁 코를 골기 시작한다. 흥분의 비탈을 오르다가 굴러 떨어진 격이라 허탈 상태가 된 듯 곧 잠이 들어버린 것이다.

지월실은 가만가만 가서 램프 스탠드를 끈다. 진홍빛 조명이 싫은 것이다. 노수인과의 밤이라면 모르지만…….

형광등을 켜고 그녀는 창변에 앉아 멀뚱히 새벽을 기다린다.

애처가, 현모양처, 간통죄, 쇠고랑, 순정, 현실…… 이런 심란하고 뒤숭숭한 생각에 젖으면서…….

7일간의 밀실

겨울 풍경이 차창 밖으로 휙휙 지나간다.

지월실은 차창에 기대앉아 하염없이 바깥 풍경을 내다보고 있다.

겨울방학이 되어 서울로 강습을 받으러 가는 것이다. 동극(童劇) 강습이다. 오 일 동안 아동극협회 주최로 나리국민학교에서 동극 강습이 개최되는 것이다.

그러나 그녀는 강습이 목적이 아니다. 강습을 구실로, 실은 노수인의 곁으로 가는 것이다.

방학이 되면 언제나 여러 가지 강습이 개최된다. 주로 여름방학에 많이 개최되는데, 이번 겨울에는 서울에서 동극 강습이 있다는 공문이 학교로 왔다. 물론 희망자만 수강하는 강습이다.

방학이 되면 노수인을 만나러 서울로 가야지, 생각하고 있던 지월실은 그 공문을 보고 어떻게 할까 망설였다. 수강을 겸해서 상경할 것인가 망설이고 있는데, 뜻밖에게도 박문갑 교감한테서 편지가

왔다.

이번 겨울방학에 우리 학교에서 동극 강습이 개최되니, 꼭 받으러 오라는 내용이었다. 와서 수강하는 것이 좋지 않겠느냐고 권하는 투가 아니라, 와서 꼭 받도록 하라는 지시 투의 것이었다. 마치 교감 입장에서 자기 밑의 교사에게 지시라도 하는 것처럼.

지월실은 그런 투의 편지가 조금도 기분 나쁘지 않았다. 나쁘기는 고사하고, 오히려 반갑고 고마웠다. 그런 투로 편지를 한다는 것은 이미 일이 잘 내정되었다는 것을 의미하는 터이니까.

그래서 그녀는 곧 수강을 하러 가겠다고 답장을 보냈던 것이다.

말하자면 임도 보고 뽕도 따는 셈이다. 서울 전입의 건도 완전히 굳힐 겸 말이다.

그러나 지금 차창 밖으로 겨울 풍경을 내다보고 있는 지월실은 결코 밝은 기분이 못 된다. 학교라는 울타리, 부산이라는 울타리를 훌쩍 벗어나 이렇게 특급으로 신나게 달리고 있는 터이라, 어떤 해방감 같은 것을 느끼기도 하고, 노수인을 만난다는 생각에 가슴이 약간 설레기도 하지만, 그러나 가슴속 한쪽은 찌뿌드드 흐려져 있는 것이다. 어떻게 했으면 좋을지 심란한 것이다.

그녀는 겨울 풍경을 내다보고 있으면서 지금 못 견디게 초여름의 과일 생각이 난다. 특히 살구가 먹고 싶은 것이다. 약간 덜 익은 시디신 살구를 실컷 좀 주워 먹었으면 싶다. 때때로 얄궂게 입맛이 변태를 일으키는 것이다.

처음 입맛이 그렇게 이상한 변화를 일으켰을 때 그녀는 고개를 갸웃했다. 산부인과를 찾아가 볼까 했다. 그러나 곧 그런 변화가 사라지고, 정상적인 상태가 계속되자 그녀는 입맛이 잠시 변덕을 부렸던

가 싫었다. 얼마 후 다시 그런 변화가 오며, 다달이 있는 것이 뚝 그쳐 버리자, 그녀는 혼자 얼굴을 붉히지 않을 수 없었다. 이번에는 후각도 변태를 일으킨 듯 이따금 메스꺼워지며 헛구역질이 올라오기도 했다. 이제 산부인과를 찾아가 보나마나 뻔한 노릇이었다.

십사오 년 만에 다시 맛보는 묘한 생리의 변화였다.

십사오 년 전, 그러니까 지금의 남규를 배었을 때는 매우 부끄러우면서도 야릇하게 가슴이 부풀었었는데, 이번에는 그게 아니었다. 덜컥 가슴이 내려앉으며 그저 심란하기만 했다.

임신이 되었다는 사실을 지월실은 노수인에게 알릴까 하다가 그만두었다. 겨울방학에 직접 만나서 이야기를 해야지 싶었던 것이다.

그리고 그녀는 교실 창변에 앉아 멀뚱히 바깥 풍경을 내다보며 아기를 낳아야 될 것인가, 떼 버려야 할 것인가 생각해 보았다.

노수인과의 관계를 확고부동하게 하기 위해서, 또 정상적인 관계로 속히 몰고 가기 위해서는 어쩌면 떼지 않는 편이 옳을 것 같기도 했고, 현실적으로 아직 떳떳한 남의 아내가 못 되는 입장에서 배가 불룩해진다는 것은 견딜 수 없는 노릇이기도 했다. 더구나 집 안에 가만히 들어앉아 있는 것도 아니고, 직장엘 나다녀야 하니 말이다. 직장이라도 보통 직장이 아니라, 학교가 아닌가. 교사, 즉 명색이 교육자가 혼자 사는 터에 배가 자꾸 부풀어 오른다면 그런 창피가 어디 있겠는가.

아무래도 떼야 될 것 같았다. 그러나 노수인의 말을 들어보고, 그와 상의해서 처리를 하는 것이 옳을 듯해서 겨울방학까지 보류를 한 것이다.

수원을 지나자 잠시 후 안양, 시흥, 그리고 영등포역을 쏜살 같이 통과한 기차는 곧 커더덩커더덩 소리를 내며 한강 철교를 건넌다.

지월실은 일어나 선반에서 백을 내린다. 공연히 가슴이 약간 두근거린다. 부산에서 지급으로 전보를 쳤는데 노수인이 받았는지, 받았다면 혹시 역에 마중을 나왔는지…… 아직 근무 시간 중이라…… 이런 생각을 하면서 몇 번 헛구역질을 해댄다.

"서울— 서울— 서울—"

역 구내의 스피커에서 종착을 알리는 소리가 흘러나오면서 차가 플랫폼에 멎는다.

승객 틈에 섞여 차를 내린 지월실은 곧장 마중 나온 사람들을 살핀다. 그러나 노수인의 얼굴은 눈에 띄지 않는다.

사람들의 물결을 따라 구름다리 계단을 올라가고 있는데, 누군가가 어깨를 툭 친다.

"어머!"

노수인이다. 빙그레 웃으며 백을 받아 든다.

"근무 시간이잖아요?"

"당신이 오는데 근무 시간이 무슨 상관이 있어요."

지월실은 좋아서 힉 웃는다.

집찰구를 나서며 또 헛구역질이 나오려는 것을 그녀는 꾹 참는다.

집찰구를 나선 그들은 택시로 을지로 입구 쪽으로 향했다. 지월실은 그저 노수인이 인도하는 대로 따라갈 따름이다.

을지로 입구에서 내리자, 노수인은 그녀를 데리고 어떤 골목길로 들어섰다. 골목 안에 아담한 이층짜리 여관이 있었다. 마치 호젓하게 숨어 있는 듯한 여관이었다.

지월실의 백을 든 노수인이 앞장서서 현관을 들어서자 여관 보

이가,

"오시는군요."

싱글 웃으며 백을 받아 든다. 그리고 성큼성큼 방으로 안내해 간다.

노수인이 미리 예약을 해놓은 것이다. 지월실의 편지를 받고 일주일 정도 숙박할 장소로 이 여관을 물색했던 것이다. 회사에서 가깝고 해서 편리할 것 같았던 것이다.

아래층 맨 구석 쪽 호젓한 온돌방이다. 불이 잘 드는 뜨뜻한 방이라야 된다고 각별히 당부를 했던 것이다. 부산 양반 서울 추위에 정나미가 떨어지지 않도록 말이다.

그다지 심한 추위는 아니었으나, 지월실은 방 안으로 들어서자 대뜸 아랫목을 짚어보며,

"따뜻해서 좋군요."

활짝 밝은 표정을 짓는다.

"그럼 따뜻한 아랫목에서 한숨 자고 있어요. 퇴근 시간이 되면 곧 올 테니까."

노수인은 손목시계를 보며 방을 나선다.

사무실에 가서 일을 하면서도 노수인은 공연히 즐겁기만 했다. 바로 근처의 호젓한 여관방에 지월실이 기다리고 있으니 그럴 수밖에.

퇴근 시간이 되자 노수인은 지체 없이 자리에서 일어섰다.

여관에 가서 그녀를 데리고 나와 저녁을 먹고, 차를 한잔 마시고, 그리고 도로 여관방으로 돌아갔다. 극장 구경이라도 할까 하다가 날씨도 쌀쌀하고, 또 부산에서 올라오느라고 피로할 터이니 오늘은 그만두기로 했다.

“그만 여관방으로 갑시다.”

노수인의 말에

“예, 그래요.”

지월실도 얼른 찬성이었다.

따뜻한 아랫목에 깔려 있는 이부자리 속으로 들어가자, 노수인은 대뜸 그녀에게로 다가든다.

그러나 그녀는 너무 그렇게 성급하게 굴 것은 없지 않느냐는 듯이 두 손으로 노수인의 가슴을 막아내며,

“잠깐 기다려요.”

생글 웃는다.

노수인은 멋쩍은 듯이 약간 얼굴을 붉힌다. 마치 순진한 총각 같은 표정이다.

그런 노수인이 무척 좋은 듯 이번에는 지월실이 재빨리 노수인의 입술에 쪽! 소리가 나도록 한 번 뽀뽀를 한다.

그리고 말한다.

“반가운 소식을 알려드리겠어요.”

지금까지 아무 얘기가 없다가 별안간 이불 속에서 반가운 소식이라니…… 노수인은 눈이 약간 둥그레진다.

“당신의 아이를 뱄어요.”

“뭐?”

“왜 놀라세요? 아이를 뱄다는데……. 당신의 아이를 뱄단 말이에요. 얼마나 기쁜 일이에요. 안 그래요?”

지월실은 조금 장난기 같은 것이 동하는 듯 방글방글 웃는다.

노수인은 엎드려서 담배를 피우기 시작한다.

“여보, 그렇게 담배만 피우실 게 아니라, 말을 좀 해봐요. 당신의 아이를 뱄다는데 왜 아무 말이 없어요?”

“…….”

“축하를 해 줘얄 게 아니에요.”

“…….”

“어머, 갑자기 벙어리가 되셨나…….”

그제야 노수인은 담배연기를 푸— 크게 내뿜고는,

“수고했소.”

하고 히죽 웃는다.

“호호호…… 수고하다니요. 참 재미도 없으시네. 아이를 배기만 했는데 수고는 무슨 수고에요. 아이를 낳아서 기르는 것이 수고란 말이에요.”

“…….”

노수인은 다시 말없이 담배를 새로 한 개비 꺼내어 계속 불을 붙이려 한다.

그러자 지월실은 눈을 흘기며 얼른 담배를 빼앗아 버린다.

“왜 자꾸 담배만 피우시는 거예요. 담배만 피우면 만사가 해결인가요? 그러지 마시고, 말을 좀 해봐요. 당신의 아이를 뱄단 말이에요. 기쁘지 않으세요?”

“…….”

“아, 정말 잘했군, 정말 잘했어. 왜 이런 말을 못하세요? 정말 듣던 중 반가운 소식이야. 정말 기분이 좋군. 왜 이런 말을 못 하시냔 말이에요.”

“…….”

"아들일까 딸일까 하고 기뻐하지 않으세요?"

"……."

엎드렸던 노수인은 도로 벌렁 누워서 멀뚱히 천장만 바라보고 있다. 코언저리에 빙그레 웃음 같은 것을 약간 띠고서.

"여보!"

지월실의 목소리가 격해진다.

"응?"

노수인이 그녀 쪽으로 얼른 얼굴을 돌린다.

"당신의 아이를 뱄다는데 그렇게도 싫으세요?"

"싫긴…… 누가 싫다 그랬소?"

"그럼 왜 그렇게 뚱딴지같은 얼굴을 하고 있어요?"

"……."

"여보, 그러지 마시고 말을 좀 해봐요. 어떻게 하면 좋겠어요?"

그녀의 목소리는 떨린다. 곧 울음이라도 복받칠 것 같은 상태다.

"글쎄…… 지금 우리 처지로서는……."

"……."

"별수 없지 않겠어. 병원을 찾아가는 수밖에……."

"떼라 그 말이죠?"

"그러는 수밖에……."

"그럴 줄 알았어요."

지월실은 별안간 새파래진다. 그리고 그만 홱 돌아누우며,

"으흐흐흑……."

흐느껴 울기 시작한다.

복받치는 덩어리를 걷잡을 수가 없는 모양이다. 말하자면 일종의

히스테리라고 할 수가 있다.

　그녀 역시 산부인과를 찾아가서 유산을 하는 수밖에 별 도리가 없다고 생각하고 있는 것이다. 그런데 막상 노수인의 입에서 그런 소리가 나오자 왜 그렇게 설움이 복받치는지…….

　흐느끼는 그녀의 뒷모습을 노수인 역시 무거운 심정으로 바라보고 있다.

　잠시 후 노수인은,

　"여보, 울기는……."

하고 지월실을 뒤에서 슬그머니 안는다.

　흐느낌을 그친 그녀는 이제 가만히 노수인에게 안긴 채 심정을 가라앉히고 있다.

　"자, 이리 봐요."

　노수인은 그녀를 이쪽으로 돌려 안는다.

　그녀는 좀 쑥스러운 듯 눈을 감는다.

　"여보."

　노수인이 가만히 부른다.

　"응?"

　지월실이 눈을 뜬다.

　"당신 우는 거 처음 봤군."

　"……."

　"우니까 꼭 소녀 같던데……."

　"피—"

　그러면서 그녀는 그만 살짝 미소를 띠고 만다.

　"그렇지, 그렇게 웃어야지. 울기는 바보같이……."

“몰라요.”

“당신도 생각해 봐. 지금 우리가 아이를 낳을 처진가.”

“싫어요. 낳을 거예요.”

“하하하…….”

“웃기는…… 정말이에요.”

그녀는 곱게 눈을 흘긴다.

“그러지 말고…… 나중에 말이야, 우리 귀여운 아이를 꼭 하나만 낳자구. 아들이라도 좋고, 딸이라도 좋고…….”

“싫어요.”

“왜, 안 낳을 거야?”

“하나가 아니라, 한 타스 낳을 거예요. 지금부터 말이에요.”

“하하하…….”

“두고 보세요. 거짓말인가…… 한 타스 낳아가지고 당신을 실컷 좀 애먹여 줄래요.”

“하하하…….”

노수인은 웃으면서 그만 입술을 그녀의 입술로 가져간다.

그녀도 기다리고 있었다는 듯이 살짝 턱을 내밀며 지그시 눈을 감는다.

그동안 쌓인 그리움이 서서히 무르녹기 시작한다.

뜨거운 시간이 한참 흐른 다음, 끈적끈적한 땀에 젖은 노수인이 슬그머니 자리에서 일어난다. 이마에 땀이 밴 지월실은 눈을 떴다가는 사르르 다시 감고 그대로 늘어져 누워 있다.

노수인은 방문을 열고 나간다. 변소에 가는 모양이다.

노수인이 변소에 간 사이 지월실은 일어나 몸을 수습한다. 내의를 주워 입고 머리를 가다듬는다. 그리고 얼른 이불 속에 묻혀 버린다.

변소에 갔다가 손수건으로 손을 닦으며 돌아온 노수인은 도로 자리에 들 생각을 않고 앉아서 담배를 한 대 피워 문다. 그리고 시계를 본다.

잠시 생각에 잠겨 있던 그는 무슨 결심이라도 한 듯 벌떡 자리에서 일어난다.

"여보, 열한 시가 다 되어 가는군. 이제 불 끄고 푹 자도록 해요."

"예?"

지월실은 무슨 뜻인지 얼른 알 수가 없는 모양이다.

"내일 아침 출근하기 전에 들를 테니까요."

그러면서 노수인은 벽에 걸어둔 양복과 오버를 벗긴다.

"어머."

깜짝 놀라며 지월실은 일어나 앉는다.

"가시는 거예요?"

소리가 나오려다가 목에 탁 걸린다. 곧 눈물이 쑥 비어져 나올 것만 같다.

그녀는 입술을 꼭 문다. 이지러진 싸늘한 표정으로 가만히 노수인을 지켜보고만 있다. 비참한 심정이다.

여관을 나온 노수인은 잰걸음으로 광화문 쪽으로 향했다. 열한 시가 다 되어가고 있었다.

밤바람에 귀가 시렸다.

추위 속을 잰걸음으로 걸으면서도 노수인은 한 가지 일을 골똘히 생각하고 있었다. 지월실이 아이를 가지게 되었다는 사실, 다시 말하면 자기가 뿌린 종자가 그녀의 뱃속에 자리를 잡고 발아하기 시작했다는 사실이 자꾸 머리를 차지하고 떠나질 않는 것이다. 현실적으로 그 배태된 종자를 뽑아버릴 수밖에 없는 일이고, 그녀 역시 그렇게 하는 도리밖에 없다는 것을 알고 있는 듯했지만 좌우간 그저 예사롭게 생각해 넘길 일이 아닌 것이다.

말하자면 노수인이 최초로 부딪치는 심각한 벽인 셈이다. 지금까지는 그저 막연히 어떻게 되겠지 하는 생각으로 감미롭고 짜릿한 사랑에만 도취해 왔으나 이제 그게 아니라, 어떤 엄연한 사실 앞에 주춤 멈추어 서게 된 셈이다. 그녀와의 관계를 어떻게 정립시켜야 할 것인가 하는 문제가 현실로서 바짝 앞으로 다가들었다고 할까.

괴로운 일이다.

광화문에서 버스를 타고 세검정 고개를 넘으면서도 노수인은 그 생각을 머리에서 떨쳐버릴 수가 없었다.

버스에서 내린 노수인은 단골 가게로 들어가 소주를 몇 잔 들이켰다. 취기가 없는 맨송맨송한 얼굴로 집에 들어가기가 어쩐지 쑥스러웠던 것이다. 그리고 늦게 귀가하는 변명을 위해서도 술기가 좀 있는 게 나은 것이다.

노수인은 지월실을 만난 뒤부터 곧잘 술을 입에 대는 셈이다. 말하자면 항상 어떤 기분에 들떠 있는 터이니 그럴 수밖에.

"저녁은 어떻게 했어요?"

늦게 돌아온 남편을 보고 은숙이 묻는다.

"먹긴 조금 먹었는데, 시장하군."

"그럼 좀 뜨고 주무세요."

은숙은 얼른 부엌에 나가 찌개를 다시 불에 얹어 데워 가지고 밥상을 들고 들어온다.

통행금지가 임박해서 돌아온 남편의 밥상머리에 앉아 은숙은 하품이 나오자 얼른 손으로 입을 가린다. 그동안 자지 않고 기다렸던 것이다.

밥을 먹으면서 노수인은 시치미를 뚝 떼고 말한다.

"내일부터 일주일간 출장이야."

"예? 일주일간이나?"

은숙은 눈이 약간 휘둥그레진다. 그럴 수밖에 없다. 지금까지 하루 이틀, 길어야 삼사일이었는데, 이번에는 무슨 일로 일주일이나 출장이란 말인가. 더구나 이렇게 추운 겨울에.

"어디로 가시는데요?"

"대구에서 강습이 있는데, 아 글쎄, 내가 그 강습의 강사로 초청을 받았지 뭐야."

"그래요?"

"응, 학교신문, 어린이 문집 편집에 관한 강습인데, 나한테 꼭 좀 강사로 내려와 달라는 거야."

"가셔야지요."

은숙은 활짝 기쁜 얼굴이 된다. 남편이 강사로 초청을 받았다니 기분이 좋은 모양이다.

"그럼 회사는 어떻게 하고요?"

"글쎄, 회사에서 출장을 해 주더라니까. 우리 잡지가 교사들이 보는 잡진데, 교사들의 하는 일을 모른 체 할 수가 있겠어? 강사 겸 취재 겸 출장을 가는 거지."

"잘됐네요. 강사료도 있겠죠?"

"물론 있겠지."

"출장비도 받고, 강사료도 받고…… 그런 출장 같으면 만날 있어도 좋겠군요."

"꿩 먹고 알 먹기란 말이지?"

"예, 호호호……."

"허허허……."

이튿날 아침, 대구로 일주일 동안의 출장을 떠난다고 백을 들고 여느 때보다 일찍 집을 나선 노수인은 을지로 입구 회사 근처의 여관으로 들어섰다. 물론 지월실이 숙박하고 있는 여관이다. 지월실은 아직 자리에 누워 있었다. 노수인이 들어서자, 그녀는 가만히 눈을 떴다. 그리고 조용히 자리에서 일어난다. 별로 반가워하는 빛도 아니고, 그렇다고 싫어하는 기색도 아닌, 그저 담담하고 조용한 표정이다.

"잘 잤소?"

노수인이 묻는다.

"예."

지월실이 대답한다.

"나 집을 나왔소."

"예?"

담담하고 조용하던 지월실의 얼굴에 활짝 밝은 빛이 떠오른다. 약간 놀란 듯하나, 분명히 기쁜 표정이다.

"오늘부터 당신하고 이 여관에서 함께 지내는 거요."

"어머, 정말?"

"이봐요. 백을 가지고 나오지 않았소. 이 속에 세면도구도 들었고, 내의도 들었고……."

"호호호……."

지월실은 정말 뜻밖의 일이라는 듯이 기분 좋게 웃는다. 간밤에 오만 생각을 다하며 비감에 젖었던 가슴이 그만 개운하게 씻어져 내려가는 듯한 느낌이다.

출근 시간이 되자, 노수인이 먼저 여관을 나섰다. 지월실은 화장을 하고 잠시 후 강습 장소인 나리국민학교로 향했다.

나리국민학교에 도착한 지월실은 먼저 교무실로 박 교감을 찾아 갔다. 오늘 동극 강습이 시작되기 때문인지, 교무실에는 방학 때 같지 않게 꽤 교사들이 나와 있었다.

지월실이 들어서자 난롯가에 앉아 불을 쬐고 있던 박문갑 교감은,

"오, 오셨군요."

자기가 먼저 알은체를 하며 자리에서 벌떡 일어나기까지 했다.

"언제 오셨나요?"

"어제 올라왔습니다."

"숙소는 어디에……?"

"여관을 정했습니다."

"어느 여관에요?"

"저…… 을지로 입구 쪽에……."

"자, 추운데 불 좀 쬐세요."

그러면서 박 교감은 의자를 한 개 당겨다가 놓아주기까지 한다.

개강식이 시작된 것은 열한 시가 거의 다 되어서였다.

교실 두 개 크기만 한 특별활동실에서 간단한 개강식이 있은 다음, 곧 강습 일과로 들어갔다.

그날 강습에서 가장 인상에 남은 것은 유정국이라는 강사의 강의

였다. 나리국민학교의 교사이면서 아동극협회 부회장이기도 한 유정국은 동극 각본에 대해서 강의를 했다.

강의 내용도 재미가 있고 인상에 남았지만, 그보다도 그 유정국이라는 사람 자체가 묘하게 지월실의 머리에 인상적으로 박히는 것이었다. 훤칠한 키, 시원하게 벗겨진 이마, 우뚝한 코, 서글서글한 눈…… 어느 모로 보나 호남아였다.

그러나 그 용모보다도 묘하게 인상적인 것은 목소리였다. 약간 쉰 것도 같고 안 쉰 것도 같은 그런 저음의 목소리였다. 왜 그런지 지월실은 그 목소리가 들으면 들을수록 인상적이었다.

그날 강습 일정이 끝난 것은 하오 네 시 조금 지나서였다.

강습을 마치고 교문을 나선 지월실은 노수인에게 전화를 걸려고 공중전화가 있는 곳으로 잰걸음으로 걸어가고 있는데 누군가가 뒤에서,

"지 선생."

하고 부르는 것이 아닌가.

돌아보니 박 교감이었다.

"같이 갑시다. 뭣이 급해서 그렇게 빨리……."

빙그레 웃는다.

박 교감과 지월실은 나란히 걷는다.

박 교감이 나타난 바람에 지월실은 노수인에게 전화를 걸려던 것을 그만둔다.

"여관을 어디다 정했다 그랬지요?"

박 교감이 점잖은 목소리로 묻는다.

"을지로 입구라더군요. 거기를……."

"그럼, 그쪽으로 슬슬 가면서, 어디 가서 얘기나 좀 합시다."

"예, 그러죠."

지월실은 무조건 복종할 수밖에 없다. 자기를 서울로 픽업해 줄 사람이 아닌가.

나리국민학교는 남산 기슭에 있다. 그러니까 을지로 입구까지 걸어도 될 만한 거리다.

명동 입구에 이르자, 박 교감은,

"지 선생, 명동 구경하셨나요?"

점잖은 미소를 띠며 묻는다.

"아니요."

"그럼, 명동 구경이나 할까요?"

"그러죠."

겨울 해라 어느덧 날이 설핏하다. 한참 인파 속을 거닐다가 지월실이 말한다.

"교감 선생님, 어디 가서 저녁이나 하시죠. 제가 대접을⋯⋯."

"저녁요? 벌써?"

"벌써 다섯 신걸요 뭐."

"그럼, 그럴까⋯⋯."

"교감 선생님, 무슨 음식을 좋아하세요? 한식이 좋으세요, 양식이 좋으세요, 그렇지 않으면 왜식? 중국 음식?"

"뭐 아무거나 합시다. 한국 사람은 한국 음식이 제일이지. 허허허⋯⋯."

"하긴 그래요. 그럼 어디 한식집으로 가시죠."

"그럽시다."

그들은 한식집을 찾아 들어갔다.

로스구이 백반을 시켜놓고,

"교감 선생님, 술을 좀 하시죠?"

지월실이 나긋한 표정으로 박 교감을 바라본다.

"술요? 난 술이 약한데……."

"맥주를 하면 되잖아요."

"그럴까…… 지 선생, 맥주 좀 하시나요?"

"아니요. 전 한 모금도 못 해요."

"그래요? 그럼 한 병만……."

음식과 맥주가 오자 지월실은 맥주병을 든다.

"교감 선생님, 제가 한잔 따라 드릴게요."

"예, 감사합니다."

박 교감이 맥주 컵을 든다.

지월실은 공손히 꿇어앉으며 병을 기울인다.

"자, 지 선생도 조금만……."

박 교감이 컵 하나를 그녀에게 내민다.

"전 못 한다니까요."

그러면서도 그녀는 컵을 받는다. 못 해도 조금 받는 것이 예의라 싶은 것이다.

"자, 지 선생……."

박 교감이 건배를 하자는 듯이 컵을 쳐든다. 힉 웃으며 지월실도 컵을 살짝 들어 올린다. 그녀의 컵에 박 교감의 컵이 다가간다. 찰그락!

박 교감은 점잖게, 그리고 기분 좋게 웃으며 컵을 입으로 가져간다.

사실 박 교감은 술에 약한 모양이었다. 두 컵을 채 다 못 마시고 귀밑까지 불그레해졌다.

제법 취기가 있는 듯한 목소리로 자기의 가정 이야기를 꺼낸다.

"사람은 건강이 제일입니다. 그런데 집사람은 그 건강이 형편없어요. 형편없는 정도가 아니라, 아주 고랑고랑 곧 어떻게 될 것 같애요."

"어디가 많이 편찮으신가요?"

"편찮은 정도가 아니라니까요. 병원에 입원을 몇 번이나 했는지…… 그래도 완쾌가 안 되고, 이번에는 천식인가 뭔가 그런 것까지 겹쳐서……."

"걱정이 되시겠군요."

"말이 아니죠. 가정은 주부가 다스리는 법인데, 주부가 그 모양이니 뭣이 되겠어요. 꼴이 말이 아니에요."

"……."

"말이 가정이지, 지옥과 다름없어요. 도대체 들어가기가 싫은 걸요 뭐."

그러면서 박 교감은 지월실의 표정을 힐끗 본다.

그녀는 자꾸 속눈썹을 깜짝거린다. 이 양반이 왜 자꾸 그런 소리를 끄집어내는가 싶은 것이다.

"건강한 마누라를 가진 사람들이 부러워요."

박 교감의 말에 지월실은 가만히 듣고만 있을 수가 없어 웃으며 말한다.

"물론 그러시겠죠. 그러나 도리가 없잖아요. 사람이 살다가 아플 수도 있죠. 누가 아프고 싶어서 아프나요. 사모님이 더 괴롭고 답답하실 거예요."

"허허허…… 그야 그렇지."

"하루 속히 완쾌가 되도록 하셔야죠."

"그렇죠, 그렇죠. 허허허……."

박 교감은 마치 아픈 데를 찔린 것처럼 너털웃음을 웃는다.

한식집에서 나오자, 지월실은 약속이 있다면서 박 교감과 헤어졌다.

여관에 돌아오니 노수인은 아랫목에 자리를 깔고 누워서 드렁드렁 코를 골고 있다.

"어머, 주무시네."

지월실은 노수인이 누운 아랫목으로 가서 이부자리 밑으로 손을 넣는다. 손이 꽤 시린 것이다.

계속 드렁드렁 코를 골면서 노수인이 몸부림을 치듯 이불을 차 넘긴다. 그리고 다리를 하나 번쩍 들어 지월실의 허리 위에 얹는다.

"어머 어머……."

"으응―"

"호호호…… 안 주무시는구나."

"핫핫하……."

일부러 자는 체 했던 것이다.

노수인은 벌떡 일어나 그만 그녀를 덥석 안아 이불 속으로 끌어넣어 버린다.

"한 시간이나 기다렸지. 어디 갔다 이제 오는 거야?"

"가만있어요. 옷이나 갈아입고……."

"갈아입긴 뭘 갈아입어. 벗어 버리면 그만이지."

"호호호…… 얄궂어라."

"얄궂긴…… 내가 벗겨 줄 테니 염려 말고 가만히 있으란 말이야."

"성미도 급하시군."

"한 시간이나 기다렸단 말이야. 한 시간이나……."

그러면서도 노수인은 지월실의 허리를 바싹 끌어당긴다. 입술이 다가간다. 지월실은 바깥에서 돌아온 몸이 아직 녹지도 않은 터이라 별로 기분이 나지 않았으나, 킥 웃으며 그냥 입술을 맞이한다.

그녀의 입술은 차다.

찬 그녀의 입술이 오히려 산뜻해서 좋은 듯 노수인은 스르르 눈을 감는다. 그녀는 별안간 헛구역질이 올라와 못 견딘다.

"가만있어요. 화장실에 좀 갔다와서요."

그녀는 노수인을 떠밀어내고 일어난다.

지월실이 화장실에 가서 소변을 보면서 헛구역질을 실컷 하고 돌아온다.

노수인은 열이 식어버려 머쓱한 얼굴로 일어나 앉아 담배를 피우고 있다.

"구역질이 나서 혼났어요."

"응?"

"당신 때문에 자꾸 구역질이 난단 말이에요."

"아니, 나 때문에, 왜?"

노수인은 혹시 자기 입에서 무슨 냄새라도 났는가 싶어 슬그머니 창피한 표정이 된다.

지월실은 재미있다는 듯이,

"당신이 나를 괴롭혀서 그래요. 아시겠어요?"

하고 생글 웃는다.

"괴롭혀서 그랬다니?"

"몰라요. 살구 사 줘요. 살구가 먹고 싶어요."

"허허허…… 난 또 무슨 소린가 했지."

"아시겠어요? 다 당신 책임이란 말이에요."

"그렇지. 내 책임이지. 허허허……."

"웃기는요. 어서 살구 사 줘요."

"이 겨울에 살구가 여는 나무가 있을까?"

"여름까지 기다릴 수가 없다 그 말씀이에요."

"야, 이거 야단났는데……."

그러면서 그만 노수인은 이불 위에 데굴 뒹굴 듯이 드러누워 버린다.

"호호호……."

지월실은 까르르 웃는다.

마치 첫아기를 가지게 된 정다운 신혼부부 사이 같다.

이렇게 두 사람은 이 밀실 아닌 밀실에서 마음껏 서로를 주고받으며 마치 신혼부부의 보금자리 같은 생활을 계속했다.

물론 아침이면 노수인은 회사로 출근을 했고, 지월실은 나리국민학교로 강습을 받으러 나갔다.

그리고 저녁때에는 만나 외식을 하며 영화 구경을 하기도 했고, 연극 구경을 하기도 했고, 추운 줄도 모르고 겨울 고궁을 산책하기도 했으며, 때로는 백화점 같은 데를 여기저기 구경하고 다니며 간단한 쇼핑을 하기도 했다.

지월실의 강습이 끝나는 날, 그러니까 말하자면 자기의 출장도 끝나는 날, 노수인은 마침내 그동안 속으로 벼르고만 있던 말을 꺼냈다.

아침을 먹으면서였다.

"여보."

"예?"

"저…… 오늘 강습이 몇 시에 끝나지?"

"오전 중에 끝날 거예요. 오늘 토요일이잖아요."

"그렇지. 그럼 오후에 저……."

"……."

"저…… 병원에 갑시다."

"병원에?"

"산부인과에 가야 되지 않겠소?"

"……."

지월실은 잠시 말없이 노수인의 눈빛을 가만히 바라본다.

"어차피 뗄 바에야 일찍 떼는 게 좋을 거고……."

"……."

"또 당신 혼자 떼러 가는 것보다 함께 가는 게 나을 것 같아서 하는 말이오."

"예, 좋아요."

지월실은 마치 체념이라도 하는 것처럼 나직이 한숨을 쉰다. 쓸쓸한 표정이다.

"지금은 도리가 없는 일이니까, 너무 상심하지 말아요."

노수인은 그녀의 한숨 소리가 가슴 아픈 듯 약간 떨리는 듯한 음성으로 위로를 한다.

“괜찮아요. 나도 철부지는 아니니까요.”

지월실이 오히려 담담한 어투다.

그날 오후, 토요일이어서 일찍 퇴근을 한 노수인은 지월실을 데리고 산부인과 병원을 찾아갔다.

지월실의 뒤를 따라 병원 문을 들어서는 노수인은 어쩐지 멋쩍고 기분이 얄궂었다. 자기의 아내와 동행이라면 결코 그렇게 기분이 이상하지는 않을 것이다.

대기실의 난롯가에 앉아 불을 쬐면서도 노수인이 어색한 표정을 쉬 없애버리지 못하자, 지월실이 나직이 속삭이듯 말한다.

“당신 여관에 가서 기다리세요. 수술을 받고 갈게요.”

“수술을 받고 어떻게 혼자 여관까지…….”

“괜찮을 거예요.”

지월실은 말은 그렇게 하지만 실상 속으로는 불안하다. 아이를 하나 낳고 혼자되어 지금까지 한 번도 유산 같은 것을 해 본 적이 없으니 그럴 수밖에.

“그럼, 밖에 나갔다가 두어 시간 후에 와 볼까?”

“그러세요. 전화를 해보고 오세요.”

“이 병원 전화가 몇 번인가…….”

노수인은 자리에서 일어나 간호원에게 전화번호를 물어서 수첩에 적는다. 그리고,

“그럼, 이따가…….”

미안한 듯이 지월실을 돌아보고는 슬그머니 병원을 빠져나간다.

병원을 나선 노수인은 여관으로 갈까 하다가 그만둔다. 여관방에 들어가서 두어 시간을 조용히 기다릴 수 있을 것 같지가 않은

것이다.

그저 걸음 가는 대로 걷는다. 오늘은 마치 해동하는 날씨 같다.

거리를 거닐다가 비어홀에 들어가 맥주를 한 병 마시고서 두어 시간 후에 병원에 돌아온 노수인은 간호원이 안내해 주는 방으로 갔다. 지월실이 혼자 아랫목에 이불을 덮고 누워 있다.

노수인은 주기가 좀 있었으나, 조심스레 그녀 곁으로 가서 앉는다.

지월실은 가만히 눈을 감고 있다. 아직 마취 기운이 덜 가셔서 정신이 돌아오지 않았는지, 아니면 잠이 들었는지, 그냥 눈을 감고 있는지 알 수가 없다.

잠시 가만히 앉아서 지켜보고 있던 노수인은,

"여보."

하면서 그녀를 살짝 건드려본다.

그러자 그녀의 감은 두 눈에서 눈물이 주르르— 흘러나온다.

흘러나오는 눈물을 보자, 노수인은 기분이 묘해진다. 약간 긴장이 되면서 공연히 자기도 코허리가 시큰해지는 것이다.

잠시 후 눈물에 젖은 눈을 뜬 지월실은 마치 노수인을 원망하는 듯한 시선으로 바라본다.

노수인은 속으로 당황한다. 그녀에게 무슨 큰 잘못을 저지른 것 같은 느낌이 왈칵 든다.

그러나 지월실은 곧 가만히 눈을 감아 버린다. 잠이 드는지 정신이 다시 몽롱해지는지 정물처럼 조용해진다.

노수인은 말없이 그녀를 지켜보고 있다가 담배를 꺼낸다.

노수인이 지월실을 데리고 병원을 나선 것은 날이 어둑어둑해서였다. 여관까지 별로 먼 거리가 아니었으나, 노수인은 굳이 택시에 그녀를 태워서 데리고 갔다.

여관방에 돌아온 지월실은 잠옷을 갈아입자, 말없이 자리에 누워 버린다. 몸도 맥을 못 추겠지만, 그것보다도 정신적으로 더 허물어진 것 같은 느낌인 것이다.

"저녁을 먹어야죠. 뭘 시킬까?"

노수인이 물었으나, 그녀는 아무 대답도 없이 가만히 눈을 감고 있을 따름이다. 정말 우울하고, 비감 같은 것이 가슴에서 씻어지질 않는 모양이다.

"곰탕을 시킬까, 갈비탕을 시킬까?"

"……."

"참, 삼계탕이라는 게 있더군. 닭에 삼을 넣어서 고은 것인 모양인데, 그게 좋겠어?"

그제야 지월실은,

"아무거나요."

힘없이 입을 연다.

그러나 여관 보이에게 삼계탕을 시켰더니, 이 근처에 그런 것 하는 집이 없다면서 영계백숙으로 하라는 것이다.

결국 영계백숙 이인분을 시켰다.

영계백숙을 먹으면서,

"맛이 괜찮군. 많이 먹어요."

노수인이 말했으나, 지월실은 그저 힘없이,

"예."

시들하게 대답할 뿐이다.

"몸이 좀 어때요?"

“괜찮아요.”

역시 시들한 대답이다.

저녁을 먹고 나자, 지월실은 곧 또 자리에 누워버렸다.

노수인은 앉아서 담배를 피우면서 그녀의 콧등에 맺힌 이슬을 본다. 식은땀인 것이다. 그녀의 이마도 여느 때보다 훨씬 새하얗다.

노수인은 슬그머니 일어나 오버를 입는다.

노수인이 일어나 오버를 입는 것을 보고도 지월실은 아무 말이 없다. 못 본 체 스르르 눈을 감아버린다.

“잠시 나갔다 올 게요.”

노수인은 조용히 방문을 열고 나간다.

잠시 후 노수인은 무엇인지 종이에 싼 것을 들고 들어온다.

지월실이 눈을 떠 본다. 얼른 보아도 그게 한약이라는 것을 알 수 있다. 그녀의 얼굴에 웃음이 떠오른다. 그러나 활짝 밝은 웃음이 아니라, 역시 쓸쓸한 웃음이다.

“여보, 이거 집에 가서 달여 먹어요.”

“예.”

여전히 시들한 대답이다.

이튿날 오후 지월실은 떠났다.

그녀를 배웅해주고 노수인은 집으로 향했다. 말하자면 출장을 마치고 돌아오는 셈이다. 감쪽같은 위장 출장 말이다.

버스가 세검정 고개를 넘자 노수인은 정말 일주일 동안의 출장에서 돌아오는 듯한 느낌이었다. 오래간만에 대하는 세검정의 풍경이 정답기도 했고, 어쩐지 부끄럽기도 했다.

서울의 아지랑이

봄이다. 아직 바람결은 좀 쌀쌀한 편이지만, 봄빛이 완연하다.

오늘은 나리국민학교의 개학날이다. 신학년도가 시작되는 것이다.

지월실은 새로 맞춘 미색 투피스를 입고 교장실의 소파에 얌전히 앉아 있다. 또 한 사람 남선생과 함께. 그러니까 오늘 두 교사가 새로 부임하는 것이다.

벨이 울린다. 직원조회를 알리는 벨이다.

교장이 자리에서 점잖게 일어선다.

"자, 교무실로 갑시다."

두 사람은 교장의 뒤를 따른다.

박 교감의 사회로 직원조회가 시작된다.

신학년도의 학교 운영지침 같은 것을 발표하고, 그에 대한 훈시를 한 다음, 교장은 새로 부임하는 두 교사를 소개한다. 그리고 신임 교사의 인사다.

먼저 안호원이라는 남교사가 인사를 한다.

다음은 지월실이다.

"방금 교장 선생님으로부터 소개를 받은 지월실입니다. 오늘부터 여러 선생님들과 함께 일하게 된 것을 무척 기쁘게 생각하고 있습니다. 여러 모로 아직 부족한 점이 많으니, 교장 선생님을 비롯해서 교감 선생님, 그리고 여러 선생님들께서 잘 이끌어주시기 바랍니다. 저도 여러 선생님들께 뒤지지 않도록 힘껏 노력할 생각입니다. 그럼 간단하나마 이만 인사 말씀 그치겠습니다."

시시한 군더더기가 붙지 않은 그녀의 간단하고 분명한 인사가 끝나자, 다음은 학급 담임 발표가 있었다. 담임 발표는 박 교감이 했다.

지월실은 2학년 2반이었다. 부산에서도 지난 해 2학년을 맡았었는데, 또 2학년이다. 그러나 그런 게 무슨 상관이 있는가.

2학년 1반은 유정국 선생이다. 동극 강습 때 인상에 깊이 남은, 바로 그 키가 헌칠한 호남형 선생 말이다. 그 선생과 같은 학년을 맡게 되어 지월실은 어쩐지 속으로 기쁘다.

직원조회가 끝나자, 또 요란하게 벨이 울린다.

운동장에 흩어져 놀던 아이들이 일제히 강당으로 들어간다. 마치 노란 햇병아리들이 쪼르르…… 닭 집으로 몰려 들어가는 듯한 느낌이다.

학모들도 강당으로 들어간다. 신학년도 개학날이라 학부모들도 꽤 많이 왔다.

전교생이 모두 강당의 의자에 앉고도 자리가 얼마든지 남는다. 전교생의 두 배 만큼의 좌석이 마련되어 있는 것이다. 한 학생에게 학부모가 한 사람씩 동반해 와서 전원이 앉을 수 있도록 그렇게 설계를 해서 지은 것이다.

학생들이 가운데 부분을 메우고 앉았고, 그 둘레에 학부모들이 앉았다. 마치 노란 병아리 떼들을 얼룩덜룩한 어미 닭들이 둘러싸고 앉아 있는 듯한 느낌이다.

곧 개학식이 시작되었다.

먼저 국민의례가 있은 다음, 교장의 신임 교사 소개였다.

어떤 교사가 새로 부임하는지 궁금한 듯 장내의 모든 시선이 단상으로 집중되었다.

단상에 올라선 교장은 부드러운 미소를 띠면서 입을 연다.

"에— 오늘은 여러 학부모님들과 학생 여러분들께 기쁜 소식을 알려드리겠습니다. 다름이 아니라, 이번에 우리 학교에 새로 두 분의 선생님이 오시게 됐습니다. 한 분은 서울 덕수국민학교에서 근무하시다가 우리 학교로 오시게 된 안호원 선생이고, 또 한 분은 에— 부산에서 교편을 잡으시다가 이번에 우리 학교로 오시게 된 지월실 선생입니다."

지월실 선생이라는 말이 떨어지자,

"뭐? 지월실?"

"아니! 지월실?"

학부모석에서 어떤 두 여인이 동시에 깜짝 놀란다.

"분명히 지월실이라 그랬지?"

"응, 분명히……."

"어머나, 어머나—"

"글쎄, 글쎄—"

“지월실이가 우리 학교로 오는구나—”

한 여인은 한복이고, 한 여인은 투피스인데, 투피스의 여인이 더 놀라고, 더 반가운 기색이다.

그 여인은 다름 아닌 영애다.

지월실의 학생 시절의 단짝인 영애 말이다. 그리고 한복의 여인은 조순자다. 작년 가을 홍사훈 화백의 축하회에도 두 사람이 함께 참석하지 않았던가. 둘이 다 나리국민학교의 자모였던 것이다.

교장의 소개말이 끝나자, 먼저 남선생이 인사를 한다. 그리고 지월실이 단상으로 올라선다.

지월실이 단상으로 올라서자, 영애와 순자는 좋아서 어쩔 줄을 모른다.

“아이고, 가시나 예쁘기도 해라.”

“예쁜 여선생 왔다고 야단이겠구나.”

“더구나 과부겠다…… 호호호…….”

“헤헤헤…….”

영애는 곧 월실아! 하고 소리를 질러 부르고 싶은 기분이었다.

학부모들 속에 영애와 조순자가 앉아 있는 줄을 꿈에도 모르는 지월실은 그저 약간 긴장된 얼굴로, 그러나 부드러운 어조로 부임 인사를 한다.

신임 교사의 인사가 끝난 다음 이번에는 박 교감이 단상에 올라가 신학년도 담임 발표를 한다.

1학년 1반부터 차례차례 발표해 나간다.

“…… 2학년 1반 유정국 선생, 2학년 2반 지월실 선생…….”

2학년 2반의 담임이 지월실이라는 것을 알자 조순자는,

“어머나! 월실이가 우리 윤수 담임이군.”

좋아서 어쩔 줄을 모른다.

지월실이 이 학교에 온 것만도 천만뜻밖인데, 게다가 자기 아들의 담임까지 되었으니 그럴 수밖에.

개학식이 끝나자, 영애와 조순자는 얼른 지월실을 찾아갔다.

지월실이 교무실로 들어가는데 뒤쫓아 간 조순자가 먼저,

“월실아!”

하면서 그녀의 등을 탁 때린다.

지월실은 깜짝 놀라 뒤를 돌아본다.

“어머, 순자 아니니.”

“월실아!”

“어머, 영애도…… 어머— 이거 웬일이니?”

지월실은 자기가 오히려 의외의 일이라는 듯이 눈이 휘둥그레진다.

“웬일은 무슨 웬일. 애들이 이 학교에 다니잖니.”

“그래?”

“니가 우리 학교로 올 줄이야…… 정말 뜻밖이다. 어찌 그렇게 통 소식이 없었니?”

영애는 약간 원망스럽기도 하다는 듯이 웃으면서 살짝 눈을 흘긴다.

“월실아, 우리 애 담임이더구나, 2학년 2반…….”

“그래? 호호호…….”

“잘됐다, 잘됐어. 정말 잘됐어.”

조순자가 곧장 좋아서 벙글거리자, 영애가,

“월실이가 담임이면 뭐 윤수를 반장 시켜줄 줄 알고?”

웃으면서 톡 쏘아붙인다.

“안 시켜주면 내가 가만히 놔둘 줄 아니?”

“하하하…….”

“호호호…….”

요란하게 벨이 울린다. 수업 시작을 알리는 벨이다.

그날 퇴근 후에 당장 세 사람은 어울렸다. 지월실의 환영회인 셈이다. 중국집으로 가서 조순자가 한 턱 낸다.

먹음직한 중국 요리상을 앞에 놓고 세 여인은 마음껏 떠들어댄다. 동기동창인데다가 뜻밖에 이번에는 한 학교의 사친 관계가 되었으니 그럴 수밖에 없다.

맥주 컵을 기울여가면서 떠들어댄다.

“월실아, 그래 너는 남자 생각도 안 나니?”

조순자가 묻는다.

“안 나긴 왜 안 날까 봐.”

영애가 대신 대답한다.

“남자 같은 게 무슨 필요가 있어.”

지월실이 시치미를 뚝 떼고 말한다.

“어머나, 가시나 불감증인 게로구나.”

“불감증이 아니라, 진짜 남자 맛을 모르는 거지.”

“그렇겠지. 스물 몇에 혼자 됐으니…… 진짜 남자 맛을 알아 봐라, 혼자 살 수가 있는가…….”

그러자 월실이 역시 시치미를 뚝 떼고 묻는다.

“진짜 남자 맛이 어떤 건데?”

“호호호…… 가엾어라. 남자 맛도 모르다니…… 화끈화끈하고 짜릿짜릿하고…….”

“말도 못하지. 히히히…….”

“헤헤헤…….”

한바탕 웃음꽃을 피운 다음 조순자가 묻는다.

“그래, 집은 어디니?”

“효자동이야.”

“효자동? 왜 그쪽에다가……? 학교 가까이로 안 하고…….”

“그렇게 됐어.”

지월실은 어물쩍 넘겨버린다.

효자동이면 세검정으로 가는 중간이다. 노수인과 상의를 해서 그쪽에다가 방을 얻은 것이다.

그래야 여러 가지로 편리할 것 같아서. 노수인이 밤늦게까지 있다가 돌아갈 수도 있고…… 그리고 집으로 가는 길목이라야 자주 들를 것 같아서. 매일 들르면 더욱 좋고…….

“집을 샀나?”

“사기는…….”

“그럼?”

“전세지. 이층집인데, 이층을 전세로 얻었어. 온돌방 하나, 거실 하나, 주방이 있고, 화장실 목욕탕도 있고…… 출입 계단도 따로 있어서 꼭 딴 집 같애. 혼자 살기는 안성맞춤이더군.”

“효자동 어디쯤인데? 전화는?”

“아래층 주인집엔 있는 모양이지만…….”

“약도를 자세히 그려줘. 찾아갈 테니까.”

그러자 영애가 말한다.

"약도는 무슨 약도. 오늘 당장 같이 가보자."

"그럴까?"

"아니야, 아니야. 아직은 정리도 덜 됐고…… 나중에 내가 정식으로 초대를 할게."

지월실은 약간 당황하는 빛이다.

중국집을 나와 또 한 군데 재미있는 곳에 가자는 것을 후일로 미루고, 지월실은 택시를 탔다.

집에 돌아오니 노수인이 방 아랫목에 배를 깔고 엎드려서 신문을 보고 있다.

"아이 미안해요."

"어디 갔었어?"

"예, 동기생들을 만나서…… 참 당신도 아시죠? 영애 말이에요."

"영애?"

"왜, 고등학교 시절 당신이 나한테 짝사랑을 할 때……."

"짝사랑? 허허허…… 내가 언제 짝사랑을……."

"짝사랑이 아니고 뭐예요 그럼? 호호호…… 그때 내가 퇴짜 놓는 편지를 당신한테 갖다 주기도 하고……."

"뭐, 퇴짜를 놓는 편지?"

"걷어 차버리는 편지 말이에요. 당신 나한테 보기 좋게 차였잖아요."

"차이긴…… 내가 단념을 했었지."

"호호호…… 좌우간 영애 알겠죠?"

"알아요. 어서 얘기나 해요."

“그 영애하고 조순자하고⋯⋯.”

“조순자? 조 마담 말이지?”

“조 마담이라뇨?”

“조순자가 조 마담이지. 명동에서 비어홀을 하고 있더군.”

“어머, 그래요? 당신이 그런 걸 어떻게 알아요?”

“세상은 넓고도 좁지.”

“정말 그렇군요.”

“그 두 사람을 만나서 한잔 하셨군. 얼굴을 보니⋯⋯.”

“예, 그런데 그 둘이가 글쎄, 우리 학교 학부모지 뭐예요.”

“그래? 작년 가을 홍사운의 축하회에도 둘이 함께 나타나더니⋯⋯ 음— 그렇군.”

“정말 세상은 넓고도 좁아요. 당신 시장하죠?”

“배에서 꼬르륵 소리가 나는군.”

“얼른 밥을 할게요. 잠시만 기다리세요.”

지월실은 후닥닥 옷을 갈아입고 주방으로 들어간다.

저녁 식사가 끝나자, 지월실은 경대 서랍에서 화투를 꺼낸다. 노수인은 담배를 문다.

지월실은 방석에다가 화투를 흩어서 섞으며,

“오늘은 내기를 해요.”

하고 살짝 웃는다. 양 볼에 보조개가 오늘 밤 따라 유난히 또렷이 팬다.

“무슨 내기?”

“무슨 내기가 좋을까⋯⋯.”

“옷 벗기 내기를 할까?”

“옷 벗기 내기라뇨?”

“진 사람은 한 가지씩 옷을 벗는 거지.”

“호호호…… 합시다.”

두 사람은 신혼의 정다운 부부처럼 마주 앉아 화투를 치기 시작한다.

“오냐, 먹어두자.”

“어머, 사광(四光)하겠어. 난 먹을 게 하나도 없군.”

“좋았어. 먹어두고…… 얼씨구! 또 나오는군.”

“어머나— 정말 사광하겠네.”

“미리 옷을 한 가지 벗는 게 좋을 걸.”

단둘이 화투를 치는데도 재미가 깨 쏟아지듯 한다.

봄밤, 조용하고 따스한 방, 그들은 마냥 행복하기만 하다.

옷 벗기 내기가 계속되어 노수인은 한 번 졌고, 지월실은 두 번 졌다. 그러니까 노수인은 상의만 한 가지 벗었는데, 지월실은 스웨터와 치마를 벗은 것이다.

내의만 입고 앉아 큭큭 웃어가며 열을 올려 쳤으나 결국 또 그녀가 졌다.

“자— 벗어요, 벗어. 윗 내의든 아래 내의든 그건 자유니까, 한 가지만 벗어요.”

노수인은 매우 기분 좋다는 듯이 싱글벙글이다.

“내의를 어떻게 벗어요. 몰라요!”

“모르다니? 안 돼, 안 돼.”

“그만해요.”

“그만하더라도 좌우간 한 가지는 벗어.”

"호호호…… 짓궂어라."

지월실은 곱게 눈을 흘긴다.

"어서 벗어. 안 벗을 거야?"

"호호호……."

지월실은 웃으면서 벗기는 고사하고, 오히려 벗었던 치마와 스웨터를 도로 주워 입으려고 한다.

와락 노수인이 달려든다. 억지로라도 벗기고야 말겠다는 듯이.

지월실은 기어이 안 벗겠다고 바동거린다. 킬킬킬 웃어대면서.

결국 노수인은 그녀의 아래 내의를 벗겨 버린다. 내의 속의 부끄러운 삼각형의 것도 벗겨 버린다. 말하자면 월권인 셈이다. 화투 한 차례에 한 가지씩 벗긴데, 두 가지 한몫 벗겨 버리니 말이다. 그리고 어찌된 셈인지 노수인은 그만 자기의 아랫도리도 벗는다. 바지를 벗고, 내의를 벗고, 그리고 팬츠도 벗어 던진다. 아마 정신이 어떻게 된 모양이다. 자기는 이겼는데 옷을 벗다니…… 더구나 한꺼번에 세 가지나 말이다. 완전히 규칙 위반이다.

"불을 꺼요."

지월실이 말한다.

"괜찮아."

노수인이 대답한다.

통행금지 삼십 분쯤 전에야 노수인은 일어나 옷을 입는다.

지월실은 누워서 말없이 노수인을 쳐다보고 있다. 말하자면 이별인 것이다. 내일 저녁이면 또 만날 수 있는 터이지만, 좌우간 이별은 이별인 것이다. 밤을 한 이불 속에서 새우지 못하고 헤어져야 하는 처지가 안타깝고 쓸쓸한 듯 지월실은 지금까지의 밝고 나긋나긋하던 표정과는 달리 약간 토라진 듯 새침하다. 속에서 꿈틀꿈틀 자꾸 고개를 쳐들려는 모욕감, 수치감, 그리고 공허감 같은 것을 억누르고 있는 기색이 역력하다.

서울로 온 지 어느덧 십여 일이 된다. 학년말 정리를 하고 곧 올라왔으니까, 이런 이별이 벌써 칠팔 회 거듭된 것이다. 그런데도 아직 기분이 담담해지질 않는다. 타성이 붙으려면 아직 멀은 모양이다.

노수인이 옷을 다 입고,

"그럼 잘 자요."

하고 문을 열고 나가려 하자, 그제야 지월실은 마지못한 듯 부스스 자리에서 일어난다.

계단을 내려가는 노수인의 한쪽 팔을 지월실은 살짝 붙든다.

"여보."

"응?"

"언제까지나 이런 생활을 하려는 거예요?"

"아니야, 아니야. 곧 어떻게 될 거야."

"정말이에요?"

"정말이지."

"거짓말 아니죠?"

그녀의 두 눈이 슬프게 빛난다.

"응."

노수인은 고개를 끄덕인다. 그러나 어쩐지 알맹이가 들어 있지 않은 음성이다.

그런 자신이 없는 목소리를 분간 못할 지월실이 아니다. 그녀는 나직이 한숨을 쉰다. 그리고 말한다.

"좋아요. 어서 가세요."

"그럼……."

노수인은 좀 어색한 표정으로 한쪽 손을 슬쩍 들어 보이고는 계단을 내려가기 시작한다.

계단을 내려가는 노수인의 뒤에다 대고 지월실은 기어이 또 짓궂은 한마디를 던진다.

"좋겠군요. 집으로 가시니까……."

노수인이 힉 멋쩍게 웃으며 뒤를 돌아본다.

노수인이 집에 도착한 것은 통행금지 오 분 전이다. 코에서 술 냄새가 모락모락 피어난다. 버스에서 내려 단골 가게에 들어가 소주를 거푸 몇 잔 들이켠 것이다. 그래야 연극이 잘 되고 또 늦게 돌아온 구실도 될 게 아닌가. 요즘 단골 가게의 소주를 잘 팔아주는 셈이다.

"오늘도 이렇게 늦었군요. 저녁은 어떻게 했어요?"

은숙이 묻는다. 별로 기분 좋은 표정이 아니다.

"안 먹었어. 아이 배고픈데……."

연극은 시작된다.

밥상을 차려 들어온 은숙은 남편이 밥 먹는 곁에 앉아 그 표정을 가만히 지켜보고 있다.

아무래도 좀 이상하다는 생각이 드는 것이다.

봄 들면서 어찌된 셈인지 귀가가 곧잘 늦는 것이 아닌가. 통행금지가 임박해서 들어오는 일이 한두 번이 아니다. 그리고 술을 마시는 횟수도 종전보다 월등히 잦아졌다. 종전에는 술을 그다지 좋아하는 편이 아니었는데, 요즘 바짝 코에서 술 냄새를 풍겨대는 것이다. 아무래도 좀 심상치가 않다는 느낌이 든다.

그리고 종전에는 일주일에 두 번 정도 알맞게 행복감을 가지게 해 주었는데, 요즘은 어찌된 셈인지 도무지 접근을 하려고 생각도 하질 않는다. 이쪽에서 먼저 보채면 마지못해 슬금슬금 움직이는 것이다. 능동적이던 남편이 별안간 수동적인 남편으로 바뀌고 만 것이다.

밥그릇을 절반도 채 안 비우고 숟가락을 놓자, 마침내 은숙은 입을 연다.

"당신 요즘 이상해요."

"응?"

노수인은 움찔 놀라는 기색이다.

"이상하긴 뭣이 이상해?"

알 수 없는 말이라는 듯이 멀뚱히 아내를 바라본다.

"식사를 왜 그렇게 해요?"

"입맛이 없어서……."

"솔직히 말해요. 그게 아니죠? 무슨 일이 있는 거죠?"

"무슨 일이 있다니…… 무슨 일?"

"그럼 왜 매일 밤 이렇게 늦게 들어와요? 매일 밤 술도 마시고……."

"허허허…… 난 또 무슨……."

노수인은 오히려 자기가 어이가 없는 듯이 웃는다. 그리고 약간 화라도 나는 듯 이맛살을 찌푸리며 말한다.

"밤으로 고생하는 줄도 모르고……."

"고생하다뇨?"

"요즘 매일 특근이야, 특근."

"특근요?"

"그래."

"무슨 특근을 매일 밤……."

"우리 편집실에서 말이야, 교육 사전을 발간하게 됐어. 그래서 매일 저녁 특근인 거야."

"아, 그래요? 미안해요. 난 무슨 일이 있는가 했죠. 왜 진작 그런 말을 안 하고……."

"내가 깜빡 잊었던 모양이지. 허허허……."

"여보, 그럼 당신 과로예요. 내일 보약을 한재 지을게요. 인삼보다 녹각이 좋다더군요. 녹각을 넣어서……."

이튿날부터 노수인은 안심하고 밤늦게 귀가할 수 있게 되었고, 또 아내가 정성을 들여 달여 주는 보약을 꼴딱꼴딱 마시게 되었다. 속으로 미안한 생각이 들었으나, 도리가 없는 일이었다.

그러나 노수인의 나날은 왠지 불안하고 뒤숭숭했다. 안정감이 없고, 노상 들떠 있는 것 같은 기분이었다.

사람은 한 자리에 뿌리를 박아야 하는 법이다. 그런데 두 자리에 뿌리를 내린 셈이니, 다시 말하면 어느 한쪽에도 튼튼하게 뿌리가 박혀 있지 않은 셈이니 흔들흔들 노상 불안할 수밖에.

그리고 보약을 먹는다고는 하지만 항상 가벼운 피로감이 느껴졌다. 종전과는 달리 몸을 너무 과다하게 쓰는 판이니 그럴 수밖에.

지나친 성생활뿐 아니라, 늘 집에서는 연극을 하고 있는 셈이니, 더욱 피로감이 안 풀린다고 할 수 있다. 연극이란 한두 시간 멋지게 해야 기분이 상쾌한 편이지, 그렇지 않고 노상 가면을 쓰고 연극을 한 대서야 말이 아닌 것이다. 심리적으로 긴장이 조성되고, 그것이

누적되어 강박감과 피로감을 몰아오는 것이다.

노수인이 노상 피로감에 쌓이고, 불안하고 뒤숭숭한 상태인 것과는 달리 지월실은 생기가 넘친다. 흐리터분한 물에서 맑은 물속으로 옮겨온 물고기처럼 말이다. 쓸쓸하고 따분하던 생활에서 훌쩍 벗어나 새롭고 가슴에 설레는 생활로 뛰어들었으니 그럴 수밖에.

밤으로 노수인을 보내고 혼자 잠자리에 들어야 하는 허전함과 처량함이 없는 것은 아니지만, 그러나 그 정도는 지금까지의 공백 같은 생활에 비하면 아무것도 아닌 것이다.

밤으로는 사랑하는 사람과 만나는 기쁨이 있고, 낮으로는 서울에서도 명문 사립인 학교에서 새로운 환경, 새로운 생활에 적응해가는 재미가 또한 이만저만이 아닌 것이다.

봄 소풍날이었다. 스쿨버스 네 대가 학교를 출발한 것은 아홉 시 반경이었다. 한 버스에 한 학급씩 탔다. 2학년 네 학급의 소풍날인 것이다. 학생들만 탄다면 한 학급이 삼십 명 정도니까, 두 대로도 되겠지만, 동행하는 학부모가 많아서 한 학급에 한 대씩인 것이다.

물론 조순자도 나왔다.

지월실과 조순자는 가운데쯤에 나란히 자리를 잡고 앉아 학생들 못지않게 즐거운 표정으로 이야기를 주고받는다.

1반 버스에는 박 교감이 탔다. 교장과 교감은 담임 학급이 없기 때문에 자기 마음대로 가고 싶은 학년과 함께 가면 되는 것이다. 물론 안 간다고 뭐랄 사람도 없고.

박 교감이 오늘 2학년 소풍에 동행하는 것은 말할 것도 없이 지월실이 2학년 선생이기 때문이다. 그런 은근한 내심이 있으면서도 겉으로는 그저 자연스럽게 동행하는 것처럼 하고 있다. 점잖은 얼굴로 앉아 바깥 구경을 즐긴다.

봉천동 고개를 넘어 후련한 서울대학 진입로로 들어서자 버스는 한층 속력을 내며 달린다.

대학 정문 앞의 광장에서 버스를 내린 일행은 계곡을 따라 산속으로 깊숙이 들어간다.

일요일이면 등산객, 야유회 패들로 시골 장날을 연상케 하는 계곡이지만, 오늘은 금요일, 한산하다.

군데군데 산허리에 진달래가 피었다. 계곡의 물도 맑다.

계곡을 한참 거슬러 올라가니 제법 널따란 잔디밭이 나선다. 나무도 듬성듬성 서 있고, 장소가 괜찮다.

그곳에 자리를 잡는다.

노란 교복을 입은 병아리 떼 같은 학생들과 울긋불긋 치장을 한 학부모들, 그리고 선생들로 잔디밭은 그만 눈부신 꽃밭처럼 되어 버린다. 꽃밭이라도 조용한 꽃밭이 아니라, 술렁술렁 곧장 움직이는 꽃밭 말이다.

잠시 학년주임 유 선생이 전체 학생들에게 주의를 시킨다. 그리고 각 학급별로 흩어진다.

학급별로 흩어져서 두어 시간 여러 가지 놀이를 즐긴 다음 점심시간으로 들어간다.

점심시간에 지월실은 약간 속으로 놀란다. 학부모들이 가지고 온 선물이 무더기로 쌓이는 판이 아닌가. 사립학교가 과연 다르구나 싶다.

지금까지 십여 년 교원생활을 해 왔지만 소풍날 이렇게 많은 선물을 받기는 처음인 것이다.

어쩐지 얼굴이 화끈해지고 쑥스러운 생각이 들지만, 그러나 결코 기분이 나쁘진 않다. 많은 선물을 받고 기분이 나쁠 사람이 어디 있겠는가.

점심을 먹고 나서는 자유시간이다. 먼 데는 가지 말고 근처에서 놀다가 세 시 정각에 모이면 되는 것이다.

지월실은 혼자 좀 조용히 산을 즐기고 싶은 생각이 들어 살짝 자리를 뜬다.

"선생님! 어디 가세요?"

꼬마들 두엇이 따라오려 하자,

"선생님 쉬— 하러 간다. 따라오지 말어."

생글 웃으며 떨쳐버린다.

지월실은 혼자 숲속으로 들어간다. 큰 계곡은 아니지만 쫄쫄쫄…… 물이 흐르는 계곡이 나선다.

그 계곡 깊숙이 진달래가 구름처럼 무더기로 피어 있는 게 보인다.

"어머나! 저 진달래……."

지월실은 마치 소녀 같은 표정을 짓는다. 그리고 그 진달래꽃을 향해 간다.

구름처럼 무더기로 핀 진달래꽃 덤불 속에 서서 잠시 황홀감에 젖는다. 이렇게 꽃잎이 너붓너붓하고 탐스러운 진달래는 처음인 것 같다. 더구나 그런 탐스러운 꽃이 무더기로 우거지듯 피었으니 황홀할 수밖에.

진달래꽃을 볼 때면 지월실은 언제나 어릴 적 생각이 난다.

국민학교 시절, 집에서 학교로 가는 중간에 야산이 있었는데, 그 야산에 봄이 되면 진달래가 많이 피었었다. 학교로 가는 길, 오는 길에 지월실은 친구들과 어울려 곧잘 그 진달래꽃을 따먹곤 했었다. 약간 비릿하면서도 달짝지근한 맛이 여간 좋지가 않았다.

입술에 보랏빛의 꽃물이 들도록 따먹고는 설사를 한 적도 있었다.

그런 어릴 적 생각을 하면서 그녀는 너붓너붓한 꽃잎을 하나 따서 입에 넣어 씹어본다. 그러나 곧 이맛살을 찡긋하면서 뱉어버린다. 약간 비릿하면서도 달짝지근하던 어린 시절의 그 맛은 간 곳이 없고, 역하기만 한 것이 아닌가.

어린 시절의 미각과 중년이 된 지금의 미각은 완연히 다른 것인가 보다. 어쩌면 그런 데서도 세월의 흐름이라는 것을 실감할 수 있는 것 같아 지월실은 약간 쓸쓸한 미소를 짓는다. 그리고 꽃 덤불 사이 양지 바른 곳에 앉는다.

나비가 하늘하늘 날고 있다.

그녀는 하품이 나온다. 식사 뒤의 가벼운 식곤증 탓이기도 하겠지만, 간밤에도 늦게 잠이 들었던 것이다.

물론 노수인과의 동침이 있었다.

그런데 그를 보내고 나서도 왠지 이슥토록 잠이 오지 않았다.

지월실 역시 요즘 몸이 꽤 고달프다. 그렇지 않아도 노곤한 계절인데, 이틀이 말다하고 끈적끈적한 땀을 흘려대는 판이니 그럴 수밖에. 말하자면 행복한 피곤증이라고나 할까.

그녀는 그 자리에 가만히 눕는다. 그러나 낮잠을 자려는 것은 아니다. 그저 잠시 누워서 조용히 쉬고 싶은 것이다.

멀리서 가물가물 학생들 떠들어대는 소리가 들린다. 쫄쫄쫄…… 물 흐르는 소리도 마치 귓전을 흘러가는 것 같다.

잠시 후, 어디선지 산새 우는 소리가 간지럽게 들려온다. 삐욜삐욜 호르르호르르 삐욜삐욜 호르르호르르…….

지월실은 그 산새 소리가 어디선지 들은 것 같은 느낌이 든다. 그러나 언제 어디서 들었던 소린지 얼른 생각나지가 않는다.

삐욜삐욜 호르르호르르…….

어디서 들었던 소릴까. 분명히 어디선가 들은 것 같은데…….

"옳지!"

그녀는 혼자 싱긋 웃는다.

고등학교 시절, 그러니까 이십여 년 전 학교 옆 동산의 숲에서 처음으로 노수인과의 밀회를 가진 날 들었던 산새 소리인 것이다.

그때 그 산새들이 삐욜삐욜 호르르호르르…… 우짖으면서 교미를 하지 않았던가. 그런데 그게 무슨 짓인지 몰라 노수인에게,

"새들이 왜 저러는 거예요?"

하고 물었던 일이 생각난다.

"하하하…… 왜 저러는지 모르세요?"

"예."

"지금 연애를 하고 있는 거예요. 하하하…….'"

"예? 어머나!"

그제야 그게 무슨 동작인지 짐작이 가서 깜짝 놀라며 온통 얼굴을 붉히던 일이 생각난다.

참 순진한 시절이었지…… 싶으며 그녀는 가만히 미소를 짓는다.

산새 우는 소리를 들으며 순진했던 그 시절의 노수인과의 일을 생각하다가 지월실은 깜박 잠이 든다.

얼마나 잤을까…….

그녀는 얼굴에 나비가 한 마리 날아와 살짝 내려앉는 것을 보고

미소를 짓는다. 노랑나비다.

이번에는 흰나비가 한 마리 날아와 앉는다. 그리고 또 호랑나비가 한 마리 날아와 앉는다. 그녀는 간질간질한 감촉을 느끼면서 곧장 미소를 짓는다. 이번에는 한 마리씩이 아니다. 두 마리씩 세 마리씩 떼를 지어 분홍색 나비가 하늘하늘 날아와 내려앉는다. 이마에 앉고, 눈썹에도 앉고, 코에도 앉고, 볼에도 앉는다. 온 얼굴이 나비로 묻힌다.

그녀는 너무 간지럽고 답답하기까지 해서 그만 킬킬킬 웃으며 얼굴을 내두른다.

"싫어! 싫어!"

소리도 지르면서.

물론 꿈이다.

꿈을 깬 지월실은,

"어머나!"

깜짝 놀라며 얼른 일어나 앉는다. 일어나 앉는 그녀의 얼굴에서 진달래꽃들이 우수수 떨어진다.

"잠을 깨워서 미안하군요."

언제 왔는지 박 교감이 서서 빙그레 웃고 있다.

박 교감이 꽃잎을 따서 한 잎 두 잎 그녀의 자는 얼굴 위로 떨어뜨렸던 것이다.

지월실은 몹시 부끄러운 장면을 들키기라도 한 것처럼 활짝 얼굴을 붉힌다. 여자가 자는 모습을 남자에게 보였으니 그럴 수밖에. 더구나 이런 곳에서 말이다.

"이런 데서 주무시다가 뱀이라도 나오면 어쩌려고……."

"예? 뱀요?"

번쩍 정신이 드는 듯 지월실은 얼른 일어선다. 그리고 주위를 살펴본다.

"이제 괜찮아요. 뱀이 나와도…… 내가 있으니까. 허허허……."

그녀도 소리 없이 부끄럽게 웃는다.

"자, 앉읍시다. 앉아서 이야기나 좀 합시다."

"……."

"앉아요. 뱀 없어요. 있어도 괜찮다니까. 내가 있으니까……."

박 교감은 지월실을 끌어 앉힐 듯이 손목을 잡으려 한다.

"예, 앉겠어요."

지월실은 약간 멋쩍기도 하고 수줍기도 한 그런 표정으로 앉는다.

그녀가 앉자, 박 교감은 그녀 곁으로 조금 다가가서 자기도 앉는다.

쑥스러운 침묵이 흐른다. 그러나 곧 박 교감이 입을 뗀다.

"진달래꽃 참 좋군요."

이제야 진달래꽃이 좋다니 무척 화제가 궁한 모양이다.

지월실의 얼굴에 절로 웃음이 떠오른다.

그러나 화제가 궁해서 그러는 것이 아니다. 하고 싶은 말이 가슴에 덩어리로 뭉쳐져 있는 것이다. 하지만 그 하고 싶은 말을 어떻게 꺼냈으면 좋을지 모르겠는 것이다.

"지 선생은 무슨 꽃을 제일 좋아하세요?"

중학생 같은 질문이라 생각하면서 지월실은 힐끗 박 교감의 표정을 본다.

굵은 검은 테 안경 속에서 박 교감의 두 눈이 야릇한 미소를 띤다.

그러나 그 야릇한 미소는 얼른 사라지고, 점잖은 눈빛으로 바뀐다.

그런 남자 눈빛의 움직임을 모를 지월실이 아니다. 가슴이 약간 두근거린다. 그러나 그녀는 예사롭게 대답한다.

"바로 진달래꽃을 제일 좋아해요."

지월실이 제일 좋아하는 꽃이 반드시 진달래꽃이라고 할 수는 없다. 진달래꽃도 좋기는 하지만, 그에 못지않게 곱다고 생각되는 꽃도 얼마든지 있으니 말이다. 무슨 꽃이 가장 좋은가? 그런 질문, 그런 대답은 여학생 시절이라면 몰라도, 지금으로서는 좀 낯이 간지러운 것이다. 그래서 약간 장난기가 섞인 투로 바로 진달래꽃을 제일 좋아한다고 대답한 것이다.

"아, 그러세요? 그래서 진달래꽃 그늘에서 단꿈을 꾸셨군요?"

박 교감은 지월실의 대답을 곧이듣고 벙글 웃는다.

"꿈에 나비가 온통 얼굴로 내려앉지 않겠어요. 그래서 깼더니……호호호……."

"아하— 내가 뿌린 꽃잎이 나비가 되어 내려앉았군요."

그것 참 희한하고 재미있다는 듯이 박 교감은 담뿍 웃음을 담은 눈으로 지월실을 지그시 바라본다.

지월실은 어쩐지 좀 수줍은 생각이 들어 살짝 그 시선을 피한다.

어딘지 모르게 청순한 소녀 같은 느낌이 들어 박 교감은 지월실의 그런 표정을 가만히 바라보고 있다. 볼에 패인 보조개가 매우 인상적이다. 어쩌면 그 보조개 때문에 소녀처럼 느껴지는지도 모른다.

잠시 야릇한 침묵이 흐른다.

"교감 선생님."

지월실은 이런 침묵이 오래 흘러서는 안 되겠다 싶어 자기가 먼저 입을 연다.

"예?"

"저…… 사모님 병환은 좀 어떠세요?"

"집사람요? 말도 마세요. 한마디로 절망적이에요."

그런데 절망적이라는 말을 하는 박 교감의 표정이 별로 절망적으로 보이지가 않는다. 오히려 그 질문에 귀가 번쩍하는 듯한 그런 표정이다.

그 질문을 묘하게 해석하는 모양이다. 질문 그대로 사모님의 병환이 요즘 좀 어떠냐는 걱정에서 물은 것인데, 그것을 요즘도 외로우세요? 이런 물음으로 비약해서 생각하는 모양이다.

"정말 외로워서 못 살겠어요. 가정이라는 것이 마치 사막 같으니……."

지월실은 속으로 아차! 싶다. 그런 뜻에서 물은 게 결코 아닌데 말이다.

"지 선생님."

박 교감의 목소리가 약간 떨린다. 열기를 머금은 것 같다. 그리고 지금까지는 늘 "지 선생"이었는데, 별안간 "님" 자를 붙인 게 아닌가. 교감이 자기 밑의 교사에게 "님" 자를 붙여 부르지는 않는 것이다.

별안간 님 자를 붙인 그 열기를 머금은 듯 떨리는 목소리가 무엇을 의미하는지 지월실은 대뜸 안다. 그러나,

"예?"

대답을 안 할 수가 없다. 이런 경우 대답을 안 하면 오히려 이상한 것이다.

가슴이 두근두근 뛴다. 너무나 뜻밖의 일인 것이다. 자기에 대해서

은근히 호감을 가지고 있다는 것은 작년 가을에 경주에서의 첫 대면에서 벌써 느낄 수 있었던 일이었으나, 그러나 설마 이렇게 떨리는 목소리로 다가올 줄은 몰랐던 것이다.

"지 선생은 외롭지 않으세요?"

지월실은 절로 얼굴이 붉어지는 것을 어쩌지 못한다. 교감과 교사라는 관계, 그런 분위기를 유지하고 싶으나, 이미 그게 아니다. 이미 남자와 여자의 관계, 아내가 중환으로 누워 있는 중년신사와 미망인과의 분위기로 바뀌고 만 것이다.

"지 선생님."

박 교감의 목소리는 더욱 열기를 띠면서도 은근하다.

"혼자 어떻게 사시죠?"

"……."

"인생은 짧고 허무한 것입니다. 혼자서 외롭게 살아서 뭘 할 것입니까?"

지월실은 약간 고개를 숙이고 말없이 듣고만 있다.

박 교감은 손수건을 꺼내어 땀도 나지 않는데 이마를 닦고, 코언저리 입언저리를 닦는다. 퍽 멋쩍은 것이다. 그리고 도로 손수건을 바지 주머니에 쑥 집어넣으며 말을 계속한다.

"지 선생님. 저…… 작년 가을 경주에서 지 선생님을 처음 봤을 때 저……."

"……."

"어쩐지 어디선가 많이 본 것 같은 그런 느낌이 들더군요. 아무 데서도 본 일이 없는, 그야말로 초면인데……."

"……."

“그리고 이상하게 친밀감 같은 것이 들기도 하고…….”

“…….”

“지 선생님, 그런 것을 어쩌면 인연이라고 하는 게 아닐까요? 전혀 초면인데 어디선가 본 것 같은 그런 느낌은 눈에 보이지 않는 어떤 인연의 탓이 아닐까요?”

“…….”

“어떻게 생각하세요? 대답해 봐요.”

“…….”

“지 선생님.”

“예?”

“대답해 보시라니까.”

“글쎄요…….”

지월실은 발그레 물든 얼굴을 살짝 들어 힐끗 박 교감을 한 번 보고는 도로 고개를 숙여 버린다.

그런 그녀의 표정을 박 교감은 무척 희망적이고 긍정적인 것으로 받아들인다. 절로 박 교감의 얼굴도 불그레 약간 물든다.

“글쎄요가 아니라, 그래요지요?”

그러면서 박 교감은 지월실 곁으로 바싹 다가가 슬그머니 한 팔을 그녀의 등으로 돌린다.

“어머나! 교감 선생님.”

지월실은 깜짝 놀라며 후닥닥 자리에서 일어난다.

박 교감은 일어나는 그녀의 손목을 얼른 잡는다.

“앉아요!”

“교감 선생님, 왜 이러세요?”

“앉아요. 지 선생님.”

“교감 선생님, 이러시지 마세요. 누가 봐요.”

“보긴 누가 봐요.”

“놓으세요. 교감 선생님.”

지월실은 말마다 교감 선생님, 교감 선생님 하고 애원하는 투다. 그들의 관계를 남자와 여자, 중년신사와 미망인의 관계로부터 교감과 교사의 관계로 냉각시키려고 그러는 셈이다.

그때 호루루 호루루 호루루― 호루라기 소리가 저 아래쪽에서 요란하게 일어난다.

“집합! 집합!”

구령 소리도 들린다.

지월실은 살았다는 듯이 말한다.

“보세요. 집합이잖아요. 놓으세요. 교감 선생님.”

그러나 박 교감은 여전히 그녀의 손목을 꽉 쥐고 있다.

“지 선생님, 댁에 놀러가도 괜찮지요?”

“……”

“괜찮다고 그러면 놓아드리지.”

“예, 예.”

지월실은 그만 응급결에 고개를 끄덕여 버린다. 웃으면서…….

그제야 박 교감은 슬그머니 그녀의 손목을 놓는다.

이튿날 오후, 지월실은 집에서 노수인과 함께 한가로이 쉬고 있었다. 토요일이고, 또 어제 소풍이 있은 터이라 일찍 퇴근을 한 것이다.

노수인 역시 한 시 정각에 퇴근을 해서 바로 지월실에게로 온 것이다.

노수인은 토요일 오후이니 어디 바람이나 쐬러 슬슬 나가 볼 생각
이었다. 꽃도 구경할 겸. 그러나 지월실은 어제 소풍을 간 터이라 오
늘은 집에서 조용히 쉬고, 내일 나가자는 것이었다. 그러면 그러자
고 노수인은 양복을 벗고, 파자마를 갈아입은 것이다.

노수인은 베개를 베고 누워서 주간지를 뒤적거리고 있고, 지월실
은 그 옆에 두 다리를 쭉 뻗고 앉아 감자깡을 바스락바스락 씹고
있다.

그렇게 한가롭게 조용한 시간을 보내고 있는데,

"지 선생, 지 선생 계십니까?"

밖에서 부르는 소리가 들린다.

바스락바스락 감자깡을 씹고 있던 지월실은 자기도 모르게 꿀꺽
입안의 것을 삼키고 얼른 일어선다. 약간 눈이 휘둥그레지면서…….

노수인도 누가 찾아왔는가 싶은 듯 멀뚱히 지월실을 바라본다.

지월실은 창문 커튼을 살짝 젖히고 밖은 내다본다.

"어머."

그녀는 깜짝 놀라면서 얼른 커튼을 닫는다.

"여보, 교감 선생이 왔어요."

"뭐? 교감이?"

"예."

"교감이 웬일이야? 집을 어떻게 알았지?"

노수인도 부스스 자리에서 일어나 앉는다.

"학교에 선생들 집 약도가 있으니까…… 여보, 당신 어떻게 하죠?"

"인사를 나누지 뭐."

"인사를 나누다뇨? 안 돼요. 안 돼요."

지월실은 어쩔 줄을 모른다. 얼른 베개를 치우고, 벽에 걸린 노수인의 양복을 옷장 속에 넣는다. 그리고 방 안을 정신없이 두리번거린다. 재떨이가 눈에 띄자, 후닥닥 그것도 치운다. 여자가 혼자 사는 방에 재떨이가 있다니 말이 아닌 것이다.

"지 선생! 지 선생! 나요. 나……."

박 교감의 목소리가 점점 가까워진다. 계단을 올라오는 모양이다.

"여보, 당신 얼른 저 다락 속에……."

"뭐? 다락에?"

"예, 얼른요! 얼른요!"

"나 참 재수 더럽네."

노수인은 투덜거리며 도리 없이 다락문을 열고 그 속으로 기어들어간다.

"그놈의 새끼, 제가 교감이면 교감이지, 왜 여선생 혼자 사는 집까지 찾아오는 거야. 나 참, 더러운 자식도 다 보겠네."

어두컴컴한 다락 속으로 기어들어가는 노수인은 속이 부글부글 끓을 수밖에 없다.

지월실은 얼른 방문을 열고 나가 현관에 놓인 노수인의 구두를 치운다. 그리고 현관문을 열고 밖으로 나간다. 계단 중간쯤까지 박 교감이 올라와 서서 빙그레 웃고 있다.

"교감 선생님, 어서 들어오세요."

지월실은 애써 반가운 표정을 지으며 박 교감을 집 안으로 안내한다.

"마침 집에 계셨군요. 난 또 혹시 어디 나가시지 않았나 걱정을 했죠. 하하하……."

박 교감은 기분이 매우 좋은 모양이다. 손에는 큼직한 선물 상자를 들었다.

"이거 약소한 것이지만……."

아랫목 방석에 앉은 박 교감은 들고 온 선물 상자를 지월실 앞으로 밀어놓는다.

"어머나, 이게 뭐예요? 교감 선생님."

"별로 사 올만한 것도 없고 해서……."

"어머— 교감 선생님, 주객이 전도됐군요. 제가 교감 선생님에게 선물을 사가지고 찾아가 봬야 되는 건데……."

"아, 별말씀을…… 그거 케이큽니다. 풀어 보세요."

"이거 미안해서 어떡하죠? 교감 선생님."

"미안하긴……, 하하하……."

박 교감은 방 안을 두리번거린다. 속으로 혼자 사는 여자의 방 같다고 생각한다. 남자 냄새가 나는 물건이 전혀 눈에 안 띄니 말이다.

박 교감은 경대 위에 놓인 조그마한 불상이 눈에 띄자, 약간 호기심이 동하는 듯 묻는다.

"지 선생, 불교 믿으시나요?"

"믿는다기보다도……."

"그저 좋아하시는군요."

"예."

"나도 어쩐지 불교가 좋은 것 같애요. 저 조그만 불상 정말 예쁜데요."

"정말 예쁘고 좋죠? 관음보살상이예요."

"관음보살?"

"예, 석굴암 벽에 있는 보살이죠."

"아, 그래요……."

"작년 가을에 경주에서 기념으로 산 거예요."

"아, 그렇군요."

박 교감은 곧장 고개를 끄덕인다.

지월실은 선물 상자를 묶은 끈을 풀어서 뚜껑을 벗긴다.

"어머— 맛있게 생겼네요."

"지 선생이 아마 좋아하실 것 같아서…… 하하하……."

"호호호……."

지월실은 웃다가 얼른 웃음을 뚝 멈춘다. 다락 속에 기어들어가 있는 노수인이 눈을 부릅뜨는 것 같은 느낌이 번쩍 들었던 것이다.

그녀는 케이크 상자를 들고 일어나 부엌으로 나간다. 상을 차리는 것이다.

상을 차리다가 그녀는 방 안을 들여다보며 말한다.

"교감 선생님, 잠깐 앉아 계세요."

"어디 가시는데요?"

"바로 요 앞에 얼른……."

"지 선생, 아마 가게에 가시려는 모양인데……, 그럴 필요 없어요. 그만두세요."

"아니요. 잠깐만……."

"저…… 그럼 다른 것은 다 그만두시고, 맥주나 한 병 사 오세요."

"맥주요?"

"예, 한 병만……."

지월실은 얼른 예, 소리가 나오질 않는다. 노수인이 지금 다락 속에서 눈을 시퍼렇게 뜨고 있는데, 술을 대접해서 되겠는가 싶은 것이다.

그런 그녀의 표정을 박 교감은 혹시 돈이 모자라서 그러는 게 아닌가 생각하고,

"돈을 드릴까요?"

안주머니에서 지갑을 꺼낸다.

"아니에요. 돈 저한테도 있어요. 염려 마세요. 사 올게요."

지월실은 도리 없다고 생각하며 총총히 계단을 내려간다.

어두컴컴한 다락 속에서 웅크리고 앉아 두 사람의 대화에 귀를 기울이고 있는 노수인은 절로 이마에 여덟팔자가 거꾸로 그려진다. 가뜩이나 속이 부글부글 끓어오르는 판인데, 술을 사 오라니…… 혼자 사는 여선생 집에 찾아와서 술을 마시려고 들다니…… 고약한 녀석이 아닐 수 없다.

맥주 한 병과 마른안주와 사과, 귤, 그리고 박 교감이 사온 케이크까지 한 접시 담은 상을 지월실이 들고 들어오자,

"아이, 이거 미안합니다."

박 교감은 굵은 검은 테 안경 속에 담뿍 눈웃음을 담는다.

"예고 없이 별안간 찾아오셔서 아무것도……."

"별말씀을…… 이만하면 아주 일등 대접입니다."

"호호호…… 교감 선생님, 자, 제가 한잔만 따라 드릴게요."

지월실이 마개를 따고, 맥주병을 두 손으로 들어올린다.

"예, 감사해요."

박 교감은 컵을 든다.

꿀꿀꿀…… 컵에 맥주가 부글부글 차오른다.

꿀꿀꿀…… 다락에서도 다 들린다. 어두컴컴한 다락 속에 웅크리고 앉아 귀를 곤두세우고 있는 노수인은 속으로 음— 싶다. 저 혼자 따라 먹으랄 일이지 일부러 왜 따라 주느냐 말이다. 따라 달라고도 안 하는데…….

아무리 한 학교의 교감이라고는 하지만 단둘이 호젓한 방에서 술상을 가운데 놓고 앉아 술을 따라 주다니…… 될 말이 아닌 것이다. 더구나 남은 이렇게 답답한 다락 속에 웅크리고 앉아 있는 처량한 신세를 만들어 놓고 말이다.

벌컥벌컥 맥주 들이켜는 기척이 난다.

"어— 시원하군."

그르륵 트림하는 소리가 난다.

"맥주는 언제 마셔도 시원하단 말입니다. 허허허……."

별로 술을 많이 하지 못하는 박 교감이 오늘은 제법 호기를 부린다.

빌어먹을 새끼, 시원하면 시원했지, 왜 너털웃음은 자꾸 웃어대는 거야. 무슨 기생집에라도 온 기분이란 말인가? 대가리를 까놓은 새끼…… 노수인은 공연히 자꾸 뺄이 뒤틀려 견딜 수가 없다.

벌컥벌컥 또 들이켜 대는 것 같다. 그리고는,

"지 선생님, 자, 지 선생님도 한잔 하세요."

컵을 지월실에게 내미는 모양이다. 지금까지는 "지 선생"이라고 부르더니 별안간 '님' 자를 붙여 "지 선생님, 지 선생님" 하고 부르는 것이 아닌가. 어쩐지 부르는 음성도 별안간 달라진 것 같은 그런 호칭인 것이다.

"저는 못 해요. 입에도 못 댄다니까요."

그 말은 잘 하는군…… 노수인은 히죽 웃는다.

"그러지 마시고, 자— 받으세요. 맥준데 입에도 못 대는 사람이 어디 있어요?"

"여자잖아요."

"여자들도 남자 못지않게 잘 마시는 사람이 많아요. 그러지 마시고 조금만 마셔 보세요. 자, 어서요."

저런 벼락을 맞을 놈이 있나. 안 마신다는데 저나 처먹을 것이지, 왜 자꾸…… 노수인은 절로 불끈 주먹이 쥐어진다.

지월실이 마지못해 컵을 받아서 조금 입에 대는지 조용하다.

"여자들도 맥주 한 컵 정도는 마실 수 있어야 돼요."

꿀꿀꿀…… 맥주 따르는 소리. 벌컥벌컥…… 들이켜는 소리. 그르륵…… 트림 소리.

그리고 나서 박 교감의 양간 떨리는 듯한 목소리가 들린다.

"지 선생님, 오늘은 조용히 좀 상의할 일이 있어서……."

조용히 상의할 일이 있다니…… 노수인은 바짝 긴장이 된다.

박 교감의 입에서 그런 소리가 나오자 지월실은 그만 얼굴이 살짝 붉어진다. 상의할 일이란 게 무언지 뻔한 것이다.

붉어진 그녀의 얼굴은 곧 새하얗게 변해버린다. 어찌할 바를 모르겠는 듯한 그런 표정이다.

그녀는 힐끗 다락문을 본다. 덜커덩! 하고 곧 다락문이 열리며 시뻘겋게 화가 치민 노수인이 냅다 고함을 지르며 뛰어나올 것만 같은 것이다.

"상의할 일이란 다름이 아니라, 저……."

박 교감은 말을 꺼내기가 꽤 힘이 드는 모양이다.

“저…… 지 선생님도 외롭고 나도 외로운 터이니, 서로의 외로움을 어떻게 해결할 수가 없을까 해서…….”

지월실은 그만 붉으락푸르락 어쩔 줄을 모른다.

“지 선생님, 동병상련이라는 말이 있지 않습니까. 고독한 사람은 고독한 사람이 알죠. 안 그렇습니까? 지 선생님.”

박 교감은 맥주 기운이 번지는 듯 눈언저리부터 시작해서 온 얼굴이 서서히 물든다.

지월실은 그냥 가만히 듣고만 있어서는 안 되겠다는 생각이 든다. 힐끗 또 다락문을 한 번 보고는 쏘아붙이듯이 말한다.

“교감 선생님, 난데없이 그게 무슨 말씀이에요? 점잖지 못하게…….”

“예?”

“술이 취하셨나요? 저를 무슨 기생으로 생각하시는 거예요?”

“아니, 기생으로 생각하다뇨? 하하— 내 말을 오해하셨군. 그게 아니라, 서로 외로운 처지니 외로운 사람끼리 결혼을 하자는 거죠?”

“뭐요? 결혼을 해요?”

“예, 지 선생님만 허락하신다면 당장에라도…….”

“사모님은 어떻게 하시고요?”

“집사람요? 집사람이야 그거 뭐 산송장이나 마찬가진데…… 무슨 상관이 있습니까. 나을 가망이 전혀 없는 사람인데…….”

“나 참, 기가 막혀서…….”

정말 지월실은 어처구니가 없다.

박 교감은 의외로 그녀가 싸늘하게 나오는 바람에 약간 당황했다.

그런 박 교감을 여지없이 윽박지르듯,

“저는 교감 선생님이 그런 분인 줄은 몰랐어요.”

하고 지월실은 벌떡 자리에서 일어나 버린다.

다락 속에 웅크리고 앉아 주먹을 부르르 떨기도 하고, 이를 악물기도 하고, 또 혼자 매섭게 눈을 째리기도 하던 노수인은 그제야 비시그레 웃음이 나온다. 그러면서도 어쩐지 입맛이 쓰쓰레하다.

자리에서 벌떡 일어난 지월실은 창문께로 가서 바깥쪽을 향해 선다. 그러나 창밖을 내다보려는 게 아니다. 심란하고 뒤숭숭한 것이다. 교감에게 그렇게 마구 뇌까렸으니 말이다.

지월실이 그렇게 창문 쪽에 가서 돌아서 있자, 박 교감은,

“음—”

하고는 자기도 벌떡 자리에서 일어난다. 그리고 말없이 방문을 열고 나간다. 마치 무슨 모욕을 당한 듯한 표정으로……. 그러자 지월실은 자기도 모르게 얼른 가서 박 교감의 소매를 잡는다.

“교감 선생님, 왜 이러십니까?”

“왜 이러다니…… 누가 할 말이요?”

“화 나셨어요?”

박 교감은 단단히 기분이 상한 듯 굵은 검은 테 안경 속에서 지월실을 한 번 노려본다. 그리고 기어이 구두를 신고 만다.

계단을 내려가는 박 교감의 뒤를 따르며 지월실은 힐끗 한 번 방 쪽을 돌아본다. 그리고 좀 나직한 소리로 말한다.

“교감 선생님, 안 그렇습니까? 사모님이 병환으로 계시는데, 그럴 수가 있어요?”

“…….”

“사모님이 안 계신다면 모르지만…….”

여운을 남기는 셈이다.

무뚝뚝한 표정으로 앞서 내려가던 박 교감이 걸음을 멈춘다. 그리고 지월실을 돌아본다.

지월실은 애써 미소를 짓는다. 두려운 듯한, 용서를 비는 듯한 그러한 미소다. 한 학교 교감일 뿐 아니라, 자기를 픽업해준 사람이니 그럴 수밖에.

그런 그녀의 미소를 보자, 박 교감은 좀 기분이 누그러진다.

"예, 알았어요. 어서 들어가세요."

교감의 위신을 되찾으려는 듯 담담한 어조로 점잖게 말한다.

그러나 지월실은 계단을 다 내려가 골목 꺾어지는 데까지 따라간다.

다락에서 뛰어내린 노수인은,

"아, 재수 더럽다. 재수 더러워……."

곧장 중얼거리며 창밖을 살짝 내다본다.

골목 꺾어지는 데까지 따라가 교감을 배웅하는 지월실의 모습을 보고는,

"여자는 별수 없군."

하고 이맛살을 약간 찌푸린다. 큰소릴 쳐도 여자는 별수 없이 여자로구나 싶은 것이다.

노수인은 아랫목으로 가 털썩 주저앉는다. 그리고 상에 놓인 귤을 한 개 집어 들어 껍질을 깐다.

지월실이 돌아온다.

"호호호……."

그녀는 방에 들어서자마자 깔깔깔 웃어댄다. 일부러 더 호들갑을

떠는 것 같다.

"청혼을 하러 왔군."

노수인은 빈정거리듯 말한다.

"청혼을 하러 왔다가 묵사발이 됐지. 호호호……."

"청혼하는 사람이 많아서 좋겠군."

"복도 많지 뭐유. 호호호……."

"웃기는…… 기분 나쁘게……."

"어머, 기분이 나쁘세요?"

지월실은 약간 정색을 하고 노수인을 바라본다.

"다락 속에 다 기어들어가는 신세가 됐으니…… 나 참……."

"여보, 정말 화내시는 거예요?"

"화가 안 나게 됐어? 생각해 봐. 사모님인가 뭔가가 없다면 결혼하겠다는 그런 태도였잖아."

"호호호…… 꼭 어린애 같으셔. 여보, 좀 누워 계세요. 쓸데없는 소리 마시고…… 얼른 시장에 가서 당신 좋아하는 횟거리 있으면 사올게요. 맥주하고…… 다락 속에서 고생하셨으니까……."

그제야 노수인은 코언저리에 히죽 웃음이 떠오른다.

이튿날은 일요일.

교육사전 관계로 특근을 한다면서 집을 나선 노수인은 효자동에서 버스를 내렸다. 오늘은 지월실과 봄바람을 쐬러 나가기로 약속이 되어 있는 것이다. 말하자면 그녀를 데리고 봄나들이 특근을 하는 셈이다. 그들은 경복궁 구경을 가기로 했다.

경복궁에 들어선 노수인은 기분이 산뜻했다. 몇 해만인지 확실한 기억은 없지만, 좌우간 꽤 오래간만에 와 본 경복궁은 그전과는 판이하게 달랐다.

그전에는 더러 잡초도 돋아 있고, 정리가 덜 된 곳도 많고, 어쩐지 쓸쓸한 느낌이 들기까지 했는데, 이제 그게 아니라, 티끌 하나 눈에 안 띌 만큼 깨끗하고 잘 가다듬어져서 면목이 일신되어 있었다.

여기저기 꽃도 한창이라 더욱 기분이 좋았다.

지월실 역시 몹시 즐거운 모양이다. 곧잘 어머— 어머나— 하고 감탄사를 발한다.

"여보, 저게 경회룬가요?"

"응, 경회루지."

"어머나— 참 좋군요."

"지붕을 보라구. 지붕의 저 우아한 선을⋯⋯."

"글쎄 말이에요."

옛 건물의 우아한 선은 언제 보아도 좋다. 한국적인 미는 선에 있다더니, 정말 그런 것 같다.

"어머, 아지랑이가⋯⋯."

경회루의 지붕 위에 아지랑이가 가물거린다.

"글쎄⋯⋯ 마치 지붕의 선이 살아서 움직이는 것 같군요."

"정말 좋은데요."

노수인과 지월실은 경회루의 연못가를 나란히 거닌다. 마치 이씨 조선의 귀남귀녀라도 된 것 같은 기분으로⋯⋯.

경복궁 안을 빙 한 바퀴 돌고 나서, 그들은 매점의 파라솔 밑에 앉아 뭘 좀 먹는다. 사이다니 콜라 같은 것도 좀 마시고⋯⋯.

그리고 그들은 박물관 쪽으로 갔다.

경회루 지붕의 우아한 선에서 옛 한국의 아름다움을 볼 수 있다면, 박물관의 실내 구도에서 한국의 현대적인 아름다움을 찾을 수 있는 듯한 느낌이다.

여러 진열실에 진열되어 있는 물건들도 볼 만한 게 많다. 특히 고려청자와 이조백자는 일품이다.

노수인은 그중에서도 이조백자 쪽이 더 마음에 든다. 고려청자도 말할 수 없이 좋지만, 이조백자의 담박하면서도 우아하고 청초하면서도 수려한 아름다움은 무엇에 비길 수가 없다. 정말 높은 경지의 아름다움이다. 마치 불국사의 석가탑에서 느낄 수 있는 그런 아름다움이다.

황홀한 눈길로 진열장 속의 백자를 들여다보고 있는 노수인의 곁에서 지월실 역시 감탄을 하는 표정으로 서 있다. 그러나 그녀는 고려청자보다는 덜 마음에 드는 모양이다.

그녀는 힐끗 뒤를 돌아본다. 어떤 부인과 시선이 마주친다. 그러자 그 부인은 얼른 시선을 돌려버린다. 약간 웃는 듯하면서…… 전혀 낯선 부인이다. 아까부터 어쩐지 자꾸 이쪽을 눈여겨보는 듯하더니…… 얄궂은 부인이다.

부인은 국민학교 1학년 정도 된 사내아이의 손을 잡고 있다. 남편인 듯한 사람과 뭐라고 주고받더니 얼른 저쪽으로 가버린다.

누굴까…… 지월실은 슬그머니 기분이 나빠진다.

그러나 그런 줄도 모르고 노수인은 백자를 들여다보기에 여념이 없다. 아마 백자에 홀린 모양이다.

박물관 구경을 마치고 거리로 나온 그들은 중국집으로 가서 호젓한 방에서 출출해진 배에 기름기 있는 음식을 실컷 채운다.

그러면서도 어쩐지 지월실은 기분이 덜 좋은 것 같다.

그런 기색을 노수인이 모를 턱이 없다.

"여보, 어디 몸이 불편하기라도……."

"아니요."

"그럼 왜 그렇게 우울해 보이지?"

"아무것도 아니에요."

"무슨 기분 나쁜 일이……."

"아니라니까요."

"자, 그럼 술을 한잔 하고 기분을 내요."

노수인이 맥주 컵을 내민다.

지월실은 힘없이, 그러나 서슴없이 그것을 받는다.

아까 박물관에서의 그 부인이 아무래도 이상한 것이다. 어쩐지 이쪽의 관계를 아는 듯한 그런 눈치가 아니던가.

도대체 누굴까.

맥주를 꼴깍꼴깍 마신다. 그리고 그녀는 그 이야기를 꺼낼까 하다가 그만둔다. 어쩌면 자기의 신경과민인지도 모르니까.

중국집에서 나온 그들은 택시를 타고 종로 4가 쪽으로 간다. 영화를 보러 가는 것이다.

어느덧 하루해가 뉘엿뉘엿 저물어간다.

해는 세검정에도 뉘엿뉘엿 저물어간다.

해가 저물자 은숙은 서둘러 저녁 준비를 한다. 쌀을 안치고 똥땅똥땅…… 칼질을 해댄다. 소고기를 다지는 것이다. 근래에 와서 남편은 질긴 고기를 먹으면 이 사이에 낀다고 짜증인 것이다. 그래서 은숙은 육류는 대개 잘 다져서 요리를 한다.

똥땅똥땅똥땅…….

오늘은 일요일인데도 특근이니, 좀 연하게 다져야겠다고 여간 공을 들이는 게 아니다.

똥땅똥땅똥땅…….

신나게 칼질을 하고 있는데, 옆집 혁이 엄마가 생글생글 웃으면서 찾아온다. 아침에 가족 꽃 나들이를 간다더니, 무슨 자랑을 또 늘어놓으려는지 옷도 갈아입지 않고 찾아온 것이다.

"아이고— 뭘 그렇게 맛있게…….."

"맛있기는…….."

"아이고— 소고기구먼 그래."

"오늘 어디 창경원 갔었수?"

"창경원은 일요일엔 못 가요. 사람이 터져나가기 때문에…… 그래서 경복궁에 갔죠. 경복궁 구경했수?"

"옛날에 한 번…….."

"그럼, 박물관은 구경 못했겠구먼."

"못했어요."

"정말 좋던데요. 하하하…….."

혁이 엄마는 공연히 깔깔거리며 웃는다. 똥땅똥땅똥땅…… 은숙은 말을 나누면서도 눈길은 줄곧 도마 위의 고기에 가 있다. 수다스러운 여자가 공연히 또 수다스럽게 웃어대는군 싶으면서.

"승미 아버지는 어디 가셨수?"

"회사에요."

"일요일인데도 회사에 나가세요?"

"바쁜 일이 있어서 특근이래요."

"특근요? 하하하…….."

또 깔깔 웃어댄다.

은숙은 칼질을 멈추고, 힐끗 혁이 엄마를 바라본다.

“박물관에서 특근을 하시나 보죠? 하하하…….”

“혁이 엄마, 그게 무슨 말이에요?”

은숙은 바짝 긴장이 된다.

은숙이 바짝 긴장을 하는 바람에 혁이 엄마는 뚝 웃음을 그친다. 그러나 역시 재미있는 일이라는 듯이 말한다.

“여자들이 불쌍하지, 불쌍해…….”

“아니, 혁이 엄마, 별안간 그게 무슨…….”

“이렇게 정성껏 남편을 위해서 고기를 다지는 여자들이 불쌍하단 말이에요.”

“혁이 엄마, 농담은 그만하고 무슨 일인지 어서 얘길 해 봐요.”

은숙은 아무래도 무슨 예사롭지 않은 일이 있는 것 같아 초조하기만 하다.

“승미 엄마, 저…… 오늘 저녁에 승미 아버지가 들어오시거든 박물관 이야길 꺼내 봐요.”

“박물관 이야길……?”

“예.”

“박물관에서 무슨 일이 있었나요?”

“내가 잘못 봤는진 모르지만…….”

“아니 그럼…….”

은숙은 얼른 말뜻을 알아차리고 안색이 확 변한다.

“우리 집 양반을 박물관에서 봤단 말이유?”

은숙이 너무 놀라 얼굴이 백짓장처럼 되는 바람에 혁이 엄마는 잠시 말문이 막힌다. 너무 직통으로 이야길 했다간 큰일 나겠다는 생각이 드는 것이다.

"아니, 혁이 엄마, 왜 얘길 안 하슈? 어서 얘길 해 봐요."

"……."

"혁이 엄마!"

"나한테 들었다는 얘기는 마슈."

"예, 절대로 안 하지."

"저…… 내가 잘못 봤는진 모르지만……."

혁이 엄마는 생글 웃는다. 명백하게 못 박는 것은 피하는 셈이다.

"승미 아버지 박물관에 오셨던데요."

"정말요?"

"예."

"혼자요?"

"하하하……."

"회사 직원들 하고요?"

"하하하…… 승미 엄마 센스가 빠를 줄 알았더니……."

"아니, 그럼……."

은숙은 면상을 한 대 얻어맞은 것 같은 표정이다.

"하하하…… 이제 아시겠수? 잘못하다간 남편 뺏겨요. 뺏겨……."

"……."

"나한테 들었다는 얘기는 정말 마슈."

"……."

"내가 잘못 봤는지도 모르니까, 너무 그렇게 놀라지 말고, 좌우간 남편 간수 잘 하슈. 그럼 나는 가요."

생글 웃고는 혁이 엄마는 사라진다.

은숙은 얼마동안 넋이 나간 사람처럼 멀뚱히 앉아 있다. 눈앞이 노래지는 느낌인 것이다. 속았구나 하는 생각에 가벼운 현기증 같은 것이 눈앞을 지나가기도 한다.

그러나 얼마 후 그녀는 고개를 갸웃이 기울인다. 그이가 그럴 수가 있을까? 설마하니…… 싶은 것이다. 호들갑스러운 혁이 엄마의 말이니, 혹시 잘못보고 그러는 게 아닌지 모른다. 일요일이니까 박물관에도 사람들이 붐볐을 것이다. 많은 사람 중에 닮은 사람도 있을 게 아닌가.

그렇게 생각하니 좀 마음이 가라앉는 것 같다.

그러나 아무리 닮은 사람이라고 하지만, 이웃에서 늘 대하는 터인데, 혁이 엄마가 남편의 얼굴을 식별하지 못한단 말인가…… 알 수 없는 일이다.

기분이 뒤숭숭하긴 하지만 아직 확실한 것은 알 수 없는 것이 아닌가.

은숙은 다시 똥땅똥땅똥땅…… 칼질을 시작한다. 그러나 그 소리가 아까보다는 월등히 힘이 없다.

열한 시가 넘었다.

승국이와 승미는 잠이 든 지 오래다. 그런데도 아직 남편은 돌아오지 않는다. 은숙은 자리에 누워 이런 생각 저런 생각 그저 뒤숭숭하고 심란하기만 하다.

아무래도 남편이 바람이 난 게 틀림없는 것 같다. 그렇지 않으면 오늘도 이렇게 늦을 수가 있는가 말이다.

그리고 보니 요 근래 남편의 하는 짓이 어쩐지 수상하게 여겨진다. 밤늦게 돌아오는 일은 다반사고, 술을 마시는 횟수도 종전보다 월등히 늘지 않았는가. 정말 어떤 여자에게 빠진 것일까? 연애를 하는 것일까?

그런 생각을 하니 은숙은 견딜 수가 없다. 벌떡 일어나 공연히 숭늉을 벌컥벌컥 마셔댄다. 속에서 불이 확 붙어 오르는 것 같다.

그러고 있는데 때르릉 때르릉…… 부저 소리가 난다. 이제 돌아오는 모양이다.

얼른 일어선 은숙은 그러나 방문을 열지 않는다. 가만히 서 있다. 잠시 생각을 한다. 오늘 밤 어떤 태도를 취해야 할 것인지…… 마구 악을 쓰며 덤빌 것인가, 아니면…….

때르릉 때르릉…….

은숙은 방문을 열고 나간다. 어떤 태도를 취해야 될지 결정을 내리지 못한 채…….

가만히 대문을 열어준다.

남편이 들어온다.

"아— 취하는군."

"……"

은숙은 힐끗 남편의 표정을 본다.

방범등 불빛에 어린 남편의 얼굴은 술기 탓인지 번들거린다.

은숙은 말없이 먼저 방으로 들어가 버린다.

뒤따라 들어온 노수인은,

"벌써 열한 시 반이 다 되어가는군. 시간 참 빠른데……."

어쩌고 하면서 옷을 훌렁훌렁 벗고 파자마로 갈아입는다. 그리고 아랫목에 가 벽에 비스듬히 기대앉는다. 술이 꽤 된 것 같다.

“저녁 좀 줘요.”

그러나 말소리는 상냥하다.

은숙은 얼른 일어나질 않는다.

“여보, 배가 고파요. 어서 저녁 좀 줘요.”

“……”

“저녁을 먹고 자야 몸이 덜 축나지.”

흥! 은숙은 속으로 콧방귀를 뀐다. 몸은 되게 생각하는군 싶은 것이다. 그리고 가만히 일어나 부엌으로 간다.

밥상을 들고 들어오며 은숙은 비로소 입을 뗀다.

“이게 어디 저녁밥이에요?”

“그럼 뭐야?”

“제삿밥이지.”

“허허허……”

“우리 집은 매일 밤 제사를 지내잖아요.”

“허허허……”

“웃기는……”

은숙은 그제야 태도를 결정한 셈이다. 처음부터 악을 쓰며 덤빌 게 아니라, 진상을 알아보고 난 후에 악을 쓰든 어떻게 하든 해야겠다고…… 그게 순리인 것이다. 만일 혁이 엄마가 잘못 본 것이라면 남편에게 그런 미안한 일이 어디 있겠는가.

“오늘 몇 시에 특근 끝났어요?”

“보자…… 몇 시더라…… 해질 무렵에……”

“정말이유?”

“정말이지. 끝나고 모두 한잔 하러 갔지. 일요일에 특근을 했으니 당연히 회사에서 한 턱을 내야지. 안 그래?"

노수인의 연극은 이제 몸에 익어서 자연스럽기만 하다. 얼굴에 쓴 가면이 마음대로 이런 표정 저런 표정으로 바뀌는 셈이다.

그러나 은숙은 오늘 밤은 전과는 다르다. 그 정도의 말을 듣고 곧 그의 결백을 믿을 수는 없다. 한 번 의심을 하기 시작하면 모든 말이 곧이들리지 않는 법이다. 이미 은숙은 그 의심의 눈이 열린 셈이 아닌가.

"참, 여보 옆집 혁이네는 오늘 경복궁엘 갔다더군요."

은숙은 자연스럽게 말한다. 남편의 표정을 가만히 그러나 날카롭게 눈여겨보면서…….

"아, 그래?"

노수인은 대수롭지 않은 듯이 대꾸한다.

그러나 어딘지 모르게 어색하게 보면 약간 어색한 것 같기도 하다. 시선을 들지 않고 곧장 밥을 퍼 넣기에만 여념이 없는 것이다.

은숙은 자연스럽게 말을 계속한다. 실은 그게 무서운 심문인 것이다.

"경복궁 안에 있는 박물관에도 가보고요."

"응, 그래?"

"참, 당신 박물관 구경했어요?"

"박물관……?"

노수인은 힐끗 시선을 들어 아내를 본다. 그리고 잠시 머뭇거리다가 단호히 말한다.

"안 했어. 언제 한 번 구경하러 가야겠는데……."

"……."

“우리도 다음 일요일에 경복궁에나 갈까? 박물관 구경도 하고…….”

그러나 은숙은 아무 대답이 없다. 어쩐지 남편의 표정이 어색하게 느껴지는 것이다. 의심하는 눈으로 봐서 그런지 어쩐지 부자연스럽다.

“숭늉 줘요.”

은숙은 말없이 일어난다. 부엌으로 나가면서 힐끗 뒤를 돌아본다. 순간 남편의 시선과 마주친다.

은숙은 가슴에서 무엇이 철렁 내려앉는 듯한 느낌이다. 남편도 자기에게 신경을 쓰고 있는 게 틀림없는 것이다. 왜 자기에게 신경을 쓰고 있는 것일까? 아무 일도 없다면 신경을 쓸 까닭이 없지 않은가.

숭늉 한 그릇을 떠다주고 나서 은숙은 다시 입을 연다.

“내일도 특근이에요?”

“글쎄…… 아마 그렇게 되지 싶은데…….”

“교육사전인가 뭔가 그거 언제 끝나는 거예요?”

“아마, 앞으로 몇 개월 걸릴 거야.”

“몇 개월……?”

“응, 사전 만들기가 그렇게 쉬운 줄 알아?”

“그럼 앞으로 몇 개월 동안 만날 이렇게 제삿밥을 차려야 된단 말이유?”

“허허허…… 제삿밥은…… 여보 그럼 이렇게 할까?”

“어떻게요?”

“아예 저녁밥을 집에서 먹지 않기로…… 먹고 들어올 테니까.”

"잘 노시는군. 들어오기는 뭐 하러 들어와요. 아예 들어오지도 말지……."

"그럼 더 좋고…… 허허허……."

"여보!"

은숙은 남편을 매섭게 쏘아본다.

"응?"

노수인은 약간 눈이 휘둥그레진다.

"당신 혹시 여자가 생긴 아니에요?"

"뭐 여자가 생겨? 허허허……."

노수인은 어처구니가 없는 듯이 웃는다. 멋진 배우의 웃음이다.

"정말 그런 일 없는 거예요?"

"나 참, 기가 막혀서……."

"나도 그런 일이 없으리라 믿어요. 그런데 이상한 소리가 들려서……."

"이상한 소리가 들리다니?"

노수인은 정색을 하고 묻는다. 속으로 찔끔하기도 한 것이다.

"오늘 정말 당신 특근을 했죠? 회사에서……."

"허허허…… 사람도 참……."

어쩌면 그렇게 남의 말을 못 믿느냐는 듯이 노수인은 약간 어이가 없는 표정으로 웃는다.

"그럼, 어찌 그런 소리가 들릴까……."

"그런 소리라니? 무슨 소리를 들었는데?"

"당신이 저…… 오늘 어떤 예쁜 아가씨를 데리고 박물관 구경을 왔더라잖아요."

“뭐?”

노수인은 얼굴이 벌개진다. 뜻밖에도 정통으로 찔렸기 때문이다. 아내의 입에서 그런 소리가 나올 줄은 정말 몰랐던 것이다. 그러나 겉으로는 그런 얼토당토않는 소리를 누가 하더냐는 듯이 벌겋게 화난 얼굴이 된다.

“틀림없이 당신이더라는 거예요.”

“도대체 누가 그따위 소리를 해? 멀쩡한 사람을 병신 만들어도 분수가 있지…… 그따위 터무니없는 소릴 하는 게 도대체 누구냐 말이야.”

“아마 잘못 보고 그러나 보죠.”

“잘못 보다니…… 눈까리를 뜨고 다니거든 좀 똑똑히 뜨고 다니라 그래.”

억울해서 못 견디겠다는 듯이 내뱉는다.

“여보, 열두 시가 넘었어요. 어서 잡시다.”

“나 참, 별꼴을 다 보네.”

“아주 닮은 사람이 있었던 모양이죠? 호호호…….”

은숙은 그제야 기분이 활짝 걷힌다. 그러면 그렇지, 남편이 그럴 턱이 없다고 생각되는 것이다. 수다스러운 여자 때문에 하마터면 가정에 공연히 풍파가 일어날 뻔했군 싶다.

말하자면 노수인의 연극이 백 프로 성과를 거둔 셈이다.

이튿날 오후 다섯 시가 조금 지나서 은숙은 회사에 전화를 걸어보았다. 오늘도 특근인지, 몇 시쯤 집에 들어올 것인지 궁금해서 전화기를 든 것이다. 요긴한 볼일이 없으면 남편의 직장에 좀처럼 전화를 걸지 않는 은숙인데, 어제 그런 일이 있고 나서는 공연히 남편의 출퇴근에 관심이 가는 것이다. 남편의 결백을 믿지만, 그러나 그런 소리를 안 들었을 때와는 어쩐지 다른 것이다. 신뢰도가 엷어졌다고 나 할까.

"여보세요. 거기 교육개발편집부죠?"

"예, 그렇습니다."

남자의 목소리다.

"저…… 노 차장님 좀 바꿔주세요."

"퇴근을 했습니다."

"벌써요?"

"예, 어디십니까?"

"여기 세검정이에요."

"아, 사모님이시군요. 저 정기홍입니다."

"정 선생님이시군요. 수고가 많으시죠?"

"그동안 안녕하셨어요?"

"예, 우리 집 양반 벌써 퇴근하셨나요?"

"예, 노 차장님 요즘 퇴근시간이 아주 정확하십니다. 다섯 시가 땡! 하면 벌떡 일어나시죠. 하하하……."

조금 싱겁기도 하고, 우스갯소리를 잘 하는 정기홍의 웃음소리가 수화기 속에 울린다. 더러 집에 놀러온 일도 있어서 잘 아는 터이다. 그러나 은숙은 웃음이 나오질 않고, 슬그머니 긴장이 된다.

"요즘 특근을 안 하나요?"

"특근은 무슨 특근요?"

"그럼 어제도 특근이……."

"일요일에 무슨 특근을 합니까. 꽃피는 일요일에…… 사모님도 참…… 하하하…….”

은숙은 얼굴에서 핏기가 싹 가신다. 자기도 모르게 아랫입술이 바르르 떨린다.

그러나 은숙은 침을 한 번 꿀걱 삼키고는 애써 침착을 되찾으며 묻는다.

“교육사전을 새로 만든다죠?”

“교육사전요?”

“예.”

“어디서 교육사전을 만들어요?”

“회사에서 요즘 교육사전을 만들고 있다던데…….”

“우리 회사에서요?”

“예.”

“글쎄요…… 그런 일이 있는지 전 모르겠습니다.”

“정 선생님이 모르시다니…….”

“글쎄 말입니다. 저도 모르게 다른 사람들이 숨어서 만들고 있는 모양이죠. 하하하…….”

은숙은 그만 수화기를 떨어뜨려 버린다. 현기증이 일어나서 눈앞이 노래지는 것이다.

잠시 넋이 나간 사람처럼 멀뚱히 앉았다가, 그 자리에 그만 무너지듯 풀썩 엎어져 버린다.

그날 밤도 노수인은 열한 시가 지나서야 지월실의 집을 나섰다.

그녀의 집이 바로 세검정으로 돌아가는 중도에 있기 때문에 회사를 나설 때는 오늘은 일찍 집으로 직행하리라 생각하고서도 버스가 그녀의 집 근처에 이르면 그만 하차를 하게 된다. 어떤 때는 그녀의 집에서 한 정류장 더 가서 내려 도로 걸어와 그녀의 집으로 향하는 수도 있다. 도저히 그냥 집으로 직행할 수가 없는 것이다. 그녀의 집이 있는 효자동을 그냥 통과하기가 여간 어려운 것이 아니다. 마치 무슨 마력 같은 인력에라도 끌리는 것처럼.

그래서 때로는 그녀의 집을 세검정과는 반대되는 쪽에 있었더라면 좋았을 것을…… 후회가 되기도 한다.

버스를 내린 노수인은 단골 가게에서 소주를 몇 잔 마신다. 거의 매일 밤 이렇게 마른안주에 소주를 마시는 셈이니 속이 좋을 턱이 없다. 요즘 소화 기능도 매우 저하되어 가고 있는 실정이다.

술기에 눈두덩이 훈훈해지자, 노수인은 건들건들 가게를 나서 비탈길을 오른다. 오늘 밤은 유난히 숨이 차다. 전에는 이 정도의 비탈길은 가뿐가뿐하게 오를 수가 있었는데, 요즘 와서는 그게 아닌 것이다. 다리가 무겁기만 하고, 숨이 헐떡거려지기까지 한다.

대문 앞에 이르자 노수인은 후유— 큰 숨을 쉬면서 수건으로 콧등의 땀을 닦는다. 요즘 콧등에 곧잘 식은땀이 맺히기도 하는 것이다.

부저를 누른다. 때르릉…… 그러나 아무 기척이 없다. 불이 켜져 있어야 할 큰방에 불이 꺼져 있는 게 아닌가. 웬일일까.

때르릉 때르릉 때르릉…… 때르릉 때르릉 때르릉…….

역시 아무 기척이 없다. 도대체 어떻게 된 일인가.

지금까지 이런 일은 한 번도 없었던 것이다. 남편의 귀가가 늦어 기다리다가 잠이 들더라도 은숙은 불을 꺼버리는 일은 없었다.

그런데 오늘 밤은 무슨 일인가. 아직 열두 시가 넘은 것도 아닌데…… 노수인은 불길한 생각이 머리를 지나간다.

쾅! 쾅! 쾅! 주먹으로 대문을 두드린다.

"승국아! 승국아!"

고함을 지르면서.

잠시 후 방에 불이 켜진다.

그러나 대문을 열어주러 나온 것은 은숙이 아니다. 승국이다.

"엄마는?"

"자."

"자?"

노수인은 가슴이 덜컥 내려앉는 것 같다. 아무래도 수상한 것이다. 올 것이 왔는가 싶다.

아랫배에 꾹 힘을 주면서 방으로 들어선다.

아랫목에 이부자리를 하고 은숙이 누워 자고 있다. 이불 밖으로 얼굴만 내놓고 잔다. 잠이 들었는지, 아니면 눈만 감고 있는지 알 수가 없다. 좌우간 석고상처럼 조용한 얼굴이다.

여느 때 같으면 노수인의 이부자리까지 해놓았을 터인데, 오늘 밤은 그게 아니다. 아랫목에 자기 이부자리와 아이들의 잠자리만 해서 누워 자고 있는 것이다. 승미는 몸부림을 친 듯 저만큼 굴러나가 있다.

방 안 공기가 어쩐지 썰렁하고 심상치가 않다. 노수인은 바짝 긴장이 되며 누워 있는 아내에게로 다가간다.

"여보, 여보……."

손으로 가만히 흔들어본다. 아무래도 잠이 든 것처럼 느껴지지가 않는 것이다.

"어디 아프오? 여보."

아무 대꾸는 없지만, 분명히 잠이 든 건 아니다.

노수인은 승국이에게 묻는다.

"엄마 어디 아프다 그러던?"

"아니야. 아버지가 만날 이렇게 늦게 들어오니까 화가 난 거야."

"……."

"아버진 만날 뭘 하고 이렇게 늦게 돌아오는 거야?"

"회사에서 특근을 하고……."

노수인이 말을 흐려 버린다.

이때,

"흥! 특근?"

은숙이 가만히 눈을 감고 누운 채 입을 연다. 도저히 그냥 들을 수가 없었던 모양이다.

노수인은 바짝 긴장이 되면서도 얼굴에 약간 미소가 어린다.

"여보, 일어나요. 남편이 돌아왔는데 이렇게 누워 있는 법이 어디 있소?"

"흥! 남편? 남편이 돌아왔어? 뻔뻔스럽게 어디서 그런 소리가……."

"……."

"뭐 하러 집에 들어오는 거예요? 좋아하는 년한테 붙어 살 일이지……."

은숙은 여전히 눈을 감은 채 쏘아붙인다.

"뭐? 그게 무슨 소리야?"

노수인은 다시 연극을 시작하려 한다.

"무슨 소리는 무슨 소리예요. 그래 내 말이 틀렸어요."

은숙은 참을 수가 없는 듯 눈을 번쩍 뜨고 벌떡 자리에서 일어난다.

그녀의 서슬이 너무나도 시퍼렇기 때문에 노수인은 질려서 뭐라고 말이 나오질 않는다. 연극 대사가 초장부터 막혀버린 셈이다.

“내 말이 틀렸으면 말해 봐요! 어서 말해 봐요!”

“…….”

“남자가 어쩌면 그렇게 거짓말을 잘 해요.”

“내가 무슨 거짓말을…….”

“아니, 거짓말을 안 했단 말이에요? 회사에서 특근을 해요? 매일 특근 때문에 늦어요? 교육사전을 만든다고요? 교육사전 때문에 특근을 한다고요? 어제도 특근을 했어요? 나 참 기가 막혀서…….”

“…….”

“어떤 년이에요? 말해요! 말해요! 어떤 년한테 빠진 거예요? 어서 말해요!”

어찌나 쏘아붙이는지 노수인은 정신이 하나도 없다. 그저 두 눈을 멀뚱거리면서 아내의 바르르 떠는 표정을 바라보고만 있다.

이렇게 격하게 나오는 아내를 일찍이 본 적이 없는 것이다. 결혼생활 십여 년에 처음 보는 일이다.

물론 그동안에 부부싸움이 없었던 것은 아니다. 남과 남이 만나 가정을 이루어 살아가노라면 때로는 하찮은 일로도 핏대를 올리게 되는 수가 있는 법이다. 그러나 이처럼 심하게 나온 일은 없었다.

대체로 유순하고 온후한 여자로 알아왔는데, 지금 보니 그게 아니다. 아내에게도 이렇게 격한 감정 인자가 내재해 있었구나 싶으며 노수인은 약간 놀란 표정이기도 하다. 질투의 감정은 어떤 여자나 다 마찬가지인 모양이다.

“어떤 년이에요? 왜 말을 못해요? 응?”

“…….”

“왜? 왜?”

“…….”

“그러고도 뻔뻔스럽게 뭐 특근을 해? 교육사전을 만들어?”

은숙은 양쪽 눈꺼풀이 바르르 떨린다. 이제 말투도 반말이 되어 버린다.

승국이는 겁에 질려 방 한쪽 구석에서 발발 떨고 있고, 승미도 잠이 깨어 휘둥그레진 두 눈으로 엄마 아빠를 지켜보고 있다.

“어쩌면 남자가 그렇게 거짓말을 잘 할까? 누굴 닮았는지 밥 먹듯이 거짓말을 한다니까.”

“뭣이 어째?”

마침내 노수인도 발끈해진다. 누구를 닮았는지……라는 말에 그만 신경이 곤두선 것이다.

“이것이 뒈지고 싶나…….”

“그래, 뒈지고 싶다. 죽여라! 죽여! 너 같은 거짓말쟁이하고는 살기 싫다!”

“좋다! 나도 너 같은 것하고는 이제 지겹다. 잘됐다. 이혼이다. 그렇잖아도 이혼을 할까 어쩔까 생각하던 참인데, 썩 잘됐지 뭐야. 이렇게 일이 쉽게 해결될 줄은 몰랐는걸…….”

“뭐 이혼? 이놈아! 그 소리가 어디서 나오니? 천벌을 받고도 남을 놈…….”

“이년이 누굴 보고 이놈 저놈 하는 거야? 정말 뒈지고 싶나…….”

“그래, 뒈지고 싶다! 죽여라! 죽여! 죽이고 딴 년한테 가서 잘 살아라! 그러기 전에는 안 될 거다!"

"안 돼? 왜 안 돼? 내 맘대론데, 어째서 안 돼?"

"내 맘대로 좋아하네! 어디 맘대로 해 보지!"

"그래 맘대로 할란다! 내일부터는 안 들어온다!"

"좋다! 들어오지 말아라! 그 대신 나중에 후회는 하지 않도록……."

"후회? 내가 후회를 해? 흥!"

"흥! 간통죄라는 말 들어보지도 못한 모양이구나."

"간통죄? 흥! 간통죄를 무서워할 난 줄 아느냐? 사람 잘못 봤어."

"잘못 봤어? 어디 두고 보자."

"에잇 이년!"

그만 노수인의 주먹이 날아간다.

은숙은 두 손으로 얼굴을 감싸며 픽 나뒹굴어진다. 그러나 곧 번쩍 얼굴을 쳐들고 냅다 악을 써댄다.

"죽여라! 죽여! 죽여!"

"이 썅!"

주먹이 또 난다.

"아이고 아부지—"

"엄마! 엄마! 엄마!"

승국이와 승미가 동시에 울음을 터뜨린다.

흔들리는 집

해질녘이 되어 가는데도 은숙은 자리에서 일어날 생각을 하지 않는다. 아침도 굶고, 점심도 굶은 채 그대로 방에 늘어져 누워 있는 것이다. 어디가 아파서 그러는 게 아니다. 아프다면 마음이 걷잡을 수 없이 아프다고나 할까.

간밤에 그처럼 대판 싸움을 하고 난 터이라 그럴 수밖에 없다. 싸움이라도 무슨 다른 일로 싸웠다면 모르지만, 사느니, 안 사느니, 이혼이니, 간통이니 하는 그런 문제, 즉 부부관계의 존립 자체를 위협하는 그런 문제로 싸웠으니 말이다.

은숙은 눈두덩이 시퍼렇게 멍들기까지 한 것이다. 일어나 밖으로 나갈까 해도 누가 볼까 봐 창피해서 못 일어날 지경이다.

지금까지 십여 년의 부부생활 동안 얻어맞은 일이 전혀 없는 것은 아니다. 그러나 이번처럼 이렇게 남 앞에 얼굴을 들 수 없도록 시퍼렇게 멍이 든 일은 처음이다. 간밤에 남편의 주먹질은 그야말로 증오에 차 있었던 것이다. 그렇지 않으면 남의 면상을 이렇게 어처구니없게 만들어 버릴 수가 있는가.

은숙은 생각할수록 분하고, 난데없이 폭풍처럼 몰아닥친 일에 어떻게 대처해 나가야 될지 걷잡을 수가 없다. 가정이고 뭐고 뒷일을 생각하지 말고, 어떤 년인지 그년을 잡아서 머리끄덩이를 박박 뜯어 놓았으면 속이 시원하겠는데, 얼굴이 이 모양이 되었으니 밖에 나갈 수가 없어 안타깝다.

아침나절에 찾아온 옆집 혁이 엄마가 일러준 대로 달걀을 뜨겁게 해 가지고 그것으로 멍든 자리를 문질러나 볼까 하고 은숙은 자리에서 부스스 일어난다.

빨리 눈두덩의 멍을 삭혀야 밖으로 나갈 게 아닌가. 나가서 어떤 년인지 그년을 박박 뜯어놓을 게 아닌가 말이다.

두 끼를 굶어서 그런지, 너무 번민을 해서 그런지 일어서니 핑 눈앞이 돈다. 은숙은 얼른 벽을 가서 짚으며 가만히 눈을 감는다.

그때,

"나무아미타불, 관셈보살— 이 집 댁네 집에 있나……."

하는 소리가 난다.

"관셈보살, 관셈보살—"

은숙은 가만히 눈을 뜬다. 창문으로 가서 살짝 바깥을 내다본다.

승미가 대문을 열어주자, 어떤 노파가 들어선다. 허리가 꼬부랑해진 노판데, 한 손에는 자루를 들고, 한 손에는 지팡이를 짚었다. 목에는 염주를 걸고…… 여승인 것이다. 여승이라기보다 보살할미라고 하는 것이 옳겠다.

그 보살할미를 보자, 은숙은 웬일인지 절로 번쩍 눈이 뜨인다. 반가운 생각이 왈칵 든다. 언젠가 한 번 찾아온 그 노파인 것이다.

지난가을, 그러니까 노수인이 경주로 출장을 가기 이틀인가 전에 찾아와서 시주를 하니까, 이 집에 안개가 끼기 시작하는구나, 바깥양반 안개를 조심해야겠는데…… 이런 말을 하던 여승 말이다.

그 생각이 번쩍 들어 은숙은 멍든 눈두덩이 부끄러운 줄도 모르고 얼른 방문을 열고 밖으로 나간다.

"관셈보살— 댁네 집에 있었구먼."

"예, 어서 오세요. 오래간만에 오셨군요."

"아이고 허리야. 좀 앉아 쉬어갈까……."

보살할미는 지팡이를 놓고 마루에 걸터앉는다.

"좀 올라오세요."

"괜찮아. 여기서 잠시 쉬어가지 뭐. 관셈보살— 하하— 답답하구나. 안개가 꽉 끼었구나. 이 집에……."

보살할미의 입에서 작년 가을과 똑같은 안개라는 말이 나오자, 은숙은 어쩐지 기분이 으스스해진다. 작년 가을에는 이 집에 안개가 끼기 시작한다더니, 이제는 이 집에 안개가 꽉 끼었구나 하는 것이 아닌가.

마침내 올 것이 왔다는 뜻이다. 그 말의 뜻을 은숙은 알고도 남겠는 것이다. 바로 어젯밤에 일은 터지지 않았는가 말이다. 안개가 끼기 시작한다는 말이 그런 뜻이었는데, 작년 가을에는 꿈에도 짐작을 못했던 것이다. 설마 그런 일이 있을 줄이야 누가 알았겠는가.

그렇다면 남편은 벌써 작년 가을부터 어떤 년에게 가까워져가고 있었단 말인가. 새삼스럽게 은숙은 분한 생각이 치솟는다.

"하하— 이 일을 어찌 할꼬…… 관셈보살—"

보살할미는 측은한 시선으로 은숙을 바라본다.

은숙은 말없이 보살할미의 다음 말을 기다린다. 약간 겁을 먹은 표정으로.

“앞이 안 보이는구나. 앞이 안 보여.”

“…….”

“안개가 너무 짙어서 눈앞이 안 보이니 어찌할꼬…….”

“누가 그렇단 말이에요?”

“누군 누구라…… 댁네 바깥양반이지.”

은숙은 등골이 서늘해지는 느낌이다. 이 노파가 정말 보통 노파가 아니구나 하는 생각이 든다.

“할머니요. 그럼 일을 어떻게 해야 되지요?”

“관셈보살— 어디 손을 좀…….”

보살할미는 은숙의 왼손을 자기 손바닥 위에 얹어놓고 손금을 보기 시작한다. 그러나 손금을 자세히 살피지도 않는다. 그저 대강 힐끗 스치고 고개를 끄덕인다.

“붙어도 몹쓸 살이 붙었구나. 상문살이 붙었어.”

“누구한테요?”

“바깥양반한테…….”

“상문살이 뭔데요?”

“사람 죽은 넋이 악귀가 되어 나타나는 거지.”

“아이 무서워.”

“악귀라도 보통 악귀가 붙은 게 아닌데…….”

“…….”

“바깥양반 여자가 생겼어. 알고 있지?”

“예, 알아요.”

“그 여자가 상문살이 센 여자구먼. 남자 셋을 잡아먹어야 살이 풀린다우.”

“예?”

은숙은 눈이 휘둥그레진다.

보살할미는 인자스러운 미소를 짓는다. 그러나 그 미소가 은숙에게는 도무지 인자스럽게 느껴지지가 않는다. 오히려 섬뜩하다. 귀신은 다름이 아니라 바로 이 노파가 아닌가 싶기도 하다.

보살할미의 얼굴에서 미소가 사라진다.

“그 여자 벌써 두 남자를 잡아먹었구먼. 하나는 총각이고, 하나는 어른이고…….”

“아이 무서워.”

“댁네 바깥양반이 세 번째 걸렸어.”

“어머나.”

은숙은 안색이 파랗게 질린다. 그러나 내뱉듯이 묻는다.

“도대체 뭐 하는 여자예요?”

“어디 보자.”

보살할미는 은숙의 손바닥을 힐끗힐끗 한 번 훑는다.

“흐흠— 여러 부하를 거느린 우두머린데…….”

“예? 부하를 거느린 우두머리요?”

여러 부하를 거느린 우두머리라는 말에 은숙은 약간 놀란 표정이 된다. 여러 부하를 거느린 우두머리라니, 도대체 뭘 하는 여자란 말인가. 우두머리라는 말 때문에 그런지, 어쩐지 별로 좋은 신분의 여자가 아닌 것처럼 생각된다.

“뭘 하는 여잔데, 여러 부하를 거느리고 있다뇨?”

은숙의 물음에 보살할미는,

“글쎄…… 그것까지는 알 수가 없지만, 좌우간 부하를 거느려도 많이 거느렸는데…….”

하고 히죽 웃는다.

“그래요?”

은숙은 혹시 무슨 여자 군인이나 아닌가 하는 생각이 든다.

그건 그렇다 치고,

“할머니, 이 일을 어떻게 하면 좋지요?”

걱정스레 묻는다.

보살할미는 말없이 은숙의 얼굴을 빤히 바라본다. 관상을 보는 모양이다. 그리고 묻는다.

“무슨 띠지?”

“용띠에요.”

“용띠라…… 그럼 서른다섯이겠구나.”

“예.”

“경신생이라…….”

보살할미는 잠시 속으로 혼자 중얼중얼 뭘 중얼거리고 나서 입을 연다.

“참고 기다리는 것이 약이로구나.”

“…….”

“그렇지 않고 가슴의 불을 밖으로 내뿜으면 일은 낭패로다. 안개가 너무 짙게 끼었어. 답답하구나. 앞이 잘 안 보이는구나. 앞이 잘 안 보이는 양반에게 불을 내뿜으면 낭패지, 낭패라…… 영영 돌이킬 수 없게 되지."

"그럼, 바람을 피우는데도 가만히 보고만 있으란 말이에요?"

"그렇지, 참고 기다리는 게 약이라니까. 다른 약은 없어."

"그 여자가 남자 셋을 잡아먹는다면서요? 이미 둘을 잡아먹고, 우리 집 양반이 세 번째라면서요?"

"응, 그렇지."

"그런데 가만히 보고만 있으란 말이에요? 잡아먹히도록 가만히 내버려두란 말입니까?"

"허허— 가만히 보고 있는 것이 잡아먹히지 않도록 하는 길이라니까. 그렇지 않고 나서서 덤비면 끝장이라니까."

"그럴 턱이 있을까요?"

"내 말만 들어. 참고 기다리면 살고, 그렇지 않으면 죽어. 알았어?"

보살할미는 두 눈에 요기 같은 것이 척척 흐른다.

은숙은 등골이 으스스 떨린다.

"바깥양반 살리고 싶은 생각이 있으면 내가 시킨 대로 해. 참고 기다려. 그렇지 않고 죽이고 싶으면 나서서 덤벼."

"……."

"아— 벌써 해가 지는구나. 가 볼까……."

마루에 걸터앉았던 보살할미는 지팡이를 짚고 일어선다.

은숙은 얼른 방으로 들어가 천 원짜리 한 장을 가지고 나온다.

"할머니, 이거 약소하지만……."

돈을 시주자루 속에 넣어준다.

"댁네, 부디 내 말 명심해. 알았지?"

"예, 할머니 언제 또 오시겠어요?"

"글쎄…… 지나치는 걸음이 있으면 또 들르지. 답답하고 못 참겠
거든 우리 미륵님을 찾아와."

"절이 어디라 그랬죠?"

"서행암이라고…… 바로 저 산이구먼. 저 산 중턱에 있지."

보살할미가 가리키는 산 너머로 지금 막 해가 떨어지고 있다.

보살할미가 가고, 사방에 어둠이 깃들기 시작하자, 은숙은 어떤
공포증 같은 것에 휩싸인다. 어쩐지 불길한 일이 곧 닥쳐 올 것 같은
생각이 드는 것이다.

집 안에 깃드는 어둠까지가 왠지 여느 때와는 달리 으스스하게 느
껴진다. 해가 지면 어둠이 내리는 것은 당연한 일인데 말이다.

많은 부하를 거느린 우두머리라니, 도대체 뭘 하는 여자일까, 남
자를 셋이나 잡아먹을 여자라니, 그럼 무슨 야차의 화신이란 말인
가. 왜 하필 바람을 피워도 그런 여자하고 바람을 피우는 것일까. 바
람 피우는 남편을 모르는 체하고 보고만 있으라니, 그래야만 되지,
그렇지 않으면 큰일 난다니, 도대체 그게 정말일까. 사람이 그렇게
할 수가 있을까. 보살할미가 입에서 나오는 대로 제멋대로 지껄인
것이나 아닐까. 남의 손바닥과 얼굴을 보고서, 그것도 유심히 보는
것이 아니라, 대충 건성으로 훑어보고서, 그리고 띠 정도 물어보고
서 과연 그렇게 남의 일을 알아맞힐 수가 있는 것일까…….

은숙은 그저 무엇에 홀렸다가 놓여난 것처럼 어리둥절하기도
했다.

저녁을 먹고 나자, 은숙은 바로 이부자리를 폈다. 그리고 누워 버
렸다.

지금쯤 남편은 어디서 어떤 짓을 하고 있는 것일까. 도대체 그년

이 어떤 년일까. 많은 부하를 거느린 우두머리라니, 혹시 깡패 여두목이나 아닐까. 설마하니 남편이 깡패 여두목하고 바람을 피울 턱은 없고…… 뭘 하는 년인진 모르지만 그년을 그저 그저…….

괴로운 밤이다.

어느덧 열한 시가 넘었다. 그러나 남편은 돌아오지 않는다. 반이 지나도, 사십 분이 지나도, 오십 분이 지나도 기척이 없다.

결국 열두 시가 된다. 오 분 십 분…….

은숙은 벌떡 일어난다. 불을 끄면서 혼자 냅다 악을 쓰듯 뇌까린다.

"오냐! 어디 보자! 내일은 가만히 있지 않는다. 어떤 년인가 보자!"

이튿날 퇴근시간이다.

노수인이 회사 정문을 나서자 저쪽 골목에 붙어 섰던 여인이 얼른 몸을 숨긴다. 색안경을 낀 여인이다.

그러나 노수인은 그 여인을 보지 못하고 천천히 걸음을 떼 놓는다.

노수인이 저만큼 걸어가자, 골목에서 살짝 여인이 나온다. 그리고 가만가만 노수인의 뒤를 밟기 시작한다.

물론 은숙이다. 아까부터 골목에 서서 남편의 퇴근을 기다리고 있었던 것이다.

색안경을 낀 아내가 미행을 해오고 있는 줄을 모르는 노수인은 건들건들 한가롭게 버스 타는 곳으로 걸어간다.

남의 뒤를 몰래 밟는다는 것은 별로 기분 좋은 일이 못 된다. 은숙이 이렇게 미행을 해보기는 난생처음이다. 더구나 남도 아닌 바로 남편의 뒤를 밟다니…….

그런 일이 생길 줄은 며칠 전까지만 해도 꿈에도 생각 못했던 것이다.

그러나 지금의 은숙으로서는 그렇게라도 하지 않고는 배겨낼 도리가 없다. 간밤에 거의 뜬눈으로 새우다시피 했던 것이다. 남편이 어떤 년인지 알 수 없지만, 좌우간 어떤 년과 함께 벌거숭이가 되어 이불 속에서 뒤엉키는 장면이 곧장 눈앞에 어른거려서 도저히 잠을 이룰 수가 없었던 것이다.

참고 기다리는 것만이 약이라는 보살할미의 말을 잊은 것은 아니다. 도저히 미칠 것 같아 가만히 집 안에 들어앉아 있을 수가 없었다. 어떤 년인지 그거라도 좀 알아야 살 것 같았다. 많은 부하를 거느린 우두머리라니, 도대체 무얼 하는 여잔가 말이다.

그래서 한쪽 멍이 든 눈을 가리기 겸 변장도 되는 셈이고 해서 옆집 혁이 엄마의 색안경도 빌려 끼고, 옷도 여느 때 별로 안 입던 것을 꺼내 입고 집을 나선 것이다.

건들건들 한가롭게 걸어가는 남편의 뒤를 십여 미터 떨어져서 은숙은 긴장된 걸음으로 조심조심 따라간다.

노수인이 버스 정류소에 걸음을 멈추자, 은숙 역시 주춤한다. 그리고 얼른 남편의 눈에 띄지 않도록 한쪽으로 몸을 피한다.

잠시 후 은숙은 약간 놀란다. 남편이 뜻밖에도 세검정행 버스를 타는 게 아닌가. 오늘은 귀가를 한단 말인가. 순간적으로 기쁜 생각이 든다.

버스에 오른 은숙은 조심스럽기만 하다.

남편은 앞쪽에 서 있다. 은숙은 뒤쪽에서 남편 반대편을 향해 섰다. 그러나 힐끔힐끔 색안경 속에서 시선은 곧장 남편을 살핀다.

같은 버스 안에 아내가 타고 있는 줄을 꿈에도 모르는 노수인은 그저 하염없이 창밖을 내다보고만 있다. 남이 보기에는 그저 아무 걱정이 없는 한가로운 사람 같지만, 그게 아니라, 해골이 대단히 복잡한 것이다.

그런 남편을 힐끗힐끗 바라보는 은숙은 퍽 기분이 괜찮다. 세검정 행 버스에 남편과 함께 몸을 담고 있으니 그럴 수밖에. 귀가하면 남편을 어떻게 대하는 것이 좋을까…… 감정 같아서는 또 박박 긁고 톡톡 쏘고 마구 악을 써댔으면 좋겠으나, 그래서는 안 된다는 생각이 든다. 남편을 버릴 생각이면 몰라도, 그렇지 않는 이상 그래서는 역효과가 날 뿐이다.

정말 오늘은 감정을 억누르고 부드럽게, 나긋나긋하게 대해야지. 억지로라도 기생 같은 표정을 한 번 지어보아야지. 그러면 설마 자기도…….

이런 생각에 잠겨 있는데, 버스가 중앙청 앞을 지나 효자동 쪽으로 한참 가서 멈추어 서자 어이없게도 남편이 버스에서 내리는 것이 아닌가.

은숙은 그만 지금까지의 꽤 괜찮았던 기분이 일시에 얼어붙는 듯 안색이 파래진다. 버스 안에서까지 배반을 당한 듯한 느낌인 것이다.

은숙도 살금 내린다.

버스에서 내린 노수인은 힐끗 뒤쪽을 한 번 돌아본다. 무의식중의 행동이다. 색안경을 낀 여자가 눈에 띈다. 그러나 노수인은 그게 아내인 줄을 모른다. 건성으로 뒤를 한 번 돌아본 터이라, 그저 어떤 여자가 벌써 색안경을 끼고 있군 싶을 따름이다. 아직 자외선이 강한 계절도 아닌데 말이다.

"시건방진 여자로군."

공연히 못마땅해하면서 노수인은 건들건들 걸음을 옮긴다.

효자동 쪽은 길에 사람이 적은 편이다. 그래서 은숙은 아까와는 달리 좀더 거리를 두고 뒤를 따른다.

노수인은 어떤 골목길로 들어선다.

잠시 후, 은숙도 조심스레 그 골목길로 들어선다. 혹시 노수인이 뒤를 돌아볼까 싶어서 일부러 고개를 숙이고 걷는다.

어떤 이층집 앞에 이르자 노수인은,

"어험!"

헛기침을 하면서 이층 쪽을 바라본다. 그리고 이층으로 오르는 계단을 천천히 올라간다.

은숙이 골목 한쪽 벽에 붙어 서서 눈 한 번 깜짝거리지 않고 지켜보고 있다.

계단을 다 올라간 노수인이 자물쇠를 여는 모양이다. 그러니까 지금 여자가 집에 없는 게 분명하다. 그렇다면 시장에 간 것일까…… 아니면 여자 역시 직장을 가지고 있는 걸까…… 아무튼 곧 돌아올 게 아닌가.

"기다리자. 어떤 년인지 기다려보자."

은숙은 양쪽 속눈썹을 바르르 떤다.

노수인은 문을 열고 안으로 사라져 버린다.

얼마나 기다렸을까. 한참 뒤 투피스를 입고 좀 큼직한 핸드백을 든 여자가 골목길로 들어서자, 은숙은 약간 긴장이 된다. 섰던 자리에서 자기도 모르게 한 걸음 뒤로 물러선다. 담벼락에 딱 붙어 서 있는 것이다. 그리고 걸어오는 여인을 똑바로 쏘아본다.

"틀림없이 저년이로구나."

육감적으로 알 수가 있는 것이다. 은숙은 색안경 속에서 두 눈을 바르르 떤다.

웬 색안경을 낀 여자가 이쪽을 향해 담벼락에 붙어 서 있는 것을 보자, 지월실은 처음엔 혹시 영애나 순자가 아닌가 하는 생각이 퍼뜩 들었다. 영애나 순자가 집을 찾아왔다가 자기가 아직 퇴근을 하지 않아서 골목에서 기다리고 있는 것이 아닌가 싶었다.

그러나 지월실은 곧 주춤했다. 영애나 순자 같으면 벌써 알아보고,

"아이고 야야. 인제 오니."

"기다리느라고 다리가 아파 죽겠다."

어쩌고 호들갑을 떨면서 웃기부터 할 텐데, 저렇게 꼿꼿이 서서 노려보듯 지켜보고만 있다니…….

온몸에 자르르 긴장감이 흐르는 것을 느끼며 지월실도 곧장 힐끗힐끗 그 여자를 바라본다. 거리가 십 미터, 구 미터, 팔 미터…… 차차 가까워지자, 지월실은 이상스럽게 가슴이 뛴다. 어쩐지 다리가 뻐득뻐득 굳어지는 듯한 느낌이다.

그러나 그 색안경을 낀 여자는 꼼짝도 하지 않는다. 시종 꼿꼿하게 서서 똑바로 이쪽만 노려보고 있다. 오 미터, 사 미터, 삼 미터…… 지월실은 숨이 막히는 듯한 긴장감에 휩싸인다. 시선과 시선이 마주친다.

순간, 지월실은 섬뜩한 것을 느끼며 자기도 모르게 으스스 떤다. 엷은 색안경 속에서 여자의 두 눈이 비수처럼 싸늘하게 빛났던 것이다. 그 증오에 찬 듯한 섬뜩한 눈으로 뚫어지게 자기를 쏘아보는 게

아닌가.

얼른 시선을 피하며 그 여자 앞을 지나간다.

정신없이 걸음을 옮기던 지월실은 힐끗 뒤를 돌아본다.

색안경을 낀 여자는 여전히 그 자리에 서서 자기를 노려보고 있는 게 아닌가.

이층으로 오르는 계단을 중간쯤 오르다가 지월실은 힐끗 그 여자 쪽을 돌아본다.

여전히 그 자리에 꼿꼿이 서서 노려보고 있다. 안경알 두 개가 멀리서도 또렷하다.

지월실이 방으로 들어서자, 노수인은 아랫목에 누운 채 신문을 보며,

"나보다 늦었군."

예사롭게 말한다.

그러나 지월실은 아무 대꾸가 없다.

지월실은 말없이 투피스를 벗고, 치마저고리를 갈아입는다. 옷을 갈아입는 그녀의 손가락이 가늘게 떨린다.

"여보, 무슨 일 있었소?"

"……."

"왜 아무 대답이 없지?"

"……."

"사람 참……."

그제야 지월실은 입을 뗀다.

"밖을 좀 내다봐요."

"뭐?"

노수인은 무슨 일인가 싶은 듯 벌떡 자리에서 일어난다.

창가로 가서 커튼을 들추고 바깥을 내다본다.

"무슨 일인데……."

아무 일도 없는 것이다.

"당신을 모시러 왔잖아요."

"뭐? 나를 모시러 와? 누가?"

"누군 누구예요. 당신 어부인이시지."

"어부인? 허허허……."

"웃기는……."

어부인이 모시러 왔다는 말에 노수인은 순간적으로 웃음이 나오기는 했으나, 곧 바짝 긴장이 된다. 지월실의 표정으로 보아 결코 농담이 아니라는 생각이 든 것이다.

아내가 벌써 이곳을 어떻게 알았는지 알 수가 없고, 또 지월실이 아내의 얼굴을 알 턱이 없으니, 혹 엉뚱한 여자를 보고 지레 그렇게 짐작을 한 게 아닌가 싶기도 하다. 그러나 아내가 찾아올 가능성이 전혀 없는 것은 아니다.

일이 너무 급속도로 닥쳐오는 것 같아 노수인은 약간 얼떨떨하기도 하다.

"어디? 아무도 없는데……."

"골목에 딱 붙어 섰잖아요."

"골목에? 붙어 섰기는 누가 붙어 섰어?"

그러자 지월실도 창변으로 다가가 바깥을 내다본다.

"갔군요. 방금 저 벽에 붙어 서 있었는데……."

"괜히 엉뚱한 여잘 보고 그러는 게 아냐?"

“틀림없어요. 그렇지 않으면 뭣 때문에 사람을 노려보겠어요. 노려
봐도 보통 노려보는 게 아니라, 곧 잡아먹을 것처럼 노려보더라니까
요. 딴 여자 같으면 나하고 무슨 원수가 졌다고…….”

“음—”

“색안경을 끼고 있었어요. 색안경을 끼고 꼿꼿이 서서 노려보지 않
겠어요.”

“색안경을 끼고?”

“예.”

“허허허, 그럼 딴사람이야. 그 사람은 색안경 같은 것 끼지 않아.
색안경도 없고…….”

지월실은 약간 고개를 기울인다.

그러나 틀림없다고 단정을 한다.

“틀림없다니까요. 색안경이야 뭐 사면 되죠. 누구한테 빌려 끼거
나…….”

“글쎄…….”

“계단을 올라오다 뒤를 돌아보니 글쎄, 그때까지 노려보고 섰더라
니까요. 틀림없어요.”

“음—”

노수인은 커튼을 닫아버린다.

아랫목에 돌아와 앉자, 지월실은 마치 노수인이 무슨 잘못한 일이
라도 있는 것처럼 새치름해 가지고 묻는다.

“어떻게 하실 작정이에요?”

“뭘 어떻게?”

“이 일을 어떻게 하시겠느냐 말이에요.”

“…….”

“왜 대답이 없어요?”

“해결을 해야지.”

“어떻게요?”

“밀고 나가는 거야.”

“…….”

“설사 간통죄로 고소를 당해서 빵깐에 가는 한이 있더라도 밀고 나가는 거지 뭐.”

“빵깐이 뭐에요?”

“형무소…….”

지월실은 형무소라는 말에 순간 약간 낯빛이 질린다.

“당신은 어떻게 생각해? 형무소에 가는 한이 있더라도 밀고 나가야지?”

“그럼요. 당신이 그런 각오만 있다면 나는 두려울 게 없어요.”

지월실은 어금니를 지그시 문다. 그리고 그만 노수인의 널따란 가슴 안에 얼굴을 묻어버린다. 미덥기 한이 없다는 듯이.

노수인과 지월실이 그렇게 서로의 짙은 애정을 확인하고 있을 때 부르릉부르릉…… 세검정 고개를 치닫는 버스 속에 은숙은 마치 석고상처럼 꼿꼿이 굳어져 앉아 있다. 여전히 색안경을 낀 채…….

이튿날 아침 은숙은 일찍 집을 나섰다. 오늘도 색안경을 끼고서…….

은숙은 간밤에 이슥토록 잠을 이루지 못하며 앞으로 자기가 취할 행동에 대해서 생각해 보았다. 그래서 어떤 결론을 얻었던 것이다. 말하자면 작전 계획이 선 셈이다.

우선 여자의 신분을 확인하고, 다음에 무언의 압력을 가하기로 했다. 말없이 그녀의 양심에 호소해보는 것이다. 설마 같은 여자인데 그녀에게도 여자로서의 양심이 있을 게 아닌가.

그래서 안 되면 다음은 그때 가서 또 생각해 보기로 하고…….

작전을 궁리하면서 은숙은 보살할미의 말을 잊지 않았다. 잊지 않았다기보다도 그 말을 전적으로 받아들인 셈이다.

덤비지 말고, 참고 기다리라는 보살할미의 말은 일을 시끄럽게 만들어서 파국을 초래하지 말라는 뜻이지, 가만히 집 안에서 목을 빼고 언제까지나 기다리고만 있으라는 뜻은 아닐 게 아닌가. 집 안에서 가만히 기다리고만 있다는 것은 오히려 남편에 대한 애정의 결여를 의미하는 게 아니겠는가. 사람으로서 그렇게 할 수도 없는 노릇이고…….

결국 조용한 압력, 비폭력적인 작용이 가장 현명한 방법이라는 결론인 것이다.

조용한 압력, 비폭력적인 작용을 한다는 것도 여간 어려운 일이 아닐 것이다. 감정이 있는 인간으로서 말이다. 그것만으로도 충분히 참는 일이 되는 게 아닌가.

세검정 고개를 넘는 버스 속에 앉은 은숙은 기분이 묘했다. 자기가 이렇게 이른 아침에, 더구나 괴이한 용무를 위해서 버스에 몸을 실을 줄이야 정말 미처 몰랐던 일이다.

아무튼 산허리로 흐르는 아침 햇살은 신선하게 느껴졌다.

버스에서 내린 은숙은 조금 긴장이 된 얼굴로 걸음을 옮긴다. 말할 것도 없이 여자의 집을 찾아가는 것이다. 여자의 집이라기보다도 남편의 또 하나의 거처를 말이다.

길에는 등교하는 학생들이 널렸다.

여학생들의 한 무리가 희희낙락 지나가자, 은숙은 어쩐지 쓸쓸한 기분이 된다. 자기에게도 저렇게 밝고 꿈 많던 시절이 있었는데…… 싶은 것이다.

어제 서 있었던 그 골목으로 들어섰으나, 은숙은 곧 뒤돌아 나와 버린다. 도저히 그곳에 서서 기다릴 수는 없는 일이다. 여자 혼자라면 문제가 없겠는데, 남편도 출근을 할 터이니 말이다.

남편과 여자가 함께 집을 나올지, 아니면 따로따로 출근을 할지 알 수가 없지만, 좌우간 이렇게 아침부터 이런 곳에서 남편과 얼굴을 마주친다는 것은 결코 현명한 일이 못 되는 것이다.

그리고 남편과 얼굴이 마주치면 아무래도 가만히 입을 다물고 있을 자신이 없다. 필경 좋지 않은 말이 오고가고, 아침부터 어떤 불미스러운 일어날지 모르는 것이다.

그래서 은숙은 골목 밖 길 한쪽 모서리에 가서 섰다.

얼마나 기다렸을까.

마침내 두 사람의 모습이 나타난다. 정다운 부부처럼 나란히 골목길을 걸어 나오는 것이 아닌가.

나란히 걸어 나오는 두 사람의 모습을 보자, 은숙은 그만 온몸의 피가 얼굴로 치솟는 듯했다. 그리고 얼굴로 치솟는 피가 금세 어디론가 싹 가시는 듯 가벼운 현기증 같은 것이 느껴지기도 했다.

은숙은 반사적으로 얼른 몸을 뒤로 숨긴다. 그러나 시선은 색안경 너머로 매섭게 그들을 쏘아본다.

은숙이 그렇게 길 저쪽 모서리에 숨어서 지켜보고 있는 줄을 모르는 노수인은 커다랗게 하품을 한 번 하면서,

“지금부터 퇴근이라면 좋겠는데…….”

하고 빙글 웃는다.

간밤에도 늦게까지 잠을 안 자고 어지간히 뒹굴어댄 모양이다.

“내가 사장이라면 지금부터 퇴근을 시켜 드릴 텐데…… 유감이로 군요.”

지월실이 나긋이 웃는다.

그리고 그녀는 노수인의 옷깃에 묻은 머리카락을 살짝 떼 준다.

정다운 맞벌이 부부의 출근 광경이라고나 할까.

그런 광경을 보는 은숙은 눈에서 불이 날 지경이다. 와들와들 떨기까지 한다.

속에서 치솟는 대로 한다면 냅다 달려 나가서 그년의 머리끄덩이를 박박 마구 쥐어뜯어 놓고 싶다. 제 년이 뭔데 남의 남편을 가로채가지고 남들이 보는 한길에서까지 버젓이 옷에 묻은 것을 떼 주고 어쩌고 하느냐 말이다. 뻔뻔스러워도 분수가 있지…….

그러나 참아야 한다. 참는 것이 이기는 것이다. 이렇게 생각하며 아랫입술을 자그시 무는 은숙은 두 눈에 그만 눈물이 핑 돈다. 슬프고 아픈 눈물이다.

그들이 나란히 멀어져가자 은숙은 뒤를 따른다.

한참 가더니 그들은 뭐라고 서로 주고받으며 헤어진다. 아마 차를 타는 곳이 다른 모양이다.

은숙은 여자 쪽을 따른다. 여자한테 볼일이 있지, 남편한테는 볼일이 없다는 듯이.

자기의 뒤를 어제처럼 색안경을 낀 노수인의 처가 밟아오고 있다는 것을 모르는 지월실은 사뿐사뿐 가볍게 걸음을 옮긴다.

큰길로 나가자, 저만큼 길가에 노란 교복을 입은 학생들이 옹기종기 햇병아리들처럼 모여 섰다. 스쿨버스를 기다리고 있는 것이다.

지월실이 그쪽으로 다가가자, 학생들이 까딱까딱 고개를 숙여 인사를 한다.

"흠—"

그제야 은숙은 여자의 신분을 안다.

"사립국민학교 교원이로구나. 흥!"

콧방귀를 한 번 뀌고 나서 은숙은 혼자서 비식 비식 웃는다.

보살할미의 말이 생각난 것이다. 많은 부하를 거느린 두목이라는 말 말이다. 과연 맞기는 맞다. 국민학교 여선생이라면 과연 많은 부하들을 거느린 여두목이 아닌가.

비식비식 웃으면서 은숙은 여두목 쪽으로 다가간다.

"교원이 그런 짓을 해? 흥! 잘됐다. 어디 두고 보자."

여자의 신분이 교원으로 밝혀지자, 은숙은 어쩐지 자신이 생기는 모양이다.

명색이 교원이라면 교원답게 굴어야지, 남의 남편을 뺏다니, 그런 것이 교원이라니, 그런 것이 남을 가르치다니…… 안 될 말이다.

은숙은 그 여자 가까이 가서 가만히 멈추어 선다. 어느 학교 교원인가 좀 알아야겠다는 것이다.

이삼 미터 떨어진 곳에 와서 가만히 멈추어 선 여인을 지월실은 처음엔 몰랐다. 그러나 곧 누군가가 자기를 보는 것 같아 힐끗 돌아보니 색안경을 낀 어제의 그 여인이 아닌가.

지월실은 깜짝 놀란다.

틀림없는 노수인의 처인 것이다. 그렇지 않으면 오늘도 아침부터 이렇게 나타날 턱이 없다.

지월실은 온몸의 신경이 일제히 바늘처럼 일어서는 것 같다. 얼굴에서 핏기가 싹 가신다.

그리고 이상한 것은 그 색안경을 낀 노려보는 두 눈에서 자기의 시선을 뗄 수가 없는 게 아닌가. 마치 그 여인의 눈길에 질려서 옴짝달싹 못하듯이.

잠시 시선과 시선이 마주친 채 숨 막히는 긴장이 흐른다.

지월실은 어제부터 무슨 일이냐고, 사람을 왜 그렇게 노려보느냐고, 입을 떼고 싶었으나, 입술도 얼어붙은 듯 열리지가 않는다.

먼저 여인이 입을 열어오면 자기도 그냥 가만히 당하고만 있지는 않을 작정이었다. 자기에게도 할 말은 있는 것이다.

그러나 여인은 그 자리에 꼿꼿이 서서 노려보기만 할 뿐 입을 열지 않는다.

말하자면 무언의 압력을 가하고 있는 셈이다.

학생들의 시선이 집중되고 있는 것을 알자, 지월실은 얼른 여인에게서 눈길을 떼고 돌아선다.

그때 마침 부르릉— 하고 스쿨버스가 와서 멎는다.

지월실은 살았구나 싶다. 얼른 버스에 올라타 버린다. 학생들보다도 먼저 말이다. 마치 도망이라도 치듯이.

그렇게 정신없이 오르는 여자를 보며 은숙은 경멸하듯 코로 픽 웃는다. 버스 속으로 도망치듯 들어가 버린다고 해서 일이 끝난 줄 아느냐고, 어림도 없다고…….

버스 옆구리에 '나리국민학교'라는 표지가 선명하다.

"흠, 나리국민학교로구나. 알았다. 어디 두고 보자……."

은숙은 속으로 중얼거리면서 색안경 너머로 버스 안의 여자를 찾는다. 그러나 어디로 숨어 앉았는지 얼른 눈에 띄질 않는다.

부르릉— 버스가 떠난다.

은숙은 그냥 그 자리에 꼿꼿이 서서 멀어져가는 버스를 쏘아보고 있다. 생각 같아서는 당장 택시를 잡아타고 그 버스의 뒤를 쫓아 학교로 뛰어 들어가고 싶으나, 지그시 어금니를 문다. 오늘은 이만하면 작전을 충분히 수행한 셈이 아닌가.

버스가 길을 돌아 사라져 버리자, 은숙은 그제야 걸음을 떼 놓기 시작한다.

"나리국민학교 교원이라…… 흥!"

어쩐지 앞으로의 작전이 수월할 것만 같은 생각이 든다. 교원이란 이런 문제에 있어서 매우 약한 것이다. 다른 직업과는 달라서, 교원에게는 이런 불미한 일이 있어서는 안 되는 것이다. 여선생의 경우는 더욱 그렇다.

자기도 옛날에 교편생활을 해본 터이라 잘 안다. 처녀 선생이 연애를 해도 신상에 해로운데, 하물며 남의 남편을 빼앗아 남의 가정을 파괴하려 들다니 될 말이 아니다. 더구나 사립학교가 아닌가.

공립학교 같으면 좌천이겠지만, 사립학교는 바로 파면인 것이다.

은숙은 어쩐지 걸음이 가볍기만 하다.

이튿날 퇴근시간이다.

지월실 혼자 힘없이 고개를 떨어뜨리고 운동장을 걸어 나간다.

어제 아침 출근 때 그런 일이 있고부터, 아니 그저께 저녁 무렵 골목길에서 색안경을 낀 노수인의 처를 만나고부터 지월실은 도무지 뒤숭숭하고 심란해서 견딜 수가 없는 것이다. 색안경 너머로 쏘아보던 여인의 매서운 눈초리가 곧장 눈앞에 떠오르고, 지금도 곧 어디서 그 색안경이 자기를 노려보고 있는 것만 같다.

이 일을 도대체 어떻게 했으면 좋을지…… 어제 저녁때와 오늘 아침엔 아무 일도 없었지만, 여인이 자기의 신분과 근무 학교까지 알았으니, 필경 가만히 있지 않을 텐데…… 혹시 학교로 찾아오기라도 하면 그런 망신이 도대체 어디 있는가…….

운동장을 걸어 나가는 지월실은 가벼운 현기증 같은 것이 느껴지기도 한다.

간통죄로 고소를 당해서 징역을 사는 한이 있더라도 밀고 나가야지, 하고 아랫배에 힘을 주던 그 깐깐한 의지는 어디로 가고, 그저 아랫배가 텅 빈 듯 헐렁하고 꼬르르— 물소리가 날 뿐이다. 형편없다.

머릿속에서 다진 생각과 실지로 부딪쳤을 때의 의지 사이에는 먼 거리가 있는 모양이다. 지월실은 도저히 이런 문제를 감당해나갈 자신이 없다.

“내가 왜 이런 꼴이 됐지…… 이런 꼴이…….”

절로 한탄이 된다.

그렇게 힘없이 걸어 나가는 지월실의 뒤를 2학년 1반 담임이고 학년주임이기도 한 유정국이 쫓아가면서,

“지 선생님, 같이 갑시다.”

하고 웃는다.

지월실은 뒤를 돌아보며 걸음을 멈춘다.

그리고 유 선생과 나란히 걷기 시작한다.

유 선생은 지월실의 얼굴을 힐끗 살피면서 묻는다.

“지 선생님, 혹시 어디 몸이 편찮으시기라도……?”

“아니요.”

“어째 안색이 좋지 않군요.”

“그래요? 왜 그럴까…….”

지월실은 조용히 웃는다.

“지 선생님.”

“예?”

“오늘 무슨 볼일 있으세요?”

“아니요. 왜요?”

“그럼 오늘 제가 저녁을 살까요?”

“어머, 웬일이세요? 별안간…….”

지월실은 좀 기분이 밝아진다.

그러나 밝아진 기분은 잠시뿐이고, 곧 또 가슴이 철렁 내려앉고 만다.

그렇게 유 선생과 나란히 교문을 나서는데, 저만큼 교문 밖 길가에 또 서 있는 것이 아닌가. 색안경을 낀 노수인의 처가 말이다.

오늘은 학교 정문 앞으로 찾아온 것이다.

오늘도 그저께나 어제와 마찬가지 옷에 색안경을 끼고 꼿꼿하게 서서 노려보는 것이 아닌가.

지월실은 마치 무슨 징그럽고 섬뜩한 것이라도 본 것처럼 절로 몸서리가 쳐진다.

깜짝 놀라 주춤 멈추어 서는 지월실을 보고 유 선생이,

“아니, 왜 그러세요?”

묻는다.

“아무 일도 아니에요.”

그러면서 지월실은 다시 걷기 시작한다.

결코 아무 일 아닌 것 같지가 않다. 분명히 길가에 서 있는 색안경을 낀 여인 때문에 그러는 것 같아 유 선생은 그 여인을 곧장 힐끗힐끗 바라본다.

남선생과 둘이 나란히 걸어가는 여자의 뒷모습을 노려보며 은숙은 픽! 비웃듯이 웃는다. 같은 학교의 동료 교사 사이라고는 하지만 저렇게 단둘이 나란히 퇴근을 한다는 것은 아무래도 좀 보통으로 보이지가 않는다. 더구나 늘씬하고 훤하게 생긴 남선생이 아닌가.

“흥! 여우구나, 여우…….”

은숙은 속으로 이렇게 뇐다.

남편을 호리더니, 그것으로 부족해서 이번에는 동료 교사를 또 호리려 드는구나 싶은 것이다.

“이놈의 백여우, 어디 보자, 꼬리를 잡아 뽑아 놓을 테니…….”

은숙은 앞니를 뽀도독 물면서 뒤를 밟기 시작한다.

나란히 걸어가던 두 사람은 지나가는 택시를 세운다. 여자가 먼저 택시에 오르며 힐끗 이쪽을 돌아본다.

은숙은 아차, 저것들 봐라 싶다. 택시를 잡아타면 미행을 할 수가 없는 게 아닌가. 여우의 꼬리를 잡으려고 했는데…….

그러나 재수가 좋다. 마침 빈 택시가 한 대 마치 미행을 도와줄 테니 어서 타라는 듯이 스르르 뒤에서 미끄러져 온다.

은숙은 얼른 손을 든다.

택시에 올라앉기가 바쁘게 은숙은,

“저기 저 택시 쫓아요!”

하고 운전수에게 이른다.

운전수는 힐끗 한 번 돌아보고는 급히 차를 몬다.

택시에 유 선생과 나란히 앉은 지월실은 그제야 좀 가슴의 동계가 멎는다. 징그럽고 섬뜩한 여자를 뚝 떼어버리고 택시로 달리니 우선은 후련하기까지 하다. 그녀가 뒤쫓아 오고 있는 줄은 꿈에도 모르고…….

"지 선생님, 어디로 모실까요?"

유 선생이 묻는다.

"아무 데나요."

"중국 음식 좋아하세요?"

"예."

"그럼 중국집으로 갈까요?"

"그럼 운전수 양반, 을지로 입구 쪽으로 갑시다. 을지로 네거리에서 수하동으로 빠지는 길가에 중화반점이 있잖아요."

"예, 예."

택시는 을지로 입구 쪽을 행해 미끄러진다.

을지로 입구라는 말에 지월실은 약간 당황한다. 을지로 입구 같으면 바로 노수인의 회사가 있는 곳이 아닌가. 그쪽으로 갔다가 혹시 퇴근하는 노수인과 마주치기라도 하면 야단인 것이다.

그렇다고 그런 소리를 입 밖에 낼 수도 없는 처지다.

지월실은 다시 불안한 심정이 된다.

택시가 멎는다. 중화반점 앞이다.

유 선생이 먼저 내린다. 지월실은 차창 밖으로 사방을 힐끗힐끗 살핀다. 노수인의 모습이 보이지 않는다.

그리고 조심스레 택시에서 내린다.

그들이 중화반점 안으로 사라지자, 은숙은 택시에서 내린다.

그들이 이층으로 올라간다. 은숙도 살금살금 이층으로 따라 올라
간다.

그들이 방으로 들어가자, 은숙은 바로 그 옆방으로 들어간다.

방과 방 사이가 마침 미닫이문으로 칸막이가 되어 있어서 그쪽 방
말소리가 훤히 다 들려 십상이다.

바로 옆방에 징그럽고 섬뜩한 미행자가 와 있는 줄을 모르는 지월
실은 약간 쑥스럽기는 하나 기분이 꽤 좋다. 미남 선생과 단둘이 중
국집 호젓한 방에 들어왔으니 그럴 수밖에. 더구나 노총각 선생이
아닌가.

아까 학교 앞에서 그 불쾌하고 불안하던 심정이 말짱 가신 것은
아니나, 그럴수록 그 기분 나쁜 생각을 떨쳐 버리기 위해서도 더 유
쾌해져야 되겠다는 듯이,

"유 선생님, 호주머니 두둑하세요? 실컷 좀 빼앗아 먹을까 해
서…… 호호호……."

서슴없이 웃는다.

"여우같은 년…… 거머리 같은 년……."

은숙은 공연히 속으로 욕을 해대면서 미닫이에 귀를 바싹 대고 엿
듣는다.

이것저것 음식을 시키고 나서 유 선생은,

"음식에는 으레 술이 따라야죠?"

하면서 지월실을 보고 웃는다.

"예, 좋아요."

서슴없이 지월실이 대답한다.

그녀는 어쩐지 오늘 좀 술을 마시고 취하고 싶은 그런 심정이다. 미남이고 노총각인 유 선생과 단둘이 중국집 호젓한 방에 마주 앉아 기분이 묘하게 들뜨는 탓이기도 하지만, 그것보다도 요 며칠 계속되는 불안과 괴로움을 잊어버리고 싶은 생각에서인 것이다. 다시 말하면 기분 나쁜 색안경의 영상을 술 힘으로 머리에서 씻어버리고 싶은 것이다.

술은 물론 맥주였다.

"자, 컵을 드세요."

"아니에요. 제가 먼저 따라 드리죠."

"아닙니다. 오늘은 제가 지 선생님을 모신 거니까, 제가 먼저 따라 드리죠. 그래야 예의가 아니겠어요. 자, 어서 드세요."

"호호호…… 미안해요."

지월실이 두 손으로 받쳐 드는 컵에 유 선생은 공손하게, 그러나 기분 좋은 표정으로 맥주를 채운다.

"자, 이번에는 제가……."

"예, 고맙습니다."

유 선생이 컵을 들고 지월실이 병을 든다.

유 선생은 컵에 거품이 넘치자,

"자, 건배합시다."

하고 웃는다.

"예, 호호호……."

지월실도 멋쩍은 듯 컵을 들어올린다.

찰그락! 두 개의 컵이 부딪친다.

“흥, 잘 노는군.”

바짝 귀를 세우고 엿듣고 있는 은숙은 코를 실룩한다.

“여우같은 년······.”

저 노는 꼴을 남편이 똑똑히 좀 눈으로 보았으면 싶다. 저런 여우 같은 것한테 혹해서 정신을 못 차리다니, 참 어이가 없다.

“옳지!”

은숙은 자기도 모르게 회심의 미소를 짓는다. 번쩍 머리에 좋은 생각이 떠오른 것이다.

은숙은 얼른 손목시계를 본다. 다섯 시 반이 조금 지났다.

퇴근시간은 지났으나 혹시 아직······ 싶으며 은숙은 얼른 자리에서 일어난다.

방문을 열고 복도로 나온 은숙은 옆방이 17호실이라는 것을 안다. 방문 위에 빨간 글씨로 17이라고 쓰여 있는 것이다.

그리고 은숙은 지나가는 보이를 부른다.

“여보 총각, 미안하지만 전화 한 군데 걸어 주겠어?”

“공중전화 저쪽에 있어요.”

보이는 공중전화에 가서 걸으라는 듯이 귀찮은 표정을 짓는다.

“그런 게 아니라, 저······.”

은숙은 얼른 오백 원짜리 한 장을 꺼내 보이에게 쥐어주면서 전화 번호를 일러준다.

“좀 걸어줘, 걸어서 노 차장님이 나오시거든 17호실로 오시라 그래. 나리국민학교 여선생이 기다린다고······.”

“무슨 국민학교요?”

“나리국민학교.”

“예, 예.”

보이는 빙글 웃으면서 전화 있는 쪽으로 간다.

전화를 걸고 나서 보이가 되돌아온다.

“예, 그런데 회의 중이래요. 편집회의라던가 뭐라던가…….”

“아, 그래요?”

은숙은 표정이 활짝 밝아진다. 퇴근을 해 버렸으면 이 절호의 기회가 아주 소용없게 되는데, 마침 편집회의 중이라니 천만다행이 아닐 수 없다.

“그래서?”

“곧 회의 끝난다고, 끝나거든 걸어라잖아요.”

“누가?”

“급사 아인가 봐요.”

“그럼 말이야, 한 번 더 걸어서 급사 아이에게 회의가 끝나거든 노차장님 17호실로 오시라고 전해 달라 그래. 나리국민학교 여선생이 기다린다고…… 곧 오셔야 된다고…… 급한 볼일이라고…….”

“예, 그러죠.”

오백 원을 팁으로 받은 터이라 하는 수 없는 듯 보이는 다시 전화 있는 데로 간다.

이번에는 은숙도 그 곁으로 따라갔다.

전화에다 대고 보이가 말하는 것을 직접 확인하고 나자 은숙은,

“고마워요, 고마워요.”

좋아서 어쩔 줄을 모른다.

은숙은 자기 방으로 돌아가서 남은 음식을 마저 먹는다. 맛이 있는지 없는지, 배가 부른지 어떤지도 모를 지경이다. 이제 잠시 후면

아주 기가 막히는 장면이 벌어질 판이니 그럴 수밖에. 벌써부터 가슴이 약간 두근거리기까지 한다.

은숙은 보이를 불러 또 음식을 시킨다. 이번에는 군만두를 한 접시 시키는 것이다. 시간을 끌자는 속셈인 것이다. 못 먹으면 싸 가지고 가서 아이들을 주면 되니까.

옆방에서 까르르…… 웃는 소리가 들린다.

"흥, 여우같은 년, 잠시 후에 무슨 일이 일어날지 모르고……."

은숙의 코언저리에 노란 웃음이 피어난다.

까르르 웃고 있지만 말고, 둘이 키스라도 해라, 키스보다도 더 짙게 어울리면 더욱 좋고…… 이런 생각이 들기도 한다.

군만두가 온다. 시계를 본다. 여섯 시가 다 되어가고 있다.

은숙은 초조해진다. 남편이 어서 나타나야 될 것인데…… 혹시 옆방에서 먼저 일어서 버리기라도 하면 야단이다. 절호의 기회가 수포로 돌아가고 마는 것이다. 곧장 옆방에 신경을 쓰면서 새로 가져온 군만두를 한 개 집어 들고 있는데,

"17호실이 어디죠?"

하는 남자의 목소리가 들린다. 남편의 목소리에 틀림없다.

은숙은 바짝 긴장이 되어 집어 들었던 군만두를 도로 놓아버린다.

"저기 저 방이에요."

"알았어."

가까워오는 구두 발자국 소리.

그리고 똑똑 노크 소리와 함께 옆방 문이 열린다.

은숙은 숨이 콱 멎는 느낌이다. 신경이 바짝 그쪽으로 쏠린다.

방문을 연 노수인은,

“아니?”

깜짝 놀란다.

그러나 노수인보다 더 놀라는 것은 지월실이다.

“어머나!”

질겁을 한다.

난데없이 노수인이 나타나다니, 기절을 할 노릇이다. 도대체 이게 어떻게 된 일인가…….

지월실은 가뜩이나 맥주 기운이 올라 발그레 물든 얼굴이 걷잡을 수 없이 붉어진다.

별안간 불쑥 나타난 남자와 지 선생의 홍당무처럼 붉어지는 얼굴을 번갈아 바라보며 유 선생은 어떻게 된 영문인지 알 수가 없어 굴렁굴렁 눈망울을 굴릴 따름이다.

노수인 역시 어떻게 된 판인지 어이가 없는 듯 멀뚱히 서서 방 안의 광경을 바라보고 있을 뿐이다.

갖가지 요리 접시와 맥주병, 거품이 끓고 있는 맥주 컵…… 지월실의 컵에도 맥주가 넘치고 있는 게 아닌가.

도대체 이 남자는 누굴까. 누구기에 지월실이 이렇게 단둘이 중국집 방에서 요리를 시켜놓고 마주 앉아 술을 마시고 있는 것일까. 그러면서 급한 볼일이 있다고 자기를 부른 것일까…….

노수인은 남자의 얼굴을 멀뚱히, 그러나 쏘아보듯 바라본다.

지월실이 벌떡 자리에서 일어난다.

“여보, 퇴근이세요?”

“……”

“여기 있는 줄 어떻게 아셨어요?”

“뭐?”

노수인은 또 한 번 눈이 휘둥그레진다. 여기 있는 줄을 어떻게 알다니…… 전화로 속히 오라고, 급한 볼일이 있다고 한 것은 누군데…… 도대체 어떻게 돌아가는 셈인지, 마치 무엇에 홀린 것 같은 느낌이다.

“여보, 잠깐 내 말 들어봐요.”

그러면서 지월실은 황급히 밖으로 나가서 노수인을 한쪽으로 데리고 간다.

“내 말을 들어보라니, 도대체 어떻게 된 일이야?”

“저…… 같은 학교 선생이에요. 우리 2학년 학년주임인데…….”

“그런데?”

“그런 일이 있어서…….”

“그런 일이 있다니?”

“나중에 얘기할게요.”

지월실의 얼굴엔 당황하는 빛이 역력하다.

“나중에?”

“예, 여보, 화내지 마세요. 곧 끝내겠어요. 잠깐만 기다리세요.”

“…….”

“곧 끝낼 테니까, 잠깐만…….”

지월실이 돌아서려 하자, 노수인은 벌컥 화가 터져 나와 버린다.

“멋대로 하구려!”

그러고는 성큼성큼 출구 쪽으로 걸어 나간다.

“여보, 여보…….”

“여보가 다 뭐야!”

어느새 노수인은 계단을 뛰어 내려가고 있다. 사람을 놀려도 분수가 있지, 이게 무슨 꼴이냐 말이다. 속히 오라고? 급한 볼일이 있다고? 정말 어처구니가 없다.

방 안에 조그마하게 웅크리고 앉아 온 신경을 바깥으로 쏟고 있는 은숙은 가슴이 발딱발딱 뛴다. 좋아서 어쩔 줄을 모르겠는 것이다. 일이 썩 잘 맞아떨어진 것이다. 여우같은 년, 고소하다.

중화반점을 뛰어나온 노수인은 길가에 멈추어 선 빈 택시를 얼른 잡아탄다.

"어디로 갈까요?"

운전사의 묻는 말에 대답은 안 하고, 노수인은 지그시 두 눈을 감는다. 와들와들 속이 자꾸 떨리는 것이다.

"어디로 갑니까?"

"아무 데나요."

"하하하, 손님도…… 아무 데나 가시다뇨?"

"좌우간 가봅시다. 효자동 쪽으로."

택시가 움직이자, 노수인은 뒤로 넘어지듯 푹신 기대버린다. 괴로운 표정이다.

노수인은 택시를 어느 쪽으로 몰고 갈 것인지 잠시 망설였다. 세검정 고개를 넘어갈 것인지, 그냥 효자동에서 세울 것인지…….

결국 그는 효자동에서 내리기로 했다.

지금 내려 봐야 지월실이 돌아오지 않은 터이지만, 그러나 곧 뒤따라 올 게 아닌가. 그러면 붙들고 단단히 따져볼 생각인 것이다. 전번에는 교감이라는 사람이 집으로 찾아와 남을 다락 속으로 기어들어가게 만들더니, 오늘은 학년주임이라는 자와 단둘이 중국집에서 술을 마시고 있는 게 아닌가. 더구나 그 학년주임이라는 자는 미끈하게 생긴 젊은 놈이고…… 아무래도 수상한 것이다.

그런데 왜 전화는 한 것일까. 일부러 와서 보라는 속셈이었단 말인가. 그렇다면…….

노수인은 무거운 신음 소리가 흘러나온다.

노수인이 집에 돌아와 양복을 벗고 아랫목에 벌렁 드러누워 있자 잠시 후 지월실이 돌아온다. 그녀도 택시를 타고 온 모양이다.

그녀가 들어오자, 노수인은 누운 채 대뜸 쏘아붙인다.

"잘 노는군! 잘 놀아!"

그러자,

"뭐요? 잘 놀아요?"

뜻밖에 지월실도 발끈해진다.

아까 중화반점에서는 당황해서 애원을 하듯 어쩔 줄 모르더니 말이다.

"도대체 뭐야? 여자가 얼굴이 벌겋도록 술을 마시고도……."

"여자는 술을 마시면 안 되나요? 누가 이렇게 만들었는데요."

"누가 만들다니?"

"당신 때문이란 말이에요."

"뭐? 나 때문에?"

노수인은 벌떡 자리에서 일어난다.

"그래요. 알겠어요? 미치겠단 말이에요."

"……."

"당신 어부인께서 오늘은 학교까지 찾아왔단 말이에요. 알겠어요?"

“학교까지?”

“그래요. 도대체 당신 어쩔 테에요? 말만 해결한다 한다 하지 말고, 자신이 없거든 그만둬요. 가세요! 돌아가세요!”

지월실은 술기 탓인지 입에서 나오는 대로 내뱉는다.

“돌아가란 말이에요! 미치겠어요! 미치겠어! 내일은 학교 교무실까지 찾아 들어올 거예요. 아— 못 살아!”

그녀는 그만 실성한 사람처럼 소리를 지르며 그 자리에 풀썩 무너져버린다.

그날 밤, 노수인은 세검정 집으로 들어갔다. 돌아갔다기보다도 한바탕 하러 달려간 것이다.

집 대문을 들어서기가 무섭게 노수인은 고함을 질렀다. 물론 집 앞 단골 가게에서 강소주를 마구 들이켜고서.

“야 이것아! 뒈지고 싶어 환장을 했어? 환장을 했어? 앙? 앙?”

냅다 고함을 지르며 들어서는 노수인을 그러나 은숙은 온화한 얼굴로 맞아들인다.

“여보, 많이 취하셨군요.”

“뭐? 많이 취해? 취하긴 누가 취했어?”

“자, 어서 들어가요.”

“싫단 말이야! 나가란 말이야! 너 따윈 보기도 싫단 말이야! 학교는 뭣 하러 찾아가는 거야? 앙?”

방에 들어서기가 무섭게 노수인은 물그릇을 집어 들고 아무렇게니 집이 던져버린다.

쨍그랑! 유리창이 보기 좋게 부서진다.

“아버지—”

“아버지, 아버지—”

승국이와 승미가 놀라 울부짖는다.

며칠 만에 집에 돌아온 아버지가 대뜸 화부터 내며 유리창을 부수기까지 하니 도대체 무슨 일인지 알 수가 없다.

“꺼지란 말이야! 꺼져! 보기도 싫단 말이야! 왜 남의 학교는 찾아가는 거야! 앙? 앙?”

노수인이 악을 써대지만 은숙은 다소곳이 듣고만 있다.

화낼 사람이 어느 쪽인지 알 수가 없다. 주객이 전도되어도 분수가 있지, 다른 계집한테 빠져서 며칠씩이나 외박을 하고 돌아와서는 도리어 자기가 화를 내다니…… 어처구니가 없지만, 그러나 은숙은 참는 수밖에 없다고 생각하는 것이다.

참는 수밖에 없는 것이 아니라, 참는 것이 현명한 방법인 것이다. 맞서서 삿대질을 해대면 우선은 속이 후련할지 모르지만, 역효과가 날 뿐이다.

그리고 오늘은 우연한 계교가 용케 맞아떨어져서 남편과 그 계집 사이에 결정적인 금이 갔을 게 틀림없으니, 은근히 기분이 좋아 그런지 남편이 고래고래 악을 써대도 은숙은 별로 화가 치솟질 않는다.

“남의 학교는 뭣 하러 찾아가느냔 말이야? 앙?”

“……”

“뒈지고 싶어? 썩 꺼지지 못하겠어?”

그러자 승미가,

“엄마, 저 방에 가—”

하면서 겁에 질려 냅다 울어댄다.

은숙은 하는 수 없이 일단 후퇴해야겠다는 생각으로 아이들을 데리고 건넌방으로 간다.

그제야 노수인은 혼자 식식거리며 홀렁홀렁 옷을 벗어 던지고, 아랫목 이부자리에 벌렁 큰대자로 드러누워 버린다.

얼마나 지났을까.

건넌방에 가 있던 은숙이 가만히 큰방 문을 열어본다.

노수인은 드르렁드르렁 코를 골며 자고 있다. 이불을 덮지도 않고, 그냥 그 위에 큰대자로 드러누운 채.

은숙은 그렇게 곯아떨어진 남편의 모습을 잠시 멀뚱히 내려다보고 섰다.

은숙은 건넌방에서 잘까 하다가 그래서는 안 된다고 생각한다. 딴방에 잔다는 것은 결국 남편을 멀리하는 셈이니 현명한 처사가 못 되는 것이다.

남편이 싫어하더라도 아이들과 함께 그의 곁에 자야 하는 것이다. 그래서 가족이라는 것이 눈에 띄게 해야 한다. 마음의 눈에 말이다.

그래야 그 계집 쪽으로 기울어진 마음이 도로 가정으로 돌아올 수 있을 게 아닌가.

은숙은 더 이부자리를 해서 남편 곁에 바싹 승미를 누이고 다음에 승국이를 누인다. 그리고 냉수를 한 대접 떠다가 남편 머리맡에 놓고, 자기는 맨 가쪽에 눕는다.

이튿날 새벽, 눈을 뜬 노수인은 심한 갈증을 느끼며,

"냉수 좀, 냉수 좀……."

하고 눈을 비빈다.

은숙도 잠을 깬다.

“여보, 머리맡에 냉수 떠다놓았어요.”

“응?”

노수인은 그제야 여기가 지월실의 방이 아니라, 자기 집이라는 것을 알고는 멋쩍은 표정을 짓는다.

기지개를 켜고는 벌컥벌컥 냉수를 들이켠다. 근래에 와서 노수인이 제법 대주객이 된 셈이다. 식전으로 냉수를 벌컥벌컥 들이켜 대고 말이다.

승미도 잠을 깨어,

“아버지, 나도 물 좀⋯⋯.”

한다.

냉수를 한 모금 마시고 나서 승미는 도로 자리에 누운 아버지 가슴으로 파고든다.

“아버지.”

“응?”

“출장 갔다 왔어?”

“⋯⋯.”

“응? 아버지. 왜 집에 안 왔어? 나 아버지 보고 싶어 울었단 말이야.”

노수인은 그저 씩 웃는다.

“아버지.”

“응?”

“인제 출장 가지 마.”

“⋯⋯.”

“또 갈 거야?”

"아니."

노수인은 들릴 듯 말 듯 조그맣게 말한다.

그러나 은숙이 그 소리를 못 들을 턱이 없다. 겉으로는 못 들은 체 그저 가만히 눈을 감고 있지만, 속으로는 미소를 짓고 있다.

"또 가면 나 또 울 거야. 아버지 보고 싶단 말이야. 난 아버지가 제일 좋단 말이야."

그러면서 승미는 아버지의 겨드랑 밑으로 얼굴을 들이민다.

은숙은 기분 좋은 아침이라는 듯이 일찍 자리에서 일어난다.

아침밥상에는 마른명태를 두들겨 찢어서 끓인 명탯국이 한 대접 김을 무럭무럭 올리고 있다. 술 마신 사람의 속풀이에는 그만인 것이다. 그리고 다른 반찬도 여느 때보다 눈에 띄게 정성스레 차려졌다.

남편이 무슨 과거라도 하고 돌아온 모양이다.

명탯국에 밥을 말아서 먹고 있는 남편의 밥상머리에 은숙은 다소곳이 앉는다. 그러나 여느 때보다는 조금 떨어져 앉는 것이다.

아내가 와 앉자, 노수인은 마치 화라도 난 사람처럼 별안간 표정이 무뚝뚝해진다. 조금 멋쩍기도 하고 그런 모양이다.

잠시 가만히 앉아 있던 은숙이 조심스럽게 입을 연다.

"며칠 전에 또 여승이 왔더군요."

"……."

"작년 가을에 찾아와서 안개를 조심하라던 그 여승 말이에요."

노수인은 훌쩍훌쩍 국물을 떠올리면서 무뚝뚝한 표정으로 듣고만 있다.

"그 여승 말이 신수가 좋지 않대요. 이런 말 한다고 화내지 마세요. 그 여승이 당신 위해서 한 말이니까."

“……..”

“당신 지금 여자 말이에요. 그 여자 상…… 무슨 살이더라…… 응, 상문살, 상문살이라는 것이 끼여서 남자 셋을 잡아먹을 여자래요.”

남자 셋을 잡아먹을 여자라는 말에 노수인은 약간 기분 나쁜 듯한 표정을 지으며 힐끗 아내를 바라본다.

“벌써 두 남자는 잡아먹었다는 거예요. 하나는 총각이고, 하나는 어른이라고.”

“뭐?”

노수인은 약간 놀란다.

총각 하나와 어른 하나를 잡아먹었다니…… 그녀가 잡아먹은 것은 아니지만, 좌우간 그녀로 인해서 총각 하나가 자살을 하고, 그녀 남편이 복상사를 했으니, 맞는 이야기가 아닌가.

노수인의 표정이 기분 나쁜 듯하면서도 그 말이 맞는 듯 어쩐지 슬그머니 불안한 빛을 띠자, 은숙은 주저 없이 그러나 조심스레 말을 잇는다.

“그리고 세 번째가…….”

“……..”

“그 여자 상문살이 당신에게 붙었다는 거예요.”

그러자 노수인은 버럭 화를 내며,

“쓸데없는 소리 말고 숭늉이나 가져와.”

하고 내뱉는다.

“쓸데없는 소리가 아니에요. 정말 정신 차리세요. 아이들을 봐서라도 당신이 정신을 차려야지, 어쩌려고 그러세요?”

“듣기 싫어.”

“화내지 마시고, 내 말을 들어 봐요.”

“듣기 싫다니까.”

그러나 노수인은 숟가락을 놓고 일어서진 않는다.

“그년 정말 여우같은 여자란 말이에요. 여우라도 아주 백여우예요. 내가 봤단 말이에요.”

“보긴 뭘 봐.”

“당신 말고, 또 남자를 호리고 있단 말이에요.”

“뭐?”

“어제 중국집에서 당신도 봤잖아요.”

“아니, 그럼……?”

노수인은 뜻밖의 말에 눈이 휘둥그레진다.

그러나 은숙은 아랑곳없이 쏟아놓는다.

“그 남자가 누군지 아세요? 같은 학교 남선생이란 말이에요. 그 남선생과 학교에서부터 단둘이 어깨를 맞대고 나오더니, 글쎄 택시를 잡아타지 않겠어요.”

“…….”

“나도 택시를 타고 뒤를 따랐죠. 그년의 꼬리를 잡으려고…… 그랬더니 아 글쎄 그 여우같은 년이 중국집에 가서 둘이 맥주잔으로 건배를 다 하고…….”

“음—”

“그리고 잔을 서로 주고받으면서…… 그 백여우 같은 년 웃는 소리를 들었다면 당신 기절했을 거예요.”

“듣기 싫어!”

노수인은 마침내 벌겋게 상기되어 냅다 고함을 지른다.

"그년 그 남선생한테 무슨 소리를 했는지 알겠어요?"

"듣기 싫다니까!"

그만 노수인은 자리를 박차고 일어나 버린다. 와들와들 가슴이 떨린다. 아내에 대한 분노인지, 지월실에 대한 분노인지 알 수가 없는 그런 노여움이 가슴에서 부글부글 끓어오른다. 두 가지가 뒤섞인 노여움인 것이다.

어제 자기에게 중국집으로 오라고 전화를 한 게 바로 아내였구나 싶으니 공연히 화가 나고, 또 남선생과 단둘이 중국집 호젓한 방에서 건배를 하고, 잔을 주고받고 어쩌고 한 지월실도 생각할수록 괘씸하고 분하다.

집을 나서는 노수인은 어쩐지 걸음이 헛디뎌지는 것만 같다. 뒤숭숭하고 왈왈거려서 마음을 걷잡을 수가 없다.

우수의 비

노수인은 괴로운 나날이 계속된다.

사무실에서도 그렇고, 집에서도 그렇고, 또 지월실한테서도 마찬가지다. 어디에서나 마음의 안정을 기할 수가 없고, 뒤숭숭하고 답답하고 심란하기까지 하다. 마치 몸과 마음이 공중에 붕 뜬 것 같기도 하고, 짙은 안개 속에 묻힌 듯한 느낌이기도 하다.

말하자면 아름답고 감미로웠던 시기는 어느덧 지나가고, 대가를 치를 시기에 접어든 셈이다.

남자에게 두 여자가 있다는 것은 결국 한 여자도 없는 것과 마찬가지다. 두 가정이 있다는 것은, 다시 말하면 갈 곳이 두 군에 있다는 것은 결국 한 군데도 없는 것과 마찬가지다. 어느 쪽도 마음 편하지가 않으니 말이다. 아늑하고 푸근한 분위기를 누릴 수 없으니 말이다.

그러면서도 일단 남자가 그런 지경에 빠지게 되면 좀처럼 그 수

렁에서 벗어날 수가 없는 것이다. 이렇게도 안 되고, 저렇게도 안 되고…… 결국 괴로운 세월이 흘러갈 뿐이다. 흘러가는 세월에 그저 괴로운 표정으로 몸을 맡기고 떠내려갈 뿐인 것이다.

노수인 역시 별수가 없다. 이혼을 하고, 지월실을 정식 아내로 들어앉혀야겠다는 생각도 어느덧 퇴색되고, 그렇다고 지월실을 떼 내버리고 가정으로 완전히 복귀할 생각도 없고…… 어중간한 상태인 채 집에서 회사로, 회사에서 집으로, 혹은 회사에서 지월실에게로, 지월실에게서 회사로…… 이런 식으로 표류를 하고 있는 셈이다.

그런 어중간한 상태가 된 것은 비단 노수인뿐이 아니다. 지월실도 마찬가지다.

당장 마음먹은 대로 노수인의 아내를 밀어내고, 자기가 정처의 자리에 들어설 수는 없고, 그렇다고 노수인에게서 떠날 수 있을 것 같지도 않고 해서, 설마 어떻게 되겠지, 세월이 흐르면 무슨 결말이 나겠지, 끈질기게만 매달려 있으면 어떤 형태로든 결국 관계는 굳어져서 정립이 되고 말겠지…… 이런 생각으로 그녀 역시 세월이라는 물결에 몸을 맡기게 된 것이다.

노수인과 지월실뿐 아니라, 은숙 역시 비슷한 상태로 들어섰다고 할 수 있다.

남편을 그 여자에게 몽땅 빼앗겨 버린 것도 아니니, 보살할미의 말대로 참고 기다리는 도리밖에 없다고 생각하고 있는 것이다. 그 여자 쪽으로 가는 횟수는 일주일에 한두 번 정도이니 그 정도는 지금으로서는 참아주는 수밖에 없는 노릇이다.

세 사람 모두 그런 상태가 된 것이다. 말하자면 열띤 1단계가 지나고, 2단계까지의 고요함이라고나 할까, 다음 태풍을 앞둔 무풍상태인 셈이다.

그런데 그 무풍상태는 의외로 짧았다. 세월의 흐름이라고 할 것까지도 없었다. 봄이 가고 여름, 장마철로 접어들었다. 일은 장마철에 벌어진 것이다. 그리고 일은 결정적인 고비로 치닫고 말았다.

장마철이 되면 지월실은 공연히 우울해진다. 장마철에 기분이 상쾌한 사람은 없겠지만, 지월실의 우울증은 유독 심한 것이다. 매사에 짜증이 나고, 몸까지 찌뿌드드한 것이다.

그 우울증의 농도가 여느 해보다 올해는 더 짙다.

지월실은 서울 나리국민학교에 와서도 부산에서와 마찬가지로 곧잘 교실 창변에 앉는다. 부산에서처럼 창밖으로 바다가 내다보이는 것은 아니지만, 좌우간 창변에 앉으면 조금은 가슴이 후련해지는 듯해서 좋다.

오늘도 그녀는 수업이 끝나자, 창변에 앉아 하염없이 바깥을 내다보고 있다. 창밖은 비가 내리고 있다.

빗속으로 학생들을 싣고 스쿨버스가 떠나는 것이 보인다. 집으로 돌아가는 학생들을 실어다 주는 것이다. 그러나 지월실은 그런 건 도무지 아무 관심도 없다. 그저 망막에 그런 것이 와서 비칠 뿐 머릿속에선 딴생각을 하고 있는 것이다. 요즘 또 그녀는 생리에 이상을 느끼고 있다. 한 달에 한 번씩 있는 것이 뚝 멎은 것이다. 아직 헛구역질이 나오지는 않지만, 묘하게 입맛이 변하는 것 같고, 이따금 가벼운 현기증까지 일어난다. 틀림없는 것이다.

이번에는 유산을 시키지 않아야지 하고 그녀는 생각하고 있다. 그러나 유산을 시키지 않고 아이를 낳은 수 있는 문제인지, 현실적으로 그게 가능한지…… 생각하면 절로 눈앞이 암담해 지고 만다.

혼자 사는 몸으로 되어 있는데, 어떻게 아이를 낳는단 말인가. 학교 선생들이 어떤 눈으로 보며, 학부모들이 도대체 어떻게 생각하겠는가 말이다.

그리고 그런 일이 있어도 학교 당국에서 그냥 묵인해 줄 것인지 의문이다. 사립학교인데 그냥 내버려둘 것 같지가 않다.

그건 그렇다 치고, 그것보다도 우선 차츰 배가 불러오를 터인데, 그런 모습으로 창피해서 어떻게 학교엘 나다닌단 말인가. 하루이틀도 아니고…… 특히 교감 선생의 얼굴, 유 선생의 얼굴을 어떻게 대할 것인가.

"아—"

절로 탄식이 나올 따름이다.

오늘도 창변에 앉아 비 오는 광경을 내다보며 그런 우울한 생각에 잠겨 있는데, 교실에 설치되어 있는 스피커에서,

"지월실 선생, 교무실에 와서 전화 받으세요."

하는 소리가 울려나온다.

이 학교에는 각 교실마다 스피커가 장치되어 있는 것이다.

지월실은 찌뿌드드한 몸을 무겁게 일으킨다.

교무실에 가서 무심히 수화기를 든 그녀는,

"어머!"

깜짝 놀란다.

"그동안 안녕하십니까? 서울로 오시니 재미가 어떻습니까?"

뜻밖에 부산 사람 목소리가 흘러나오는 것이 아닌가.

"예, 뭐, 그저 그렇죠."

"2학년 2반을 담임하고 계신다지요?"

“아니. 어떻게 그걸……”

“그 정도야 다 알고 있지요. 허허허……”

지독한 사내다. 지월실이 얼떨떨해지지 않을 수 없다. 부산에 있는 사람이 어떻게 담임한 학급까지 알고 있는가 말이다. 서울 나리국민학교로 옮겨왔다는 것은 들어서 알았겠지만.

수화기 속에서 최상태의 걸걸한 목소리는 계속된다.

“지 선생님, 나도 서울로 올라왔심더. 어제……”

“예? 서울로 올라오시다뇨?”

“왜요? 나는 서울로 오면 안 됩니까? 지 선생님만 서울로 오시고, 나는 부산에 그대로 눌러 살아야 된다는 법은 없지 않습니꼬. 안 그렁교? 허허허……”

“……”

“지 선생님이 서울로 오셨으니 나도 서울로 안 왔능교.”

“……”

“부산은 걷어치우고, 서울에다가 새로 대리점을 차렸지요. 지 선생님, 쉬 한 번 만납시더. 우선 우리 전화번호나 알아두시이소.”

지월실은 약간 어이가 없어서 “싫어요” 하고 수화기를 놓아버릴까 했으나, 차마 그럴 수는 없어서 그저 멀뚱히 서서 듣고만 있다.

“54국에 5454입니다. 전화번호 좋지요? 54에 5454…… 외우기 쉽고……”

“……”

“지 선생님, 새로 개업을 해서 좀 일이 바쁩니더. 정리가 되면 연락을 하겠심더. 찾아뵙든지…… 서울에서 만나면 우짠지 더 반가울 것 같심더. 허허허……”

“…….”

지월실은 수화기를 놓아버렸다.

별명이 멧돼지라더니 정말 멧돼지 같은 사람이다.

부산에서 그처럼 사람을 못살게 굴더니, 결국 또 서울까지 뒤따라 온 게 아닌가. 어쩌면 그렇게 낯가죽이 두껍고, 심장이 질긴 것일까. 그만큼 마다고 했으면 물러설 만도 한데, 끝내 단념을 안 하고 뒤를 따르다니 진절머리가 나고, 어이가 없기도 하지만, 한편 그 끈기가 놀랍다는 생각이 들고, 자기 때문에 일부러 서울에 대리점을 새로 내어 올라오다니, 약간 미안하기도 하고, 가엾다는 생각도 문득 든다.

교실로 돌아가면서 그녀는 히죽 웃는다.

“54에 5454라…….”

전화번호도 참 묘하다 싶은 것이다.

교실 창변에 돌아와 앉은 지월실은 또 무슨 생각이 떠올랐는지 히죽히죽 혼자 곧장 웃는다. 웃는다기보다는 코웃음을 치는 것이다.

네 개의 남자 얼굴이 그녀의 머리에 떠오른다. 풍선처럼 네 개가 빙글빙글 머릿속을 돈다.

첫째는 물론 노수인의 얼굴이다. 괴로운 듯 지친 듯 안색이 좋지 않은 얼굴이다. 그러나 진지한 표정을 짓고 있다.

다음은 굵은 검은 테 안경을 점잖게 낀 박 교감의 얼굴이다. 그러나 그 검은 테 안경 속에서 두 눈이 야릇한 웃음을 띠고 있다.

세 번째는 유 선생의 멀쑥하게 생긴 얼굴이다. 그런데 코언저리에 약간 사람을 비웃는 듯한 그런 웃음이 감돌고 있다.

네 번째는 말할 것도 없이 최상태의 능글능글하고 질기고 두꺼운 얼굴이다. 허허허…… 곧장 너털웃음을 웃고 있다.

그렇게 네 개의 얼굴이 풍선처럼 떠올라 지월실의 주위를 빙글빙글 돈다. 돈다기보다도 그녀에게 접근을 하려고, 밀착을 하려고 애를 쓰고 있는 것이다.

지월실은 코웃음을 친다.

남자란 동물은 다 똑같구나 하는 생각이 드는 것이다.

그 방법에 조금씩 차이가 있을 뿐, 아내가 있는 남자나 아직 미혼인 사람이나 다 마찬가지다.

그러면서도 그녀는 자기 한 사람에게 네 명의 남자가 빙글빙글 돌고 있다는 생각을 하니 어쩐지 콧대가 우뚝해지는 느낌이다. 한 남자 두 남자도 뭐한데, 네 명이나 되는 남자가 자기에게 마음을 기울이고 있다니, 여자로서 우쭐해지지 않을 수 없는 노릇이다.

그러나 그녀는 곧 입맛이 씁쓸해지고 만다.

남자가 아무리 많이 자기 주위를 빙글빙글 돌면 뭘 하나 싶은 것이다. 똑바로 자기를 맡길 수 있는 남자 한 사람이면 족한 것이다. 그런데 그런 남자가 아무리 생각해도 네 사람 중에 있는 것 같지가 않다. 세 사람에게는 처자가 있고 한 사람은 홀아비지만 도무지 그쪽으로는 마음이 기울어지질 않는다.

말하자면 네 개의 얼굴은 그녀에게는 풍선 같은 허상에 불과한 것이다.

오늘은 어찌된 셈인지 교실 창변에서뿐 아니라, 집에 돌아와서도 심란하고 뒤숭숭하다.

자기를 뒤따라 최상태가 서울로 왔기 때문에 더 심정이 그런지도 모른다.

지월실은 저녁밥을 지을 생각도 않고 아랫목에 누비이불을 덮고 누워서 창밖에 내리는 빗소리를 들으면서 우울한 기분에 싸여 있다.

그러고 있는 바깥에서 인기척이 난다. 누가 빗속으로 계단을 올라오는 모양이다. 한 사람이 아닌 듯 두런두런 주고받는 소리가 난다. 지월실은 벌떡 자리에서 일어난다.

"여기 맞니?"

"맞는 것 같애."

"엉뚱한 남의 집에 올라가는 거 아냐?"

여자들인 것 같다. 곧,

"월실이 있니?"

부르는 소리가 들린다.

지월실은 얼른 문을 열고 나간다. 뜻밖에 영애와 순자가 아닌가.

"어머, 이 빗속에 웬일이야? 어서 들어와."

지월실은 깜짝 놀라면서 반긴다.

"웬일은 무슨 웬일이야. 집을 안 가르쳐 주니, 천상 주소를 알아 가지고 찾아올 수밖에……."

순자가 호들갑스럽게 말한다. 영애도 떠들어댄다.

"담임선생 댁을 안 찾아볼 수 있느냐고, 순자가 자꾸 가자는 거야. 주소를 안다고……."

"호호호…… 담임선생 댁?"

지월실이 웃는다.

"그래, 동창은 동창이고, 담임은 담임 아니니. 하하하……."

순자도 앞니를 몽땅 드러내 보이며 웃는다. 그녀는 커다란 과일 꾸러미를 들었다.

방으로 들어와 앉은 영애와 순자는 곧장 방 안을 두리번거린다. 마치 무슨 남의 비밀이라도 찾아내려는 것처럼. 지월실의 사생활에 관심이 대단한 표정들이다.

"어머, 예뻐라."

영애가 경대 위에 놓인 조그마한 불상을 보고 말한다.

"벌써부터 웬 불상을 다 방 안에……."

순자는 별로 신통치가 않은 모양이다.

"경주 석굴암의 관음보살상이야."

"관음보살?"

"그래."

"너 불교 믿니?"

"아니."

"그럼?"

"선물로 받은 거야."

"선물로? 누가 저런 선물을……."

"왜, 얼마나 좋으니."

"누가 선물한 거야?"

"……."

"응? 왜 대답을 안 하지?"

그러자 영애가,

"대답을 안 하면 다 아는 게 아니야."

하고 웃는다.

"아니야. 그런 사람이 있으면 좋게."

지월실은 과일을 깎으면서 애써 고개를 내젓는다.

“정말 좋아하는 사람 없니?”

영애가 진정으로 묻는다.

“정말이야. 있으면 너희들한테 뭣 하리 감추겠니.”

“그래……? 그런데 이상한 소문이 들리더라.”

“이상한 소문?”

지월실은 약간 긴장이 된다.

혹시 학교에 무슨 말이 퍼진 게 아닌가 싶은 것이다. 요전에 중화반점에서 그런 일이 있었으니, 유 선생이 입을 열었다면 소문이 퍼졌을 게 아닌가.

“동거하는 사람이 있는 모양이라던데…….”

순자가 서슴없이 말하고는 빙그레 웃는다.

“뭐? 동거하는 사람?”

지월실은 절로 귀밑에 붉어진다. 그러나,

“호호호…… 누가 그런 소릴 해? 동거하는 사람이 있으면 오죽이나 좋을까. 호호호…….”

자조적으로 웃는다.

“그래……?”

“그럼, 헛소문인가…….”

알 수 없는 일이라는 듯이 두 여인은 고개를 기울인다.

바깥에 비가 그친 듯 조용하다.

“참, 너희들 저녁 안 먹었지? 얼른 저녁 할게.”

지월실이 자리에서 일어나려 하자 순자가 만류한다.

“아니야, 저녁 내가 살 거야. 저녁 사려고 일부러 이렇게 때를 맞춰 안 왔니.”

그러자 영애가,

"담임선생한테 한턱내려고 그러는데, 저녁을 하긴……."

하고 웃는다.

"나가자. 자, 옷 갈아입어."

"나가긴 어딜 나가."

"답답한데 바람도 쐬고, 자, 어서……."

"비 오는데 어디로 나가니. 모처럼 이렇게 찾아왔는데 내가 집에서 한턱내지."

"나가자니까. 비도 그친 것 같은데……."

순자는 오히려 섭섭한 기색이다.

"그럼, 이렇게 하지. 날씨도 좋지 않은데 밖으로 나갈 게 아니라, 집에서 시켜다 먹기로……."

영애의 말에,

"그래, 그게 좋겠어."

지월실이 찬성을 한다.

"그럼 그럴까…… 이 근처에 중국집 있니?"

"중국집 없는 데가 어디 있어."

"좋아. 그럼…… 내가 가서 시켜 오지."

순자가 자리에서 일어난다. 순자는 굳이 오늘 학부모 값을 하려는 것이다.

"아니야, 내가 가서 시켜 올게. 앉아 있어."

지월실도 자리에서 일어난다.

"그럼 둘이 같이 가서 시켜 와."

영애의 말에,

"그래, 그래."

"그게 좋겠어."

하고 지월실과 순자는 함께 나간다.

밖으로 나온 지월실은,

"어머."

약간 놀란다.

안개가 자욱하게 서린 것이다.

"언제 이렇게 안개가 끼었지?"

"글쎄 말이야. 아까 우리 올 때까지도 아무렇지 않더니……."

마치 안개가 어디서 쏴— 하고 밀어닥친 것 같다.

"아이 답답해."

지월실은 이맛살을 찌푸린다. 비 끝에 안개가 끼니 더 기분이 안 좋은 모양이다.

잡채니 탕수육이니 잡탕, 해삼탕, 라조기 그리고 군만두 삼인분을 시켜다가 맥주까지 곁들여서 오래간만에 세 여인은 마음껏 떠들어 댄다.

고등학교 시절의 동기생이란 언제 만나도 꼭 옛날 그때처럼 즐겁다.

처음에는 그 시절 은사들의 별명을 이것저것 기억에서 들추어내며 웃어대다가, 화제가 지월실의 첫사랑 이야기로 옮았다.

한참 킬킬킬 큭큭큭 웃어 가며 지월실과 노수인의 그 무렵 이야기를 들먹거린 다음,

"그 사람 지금은 어디서 뭘 하고 있는지…… 혹시 너 아니?"

하고 영애가 묻는다.

"알긴, 어떻게 알아."

지월실은 시치미를 뚝 떼고 말한다. 그러나 어쩐지 얼굴이 화끈하다.

"지금쯤 만나면 기분이 어떨까?"

영애의 말에 순자가 얼른 대답한다.

"아주 이상할 거야."

그러자 지월실은

"히힉."

웃는다.

세 여인이 제법 서로 맥주 컵을 교환해 가면서 한참 첫사랑이 어떠니, 첫 경험이 어떠니 하고 킬킬킬 켈룩켈룩 웃어가며 떠들어대고 있을 때, 안개 속으로 건들건들 노수인이 지월실의 집 골목으로 들어선다.

얼굴에 약간 술기가 있다. 퇴근해서 동료들과 어울려 간단히 한잔 한 것이다. 술기 때문인지 집으로 가다가 버스를 내렸다.

지월실에게 들른 지가 불과 이틀밖에 안 됐는데, 술기 탓인지 또 바짝 그녀가 그리워진 것이다.

안개 속을 건들건들 걸으면서 그는 문득 아내의 말이 생각난다. 여승이 하더라는 말 말이다.

―이 집에 안개가 끼었구나. 안개를 조심하라.

―상문살이 끼어서 남자를 셋 잡아먹을 여자니 조심하라. 이미 둘은 잡아먹었어. 하나는 총각이고, 하나는 어른이고…….

그런 생각을 하니 어쩐지 노수인은 별안간 기분이 으스스해진다. 안개가 긴 호젓한 골목길이라 더 기분이 나쁜 모양이다.

여승의 말 따위 노수인은 미신이라고 일소에 붙이는 터이다. 그러나 왠지 그런 말을 듣고부터는 슬그머니 기분이 좋지 않은 때가 있다. 그 말을 믿는 것은 아니지만, 어쩐지 불길한 그림자 같은 것이 서서히 다가오고 있는 듯한 착각에 사로잡히기도 하는 것이다. 총각 하나, 어른 하나는 이미 잡아먹었다는 말은 틀린 말이 아니지 않는가 말이다.

훈훈한 술기 탓으로 공연히 유쾌하기도 하고, 안개 때문에 문득 불길한 생각이 떠올라 으스스하기도 한 묘한 기분으로 노수인은 계단을 오른다.

"하하하……."

"히히히……."

"아이고, 가시나들아. 호호호……."

지월실의 방에서 까르르 웃음소리가 터져 나온다.

노수인은 주춤 걸음을 멈춘다.

누가 온 모양인데…… 잠시 섰다가 계단을 오른다. 까짓것, 누가 왔거나 말거나 상관없는 것이다.

방 안에서 웃고 떠드느라고 밖에 누가 온 줄도 모르는 모양이다.

노수인은 현관에서 잠시 또 망설인다. 낯선 신이 두 켤레 눈에 띈다. 물론 여자 구두다.

두 여자라…… 누굴까…… 노수인은 잠시 방 안에 귀를 기울이다가,

"어험."

헛기침을 한다.

그래도 방 안에서는 못 알아들은 듯 계속 떠들썩하기만 하다.

노수인은 그만 드르릉 방문을 열어젖힌다.

"어머나!"

"깜짝이야!"

순자와 영애는 눈이 휘둥그레진다.

그러나 그녀들보다 더 놀라는 것은 지월실이다. 얼굴이 온통 홍당무가 된다.

지월실은 이렇게 오늘 노수인이 또 올 줄은 미처 생각지 못했던 것이다. 근래에 와서는 일주일에 한 번 정도 들르는 터이니 말이다. 불과 이틀 전에 들렀는데, 오늘 또 올 줄이야…… 얼굴이 홍당무가 된 지월실은 어쩔 줄을 모른다.

이렇게 오늘 또 올 줄 알았으면 순자 말대로 밖으로 나가 저녁을 먹는 건데 잘못했다 싶은 것이다. 그녀는 친구들 앞에 결코 노수인을 노출시키고 싶지가 않다. 버젓이 아내가 있는 남자에게 매달려 있다는 것이, 남의 남편을 가로채려 하고 있다는 것이 어쩐지 친구들 사이지만 창피하고 부끄럽게 생각되는 것이다.

더구나 노수인은 옛 첫사랑의 그 남자가 아닌가. 영애가 알면 놀라서 야단일 게 뻔하다. 옛 첫사랑의 남자니까 설사 그가 아내를 가진 몸이라 하더라도 이해는 하겠지만, 다시 말하면 욕은 안하겠지만 그러나 왠지 부끄럽고 싫은 것이다.

그래서 굳이 딱 잡아뗀 판인데, 덜렁 나보라는 듯이 나타나니…….

"아니, 노 선생님 아니세요?"

순자가 약간 발그레해진 얼굴에 활짝 웃음과 함께 놀람의 빛을 띠면서 말한다.

"야, 조 마담 웬일이요?"

노수인도 벙글 웃으면서 두 눈을 커다랗게 뜬다.

"저야 친구 집이니까 놀러 왔지만…… 노 선생이 여길 어떻게……?"

"허허허……."

"어머— 어머— 그래요?"

순자는 이거 참 정말 놀랄 일이라는 듯이 입을 딱 벌린다.

영애는 무엇이 어떻게 된 영문인지 알 수가 없어 세 사람을 멀뚱멀뚱 바라보기만 한다.

순자가 웃으면서 지월실에게 냅다 쏘아붙인다.

"아이고, 앙큼한 가시나야— 정말 그렇게 시치미를 뚝 떼다니……, 아이고 아이고……."

곧 콱 쥐어박을 시늉을 한다.

그제야 영애도,

"아이고 어쩌면…… 정말 너 달리 봐야겠구나."

하고 헤죽헤죽 웃는다. 그러나 영애는 노수인이 낯선 터이라 얼른 웃음을 거둔다.

노수인이 자리에 앉자 순자가 얼른,

"자, 노 선생님 한잔 하세요."

컵을 권한다.

"야 이거, 내가 들어와서 방해가 안 되는지 모르겠군요."

"방해가 되다뇨? 정말 반가워요. 정말, 정말 놀랐어요. 노 선생님하고 우리 지월실이가 그런 사인 줄이야 미처 몰랐죠. 호호호 호호호……."

순자는 제법 술기가 있는 듯 서슴없이 말하고는 냅다 웃어댄다.

그리고 영애에게 말한다.

"인사 드려, 우리 일 년 선배되셔."

"어머 그래요?"

그제야 영애는 어딘지 모르게 옛날에 많이 본 것도 같은 얼굴이라고 생각한다.

"영애 씨죠?"

노수인의 말에 영애는 깜짝 놀란다.

"어머나, 저를 어떻게 아세요?"

"옛날 일 생각 안 나십니까?"

"예? 옛날 일이라뇨?"

"나 누군지 기억 안 나세요?"

영애는 잠시 속눈썹을 깜짝거리며 빤히 노수인을 바라보고 있더니,

"아니 월실아, 어머나 어머나, 바로 그분이로구나. 그분…… 어쩌면 어쩌면……."

이제야 누군지 알겠는 모양이다.

조금 전에 첫사랑의 남자가 지금 어디서 무얼 하고 있는지 아느냐는 물음에 알기는 어떻게 아느냐고 딱 잡아떼더니, 바로 그 사람이 이렇게 불쑥 나타나다니…… 영애는 정말 어이가 없고, 무엇에 홀린 듯한 느낌이기도 하다.

"아이고 정말…… 어쩌면 어쩌면……."

영애는 정말 놀랐다는 듯이, 마치 소설 속의 이야기 같다는 듯이 곧장 감탄을 한다. 이십여 년 전의 첫사랑끼리 다시 만나 은밀한 사

랑을 나누고 있을 줄이야…….

지월실과 노수인이 옛날 학창시절에 그런 관계가 있었다는 사실을 잘 모르는 순자는 이번에는 자기가 어리둥절한다.

“왜 그래? 영애도 이 노 선생님을 아니?”

“알다 뿐이야. 옛날 학생 때부터 알지.”

“어머, 그래?”

“월실이와 이 노 선생님 사이에서…… 호호호…….”

“사이에서 뭐?”

“내가 말이야, 우체부 노릇을 했지.”

“우체부 노릇?”

“그래, 편지 배달을 했단 말이야.”

“어머— 그럼…….”

순자는 눈이 휘둥그레진다. 지월실과 노수인이 옛날에 그런 관계가 있었던 줄은 미처 몰랐던 것이다.

“편지 배달보다도 방해를 했었죠. 허허허…….”

노수인이 웃는다.

“방해를 하다뇨? 어머, 그런 섭섭한 말씀 마세요. 제가 왜 방해를 해요.”

그러자 지월실이 제법 발그레한 얼굴로 말한다.

“아이, 그런 시시한 얘기 그만해. 방해를 했으면 어떻고, 안 했으면 어떻단 말이야?”

“하긴 그래, 호호호…….”

“자, 내가 한잔 권하죠.”

노수인이 컵을 영애 앞으로 내민다.

"아니, 제가 먼저 권해야죠."

그러면서 영애는 마지못한 듯 공손히 컵을 받는다.

순자와 영애가 돌아간 것은 거의 열 시가 되어서였다.

노수인은 꽤 취기가 있었다. 퇴근길에 마신 술과 맥주가 뒤섞여서 그런 모양이다.

지월실 역시 제법 마신 듯 두 눈이 피로해 보인다.

그녀는 흐느적거리는 몸으로 대강 방을 치우고 이부자리를 내린다. 그리고 그만 그 위에 벌렁 아무렇게나 드러누워 버린다. 완전히 무방비상태인 그런 자세다.

노수인은 두 눈을 끔벅거리며 멀뚱히 서서 그녀를 내려다본다.

팔은 팔대로 다리는 다리대로 아무렇게나 내던지고, 입술을 약간 벌린 자세, 제법 술기가 있는 여자의 완전 무방비상태인 자세, 비록 몸에 직물이 감겨 있기는 하지만 아무것도 걸치지 않은 것과 다름없는 그런 자세는 남자를 당황하게 한다.

제 마음대로 할 수 있는 여자지만, 노수인은 마치 처음 대하는 여체인 듯 꿀꺽 뜨거운 침이 넘어간다.

얼른 바지를 벗어 던진다.

피로한 듯 거슴츠레한 눈에 지월실은 약간 부끄러운 듯한 웃음을 띠며,

"여보."

하고 부른다.

"응?"

"나 또 아기 가졌어."

"뭐?"

그녀 위로 무너지려던 노수인은 주춤한다.

또 아기를 가지다니…… 노수인은 절로 이맛살이 찌푸려진다. 어린애를 낳을 수 없는 처지라는 것을 뻔히 알면서 여자가 그런 처리도 못하다니 싶은 모양이다.

노수인의 그런 표정을 본 지월실은 그만 얼굴에서 웃음이 싹 가진다. 웃음뿐 아니라 핏기까지 싹 가시는 느낌이다.

"……."

"몇 개월 된 거야?"

"……."

"응?"

"몰라요!"

지월실은 그만 발딱 돌아누워 버린다. 지금까지는 뼈가 흐늘흐늘한 것 같더니, 별안간 바짝 굳어진 듯하다.

노수인은 그녀의 등 뒤에 몸을 누인다. 그리고 슬그머니 그녀를 뒤에서 안는다.

"싫어요! 저리 가요!"

지월실은 냅다 팔꿈치로 노수인을 떠밀어낸다.

"허허허…… 왜? 화가 났어?"

"싫다니까요! 말하기 싫어요."

"별안간 왜 그러는 거야?"

"별안간 왜 그러다뇨? 나 참 기가 막혀서…… 아기를 가진 게 내 잘못인가요? 내가 혼자 가만히 있는데 아기가 생겼나요?"

"허허허…… 누가 뭐라 그래?"

"당신 마음속 뻔히 다 알았어요. 정말 그럴 줄 몰랐어요."

“아니, 그게 무슨 소리야?”

“나를 뭐로 생각하는 거예요? 당신 노리갯감으로 생각하나요? 자기 좋을 때는 와서 마음대로 주무르고……”

“……”

“아기를 뱄다니까 싫어서 이맛살을 찌푸리고……”

“이맛살을 찌푸리긴 내가 언제 이맛살을 찌푸려?”

“그만둬요. 저리 비켜요.”

“……”

“나도 이제 그런 짓은 안 하겠어요.”

“그런 짓이라니?”

지월실의 서슬이 보통이 아니어서 노수인은 술이 확 깨는 듯한 느낌이다. 멀뚱멀뚱 천장을 바라보고만 있다.

돌아누운 채 잠시 죽은 듯 꼼짝을 않고 있던 지월실이,

“어떻게 하겠어요? 말해 봐요.”

결판을 내고야 말겠다는 듯이 발딱 일어나 앉는다.

“뭘 어떻게 해?”

노수인은 슬그머니 반발이 느껴진다.

“도리가 없다니, 어떻게 하겠다는 거예요?”

“……”

“왜 말을 못해요?”

“떼는 수밖에 도리가 없지 뭐.”

“뭐요? 떼는 수밖에 도리가 없어요?”

“그렇지 뭐.”

“말 다했어요?”

“…….”

“일어나요!”

지월실은 눈꺼풀을 바르르 뜬다. 거슴츠레 피로해 보이던 두 눈에 독기 같은 것이 번득인다.

노수인은 누운 채 그녀를 가만히 바라보고 있다.

“일어나란 말이에요! 일어나서 가란 말이에요! 싫단 말이에요! 싫단 말이에요!”

마치 발작을 일으킨 사람처럼 고함을 지른다.

노수인은 벌떡 일어난다. 그리고 후다닥 바지를 주워 입는다.

바지를 입고 난 노수인은,

“여자가 뭐 이따위야!”

자기도 가만히 있을 수 없다는 듯이 내뱉는다.

아무리 히스테리가 발동한다 치더라도 그렇게 말을 함부로 하는 법이 어디 있는가 말이다. 마구 가라고 고함을 지르다니…… 누가 집이 없어 찾아온 줄 아나…….

노수인은,

“나 참! 기가 막혀서…….”

하면서 방문을 사정없이 열고 나간다.

“으흐흐흐흐…….”

지월실은 그만 분함과 설움이 복받치는 듯 그 자리에 픽 엎어져서 어깨를 들먹이며 울기 시작한다.

밖으로 나온 노수인은 정신없이 뛰어 내려간다.

바깥은 짙은 안개다.

안개 속으로 노수인은 휘청휘청 걸음을 옮긴다. 지월실의 흐느껴

우는 소리가 곧장 귀에 들리는 것 같다.

그러나 그는,

"여자가 뭐 그따위야, 그따위야……."

하고 중얼거린다.

골목을 빠져나가자, 노수인은 안개 속으로 휘청거리며 술집을 찾는다. 도무지 기분이 지랄 같아서 견딜 수가 없는 것이다.

술집에 들어선 노수인은,

"배갈 있어요?"

묻는다.

독한 배갈을 몇 잔 들이켜야 좀 기분이 풀릴 것 같다.

"예, 예, 안주는 뭘로 하시겠어요?"

"아무거나 주세요."

"배갈에는 고기라야 되겠죠?"

"무슨 고기 있어요?"

"돼지갈비 있는데요."

"예, 좋아요."

돼지갈비를 뜯으며 노수인은 혼자서 고량주 2홉짜리를 거의 3분의 2가량이나 마셨다.

그러자 온몸이 화끈화끈 달아오르며 눈앞이 몽롱해지는 느낌이다. 마치 술집 안에 아지랑이가 낀 듯 아른거린다.

손목시계를 본다. 그러나 몇 신지 알 수가 없다. 시계 바늘이 이상하게 네 개로도 보인다.

노수인은 그만 일어난다. 휘청, 곧 한쪽으로 넘어질 것 같다. 겨우 정신을 차려 셈을 치르고 밖으로 나간다.

곧장 걸음이 비틀거린다. 그럴 수밖에 없다. 세 가지 술을 마셨으니 말이다. 게다가 기분이 격한 판에 독한 배갈을 마신 터이니 악취(惡醉)가 될 수밖에.

안개 속에 몸을 가누고 서서 노수인은 잠시 방향을 생각한다. 방향감각도 몽롱해진 것이다. 더구나 안개가 꽉 끼었으니…….

"응, 응, 이쪽이지. 이쪽, 이쪽……."

혀도 약간 굳어졌다.

비틀비틀 걸어가다가 그만 전신주에 쾅 부딪쳐 버린다. 뒤로 풀썩 넘어진다.

노수인이 이렇게 취하기는 난생 처음이다.

비실비실 일어난 노수인은 바지단추를 끌러 냅다 소변을 전신주에다가 내깔긴다.

소변을 내깔기고 나서 노수인은 다시 비틀비틀 걷기 시작한다. 그런데 걸어오던 쪽으로 도로 걸어가는 것이 아닌가. 방향감각의 마비다.

"허허허허…… 뭐? 가라고? 집으로 돌아가시라고? 허허허허……."

이제 헛소리까지 해댄다.

"가라면 누가 무서울 줄 알아? 허허허허……."

안개 속으로 불빛이 달려온다. 택시다.

"아— 지월실 씨, 나의 지월실 씨, 정말 나는 당신을 사랑해요. 정말, 정말……."

지나가던 사람이 힐끗힐끗 쳐다보며 웃는다.

또 불빛이 달려온다.

노수인은 비틀거리며 손을 번쩍 든다. 설 턱이 없다.

“야! 이놈아! 택시야! 스톱! 스톱……”

그러면서 노수인은 그만 택시 뒤를 쫓아간다.

안개 속으로 벌써 택시는 사라졌다.

빵—

반대쪽에서 클랙슨을 울리며 택시의 불빛이 달려온다.

“스톱! 스톱!……”

이번에는 마구 그 불빛 앞으로 달려든다.

찌익— 택시가 급정거를 한다.

“야! 이 쌍간나 새끼! 뒈지고 싶어 환장을 했나?”

운전사가 차창 밖으로 얼굴을 내밀며 냅다 악을 쓴다.

취중에도 노수인은 놀라 얼른 저쪽으로 비실비실 피한다.

그때 마침, 뚜뚜— 하고 클랙슨을 울리며 버스가 커브를 돌아온다.

그런 줄을 모르고 노수인은 비실비실 그쪽으로 걸어간다.

뚜뚜— 뚜뚜— 요란한 경적 소리와 함께 덜커덩! 버스가 급정거를
한다.

“으악—”

노수인이 비명을 지르며 나가떨어진다.

바로 그 시각이다. 세검정 집에서는 은숙이 깜짝 놀라,

“아잇! 깜짝이야.”

소리를 지른다.

덜커덩! 난데없이 벽에 걸린 액자가 뚝 방바닥에 떨어진 것이다.

“엄마야!”

“아이고메!”

승미도 놀라고, 승국이도 눈이 휘둥그레진다.

“엄마, 못이 빠졌다.”

승미가 떨어진 액자를 주워들며 말한다.

“어머, 참 이상하다. 별안간 왜 못이 빠지지?”

“유리는 안 깨졌다.”

벽에서 방바닥으로 뚝 떨어졌는데도 희한하게 유리는 깨지지 않은 것이다. 그런데 액자 속에 든 사진들은 아래쪽으로 줄 흘러 내렸다.

“참 이상하다. 이상해……”

은숙은 중얼거리면서 액자 속의 사진들을 새로 한 장 한 장 반듯하게 배열한다.

결혼 기념사진과 승국이, 승미의 돌 사진, 그리고 작년 봄에 찍은 가족사진, 이렇게 넉 장이다.

보기 좋게 배열을 해 가지고 뚜껑을 닫아 내일 새로 못을 쳐서 걸기로 하고, 우선 책상 위에 얹어 놓는다.

은숙은 이부자리를 하고 눕는다. 그러나 도무지 잠이 오질 않는다.

이 양반이 오늘 또 그 여자한테서 자다니…… 그런데 질투심보다도 어쩐지 기분이 불안하기만 하다. 이상하다. 난데없이 액자가 떨어지다니, 혹시…… 불길한 생각이 들기도 한다.

액자가 걸렸던 자리가 허전해 보인다.

이튿날 아침, 잠을 깬 은숙은 어쩐지 뒤숭숭하기만 했다.

바깥에는 오늘도 비가 내리고 있다.

간밤의 꿈자리가 시끄러워서 기분이 뒤숭숭한 모양이다. 어떤 꿈이었는지 잘 기억 되지는 않지만, 좌우간 별로 좋은 꿈이 아니라는 것만은 분명하다.

자고 일어나면 더러 그런 아침이 있는 법이다. 무슨 꿈을 꾸었는지 분명하지는 않는데, 왠지 자꾸 기분이 뒤숭숭하고, 어떤 불길한 예감마저 드는 그런 아침 말이다.

승국이를 아침을 먹여 학교에 보내고 나서 은숙은 승미와 함께 아침밥을 뜨는 둥 마는 둥 하고 상을 들고 부엌으로 나갔다.

부엌에서 설거지를 하면서도 은숙은 공연히 우울하고 초조하고 왠지 불안하기까지 했다. 참 이상한 일이었다.

지금쯤 남편은 출근을 했겠지. 그년도 출근을 하고…… 어쩌면 한 우산을 둘이서 받고 버스 타는 데까지 갔는지도 모르지…….

이런 생각을 하며 아랫입술을 자그시 내리 무는데 때르르— 때르르— 방에서 전화벨이 요란하게 울린다.

아침부터 어디서 전환가 싶으며 은숙은 얼른 방으로 들어가 전화를 받는다.

"사모님이시군요."

"누구시죠?"

"정기홍입니다."

"아, 안녕하세요? 아침부터 웬일이세요?"

"저…… 사모님, 야단났습니다."

조금 싱겁기도 하고 짓궂기도 한 정기홍이 오늘은 한마디 농담도 없이 긴장된 목소리로 말한다.

"야단나다뇨?"

"빨리 적십자병원으로 가보세요."

"예?"

은숙은 깜짝 놀란다.

"노 차장님이 적십자병원 응급실에 있다는 연락이 방금 왔어요."

"어머나! 무슨 일이에요?"

"글쎄요. 아마 어딜 다친 모양이죠. 빨리 응급실로 오라는 연락만 간호원이 전화로……."

"간호원이요?"

"예."

"아이고, 이 일을 어쩌나, 어쩌나……."

"빨리 가보세요. 저도 곧 가겠어요."

"예, 아이고—"

은숙은 어쩔 줄을 모른다. 온몸이 덜덜 떨린다.

정신없이 옷을 갈아입고 집을 뛰어나간 은숙은 택시를 잡아타고 적십자병원으로 향했다.

그런데 택시가 이처럼 느린 차인 줄을 은숙은 처음으로 알았다. 평소에는 그처럼 빠르게 느껴지던 택시가 이렇게 늦는지 알 수가 없었다. 마음이 한없이 조급한 판이니 그럴 수밖에.

택시 속에 초조한 모습으로 앉아서 은숙은 속으로 곧장,

"살아만 있어 줘요. 살아만 있어 줘요……."

하고 뇌었다.

이미 목숨이 끊어져 있지만은 말아달라는 간절하고 애절한 기원인 것이다. 살아만 있다면, 목숨만 아직 붙어 있다면 어떻게든지 자기가 살릴 수 있을 것만 같은 그런 안타까움이요, 눈물겨움이다.

그리고 그녀는 문득 보살할미의 말이 생각난다.

"그 여자가 상문살이 센 여자구먼. 남자 셋을 잡아먹어야 살이 풀린다구. 벌써 두 남자는 잡아먹었구먼. 댁네 바깥양반이 세 번째 걸

렸어……."

은숙은 으스스 몸을 떤다.

택시가 적십자병원 가까이에 이르렀을 때는 비는 소낙비가 되어 억수로 쏟아지고 있었다.

억수로 쏟아지는 소낙비 속을 택시는 미끄러지듯 병원 정문을 들어서 응급실 앞에 가 멎었다.

온통 물에 젖은 택시 속에서 은숙은 정신없이 뛰어내려 응급실 문을 밀고 들어간다.

"어머나!"

응급실로 들어선 은숙은 얼굴에서 핏기가 싹 가시며 두 눈이 휘둥그레진다. 그럴 수밖에 없다. 응급실 병상에 온통 붕대를 칭칭 감고 드러누워 있는 환자가 바로 남편이 아닌가. 얼굴만 내놓고 머리도 온통 붕대 투성이다. 붕대엔 여기저기 뻘건 피가 내배어 있다.

"노수인 씨 부인이신가요?"

간호원이 묻는다.

"예."

은숙은 마치 자기 잘못으로 남편이 그렇게 되기라도 한 것 같은 표정을 짓는다. 그리고 약간 떨리는 목소리로 묻는다.

"어떻게 된 일이에요?"

"교통사고예요. 버스에 부딪쳤나 봐요."

"언제 그랬나요?"

"어젯밤에요. 어젯밤 열두 시경에 온통 피투성이가 되어 가지고 택시에 실려 왔잖아요."

"어머나—"

　은숙은 문득 어젯밤 열두 시경의 일이 생각난다. 난데없이 벽에 걸렸던 액자가 방바닥으로 뚝 떨어지던 일 말이다. 바로 그 액자가 떨어지던 시각에 교통사고를 당한 모양이 아닌가.

“어때요? 많이 다쳤나요?”

“많이 다치고말고요. 이 피 나오는 거 보세요.”

　환자의 아랫도리 부분에서 호스로 피가 쉼 없이 흘러나오고 있다.

“왜 이러죠?”

“소변이 안 나와서 뽑아내는 판인데, 글쎄 이렇게 피가 나오잖아요.”

“어머나, 어머나—”

　은숙은 곧 울상이 된다.

　환자는 의식불명이어서 마치 숨을 거둔 사람 같다. 유혈이 심해서 수혈을 하고는 있지만, 온통 얼굴이 백짓장이다. 잠시 후 정기홍이 뛰어 들어온다.

“아이고, 이런…….”

　정기홍은 가뜩이나 큰 눈을 더욱 크게 번쩍 뜬다. 예상했던 것보다 훨씬 더 참상이라는 듯이.

“어쩌다가 이렇게 됐답니까?”

　은숙에게 묻는다.

“교통사고래요. 간밤에…….”

“하하—”

“버스에 부딪쳤다는 거예요.”

“큰일 날 뻔했군요. 간밤에 안개가 끼어서 사고가 많이 났을 거예요.”

“안개가요?”

“간밤에 안개가 짙게 끼었었잖아요. 저도 친구들하고 술 마시고 늦게 집으로 돌아갔는데, 안개가 어찌나 짙은지 애를 먹었어요.”

“맞아요. 안개가 끼었었어요. 어머나——”

은숙은 그제야 간밤에 비 끝에 안개가 끼었던 생각이 나며 어떤 공포감에 휩싸인다. 또 보살할미의 말이 머리에 떠오른 것이다.

“이 집에 안개가 끼기 시작하는구나. 바깥양반, 안개를 조심해야겠는데…….”

작년 가을에 하던 말이다.

“하하—— 답답하구나. 안개가 꽉 끼었구나. 이 집에…… 앞이 안 보이는구나. 앞이 안 보여. 안개가 너무 짙어서 눈앞이 안 보이니 어찌할꼬.”

엑스레이 촬영을 하고 나서 입원을 했다. 독실이었다.

물론 노수인은 아직 혼수상태였고, 국부에서는 여전히 호스를 타고 피가 흘러나오고 있었다.

병상 벽에는 ‘금식’이라는 표지가 붙여졌다. 링거 외에 일체 식음이 금지된 상태였다.

사무실에서 임 주간과 오 부장이 왔다. 그러나 병실엔 무거운 정적이 감돌았다. 환자의 생명의 안위를 알 수가 없는 상태이니 그럴 수밖에 없다.

의사가 들어와서 피가 흘러나오는 호스를 한 번 만지작거려 보고는 고개를 약간 기울이며 나가자, 의자에 앉았던 임 주간이 얼른 일어나 따라 나간다.

“여보세요, 선생님.”

“예?”

걸어가던 의사가 멈추어 선다.

“저…… 환자의 회사 책임자 되는 사람입니다.”

“아, 그러세요?”

“어떻습니까? 상태가…….”

“글쎄요, 아직 뭐라고 말할 수 없군요.”

“생명에 관계는 없겠죠?”

“아직 알 수가 없다니까요. 출혈이 어찌 심한지…….”

“…….”

“아마 신장이 어찌 되지 않았나 싶어요.”

“하하―”

“뇌도 어떤지 알 수가 없고…….”

“…….”

“진단은 나오겠지만, 이삼 일 지나야 확실한 것을 알 수가 있을 것 같군요.”

“예―”

그렇다면 생명을 보장할 수 없다는 이야기가 아닌가. 임 주간은 기분이 무거워진다.

약간 무거운 표정으로 임 주간이 병실로 들어오자, 은숙은 가슴이 철렁 내려앉는다. 그 표정으로 보아 무슨 말이 오고갔는지 대뜸 짐작이 가는 것이다.

오 부장 역시 조심스럽게 임 주간의 표정을 볼 뿐 아무 말도 하지 않는다. 정기홍 역시 마찬가지다.

그러자 임 주간이 병실의 무거운 분위기를 깨뜨리려는 듯 입을 연다.

"뭐, 별로 걱정할 것까지는 없다는군요."

"그래요."

은숙이 반사적으로 묻는다.

"예, 너무 걱정 마세요. 이삼 일 후면 많이 좋아질 거라는 거예요. 의식도 돌아오고……."

"정말이에요?"

"예."

그제야 은숙의 얼굴에는 조금 핏기가 돌아온다.

잠시 후 임 주간과 오 부장은 돌아가고, 정기홍만 남아서 여기저기 전화 연락을 하고 시중을 든다.

은숙은 남편의 병상 곁에 앉아 가느다란 호스를 통해 뽀글뽀글 흘러나오고 있는 피를 가만히 지켜보고 있다.

시선은 그렇게 그 새빨간 피를 지켜보고 있지만, 마음속에는 자꾸 무엇엔가 매달리고 있다. 그것이 무엇인지는 알 수가 없지만, 좌우간 사람의 힘 이상의 것에 한사코 매달리고 싶은 것이다.

그것을 '하나님'이라고 해도 좋고, '부처님'이라고 해도 좋고, 혹은 '귀신'이라고 해도 상관없다. 좌우간 남편의 생명만 건져 줍소사 하고 매달리고 또 매달리고 싶은 것이다.

은숙이 그런 심정이 되기는 처음이다. 종교라는 것에 대해서 별로 깊이 관심을 가져본 일이 없는 그녀다. 친정어머니는 독실한 불교 신도로, 그녀도 어릴 때 곧잘 어머니를 따라 절에 가서 부처님에게 절을 하곤 했지만, 아직 불교를 믿는 단계에까지 이르지는 못한 것이다.

그런 은숙이 남편의 위급을 당해서 '부처님'이든 혹은 무슨 '귀신'이라도 좋으니 매달리고 싶은 심정이 된 것이다.

보살할미의 말이 어쩌면 그렇게 들어맞는지…… 안개를 조심하라더니 결국 안개 때문에 이렇게 사고를 일으키다니…….

그렇다면 결국 남편은 보살할미의 말대로 그 상문살인가 뭔가가 있는 여자에게 세 번째로 걸려 잡아먹히고 만단 말인가. 목숨을 건지지 못하고 이대로 숨을 거두고 만단 말인가.

"만일 그렇게 돼 봐라 그년을 가만히 놓아두는가……."

속으로 뇌까리면서 뿌드득 이를 문다.

창밖에 또 비가 쏟아지는 듯 쏴— 하는 소리가 난다.

노수인의 병세는 하루하루 호전이 되는 것 같았다. 국부로부터 호스를 타고 흘러나오는 혈뇨도 차차 그 빛이 엷어지기 시작했고, 사흘째 되는 날 오후에는 의식도 약간 돌아오는 듯 눈시울을 끔적거리기 시작했으며, 그다음 날 아침에는 번히 눈도 떴다. 물론 잠시 초점이 없는 눈을 멀뚱히 떴다가 곧 도로 감아 버리기는 했지만.

그리고 주사바늘을 꽂으면 이제 이맛살을 찌푸리기도 했다.

그런 남편의 하루하루의 변화를 은숙은 가슴 두근거리는 기쁨으로 지켜 나갔다.

토요일이었다.

그날도 하늘은 찌뿌드드하게 흐려 있었다.

지월실은 학교 앞 공중전화로 가서 노수인의 사무실로 전화를 걸었다. 노수인에게 전화를 걸 때는 으레 공중전화를 이용하는 것이다. 교무실의 전화로 여보, 당신…… 어쩌고 할 수는 없는 노릇이니까.

노수인을 못 만난 지도 어느덧 대엿새가 된다. 근래에 와서는 대엿새를 안 만나는 것은 보통이지만, 오늘은 꼭 만나고 싶은 것이다. 만나서 모처럼 회식이나 하고, 저녁때에는 영화 구경을 갈 생각이다. 요 전날 밤의 기분 나빴던 언쟁도 깨끗하게 씻어버릴 겸 말이다.

초대권 두 장을 선물 받은 것이다. 초대권이라도 보통 초대권이 아니다. 시사회의 초대권인 것이다.

"아, 여보세요. 교육개발편집실이죠?"

"예, 그렇습니다."

"노 선생님 좀 바꿔주세요."

"노 차장님 말입니까?"

"예."

"거기 어딥니까?"

"여기 저…… 친척 되는 사람이에요."

"그래요? 그럼 어찌 아직 소식을 모르세요?"

"예? 그게 무슨 말씀이에요?"

"노 차장님 요즈음 회사 안 나오십니다."

"왜요?"

"입원했어요."

"뭐요? 입원을 해요?"

"예, 적십자병원에 가보세요."

"어머나! 왜 어디가 아프시나요?"

"아픈 게 아니라, 교통사고가 났어요."

"교통사고요? 어머나, 어머나— 이 일을 어쩌나, 이 일을……."

지월실은 놀라 어쩔 줄을 모른다.

“적십자병원 몇 호실이에요?”

“16호실이든가 그럴 거예요. 아마……”

“아이고, 어쩌나— 언제 그랬어요?”

“벌써 오륙 일 됐어요.”

“어머나— 많이 다쳤나요?”

“가보세요. 가보시면 아시잖아요.”

전화가 끊어져 버린다.

지월실은 눈앞이 아찔해지는 느낌이다.

벌써 오륙 일이나 됐다니…… 그런데도 까맣게 모르고 있었다니…… 참 어처구니가 없다. 같은 서울에 살면서, 더구나 멀지도 않은 거리에 살면서 그런 사고가 난 줄을 모르다니, 자기가 오늘 회사로 전화를 걸지 않았더라면 앞으로도 모르고 지낼 게 아닌가. 만약 그가 죽었다 해도 모를 게 아닌가.

어처구니가 없으면서도 한편, 결국 자기는 그와 아무런 연결이 없는 사람처럼 느껴져 서글프기도 하고, 슬프기까지 했다.

사실 그렇지 않은가. 사랑하는 사람이, 가장 소중한 사람이 교통사고가 나서 병원에 입원을 했는데도 오륙 일이 지나도록 까맣게 모르고 있다니 말이 되는가 말이다. 그렇다면 남과 다를 게 무엇인가.

종회를 마치지도 않고 지월실은 급한 볼일이 생겼다면서 학년주임인 유 선생한테 살짝 말하고, 정신없이 학교를 나서 택시를 잡아 탔다.

택시가 병원 현관 앞에 멎을 때까지 지월실은 내내 두 눈을 감고 있었다. 오륙 일 전에 교통사고가 난 사람을 이제야 찾아가게 되는 미안함과 서글픔을 가눌 길이 없어서이기도 했지만, 그것보다도 병실엘 찾아가면 틀림없이 가족들이 있을 터인데, 특히 그의 아내가 도사리고 있을 터인데, 어떻게 해야 하나…… 하는 생각 때문이었다.

그의 아내는 생각만 해도 기분이 나쁜 것이다. 색안경을 끼고 난데없이 어디서 나타나 말없이 사람을 쏘아보기만 하던 그 얼굴, 그 몸서리나는 얼굴을 제 발로 걸어가서 대해야 하다니…… 더구나 노수인이 있는 앞에서…… 어쩌면 다른 가족들이나 친척들도 있을지 모르는데…… 괴로운 노릇이 아닐 수 없다.

그러나 도리가 없다. 그렇다고 안 찾아갈 수가 있는가 말이다.

마치 무슨 전투에라도 임하는 것 같은 느낌인 것이다. 사랑하는 사람이 입원을 했는데도 마음 놓고 찾아갈 수도 없는 자신의 위치가 새삼스럽게 한탄이 되기도 한다.

그런 긴장감, 그런 서글픔을 가라앉히느라고 가만히 두 눈을 감고 있는 것이다. 어떤 일이 닥쳐도, 어떤 모욕적인 일이 생겨도 참고, 끝내 품위를 잃지 말아야겠다는 각오를 단단히 하는 것이다.

택시가 현관 앞에 멎자, 지월실은 문을 열고 조용히 내린다. 여느 때보다도 월등히 가라앉은 몸가짐이다.

현관을 들어서 입원실 쪽으로 걸어가는 그녀는 그러나 가슴이 두근거리기 시작한다. 아무리 마음을 조용히 가지려 해도 자꾸 두근거려지는 것을 어쩔 수가 없다.

12호실이 눈에 띈다. 다음은 13호실…… 어쩐지 다리까지 가늘게 떨리는 것 같다.

마침내 16호실이다. '노수인'이라고 조그마한 팻말이 걸렸다.

지월실은 가만히 걸음을 멈춘다. 가슴이 두근거린다. 손에 땀이 내배는 것 같기도 하다.

아랫입술을 가만히 문다. 두 눈을 살짝 감고 심호흡을 해 본다. 그러나 여전히 가슴은 가라앉질 않는다. 별안간 소변이 마려운 것 같다. 너무 긴장이 된 탓인가 보다.

지월실은 얼른 그 자리를 뜬다. 화장실을 찾아가는 것이다.

화장실에 가서 앉았으나, 몇 방울 떨어질 뿐 별로 소변이 나오는 것도 아니다.

이번에는 화장실의 거울 앞에서 잠시 얼굴을 들여다보며 심호흡을 한다. 아무 데도 화장은 이지러진 데가 없다. 그런데도 어쩐지 거울 속의 자기 얼굴이 딱할 지경으로 이지러져 보이고, 처량해 보인다.

얼른 거울 앞을 떠난다.

수도꼭지가 눈에 띈다. 그러자 그쪽으로 가서 수돗물을 튼다. 공연히 손을 씻는 것이다.

좍— 때마침 창밖에서는 소낙비가 쏟아진다. 찌뿌드드하던 하늘이 또 소낙비가 되어 쏟아지는 것이다.

“아이고, 비도 비도, 너무 오는데…….”

어떤 남자 환자 한 사람이 허리를 구부정해 가지고 화장실로 들어서며 중얼거린다.

지월실은 손을 닦으며 얼른 화장실을 나선다.

16호실— 다시 노수인의 팻말이 걸린 병실 앞에 와서 멈추어 선 지월실은 이번에는 아랫입술을 잘씬*(‘잘끈’의 영천말) 물며 대번에 똑똑똑 노크를 한다.

“예—”

안에서 여자의 목소리가 들린다.

지월실은 문을 열고 안으로 들어선다. 밖에서는 그처럼 가슴이 두 근거리고 도무지 불안하기만 하더니, 막상 문을 열고 병실로 들어서니 이상하리만큼 대번에 착 가라앉아 버리는 것이 아닌가. 들어서는 지월실을 보자 은숙은,

"어머!"

소스라치게 놀란다.

은숙은 그때 남편의 국부로부터 흘러나오는 혈뇨(이제는 현저히 좋아져서 혈뇨라기보다 빛깔 짙은 오줌이라고 하는 편이 옳겠지만)를 받은 링거 병을 변소에 갖다 비우려고 들고 일어서는 참이었다.

그런데 뜻밖에 문을 열고 들어서는 사람이 다름 아닌 그 여자가 아닌가. 생각만 해도 치가 떨리는 그년이 이렇게 뻔뻔스럽게 병실까지 찾아오다니…….

은숙은 그만 얼굴에서 핏기가 싹 가신다. 입이 얼어붙은 듯 뭐라고 얼른 말이 나오질 않는다. 혈뇨가 가득 담긴 링거 병을 든 채 싸늘한 시선으로 쏘아보기만 한다.

지월실도 우뚝 멈추어 서서 그녀의 쏘아보는 시선을 가만히 마주 바라본다.

숨 막히는 긴장이 흐른다.

잠시 후, 지월실은 자기도 모르게 약간 고개를 떨군다. 그녀의 싸늘한 시선을 감당할 수가 없는 것이다.

지월실은 병상에 누워 있는 노수인의 모습을 공포를 머금은 것 같은 눈으로 바라본다.

붕대를 칭칭 감은 노수인은 의식불명의 상태인지, 아니면 잠이 들었는지 꼼짝도 않고 누워 있다. 눈자위가 푹 꺼지고 광대뼈가 두드

러진 것이 몰라볼 지경이다. 코밑이랑 턱에는 수염이 거무스름하다.

오륙 일 사이에 이렇게 초췌해 버리다니…… 지월실은 그만 두 눈에 핑 눈물이 돈다.

"여보, 이게 웬일이에요?"

자기도 모르게 이런 소리가 나오며 지월실은 얼른 병상 곁으로 다가간다.

은숙은 눈꺼풀이 바르르 떨린다.

"왜 이러는 거야? 도대체……."

도저히 가만히 보고 있을 수가 없다.

그러나 지월실은 입을 꼭 다물고 못 들은 체 가만히 노수인을 내려다보고만 있다.

"응? 네가 뭔데 이러는 거야? 네가 뭐야?"

"……."

"뻔뻔스러운 것 같으니…… 무슨 낯짝으로 찾아와서 이러는 거야?"

은숙은 이미 이성을 가누지 못하는 상태다. 그러나 병원이라는 것을 의식하는 듯 싸늘하고 매서우나 고성은 아니다. 나직한 목소리로 사정없이 쏘아붙이는 것이다.

"누구 때문에 이렇게 됐는지 알기나 알아?"

"……."

"이만하면 됐지, 왜 못 잡아먹어서 여기까지 찾아오는 거야?"

"……."

"기어이 잡아먹어야 속이 시원하겠어?"

"잡아먹다니 그게 무슨 말이지?"

516

마침내 지월실도 못 참겠는 것이다. 은숙을 향해 홱 돌아서며 매섭게 쏘아본다. 참는 것도 한도가 있는 것이다.

"네가 남자를 그렇게 잘 잡아먹는다면서? 벌써 두 남자를 잡아먹었다면서?"

"무엇이 어째?"

"그러고도 모자라 이번에는 내 남편을 잡아먹으려고……."

"어머나! 뭐?"

지월실은 그만 입술이 새파랗게 질린다.

지월실은 분해서 견딜 수가 없다. 자기가 남자를 잘 잡아먹다니, 벌써 두 남자를 잡아먹고, 이번에는 노수인을 잡아먹으려고 한다니…… 이건 도대체 사람을 뭐로 알고 하는 말인지 알 수가 없다. 입으로 내뱉으면 다 말인가 말이다.

입술이 새파랗게 질리고, 눈꺼풀이 파르르 떨려 견딜 수가 없다.

그러나 속은 곧 터질 것 같으면서도 어찌된 셈인지 도무지 말도 잘 나오질 않고, 팔다리도 뻣뻣하게 굳어진 느낌이다. 분함도 한도가 넘으면 그렇게 되는 모양이다. 그녀는 서서 그저 와들와들 떨기만 한다.

"내 말이 틀렸어? 틀렸냔 말이야!"

은숙은 여전히 매섭게 쏘아보며 독을 내뿜듯 내뱉는다.

"썩 나가지 못해?"

"……."

"무슨 낯짝으로 찾아오냔 말이야. 학교 선생? 흥! 교육자? 흥!"

"……."

"교육자면 좀 교육자답게 굴어야지, 이 남자 저 남자 닥치는 대로……."

"뭣이 어째?"

지월실도 다시 입이 떨어진다. 눈에 불이 켜지는 느낌이다.

"내 말이 거짓말이야? 중국집에 가서 남선생하고 단둘이 술을 마시며 아양을 떤 게 누구야? 누구냔 말이야?"

지월실은 정통으로 한 대 얻어맞은 것 같아 정신이 얼얼해진다.

두어 달 전의 일이 번쩍 머리에 떠오르는 것이다. 유 선생과 둘이 중화반점에 가서 술을 마시고 있는데 난데없이 노수인이 찾아와 질겁을 한 일 말이다.

그렇다면 그때 그렇게 노수인이 찾아오도록 일을 꾸민 게 바로 이 여자였구나. 도대체 어떻게 된 영문인지 알 수가 없어, 그 후에도 늘 수수께끼처럼 생각해 왔는데, 다름 아닌 이 여자의 수작이었다니…….

지월실은 등골이 으스스 떨린다. 싸늘한 기운이 등골을 타고 좍— 흘러 내려가는 것이다.

정말 겁나는 여자라는 생각이 든다. 겉으로 보기에는 별로 그렇게 매서운 여자로 보이지가 않는데…….

지월실의 그런 표정을 보자, 은숙은 최후의 일격을 가하는 것처럼 여지없이 내뱉는다.

"더러운 년! 갈보 같은 년! 썩 나가지 못하겠어?"

그러자 그만 지월실도,

"뭐 이년! 말 다했어? 말 다했어?"

냅다 소리를 지른다.

이성이니 뭐니 그런 것은 이미 무산(霧散)해 버린 것이다. 두 여자는 그저 질투와 증오에 불타는 두 마리의 암짐승처럼 바야흐로 사정없이 맞붙을 기세다.

그때,

"으으으, 아아—"

하고 노수인이 이맛살을 찌푸리며 약간 꿈틀거린다. 그리고 힘없이 두 눈을 뜬다.

노수인이 눈을 뜨자, 곧 육박전을 벌일 듯이 맞섰던 두 여인은 얼른 시선을 노수인에게로 보낸다. 마치 이번에는 노수인의 시선을 서로 자기가 차지하려는 듯이.

숨 막히는 긴장이 흐른다.

노수인은 처음에는 초점이 없는 것 같은 두 눈을 그저 멀뚱히 뜨고 있더니,

"어?"

약간 놀라는 표정이 되며 눈에 반짝 생기가 떠오른다.

지월실을 본 것이다.

지월실도 그만,

"여보—"

울먹이는 듯한 소리가 나온다.

자기도 모르게 노수인에게로 다가가며,

"이게 어떻게 된 일이에요?"

한다.

은숙은 석고처럼 굳어진 표정으로 가만히 지켜보고만 있다. 손에 든 링거 병이 가늘게 떨린다. 링거 병 속에 가득 담긴 불그레한 혈뇨도 떨린다.

"예? 여보, 도대체 어떻게 된 일이에요?"

말없이 노수인은 웃는다.

그런데 그 웃음이 그저 보통 웃음이 아니다. 어쩐지 몹시 멋쩍은 듯한 그런 웃음이다. 곤혹감을 느끼고 있다고 할까. 좌우간 난처한 기색이 웃음에 섞여 있는 것이다. 말하자면 이지러진 웃음이다. 표정도 어딘지 모르게 좀 이지러져 괴로워 보인다.

괴로운 표정으로 웃는 웃음, 이지러진 어색한 웃음…… 지월실은 가슴이 철렁 내려앉는 느낌이다.

그 표정은 바로 그 마음이 아닌가 말이다. 노수인이 자기를 보고 마음으로부터 반가워하는 것이 아니라, 어쩐지 멋쩍고 난처한 듯한 표정을 짓다니…… 그런 표정의 웃음을 웃다니…… 더구나 다른 경우와는 달리 그의 처도 있는 자리에서…… 말하자면 어떤 판가름이 난다고 해도 과언이 아닌 그런 자리인데 말이다. 비록 몸은 아내 곁에 있다 치더라도, 아내의 간호를 받고 있다 치더라도, 마음은 자기 곁에 있어야 하고, 자기의 간호를 바라야 할 게 아닌가. 그런데 이게 무슨 표정인가. 무슨 웃음인가 말이다.

지월실은 온몸의 맥이 탁 풀리는 것 같다.

노수인은 괴로운 듯,

"음—"

하면서 힘없이 눈을 감아 버린다.

실내의 공기가 별안간 더 무거워지는 듯하다.

잠시 후, 노수인은 다시 눈을 뜨며,

"여보."

하고 부른다.

그런데 그 여보가 지월실을 향한 것이 아니라 아내를 향한 것이다.

"예?"

은숙은 활짝 얼굴이 밝아진다.

"나 물 좀……."

"예, 예."

은숙은 링거 병을 놓기가 바쁘게 주전자의 물을 컵에 따라가지고 얼른 남편의 곁으로 가서,

"찬데 괜찮을까요?"

하면서 한 팔로 남편을 부축해 일으킨다. 그리고 입에다가 물 컵을 갖다 대준다. 그것을 노수인은 한 모금 한 모금 조금씩 마신다.

순간 지월실은 모든 것이 끝났다는 생각이 든다.

차마 가만히 보고 있을 수가 없다. 몸만 아내 곁에 있는 것이 아니라, 마음도 그녀 곁에 있다는 것을 분명히 안 이상 더 지체할 필요가 없는 것이다.

지월실은 얼른 병실 문을 열고 밖으로 뛰어나가 버린다.

형언할 수 없는 슬픔과 모욕감과 배신감에 몸을 떨면서 도망치듯 병원을 빠져나온 그녀는 비 오는 거리를 우산을 받쳐 들고 마치 실성한 사람처럼 걷는다. 어디로 간다는 생각도 없이 그저 걸음 가는 대로 걸어갈 따름이다.

그럴 수가 있는가. 정말 그럴 수가 있는가. 남자는 다 뱃속이 시꺼 먼 도적놈이라더니, 노수인 역시 그런 남자에 불과했는가…….

생각할수록 지월실은 슬프고 분하고 억울해서 견딜 수가 없다.

그의 아내라는 여자한테서 받은 모욕만 해도 치가 떨리는데, 결국 그한테서까지 그런 멸시를 당하다니, 배신을 당하다니…….

“악—”

지월실은 냅다 고함이라도 질러 버리고 싶은 심정이다.

비는 왜 이렇게 지랄같이 자꾸 쏟아지는지 모르겠다.

빗속을 마치 실성한 사람처럼 걸어가던 지월실은 공중전화가 눈에 띄자, 얼른 그곳으로 간다. 어디 급히 전화 연락할 데라도 있는 것처럼.

실상 아무 데도 전화를 걸 볼일은 없는 것이다.

그러나 그녀는 수화기를 든다. 아무 데라도 좋으니 전화를 해야겠다는 것이다. 아무 데라도 좋으니 전화를 해서, 아무라도 좋으니 좀 만나가지고 지금의 미칠 것 같은 심정을 실컷 좀 털어놓았으면 싶은 것이다.

그러나 얼른 머리에 떠오르는 전화번호가 없다.

영애 생각이 난다. 순자 생각이 난다. 그들과 만나서 실컷 좀 하소연을 했으면 싶다. 그러나 전화번호가 기억되지 않는다.

그 다음에 또 누가 있나. 유 선생 생각이 난다. 유 선생을 만나서 또 술이나 실컷 마시고 싶다. 까짓껏 그래서 가능하면 그의 품에 안겨버렸으면 좋겠다. 나중에야 어떻게 되든 간에…….

그러나 그 역시 전화 연락을 할 길이 없다. 오늘은 토요일이니 학교에 지금까지 있을 턱은 없고…….

박 교감 생각도 난다. 그에게 연락이 된다면 까짓것 못 만날 것도 없다. 만나서 그가 하자는 대로 해버리고 싶다.

그러나 박 교감 역시 벌써 퇴근을 했을 게 아닌가. 사택 전화번호는 알 길이 없고…….

힘없이 수화기를 도로 놓아 버릴까 하는데, 그녀의 머리에 번쩍 떠오르는 게 있다. 54에 5454다.

"흥."

지월실은 절로 코웃음이 나온다.

최상태다. 최상태의 전화번호인 것이다.

요 며칠 전에 서울에 새로 대리점을 차려 올라왔다면서 우선 전화번호나 알아두라고 가르쳐주던 54에 5454…….

최상태의 전화번호가 머리에 떠오르자, 처음엔 자기도 모르게 코웃음이 나오더니, 그게 아니라, 그녀는 곧 정신이 바짝 돌아오는 듯했다.

최상태, 멧돼지, 능구렁이…… 지금까지 그렇게 싫기만 하던 그가 왠지 별안간 눈물겹도록 고맙게 생각되는 것이 아닌가.

자기가 그렇게 싫어하는데도 끝내 자기를 차지하려고 온갖 모욕을 참아가며 자기의 뒤를 쫓고 있는 남자…… 열심히 쫓아가는 자기를 교묘히 피해온 셈인 노수인과는 정반대의 남자가 아닌가.

그런 남자를 두고 자기는 지금까지 뭘 하고 있었단 말인가. 엉뚱한 데서 헤맨 셈이 아닌가.

그녀의 손가락은 가늘게 떨리면서 54에 5454를 돌린다.

"아, 여보세요. 최상태 씨 계십니까?"

"아, 내가 최상탠데요. 누구십니까?"

"저, 모르시겠어요? 지월실이에요."

"예? 지 선생님? 야— 이거 오늘 우짠 일이신교?"

최상태의 활짝 밝아지는 표정이 이쪽에서도 보이는 듯하다.

"지금 바쁘세요?"

"아니요. 내야 뭐 언제든지 시간이 안 있능교. 허허허……."

수화기에서 흘러나오는 최상태의 능글능글한 웃음소리가 지월실은 이제 조금도 싫지가 않다. 여느 때 같으면 절로 이맛살이 찌푸려질 터인데 말이다.

참 이상한 일이다. 조금 전 병실에서의 그 순간을 고비로 지월실은 마치 딴사람이 된 것 같다. 지금까지의 지월실이 아니라, 딴 지월실로 홀연히 바뀌고 만 것 같다.

"그럼, 지금 곧 좀 나오시겠어요? 만나고 싶어요."

"예, 예. 나가고말고요. 지금 당장 나가죠. 어디서 만날까요? 지 선생님 좋으신 대로……."

"광화문에 귀거래 다방이라고 있어요. 그 이층으로 오세요."

"예, 예. 예— 지금 두 시 사십 분이니까, 세 시까진 도착하겠죠. 허허허……."

수화기를 놓자, 지월실은 공연히 가슴이 두근두근 뛴다. 귓전에는 최상태의 웃음소리가 그대로 감돌고 있는 것 같다.

우산을 받고 비 오는 거리를 광화문 쪽으로 걸어가며 지월실은,

"결혼을 해야지. 나도 정식으로 결혼을 해서 떳떳한 남의 아내가 돼야지. 아내가……."

하고 중얼거린다.

그리고 이를 꼭 문다.

보복인 것이다. 말하자면 노수인에 대한 보복인 셈이다.

오늘 당장 끝장을 내버려야지. 오늘 당장 모든 것을 최상태에게 바치고, 노수인과의 관계에 종지부를 찍어 버려야지. 그래서 최상태의 아내가 되어 만일 그가 병원에 입원을 하면 정성껏 간호를 해 주어야지. "여보, 물" 하면 "예, 예" 하고 얼른 물 컵을 갖다가 그의 입에

다 대 주어야지. 아— 떳떳한 아내가 되어야지. 아내가…….

핑 눈물이 돈다. 이를 악무는데도 곧장 눈앞이 흐려지더니 결국 주르르 흘러내린다.

지월실은 얼른 우산을 약간 낮추어 앞을 가린다. 그리고 흐르는 대로 눈물을 그대로 내버려둔다. 말하자면 그녀의 한이 눈물이 되어 걷잡을 수 없이 쏟아져 내리는 것이다.

다방에 와서 한쪽 창가에 자리를 잡고 앉은 지월실은 핸드백에서 콤팩트를 꺼내어 화장을 매만진다. 비에 젖은 머리와 눈물에 젖은 얼굴을 가다듬는 것이다.

그제야 그녀는 시장기가 느껴진다.

잠시 후 최상태가 훤한 얼굴로 들어선다.

싱그레 웃으며 그가 다가오자, 지월실은 어쩐지 몹시 수줍게 느껴진다. 가슴이 약간 두근거리기도 한다.

그럴 수밖에 없다. 지금까지와는 달리 오늘은 그를 이쪽에서 불러냈을 뿐 아니라, 그에 대한 심정이 백팔십도 달라진 셈이니 말이다. 오늘 당장 그에게 모든 것을 바쳐버리기로 마음먹고 있는 게 아닌가.

“정말 오래간만입니더.”

최상태가 활짝 웃음을 띠며 앞에 앉자, 지월실은,

“정말이에요.”

하고는 좀 멋쩍은 듯 고개를 살짝 떨군다. 양쪽 볼에 보조개가 곱게 패인다.

“이렇게 비 오는데 나오시라고 해서 미안해요.”

“아이 별말씀을…… 비가 아니라, 천하 없는 것이 와도 상관없어요. 허허허……."

최상태는 정말 기분 좋다는 듯이 웃는다.

"극장표가 두 장 생겨서 함께 구경을 갈까 하고요."

"아 그거 좋심더. 어느 극장인데요?"

"극도극장이던가…… 시사회예요."

"시사회?"

"예, 우리 반 학부모 가운데 영화감독이 한 분 있어요. 그분이 자기가 만든 영화 시사회를 한다고 초대권을 두 장 보냈더군요. 시사회 가본 일 있어요?"

"아니요. 허허허……."

"그럼 잘됐군요. 저도 가본 일 없어요."

"몇 시부턴데요?"

"저녁 일곱 시부터던가……."

그러면서 지월실은 핸드백에서 초대권을 꺼내본다.

"일곱 시 반부터군요."

"그럼, 아직 시간이 얼마든지 있는데…… 여기 이렇게 앉아 있을 끼 아니라…… 나가입시더. 아무 데나……."

"점심 잡수셨어요?"

"그럼요. 벌써 세 시가 넘었는데…… 아니 아직 접심을 안 자셨능교?"

"예."

"뭐 하시느라고 지금까지 점심을 안 자시고……자 그럼 어서 나가입시더."

밖으로 나온 최상태는,

“어디로 갈까요? 지 선생님 마음대로……."
하고 묻는다.
“덕수궁에 가요."
“덕수궁에요? 비 오는데……."
“비 오는 고궁도 좋을 거예요."
“예, 그러죠. 거기 가도 식당이 있으니까."
그들은 각각 우산을 받고 나란히 덕수궁 쪽으로 걸었다.
비 오는 고궁도 역시 좋았다. 오히려 맑은 날씨 때보다 사람이 적어 한적해서 더 좋은 것 같았다.
식당에 들어가 비에 젖는 고궁의 동양화 같은 풍경을 내다보며 지월실은 늦은 점심을 먹고, 최상태는 맥주를 마셨다. 지월실도 권에 못 이겨 맥주를 한 컵 마셨다.
식당을 나와 가랑비가 내리는 고궁의 호젓한 안길을 걸으면서였다. 주위에 아무도 사람이 보이지 않았다.
“최 선생님 우산 속으로 들어가고 싶어요."
그러자 최상태는,
“아, 예 예, 어서 들어오이소. 허허허……."
기분 좋게 웃는다. 대환영이라는 듯이.
지월실은 얼른 최상태의 우산 밑으로 들어간다.
그러자 최상태가 한쪽 팔로 지그시 그녀의 어깨를 안는다.
그렇게 한 우산 속에서 몸을 맞대고 걸어가다가 지월실은,
“최 선생님, 저…… 최 선생님을…… 여보라고 불러도 괜찮겠어요?"
하고 살짝 귀밑을 물들이며 쳐다본다.

“아, 예, 그래야지. 이제부터 지 선생님을 여보라고 부르겠어요. 허허허, 허허허…… 그래야 되고말고, 그래야 되고말고…….”

“여보.”

“응?”

“저…… 나 당신의 아내가 될게요.”

“아, 그래야지, 그래야지. 그래야 되고말고…… 허허허, 허허허…….”

최상태는 그녀가 사랑스러워 못 견디겠다는 듯이 함박웃음을 웃어댄다.

덕수궁을 나온 그들은 아직 시사회까지는 시간이 있어서 한 우산을 같이 받고 비 오는 거리를 명동 쪽으로 걸었다. 미도파백화점에 들러서 에스컬레이터로 한 층 한 층 올라가면서 이것저것 구경을 하기도 했다. 구경을 하다가 혹시 지월실이,

“어머 이거 참 예쁘죠?”

하면은 최상태는,

“그래요? 사지 뭐.”

이런 식으로 마구 선심을 쓰는 것이었다. 마침내 결혼을 승낙한 그녀에게 최대의 호의를 베푸는 셈이었다.

최상태로서는 정말 뜻밖의 일이 아닐 수 없는 것이다. 열 번 찍어 안 넘어가는 나무가 있을까마는, 그러나 그녀에게는 노수인이라는 인물이 있는 터이니, 아무래도 일이 쉽게 뜻대로 될 것 같지가 않아 장기전을 각오하고 일부러 서울에 새로 대리점을 내어 올라와 서서히 다시 작전을 전개하려던 참인데, 오늘 뜻밖에 그녀 쪽에서 먼저 전화가 걸려온 것이 아닌가. 그리고 그녀의 입에서 너무나 간단하게

당신의 아내가 되겠다는 말이 나온 게 아닌가. 그렇다면 벌써 노수인과의 사이가 벌어지고 말았다는 것인지…… 어떻게 됐든 좌우간 이제 그녀의 마음이 자기에게로 온 터이니 기쁘지 않을 수 없다. 말하자면 승리감인 것이다.

최상태는 패배감을 맛보고는 견딜 수 없는 성미다.

그러니까 이번의 지월실의 건도 그녀를 그토록 사랑해서 그랬다기보다도, 끝내 지지 않겠다는 오기, 좋게 말하면 남자로서의 자존심, 혹은 투지 때문이었다고 할 수 있다. 그리고 노수인에 대한 괘씸한 생각이 보복 심리로 바뀌어 더욱 이를 악물게 했다고 할까.

좌우간 친지건 남이건 옛 동기생이건 간에 그는 일단 경쟁 관계가 된 이상 지고는 견딜 수가 없는 성미다. 이겨야 직성이 풀리는 것이다.

멧돼지 정신이라고나 할까.

그런 그가 마침내 승리를 거둔 셈이니 기분이 좋을 수밖에.

최상태가 속으로부터 정말 기분이 좋은 상태라면, 지월실은 그저 겉으로 억지로 기분 좋은 체하고 있는 상태였다. 속은 뭐라고 형언할 수 없이 뒤숭숭하고 얄궂으면서도 말이다. 쓸쓸하고 분하고 그저 한없이 울고 싶으면서도 겉으로 애써 기분 좋은 체하는 상태…… 말하자면 될 대로 되라는 자포자기의 상태인 것이다. 실의 상태인 것이다.

그렇게 억지로 기분 좋은 체 함으로써 노수인에게 대해 보복이 되기라도 하는 것처럼 그녀는 시사회에 가서도 곧잘 호호호…… 하하하…… 웃어댔고, 최상태에게 마구 기대기도 했다.

그런 그녀의 태도를 최상태는 정말 자기가 좋아서 그러는 줄 알고 주위의 눈들도 아랑곳없이 한쪽 팔로 그녀의 어깨를 안고 한쪽 손으로는 그녀의 손을 마음대로 어루만져 대는 것이었다.

시사회가 끝나자, 최상태는 그녀를 택시에 태우고 우이동 쪽으로 마구 달렸다. 그러자 지월실은 그저,

"어디로 가시는 거예요?"

대수롭잖게 한마디 물을 뿐이었다. 이미 자포자기한 터이니 그럴 수밖에…….

비는 밤에도 여전히 내리고 있었다.

우이동 숲속에 있는 산장호텔로 택시는 비에 젖으며 미끄러져 들어갔다.

최상태는 지월실을 호텔의 레스토랑으로 데리고 가서 성대한 저녁식사를 대접했다. 말하자면 기분 좋은 최초의 만찬을 베푸는 셈이었다.

물론 축배도 들었다.

"앞날의 우리 가정에 행복이 깃들기를…….."

최상태가 빙그레 웃으며 글라스를 지월실의 글라스에 살짝 갖다 부딪치자 그녀는,

"호호호…….."

기분 좋게 웃는다.

그런데 그 웃음소리가 조금도 수줍게 느껴지지가 않고, 어쩐지 호들갑스럽기만 하다.

그저 될 대로 되라는 그런 들뜬 상태에서 나오는 웃음소리에 틀림없는 것이다.

그런 웃음소리는 그날 밤 이슥토록 계속되었다.

술이 제법 얼큰해 가지고 레스토랑을 나와 이층 호텔 방으로 올라가며 최상태는 계단에서 지월실을 부축하는 듯이 한쪽 팔로 그녀의 허리를 뒤로 안았다.

그러자 그녀는,

"호호호호……."

웃는 것이었다.

그리고 방에 돌아오자, 최상태는 방문을 안으로 잠그고, 그 자리에 서서 지월실을 가슴 안으로 끌어당겼다.

두 팔로 그녀를 지그시 껴안으며,

"여보, 이제 당신 내 끼지?"

하자,

"호호호호……."

또 웃었다.

최상태는 웃는 그녀의 얼굴을 뜨겁게 짓눌러 버렸다. 그녀의 입술을 마구 짓뭉개던 최상태의 뜨거운 입술이 그녀의 입술로부터 흘러내려 이번에는 그녀의 야들야들한 귀밑께로 파고들자, 그녀는 또,

"호호호호……."

웃음을 터뜨렸다.

서서 그녀의 살결을 만끽하고 나서 최상태는 그녀를 번쩍 옆으로 들어 안아 침대 쪽으로 운반해 가자,

"호호호호……."

그녀는 또 웃었다. 마치 재미 좋은 장난을 하고 있는 계집애처럼.

침대에 그녀를 갖다 누이며 동시에 최상태도 그녀 곁에 뒹굴어 버린다. 두 눈에는 실낱같은 핏발이 서 있다.

“여보.”

“…….”

“여보, 와 대답이 없어?”

그러나 그녀는 또,

“호호호호…….”

웃는다.

마치 웃음보가 늘어진 사람처럼 실없이 곧장 웃음이 새어나오는 모양이다. 술기와 함께 몸과 마음이 완전히 흐늘흐늘해진 셈이다. 기분 좋은 자포자기의 상태가 되었다고나 할까.

그런 흐늘흐늘한 그녀를 최상태는 불끈 뜨겁게 끌어안는다. 그리고 식식거리며 다시 입술로 그녀의 살결 위를 헤맨다.

“호호호, 호호호…….”

그녀의 입에서 곧장 웃음소리가 새어나온다.

잠시 후 최상태는 입술을 거둔다. 그리고 이번에는 그녀를 싸고 있는 껍질을 벗기기 시작한다.

먼저 위 껍질을 벗긴다. 봉긋한 두 봉우리가 드러난다. 그러자 그는 그 봉우리 위로 뜨거운 입술을 다시 낙하시킨다.

“어머나, 호호호, 호호호…….”

그녀는 새우처럼 오그라들면서 곧장 웃는다. 마치 실성한 사람 같다.

그렇게 곧장 호호호, 호호호…… 웃기만 하던 지월실도 마침내 웃음을 잃고 말았다. 최상태의 불타는 욕망이 그녀의 하반신으로 마구 휘몰아쳐왔던 것이다.

몸과 마음이 함께 흐늘흐늘한 상태였던 그녀는 번쩍 정신이 드는 듯했다. 그리고 콱 막히는 듯한 숨을 몰아쉬느라고 애를 먹었다.

불이 꺼진 방 안은 어두웠다. 창밖에 비는 여전히 내리고 있었다.

얼마 후 지월실은 흐느끼기 시작했다.

최상태의 뜨겁고 거센 욕망이 사라지고 힘없이 떨어져 나가자, 그녀는 어둠속에 팔다리를 아무렇게나 내던진 채 조용히 흐느끼기 시작하는 것이었다. 이미 돌이킬 수 없는 상태가 되어버린 데 대한 안타까움이기도 했고, 자기 자신에 대한 연민이기도 했으며, 노수인에 대한 원망스러움이기도 했고, 그러면서도 이제 다 끝이 났다는 어떤 홀가분한 허탈감 같은 것이기도 했고, 또 새로운 운명을 순순히 받아들일 도리밖에 없다는 체념이기도 했다. 그런 가지가지 한스러움이 한데 녹아서 흘러나오는 눈물이었다.

한참 그렇게 조용히 흐느끼고 나서 지월실은 일어나 몸을 수습했다.

그리고,

"여보."

나직이 최상태를 불러본다.

"응? 울기는 와?"

"미안해요."

그러면서 그녀는 최상태의 품 안으로 가만히 파고든다.

품 안으로 파고드는 그녀를 최상태는 다시 지그시 끌어안는다.

"여보."

지월실은 한쪽 손바닥으로 최상태의 가슴패기를 가만가만 어루만진다.

"응?"

“우리 결혼식 언제 올리겠어요?”

“언제든지…… 당신 형편대로. 내야 뭐 언제든지 괜찮으니까.”

“그럼 될 수 있는 대로 빨리 올리도록 해요.”

“그러지.”

“그리고 여보.”

“응?”

“결혼식을 올리고 나서 서울을 떠나도록 해요.”

“신혼여행 말인가?”

“아니에요. 호호호…… 신혼여행 얘기가 아니라, 우리의 새 가정을 저는 서울에 가지고 싶지 않아요.”

“음—”

최상태는 지월실의 그런 심정을 잘 알겠는 것이다. 말할 필요도 없이 노수인 때문이 아니겠는가.

최상태는 노수인과의 사이가 어떻게 됐느냐고 물어보려다가 그만두었다. 물어보나마나 뻔한 노릇 아닌가. 그들 사이가 아직 지속되고 있다면 지월실이 이렇게 스스로 걸어와서 자기 품에 안길 턱도 없고, 또 결혼을 하자고 자기 입으로 먼저 말할 까닭이 없지 않는가 말이다.

“그럼, 어디다가 새 가정을 갖는 게 좋겠소?”

“서울 아니면 어디든 상관없어요.”

“알겠어. 그렇다면 부산으로 도로 내려가는 거지 뭐.”

“정말이죠? 정말 그래 주시는 거죠?”

“누구 분부시라고 감히 거절을 하겠소. 허허허…….”

최상태는 껄껄껄 웃고 나서 그녀를 불끈 끌어안는다. 다시 뜨거운 욕망이 고개를 쳐들기라도 하는 것처럼…… 좋아서 못 견디겠는 듯이…….

사람의 일이란 정말 예측할 수가 없는 것인가 보다.

그처럼 까닭 없이 싫기만 하던 최상태에게 지월실이 제 발로 걸어가 몸을 맡겨 버리다니, 그리고 그의 아내가 되어 앞날을 그와 함께 하기로 마음을 먹어 버리다니, 그것도 두고두고 생각한 끝에 그런 결론에 도달한 것이 아니라, 순간적인 충격의 반작용으로 그렇게 운명을 낙착시켜 버리다니…… 어이가 없는 노릇이다. 네 남자 가운데서 가장 싫던 남자를 택해 버리다니 말이다.

운명이란 이렇게 엉뚱한 방향으로 흘러가기를 좋아하는 짓궂은 속성의 것인 모양이다. 어쩌면 그게 엉뚱한 방향이 아니라, 가장 옳은 방향인지도 모르지만.

아무튼 그렇게 일이 갑작스럽게 예기치 않은 방향으로 결말이 나 버리자, 지월실은 허탈 상태에 빠지고 말았다. 그동안의 긴장이 일시에 풀려 버려서 그런지 마치 몸의 나사가 헐렁헐렁해진 사람처럼 맥이 없었다. 세상이 그저 시들하게만 여겨지는 것이었다.

그러면서도 한편 자기의 갈 길이 이제 정해지고 말았다는 일종의 안도감이라 할까, 그런 홀가분한 기분이 전혀 없는 것도 아니었다. 운명의 불가항력 같은 것을 느끼면서 최상태와의 새 가정을 그려보며 쓸쓸한 웃음을 웃기도 했다.

최상태는 그 별명과 같이 정말 멧돼지 같은 남자였다. 거의 매일 밤 지월실을 뜨겁고 거세게 짓이겨댔다. 그리고 그런 형의 남자가 대개 다 그렇듯이 여자에 대해서 몹시 상냥하고 약했다. 자기로서는 과분한 상대를 차지하기라도 한 것처럼 그녀의 청이면 무엇이든지

다 순순히 고개를 끄덕였다.

그래서 결국 결혼식 날짜도, 장소도 지월실 마음대로 결정했다. 날짜는 되도록 가깝게 정했고, 장소는 조계사로 정했다.

날짜와 장소까지 정해지고 나자, 지월실에게 한 가지 고민이 생겼다. 뱃속에 든 노수인의 아이를 어떻게 할 것인가 하는 문제였다. 어느덧 석 달이 되어가는 것이었다.

떼버리고, 개운한 몸으로 새 남자에게 가는 것이 백 번 옳을 것이다. 그러나 지월실은 어쩐지 그렇게 할 생각을 하니 왈칵 눈물이 쏟아질 것 같아 견딜 수가 없었다. 노수인을 야속하게 여기며, 그 충격의 반작용으로 자기의 앞날을 최상태 쪽으로 낙착시키기는 했지만, 그러나 가슴 밑바닥에는 아직 노수인의 뿌리가 그대로 박혀 있는 셈이었다.

그 뿌리까지 송두리째 뽑아 버리자니 정말 허전하고 슬퍼서 미칠 것만 같았다. 그러니까 비록 몸은 어쩔 수 없이 최상태 쪽으로 가지만, 그래도 마음만은 노수인과의 관계를 깨끗이 청산해 버릴 수가 도저히 없는 것이다.

지난해 가을에 처음으로 만나 채 일 년도 못 되게 사귄 그런 사이라면 또 모르지만, 그게 아니라, 그와의 인연은 벌써 이십 년 전부터 비롯된 게 아닌가 말이다.

그래서 결국 지월실은 노수인의 아이를 그대로 가지고 가리라 마음먹고 말았다. 어처구니없는 노릇인지 모르지만, 그녀로서는 그럴 수밖에 도저히 어떻게 할 도리가 없었다. 나중에는 또 어떻게 되든…….

그리고 그녀는 결혼 날짜가 다가오자, 마지막으로 노수인에게 편

지를 썼다. 아무 말 없이 그냥 떠나가 버릴까 했으나, 왠지 가슴이
메어지는 듯해서 견딜 수가 없었다.

　비 오는 교실 창변에 앉아 그녀는 다음과 같은 마지막 사연을 적
었다.

　　그립고 원망스러운 당신에게

　　병석에 누워 계시는 당신에게 이런 편지를 드려서 정말 미안
　해요. 그러나 마지막 떠나는 마당에서 당신에게 한마디 말도
　없이 떠날 수는 도저히 없어서 이 붓을 들었으니, 아무쪼록
　용서해 주시기 바랍니다.

　　저는 22일 상오 열한 시에 조계사 대법당에서 결혼식을 올
　립니다. 상대가 누구라는 것은 밝히지 않겠어요. 나중에 자
　연히 아시게 될 터이니까.

　　제가 왜 이렇게 갑작스럽게 결혼을 해 버리게 되었는지 당신
　은 아마 그 까닭을 모르실지 모르겠어요. 그러나 그 까닭도
　아마 잘 생각해 보시면 아시리라 믿어요.

　　저는 떳떳한 당신의 아내가 되고 싶었어요. 그러나 결국 당
　신의 떳떳한 아내가 될 수 없는 것을 이번에 알았어요. 제가
　병실에 찾아간 일 기억하시겠지요. 그때 저는 모든 것을 분
　명히 알았어요.

　　그래서 그날로 마음을 달리 먹었습니다. 떳떳한 남의 아내가
　될 수 있는 자리에 결혼을 해 버리기로 결심을 했지요.

　　이제 모든 것은 끝이 났습니다. 그저 모든 게 운명이라 생각
　하고, 그 운명에 순종하기로 마음을 먹고 있을 따름입니다.

그러나 저는 당신이 저에게 주신 선물 두 가지만을 그대로 가지고 떠나기로 했습니다. 무엇인지 아시겠어요? 하나는 지금 제 뱃속에 자라고 있는 당신의 아이고, 하나는 지난해 가을 불국사에서 당신이 선물로 사주신 관음보살상이에요. 저의 새 가정, 새 안방, 새 경대 위에 당신의 관음보살상을 그대로 놓아두고 자나 깨나 바라보겠어요.

눈물이 앞을 가려 더 이상 못 쓰겠군요.

여보!

하루 속히 완치가 되셔서 부디 행복한 가정의 행복한 남편, 행복한 아버지가 되세요. 두 손 모아 진심으로 빌면서 저는 떠나갑니다.

지월실 드림

지월실은 편지를 다 쓰고 나서 엎드려 한동안 흐느껴 울었다.

그리고 편지를 결혼 하루 전날 속달로 적십자병원 16호실로 보냈다.

그러나 그 편지를 받은 것은 노수인이 아니었다. 은숙이었다.

비 오는 창변에 앉아 은숙이 주간지를 뒤적이고 있는데, 간호원이 문을 열고 들어선다. 손에는 주사기나 약품 대신 웬 편지를 한 통 들고서였다.

"속달이군요."

"그래요?"

은숙은 웬 속달이 병실로 다 날아드는가 싶은 듯 얼른 주간지를 놓고 일어나 그것을 받는다. 그 속달 편지의 겉봉에 쓰여진 필적만

538

보고도 은숙은 그게 누구한테서 온 것인지 대뜸 짐작을 할 수가 있다.

은숙은 약간 긴장이 되면서 힐끗 노수인을 바라본다. 마침 노수인은 깊은 잠에 떨어져 있다. 다행이 아닐 수 없다.

은숙은 도로 자리에 앉아 그 속달 편지를 조심스레 뜯는다. 안에서 나온 편지 사연을 읽어가는 은숙은 만면에 희색이 활짝 어린다.

22일이면 바로 내일이 아닌가. 내일이면 그 여자는 이제 영영 남의 아내가 되어 떠나가는 게 아닌가 말이다. 이렇게 기쁘고 시원한 일이 또 어디 있겠는가.

그러나 편지 끝 대목에 이르자, 은숙의 표정은 어둡게 흐려진다.

결혼을 하면 깨끗이 결혼을 할 것이지, 무슨 미련이 그렇게 끈질겨서 뱃속에 든 씨앗을 그대로 가지고 가겠다는 것인지, 참 지랄 같은 여자다. 그처럼 미련이 있으면 결혼을 안 하든지…….

결혼을 해서 자기도 남의 떳떳한 아내가 되겠다는 것은 결국 떳떳하지 못한 과거를 청산하겠다는 뜻이 아닌가. 그런데 무엇 때문에 구질구질하게 이쪽 아이를 저쪽 남자 쪽으로 가져가겠다는 뜻인지…… 산부인과에 한 번 다녀오기만 하면 만사가 깨끗하고 개운할 터인데…….

은숙은 자기도 여자지만, 도무지 그 여자의 심리를 알 수가 없다. 편지를 읽고 난 은숙은 한참 동안 기분이 뒤숭숭해서 견디질 못한다.

아마 그럴 리가 없을 것이다. 일단 떳떳한 위치의 여자가 되기 위해 딴 남자한테 가기로 마음먹었다면 뱃속의 것을 그대로 가지고 갈 턱이 만무하다. 그런 몰지각한 여자는 아닐 것이다. 마지막으로 한 번 더 남의 간을 뒤집고, 병실에 누워 있는 사람의 심정을 뒤흔들어

놓으려고 그러는 수작임에 틀림없다.

정말 끝까지 지독하고 무서운 여자라는 생각이 든다. 보살할미 말마따나 상문살인가 무슨 살인가가 분명히 있는 여잔가 보다.

만일 편지를 자기가 받지 않고, 직접 남편이 받았다면 어쩔 뻔했는가 말이다. 가뜩이나 병세가 말이 아닌 판인데, 그런 정신적 충격까지 겹쳐놓으면 어떤 결과가 초래될지 알 수가 없는 것이다.

은숙은 아찔한 생각이 들어 그만 편지를 짝짝 찢어버린다. 갈기갈기 찢어서 쓰레기통에 집어넣어 버린다.

"후유—"

안도의 숨이 내쉬어진다.

창밖에는 여전히 비가 내리고 있다. 장마가 이렇게 오래 계속되다니, 한강물이 넘치지나 않을지 모르겠다.

그러나 창변에 앉은 은숙의 얼굴엔 개운한 듯한, 시원한 듯한 미소가 떠오른다.

보살할미 생각이 난다. 이럴 때 보살할미를 만나면 틀림없이,

"아이고 댁네, 이제 서서히 안개가 걷히기 시작하는구려."

이렇게 말하며 웃을 게 아닌가.

내일이면 이제 안개가 깨끗이 걷히는 셈이 아닌가. 열한 시에 결혼식을 올린다니, 말하자면 열한 시에 안개가 말끔히 걷혀 버리는 셈이 아닌가.

은숙은 잠들어 있는 남편의 얼굴을 가만히 바라본다.

입원을 한 지도 어느덧 보름이 넘는다. 코밑이랑 턱, 그리고 양쪽 볼에 수염이 제법 지저분하다. 새하얗던 안색은 약간 회복이 되었으나, 눈자위는 여전히 푹 꺼졌다.

이제 위험한 고비는 넘긴 셈이다. 국부에서 호스로 뽑아내던 소변이 이제 자연 배설이 되는 것이다. 그리고 뇌에는 큰 탈이 없었던 듯 의식은 정상이다. 대퇴골이 꽤 상하기는 한 모양이지만…….

"후유—"

아무튼 남편을 무사히 건져냈다는 생각에 안도의 숨이 내쉬어질 따름이다. 안개의 늪에서 말이다.

이튿날.

그러니까 오늘은 지월실과 최상태가 조계사에서 결혼식을 올리는 날이다.

은숙은 아침부터 묘하게 기분이 좋기만 했다. 우선 찌뿌드드하게 흐려만 있던 창밖의 하늘이 서서히 갈라지면서 참 오래간만에 새파란 하늘이 얼굴을 나타내는 것이 아닌가.

활짝 창문을 연 은숙은 갈라진 구름 사이로 쏟아지는 햇빛을 마치 무슨 눈부신 축복인 양 바라본다. 지금까지 뒤숭숭하고 우울하기만 하던 가슴속으로 그 햇빛이 쫙— 비껴 들어오는 듯한 기분이다.

"여보, 저 하늘 좀 봐요."

은숙은 침대에 누워 있는 남편을 돌아보며 말한다. 마치 하늘을 처음 보기라도 한 것처럼.

"응?"

노수인은 창 쪽으로 고개를 돌린다.

"하늘이 꼭 호수 같죠?"

"그렇군."

"아, 정말 기분 좋아."

은숙이 그렇게 기분이 좋은 것은 반드시 구름이 갈라지고 오래간만에 하늘이 나타나기 때문만이 아닌 것이다. 서서히 시간이 열한 시를 향해 나아가고 있기 때문인 것이다.

오늘이 무슨 날인지 전혀 모르는 노수인은 그저 오래간만에 보는 하늘이 좀 시원하게 느껴지는 듯 앉아서 가볍게 기지개를 켠다.

"이제 장마가 걷히는 모양이죠?"

"그런 모양이지."

"아이, 지루하기도 하더니…… 여보, 몇 시에요?"

"당신 시계 어쨌는데?"

"그 당신 머리맡에 있어요. 지금 몇 신가 좀 봐요."

노수인은 머리맡의 시계를 본다.

"열한 시가 다 되어가는군."

"그래요? 하하하……."

"왜?"

"아니에요."

"열한 시가 다 되어간다는데, 왜 웃는 거야?"

"아무 일도 아니라니까요. 오래간만에 장마가 걷히니까 공연히 기분이 좋군요. 호호호……."

"허허허…… 사람도 참……."

갈라진 구름은 어느덧 흐늘흐늘 흩어져서 새파란 하늘이 점점 넓어진다.

그런데 그 말끔히 씻어진 하늘로 노란 풍선이 하나 둥실둥실 떠서 자꾸 나부껴 올라간다.

그것을 본 은숙이,

"저 풍선을 봐요."

하고 웃는다.

"아, 풍선이군. 누가 가지고 놀다가 놓친 모양이지."

"그런가 보죠."

새파란 하늘로 둥실둥실 점점 작아져가는 노란 풍선을 바라보고 있던 노수인은 문득 불국사 생각이 난다. 지난해 가을 지월실과 함께 불국사 관음전 앞뜰에서 보았던 광경 말이다.

풍선을 가지고 놀던 아이가 그것을 놓치고 서럽게 울던 광경……그 풍선도 분명 노란 풍선이었던 것 같다.

노수인은 잠시 생각에 잠긴다. 어쩐지 묘하게 기분이 흔들린다.

지금쯤 지월실은 뭘 하고 있을까. 교실에서 아이들을 가르치고 있겠지. 혹은 모처럼 맑은 날씨니까, 운동장에서 아이들하고 뛰놀고 있는지도 모르지. 한 번 그렇게 와보고는 다시는 안 나타나다니……좀 야속한 생각이 들기도 한다.

"어서 나아야지. 어서 퇴원을 해서 지월실을 만나야지. 만나야지……."

노수인은 이렇게 속으로 뇌며 자리에 눕는다.

머리맡의 시계는 열한 시를 가리키고 있다.

여운

칠 년이라는 세월이 흘렀다.

그러니까 노수인도 어느덧 머리에 희끗희끗 새치가 섞이기 시작했
다. 로맨스그레이에 접어들었으니 그럴 수밖에 없다.

칠 년— 짧다면 짧고, 길다면 긴 세월이다.

그동안 노수인도 꽤 변했다. 머리에 새치가 섞이는 그런 변화뿐
아니라, 세상을 보는 눈, 살아가는 태도도 꽤 변한 것이다.

전에는 대수롭게 여겨지지 않던 일들이 차차 소중하게 생각되고,
반면 전에 중요하게만 여겨지던 것들이 별로 대단하게 생각되지 않
는 변화— 인생관의 변화라 할까, 가치관의 변화라 할까, 좌우간 그
런 변화가 꽤 온 것이다.

전에는 사랑이니, 명예니, 이상이니 하는 그런 막연한 것이 중요하
게 여겨지더니, 이제 그런 것보다 구체적인 것, 당장 쓰이는 것, 실리
적인 것, 그런 것이 월등히 소중하게 생각되는 것이다.

전에는 한 폭의 그림이 소중했다면, 이제는 그림보다 전기밥솥 같은 것이 훨씬 소중하게 생각된다고나 할까. 말하자면 꿈은 거의 사라지고, 일상의 해결만이 전부가 된 셈이다. 나쁘게 말하면 속물이 된 것이고, 좋게 말하면 평범한 신사, 모범적인 가장이 된 셈이다.

회사에서의 직위도 칠 년 전에는 편집부 차장이었는데, 이제는 주간인 것이다. 그동안에 편집부장을 거쳐 주간 자리에 올라앉았다.

가을.

노 주간은 회사 용무로 경주까지 출장을 갔다.

이번 출장은 취재차가 아니라, 업무 관계로였다. 잡지의 부수 확장 관계로 교육구청의 책임자를 좀 만나야 했던 것이다.

첫날은 교육구청 사람들과 함께 지냈고, 용무를 마친 이튿날은 혼자 택시로 안압지, 계림, 그리고 오릉을 찾아가 보았다. 옛날 지월실을 만나 함께 거닐던 일을 조용히 회상하면서 말이다……

그 후, 경주에 온 일은 한 번도 없었던 것이다.

칠 년이란 세월이 흘러가서 이제는 담담한 추억으로밖에 떠오르지 않지만…… 좌우간 아름다웠던 과거를 회상한다는 것은 즐거운 일이다.

지금은 어디서 살고 있는지, 전혀 소식도 알 길이 없는 지월실…… 물론 최상태와 함께 부산 어딘가에서 살고 있겠지. 아이를 몇이나 낳았을까. 하나? 둘? 이런 생각을 하면서 택시로 오릉을 떠난 노수인은 그길로 불국사를 향해 달렸다. 오늘 밤은 불국사에서 조용히 하룻밤을 쉴 생각인 것이다.

옛날을 회상하면서……

말하자면 서울에서의 틀에 박힌 듯한 생활에서 훌쩍 벗어나고 보니, 조금은 옛날 같은 낭만이 되살아난 셈이다.

단풍이 울긋불긋 물드는 가로수 길을 택시는 신나게 달린다.

택시가 불국사 여관 지대로 들어가 서자, 노수인은 어쩐지 조금 가슴이 설레는 것 같기도 하다.

택시에서 내린 노수인은 사방을 한 바퀴 휘둘러본다. 옛날 지월실과 함께 들었던 그 여관이 어느 것인가 찾는 것이다. 같은 값이면 그 여관에 들고 싶어서…….

옛날 그때보다 여관도 훨씬 많아진 것 같다.

"그렇지, 그렇지. 서라벌 여관이었지……."

서라벌 여관이라는 간판이 눈에 띄자, 노수인은 어쩐지 반갑다. 노수인은 서라벌 여관 쪽으로 걸음을 옮겨 간다.

그러나 노수인은 그 여관으로 들어가려다가 주춤 걸음을 멈춘다. 바로 그 여관 옆에 있는 다른 여관의 간판이 눈에 들어온 것이다.

"아니?"

노수인은 깜짝 놀란다.

그럴 수밖에 없다. 그 여관의 정문에 걸려 있는 간판에 분명히 '月實旅舘'이라는 네 글자가 쓰여 있는 것이 아닌가.

"월실여관이라니……."

노수인은 곧장 눈을 끔벅거린다. 아무래도 예사롭지가 않은 것이다. 한자로 쓰여 있는데 분명히 '月實'이 아닌가.

"흠―"

노수인은 묘하게 가슴이 좀 후끈해지는 것을 느끼며 천천히 그쪽으로 걸음을 옮긴다.

월실여관의 현관을 들어서는 노수인은 가슴이 약간 설레기까지 한다.

물론 그 가슴의 설렘은 옛날 그 시절의 설렘과는 성질이 다른 것이다. 옛날의 설렘은 현행적인 기쁨에서 오는 것이었지만, 지금의 그것은 과거에 대한 아련한 회상에서 오는 것이니까 말이다.

그리고 다분히 호기심에서 오는 설렘이라고 할 수가 있다. 정말 지월실 그녀가 경영하는 여관이란 말인지…… 아니면 우연히 그렇게 여관 이름이 그녀의 이름과 일치가 된 것인지 알 수가 없으니 말이다.

"어서 오이소."

보이가 나와 반긴다.

"방 있니?"

"예, 있심더. 온돌방을 디릴까예, 침대 방을 디릴까예?"

"온돌방 깨끗하니?"

"예 깨끗하고 말고예."

"그럼 온돌방을 다오. 조용한 데로……."

"예, 예."

보이의 뒤를 따라 노수인은 이층 한쪽 가의 호젓한 온돌방으로 들어갔다.

마음에 드는 깨끗하고 아늑한 방이었다.

바바리코트를 벗어 장 안에 걸면서,

"저…… 이 여관 주인이 누구니?"

보이에게 묻는다.

"와예?"

"그저…… 저…… 혹시 주인이 여자 아니니?"

“맞심더.”

보이는 약간 의아스러운 표정을 지으며 빤히 쳐다본다.

“그저 좀 물어보는 거야. 주인 여자 성이 뭐지?”

“지 여사 아닙니꼬.”

“지 여사?”

“예, 그러니까 지 씨지예.”

“음— 맞군. 지금 마흔 조금 넘었지?”

“헤헤헤 우리가 나이까지 우째 압니꼬? 좌우간 그쯤 됐심더.”

“지금 계시니?”

“경주 시내 나갔심더. 곧 돌아오실 낍니더.”

“음— 그럼 말이야, 돌아오시거든 좀 알려 줘.”

“예, 예.”

노수인은 세수를 하고 자리에 누웠다.

서쪽으로 난 아자형의 창살문에 가을 오후의 햇살이 비치고 있다. 새하얀 창호지가 눈부시기만 하다.

어제 교육구청 사람들과 마신 술이 좀 과했던지 속이 좋지 않고, 몸이 나른하다. 누워서 낮잠이나 한숨 잘까 했으나, 도무지 잠이 오질 않는다.

그럴 수밖에 없다. 천만 뜻밖에 지월실이 경영하고 있는 여관에 들어와 누워 있는 판이니 말이다. 정말 우연 치고도 희한한 우연이 아닐 수 없다. 지월실이 이렇게 불국사에서 여관을 경영하고 있을 줄이야 누가 꿈엔들 생각했겠는가.

아직 그녀를 눈으로 확인한 것은 아니니, 혹 동명이인일지도 알 수가 없다. 그러나 십중팔구는 아마 틀림없을 것이다.

지 여사, 월실여관, 그리고 마흔을 조금 넘은 여자…… 그렇다면 틀림없는 것이 아니겠는가. 더구나 불국사의 여관이 아닌가. 그녀가 혹 또 무슨 사연이 생겨서 여관을 차렸다면 충분히 불국사에 차릴 만하지 않는가 말이다. 지난날의 추억이 서려 있는 곳이니까.

도대체 무슨 사연이 또 생겨서 이렇게 이름을 여관 이름으로 내세우기까지 한 것일까?

자기 이름을 여관 이름으로 내세운 게 아무래도 무슨 사연이 그동안에 또 있었던 것같이 생각된다.

어엿이 남편이 있는데, 자기 이름을 여관 이름으로 내세울 수가 있을까. 아마 모르긴 몰라도 남편이 응낙을 하지 않을 것이다. 그렇다면 남편과 헤어졌단 말인가. 이혼? 사별? 그리고 남편과 헤어져서 여관을 시작했다 하더라도 하필 왜 자기 이름을 여관 이름으로 내세웠을까. 얼마든지 다른 좋은 여관명이 있을 터인데…….

"흠—"

노수인은 기분이 야릇해진다.

아무래도 그런 게 자기 이름을 여관 간판으로 내건 까닭은 자기가 여기 있다는 것을 알리기 위해서인 것만 같다. 그렇지 않다면 왜 하고 많은 다른 이름을 다 놓아두고, 자기 이름을 갖다가 붙였겠는가 말이다.

누구에게 알리기 위해서……? 그야 말할 것도 없이 노수인 자기에게 알리기 위해서가 아니겠는가.

이런 생각을 하면서 노수인이 옛날에 설레던 그런 성질의 가슴 설렘을 약간 느끼고 있는데, 방문에 똑똑똑…… 노크 소리가 난다.

"예—"

문이 열린다. 보이다.

"주인 돌아왔심더."

"그래? 음— 그럼 저…… 미안하지만, 이 방 손님이 주인 좀 보자 그런다고 전해 줘. 미안하지만 좀 올라오시라고……."

"무신 볼일인데예?"

"좌우간 그렇게만 전해 줘."

"그렇게만 전하면 됩니꾜?"

"그래, 이 녀석아."

"헤헤헤……."

보이는 알겠다는 듯이 웃으며 방문을 닫는다.

노수인은 자기도 모르게 일어나 방 안을 이리 갔다 저리 갔다 한다. 가슴이 조금 두근거리기까지 한다.

주인은 쉬 나타나질 않는다.

노수인은 가을 햇살이 눈부시게 비치고 있는 창문을 열고 바깥을 내다본다.

토함산이 곱게 단풍으로 물들고 있다.

그때 똑똑똑…… 노크 소리가 난다.

"예—"

노수인이 돌아본다.

가만히 방문이 열린다.

"찾으셨나요. 어머나—"

깜짝 놀라는 여인은 틀림없는 지월실이다.

칠 년이라는 세월이 흘렀건만, 지월실의 모습은 그때와 별로 달라진 게 없다. 어딘지 모르게 옛날보다는 좀 나이가 깊어진 것 같고,

한결 원숙해진 느낌이긴 하나, 오히려 그 시절보다 더 화사한 것만 같다.

그 시절 역시 고왔으나, 그때는 어딘지 모르게 괴로움이 깃들어 있는 것 같은 그런 그늘진 얼굴이었는데, 지금은 조용한 기품이 느껴지는 화사함이다.

그녀의 모습을 본 노수인은 뭐라고 말을 했으면 좋을지 도무지 입이 떨어지지 않는다. 약간 상기된 얼굴에 어색한 웃음이 떠오를 뿐이다.

그녀 역시 너무 뜻밖의 일인 듯 살짝 귀밑께가 물들며 말을 잊는다.

이윽고 지월실의 두 눈에 이슬이 비친다. 그러나 그녀는 얼른 그 이슬을 감추어 버리고는 애써 담담한 미소를 지으면서 말한다.

"정말 오래간만이군요."

"예, 이거 정말…… 뜻밖인데요."

노수인은 그저 어색하고 기분이 묘하기만 하다.

"그동안 별고 없으셨나요?"

"예, 내야 뭐……."

"아이들도 잘 크고요?"

"예, 허허허……."

담담한 어조로 아이들 안부까지 묻는 바람에 노수인은 속으로 슬그머니 질리며, 그녀를 새삼스러운 눈으로 바라본다.

지월실은 방바닥을 손으로 짚어 보며,

"방이 차군요. 좀 따뜻해야겠죠?"

하고 물으면서 조용히 자리에 앉는다.

"뭐, 아직은……."

노수인도 자리에 앉는다.

잠시 또 두 사람 사이에 말이 끊어진다.

노수인은 담배를 한 대 피워 문다. 푸— 연기를 내뿜고 나서,

"언제부터 여기서 여관을……?"

하고 묻는다.

"벌써 삼 년째 되는군요."

"그래요?"

"지금도 서울에 사시나요?"

"예. 어제 경주에 볼 일이 있어 출장을 나왔죠."

"아, 그러세요? 지금도 옛날 그 회사에 그대로……."

"예, 허허…… 출장을 마치고 바로 올라갈까 하다가, 어쩐지 옛날 생각이 나서……."

"……."

"불국사에 와서 조용히 하룻밤 옛날 생각이나 하면서 자고 가려고…… 그런데 뜻밖에……."

"잘 오셨어요. 조용히 하룻밤 쉬었다 가세요. 언젠가는 한 번 오실 줄 알았어요."

지월실은 가만히 한숨을 한 번 쉰다.

노수인은 애꿎은 담배만 곧장 빨아댄다. 그러다가 용기라도 내는 듯 불쑥 묻는다.

"최 형은 잘 있나요?"

"예?"

"최상태 말입니다."

지월실의 얼굴에 쓸쓸한 미소가 지나갔다.

"어떻게……? 무슨 일이라도……?"

"나중에 이야기하죠."

그리고 지월실은 자리에서 일어난다.

"방에 스팀을 넣도록 할게요. 좀 누워 계세요."

노수인은 방문을 열고 나가는 그녀의 뒷모습을 가만히 바라본다.

지월실이 나가고, 얼마 안 있어 방바닥이 따스해 왔다. 가을이라 역시 온돌은 좀 따스한 편이 낫다.

따스한 방에 누워 노수인은 그제야 한숨 잘 잔다.

얼마나 잤을까. 보이가 깨우는 바람에 노수인은 눈을 떴다.

"저녁 식사 하시야지예."

"응."

"주인 아짐마가 밑으로 내리오시래예."

"밑으로?"

"예, 주인 아짐마 방으로 말입니더."

"응, 그래."

노수인은 대강 옷을 갖추어 입고 보이를 따라 아래층으로 내려 갔다.

지월실의 방에 들어선 노수인은 약간 놀랄 지경이었다. 저녁 식사 라기보다도 요정의 요리상 같았다.

어쩌면 요정의 요리상도 이처럼 정성스럽지는 않을 정도로 가지 가지 음식이 깨끗하고 먹음직스럽게 차려져 있다.

노수인은 권하는 대로 아랫목에 앉았다. 그러니까 마치 장가온 신 랑이 큰상을 받은 것 같았다.

물론 지월실도 상 한쪽에 앉았다.

"아니, 뭘 이렇게 많이……."

노수인은 아무래도 미안한 생각이 들어 한마디 한다.

"뭐, 별로 차린 것도 없어요. 자— 어서 술잔이나 드세요."

노수인이 잔을 들자, 지월실은 술을 따른다.

무슨 술인지 약간 파르스름한 빛이 도는 것이 향기가 보통 아니다.

"이거 무슨 술이에요?"

한 모금 마시고 나서 노수인이 묻는다. 맛도 이만저만 깊은 맛이 아닌 것이다.

"송엽주에요."

"아, 솔잎술 말이군요."

"예."

"아하— 이게 송엽주구먼……."

송엽주가 몸에 좋은 술이라는 말을 들었는지, 노수인은 곧장 고개를 끄덕이면서 잔을 비운다.

"이 년 묵은 송엽주에요."

"그래요?"

"오래 둘수록 좋다더군요."

"흠— 자, 한잔 받으세요."

"저는 한 잔만 하겠어요."

그러면서 지월실은 두 손으로 잔을 받는다.

지월실의 잔에 술을 쳐주고 나서 노수인은 젓가락으로 송이 요리를 집어 먹으면서 그제야 방 안을 자세히 둘러본다.

저쪽 윗목에 커다란 경대가 있다. 그런데 그 경대 한쪽에 유리 상자가 놓여 있고, 상자 속에 조그마한 불상이 모셔져 있다.

그 조그마한 불상을 본 노수인은 속으로 약간 놀란다. 옛날 바로 이 불국사에서 자기가 그녀에게 선물로 사준 그 관음보살상이 아닌가. 그 관음보살상을 저렇게 모셔 놓고 있다니…… 그 곁에 염주가 걸려 있다.

그렇다면 지월실이 매일같이 관음보살상을 바라보며 염불을 하고 있다는 것을 알 수 있지 않은가.

"흠—"

노수인은 기분이 이상해진다.

한쪽 벽에는 금빛 은빛으로 그린 관음상의 족자가 걸려 있다. 지월실이 불교에 귀의하고 있는 게 틀림없는 것이다.

지월실이 잔을 비우고 권한다.

그렇게 몇 잔을 마시고 난 노수인은 훈훈해지는 술기에 힘입어 아까부터 궁금한 점을 불쑥 물어본다.

"최 형은 도대체 어떻게 됐나요? 얘길 해 보세요."

지월실은 나직이 한숨을 한 번 쉰다. 그리고 조금 망설이다가 입을 연다.

"벌써 돌아가신 지가 사 년이 넘었어요."

"그래요?"

노수인은 깜짝 놀란다. 최상태가 죽다니, 죽은 지 벌써 사 년이 넘다니…….

"어쩌다가 그렇게 됐어요? 어디가 아팠나요?"

"아니에요."

“그럼요?”

“저…… 사 년 전에 부산에서 여수로 가던 배가 충무 앞바다에서 침몰한 사고가 있었죠?”

“그런 일이 있었던가…… 아, 예, 맞아요. 그런 사고가 났었죠. 겨울이었죠, 아마?”

“예, 그때…….”

“아하— 그때 변을 당했군요.”

“관세음보살—”

그녀의 입에서 관세음보살 소리가 흘러나오자, 노수인은 어쩐지 이상한 느낌이 든다. 사십을 조금 넘는 그녀의 입에서 벌써 염불 소리가 나오다니…….

“무슨 일로 그 배를 탔던가요?”

“여수에 볼일이 있어서 가다가…….”

“하— 그것 참…….”

노수인은 그럼 시체는 건졌느냐고 물어보려다가 그만둔다. 자꾸 그런 질문을 한다는 것은 그녀를 괴롭히는 일밖에 안 되기 때문이다. 그러잖아도 관세음보살을 찾으며 괴로운 표정을 짓고 있지 않는가.

“다 팔자 소관이죠.”

지월실은 나직이 한숨을 쉰다. 그리고 쓸쓸하게 웃는다.

최상태가 그렇게 바다에 빠져 죽은 것이 팔자라는 뜻인지, 자기가 또 이렇게 미망인 신세가 된 것이 팔자라는 말인지, 잘 알 수가 없지만, 좌우간 노수인은 그 말이 어쩐지 가슴에 짜릿하게 온다. 그래서 그저 말없이 고개를 끄덕이기만 한다.

그때 방문이 열리고, 두 아이가 쫓아 들어온다.

한 아이는 서너 살 되어 보이고, 한 아이는 예닐곱 살 되어 보인다. 서너 살짜리는 사내아이고, 예닐곱 살짜리는 계집아이다.

오누이인 모양이다.

사내아이가 누나의 인형을 빼앗아 도망을 쳐오는 듯,

"엄마! 엄마!"

하면서 먼저 뛰어들고, 뒤쫓아 계집아이가,

"안 줄래? 안 줄래?"

하면서 들어온다.

"어머나. 얘들이……."

지월실이 깜짝 놀란다.

"손님 계시는데 이게 무슨 짓이야? 미애야, 동생 가지고 놀게 좀 주면 어떠니?"

계집아이를 향해 눈을 흘긴다.

미애는 울상이 되고, 사내아이 윤수는 헤헤 웃으며 엄마 곁에 달싹 붙어 앉는다. 그리고 서슴없이 상 위의 은행 요리를 한 옴큼 거머쥔다.

"어머, 얘도 참…… 버릇없이, 호호호……."

지월실이 웃는다.

"그놈 참 귀엽게 생겼군. 몇 살입니까?"

"네 살이에요."

"네 살이면 숙성한 편인데요. 꼭 저거 아버지 닮았네……."

그러자 지월실은,

"저 애는 누굴 닮았어요?"

하고 약간 묘한 표정으로 노수인을 바라본다.

미애를 바라보고 있는 노수인의 표정을 지월실은 약간 긴장된, 묘한 시선으로 지켜보고 있다. 어떤 반응이 나타나는지 초조한 것이다.

무얼 저렇게 바라보고 있는 것일까. 자기의 아이라는 것을 대뜸 알 터인데…… 닮아서 안다기보다도, 그때 마지막 편지에 분명히 적어놓지 않았는가 말이다.

그러나 뜻밖에도 노수인의 입에서는,

"글쎄요. 이 애는 저거 아버지보다 엄마 쪽을 많이 닮았군요."

이런 말이 나오는 것이 아닌가.

"예?"

지월실은 의아한 표정을 짓는다.

저거 아버지보다 엄마 쪽을 많이 닮았다니…… 그럼 미애의 아버지가 최상태라고 생각하고 있단 말인가…….

"그런 것 같은데요. 코는 좀 저거 아버지를 닮은 것 같고…….""

"……"

"눈썹이랑 눈은 엄마 빼박았군요. 허허허……."

지월실은 입을 꼭 다물고 가만히 노수인의 두 눈빛을 살피고만 있다. 정말로 하는 소린지, 일부러 그러는지…….

아무래도 일부러 그러는 것 같지가 않다.

그녀는 약간 떨리는 듯한, 그러나 나직하고 침착한 목소리로 묻는다.

"그때 편지 못 받으셨나요?"

"예? 편지라뇨?"

노수인은 무슨 소린지 알 수가 없다.

"그때 제가 마지막으로 속달을 보냈는데, 못 받으셨어요? 병원으로 보냈는데……."

"못 받았는데요……."

"그래요?"

지월실은 다시 입을 꼭 다물어 버린다.

"언제 보냈었는데요?"

지월실은 자기도 모르게 그만 성큼 자리에서 일어난다. 그리고 방문을 열고 밖으로 나간다.

윤수가,

"엄마―"

하면서 뒤따라 나간다.

그러나 미애는 따라 나갈 생각을 않고, 그대로 앉아서 노수인을 말똥말똥 바라보고만 있다.

노수인은 쭉 잔을 비운다.

지월실이 그렇게 훌쩍 나가 버리니 기분이 좀 얄궂어진다. 그때 병원으로 속달을 보냈다니…… 그럼 그 속달을 아내가 받아서 어째버린 것일까…….

칠 년이란 세월이 지난 뒤라 그런지, 아내가 받아서 어째버렸다고 해도 뭐 그저 담담하기만 하다. 어째버렸으면 어떻고, 안 어째버렸으면 지금 어쩐단 말인가.

"아저씨."

미애가 방글 웃으며 부른다.

"응?"

“아저씨 집 어디예?”

“아저씨 집, 서울.”

“서울? 야— 나도 서울 가고 싶다.”

“그래? 허허허…… 나중에 아저씨가 서울 구경시켜 주지.”

“정말?”

“그럼.”

“야. 신난다.”

미애는 좋아서 방글방글 웃으며 아저씨 곁으로 가서 앉는다.

지월실이 문을 열고 들어온다. 담담하게 가라앉은 표정이다. 화장실에라도 갔다가 오는 모양이다.

지월실이 자리에 앉자 미애는,

“엄마, 아저씨가 나중에 나 서울 구경시켜 준다 그랬다. 아나?”
하고 좋아서 야단이다.

노수인이 빙그레 웃는다.

“애가 아주 귀여운데요. 첨 만났는데도 별로 어려워하지도 않고…….”

“…….”

“내가 무척 좋은 모양이지. 허허허…….”

그러면서 노수인은 미애의 머리를 쓰다듬어 준다.

지월실도 웃는다. 그러나 그녀의 웃음은 노수인의 웃음과는 전혀 성질이 다른 웃음이다. 씁쓰레하고 쓸쓸한 웃음이다.

그럴 수밖에…… 노수인은 미애가 자기의 혈육인 줄을 전혀 모르고, 그저 아이가 귀여워서 웃는 것이지만, 지월실은 그게 아니니 말이다.

이상스럽게도 미애가 처음 보는 노수인을 따르며, 그 곁에 가서 저렇게 앉아 있다니…… 웃음과 함께 지월실은 핑 눈물이 돈다. 핏줄이란 정말 어쩔 수 없는 것인가 보다.

지월실은 입에서 곧,

"미애가 당신의 딸이에요. 아시겠어요?"

하는 소리가 나오려 했으나, 꿀꺽 삼켜버린다. 그런 이야기를 해야 될지 어떨지 아직 판단이 내려지질 않는 것이다.

그날 밤 자정이 훨씬 넘도록 지월실은 잠을 이루지 못했다.

술에 취하고 만 노수인을 이층 방으로 부축해서 데려다가 자리에 눕혀 주고, 자기 방에 돌아온 그녀는 먼저 방문을 안으로 잠글 것인가, 그대로 둘 것인가에 대해서 생각해 보았다.

안으로 잠가 버린다는 것은 혹시 밤중에 찾아올지도 모를 노수인을 거부하는 뜻이 되고, 잠그지 않고 그대로 둔다는 것은 노수인이 자기의 잠자리 속으로 들어오기를 허락하는 뜻이 되는 것이다.

어떻게 해야 될지…….

지월실은 한참 혼자서 뒤숭숭한 생각에 잠겼다. 그러다가 결국 그녀는 쓸쓸하게 웃었다.

관음보살의 미소가 눈에 들어온 것이다. 쓸데없는 번뇌라는 생각이 든 것이다. 그래서 그녀는 평소와 마찬가지로 방문을 안으로 잠그고 잠자리에 들었다.

"관세음보살—" 하면서…….

그러나 역시 사람이라, 그녀는 또 한 가지 생각에 뒤숭숭해지고 말았다. 말할 것도 없이 미애의 문제였다. 미애가 당신의 딸이라는 사실을 노수인에게 알려야 될지, 어떨지…….

당연히 알려야만 될 것 같았다. 핏줄을 감추어둘 수가 있는가 말이다.

미애는 자기 아버지가 몇 해 전에 죽은 것으로 알고 있다. 그런데 지금 와서 노수인이 자기 아버지라는 것을 알게 되면 어린것이 어떤 혼란을 일으킬지 모른다. 그러니까 미애에게는 아직 숨겨두는 것이 현명할 것 같다. 그러나 노수인에게만은 알리는 것이 당연한 일이 아닐까…….

그녀는 생각에 생각을 거듭한다. 알리고 나면 그 다음은 어떻게 되는 것일까. 담담하게 가라앉은 마음에 다시 파도를 일으키는 결과가 되는 것이 아닐까. 잠잠한 호수에 풍덩! 돌을 던지는 셈이 아닐까. 번뇌를 스스로 불러일으키는 어리석은 노릇이 아닐까…….

"아― 그러나, 그러나……."

지월실은 괴롭기만 하다. 어찌 그런 사실을 그냥 덮어둘 수가 있는가 말이다.

그녀 곁에 미애는 새근새근 단잠이 들어 있다.

이튿날 아침, 지월실은 여느 때보다 일찍 잠이 깨었다. 간밤에 늦게 잠들었는데도 웬일인지 일찍 깨었다.

훤히 밝아오는 창문을 누운 채 바라보면서 그녀는 아무 일도 없이 밤이 지나가 버렸다는 사실을 생각해 본다.

노수인이 술에 곯아떨어져서 밤 내내 깨지 않고 자버린 것일까. 아니면 밤중에 깼는데도 내려오지 않은 것일까. 어느 쪽일까…….

밤이 아무 일 없이 지나가 버린 것이 잘된 일인 것 같으면서도, 어쩐지 한편 허전하고 쓸쓸하다. 서운한 생각까지 드는 것이다.

사람의 마음이란 참 헤아릴 수 없는 것인가 보다. 간밤에 방문을 안으로 잠갔으면서도 말이다.

해가 돋는 듯 창문이 활짝 밝아진다.

"아으—"

지월실은 기지개를 켜고 자리에서 일어난다.

잠이 부족해서 그런지 약간 골치가 띵하다. 그러나 이상스레 몸은 무겁지가 않다. 여느 때 같으면 밤늦게까지 그렇게 뒤숭숭한 생각에 잠겼다면 아침에 몸이 찌뿌드드하고 무거워서 도무지 일어나고 싶은 생각이 없을 터인데…….

아마 노수인을 만나서 자기도 모르게 좀 긴장이 되어 있는 모양이다.

세수를 하고, 경대 앞에 앉아 화장을 한다. 그런데 화장 역시 여느 때와는 다르다. 월등히 더 공을 들이는 것이다.

입술 같은 것도 여느 때보다 짙게 칠을 한다. 자연히 그렇게 되는 모양이다.

곱게 화장을 하고 나서 지월실은 가만가만 이층으로 올라간다. 노수인이 아직 자고 있는지, 깼는지, 가보는 것이다.

똑똑똑…… 노크를 한다. 그러나 아무 대답이 없다.

가만히 방문을 열어본다. 아무도 없다. 이부자리만 그대로 깔려 있다.

"아니, 벌써……."

벌써 일어나 어디 산책이라도 나간 것일까. 어쩐지 지월실은 좀 허전한 기분이 된다. 아직 그대로 코를 골며 자고 있기를 내심 바랐던 것이다.

얼른 아래층으로 내려온 그녀는 보이에게 물어본다.

“이층 그 손님 나가시더냐?”

“예, 조금 전에 산보 나가시데예. 절 구경 갔을 낍니더.”

“그래?”

지월실은 잠시 생각하다가, 자기도 고무신을 신는다.

불국사 관음전 앞뜰에 노수인은 서 있었다.

지월실이 관음전으로 가는 계단을 오르자, 노수인이 보고 빙그레 웃는다.

“일찍 일어나셨네요.”

지월실은 노수인의 곁으로 다가간다.

“예, 일찍 잠이 깨이더군요. 어제 저녁엔 꽤 과음을 했던 모양이죠. 방에 와서 어떻게 잠들었는지 도무지…… 허허허…….”

“푹 잘 주무셨어요?”

지월실이 노수인의 표정을 가만히 눈여겨본다. 어떤 대답이 나오는가 싶은 것이다.

그러니까 그저 인사로 묻는 말이 아닌 것이다. 간밤의 그의 마음의 상태를 알아보려는 저의가 깃든 질문이다.

“예, 한 번도 깨지 않고 잘 잤어요. 아— 그래서 그런지 몸이 개운하군요. 어제 저녁에 꽤 과음을 했는데…….”

노수인은 이렇게 말하면서 어깨를 쫙 벌리고 두 팔을 위로 쭉 내뻗는다. 그리고 기분이 좋은 듯 심호흡을 한다. 순간 지월실은 모든 것이 깨끗이 끝났다는 생각이 든다.

마당 한쪽 가에 서 있는 두 그루 목련 가지에서 소리 없이 낙엽이 진다.

두 그루 목련—

옛날 그때, 노수인과 지월실이 불국사에 왔을 적에는 아직 어린 나무였는데, 이제 제법 큰 나무가 되었다. 칠팔 년의 세월이 흘렀으니 그럴 수밖에…….

"나무를 보면 세월이 흐른 것을 알 수가 있어요."

노수인이 말한다.

"그래요."

그녀는 이제 모든 것이 깨끗이 끝났으니 그저 마음을 담담하게 가지려고 애를 쓰는 것이다.

"옛날 그때는 지금의 절반 크기도 아마 못 됐었죠?"

"예, 그래요."

"그런데, 이렇게……."

노수인은 그동안 흘러간 세월을 목련 나무에서 다시 발견하는 듯 감회에 사로잡히는 표정이다.

그러나 지월실은 그저 담담하기만 한 얼굴이다. 아까보다 안색이 어쩐지 좀 새하얘진 것 같기는 하지만…….

노수인은 땅에 떨어진 목련의 낙엽을 한 잎 주워 든다. 그리고,

"가 볼까요?"

한다.

"예."

그들은 나란히 걷기 시작한다.

말없이 나란히 걸어가다가 지월실이 가만히 묻는다.

"언제 떠나실 거예요?"

"오후에는 떠나야죠."

"그래요? 서울 가는 고속버스는 시간마다 있어요."

지월실은 아무렇지도 않은 듯이 말한다. 그러나 가슴속은 결코 아무렇지도 않지는 않다.

"또 오시겠어요?"

라는 말이 곧 입에서 나오려 한다. 그러나 그녀는 가만히 침을 삼킨다. 깨끗이 끝났다는 생각을 하면서…….

이번에는 "당신의 딸이란 말이에요. 미애가…… 아시겠어요?" 이런 소리가 목구멍을 기어 올라오려 한다. 그녀는 꼭 입술을 다물어 버린다. 그리고 가만히 두 눈을 감는다. 기어 올라오려는 번뇌를 속에서 삭이려는 것처럼…….

불국사를 나와 여관 쪽으로 걸어가자,

"엄마— 어디 갔다 오노—"

하면서 미애가 달려온다.

가까이 온 미애는,

"아저씨, 와 나는 안 데리고…… 흥, 아저씨 싫어!"

노수인에게 투정을 한다.

"그래, 그래. 미안하게 됐어. 허허허…… 그 대신 아저씨가 선물을 하나 사 주지."

하면서 노수인은 미애의 손을 잡고 기념품 가게 쪽으로 간다.

손을 잡고 기념품 가게로 들어가는 그들의 뒷모습을 바라보며 지월실은,

"관세음보살, 관세음보살—"

두 눈에는 눈물이 핑 어린다.

그날 하오 노수인은 떠났다.

노수인이 택시에 오를 때, 지월실은 "언제 또 오시겠어요?" 하는

소리가 곧 또 입술을 들추고 나오려 했으나, 기어이 꿀꺽 삼키고 말
았다. 그저 쓸쓸하게 웃기만 했다.

노수인 역시 좀 멋쩍고 섭섭한 듯한 웃음을 웃을 따름이었다.

"아저씨, 곧 또 와야 돼. 나 서울 구경하고 싶어."

미애만 이렇게 말했다.

노수인을 실은 택시가 가로수 길을 조그마하게 멀어져 갈 때까지
지월실은 서서 가만히 바라보고 있었다.

먼 산줄기 위에는 가을 흰 구름이 담담하게 떠 있었다.